霍松林

选集

霍松林 著

HUO SONGLIN XUANJI

第九卷 西厢述评 西厢汇编

陕西师范大学出版总社有限公司

目 录

西厢述评

一　《西厢记》的渊源

一、元稹的《莺莺传》

唐德宗贞元（785—804）末年，和白居易齐名的大诗人元稹写了一篇传奇《莺莺传》——由于传中有张生所作和元稹所续的《会真诗》，所以又叫《会真记》。现在以《太平广记》所收为主，并参酌其他版本，校录于后：

贞元中，有张生者，性温茂，美风容，内秉坚孤，非礼不可入。或朋从游宴，扰杂其间，他人皆汹汹拳拳，若将不及；张生容顺而已，终不能乱。以是年二十三，未尝近女色。知者诘之，谢而言曰："登徒子非好色者，是有淫行耳。余真好色者，而适不我值。何以言之？大凡物之尤者，未尝不留连于心，是知其非忘情者也。"诘者识之。

无几何，张生游于蒲。蒲之东十余里，有僧舍曰普救寺，张生寓焉。适有崔氏孀妇，将归长安，路出于蒲，亦止兹寺。崔氏妇，郑女也；张出于郑，绪其亲，乃异派之从母。是岁，浑瑊薨于蒲，有中人丁文雅不善于军；军人因丧而扰，大掠蒲人。崔氏之家，财产甚厚，多奴仆；旅寓惶骇，不知所托。先是，张与蒲将之党有善，请吏护之，遂不及于难。十余日，廉使杜确将天子命以总戎节，令于军，军由是戢。郑厚张之德甚，因饬馔以命张，中堂宴之。复谓张曰："姨之孤嫠未亡，提携幼稚，不幸属师徒大溃，实不保其身。弱子幼女，犹君之生，岂可比常恩哉！今俾以仁兄礼奉见，冀所以报恩也。"命其子，曰欢郎，可十余岁，容甚温美。次命女："出拜尔兄，尔兄活尔。"久之，辞疾。郑怒曰："张兄保尔之命；不然，尔且虏矣。能复远嫌乎？"又久之，乃至。常服睟容，不加新饰，鬟垂黛接，双脸销红而已。颜色艳异，光辉动人。张惊，为之礼。因坐郑旁；以郑之抑而见也，凝睇怨绝，若不胜其体者。问其年纪。郑曰："今天子甲子岁之七月降，终今贞元庚辰，生年十七矣。"张生稍以词导之，不对。终席而罢。

张自是惑之，愿致其情，无由得也。崔之婢曰红娘，生私为之礼者数四，乘间遂道其哀。婢果惊沮，腼然而奔。张生悔之。翼日，婢复至。张生乃羞而谢之，不复云所求矣。婢因谓张曰："郎之言，所不敢言，亦不敢泄。然而崔之姻族，君所详也，何不因其德而求娶焉？"张曰："余始自孩提，性不苟合。或时纨绮闲居，曾莫流盼。不谓当年，终有所蔽。昨日一席间，几不自持。数日来，行忘止，食忘饱，恐不能逾旦暮。若因媒氏而娶，纳采、问名，则三数月间，索我于枯鱼之肆矣。尔其谓我何？"婢曰："崔之贞慎自保，虽所尊不可以非语犯之；下人之谋，固难入矣。然而善属文，往往沉吟章句，怨慕者久之。君试为喻情诗以乱之。不然，则无由也。"张大喜，立缀《春词》二首以授之。是夕，红娘复至，持彩笺以授张，曰："崔所命也。"题其篇曰《明月三五夜》。其词曰："待月西厢下，迎风户半开；拂墙花影动，疑是玉人来。"张亦微喻其旨。是夕，岁二月旬有四日矣。

　　崔之东墙，有杏花一树，攀援可踰。既望之夕，张因梯其树而踰焉。达于西厢，则户果半开矣。红娘寝于床，生因惊之。红娘骇曰："郎何以至此？"张因绐之曰："崔氏之笺召我也，尔为我告之。"无几，红娘复来，连曰："至矣，至矣！"张生且喜且骇，谓必获济。及崔至，则端服严容，大数张曰："兄之恩，活我之家，厚矣。是以慈母以幼子弱女见托。奈何因不令之婢，致淫逸之词！始以护人之乱为义，而终掠乱以求之，是以乱易乱，其去几何！诚欲寝其词，则保人之奸，不义；明之于母，则背人之惠，不祥；将寄于婢仆，又惧不得发其真诚。是用托短章，愿自陈启；犹惧兄之见难，是用鄙靡之词，以求其必至。非礼之动，能不愧心！特愿以礼自持，毋及于乱！"言毕，翻然而逝。张自失者久之。复踰而出，于是绝望。

　　数夕，张生临轩独寝，忽有人觉之。惊骇而起，则红娘敛衾携枕而至，抚张曰："至矣，至矣！睡何为哉！"并枕、重衾而去。张生拭目危坐久之，犹疑梦寐。然修谨以俟。俄而红娘捧崔氏而至。至，则娇羞融冶，力不能运肢体，曩时端庄，不复同矣。是夕，旬有八日也。斜月晶莹，幽辉半床。张生飘飘然，且疑神仙之徒，不谓从人间至矣。有顷，寺钟鸣，天将晓。红娘促去。崔氏娇啼宛转，红娘又捧之而去，终夕无一言。张生辨色而兴，自疑曰："岂其梦耶？"及明，睹妆在臂，香在衣，泪光荧荧然犹莹于裀席而已。

是后又十余日，杳不复知。张生赋《会真诗》三十韵，未毕，而红娘适至；因授之，以贻崔氏。自是复容之。朝隐而出，暮隐而入，同安于曩所谓西厢者，几一月矣。张生常诘郑氏之情，则曰："知不可奈何矣，因欲就成之。"

无何，张生将之长安，先以情谕之。崔氏宛无难词，然而愁怨之容动人矣。将行之再夕，不复可见，而张生遂西。

不数月，复游于蒲，会于崔氏者又累月。崔氏甚工刀札，善属文。求索再三，终不可见。往往张生自以文挑之，亦不甚观览。大略崔之出人者，艺必穷极，而貌若不知；言则敏辩，而寡于酬对。待张之意甚厚，然未尝以词继之。时愁艳幽邃，恒若不识；喜愠之容，亦罕形见。异时独夜操琴，愁弄凄恻，张窃听之；求之，则终不复鼓矣。以是愈惑之。张生俄以文调及期，又当西去。当去之夕，不复自言其情，愁叹于崔氏之侧。崔已阴知将诀矣，恭貌怡声，徐谓张曰："始乱之，终弃之，固其宜矣；愚不敢恨。必也，君乱之，君终之，君之惠也；则没身之誓，其有终矣，又何必深感于此行？然而君既不怿，无以奉宁。君尝谓我善鼓琴，向时羞颜，所不能及，今且往矣，既君此诚。"因命拂琴，鼓《霓裳羽衣序》，不数声，哀音怨乱，不复知其是曲也。左右皆歔欷。崔亦遽止之，投琴拥面，泣下流连，趋归郑所，遂不复至。明旦而张行。

明年，文战不胜，张遂止于京。因贻书于崔，以广其意。崔氏缄报之词，粗载于此，曰："捧览来问，抚爱过深。儿女之情，悲喜交集。兼惠花胜一合，口脂五寸，致耀首、膏唇之饰。虽荷殊恩，谁复为容？睹物增怀，但积悲叹耳！伏承便于京中就业，进修之道，固在便安；但恨鄙陋之人，永以遐弃。命也如此，知复何言！自去秋以来，常忽忽如有所失。于喧哗之下，或勉为笑语；闲宵自处，无不泪零。乃至梦寐之间，亦多感咽，离忧之思，绸缪缱绻，暂若寻常。幽会未终，惊魂已断；虽半衾如暖，而思之甚遥。一昨拜辞，倏逾旧岁。长安行乐之地，触绪牵情；何幸不忘幽微，眷念无斁！鄙薄之志，无以奉酬。至于终始之盟，则固不忒。鄙昔中表相因，或同宴处；婢仆见诱，遂致私诚。儿女之心，不能自固。君子有援琴之挑，鄙人无投梭之拒。及荐枕席，义盛意深，愚陋之情，永谓终托。岂期既见君子，而不能以礼定情，致有自献之羞，不复明侍巾栉。没身永恨，含叹何言！倘仁人用心，俯遂幽眇，虽死之日，犹生之年。如或达士略情，舍小从大，以先配为丑行，谓要盟为可欺，则当骨化形销，丹诚不泯，因风委露，犹托清尘。存没之诚，言尽于此。临纸呜咽，情不能申。千万珍重，珍重千万！玉环一枚，是儿婴年所弄，寄充君子下体之佩。玉取其坚洁不渝，环取其终始不绝。兼致彩丝一絇，文竹茶碾子一枚。此数物不足见珍，意者欲君子如玉之贞，俾志如环不解，泪痕在竹，愁绪萦丝，因物达情，永以为好耳。心迩身退，拜会无期。幽愤所钟，千里神合。千万珍重！春风多厉，强饭为佳。慎言自保，无以鄙为深念。"张生发其书于所知，由是时人多闻之。所善杨巨源好属词，因为赋《崔娘诗》一绝云："清润潘郎玉不如，中庭蕙草雪消初。风流才子多春思，肠断萧娘一纸书。"河南元稹，亦续生《会真诗》三十韵。诗曰："微月透帘栊，萤光度碧空。遥天初缥缈，低树渐葱茏。龙吹过庭竹，鸾歌拂井桐。罗绡垂薄雾，环珮响轻风。绛节随金母，云心捧玉童。更深人悄悄，晨会雨濛濛。珠莹光文履，花明隐绣龙。瑶钗行彩凤，罗帔掩丹虹。言自瑶华浦，将朝碧玉宫。因游洛城北，偶到宋家东。戏调初微拒，柔情已暗通。低鬟蝉影动，回步玉尘蒙。转面流花雪，登床抱绮丛。鸳鸯交颈舞，翡翠合欢笼。眉黛羞偏聚，唇朱暖更融。气清兰蕊馥，肤润玉肌丰。无力慵移腕，多娇爱敛躬。汗流珠点点，发乱绿葱葱。方喜千年会，俄闻五夜穷。留连时有限，缱绻意难终。慢脸含愁态，芳词誓素衷。赠环明运合，留结表心同。啼粉流清镜，残灯绕暗虫。华光犹冉冉，旭日渐瞳瞳。乘鹜还归洛，吹箫亦上嵩。衣香犹染麝，枕腻尚残红。幂幂临塘草，飘飘思渚蓬。素琴鸣怨鹤，清汉望归鸿。海阔诚难渡，天高不易冲。行云无处所，萧史在楼中。"张之友闻之者，莫不耸异之；然而张亦志绝矣。

稹特与张厚，因征其词。张曰："大凡天之所命尤物也，不妖其身，必妖于人。使崔氏子遇合富贵，乘娇宠，不为云为雨，则为蛟为螭，吾不知其变化矣。昔殷之辛，周之幽，据万乘之国，其势甚厚；然而一女子败之，溃其众，屠其身，至今为天下僇笑。予之德不足以胜妖孽，是用忍情。"于时坐者皆为深叹。

后岁余，崔已委身于人，张亦有所娶。适经所居，乃因其夫言于崔，求以外兄见。夫语之，而崔终不为出。张怨念之诚，动于颜色。崔知之，潜赋一章，词曰："自从消瘦减容光，万转千回懒下床。不为旁人羞不起，为郎憔悴却羞郎。"竟不之见。后数日，张生将行，崔又赋一章以谢绝之曰："弃置今何道，当时且自亲。还将旧来意，怜取眼前人。"自是，绝不复知矣。时人多许张为善补过者。予尝于朋会之中，往往及此意者，夫使知之者不为，为之者不惑。贞元岁九月，执事李公垂宿于余靖安里第，语及于是。公垂卓然称异，遂为《莺莺歌》① 以传之。崔氏小名莺莺，公垂以命篇。

对于这篇传奇中的人物，从宋朝直到现在，有许多人进行了考证工作。苏东坡赠张子野的诗②中有"诗人老去莺莺在"一句，注解说：张生即张籍。王铚（性之）作《辨传奇莺莺事》③，反对这种说法。他考证的结果是：张生即元稹；莺莺是崔鹏的女儿，与元稹为中表（他俩的母亲都是郑济的女儿）。陈寅恪先生同意张生即元稹；但认为莺莺不是崔鹏的女儿，而是出身微贱的倡伎之流的人物。④ 刘开荣先生在分析《莺莺传》的时候，虽没有明说，但实际上是以陈寅恪先生的说法为依据的。⑤ 黄裳、李长之和王季思诸先生则都采用了陈寅恪先生的说法。⑥ 曹家琪先生虽然不同意陈寅恪先生的

① 李公垂，即李绅，是和元稹同时的现实主义诗人。他的《莺莺歌》是董解元写《西厢记诸宫调》的根据之一，故录于后：伯劳飞迟燕飞疾，垂杨绽金花笑日，绿窗娇女字莺莺，金雀丫鬟年十七。黄姑上天阿母在，寂寞霜姿素莲质，门掩重关萧寺中，芳草花时不曾出。河桥上将亡官军，虎旗长戟交垒门，凤凰诏书犹未到，满城戈甲如云屯。家家玉貌弃泥土，少女娇妻愁被掳，出门走马皆健儿，红粉潜藏欲何处。呜呜阿母啼向天，窗中抱女投金钿，铅华不顾欲藏艳，玉颜转莹如神仙。此时潘郎未相识，偶住莲馆对南北，潜叹栖惶阿母心，为求白马将军力。明明飞诏五云下，将选金门兵悉罢。阿母深居鸡犬安，八珍玉食邀郎餐，千言万语对生意，小女初笄为姊妹。丹诚寸心难自比，写在红笺方寸纸，寄与春风伴落花，仿佛随风绿杨里。窗中暗读人不知，剪破红绡裁作诗，还怕香风易飘荡，自令青鸟口衔之。诗中报郎含隐语，郎知暗到花深处。三五月明当户时，与郎相见花间路。
② 题目是：《张子野八十五，尚闻买妾，述古令作诗》，见苏诗卷十一。
③ 载北宋人赵德麟所著《侯鲭录》卷五。
④ 见陈寅恪所著《读莺莺传》，《元白诗笺证稿》第100—109页，文学古籍刊行社版。
⑤ 见刘开荣所著《唐代小说研究》第五章第三、四节，商务版。
⑥ 见黄著《西厢记与白蛇传》第8—27页，平明出版社版；李著《中国文学史略稿》第三卷第26页，五十年代出版社版；王著《从莺莺传到西厢记》第9—10页，上海古典文学出版社版。

意见，但并没有提出新的看法，只在用一些证据巩固了王铨的结论之后，主张恢复莺莺的社会地位，让她仍旧去做崔鹏的女儿。①

考证的结论似乎并不一致，但基本精神却是相同的：《莺莺传》是元稹的"自传"。

从元稹的《梦游春词》和白居易的《和微之梦游春诗百韵（并序）》及其他材料看，元稹少年时代曾有过一段恋爱生活；从《旧唐书·德宗纪》中的记载看，"浑瑊薨于蒲……"和"廉使杜确将天子命以总戎节……"也是历史事实。但这只能说明元稹的《莺莺传》植根于生活的沃壤之中，有一定的生活原型；作为一篇文学作品，它里面的人物如张生，并不是元稹，如莺莺，并不是崔鹏的女儿或某一个倡伎，而是艺术典型。

把《莺莺传》看成元稹的"自传"的这种传统说法是应该抛弃的。因为根据这种说法，不仅会缩小《莺莺传》的典型意义，而且会走上用对于元稹的传记材料的分析代替对于《莺莺传》的分析的歧途。事实也正是这样的。陈寅恪先生和确信他的说法的人都根据他们考证出来的元稹为了和"高门"的女儿韦丛结婚而抛弃了出身"寒门"的恋人的事实，断言《莺莺传》所反映的是"高门"和"寒门"的矛盾，断言《莺莺传》是元稹"在攀结名门和唯利是图的观点之下，对女性'始乱之，终弃之'……的轻率态度的坦白书"。

从《莺莺传》本身看，所谓"高门"与"寒门"的矛盾是没有的，有的却是礼教与情感的矛盾。《莺莺传》所写的主要是莺莺这位封建贵族家庭的女性企图突破礼教束缚、追求幸福生活而作的斗争及其悲剧结局。

《莺莺传》的写作时代，封建礼教占有统治势力。当时的封建统治阶级要求"讲礼法"，反对"不讲礼法"的"浮薄"分子。但那种"礼法"是窒息人的真实情感的东西，因而不可避免地要激起反"礼法"的情绪。这种情绪，曾在当时的民间文艺形式"说话"和受这种形式影响的"传奇"中反映出来。在"说话"中，如元稹和白居易同时听过的"一枝花话"②，在

---

① 见曹家琪所作《崔莺莺、元稹、莺莺传》一文，载《文学遗产》第 20 期。
② 元稹《酬翰林白学士代书一百韵》中有"翰墨题名尽，光阴听话移"两句，自注："乐天每与予游，无不书名屋壁。又尝于新昌宅说一枝花话，自寅至巳，犹未毕词也。""一枝花"即李娃，白行简的《李娃传》大约是根据艺人所说的"一枝花话"写成的。

"传奇"中，如《离魂记》、《柳毅传》、《霍小玉传》特别是《李娃传》，都在婚姻问题上表现了反礼教的倾向，《莺莺传》也是这样的。

《莺莺传》中的张生据说是一个"非礼不可入"的君子，因而"年二十三，未尝近女色"。但却自认"非忘情者"——"大凡物之尤者，未尝不留连于心"。可见在他身上，"情"和"礼"的矛盾是早就存在着的。当他遇到莺莺这个"物之尤者"的时候，"情"就占了上风。"行忘止，食忘饱"，私礼红娘，缀《春词》，攀树，跳墙……这位"仁兄"的"礼"到哪里去了呢？在这当儿，连他自己也不得不承认"不谓当年，终有所蔽"。

但张生究竟是一个想通过考试爬上去的文人。当沉醉于爱情生活的时候，他顾不得"礼"，当因"文调及期"，离开莺莺，止于京师的时候，又不得不"忍情"，用"礼"来装点门面；在企图得到莺莺的时候，他盟山誓海，"义盛恩深"；在企图抛弃莺莺的时候，他大骂莺莺是"不妖其身，必妖于人"的"尤物"。

从表面上看，"礼"终于战胜了"情"；但实际上，"礼"是虚伪的，而"情"的火焰是非常炽烈的。他本来是一个未能"忘情"的人，"凡物之尤者，未尝不留连于心"。现在又遇到一个才、貌出众的"神仙之徒"，而且同她过了几个月的爱情生活，要抛弃她而不动情感，那是不可能的。当他"又当西去"，"愁叹于崔氏之侧"的时候，当他"遂止于京"，"贻书于崔"的时候，当他在已经抛弃了莺莺之后，又想"以外兄礼见"，"怨念之诚，动于颜色"的时候，可以看出，他的"情"还是"忍"不住的。然而为了用"礼"把自己装饰起来，他宁愿"忍"实在"忍"不住的"情"。"礼"是不能不讲的，而"情"又是很难"忍"的，在"情""礼"交战的痛苦中，他竟迁怒于引起他的"情"、也就是妨害他的"礼"的"尤物"——美好的女子，发出那段荒谬绝伦的议论。然而为了讲"礼"而残忍地抛弃，并且责骂像莺莺那样无辜的、美好的女子，不正是暴露了"礼"的罪恶吗？所以即使他的朋友，在听到他的议论之后也不能不"深叹"。

莺莺不像李娃。李娃是下层社会的优美女性，她的性格比较明朗，斗争也比较坚决、大胆。莺莺呢，她却是在封建礼教哺养下成长起来的。她的身份和她所受的教育，形成了她的不同于李娃的独特性格。她懂得"贞慎自保"，"虽所尊，不可以非语犯之"。当她母亲命她"以仁兄礼"见张生的时候，她起初"辞疾"不见；后来由于受她母亲的逼迫，只好出见，但"以郑

（她母亲）之抑而见也，凝睇怨绝，若不胜其体者"。"张生稍以词导之，不对"。她仿佛真能谨守礼教。然而在心灵深处，她追求幸福的爱情生活的火焰却燃烧得很炽烈。"往往沉吟章句，怨慕者久之"，正是"爱情"与"礼教"剧烈冲突的具体表现。红娘看穿了这一点，才敢建议张生"试为喻情诗以乱之"，即用"情"去"乱"她谨守的"礼"。在她读了张生挑逗她的《春词》之后，这种冲突就更加激烈了。他约了张生，但当张生赴约的时候，又责备他"非礼之动，能不愧心"，并告诫他"以礼自持，无及于乱"；隔了几天，她又自动地去找张生；"是后又十余日"，又"杳不复知"；张生赋《会真诗》寄她，"自是复容之"：就这样，她终于冲破了礼教的堤防。但是在那个社会中，谨守礼教，固然会被礼教吃掉；冲破礼教，也会被礼教淹死。对于后一点，她是特别清楚的。（这就是她原来"贞慎自保"的原因。她之所以"贞慎"，正是为了"自保"。）她知道没有经过"父母之命，媒妁之言"的结合，不管怎样盟山誓海，还是毫无保障。所以当张生因"文调及期"，准备西去，"不复自言其情"，而只"愁叹"不已的时候，她"已阴知将诀矣"。"始乱之，终弃之，固其宜矣，愚不敢恨。必也，君乱之，君终之，君之惠也；则没身之誓，其有终矣……"这是多么惨痛的语言！"岂期既见君子，不能以礼定情，致有自献之羞，不复明侍巾帻。没身永恨，含叹何言！倘仁人用心，俯遂幽眇，虽死之日，犹生之年。如或达士略情，舍小从大，以先配为丑行，谓要盟为可欺，则当骨化形销，丹诚不泯……"这又是多么惨痛的语言！果然不出她的预料，张生正是一个"以先配为丑行，谓要盟为可欺"的"达士"，终于把她抛弃了。当张生抛弃她之后，她过着"自从消瘦减容光，万转千回懒下床"的痛苦生活，但还寄诗张生，要他"还将旧来意，怜取眼前人"，用过去待她的情意，去待他眼前的妻子。

然而像莺莺这样心地善良、才华出众的女子，却被叫做蛊惑人的"尤物"，却被认为她的存在是不应该的，因为她可以使一个本来"非礼不可入"的人发生"非礼"的行动。于此可见，所谓"礼"，就是和美好事物绝对对立的东西。

《莺莺传》就由于创造了这样真实、这样典型、这样具有深刻的思想意义的张生和莺莺的形象而永垂不朽。

我们在读了《莺莺传》之后，总是同情莺莺、怨恨张生的；但作者却通过"时人"的口称许张生"善补过"，还声明他讲崔、张故事，是为了"使知之者不为，为之者不惑"，显然是为"为之者不惑"的张生辩护（也就是为"礼教"辩护），并以此告诫读者的。这当然表现了他的思想的局限性。我们在读这篇作品的时候，不应该被作者在篇末所表现出来的创作意图所迷惑，而应该通过对张生和莺莺的形象的分析，把握作品的客观意义。因为在这篇作品中，作者的主观意图和作品的客观意义之间存在着矛盾，不能混为一谈。

二、秦观、毛滂的《调笑转踏》和赵德麟的《商调蝶恋花》

《莺莺传》所写的崔张恋爱故事，在北宋已经流传很广。北宋赵德麟（令畤）说："今士大夫极谈幽玄，访奇述异，无不举此（崔张故事）以为美谈；至于倡优女子，皆能调说大略。"到了南宋，更被艺人们搬上了讲台和舞台：据南宋罗烨《醉翁谈录》所记，当时的话本中有《莺莺传》；据南宋周密《武林旧事》所记，当时的官本杂剧中有《莺莺六幺》。但这些由艺人们再创作的作品，可惜没有流传下来。

宋代以崔张故事为题材的作品，现在能看到的是秦观和毛滂的《调笑转踏》①、赵德麟的《商调蝶恋花》②。

《调笑转踏》是一种用一首七言八句（前四句平韵，后四句仄韵）的引诗和一首《调笑令》来歌咏一个故事的舞曲。秦观、毛滂的《调笑转踏》都是联结八个故事为一套，分咏崔徽，昭君、盼盼、莺莺等人的。现在录咏莺莺故事的于后：

> 崔家有女名莺莺，未识春光先有情。河桥兵乱依萧寺，红愁绿惨见张生。张生一见春情重，明月拂墙花影动。夜半红娘拥抱来，脉脉惊魂若春梦。
>
> 春梦，神仙洞。冉冉拂墙花树动。西厢待月知谁共，更觉玉人情重。红娘深夜行云送，困亸钗横金凤。

——秦　观

---

① 见秦观的《淮海词》和毛滂的《东堂词》。

② 赵德麟《侯鲭录》卷五。

春风户外花萧萧，绿窗绣屏阿母娇。白玉郎君恃恩力，樽前心醉双翠翘。西厢月冷濛花雾，落霞零乱墙东树。此夜灵犀已暗通，玉环寄恨人何处？

何处？长安路。不记墙东花拂树。瑶琴理罢霓裳谱，依旧月窗风户。薄情年少如飞絮，梦逐玉环西去。

——毛　滂

秦观的《调笑转踏》只写到幽会，毛滂的《调笑转踏》只写到寄环。它们的共同特点是没有涉及"尤物"和"善补过"的议论，而后者还表现了同情莺莺的倾向，与《莺莺传》"篇末文过饰非，遂堕恶趣"[①]者不同。这一点，到了赵德麟的《商调蝶恋花》，就表现得更加明显。

赵德麟的《商调蝶恋花》是采用民间说唱文学中的鼓子词的形式写成的。"说"的部分用散文，除首尾两段是他所作的而外，其余十段，是根据元稹的《莺莺传》删节概括而成的；"唱"的部分用韵文，是他自己作的十二首《蝶恋花》。现在节录散文部分、全录韵文部分于后：

夫传奇者，唐元微之所述也。以不载于本集，而出于小说，或疑其非是。今观其词，自非大手笔，孰能与于此。至今士大夫极谈幽玄，访奇述异，无不举此以为美谈；至于倡优女子，皆能调说大略。惜乎不被之以音律，故不能播之声乐，形之管弦。好事君子，极饮肆欢之际，愿欲一听其说，或举其末而忘其本，或纪其略而不及终其篇。此吾曹之所共恨者也。今于暇日，详观其文，略其烦亵，分之为十章。每章之下，属之以词——或全摭其文，或止取其意。又别为一曲，载之传前，先序全篇之意。调曰《商调》，曲名《蝶恋花》。句句言情，篇篇见意。奉劳歌伴，先定格调，后听芜词：

丽质仙娥生月殿。谪向人间，未免凡情乱。宋玉墙东流美盼，乱花深处曾相见。密意浓欢方有便。不奈浮名，旋遭轻分散。最恨多才情太浅，等闲不念离人怨。

传曰：余所善张君，性温茂……张生稍以词导之，不对，终席而罢。奉劳歌伴，再和前声：

---

① 鲁迅《中国小说史略》第九篇。

锦额重帘深几许！绣履弯弯，未省离朱户。强出娇羞都不语，绛绡频掩酥胸素。　　黛浅愁深妆淡注，怨绝情凝，不肯聊回顾。媚脸未匀新泪污，梅英犹带春朝露。

张生自是惑之……立缀《春词》二首以授之。奉劳歌伴，再和前声：

懊恼娇娘情未惯。不道看看，役得人肠断。万语千言都不管，兰房跬步如天远。　　废寝忘餐思想遍。赖有青鸾，不比凭鱼雁。密写香笺论缱绻，春词一纸芳心乱。

是夕，红娘复至，持彩笺以授张……拂墙花影动，疑是玉人来。奉劳歌伴，再和前声：

庭院黄昏春雨霁。一缕深心，百种成牵系。青翼蓦然来报喜，花笺微喻相容意。　　待月西厢人不寐。帘影摇光，朱户犹慵闭。花动拂墙红萼坠，分明疑是情人至。

张亦微喻其旨……张自失者久之，复踰而出，由是绝望矣。奉劳歌伴，再和前声：

屈指幽期惟恐误。恰到春宵，明月当三五。红影压墙花密处，花阴便是桃源路。　　不谓兰诚金石固，敛袂怡声，恣把多情数。惆怅空回谁共语，只应化作朝云去。

后数夕，张君临轩独寝，忽有人觉之……泪光荧荧然犹莹于茵席而已。奉劳歌伴，再和前声。

数夕孤眠如度岁，将谓今生，会合终无计。正是断肠凝望际，云心捧得嫦娥至。　　玉困花柔羞抆泪，端丽妖娆，不与前时比。人去月斜疑梦寐，衣香犹在妆留臂。

此后又十余日，杳不复知……欲行之再夕，不可复见，而张生遂西。奉劳歌伴，再和前声：

一梦行云还暂阻，尽把深诚，缀作新诗句。幸有青鸾堪密付，良宵从此无虚度。　　两意相欢朝又暮，争奈郎鞭，暂指长安路。最是动人愁怨处，离情盈抱终无语。

不数月，张生复游于蒲……崔投琴拥面，泣下流涟，趣归郑所，遂不复至。奉劳歌伴，再和前声：

碧沼鸳鸯交颈舞，正恁双栖，去遣分飞去。洒翰赠言终不许，援琴诉尽奴心素。　　曲未成声先怨慕，忍泪凝情，强作《霓裳序》。

弹到离愁凄咽处，弦肠俱断梨花雨。

诘旦，张生遂行……存殁之诚，言尽于此，临纸呜咽，情不能伸，千万珍重。奉劳歌伴，再和前声：

别后相思心目乱，不谓芳音，忽寄南来雁。却写花笺和泪卷，细书方寸教伊看。　　独寐良宵无计遣，梦里依稀，暂若寻常见。幽会未终魂已断，半衾如暖人犹远。

玉环一枚，是儿婴年所弄，寄充君子下体之佩……慎自保持，勿以鄙为深念也。奉劳歌伴，再和前声：

尺素重重封锦字，未尽幽闺，别后心中事。佩玉彩丝文竹器，愿君一见知深意。　　环欲长圆丝万系，竹上斓斑，总是相思泪。物会见郎人永弃，心驰魂去人千里。

张之友闻之，莫不耸异……崔又赋一诗，以谢绝之曰："弃置今何道，当时且自亲。还将旧来意，怜取眼前人。"奉劳歌伴，再和前声：

梦觉高唐云雨散，十二巫峰，隔断相思眼。不为旁人移步懒，为郎憔悴羞郎见。　　青翼不来孤凤怨，路失桃源，再会终无便。旧恨新愁那计遣，情深何似情俱浅。

逍遥子曰：乐天谓微之能道人意中语，仆于是益知乐天之言为当也。何者？夫崔之才华婉美，词采艳丽，则于所载缄书诗章尽之矣。如其都愉淫冶之态，则不可得而见。及观其文，飘飘然仿佛出于人目前，虽丹青摹写其形状，未知能如此工且至否？仆尝采摭其意，撰成鼓子词十章，示余友河东白先生。先生曰："文则美矣，意犹有不尽者，胡不复为一章于其后。且具道张之于崔，既不能以理定其情，又不能合之于义，始相遇也，如是之笃；终相失也，如是之遽。必及于此，则全矣。"余应之曰："先生真为文者矣，言必欲有始终箴戒而后已。大抵鄙靡之词，止欲歌其事之所可歌，不必如是之备。若夫聚散离合，亦人之常情，古今所同惜也。又况崔之始相得而终至相失，岂得已哉！如崔已他适，而张诡计以求见；崔知张之意，而潜赋诗以谢之，其情盖有未能忘者矣。乐天曰：'天长地久有时尽，此恨绵绵无绝期。'岂独在彼者耶！"余因命此意，复成一曲，缀于传末云：

镜破人离何处问，路隔银河，岁会知犹近。只道新来销瘦损，玉容不见空传信。　　弃掷前欢俱未忍，岂料盟言，陡顿无凭准。地久天长终有尽，绵绵不似无穷恨。

赵德麟除用中间的十首《蝶恋花》热情洋溢地歌咏了崔张恋爱故事而外，在篇末的一段散文和首尾的两首《蝶恋花》中，还明确地表示了对于莺莺的同情和对于张生的不满。"张之于崔，既不能以理定其情，又不能合之于义，始相遇也，如是之笃，终相失也，如是之遽"；"最是多才情太浅，等闲不念离人怨"；"弃掷、前欢俱未忍，岂料盟言，陡顿无凭准"；这里表现的倾向是比较进步的。

三、董解元的《西厢记诸宫调》

董解元的生平 　《莺莺传》所写的崔张恋爱故事，在民间广泛流传的过程中，不断地用社会生活、用人民的思想感情补充着自己、修正着自己，到了《西厢记诸宫调》，已经发展成一部优秀的现实主义文学巨著了。

《西厢记诸宫调》又称《西厢挡弹词》，又称《弦索西厢》，又称《董西厢》。它的作者是董解元。

董解元这位伟大的作家，由于缺乏记载，我们除晓得他是"金章宗时人"① 而外，连他的名字都无法确切的知道。②按唐朝的制度，进士由乡而贡叫"解"；后世因称乡试为"解试"，称乡试第一人为"解元"。但金、元时代，凡读书人都可以叫"解元"（如王实甫《西厢记》中的张生叫张解元），所以董解元不一定有什么功名。后人根据"解元"二字，说他仕于金，说他做金章宗学士，③都是靠不住的。

在《西厢记诸宫调》前面的《引辞》中，有些诗句，可以帮助我们了解董解元的生活情况和思想情况。

〔仙吕调〕〔醉落魄缠令〕……秦楼谢馆鸳鸯幄，风流稍是有声价。教惺惺浪儿每都伏咱。不曾胡来，俏伴是生涯。〔整金冠〕携一壶儿酒，戴一枝儿花。醉时歌，狂时舞，醒时罢。每日价疏散，不曾着家。放二四，不拘束，尽人团剥。

---

① 　钟嗣成《录鬼簿》"董解元，金章宗时人。"陶宗仪《辍耕录》所载略同。金章宗在位十九年（1190—1208），正当南宋光宗、宁宗的时候。

② 　明代大戏曲家汤显祖评本《西厢记诸宫调》说董解元名朗，不知何据。

③ 　见明人朱权《太和正音谱》和清人毛奇龄《西河词话》。

可以看出，他是一位狂放不羁、不为封建礼法所拘的文人。这就决定了他的和封建正统文学对立的美学观点和艺术兴趣。他在《断送引辞》中说：

〔太平赚〕……俺平生情性好疏狂，疏狂的情性难拘束。一回家想么，诗魔多，爱选多情曲。

所谓"多情曲"，实际上就是以爱情为题材的反礼教作品。他对于《井底引银瓶》、《离魂倩女》、《谒浆崔护》、《柳毅传书》等爱情作品都很熟悉，① 但还觉得不够味，特地选了崔、张恋爱的题材进行创作。他是很相信他的创作的艺术力量的：

〔尾〕穷缀作，腌对付。怕曲儿捻到风流处，教普天下颠不刺的浪儿每许。

诸宫调的形式 过去有人把董解元的《西厢记》认作杂剧或传奇，这是错误的。董解元自己说："比前贤乐府不中听，在诸宫调里却着数。"他的《西厢记》是用诸宫调的形式写成的。从北宋直到金元，诸宫调是一种很有势力的民间文艺形式。② 它的特点是有说有唱：说的部分用散文；唱的部分则是由诸宫调的许多曲子组织而成的韵文。其组织方法是：用同一宫调的几只曲子加"尾声"组成套数，联合各个宫调的许多套数而成鸿篇巨制。③ 因说唱时用琵琶等乐器伴奏，所以又叫"挡弹词"。

这种形式有说有唱，而唱的部分，又采用各个宫调的各种各样的曲调，所以可用以塑造众多的人物，表述复杂的故事，对元杂剧的形成颇有影响。

《西厢记诸宫调》中的人物形象 《西厢记诸宫调》是一部长达五万多字的优秀作品。它虽然以《莺莺传》为基础，但却从生活中吸取了更丰富的素材，发展了、改变了《莺莺传》中的人物形象，又创造了许多新的人物形象，通过这些人物形象的相互关系及其合逻辑的发展，体现了反封建礼教的

---

① 见《断送引辞》中的《柘枝令》。

② 宋人王灼《碧鸡漫志》卷二中说："熙、丰、元祐间……泽州孔三传者，首创诸宫调古传，士大夫皆能诵之。"《梦粱录》卷二十《妓乐》条中也说："说唱诸宫调，昔汴京有孔三传编成传奇灵怪，入曲说唱。"熙宁、元丰（1068—1085）是宋神宗的年号，可见"诸宫调"这种形式在北宋时代就产生了。现存的诸宫调作品，除《董西厢》外，还有金代无名氏的《刘智远》残本和元人王伯成的《天宝遗事》的一部分曲文。

③ 例如《董西厢》的开头是用"仙吕调"的"醉落魄缠令"、"整金冠"、"风吹荷叶"、"尾"等曲子组成的一个套数，接着是用"般涉调"的"哨遍"、"耍孩儿"、"太平赚"、"柘枝令"、"墙头花"、"尾"等曲子组成的一个套数。

思想。

《莺莺传》中的主要矛盾存在于莺莺和张生这两个形象的内部：莺莺在"情"战胜"礼"的情况下爱上了张生，而且企求永远保持这种爱情；张生在"情"暂时占上风的情况下爱上了莺莺，而在"礼"终于压倒"情"的情况下又遗弃了莺莺。可以看出，作者是企图通过这个故事，完成维护礼教的说教的（虽然并没有收到预期的效果）。他的这种观点，使他不可能、也不需要塑造反对封建礼教的红娘的正面形象和维护封建礼教的老夫人的反面形象，所以在《莺莺传》中，老夫人和红娘都是条件人物。《西厢记诸宫调》中的主要矛盾则存在于张生、莺莺和老夫人之间。这里的张生不同于《莺莺传》中的张生，他是一个为了追求美满的爱情生活而大胆地向封建礼教挑战的人物，他和莺莺是站在矛盾的同一方面的；矛盾的另一方面则是代表封建势力的老夫人。可以看出，作者不仅看到了现实中的这种重大的矛盾，而且是同情反礼教的斗争的。为了真实地反映这种矛盾斗争的尖锐性和复杂性，在老夫人方面，还塑造了郑恒的形象，在张生方面，还塑造了红娘和法聪的形象，而孙飞虎和白马将军的形象，则给这种矛盾斗争衬托了比较广阔的社会背景。

张生的形象

张生是礼部尚书的儿子。但他吸引人的并不是功名富贵，而是他的美貌、才华、深挚的感情和为了追求幸福生活而顽强地冲破一切障碍的不屈不挠的意志。

他的"守官清廉"的父亲毫无积蓄，他父亲死后，家境越来越穷困了。他自己呢，虽然"有宋玉十分美貌，怀子建七步才能"，"德行文章没包弹，绰有赋名诗价"，但年已二十三岁，却"尚在白衣，风云未遂"。因此，他懒得在京城里住下去了，开始了"四海游学"的浪游生涯。

唐德宗贞元十七年二月间，他来到蒲州，到普救寺里散心，瞥见了一位绝世的美人——莺莺。

张生见了莺莺之后，便如疯似狂地爱上了她。这样，尖锐的矛盾斗争就跟着他的行动展开了。

为了追求莺莺，他向普救寺的堂头和尚法本借了一间僧房。当天晚上，一轮明月从碧澄澄的天空中流泻出水一样的光辉，浸满了大地；而在地上的水一样的月光中，正浮动着疏疏的花影。他对景怀人，吟了一首诗：

月色溶溶夜，花阴寂寂春；如何临皓魄，不见月中人？

忽然听得开门的声音，接着飘来一阵香气，仔细一看，不料"月中人"下降了；莺莺若有所思地走出门来，伸出纤嫩的手指，摘了一枝颤巍巍的花儿，然后长叹一声，对着团圆的明月，伽伽地拜了几拜，依照张生的诗韵，答了一首诗：

兰闺久寂寞，无计度芳春；料得行吟者，应怜长叹人。

针锋相对的两首诗交流了他们的感情，他们已经心心相印了。

那么，张生不是就轻而易举地获得莺莺了吗？事情并不这样简单。当张生大喜过望，走上去准备倾吐爱慕之情的时候，却被匆匆赶来的红娘冲散了。

红娘是奉老夫人的命令来唤莺莺的。莺莺回去之后，被老夫人严厉地教训了一顿。

所以张生和莺莺的恋爱，一开始就受到老夫人的阻挠。然而张生是执著于爱情的，他不惜付出一切乃至生命去冲破障碍。在他第一次看到莺莺的时候，法聪就告诉他老夫人是"闺门有法"的，劝他不要"胡想"，但他没有知难而退。在红娘冲散他和莺莺的会见之后，他再看不见莺莺了，但他也没有废然而返；相反地，更加强了对于莺莺的爱恋。"自兹厥后，不以进取为荣，不以干禄为用，不以廉耻为心，不以是非为戒，夜则废寝，昼则忘餐"，完全沉浸在爱情的大海中去了。而当爱情的大海冲洗掉他自己的封建礼教观念的时候，对于为了维护封建礼教而阻挠他和莺莺的恋爱的老夫人，便产生了强烈的憎恨。

张生想尽了办法，好容易才抓住了在老夫人为她的亡夫崔相国做道场的时候和莺莺见面的机会；但也只能见一次面罢了。不料忽然来了个孙飞虎，使矛盾的性质起了极大的变化。老夫人为了求张生解除压在头上的灾难，不得不把莺莺许给张生。

然而张生还是"白衣"，他的"白衣"身份是和老夫人的功名富贵观念相冲突的，因而在"白马解围"之后，接踵而来的不是成亲，而是赖婚。张生是了解老夫人赖婚的原因的，所以"乘酒自媒"，表示凭他的学问、文章，可以立刻猎取功名富贵。但老夫人是很现实的，对张生的空头支票不感兴趣，她说："先生之言，信不诬矣；然尚困布衣，必关诸命。"张生只得"下泪以跪"，哀求老夫人。老夫人却以崔相国曾将莺莺许给郑恒为由，拒绝了他。

从此以后，张生经受了不堪设想的痛苦，也进行了复杂曲折的斗争，终于在红娘的帮助下和莺莺暗地里结合了。老夫人发现之后，经过红娘的争辩，才答应了他们的婚事；但声明莺莺的孝服未满，还不能结婚。张生于是表示愿意进京考试，求取功名。这立刻得到老夫人的赞许："愿郎远业功 名为念，此寺非可久留。"

张生进京，果然中了探花，做了翰林学士。但当他赶回来和莺莺结婚的时候，由于郑恒的挑拨，老夫人又把莺莺许给郑恒。经过白马将军的帮助，他和莺莺才"美满团圆，还都上任"。

张生的形象是具有深刻的思想意义的。一开始，强烈的真挚的爱情推动他展开了在当时可以说非常勇敢的斗争，这种斗争，猛烈地冲击了支持封建社会的道德和礼法。第一，在封建社会中，青年男女的婚姻是不容许自己做主的，但张生所坚持的自由恋爱却有力地暴露了包办婚姻的不合理性。第二，封建社会的某些知识青年往往在爱情炽烈的时候进行了自由恋爱，而在包办婚姻制度和封建礼教观念的控制下又终于抛弃了女方，造成"始乱终弃"的结局（《莺莺传》中的张生就是这样的），但张生所体现的爱情却是非常深挚、非常专一的。

当然，张生这个形象所体现的具有进步性的思想意义同时也带有时代的、阶级的局限性。这主要表现在功名和爱情的关系上。

张生这个形象是在从功名走向爱情、从爱情走向功名、又从功名回到爱情的过程中逐渐凸现出来、丰满起来的；而且以功名、爱情兼而有之结束了整个故事。

张生刚登场的时候，虽然是个"白衣"，但"平日春闱较才艺，策名屡获科甲"，并不是无意于功名富贵的人。后来见了莺莺，爱情的追求才代替了功名的追求：

〔庆宣和〕有甚心情取富贵，一日瘦如一日。……

〔棹孤舟缠令〕不以功名为念，五经三史何曾想；为莺娘，近来妆就个鞋浮浪。……

然而在爱情的追求中，他又感到功名富贵的重要，老夫人赖婚，不就是由于他还是个"白衣"吗！所以在老夫人真正把莺莺许给他，问他"愿那不愿"的时候，他回答道："小生目下自居贫贱……相公的娇女，有何不恋。"

他是颇以"贫贱"自惭的。而当红娘告诉他"适莺闻夫人语亲，忻喜之容见于面；闻郎赴文调，愁怨之容动于色"的时候，他直截了当地说："烦为我言之；功名世所甚重，背而弃之，贱丈夫也。我当发策决科，策名仕版。谢原宪之圭窦，衣买臣之锦衣。待此取莺，惬子素愿。无惜一时孤闷，有妨万里前程。"

但当由爱情走向功名的时候，张生又感到爱情和功名的矛盾。临别之时，他的思想活动是：

〔玉翼蝉〕……恰俺与莺莺鸳帏暂相守，被功名使人离缺。

好缘业！空悒怏，频嗟叹，不忍轻离别。

在凄凉的旅途上和旅店里，他的感触更深了：

〔蛮牌儿〕活得正美满，被功名使人离缺。……恨我寸肠千结，不埋怨，除你心如铁。泪痕儿淹破人双颊，泪点儿拍搵不迭，是相思血。

这就决定了他在求到功名富贵之后，仍然能回到爱情，而且为克服在爱情问题上发生的新的矛盾而斗争到底。

如果说未能忘怀功名富贵表现了张生这个形象的局限性，那么，同时应该说爱情和功名富贵的矛盾以及始终忠于爱情的种种表现，也加强了张生这个形象的真实性、深刻性。"世所甚重"的功名富贵对于张生这样出身、这样处境的人无疑是具有极大的诱惑力的；然而在开始，爱情的烈火烧毁了张生追求功名富贵的念头，到爱情问题得到解决之后，他虽然去求取功名富贵，但因求取功名富贵而不得不和莺莺离别的时候，他又深切地感到功名富贵的无聊。存在于张生身上的这种爱情和功名富贵的矛盾，是存在于当时的社会中的，是社会中的这种矛盾的艺术反映。

莺莺的形象

莺莺一出现，就以她的美貌吸引住张生。

极有意味的是一场反封建礼教的斗争发生在代表封建礼教的相府，而这个相府的成员又住在实行禁欲主义的佛寺里面。张生在逐一地游览佛殿、瞻仰佛像的过程中忽然从"几间寮舍"的"半开朱户"中瞥见了一个"二停似菩萨，多半是神仙"的美人，于是"胆狂心醉"，准备推户而入，却冷不防被法聪揪住，告诉他那不是佛殿，而是崔相国夫人的住宅，万万去不得的。张生却偏不相信，反驳道：

〔惜黄花〕……莫胡来，便死也须索看，这里管塑盖得希罕。

〔尾〕莫推辞，休解劝。你道是有人家宅眷，我甚恰才见水月观音现？

这位"水月观音"，就是崔相国的小姐莺莺。

在"闹道场"的场面中，作者更通过对和尚们看见莺莺之后的种种表现的描写，烘托了莺莺的美貌：

〔雪里梅〕诸僧与看人惊晃，瞥见一齐都望。住了念经，罢了随喜，忘了上香。……老和尚也眼狂心痒，小和尚每搐头缩项。立挣了法堂，九伯了法宝，软瘫了智广。

〔尾〕添香侍者似风狂，执磬的头陀呆了半晌，作法的阇黎神魂荡飏。不顾那本师和尚，聒起那法堂。怎遮当！贪看莺莺，闹了道场。

从技巧的角度看，这种侧面烘托的方法是很好的。作者生动地描写了莺莺的美所引起的反应，于是出现在我们面前的就不仅是一个活的美人，而且是在许多活人中间的美人，由此构成的美的印象是异常充实而复杂的。但这种方法也是常见的。《陌上桑》的作者描写罗敷的美，《伊利亚特》的作者描写海仑的美，都用的是这种方法。值得注意的是从思想的角度看，作者着重地描写了莺莺的美在和尚中引起的反应，为描写张生的反应准备了条件。"禅僧既见，十年苦行此时休"；没有"十年苦行"的张生，"一似风魔颠倒"，封建礼教完全失掉对他的约束性，就更是可以理解的了。

当然，莺莺虽然美丽得像水月观音一样，但并不是泥塑的水月观音，而是有血有肉的活人，她具有人的、少女的情感和欲求。而这种情感和欲求，是和封建礼教矛盾的。这种矛盾，具体地表现在她和老夫人之间，也存在于她的内心之中。因此，她要和老夫人作斗争，也要和她自己作斗争。

她回答张生的"兰闺深寂寞……"的那首诗，充分地流露了她被老夫人深锁在"兰闺"之中的苦闷心情和解放要求。她希望张生同情她，帮助她改变现状。但立刻被老夫人打发红娘找回去。老夫人还不知道她看见了张生，仅仅为了她潜出闺门，就严加训斥，迫使她屈服，答应"改过自新"。从此以后，只好压制着自己的情感和欲求，在监狱似的深闺中寂寞地消磨无计消磨的青春。在老夫人赖婚的场面中，我们通过张生的眼，看见她被旧恨新愁折磨成什么样子：

〔出队子〕滴滴风流，做为娇更柔。见人无语但回眸。料得娘行不
自由，眉上新愁压旧愁。……

〔尾〕怪得新来可唧嘟，折倒得个脸儿清瘦。……

〔瑶台月〕冤家为何，近日精神直恁的消唐？浑如睡起，尚古子不
曾梳裹。

当着老夫人，她对张生有许多话要说，但不敢开口：

〔月上海棠〕……许多心事向谁说？眼底送情来，争奈母亲严切！
空没乱，愁把眉峰暗结。

"听琴"的时候，她被张生从琴声中传出的情感感动得"阁不住粉泪涟
涟"，但她还没有勇气和张生私会。老夫人的管教，封建礼教的约束，相府
小姐的身份的限制，和她对张生的爱情激烈地冲突着。她听琴回去之后，我
们清楚地看到她的被这种冲突激起的复杂的内心活动：

〔碧牡丹〕君瑞哥哥，为我吃担阁。你莫不枉相思，枉受苦，枉烦
恼！适来琴内排唤着，即自家大段不晓；自心思忖，怕咱做夫妻后
不好？奴正青春，你又方年少。怕你不聪明，怕你不稳色，怕你没
才调？

〔鹊打兔〕奈老夫人情性怕，非草草。虽为个妇女，有丈夫节操，
俺父亲居廊庙，宰天下，存忠孝。妾守闺门，些儿怎地，便不辱累
先考！……

〔双声叠韵〕……背画烛，魆魆地哭，泪滴了知多少！哭得烛又灭，
香又消，转转心情恶。自埋怨，自失笑，自解叹，自敦捗，眼悬悬
地，盼明不到。

莺莺的这种内心冲突，在很大程度上决定了此后的故事发展。她对张生
的同情和火一样燃烧着的爱情，使她在接到张生的情诗之后，用"待月西厢
下"的诗章约张生相会；而她的相府小姐的身份和怕老夫人知道、怕"辱累
先考"的顾虑，又使她不得不设法瞒过红娘。她严厉地斥责红娘不该把张生
的"淫诗"送给她，但又叫红娘把"待月西厢下"的诗送给张生。她的用
心是很苦的。然而张生由于没有那么多顾虑，所以不理解她的用心，竟把那
首诗当着红娘的面讲解了一遍，而且当红娘还在莺莺身旁的时候就跳过墙
去，还傻里傻气地叫红娘"忙报与您姐姐，道：门外'玉人'来也"。莺莺
和张生的这种由处境不同而产生的心理和行动上的冲突，就自然而然地导致

了"赖简"的结局。

莺莺"赖简"原是出于不得已的。当她看到"赖简"造成的严重后果——张生病得要死的时候，她才不顾一切地去和张生幽会。"如顾小行，守小节，误兄之命，未为德也"。这就是她在内心矛盾斗争之后得出的结论。

莺莺这个形象向读者证明：矛盾存在于社会生活之中，也存在于参加社会生活的人的内心之中，因而在克服社会矛盾的过程中必然地要克服内心矛盾。莺莺这个出身贵族的正面人物，是在和客观的封建势力及自己的封建道德观念作激烈斗争的过程中成长起来的。这个形象还向读者证明：真正的爱情能够在人们身上培植高尚的道德品质。张生被痛苦折磨到性命不保的程度，激发了莺莺的同情心，成为她克服内心矛盾的动力之一。她意识到为了"顾小行、守小节，而送掉张生的性命，是不道德的，因而才不顾小行小节，救了她本来就热爱着的张生。从这里，我们可以看出被莺莺叫做"小行小节"的封建礼法，是和高尚的道德不相容的。

红娘的形象

对于张生和莺莺的反礼教斗争，红娘是起着推动作用的。红娘的肯定性的性格特征，也是在参加这种斗争的过程中显露出来、成长起来的。

红娘所处的特殊地位（莺莺的侍婢），使她有可能了解老夫人和莺莺的性格及其相互关系，又有可能把这一点告诉张生："夫人治家严肃，朝野知名。夫人幼女莺莺，数日前夜乘月色潜出，夫人窃知，令妾召归，失子母之情。立莺庭下，责曰：'尔为女子，容艳不常，更夜出庭，月色如昼，使小僧游客得见其面，岂不自耻！'莺莺泣谢曰：'今当改过自新，不必娘自苦苦。'然夫人怒色，莺不敢正视。"这不仅揭露了莺莺和老夫人在性格上从而也在行动上的矛盾，也引出了张生和老夫人在性格上从而也在行动上的矛盾。正在追求莺莺的张生，听了这段话之后，好像挨了当头一棒。他唱道：

〔牧羊关〕适来因把红娘问，说夫人恁般情性；作事威严，治家廉谨。无处通佳耗，无计传芳信。欲要成秦晋，天，天，除会圣。

然而张生并没有退缩，他的炽烈的爱情之火鼓动他展开了不妥协的反礼教斗争。

张生由于不能和处于老夫人严格管教之下的莺莺公开见面，所以很需要红娘的帮助。但红娘不仅了解老夫人的封建意识，而且也了解莺莺在老夫人管教下形成的某些封建意识，所以她不敢公开地帮助张生。在赖婚之后，张生"取金钗一只以馈红娘",请求红娘在莺莺面前倾吐他的"肺腑",却被拒绝了,其理由是:"莺莺幼从慈母之教,贞顺自保,虽尊亲不可以非语犯;下人之谋,固难入矣。"不过红娘还是帮助了张生的。当她知道张生会弹琴的时候,就告诉张生:

> 〔恋香衾〕……妇女知音的从古少,知音的止有个文君;着一万个文君,怎比莺莺!多慧多娇性灵变,平生可喜秦筝。若论弹琴擘阮,前后绝伦。

因而指出"这七弦琴便是大媒人",并嘱咐张生于"深夜作两三弄,莺闻必至,妾当从行。如闻声欬,乃莺至矣。愿先生变雅操为和声,以辞挑之,事必谐矣。"红娘的这条计策,果然收到了预期的效果。

作为一个侍婢的红娘,一开始就很少受封建礼教观念的束缚,因而她不认为张生追求莺莺是"非礼"的举动,并且同情他、帮助他。但那个礼教家庭却是束缚着她的,老夫人的"威严",莺莺的"贞顺自保",使她显得有些懦怯。然而她既然被卷入斗争,她的性格就不能不跟着斗争的发展向前发展。

在赖婚之后,她看到张生的痛苦,在听琴之后,又看到莺莺的悲愁,这引起了她的同情心;同时,她清楚地知道给张生莺莺带来痛苦、悲愁的是"忘恩负义"的老夫人,这又激发了她的正义感。在这种同情心和正义感的支持下,她变得勇敢起来了。她责骂老夫人:

> 〔出队子〕……相国夫人端的左,酷毒害的心肠忒煞过。

> 〔尾〕做个夫人做不过,做得个积世虔婆。教两下里受这般不快活。

从此,她竭力地帮助张生和莺莺:不仅替他们传书递简,使他们得以私下成合;而且在老夫人识破他们的幽会,大发雷霆的时候,义正词严地谴责了、说服了老夫人,使他们的爱情得到圆满的结局。

老夫人的形象

老夫人是郑相国的女儿,崔相国的妻子,丈夫死后,她充当一个封建贵族家庭的家长。

她的主要特征是:"治家严肃","闺门有法"。在她的统治下,不但"童仆侍婢"们没有自由,就是她的爱女莺莺也没有自由。

她的另一特征是:嫌贫贱,爱富贵。张生"尚困布衣",就是她赖婚的主要原因。

她的这两种性格特征及其在行动上的表现,给莺莺带来了极大的痛苦。

但她是很爱她的女儿的。她约束婢仆不准"迤逗"莺莺，教导莺莺严守闺教，不得潜出闺门，正是她爱女儿的具体表现；她不惜费尽心机，以达到赖婚的目的，也是她爱女儿的具体表现。在她看来，对女儿管教不严，以致做出"出乖弄丑"的事情，是害了女儿；把女儿嫁给一个"布衣"，也是害了女儿。但事实证明，她认为爱女儿的却恰恰是害女儿，认为害女儿的却恰恰是爱女儿。在这里，充分地暴露了她的母爱的阶级性及其反动本质。

郑恒的形象

郑恒一出场，就造谣生事地破坏张生和莺莺的婚姻。莺莺听到张生另娶，立刻气死，"左右侍儿皆救，多时方甦"。他却恬不知耻地说：

〔文如锦〕……恁姐姐休呆。我比张郎，是不好门地？不好家业？不是自家自卖弄，我一般女婿也要人送：外貌即不中，骨气较别；身分即村，衣服儿忒捡；头风即是有，头巾儿蔚帖；文章全不会后，"玉篇"都记彻；张郎是及第，我承内祗，子是争一得些些。

他别求了妇，你只管里守志吵，当甚贞烈！

莺莺跟着张生逃走了，他跑到白马将军那里说：

〔古轮台〕……许多财礼，一划是好金银；十万贯余钱，首饰皆新；百件衣服，更兼霞帔长裙；准备了筵席，造下食饭，杯盘水陆、地铺祵！今日是良辰。……不觉莺莺随人私走，教人怎不忿！……短命的那孩儿没眼斤！

在他看来，莺莺不愿嫁给他而愿嫁给张生，是很"呆"的，是"没眼斤"的。

郑恒的形象，是被放在和张生尖锐对立的地位上创造出来的。他和张生是对立的典型。张生"家业凋零"；他有"好门第，好家业"。张生不愿"承家荫"，"尚困布衣"；他"承内祗"是个"衙内"。张生多才多艺，能诗善赋；他只认得几个大字。张生漂亮、温柔；他丑陋、粗鄙。张生非常"志诚"；他非常"奸狡"。

在对这两个人物的态度上，明显地表现了老夫人和莺莺红娘的对立。老夫人的注意力集中在前两点上，所以挑上了郑恒；莺莺的注意力集中在后三点上，所以爱上了张生，红娘的观点是和莺莺一致的，所以她一贯地帮助张生，反对郑恒。

在和郑恒的对照中，张生的形象更显得优美。张生中了探花，赶回来和莺莺结婚，听到老夫人又把莺莺许给郑恒，便吓得"面颜如土"，"扑然倒地"。"曲匝了半晌"，才"收身强起"。他想到"郑公，贤相也，稍蒙见知，吾与其子争一妇人，似涉非礼"，便迟疑起来。及至看到郑恒的丑恶形貌与粗鄙举动，看到莺莺"泪盈巾袖……眉尖有无限愁"，才又得出了"无状的匹夫，怎消受与做眷属"的结论，决定必须斗争。在这里，我们看出张生不只考虑到自己的幸福，而且考虑到莺莺的幸福。这和郑恒为了自己得到"花枝般媳妇"而挑拨离间，破坏旁人幸福的作风是毫无共同之处的。

法聪的形象

法聪是个"路见不平，拔刀相助"的侠义人物。"少好弓剑，喜游猎，常潜入蕃国，盗掠为事"。父母死后，"悟世路浮薄"，出了家；但"不会看经，不会礼忏，不清不净，只有天来大胆"，是鲁智深一流的"莽和尚"。孙飞虎劫掠蒲州，兵围普救，他带着张生的书信冲出重围，请来了白马将军，解救了全寺僧俗的灾难。此后，曾为张生筹措聘金，完成和莺莺定婚的手续；又为张生划策，从郑恒手中救出了莺莺。在郑恒抢婚的时候，他的侠义行为表现得非常突出：张生住在他那里，愁闷不堪，他劝慰无效，便"猛然离坐起，壁中间取下戒刀三尺"对张生说：

〔碧牡丹〕……比及这蜡烛烧残，教你知消息。我去后必定有官防，君莫怕，我待做头抵。

〔尾〕把忘恩的老婆枭了首级，把反间的畜生教尸粉碎，把百媚的莺莺分付与你。

正如在出身封建贵族家庭的张生和莺莺的形象中具有反封建的因素一样，在法聪这个和尚的形象中，也具有非和尚的因素。汤显祖说他具有"侠士风概"，是很正确的。

孙飞虎、白马将军的形象

孙飞虎是一个"欺民叛国"的反面人物。作者是这样描写他的出现的：

〔文序子缠〕……不幸死了蒲州浑瑊元帅，把河桥将文雅，荒淫素无良策。乱军失统，劫掠蒲州，把城池损坏。劫财物，夺妻女，不能挣揣。岂辨个是和非，不分个皂白，南邻北里成灰。劫掠了民财。蒲城里岂辨个后巷前街，变做尸山血海。

〔甘草子〕骋无赖，骋无赖，于中个首将罪过迷天大。是则是英雄临阵披重铠，倚仗着他家有手策，欲反唐朝世界。……

他"劫掠蒲州"之后，围住普救寺，想抢莺莺，却被张生请来的白马将军斩了。

白马将军在作品中除解普救之围及后来解决郑恒抢婚的问题之外，没有别的表现。别的表现是通过张生、法聪和作者的口介绍给读者的。从那些介绍中，可以看出他是作者理想中的一个良将、清官的典型；但这个典型是比较概念化的。

孙飞虎和白马将军的形象，给莺莺、张生和老夫人的冲突衬托了比较广阔的社会背景。孙飞虎兵围普救和白马将军解围，给张生和莺莺的恋爱造成了有利条件；而郑恒"倚强压弱"，"平白地混赖他人妇"的严重问题，也只有白马将军才能解决。这表现了张生和莺莺在爱情问题上的反礼教斗争，是在一定的社会环境中进行，而且受社会环境制约的。在这里，也显示了作者的现实主义力量。

《西厢记诸宫调》的艺术特点　《西厢记诸宫调》的艺术成就是很高的，这主要表现在它从矛盾斗争中塑造了许多真实的、个性鲜明的人物形象，通过这些形象及其相互关系，显示了反封建礼教的进步思想。关于这一点，前面已经谈到了。现在只谈一下和这一点相关联的几个显著的艺术特点。

抒情和叙事的有机结合

《西厢记诸宫调》是一部叙事诗，但它的抒情性是非常强烈的，我们可以称它为抒情性的叙事诗。

首先，所有叙事的部分，几乎都洋溢着浓郁的抒情气息。例如在郑恒抢婚的时候，张生住在法聪那里，追思往事的一段，就是很典型的例子。汤显祖说："凄惶无寐，将从前情事节节提起，节节伤怀。"很恰当地说明了叙事的抒情性。

其次，在叙事的部分中，时常出现纯粹抒情的插曲。例如长亭送别中的一段：

〔玉翼蝉〕……雨儿乍歇，向晚风如漂冽，那闻得衰柳蝉鸣凄切！未知今日别后，何时重见也！衫袖上盈盈揾泪不绝，幽恨眉峰暗结。好难割舍，纵有千种风情何处说！

〔尾〕莫道男儿心如铁，君不见——满川红叶，尽是离人眼中血！

这是非常精美的抒情诗。

《西厢记诸宫调》的这种浓烈的抒情性，加强了它的艺术感染力。

抒情与写景的有机结合

在《西厢记诸宫调》的抒情插曲中，往往交织着大自然的景色。或者是见景生情，或者是因情见景，或者是情景交融。总之，写景是为抒情服务的，写景加强了抒情的具体性。例如"赖简"之后，张生思念莺莺的一段：

〔赏花时〕过雨樱桃血满枝，弄色的奇花红间紫，垂柳已成丝。对许多好景，触目是断肠诗。稔色的庞儿憔悴死，欲写相思，除非天样纸！写不尽这相思，怕愁担恨，辜负了赏花时。

又如送别之后，莺莺思念张生的一段：

〔刮地风〕薄幸的冤家好下得，甚把人抛趖！眉儿淡了教谁画，哭损秋波。琵琶尘暗，懒拈金扑，有新诗、有新词，共谁酬和！那堪对暮秋，你道如何？

〔整金冠令〕促织儿外面斗声相聒，小即小、天生的口不曾合；是世间虫蚁儿里的活撮，叨叨的絮得人怎过！

〔赛儿令〕愁么，愁么，此愁着甚消磨！把脚儿擞了耳朵儿搓，没乱煞也自摧挫。塞鸿来也那，塞鸿来也那！

〔柳叶儿〕淅冽冽的晓风来幕，滴流流的落叶辞柯。年年的光景如梭，急煎煎的心绪如火。

〔神仗儿〕这对眼儿，这对眼儿，泪珠儿滴了万颗，止约不定，恰才淹了，扑簌簌的又还偷落，——胜秋雨点儿多。

叙述人的思想倾向　叙事诗不同于戏剧，它有一个"叙述人"。这个叙述人不仅根据一定的观点给读者叙述故事，而且往往自己出面说话，表示他对于事件，人物的态度。所以在分析叙事诗的时候，叙述人的形象、叙述人的思想倾向，也是不可忽视的。

《西厢记诸宫调》的叙述人是作者自己。从作者在《引辞》和《断送引辞》中介绍他自己的那些诗句中，可以看出他是个不拘封建礼法的知识分子，也可能是一位有文化、有才华的民间艺人。在叙述故事的时候，这一点表现得非常明显。他对老夫人和郑恒，持否定的态度。例如在老夫人赖婚的时候，他评论道：

〔侍香金童〕……一门亲事十分指望着九，不堤防夫人情性拗，拆下脸儿来不害羞，欺心丛里做得个魁首。

〔尾〕把山海似深恩掉在脑后，转关儿便是舌头，许了的话儿都不应口。

又如在郑恒离间张生的时候，他评论道：

〔一枝花缠〕这畜生肠肚恶，全不合神道。着言厮间谍，忒奸狡！
……

他对张生莺莺和红娘等正面人物，则持肯定态度，寄予深厚的同情和热诚的赞颂。

如果说《莺莺传》的客观意义和作者的主观意图之间存在着矛盾，那么，《西厢记诸宫调》的客观意义和作者的主观意图却是一致的。不论是从各个形象的客观内容上看，或者是从作者对待各个形象的态度上看，《西厢记诸宫调》都表现了反对封建礼教对青年的束缚，反对封建家长对青年婚姻问题的干预，歌颂青年为争取婚姻自主而进行的反封建斗争及其胜利的进步的思想倾向。

《西厢记诸宫调》在过去没有得到应有的重视，是不公允的。① 这是一部提炼民间语言、吸取诗词语言，用民间文艺形式写成的长达五万多字的杰作。它从根本上改变了《莺莺传》的情节、人物和主题，揭露并鞭挞了以老夫人为代表的封建礼教的腐朽性，反映并歌颂了以莺莺、张生和红娘为代表的青年人为争取婚姻自主而作的反礼教斗争，在思想和艺术上都远远超过了《莺莺传》的成就，为王实甫创作《西厢记》打下了坚实的基础。

当然，这部作品也有不容忽视的缺点和局限性。因为在下面分析《王西厢》时将要涉及，这里就不谈了。

---

① 明、清人称赞《董西厢》的也不算少。如张羽在《古本董解元西厢记序》中说："辞最古雅，为后世北曲之祖。"胡应麟在《庄岳委谭》里说："董曲今尚行世，精工巧丽，备极才情；而字字本色，言言古意，当是古今传奇鼻祖，金人一代文献尽 此矣。"黄嘉惠在所刻《董西厢》的引子中说："董解元史失其名，时论其品，如朱汗碧蹄，神采骏逸。"焦循在《易余籥录》里说："前人比王实甫为词曲中思王（曹植）、太白（李白），实甫何可当，当用以拟董解元。"但总的看来，却重视不够，流传不广。例如金圣叹大骂《西厢记》第五本竟不知它原出《董西厢》，说明他压根儿就没有见过《董西厢》这部作品。

二 王实甫的《西厢记》

一、《西厢记》的作者

《西厢记》是在《莺莺传》以来的许多描写崔、张恋爱故事的作品、特别是在《董西厢》的基础上创造出来的伟大的现实主义作品。

这部作品的作者是谁,有着各种不同的记述:有的说是王实甫;有的说是关汉卿;有的说前四本的作者是关汉卿,后一本的作者是王实甫;有的说前四本的作者是王实甫,后一本的作者是关汉卿。①后一种说法是明代嘉靖(1522—1566)以后才有的,却很有势力。原因是后一本比较差,所以续作之说,容易被人相信。但这种说法是不能成立的:第一,它出现得很晚;第二,关汉卿比王实甫早一些;第三,关汉卿是杰出的剧作家,不能说后一本比较差,就是他作的;第四,后一本的情节是《西厢记诸宫调》所有的;第五,后一本虽不及前四本精彩,但其艺术风格和前四本基本上相一致。至于后一本写得比较差,那是容易解释的:剧本的最后部分本来最难处理,因为在这里必须正确地解决由前面发展而来的戏剧冲突。古今中外的许多剧作,遭受指摘的常常是最后一幕,就说明了这种情况。

关于这个问题的最早记述见于钟嗣成(约1275—1360)于元代至顺元年(1330)写成的《录鬼簿》。在《录鬼簿》中,王实甫名下有《西厢记》,关汉卿名下却没有。此后如明初人朱权(约1380—1448)的《太和正音谱》和贾仲明在续编《录鬼簿》时给王实甫写的吊词都说《西厢记》是王实甫作的。这三个人的时代比较早,又都是杂剧作家,所以他们的话是可靠的。我们相信《西厢记》的作者是王实甫。

王实甫,名德信,大都(现在的北京)人。活动时期大约在元成宗元

---

① 有的说王实甫作完前四本;有的说王实甫写到第四本第四折"碧云天、黄花地……"那支曲子时,呕尽心血而死,此后都是关汉卿所续。

贞、大德前后。生平事迹不详。①贾仲明追吊他的《凌波仙》词是：

> 风月营密匝匝列旌旗，莺花寨明飚飚排剑戟，翠红乡雄赳赳施智
> 谋。作词章风韵美，士林中等辈伏低。新杂剧，旧传奇，《西厢记》
> 天下夺魁。

"风月营"、"莺花寨"、"翠红乡"，都是指元代官妓聚居的地方。元代的官妓也就是杂剧的演出者，官妓聚居的地方，也就是演出杂剧的"勾阑"。元仁宗以前，因为停止科举，许多穷苦的文人靠给"勾阑"编写杂剧维持生活，王实甫就是其中的一个。

王实甫的剧作有十四种：完整地保存下来的有《西厢记》、《丽春堂》和《破窑记》；仅存一折曲文的有《芙蓉亭》和《贩茶船》；其他如《双渠怨》、《娇红记》、《进梅谏》、《多月亭》、《丽春园》、《明达卖子》、《于公高门》、《七步成章》和《陆绩怀橘》，都失传了。他也作散曲，但流传下来的很少。②

现存的剧作除《西厢记》外，《破窑记》（《孤本元明杂剧》本）也很有价值。《破窑记》的全名是《吕蒙正风雪破窑记》。它写刘员外的女儿刘月娥掷彩球招婿，掷中吕蒙正。刘员外不同意，对月娥说："孩儿也，放着官员人家财主的儿男不招，这吕蒙正在城南瓦窑中居止，咱与他些钱钞，打发回去罢！"月娥坚持要嫁，被刘员外将衣服头面取下，和吕蒙正一起赶出门去，同到破窑中居住。她说："我也不恋鸳衾象床、绣帏罗帐，则住那破窑风月射漏星堂。"后来生活很苦，刘员外千方百计地逼她回家，她一直没有屈服，终于熬出了头。这个戏流传很广，现在川剧中的《评雪辨踪》，就是由它演变下来的。

王实甫的《西厢记》又叫《北西厢》，是用当时盛行在中国北方的杂剧的体裁写成的。当时的杂剧是一种由曲（唱词）、科（动作）、白三者组成的很完备的歌剧。它的特点是：一、一本戏限用四折，如四折不够，可以在开头或折与折之间垫一场戏，叫做"楔子"；二、一折必须包括由同一宫调

---

① 孙楷第在苏天爵的《滋溪文稿》中发现元代名臣王结的父亲叫王德信，做过陕西行台监察御史。但未必是作《西厢记》的王德信。见孙氏《元曲家考略》，上杂出版社版。

② 明人蒋一葵《尧山堂曲记》载有《尧民歌（别情）》两首，《山坡羊（春睡）》一首。

的若干曲牌按规定联成的一"套"曲子，这一套曲子必须由正末（生）或正旦独唱到底，不能由几个角色分唱。由正末主唱的本子，叫"末本"；由正旦主唱的本子，叫"旦本"。王实甫是创造性地利用了这种形式的：第一，他虽然基本上遵守一本四折的规律（《西厢记》的第二本有的版本是四折，有的版本是五折），但由于一本戏不够演西厢故事，所以他叠五本为一部，前一本结束的时候，用两句"络丝娘煞尾"过渡到后一本；第二，他虽然基本上遵守每折由正末或正旦独唱的规律，但在必要的时候，也打破了这种限制，比如第四本第四折由张生、莺莺分唱，第一本第四折由张生主唱，莺莺和红娘也各唱了一支曲子。

二、《西厢记》的戏剧冲突

一切优秀的文学艺术作品，都是建立在深刻地反映社会性矛盾的冲突之上的，优秀的戏剧作品更其如此。没有冲突，就没有戏剧。

有了深刻的、真实的戏剧冲突，才有可能全面而深刻地刻画人物性格；反过来说，只有全面而深刻地刻画出人物性格，才能生动有力地表现戏剧冲突。有些在思想上和艺术上还缺乏足够修养的剧作家，虽然从生活中发掘到具有典型意义的戏剧冲突，但由于没有能力全面而深刻地刻画出人物的典型性格，以致不能把那些冲突生动有力地表现出来。《西厢记》杂剧之所以具有那么巨大的艺术魅力，是由于它的作者不仅抓住了生活中的典型冲突，而且通过对于人物的典型性格的全面而深刻的刻画，生动有力地表现了那些冲突。

剧本一开始，作者就令人信服地揭露了两个重要人物在特定情势中的性格特征。丈夫弃世，与弱女幼子扶柩往博陵安葬，因路途有阻，暂时寄居在普救寺内的相国夫人，所"想"的是"先夫在日，食前方丈，从者数百"，所"伤感"的是"今日至亲则这三四口儿"，是"子母孤孀途路穷……盼不到博陵旧冢"。在这样感伤的时候，她就更爱惜她的"针黹女工，诗词书算，无不能者"的亲女莺莺，因而命令红娘陪莺莺到佛殿上去"闲散心耍一回"，这是合情合理的。她以为她所"想"的、所"感伤"的事情也同样占据着莺莺的心胸，但出乎她的意料之外，占据莺莺心胸的却是另外一些事情。莺莺所想的是自己的前程，所感伤的是"人值残春蒲郡东，门掩重关萧寺中"

的处境。一个少女在"残春"的时候，被关在萧寺里，看见"花落水流红"，就引起了无限愁思。"闲愁万种，无语怨东风"，这两句唱词多么感人！

老夫人既然爱惜莺莺，那么莺莺还"愁"什么、"怨"什么呢？问题很简单，老夫人爱莺莺，但要求莺莺遵守"三从四德"之类的封建礼法，而教育莺莺遵守"三从四德"之类的封建礼法，正就是她的爱女之道。在第一本第二折中，红娘警告张生："俺夫人治家严肃，有冰霜之操。内无应门五尺之童，年至十二三者，非召呼不敢辄入中堂。向日莺莺潜出闺房，夫人窥之，召立莺莺于庭下，责之曰：'汝为女子，不告而出闺门，倘遇游客小僧私窥，岂不自耻。'……"这几句话告诉我们莺莺和老夫人之间的冲突，是由来已久的。老夫人不准莺莺出闺门，莺莺偏要"潜出"；莺莺一"潜出"，老夫人就立刻"窥"见，而且立刻予以严厉的训斥。在这个冲突中，莺莺的"愁"和"怨"就日益加强，而日益加强的"愁"和"怨"，又反转来加强了这个冲突。

老夫人在自己"感伤"的时候大发慈悲，着红娘陪莺莺去"散心"，但仍提出了一个条件："看佛殿上没有人。""谨依严命"的红娘是"看佛殿上没有人"才请莺莺去"散心"的，但当她们去"散心"的时候，本来没有人的佛殿上忽然有了人，而且那个人就是"外像儿风流，青春年少，内性儿聪明，冠世才学"的张生。

佛殿相逢，不仅张生"透骨髓相思病染"，而且积"愁"积"怨"已久的莺莺，即使在红娘的监视下，也大胆地表示了对于张生的爱恋。在老夫人看来，被"游客私窥"，已是耻辱，而莺莺在这里竟"私窥"了"游客"。"临去秋波那一转"，是她对于老夫人的挑战，也就是对于整个封建礼教的挑战。

佛殿相逢以后，戏剧冲突就以丰富多彩的姿态，曲折地、复杂地向前发展，像巨大的磁石一样吸引着读者的注意力。

这个戏剧冲突主要存在于老夫人和莺莺、张生、红娘之间，但也存在于莺莺、张生、红娘相互之间。莺莺、张生、红娘相互之间的冲突是被他们和老夫人之间的冲突所规定的。

作者一开始就揭露了莺莺和老夫人之间的由来已久的冲突，佛殿相逢时莺莺敢于表示对张生的爱恋，正是这个冲突的发展，而佛殿相逢，又加强了这个冲突的发展，又决定了这个冲突继续发展的性质和方向。张生被卷入这个冲突之中，当然完全是站在莺莺一面的，但处于老夫人和红娘管教、监视之下的莺莺，不可能用坦白的、直率的行动回答张生的爱情，这就决定了她和张生之间的冲突；红娘被卷入这个冲突之中，当然基本上而且终于完全是站在莺莺一面的，但老夫人却交给她"行监坐守"的任务，这就决定了她和莺莺之间的冲突。

老夫人出面的场合虽然并不多，但她的势力——也就是封建势力却笼罩着全书，压制着莺莺、红娘、张生甚至法本。当我们在第一本第二折的开头看到法本所说的"老夫人处事温俭，治家有方，是是非非，人莫敢犯"的几句话时，就为张生和莺莺的前程捏一把汗；但张生还不知道这一点，他完全沉醉在"临去秋波那一转"中，以为得到莺莺的爱情是很容易的。法本告诉他"老夫人治家严肃，内外并无一个男子出入"，他还不相信，因而敢于在红娘面前说出"小生姓张名珙……"的那段傻话。直到红娘说明老夫人如何管教莺莺，并警告他"早是妾身，可以容恕，若夫人知其事呵，决无干休……"之后，才知道问题的严重性。而他和老夫人的冲突，也就跟着展开了。"夫人怕女孩儿春心荡，怪黄莺儿作对，怨粉蝶儿成双！"这对老夫人是多么辛辣的讽刺，多么有力的抗议！

执著于爱情的张生，并没有知难而退。他不仅以"温习经史"为名，向法本借了一间房子，创造了和莺莺"墙角联吟"的条件；而且以"追荐父母"为名，带了一份儿斋，抓住了和莺莺在道场见面的机会，使他们的爱情得到进一步的发展。在这个发展中，红娘是起了推进作用的。佛殿相逢，莺莺就爱上了张生，但张生对她的态度如何，她并不知道，而这是需要知道的。红娘就恰好把张生的态度告诉了她：

> 姐姐，你不知，我对你说一件好笑的勾当。咱前日寺里见的那秀才，今日也在方丈里。他先出门儿外等着红娘，深深唱个喏道："小生姓张名珙，字君瑞，本贯西洛人也，年二十三岁，正月十七日子时建生，并不曾娶妻。"姐姐，却是谁问他来？他又问："那壁小娘子莫非莺莺小姐的侍妾乎？小姐常出来么？"被红娘抢白了一顿呵回来了。姐姐，我不知他想什么哩，世上有这等傻角！

莺莺听了之后，当然满心欢喜，但也十分担忧，因笑云：

> 红娘，休对夫人说。

又要依靠红娘，又怕红娘对夫人说，这种矛盾心理是她和红娘的关系的复杂性所决定的。

在张生和莺莺的爱情发展中，红娘也是起着干涉作用的。莺莺知道张生对她的热烈追求之后，就更进一步地表达了她对张生的爱情。她用"兰闺久寂寞，无计度芳春；料得行吟者，应怜长叹人"酬答了张生的"月色溶溶夜，花阴寂寂春；如何临皓魄，不见月中人"的诗句，这样，他俩就完全心心相印了。张生进一步想"撞出去"和莺莺相见，莺莺也"陪着笑脸儿相迎"，但红娘是负有使命的，老夫人的势力通过红娘而起了干涉作用。红娘说：

> 姐姐，有人，咱家去来，怕夫人嗔着。

在这里，不仅张生痛恨红娘，骂道："不做美丽红娘忒浅情……"莺莺也一样地痛恨红娘，当她"回顾下"的时候，她的心情如何，是不难想见的。所以在"闹斋"之前，张生焚香祷告的三件事是"红娘休劣，夫人休焦，犬儿休恶"，在"寺警"之前，莺莺对红娘的不满更表现得强烈："红娘呵，我则索搭伏定鲛绡枕头儿上盹，但出闺门，影儿般不离身。"但这对红娘来说是天大的冤枉。红娘辩解道："不干红娘事，老夫人着我跟着姐姐来。"这一点，莺莺自己是知道的，因而她当着红娘，公然责怪老夫人：

> 〔天下乐〕俺娘也好没意思！这些时直恁般堤防着人！小梅香伏侍
> 的勤，老夫人拘系的紧，则怕俺女孩儿折了气分。

她对张生的爱情越强烈，和红娘（也就是间接地和老夫人）的矛盾也就越尖锐。但如前所说，她和红娘的关系是复杂的，她对张生的爱情越强烈，她对红娘的希望也就越殷切。因而在责怪红娘（和老夫人）之后，又不得不唱出如下的词句：

> 〔鹊踏枝〕……谁肯把针儿将线引，向东邻通个殷勤。

张生和莺莺的爱情发展到"寺警"之前，大有"山穷水尽"之势。因为"把针儿将线引"的只能是红娘，而红娘却是忠于老夫人交给她的任务的。谁知在"山穷水尽"之时，忽然跑来了个"穿针引线"的孙飞虎。孙飞虎兵围普救寺，使原来的冲突起了极大的变化：这时的主要冲突是全普救寺僧俗（包括老夫人、莺莺、红娘、张生）和孙飞虎之间的冲突。在这个冲突中，莺莺表现了坚强、崇高的精神。当她听到孙飞虎要掳她做压寨夫人，并扬言"三日之后如不送出，伽蓝尽皆焚烧，僧俗寸斩，不留一个"的时候，她先后说了"五便"和"三计"：

不如将我与贼人，其便有五：

〔后庭花〕第一来免摧残老太君；第二来免堂殿作灰烬；第三来诸
　　　僧无事得安存；第四来先君灵柩稳；第五来欢郎年小未成人……须
　　　是崔家后代孙。

为了五便，不惜将自己献于贼人，这是她首先想到的计策——第一计。
但老夫人却反对实行这条计策，她说："俺家无犯法之男，再婚之女，怎舍
得你献与贼人，却不辱没了俺家谱！"于是莺莺又想到第二计：

〔柳叶儿〕……我不如白练套头儿寻个自尽；将我尸榇，献与贼人，
　　　也须得个远害全身。

老夫人仍没有赞成，于是她又想到第三计：

〔青歌儿〕……不拣何人，建立功勋，杀退贼军，扫荡妖氛，倒陪
　　　家门，情愿与英雄结婚姻，成秦晋。

有人怀疑两廊下多是僧人，一个相国小姐怎么能说出这样的话呢？其
实，我们觉得莺莺说出这样的话是符合她的性格的：第一，她具有舍己为人
的崇高精神，为了"五便"，宁愿委屈自己；第二，她对"于家为国无忠信，
恣情的掳掠人民"的贼军是恨入骨髓的，不管何人，只要能"杀退贼军，扫
荡妖氛"，那就是"英雄"，她是"情愿与英雄结婚姻"的；第三，她一直
是敢于反抗封建礼教的，从她前面的表现看来，在这时敢于提出婚姻问题，
正是那种反抗性格的必然发展。

在这个冲突中，作者也大力地刻画了张生的勇敢、机智的性格。为了和
莺莺的美满结合，也为了保护全普救寺的生命财产，他敢于订出并执行那个
具有冒险性的计策，并且执行得那么沉着。而当退贼之后，当着老夫人的面
对杜将军说："……今见夫人受困，所言退得贼兵者，以小姐妻之，因此愚
弟作书请吾兄。"从而引出杜将军的"既然有此姻缘，可贺，可贺"的回答，
把老夫人的诺言坐实，也不能不说是非常聪明的措施。

孙飞虎的出现，有人认为具有很大的偶然性，因而说这是《西厢记》的
缺点。不错，是具有偶然性的，但这却是统一于必然性之中的偶然性。一开
始，老夫人就说"先夫弃世之后，老身与女孩儿扶柩至博陵安葬，因路途有
阻……将灵柩寄在普救寺内"，可见莺莺一家之所以暂寓普救寺，本来是和
"天下扰攘"有关的。"闹斋"一折，"诸檀越尽来到"，"老的小的，村的俏
的，没颠没倒，胜似闹元宵"，则道场完毕之后，莺莺的名字，必然传播出

去，被孙飞虎听到，也是非常自然的。更重要的是孙飞虎的行动和他所说的"方今上德宗即位，天下扰攘……当今用武之际，主将尚然不正，我独廉何为？"是符合历史真实的。孙飞虎的出现，不仅巧妙地发展了情节，突出地刻画了几个重要人物的性格，而且反映了动荡不安的封建社会的典型情势。

孙飞虎兵围普救寺，好像是突然袭来的暴风雨；而在这一场暴风雨之后，出现的是明朗的晴天。在这明朗的晴天里，张生所想的是："我比及到得夫人那里，夫人道：张生，你来了也，饮几杯酒，在卧房内和莺莺做亲去！"莺莺所想的是："我相思为他，他相思为我，从今后两下里相思都较可，酬贺间礼当酬贺，俺母亲也好心多。"红娘所想的是："乐奏合欢令……新婚燕尔安排定，你明博得跨凤乘鸾客，我到晚来卧看牵牛织女星。"谁料正当他们喜气洋溢地等待着举行婚礼的时候，又袭来了一阵暴风雨——赖婚：

> 夫人云："小姐近前拜了哥哥者！"末（张生）背云："呀，声息不好了也！"旦（莺莺）云："呀，俺娘变了卦也！"红（红娘）云："这相思又索害也！"

平地一声霹雳，把大家都震晕了。当大家清醒过来之后，才都清楚地看到了老夫人的真面目。

其实，老夫人的真面目，在"寺警"一折中就已经暴露得相当明显。她不愿实行莺莺的第一计和第二计，并不是舍不得莺莺，而是怕辱没了相国的家谱。她觉得莺莺的第三计较可，理由是"虽然不是门当户对，也强如陷于贼中"。这就是说，"不是门当户对"，仍然有辱相国的家谱。聪明的读者从这里已经可以看出退贼后的赖婚，将是不可避免的，因为"家谱"第一。

但不仅张生、莺莺、红娘乃至杜确、法本等人都相信老夫人会实践她的诺言，读者也是一样。因为在人们的印象中，老夫人是一个多么恪守封建道德的相国夫人，她怎么能背"信"弃"义"，食言自肥呢？何况她亲口说的"但有退兵之策的，倒陪房奁，断送莺莺与他为妻"，乃是两廊下几百僧俗都听到的？所以当杜将军说"张生建退贼之策，夫人面许结亲；若不违前言，淑女可配君子也"的时候，她答以"恐小女有辱君子"，虽然已微露赖婚之意，但大家还以为她在说客气话；她对张生说"到明日略备小酌，着红娘来请，你是必一会，别有商议"，虽然更耐人寻味，但大家也很少留意；直到红娘发出"怎生不做大筵席，会亲戚朋友"的疑问时，莺莺还以为老夫人

"怕我是赔钱货……恐怕张罗"，并不曾想到赖婚。

在生活中常常遇到这样的情形：当反面人物没有和正面人物发生冲突的时候，他显得是一个很不坏的，甚至很可亲的角色；直到在某一事件上和正面人物发生激烈的冲突，他的否定性格才会清楚地暴露出来。在"寺警"以前，老夫人给人的印象只是确守封建道德，在"寺警"及其以后，由于在她面前出现了关系相国家谱的严重问题，她的否定性格才表现得鲜明突出。人们可以看到：封建道德只不过是她装饰相国门第的东西。在紧急关头，她可以当众说出"但有退兵之策的……断送莺莺与他为妻"，在退贼之后，因为张生是个"白衣"，为了相国门第，她可以背"信"弃"义"，公然赖婚。

在《赖婚》一折中，戏剧冲突表现得非常尖锐。老夫人命莺莺与"哥哥"把盏，张生拒绝了，说是"小生量窄"，莺莺也附和张生，教"红娘接了台盏者"。红娘也完全站在张生和莺莺方面，对莺莺说："姐姐，这烦恼怎生是了！"

莺莺的唱词，毫无保留地表达了对于老夫人的抗议：

〔得胜令〕谁承望这即即世世老婆婆，着莺莺做妹妹拜哥哥。白茫茫溢起蓝桥水，不邓邓点着祆庙火。碧澄澄清波，扑刺刺将比目鱼分破。……

〔甜水令〕……颠窨不过，这席面儿畅好是乌合！

〔殿前欢〕……老夫人谎到天来大；当日成也是恁个母亲，今日败也是恁个萧何。

〔离亭宴带歇指煞〕从今后玉容寂寞梨花朵，胭脂浅淡樱桃颗，这相思何时可？昏邓邓黑海来深，白茫茫陆地来厚，碧悠悠青天来阔；太行山般高仰望，东洋海般深思渴：毒害的怎么！

俺娘呵，将颤巍巍双头花蕊搓，香馥馥同心缕带割，长揝揝连理琼枝挫。白头娘不负荷，青春女成担阁，将俺那锦片也似前程蹭脱。

俺娘把甜句儿落空了他，虚名儿误赚了我。

张生更正面地质问："前者贼寇相迫，夫人所言，能退贼者，以莺莺妻之。小生挺身而出，作书与杜将军，庶几得免夫人之祸。今日命小生赴宴，将谓有喜庆之期；不知夫人何见，以兄妹之礼相待？小生非图哺啜而来，此事若果不谐，小生即当告退。"

张生"告退"，这是老夫人最喜欢的；但一方面她想博"慈惠"的美名，另一方面也慑于张生的朋友杜确的权势，所以还不愿和不敢立刻得罪他。她既不把莺莺与他为妻，又要使他欢喜，因而说："……莫若多以金帛相酬……"但她想错了，张生回答说："小生何慕金帛之色？却不道'书中有女颜如玉'？则今日便索告辞。"这就把她难住了，只好说："你且住者……到明日咱别有话说。"从这些话中可以看出她的窘态。退贼之后的"别有商议"是有内容的，她之所以那样说，是为了赖婚；这里的"别有话说"是空虚的，她之所以这么说，是由于别无话说。

张生在老夫人面前说"则今日便索告辞"，是激于一时的气愤；实际上，执著于爱情的他是不可能割舍莺莺，而在"书"中别求什么"颜如玉"去的。所以一离开老夫人，就跑到红娘面前，要求"将此意申与小姐，知小生之心"。然后即"解下腰间之带"，准备悬梁自尽。公正的、热诚的红娘非常同情他，而且愿意帮助他："你休慌，妾当与君谋之。"她即刻建议张生在晚上用琴声打动莺莺。

在"赖婚"之后，张生莺莺红娘显然都处于矛盾的同一方面了；但由于性格和处境的不同，他们之间仍存在着复杂的矛盾。红娘愿意帮助张生，但对于莺莺的态度却没有十分把握：莺莺热爱张生，这是她知道的，但莺莺究竟是相国小姐，这位相国小姐是否会公然冲破封建礼教的堤防，和张生自由结合呢？是否会坦然接受她的帮助而不去告诉老夫人呢？所以当张生要她传送简帖的时候，她说："只恐他（指莺莺）番了面皮。"她不敢将简帖交给莺莺，却偷偷地放在妆盒儿上。莺莺发现之后，果然发怒了："小贱人，这东西那里将来的？我是相国的小姐，谁敢将这简帖来戏弄我？我几曾惯看这等东西？告过夫人，打下你个小贱人下截来。"红娘是机智的，勇敢的，她回答说："小姐使我将去，他着我将来。我不识字，知他写着什么？……姐姐休闹，比及你对夫人说呵，我将这简帖儿去夫人行出首去来。"莺莺被出乎意料的回答吓坏了，急忙揪住红娘："我逗你耍来。"而红娘却逼进一步："放手，看打下下截来！"

莺莺之所以说"告过夫人"，不过是"先发制人"，其原因正是怕红娘到夫人前"出首"；因为她对红娘的态度，也没有十分把握。她知道红娘同情她和张生，但红娘究竟负有"行监坐守"的使命，这位负有"行监坐守"的使命的侍婢，是否会同意她冲破封建礼教的堤防而不去告诉老夫人呢？在"听琴"之时，她正埋怨老夫人，忽然听见红娘喊道："夫人寻小姐哩，咱家去来。"她大吃一惊，唱道：

〔拙鲁速〕则见他走将来气冲冲，怎不教人恨匆匆！唬得人来怕恐。

……索将他拦纵，则恐怕夫人行把我来厮葬送。

恐怕红娘在老夫人面前"葬送"她，这是构成她和红娘之间的矛盾的主要契机。

莺莺、红娘相互间的矛盾，一直是被她们和老夫人之间的矛盾所规定的。

张生和莺莺之间也存在着矛盾：第一，就处境方面说，张生不像莺莺那样惧怕老夫人；第二，就性格方面说，张生是天真的，不善于像莺莺那样精细地考虑问题。莺莺和红娘之间、和张生之间的这种矛盾交织起来，就构成了尖锐的戏剧冲突。莺莺用"待月西厢下……"的诗约张生幽会，却告诉红娘说："红娘，你将去说：'小姐看望先生，相待兄妹之礼，如此非有他意。再一遭儿是这般呵，必告夫人知道。'和你个小贱人都有说话。"这意思是很明白的，她无非是暗示张生，不要透漏消息。但张生这个"傻角"在看了诗后却得意忘形，当着红娘的面把什么都说出来了。本来就埋怨着莺莺的红娘，这一下更气坏了："你看我姐姐，在我行也使这般道儿！"

〔耍孩儿〕几曾见寄书的颠倒瞒着鱼雁！小则小心肠儿转关。写着道"西厢待月"等得更阑，着你跳东墙"女"字边"干"。元来那诗句儿里包笼着三更枣，简帖儿里埋伏着九里山。他着紧处将人慢，怎会云雨闹中取静，我寄音书忙里偷闲。

〔三煞〕他人行别样亲，俺根前取次看，更做道孟光接了梁鸿案。别人行甜言美语三冬暖，我根前恶语伤人六月寒。我为头儿看：看你个离魂倩女，怎发付掷果潘安！

红娘等着看莺莺怎样"发付"赴约的张生，这就逼得莺莺不得不"赖简"了。《赖简》一折（第三本第三折），是极富戏剧性的。

"赖简"之后，张生病重，莺莺红娘是知道他病重的原因的，所以都很不安，都很想救他，她们之间的矛盾也由于互相了解的加深而消失了。于是接下去就是"酬简"（第四本第一折），莺莺在红娘的鼓励下终于背着老夫人，和张生私自结合了。

但这种结合当然是不会长久的，因为他们和老夫人之间的矛盾并没有克服。果然，他们的结合很快就被老夫人知道了，唤红娘拷问。戏剧冲突，在这里发展到了顶点。红娘和老夫人展开了面对面的斗争，指出事情弄成这样的结局，"非是张生、小姐、红娘之罪，乃夫人之过也"。她在历数老夫人的罪过之后，警告老夫人："目下老夫人若不息其事，一来辱没相国家谱；二来张生日后名重天下，施恩于人，忍令反受其辱哉？使至官司，夫人亦得治家不严之罪。官司若推其详，亦知老夫人背义而忘恩，岂得为贤哉？"并提醒老夫人："莫若恕其小过，成就大事，**捆**之以去其污，岂不为长便乎？"

红娘的这些话像沉重的铁锤一样打中了老夫人的要害。老夫人是以"治家严肃"出名的；现在呢，若告到官司，就会得到"治家不严"之罪。老夫人是以"相国家谱"自豪的；现在呢，"若不息其事"，就会辱没"相国家谱"。因此，她只好听红娘的话，把莺莺许给张生。但把女儿嫁给一个"白衣"，她到底不甘心，所以告诉张生："……我如今将莺莺与你为妻，则是俺三辈儿不招白衣女婿。你明日便上朝取应去，我与你养着媳妇。得官呵，来见我；驳落呵，休来见我！"

在"拷红"的激烈斗争中，老夫人虽然被迫而不得不承认既成的事实，但张生也被迫而不得不接受妥协的条件——"上朝取应"。所以，张生、莺莺和老夫人之间的冲突还没有完全解决。《送别》、《惊梦》两折戏之所以那样动人，就是由于作者非常真实地从张生、特别是莺莺的内心深处揭露了这种冲突。而这种冲突，也是构成第五本戏的基础之一。在第五本中，张生、莺莺都经受着离愁别恨的折磨。张生甚至在中了状元之后还因相思成病，不能起身。病好之后，好容易赶回来和莺莺结婚，但当他赶回来的时候，在以前已经显露过的他和莺莺跟郑恒的冲突又爆发了。依靠杜将军和红娘的帮助，这个冲突才以郑恒"触树身死"，张生、莺莺这一对有情人终成眷属而告解决。

总览全剧，作者以惊人的艺术洞察力发掘、提炼了社会生活中普遍存在的矛盾冲突，又以高超的艺术技巧和表现手法反映了这种矛盾冲突，构成了扣人心弦的戏剧冲突。这戏剧冲突之所以扣人心弦，是由于它体现了人物性格、人物心理活动以及他们之间的复杂关系，从而体现了社会力量的冲突，关系着主人公的命运与前途。崔、张一见钟情，这是在封建礼教束缚下男女青年很难接近的历史条件造成的。一见而钟情，完全出于彼此相慕悦，看中的是人，而没有考虑门第与财产。但这种由本人自由选择，重人而不重门第财产的纯洁爱情，却为封建礼教和封建婚姻制度所不容；戏剧冲突，便由此开始。"墙角联吟"加深了爱情，但客观障碍无法突破，大有山穷水尽之势。"寺警"之后，矛盾似乎得到了解决，接踵而来的却不是成亲，而是"赖婚"。由"赖简"而"酬简"，刚进入柳暗花明又一村，又爆发了"拷红"的惊雷。"拷红"化险为夷，导致了许婚；而才许婚便"逼试"，"哭宴"、"送别"、"惊梦"的情景，又触目伤怀。到了第五本，张生总算考中状元，只等"乐奏合欢令"，郑恒又跑来破坏。戏剧冲突的发展，真如长江出峡，一波未平，一波又起，张生和莺莺就在这惊涛骇浪中为爱情而斗争、而痛苦、而欢乐。读者的心潮，也随着主人公的离合悲欢而起伏动宕，无法平静。

戏剧冲突尽管波澜起伏、异态横生，却未溢入曲池别港，始终沿着爱情发展的主线前进。因此，情节集中而单纯。全剧长达二十几折，每一折都是一个整体的有机组成部分，场次洗练，结构谨严，显示了作者卓越的艺术才能。在戏剧文学发展的早期就取得如此杰出的艺术成就，的确是难能可贵的。

这里有必要再谈一下第五本的问题。

过去就有人主张《西厢记》应止于第四本第四折，即"惊梦"：金圣叹丑诋第五本是"狗尾续貂"，即是一例。新中国成立后有的同志也主张《西厢记》应止于"惊梦"，理由之一是："历来评述《西厢记》的人对第五本总无好感。"理由之二是："张生中了状元来与莺莺团圆，就是和老夫人的封建思想妥协了。""这个大团圆的喜剧结局对《西厢记》的主要矛盾、封建婚姻制度与男女间自由表达爱情的愿望这一对抗性的矛盾来说，显然是歪曲了的，是不真实的。"这样分析，当然有道理。如果改编《西厢记》，止于"惊梦"的意见是值得重视的。川剧旧本《西厢记》，可算地方戏中《西厢》戏的较好本子，它正止于"惊梦"。① 但如果不是谈改编问题，而是评论王实甫的原著，那么，它既然是大团圆的结局，而这个结局，又是《董西厢》已有的，就只应就第五本进行分析，指出其优缺点，不存在该止于何处的问题，更不能把第五本一刀砍掉，作为"封建糟粕"，"彻底扬弃"。

---

① 川剧旧本《西厢记》据说是成都坊间本子，后署"璧邑吉庵郭笔"。戏分《张生游寺》、《初遇红娘》、《莺莺烧香》、《张生闹斋》、《张生搬兵》、《惠明下书》、《华堂饮宴》、《莺莺听琴》、《红娘问病》、《莺莺闹柬》、《张生跳墙》、《红娘送枕》、《拷打红娘》、《莺莺饯别》、《张生惊梦》十五出。

至于"历来评述《西厢记》的人对第五本总无好感",其原因也值得研究。有些封建文人不要第五本,并不是由于"张生和老夫人的封建思想妥协",而是由于大团圆的结局完成了"有情人终成眷属"的主题。卓人月的意见就很有代表性。他在《新西厢》自序里注:

> 《西厢》全不合传(指元稹的《莺莺传》——引者)。若王实甫所作,犹存其意;至关汉卿续之,则本意全失矣(这是认为第五本是关汉卿所续的——引者)。……盖崔之自言曰:"始乱之,终弃之,固其宜也。"而微之自言曰:"天之尤物,不妖其身,必妖其人。"合二语,可以蔽斯传也。

把莺莺说成"不妖其身,必妖其人"的"尤物",一定要给她一个"始乱终弃"的结局以示惩罚,这是王实甫所反对的,也是我们所反对的。

同前四本相比,第五本是有些减色的,但它仍然是前四本的有机的组成部分,写得也不算坏。主要原因是作者合逻辑地发展了前四本中的戏剧冲突,并在这种冲突中合逻辑地发展了主要人物的性格,使"有情人终成眷属"。至于中状元大团圆的处理方法,当然有它的弱点,因为归根结底,还是满足了封建势力的代表者老夫人的愿望,调和了阶级矛盾。但这不仅和作者的历史局限、阶级局限有关,而且和主人公的历史局限、阶级局限有关。张君瑞除了上京应试,又有什么"革命"的办法可以达到和莺莺团圆的目的呢?我们应该指出这种局限性,但不能脱离历史条件,苛求古人突破这种局限性。

老夫人不招"白衣女婿",硬是要逼迫张生应考得官,这是符合她的性格的。莺莺呢,她"不恋豪杰,不羡骄奢,自愿的生则同衾,死则同穴","但得一个并头莲,煞强如状元及第"。可是不让张生去应试,又有什么道路可走?至于张生,一出场就发过"学成满腹文章,尚在湖海飘零,何日得遂大志"的慨叹,在和莺莺相遇之前,本来有志于求取功名,但"至今功名未遂",可见那"功名"也不好求。因此,老夫人逼迫张生去应试,顿时激起了新的戏剧冲突。不仅使张生和莺莺都经受离别的痛苦,而且使莺莺感到"永诀"的威胁。"送别"的时候,莺莺嘱咐张生:

> 〔二煞〕你休忧文齐福不齐,我则怕你停妻再娶妻。你休要一春鱼雁无消息!我这里青鸾有信频须寄,你却休金榜无名誓不归。此一节君须记:若见了那异乡花草,再休似此处栖迟。

老夫人告诉张生"得官呵,来见我;驳落呵,休来见我"的话多么有力地威胁着莺莺!张生能否"得官",原是不可预期的,她生怕张生落第,果然不回来;同时,封建社会中的男子是容易变心的,① 她生怕张生"得官",和长安富贵人家的女儿结婚。她的这种心理,在第五本中得到了合理的表现。她在思念张生十分痛苦的时候,接到张生的信,知道他中了状元,当然很高兴,但立刻想到:"他如今功名成就,则怕他撇人在脑背后。"她寄给张生的书信和瑶琴、玉簪、斑管等"几件东西",都表现了一个思想:"休别继良姻。"她的这种思想,是具有深刻的社会意义的。我们只要提一下李益、王魁、李甲②等艺术典型,就可以理解她的这种思想的社会根源了。因此,她听到郑恒说张生做了卫尚书家的女婿,是很容易相信的。

张生的形象,在第五本中也得到了合理的发展。"送别"的时候,莺莺嘱咐他:"此一行得官不得官,疾早便回来。"他回答:"这一去白夺一个状元。"两个人的话都是针对老夫人所说的"驳落呵,休来见我"而发的。莺莺怕张生"驳落",真的不回来;张生为了能回来,争取"白夺一个状元"。实际上,张生是不愿丢下莺莺去追求功名富贵的。在"送别"以后的几折戏中,他一直思念着莺莺。一中状元,马上就寄信回去,因等不到莺莺的回信,至于思念成病。

> ……本是举过便除,奉圣旨著翰林院编修国史,多住两月。他每那
> 知我的心,什么文章做得成!使琴童递送佳音,不见回来,这几日
> 睡卧不宁,饮食少进……自离了小姐,无一日心闲也呵!

这多么强烈地表现了他对莺莺的爱情的深挚,也多么鲜明地反衬了老夫人"不招白衣女婿"的婚姻观念的腐朽性。

接到莺莺的回信以后,针对莺莺怕他"别继良姻"的顾虑,又表示了他的坚贞不渝的爱情:

> 〔二煞〕恰新婚才燕尔,为功名来到此。长安忆念蒲东寺。……身
> 遥心迩,坐想行思。

---

① 怕张生变心,这也是莺莺在以前不敢贸然和张生私下结合的心理根据之一。《酬简》一折,她对张生说:"妾千金之躯,一旦弃之;此身皆托于足下,勿以他日见弃,使妾有白头之叹。"这是千回百折之后倾吐出来的。

② 李益、王魁、李甲是《霍小玉传》、《王魁负桂英》(川剧《情探》)、《杜十娘怒沉百宝箱》中的人物。

〔三煞〕这天高地厚情，直到海枯石烂时，此时作念何时止？直到烛灰眼下才无泪，蚕老心中罢却丝。我不比游荡轻薄子，轻夫妇的琴瑟，拆鸾凤的雄雌。

这表明张生对莺莺的爱情是经得住考验的，因而在和郑恒的冲突中，他绝不可能采取妥协的态度。

应该承认，没有第五本，张生的形象还是不够完整的，经过第五本的发展，他才成为一个和王魁等人完全对立的典型。

在第五本中，红娘为了继续维护崔、张的爱情而和郑恒作斗争。郑恒说把莺莺"与了一个富家，也不枉了；却与了一个穷酸饿醋！……"红娘针锋相对地给予反击："你值一分，他值百分。""他凭着师友君子务本，你倚父兄仗势欺人。""你道是官人只合做官人，信口喷，不本分。你道穷民到老是穷民，却不道'将相出寒门'！"可以看出，红娘的性格在第五本中也得到了发展。

三、《西厢记》的人物形象

戏剧冲突的问题，首先是从典型的冲突中塑造典型的人物形象的问题。这因为：一方面，只有在典型的冲突中，才能塑造出典型的人物形象，另一方面，只有塑造出典型的人物形象，才能有力地表现典型的冲突。《西厢记》中的冲突比《西厢记诸宫调》中的更鲜明、更尖锐、更复杂，《西厢记》中的人物形象也比《西厢记诸宫调》中的更生动、更凸出、更丰满。

莺莺的形象

在《西厢记诸宫调》中，莺莺和老夫人的冲突是在她看见张生以后才显露出来、在"赖婚"以后才尖锐起来的。她乘月色潜出，和张生联吟，被老夫人唤回去训斥了一顿，只得答应"悔过自新"。从这以后，直到"赖婚"以前，她在爱情问题上简直没有表现。在《西厢记》中，则完全是另一种情况。作者不仅在一开始就表现了莺莺的闺怨春愁，而且很巧妙地把《西厢记诸宫调》中张生和莺莺联吟之后红娘叙述老夫人训斥莺莺的一段话略加修改，移在张生和莺莺联吟之前。这表明莺莺在还没有看见张生的时候，就已经和老夫人发生了冲突，在看见张生之后，这种冲突就更加尖锐。老夫人对她的训斥，并没有吓住她，她不仅在佛殿上"私窥"张生，而且又一次地

"乘月色潜出"，和张生联吟。甚至在"闹道场"的时候，她也用"泪眼偷瞧"张生，还忍不住赞美他：

〔锦上花〕外像儿风流，青春年少；内性儿聪明，冠世才学。……

因而使张生看透了她的心事：

〔碧玉箫〕情引眉梢，心绪怎知道；愁种心苗，情思我猜着。……

从这以后，她狂热地爱上了张生。而对张生的爱情越狂热，就越痛恨拘管她的老夫人和老夫人派来拘管她的红娘。

自见了张生，神魂荡漾，情思不快，茶饭少进。早是离人伤感，况值暮春天道，好烦恼人也呵！好句有情怜夜月，落花无语怨东风。

〔八声甘州〕恹恹瘦损，早是伤神，那值残春！罗衣宽褪，能消几个黄昏？凤袅篆烟不卷帘，雨打梨花深闭门。无语凭阑干，目断行云。

〔混江龙〕落红成阵，风飘万点正愁人。池塘梦晓，兰槛辞春；蝶粉轻沾飞絮雪，燕泥香惹落花尘；系春心情短柳丝长，隔花阴人远天涯近。香消了六朝金粉，清减了三楚精神。

红娘看到她这样愁闷，劝她把被儿薰得香香的，睡一些儿。但她怎么能睡得稳呢？

〔油葫芦〕翠被生寒压绣裀，休将兰麝薰；便将那兰麝薰尽，则索自温存。昨宵个锦囊佳制明勾引，今日个玉堂人物难亲近。这些时睡又不安，坐又不宁，我欲待登临又不快，闲行又闷。每日价情思睡昏昏。

于是她埋怨红娘像"影儿"一样跟定她。红娘声明："老夫人着我跟着姐姐来。"于是她埋怨老夫人："俺娘也好没意思！这些时直恁般堤防着人……"看看，她想冲出封建牢笼、追求自由幸福生活的情绪多么强烈！

正当莺莺、张生和老夫人的矛盾无法克服的时候，孙飞虎带来了新的矛盾。在这个时候，不但张生想通过后一矛盾的解决而解决前一矛盾，莺莺也是一样。她大胆地提出了婚姻问题（《西厢记诸宫调》不是这样的）："不拣何人"，只要"杀退贼军"，便"情愿与英雄结婚姻，成秦晋"。而当她看到张生鼓掌而出，说他有"退兵之策"的时候，她简直喜坏了：

〔赚煞〕……果若有出师表文，吓蛮书信，张生呵，则愿你笔尖儿横扫了五千人。

"白马解围"之后，她听到红娘说老夫人请张生和她结亲，真是满心欢喜。这时候，她甚至感激老夫人："俺娘也好心多。"谁知接踵而来的不是"结亲"，而是"赖婚"。当着"谎到天来大"的老夫人，她无法控制自己，毫无保留地倾吐了满腔的愤怒。

在这里，使我们想起了元代大剧作家郑德辉（光祖）的名剧《倩女离魂》。《倩女离魂》中的张倩女本想和王文举结婚，但她的母亲却让她拜王文举做哥哥。她唱道：

〔赏花时〕她是个矫帽轻衫小小郎，我是个绣帔香车楚楚娘，恰才貌正相当。俺娘向阳台路上，高筑起一堵雨云墙。

〔幺篇〕可待要隔断巫山窈窕娘，怨女鳏男各自伤，不争你左使着一片黑心肠。你不拘钳我，可倒不想；你把我越间阻，越思量。

这后两句多么准确地表现了封建社会中被钳制、被压抑的青年男女的心情。莺莺也是这样的，老夫人"越间阻"，她"越思量"张生。听琴之后，红娘故意试探她："姐姐则管听琴怎么？张生着我对姐姐说：他回去也。"她恳求红娘："好姐姐，是必再着他住一程儿。"并请红娘转告张生：

〔尾〕则说道夫人时下有人唧哝，好共歹不着你落空。

而且表白她的心事：

不问俺口不应的狠毒娘，怎肯着别离了志诚种？

从此以后，她经历了复杂曲折的斗争，克服了她的内心矛盾，从而也克服了她和红娘之间的矛盾，终于和张生自由结合了。

在"送别"和"惊梦"中，莺莺的叛逆性格和反抗精神表现得非常强烈。老夫人逼迫张生上京考试，而且声明："驳落呵，休来见我。"这在莺莺看来，实质上是又一次地破坏了她和张生的幸福。"送别"的时候，她"见安排着车儿马儿，不由人熬熬煎煎的气"。她一再地诅咒和爱情相冲突的功名：

〔幺篇〕……但得个并头莲，煞强如状元及第。……

〔朝天子〕……蜗角虚名，蝇头微利，拆鸳鸯在两下里。……

她嘱咐张生。即使"驳落"，也一定要回来。

在"惊梦"中，作者用浪漫主义的手法把莺莺的叛逆性格和反抗精神发展到可能有的高度。莺莺"瞒过俺能拘管的夫人，稳住俺斯齐攒的侍妾"私奔出城，追赶张生。她跑过荒凉的旷野，走尽崎岖的道路，终于赶上了。赶上之后，她对张生表示了这样的心愿：

〔折桂令〕……不恋豪杰，不羡骄奢；自愿的生则同衾，死则同穴。

这个莺莺不是那个真实的莺莺，而是出现在张生梦中的莺莺；但这个莺莺所想的，正是那个真实的莺莺所想的，这个莺莺所做的，正是那个真实的莺莺想要做的（虽然限于她的身份和处境，还不能这样做）。在这里，积极的浪漫主义精神和现实主义精神结合得多么紧密！

红娘的形象

《西厢记》中的红娘的形象也是在《西厢记诸宫调》中的红娘的形象的基础上塑造出来的，但由于作者更合理、更深刻地处理了红娘和老夫人、莺莺、张生之间的关系，所以这个形象塑造得更生动、更丰富多彩。

在老夫人发觉了张生和莺莺的幽会，要唤她拷问的时候，她估计："我到夫人处，夫人必问：'小贱人，"我着你但去处行监坐守，谁着你迤逗的胡行乱走？'"可见老夫人交给她的任务她是一直没有忘记的。"寺警"以前，她的确是一个"行监坐守"的侍婢，并没有"迤逗"莺莺"胡行乱走"。"佛殿相逢"的时候，她催促莺莺："姐姐，那壁有人，咱家去来。""墙角联吟"的时候，她又催促莺莺："姐姐，有人，咱家去，怕夫人嗔着！"张生在法聪那里碰到她，问她："小姐常出来么？"她把张生"抢白"了一顿，警告他："今后得问的问，不得问的休胡说！"因此，张生把她和"犬儿"、"夫人"列在一起，看作阻挠他和莺莺的爱情的敌人之一；莺莺也嫌她"伏侍的勤"，诅咒她像摆脱不开的"影儿"，只要一出闺门，就跟定了。

红娘是在"白马解围"、特别是在老夫人赖婚以后才明显地站在张生和莺莺一面的，她的公正、热诚、勇敢、机智、幽默等性格特征，也是在"白马解围"、特别是老夫人赖婚以后才凸现出来的。

红娘是非常公正的。张生救了崔氏全家，她很感激，因而也很高兴张生和莺莺这一对"才貌相当"的青年结亲。在"请宴"的时候，她沸腾着欢乐心情，仿佛张生和莺莺的幸福就是她自己的幸福。谁知老夫人竟然赖婚了。"赖婚"以后，她眼看着张生和莺莺都陷入痛苦的深渊，便由衷地痛恨老夫人，自愿挺身而出，帮助张生和莺莺。

红娘是非常热诚的。在帮助张生和莺莺的时候，莺莺不信任她，因她带来张生的简帖，把她痛骂一顿，张生也埋怨过她，她被莺莺痛骂之后，告诉张生："不济事了。"张生说："只是小娘子不用心，故意如此。"这一切，当然都使她伤心、甚至气愤，她感到"左右做人难"；但她还是热诚地帮助他们。"赖简"的时候，她本来是等着看莺莺怎样"发付"张生的，但眼看莺莺和张生都下不了台，还是自己"发付"了张生。莺莺第二次约张生幽会，她一边鼓励张生争取主动，一边又催促莺莺赴约。这样，张生和莺莺才结合了。没有她，张生和莺莺的结合是不可能的。

红娘是非常勇敢的，所以她的公正、热诚等性格特征都通过行动充分地表现出来。她懂得帮助张生和莺莺是要冒很大的危险的，"闹简"之后，张生求她设法，她说：

〔满庭芳〕……你待要恩情美满，却教我骨肉摧残。老夫人手执着棍儿摩娑看，粗麻线怎透得针关！直待我拄著拐帮闲钻懒，缝合唇送暖偷寒！……

但她还是不怕"骨肉摧残"，继续地帮助他们。在"拷红"的场面中，她的勇敢的性格特征表现得多么强烈啊！

红娘是非常聪明机智的。她看出张生和莺莺能否结合的关键不在老夫人，而在莺莺。莺莺第二次约张生幽会的时候，张生怕莺莺被"夫人拘系，不能勾出来"，她说："则怕小姐不肯，果有意呵，你放心！虽然是老夫人晓夜将门禁，好共歹须教你称心。"因为老夫人是通过她"拘系"莺莺的，而她呢，却甘愿冒着危险，让莺莺自由行动：

〔幺篇〕……我将这角门儿世不曾牢拴，则愿恁做夫妻无危难。我向这筵席头上整扮，做一个缝了口的撮合山。

既然问题的关键在莺莺的"肯"与"不肯"，那么，她的斗争的锋芒就不能不指向莺莺。莺莺其实是"肯"的，但由于有许多顾虑，因而心理和行动常处于矛盾状态。红娘看穿了这一点，因而就帮助他克服这种矛盾。她看到莺莺第二次约了张生，还是怕去赴约，再也忍不住了：

旦云："红娘收拾卧房，我睡去。"红云："不争你要睡呵，那里发付那生？"旦云："什么那生？"红云："姐姐，你又来也！送了人性命不是要处。你若又番悔，我出首与夫人，你着我将简帖儿约下他来。"旦云："这小贱人到会放刁。羞人答答的，怎生去！"红云："有什的羞！到那里则合着眼者。"红催莺云："去来，去来！老夫人睡了也。"

在"拷红"的严重关头，她预先估计了情况，决定"与他个知情的犯由"。到夫人那里，先说明"他两个经今月余则是一处宿"，强调了既成事实；然后说出各种理由，迫使老夫人不得不承认既成事实。她的机智和勇敢的性格特征结合起来，就把代表封建势力的老夫人打垮了。

红娘的形象具有"咄咄逼人"的力量，在她面前，老夫人固然显得"外强中干"，张生和莺莺也显得软弱无力。

红娘是同情而且帮助张生和莺莺的，但对他们的弱点，却时常加以辛辣的嘲笑和尖锐的讽刺。"请宴"的时候，她才说了个"请"字，张生忙说："便去，便去；敢问席上有莺莺姐姐么？"看到张生情急的样子，她忍俊不禁地投出火一样的嘲笑：

〔上小楼〕"请"字儿不曾出声，"去"字儿连忙答应；可早莺莺跟前，"姐姐"呼之，喏喏连声。秀才每闻道"请"，恰便是听将军严令，和他那五脏神愿随鞭镫。

张生求她传送简帖，许她"久后多以金帛拜酬"，她气坏了：

〔胜葫芦〕哎，你个馋穷酸来没意儿，卖弄你有家私。我莫不图谋你东西来到此？先生的钱物，与红娘做赏赐，是我爱你的金资？

〔幺篇〕你看人似桃李春风墙外枝，又不比卖俏倚门儿。我虽是个婆娘有气志。则说道："可怜见小子，只身独自！"恁的呵，颠倒有个寻思。

张生有些书呆子气，她管他叫"傻角"；张生有些懦弱，她管他叫"花木瓜"，叫"银样镴枪头"。

对于莺莺的许多"假意儿"，她也不止一次地给予辛辣的嘲讽。

〔石榴花〕当日个晚妆楼上杏花残，犹自怯衣单。那一片听琴心清露月明间，昨日个向晚，不怕春寒，几乎险被先生饌。那其间岂不胡颜！为一个不酸不醋风魔汉，隔墙儿险化望夫山。

〔斗鹌鹑〕你用心儿拨雨撩云，我好意儿传书寄简。不肯搜自己狂为，则待要觅别人破绽。受艾焙权时忍这番，畅好是奸！"张生是兄妹之礼，焉敢如此！"——对人前巧语花言；没人处便想张生，——背地里愁眉泪眼。

这些话像一把锋利的刀子，一下子就把莺莺的假面具戳穿了。

红娘的形象是塑造得非常成功的。这个形象的成功不仅在于本身的生动凸出和丰富多彩，而且在于有力地对照出老夫人的反动的性格特征，对照出张生和莺莺性格中的一些弱点和缺点，从而也增强了他们的形象的鲜明性。

张生的形象

和《西厢记诸宫调》中的张生的形象相比，《西厢记》中的张生的形象也是有所发展的，这主要表现在下面的几点上。

第一，由于莺莺性格中的反礼教因素加强了，一开始就对张生表示了爱情，因而张生的追求一开始就具有更可靠的基础。他听到红娘叙述老夫人"有冰霜之操"的一段话以后，有些迟疑：

> 〔哨遍〕听说罢心怀悒怏，把一天愁都撮在眉尖上。说"夫人节操凛冰霜，不召呼，谁敢辄入中堂。"自思想：比及你心儿里畏惧老母亲威严，小姐呵，你不合临去也回头儿望。……

但他想到莺莺虽然"畏惧老母亲威严"，却敢于"临去也回头望"，这证明她是"性气刚"的，因而很有可能冲破老夫人的封锁线而进行自由恋爱：

> 〔五煞〕小姐年纪小，性气刚。张郎倘得相亲傍，乍相逢厌见何郎粉，看邂逅偷将韩寿香。才到是未得风流况，成就了会温存的娇婿，怕什么能拘束的亲娘！

在《西厢记诸宫调》中，由于莺莺的反礼教性格一开始表现得不够鲜明，因而给张生的追求造成了困难。最突出的是孙飞虎兵围普救寺的时候，莺莺没有提出婚姻问题，张生只好"毛遂自荐"；而且为了逼出老夫人"祸灭身安，继子为亲"的话，不得不一再留难，表现出临危要挟的作风，这显然损害了张生的形象。在《西厢记》中，莺莺自己提出了婚姻问题，张生鼓掌而出，不但是为了解决自己的婚姻，而且表现了急人之难的崇高品质。

第二，在《西厢记诸宫调》中，由于老夫人的否定性格在有些地方表现得不够突出，因而也有害于表现张生的正面性格。例如在"拷红"的场面中，老夫人把莺莺许给张生，却没有逼张生去考试，考试的问题，反而是张生自己提出来的，这就给张生的形象以更大的局限性。在《西厢记》中，张生是被老夫人逼迫去考试的，因而在"送别"及其以后的几折戏中，就更便于从他和老夫人的矛盾中表现他的正面性格。

第三，《西厢记诸宫调》中的张生已经带有一些"书呆子"的性格特征：傻气、懦弱。但在《西厢记》中，张生的这些性格特征由于红娘的嘲笑而显得更加突出了。张生的书呆子气固然有些好笑，但也使人同情。他的那股傻劲儿是和他的"志诚"分不开的，这就把他和那些"风流才子"或"花花公子"从本质上区别开了。

我们这样说，并不意味着《西厢记诸宫调》中的张生的形象不真实、不典型，而是说《西厢记》中的张生的形象和《西厢记诸宫调》中的张生的形象是有区别的，他们是各不相同的典型（莺莺、红娘和老夫人的形象也是一样）。

惠明的形象

《西厢记》中的惠明，也就是《西厢记诸宫调》中的法聪。如在前面所分析，董解元所塑造的法聪形象是栩栩如生的。不过从整个作品看，和孙飞虎一样，法聪也应该是一个陪衬人物，但作者却给他过多的篇幅，显得喧宾夺主。王实甫在董解元塑造的法聪形象的基础上塑造了惠明的形象，却把他处理成一个陪衬人物，只给他极少的篇幅，这是正确的。

王实甫笔下的惠明虽然着墨不多，却给读者留下了难忘的印象。他"瞅一瞅古都都翻了海波，滉一滉斯琅琅振动山岩，脚踏得赤力力地轴摇，手搬得忽剌剌天关撼"；却并不用这种惊人的武勇欺压善良，而是"从来欺硬怕软，吃苦不甘"。他名义上是个和尚，却"不念法华经，不礼梁皇忏……知他怎生唤做打参"。当孙飞虎扬言要抢劫莺莺、烧毁普救寺的紧急关头，他大骂孙飞虎"能淫欲，会贪婪"。挺身而出，"杀人心逗起英雄胆，两只手将乌龙尾钢椽搀"，"舍着命"突围而出，请来了白马将军，救了全寺几百僧俗的性命。和这个英雄形象相对照，那些会念经、会参禅的和尚们显得多么渺小、多么懦怯！他嘲讽他们"僧不僧、俗不俗、女不女、男不男，只会斋的饱、也只向那僧房胡渰，那里怕焚了兜率伽蓝！"何等中肯，又何等辛辣！

在崔、张恋爱故事发展的转折点上出现惠明这个人物，是很有意义的。一方面是代表封建势力的老夫人，另一方面是在婚姻问题上进行反封建斗争的莺莺、张生和红娘。一方面是掳掠人民的孙飞虎，另一方面是"欺硬怕软"，敢于和孙飞虎作对的惠明。而惠明，又是佛门中的叛逆者，和那些"女不女，男不男"的僧侣形成强烈的对照。可以看出，王实甫集中地反映了进步社会力量和反动社会力量的斗争。应该着重指出的是：元代统治者为了麻醉人民的斗志，大力提倡佛教，僧侣在政治和经济上都享有特权。而王实甫却不但塑造了惠明这个佛门叛逆者的形象，并且借他的口尖锐地讽刺了那些"则（只）向那僧房中胡渰"，而不肯"济困扶危"的僧侣，这无疑是有积极意义的。

老夫人的形象

老夫人是莺莺、张生、红娘等正面人物反礼教斗争的主要对象，代表主要矛盾的一个方面。这个人物形象如果塑造得不真实、不典型，必然影响到正面人物形象的塑造，也必然影响到主题思想的体现。《西厢记诸宫调》中的老夫人形象已经塑造得很成功。《西厢记》则百尺竿头，更进一步，塑造了老夫人这个真实而典型的反面形象，以至于在现实生活中，人们把那些青年男女自由恋爱的阻挠者、破坏者称为"崔老夫人"，和被称为"红娘"的"撮合山"形成鲜明的对照。

老夫人无疑是封建礼教、封建婚姻制度的代表者，这是她所体现的社会本质。《西厢记》相当充分地揭示了她的社会本质。但如果只着眼于揭示本质，就难免流于概念化、漫画化。任何活人的社会本质都是通过他的独特的个性表现出来的，因而人物塑造的关键问题就是写出个性。老夫人在剧中出场的时候很凄苦地说："夫主姓崔，官拜前朝相国，不幸因病告殂。只生得个小姐。……老身与女孩儿扶柩至博陵安葬，因路途有阻，不能得去。……好不伤感人也呵！"在这"子母孤孀途路穷"的处境中，作为母亲，她就加倍疼爱、加倍体贴她的孤女。命红娘陪莺莺到佛殿上去"散心"，就是疼爱、体贴的具体表现。但她又是郑尚书的妹妹、崔相国的夫人，她是根据她的门第，按照她所理解的封建道德的教条来立身行事，来疼爱自己的女儿的。表现在对女儿的要求上，就是既要她具有相府千金应有的才能："针黹女工，诗词书算，无不能者"；又要她谨守封建礼教，不得惹人议论。一句话，就是要为女儿尽可能地创造受人尊敬的、可以博得最好"前途"的条件。表现在择婿问题上，则要求门当户对，首先要看男方在门第、身份、财产等方面是否配得上相府千金。而这一切，正就是她爱女儿的具体内容。如果不爱女儿，又何必操那么多闲心。她让红娘"行监坐守"，"只怕女孩儿折了气分"，是出于对女儿的"爱"。"寺警"之时，不同意莺莺"与贼汉为妻"的第一计和"将尸榇献于贼人"的第二计，而勉强同意了"不拣何人"、"杀退贼军"，就"与英雄结婚姻"的第三计，也表现出对女儿的"爱"。"赖婚"的思想根源是对女儿的"爱"；因为张生虽说先人作过大官，却早父母双亡，如今"书剑飘零，功名未遂"，"止留下四海一空囊"，远远谈不上门当户对。"拷红"之后不得已而许婚，但又立逼张生上京应试，无非是由于她"爱"女儿，因为她家"三辈儿不招白衣女婿"，如今招一个，岂不亏了莺莺！她对张生说："到京师休辱没了俺孩儿，挣揣一个状元回来者！"这真是肺腑之言，"爱"女之情，溢于言表。非常明显，她几乎时时处处事事都"爱"女儿，爱得很真诚，很有个性，不失为莺莺的"慈"母，但他对女儿的真诚的、有个性的"爱"，同时也体现着社会本质，使她成为封建礼教、封建婚姻制度的代表。正因为这样，当她发现莺莺辜负了她的"爱"的时候，心情是痛苦的。她责备莺莺："我怎生抬举你来，今日做这等的勾当！"转而怕伤了女儿的心，又责备自己："则（只）是我的孽障，又怨谁的是！……谁似俺养女的不长俊！"她压根儿不理解自己的女儿，不理解爱之适所以害之。

王实甫笔下的老夫人，就是这样一个饱和着生活血肉的、个性鲜明的典型形象，而不是一个概念化、脸谱化的反面人物。

当我们看到她给莺莺、张生造成巨大痛苦的时候，不能不憎恨她，但当我们看到她并不是诚心害女儿、而是诚心爱女儿的时候，就不仅仅是憎恨她，更憎恨赋予她以封建意识的封建社会。

四、《西厢记》的艺术成就

董解元的《西厢记诸宫调》给王实甫的《西厢记》奠定了坚实的基础，这是过去的许多学者都指出过的。明人胡应麟在《少室山房曲考》中说："《西厢记》虽出唐人《莺莺传》，实本金董解元。董曲今尚行世，精工巧丽，备极才情。而字字本色，言言古意，当是古今传奇鼻祖。金人一代文献尽此矣。"明人徐复祚在《三家村老曲谈》中也说："实甫之传，本于董解元。解元为说唱本，与实甫本可称双璧。"说董、王的两部不同体裁的《西厢记》"可称双璧"，这是很公允的。但由于董解元给王实甫奠定了坚实的基础，使王实甫能在"百尺竿头，更进一步"，因而两相比较，王实甫的《西厢记》是更优秀的。梁廷楠在《藤花曲话》中说得好："董解元西厢……石华最尝其'愁何似，似一川烟草黄梅雨'二语，谓似南唐人绝妙好词，可谓拟于其伦。其后王实甫所作，盖探源于此。然未免瑜瑕不掩，不如实甫之玉璧全完也。"清人焦循在《易余曲录》中仅仅比较了两部作品中的个别曲文，就得出"王之逊董远矣"的结论，是不能令人信服的。

首先，王实甫根据他对生活的深刻理解，把《西厢记诸宫调》中的冲突表现得更鲜明、更尖锐、更复杂，从而在这样的冲突中塑造了许多更生动、更凸出、更丰富的人物形象。这一点，在前面已经谈过了。现在再补充两点：一、《西厢记》中的主要矛盾是张生、莺莺、红娘与老夫人的矛盾，孙飞虎所带来的矛盾，其作用只是把前一矛盾导向更复杂的境地，所以不必费许多笔墨，但董解元却以将近六分之一的篇幅描写了它，颇有喧宾夺主的缺点。王实甫看出这个缺点，把这一部分大大地压缩了，这就使得主次分明，增强了结构的单纯性和统一性。二、张生、莺莺、红娘内部的矛盾和他们与老夫人的矛盾之间的关系，在《西厢记诸宫调》中固然已经处理得很好了，但王实甫也进行了必要的加工，因而处理得更合理、更深刻。

　　其次，《西厢记诸宫调》中的每只曲子都写得很好，但就整个作品看，却有繁冗、甚至重复的毛病（这也是和冲突不够集中、不够尖锐分不开的），王实甫的《西厢记》则不论就每只曲子看，或者就整个作品看，都是非常精炼、非常紧凑的。

　　总之，《西厢记》的艺术成就是超过《西厢记诸宫调》的。除前面已经谈过的外，不妨再谈一下它的艺术成就表现的几个方面。

从外貌特征和内心特征的统一中描写人物

　　王实甫之所以能描写出那么生动具体的人物，原因之一是：他在从社会性的冲突中，从人物与人物的关系中描写人物的时候，不是抽象地说明人物的内心特征，而是通过人物的外貌特征揭露人物的内心特征。这样，出现在我们面前的就自然是一个完整的活生生的人。

　　戏曲不同于小说和叙事诗。小说和叙事诗的作者可以面对读者介绍、描写他们的人物，戏曲的作者却没有这种自由，因为戏曲中的人物是完全不依赖作者的帮助而自己行动着的，作者不可能跑到舞台上去介绍、描写他的人物。因此，王实甫常常是通过其他人物的眼睛描写人物的外貌特征的。这样，他一方面通过人物的外貌特征揭示了人物的内心特征，一方面也写出了其他人物对这个人物的观感。从其他人物对这个人物的观感中，我们可以看出其他人物的精神面貌，可以看出他们相互之间的关系。

　　"佛殿相逢"的时候，张生眼中的莺莺是：

　　〔元和令〕……他那里尽人调戏，軃着香肩，只将花笑撚。

　　〔胜葫芦〕则见他官样眉新月偃，斜侵入鬓云边。……

未语人前先腼腆，樱桃红绽，玉粳白露，半晌恰方言。

〔幺篇〕恰便是呖呖莺声花外啭，行一步儿可人怜。解舞腰肢娇又
　　软，千般婀娜，万般旖旎，似垂柳晚风前。

这不仅描绘出一个相国小姐的外貌特征，而且也从这种外貌特征中揭露
了她既想突破封建礼教束缚而又受着封建礼教限制的内心特征。同时，因为
这是从张生眼中看出来的，所以很便于进一步描写张生对她的反应：

〔后庭花〕……且休题眼角儿留情处，则这脚踪儿将心事传。慢俄
　　延，投至到栊门儿前面，刚那了一步远。刚刚的打个照面，风魔了
　　张解元。……

〔赚煞〕怎当他临去秋波那一转！休道是小生，便是铁石人也意惹
　　情牵。

和张生同行的还有一个法聪和尚，但法聪却没有这样的反应，相反地，
他一再警告张生："这是河中开府崔相国的小姐"，"休胡说"，"休惹事"。这
就从对相同对象的不同反应中有力地表现了张生的性格。他已经知道那是崔
相国的小姐，但不怕"惹事"，决定"不往京师去应举"而追求她。而这，
又确定了他和莺莺的关系。

月夜联吟的时候，作者又一次地通过张生的眼描写了莺莺的外貌特征和
内心特征及其对张生引起的反应。张生看到莺莺"拜罢也斜将曲栏凭，长吁
了两三声"，就猜出"小姐颇有文君之意"，因而才敢吟出"月色溶溶夜
……"的诗。

作者也不止一次地通过莺莺的眼描写张生的外貌特征。在"闹道场"的
时候，她看到张生"外像儿风流，青春年少……"便爱上了他。在"赖婚"
的时候，她看到张生"咽不下玉液金波……眼倦开，软瘫作一垛"，非常同
情他，但也嫌他懦弱（"秀才每从来懦"），不向老夫人展开斗争。在"送
别"的时候，她看到张生：

〔小梁州〕……阁泪汪汪不敢垂，恐怕人知。猛然见了把头低，长
　　吁气，推整素罗衣。

就更加伤感了，因而埋怨老夫人：

〔满庭芳〕……虽然是厮守得一时半刻，也合着俺夫妻每共桌而食。

这一切，都不仅通过张生的外貌特征的描写生动地揭露了他的内心特
征，而且也从莺莺对他的反应中表现了莺莺的思想感情，表现了莺莺和张生

的关系，表现了莺莺张生与老夫人的冲突。

作者也不止一次地通过红娘的眼描写张生、莺莺在不同情势中的不同的外貌特征。"请宴"的时候，张生对红娘说："小生客中无镜，敢烦小娘子看小生一看如何？"红娘形容道：

〔满庭芳〕来回顾影，文魔秀士，风欠酸丁。下工夫将额颅十分挣，迟和疾擦倒苍蝇，光油油耀花人眼睛，酸溜溜螫得人牙疼。……

从这里，我们看到了张生的书呆子气和误以为就要跟莺莺结亲而表现出来的喜悦心情，也看到了红娘的富于风趣的性格特征和误以为张生就要跟莺莺结亲而表现出来的喜悦心情。

赖婚以后，张生因相思成病，红娘奉莺莺的言语去看他，她"把唾津儿润破窗纸"，偷看张生：

〔村里迓鼓〕……多管是和衣儿睡起，罗衫上前襟褶径。孤眠况味，凄凉情绪，无人伏待。觑了他涩滞气息，听了那微弱声息，看了他这黄瘦脸儿，张生呵，你若不闷死，多应是害死。

她看过张生之后，去莺莺那里回话，看见莺莺：

〔醉春风〕……钗軃玉斜横，髻偏云乱挽。日高犹自不明眸，畅好是懒、懒。……半晌抬身，几回搔首，一声长叹。

这就把张生和莺莺的愁闷、痛苦以及红娘对他们的同情都十分具体地表现了出来，使我们不得不和红娘一样同情张生和莺莺，从而也不得不痛恨给张生和莺莺带来愁闷、痛苦的崔老夫人。

从特征性的氛围中、从人物的思想感情与氛围的感应中描写人物

《西厢记》之所以具有那么强烈的艺术感染力，原因之一是：它的作者不仅善于从人物与人物的关系中描写人物，而且善于从特征性的生活氛围中描写人物。这样，他就引我们进入具体的生活中，使我们不仅看到一些人物，而且看到那些人物在什么样的环境和情况中存在与活动，看到人物周围有什么样的景物以及那些人物对那些景物有着什么样的感受。

这一特点是贯串于每一场戏中的。这里只举几个例子。

在"闹道场"一折中，张生在走入道场的时候这样描绘了当时的情景：

〔新水令〕梵王宫殿月轮高，碧琉璃瑞烟笼罩。香烟云盖结，讽咒海波潮。幡影飘摇，诸檀越尽来到。

〔驻马听〕法鼓金铙，二月春雷响殿角；钟声佛号，半天风雨洒松梢。

这就把我们也引进道场中去了。当我们走进道场，正和张生一起观赏这种"庄严"的情景的时候，忽然一切都起了变化，莺莺一出来：

〔乔牌儿〕大师年纪老，法座上也凝眺；举名的班首真呆佬，觑着法聪的头做金磬敲。

〔甜水令〕老的小的，村的俏的，没颠没倒，胜似闹元宵。……

〔折桂令〕……大师也难学，把一个发慈悲的脸儿来朦着。击磬的头陀懊恼，添香的行者心焦。烛影风摇，香霭云飘；贪看莺莺，烛灭香消。

"云盖"一样的"香烟"散了，"海潮"一样的"讽咒"停了，"春雷"一样的"金磬"哑了，我们也顾不上管这些，因为莺莺也同样地吸引着我们的视线。

"赖婚"以后，红娘约张生用琴声试探莺莺，到了晚上，她劝莺莺去烧香（目的是使莺莺听到琴声）：

红云："小姐，烧香去来，好明月也呵！"旦云："事已无成，烧香何济！月儿，你团圆呵，咱却怎生？

〔斗鹌鹑〕云敛晴空，冰轮乍涌；风扫残红，香阶乱拥；离恨千端，闲愁万种。夫人那，'靡不有初，鲜克有终'。他做了个影儿里的情郎，我做了个画儿中的爱宠。

〔紫花儿序〕则落得心儿里念想，口儿里闲题，则索向梦儿里相逢。……"

红云："姐姐，你看月阑，明日敢有风也？"旦云："风月天边有，人间好事无。

〔小桃红〕人间看波！玉容深锁绣帏中，怕有人搬弄。想嫦娥、西没东生有谁共？怨天公，裴航不作游仙梦。这云似我罗帏数重，只怕嫦娥心动，因此上围住广寒宫。"

在前面看过莺莺在月明之夜怎样焚香祷告，怎样和张生联吟的读者，在赖婚之后，又看到这幅情景，如何能不同情莺莺，如何能不和莺莺一起控诉围住嫦娥的乌云，控诉把莺莺锁在深闺之中的老夫人呢？

又如"送别"的时候莺莺唱的：

〔正宫〕〔端正好〕碧云天，黄花地，西风紧，北雁南飞。晓来谁染霜林醉？总是离人泪。

〔滚绣球〕恨相见得迟，怨归去得疾。柳丝长玉骢难系，恨不得倩疏林挂住斜晖。马儿迍迍的行，车儿快快的随。……

〔一煞〕青山隔送行，疏林不做美，淡烟暮霭相遮蔽。夕阳古道无人语，禾黍秋风听马嘶。……

〔收尾〕四围山色中，一鞭残照里。遍人间烦恼填胸臆，量这些大小车儿如何载得起？

张生唱的：

〔新水令〕望蒲东萧寺暮云遮，惨离情半林黄叶。马迟人意懒，风急雁行斜。……

都非常鲜明地描绘出一对恋人别离时候的环境与心情。

"酬简"一折的开头写张生等待莺莺赴约的一段也非常精彩。比如"风弄竹声、只道是金珮响，月移花影、疑是玉人来"等句，就把张生的"意悬悬业眼，急攘攘情怀"活画了出来。

从特征性的行动和动作中揭露人物的性格特征和心理活动

"西厢记"中的人物之所以那么具体、那么个性鲜明的另一个原因是作者善于从极富特征的行动和动作中揭露人物的性格特征和心理活动。在"寺警"、"赖婚"、"赖简"、"酬简"、"拷红"等重要关头，老夫人、莺莺、张生、红娘的不同行动和动作，都充分地表现了他们的性格特征和心理活动，这是非常显然的。就是在其他场合，也不乏这样的例子。比如"闹简"中的一段：

红云："我待便将简帖儿与他，恐俺小姐有多少假处哩。我则将这简帖儿放在妆盒儿上，看他见了说什么。"

（旦做对镜科，见帖看科）红唱：

〔普天乐〕晚妆残，乌云軃；轻匀了粉脸，乱挽起云鬟。将简帖儿拈，把妆盒儿按，开拆封皮孜孜看，颠来倒去，不害心烦。旦怒叫："红娘！"红做意云："呀，决撒了也！厌的早挖敛了黛眉。"旦云："小贱人，不来怎么？"红唱："忽的波低垂了粉颈，氲的呵改变了朱颜。"

红娘特别是莺莺的动作，多么准确地表现了她们的不同的性格特征和心理活动。

语言的个性化、形象化

《西厢记》是一部大型诗剧。它的语言，既是诗的语言，又是剧的语言。就诗的语言说，其辞采之优美，音韵之悠扬，诗情画意之浓郁隽永，在中国古典戏曲中是无与伦匹的。就剧的语言说，在形象化、个性化这一点上也显得相当突出。《西厢记》中的人物之所以那么个性鲜明、形象生动，除了他们的外貌、行动、心理活动等等各具特征、互不雷同而外，还由于他们的语言具有形象化、个性化的特点。

对于《西厢记》的语言，过去的文人有的欣赏它的华丽，说是"若玉环之出浴华清，绿珠之采莲洛浦"。[①] 有的嫌其华丽，说是不够"本色当行"。[②] 意见虽然相反，但都没有搔着痒处。对于戏剧作品，离开人物的个性而谈语言的华丽或本色，是没有意义的。

张生莺莺是处于恋爱纠葛中的很有文艺修养的青年，他们在倾吐闺怨相思、离愁别恨的时候，所用的语言具有华丽的风格，是自然而然的。除了莺莺和张生，其他人物的语言并不华丽。例如惠明的语言是朴素的、豪爽的，郑恒的语言是庸俗的、粗野的，红娘的语言是"本色"的、泼辣奔迸的。这说明这些人物并不是说着作者的话，而是按照各人的个性和所处的情况说着自己的话。

人物的语言是展开他们的个性的重要形式。张生和莺莺的语言虽然都是华丽的，但也有各自的特点。张生的语言往往表现出他的书呆子气。他在红娘面前自我介绍"小生姓张名珙……并不曾娶妻"。听到老夫人说"但有退得贼兵的，将小姐与他为妻"，就冒冒失失地说："既是恁的，休唬了我浑家，请入卧房里去……"红娘请他赴宴，他咬文嚼字地说："既来之，则安之……"接到莺莺约他幽会的诗，便得意忘形："呀，有这场喜事！撮土焚香，三拜礼毕。早知小姐简至，理合远接，接待不及，勿令见罪。"然后把诗意告诉红娘。红娘不信，就自吹自播，说他"是个猜诗谜的社家，风流随何，浪子陆贾"。

和他的书呆子气相关联的是他的天真、诚恳。他没有"假意儿"，也不会说假话。他把他的欢乐与哀愁，都毫无掩饰地倾吐出来。他的心是那么天

① 朱权：《太和正音谱》。

② 明人何良俊在《四友斋曲说》里说："《西厢》全带脂粉……其本色语少。盖填词须用本色语，方是作家。"近人王季烈《螾庐曲谈》中也有类似的议论。

真，他的话也是那么天真；他的心是那么诚恳，他的话也是那么诚恳。莺莺赖简，他受了一场闷气，并没有怨恨莺莺。他在等莺莺赴约的时候说：

〔鹊踏枝〕恁的般恶抢白，并不曾记心怀。拨得个意转心回，夜去明来。……

〔寄生草〕……想着这异乡身强把茶汤捱，则为这可憎才熬得心肠耐，办一片志诚心，留得形骸在。

红娘在莺莺准备赴约的时候也说："著一片志诚心盖抹了漫天谎。"的确，张生的"志诚"是令人感动的。

莺莺的语言却具有另一种风格。她的性格是深沉的，心事是隐秘的，因而她的语言是婉转的、闪烁其词的，有时甚至是口不应心的。

她往往不直截了当地说出她的心事。比如她焚香祝月："此一炷香，愿化去先人，早生天界；此一炷香，愿堂中老母，身安无事；此一炷香——"只说了"此一炷香"，就接不下去了。聪明的红娘看透了她的心事，说："姐姐不祝这一炷香，我替姐姐祝告；愿俺姐姐早寻个姐夫，拖带红娘咱！"在平常的时候，她也惯用"系春心情短柳丝长，隔花阴人远天涯近"一类的话曲折地表达她的情感。

她的相国小姐的身份，使她必须尽可能地掩盖她的火一样燃烧着的爱情，因而往往说出口不应心的话。这在《闹简》、《赖简》两折中表现得非常突出。而那些口不应心的话，就把她的个性和她在特定环境中的内心冲突极其传神地表现出来了。

当然，莺莺的语言并非始终如此的，因为越来越炽烈的爱情之火并不是任何时候都能掩盖得住的。在激烈的冲突中，她的爱情的烈焰往往烧毁一切束缚，转化为火一样的语言。例如在"赖婚"的时候就是这样的，在"送别"的时候也是这样的。

红娘的语言更富于个性特征。反驳老夫人和责骂郑恒，她的语言是那么尖锐、泼辣；揭穿莺莺的虚伪性，她的语言是那么明快、犀利；嘲笑张生的书呆子气，她的语言是那么幽默、那么富于机趣。而她的聪明机智的性格特征又决定了她的语言的总的特征：敏捷和随机应变。她总是根据不同情况，使用不同的语言，所以每一句话都收到预期的效果，而不会惹出乱子。在"听琴"之后，她已经猜透莺莺的心事，但还没有抓住莺莺的把柄，所以当莺莺问她"这般身子不快呵，你怎么不来看我"的时候，她说："你想张——"莺莺忙问。"张什么？"她感到不对劲，立刻改口说："我张着姐姐哩!"到"闹简"的时候，情况就不同了。她毫不留情地反击莺莺：

> 你哄着谁哩！你把这个饿鬼弄的他七死八活，却要怎么？
>
> 〔四边静〕怕人家调犯，早共晚夫人见些破绽，你我何安。问什么他遭危难？撺断得上竿，撇了梯儿看。

张生、莺莺、红娘等人的语言个性鲜明到这种程度：我们从他们的话里可以听出他们的性别、性格、思想感情乃至表情和动作。

《西厢记》的语言的个性化特征又是和形象化特征联结在一起的，因而是那么具体，那么富于感染力。这从前面的许多引文中可以看得出来，现在再举两个例子。例如张生思念莺莺的一段：

> 〔拙鲁速〕对着盏碧荧荧短檠灯，倚着扇冷清清旧帏屏。灯儿又不明，梦儿又不成；窗儿外淅零零的风儿透疏棂，忒楞楞的纸条儿鸣；枕头儿上孤另，被窝里寂静。你便是铁石人、铁石人也动情。

又如张生托红娘传送简帖，红娘怕莺莺番了面皮的一段：

> 〔上马娇〕他若是见了这诗、觑了这词，他敢颠倒费神思。他拽扎起面皮："查得谁的言语你将来，这妮子怎敢胡行事！"他可敢嗤、嗤的扯做了纸条儿。

这些语言把人物的表情、动作和心理活动以及与之相关联的各种事物的形状、声音和色彩都极其准确地表现出来了。

《西厢记》取得了卓越的艺术成就，这是不容置疑的，但"金无赤足"，缺点也在所难免。例如描写幽会的几只曲子，自然主义的倾向就比较严重。在细节描写上，也有因疏忽而造成的失误。在第一本前面的《楔子》中，老夫人明说已将莺莺许给郑恒为妻，可是在此后的许多折戏里，莺莺和红娘都不知道有这件事，在"寺警"、"拷红"，乃至"送别"的时候，老夫人也没有提这件事，直到第五本里，郑恒才跑出来取闹，这未免不近情理。第一本第二折写红娘："可喜娘的庞儿浅淡妆，穿一套缟素衣裳。"这是对的，因为崔相国死了，红娘穿的是孝服。可是在写莺莺的时候却忘记了这一点，说什么"翠裙鸳绣金莲小，红袖鸾绡玉笋长"。作为相国小姐，在守孝期间居然打扮得如此艳丽，岂非笑话！第四本第四折写张生"草桥惊梦"之后所见的景物是：

> 绿依依墙高柳半遮，

静悄悄门掩清秋夜，

疏剌剌林梢落叶风，

昏惨惨云际穿窗月。

在北方的刮着"疏剌剌林梢落叶风"的"清秋夜"里，竟看见"绿依依"的垂柳半遮高墙，也不太符合实际。当然，这不过是些"白璧微瑕"罢了。

三 《西厢记》的影响

一、《西厢记》在文学创作和
文学教育方面的影响

元人的杂剧创作把我国古典现实主义文学提到新的高峰，而王实甫在《莺莺传》以来描写崔、张恋爱故事的作品的雄厚基础上创造出来的《西厢记》，又是元人杂剧中的优秀作品。明、清两代的许多学者都认为它是北曲之冠，"五四"以后的许多进步作家和批评家，都把它和《水浒传》、《三国演义》、《西游记》、《红楼梦》、《儒林外史》等并提，看成应该排在世界文学名著前列的伟大作品。郭沫若先生有一篇题名《西厢记艺术上之批判与其作者之性格》① 的文章，虽然是五十年前写的，但对于《西厢记》的评价还值得参考。他说：

> 我国文学史中，元曲确占有高级的位置。禾黍之悲，河山之感，抑郁不得志之苦心，欲死不得死、欲生不得生的渴望，遂驱英秀之士群力协作以建设此尊严美丽之艺堂。吾人居今日而游此艺堂，以近代的眼光以观其结构，虽不免时有古拙陈腐之处，然为时已在五百年前，且于短时期内成就得偌大个建筑，吾人殆不能不赞美元代作者之天才，更不能不赞美反抗精神之伟大！反抗精神，革命，无论如何，是一切艺术之母。元代文学，不仅限于剧曲，全是由这位母亲产生出来的。这位母亲所产生出来的女孩儿，总要以《西厢》为最完美，最绝世的了。《西厢》是超过时空的艺术品，有永恒而且普遍的生命。《西厢》是有生命之人性战胜了无生命的礼教底凯旋歌，纪念塔。

这部"超过时空"的艺术品，从产生之日起，一直吸引着读者和观众的注意力。有许多元人杂剧（至少有十四种以上）中的人物，提到《西厢记》中的人物和故事；而在宫大用的《范张鸡黍》中，当范巨卿唱到"则《春

---

① 载郭沫若《文艺论集》，光华书局 1930 年版。

秋》不知怎的发"的时候，王仲略就说："小生不曾读《春秋》，敢是《西厢记》？"①更可以看出《西厢记》在元代流传之广。明、清两代人对于《西厢记》的崇拜尤其狂热。作过评点或校注工作的，就有王伯良、李卓吾、王世贞、魏浣初、汤显祖、徐文长、凌濛初、闵遇五、汪然明、李日华、陈眉公、孙月峰、徐士范、邱琼山、唐伯虎、萧孟昉、董华亭、金在衡、顾玄纬、梁伯龙、焦猗园、何元朗、黄嘉惠、刘丽华、毛西河、朱璐、尤展成、钱西山、沈君征等等。这些人的工作虽然有好有坏，但也可以证明《西厢记》在明、清两代流传之广。18世纪末，《西厢记》传到日本，有冈岛献太郎、田中从吾轩等人的好几个译本。"五四"以后，《西厢记》和《水浒传》、《红楼梦》、《儒林外史》等伟大作品一起，被提到和封建正统文学尖锐对立的地位上而得到新的评价。新中国成立以后，它不仅在国内广泛流传，而且在国外出版和上演，赢得国际友人的热烈欢迎。

这样一部流传广远的伟大作品，在文学创作和文学教育两方面发生的影响当然是非常巨大的。

就文学创作方面来说，它的反封建礼教的思想倾向，它的现实主义的创作方法和表现手法、艺术技巧等等，对同时和以后的不少进步作家都起过借鉴作用。即如上面提到的做过评点、校注工作的那许多人，其中有好几位就写过较有价值的戏曲，他们在创作中借鉴《西厢记》，原是自然而然的。拿汤显祖来说，他的代表作《牡丹亭》的创作，当然首先是从当时的现实生活出发的，但在艺术上也不能割断传统，从光秃的地面上起步。他塑造的杜丽娘这个反礼教的艺术典型，可以说是崔莺莺的发展。这种发展，首先反映了现实生活中青年妇女反礼教斗争的发展；可是如果作者对这种艺术典型的传统性缺乏了解，那就会给他的创作带来一定的局限。

汤显祖明确写出杜丽娘读过《西厢记》，并被崔、张恋爱所感动，绝非偶然。可以看出，汤显祖在塑造杜丽娘形象和表现反礼教主题的时候，是从《西厢记》中汲取了艺术经验的。《牡丹亭》的华丽而颇有诗意的语言风格

---

① 范巨卿说的是儒家经典《五经》中的《春秋》，王仲略以为他说的是《西厢记》。按《西厢记》又叫《春秋》。明人单宇的《菊坡丛话》中说："《西厢记》人称为《春秋》。或云：曲止有春秋而无冬夏，故名。"王彦贞的《小桃红西厢百咏》又叫《摘翠百咏小春秋》，《小春秋》就是《小西厢》。所谓"曲止有春秋而无冬夏"，是指《西厢记》只写了春、秋两季的事情，没有写冬季和夏季。

（特别是杜丽娘的唱词），也和学习《西厢记》有关。

崔莺莺、杜丽娘、林黛玉，这是一组既有独特的历史内容和思想光辉，又有一定连续性的艺术典型，因而一提到崔莺莺，就会联想到杜丽娘和林黛玉。《红楼梦》中的林黛玉这个艺术典型，它对现实的概括更广、更深，其社会意义也更大，但在这个典型的塑造中，曹雪芹无疑也从《西厢记》、《牡丹亭》中汲取了艺术营养。这只要读一下《〈西厢记〉妙词通戏语，〈牡丹亭〉艳曲警芳心》一回，就可以得到证明。不妨节引几段有关《西厢记》的原文：

> 早饭后，宝玉携了一套《会真记》（指《西厢记》——引者），走到沁芳闸桥那边桃花底下一块石上坐着，展开《会真记》，从头细看。正看到"落红成阵"，只见一阵风过，树上桃花吹下一大斗来，落得满身满书满地皆是花片。宝玉又抖将下来，恐怕脚步践踏了，只得兜了那花瓣儿，来到池边，抖在池内。那花瓣儿浮在水面，飘飘荡荡，竟流出沁芳闸去了。

> 回来只见地下还有许多花瓣，宝玉正踟蹰间，只听背后有人说道："你在这里做什么？"宝玉一回头，却是黛玉来了。……黛玉道："什么书？"宝玉见问，慌的藏了，便说道："不过是《中庸》、《大学》。"黛玉道："你又在我跟前弄鬼。趁早儿给我瞧瞧，好多着呢？"宝玉道："妹妹，要论你，我是不怕的。你看了，好歹别告诉人。真是好文章！你要看了，连饭也不想吃呢！"一面说，一面递过去。黛玉把花具放下，接书来瞧。从头看去，越看越爱，不顿饭时，已看了好几出了。但觉词句警人，余香满口。一面看了，只管出神，心内还默默记诵。宝玉笑道："妹妹，你说好不好？"黛玉笑着点头儿。宝玉笑道："我就是个'多愁多病的身'，你就是那'倾国倾城的貌'。"黛玉听了，不觉带腮连耳的通红了，登时竖起两道似蹙非蹙的眉，瞪了一双似睁非睁的眼……指着宝玉骂道："……我告舅舅、舅母去！"……

> 宝玉急了，忙向前拦住道："好妹妹，千万饶我这一道儿罢！……"说的黛玉"扑嗤"的一声笑了，一面揉着眼，一面笑道："一般的这么个样儿，还只管胡说。——呸！原来也是个'银样镴枪头'！"宝玉听了，笑道："你说说，你这个呢？我也告诉去。"黛玉笑道："你说你会'过目成诵'，难道我就不能'一目十行'了！"……

曹雪芹笔下的正面人物如此热烈地赞赏《西厢记》，宝玉说它"真是好文章，你要看了连饭也不想吃"，黛玉"越看越爱"，"但觉词句警人，余香满口，"这当然反映了曹雪芹读《西厢记》的感受和对《西厢记》的评价。同时，他是把宝、黛同读《西厢》、"过目成诵"的情节作为他们的叛逆性格发展的一个契机来描写的。此后，他们就巧借《西厢记》中崔、张的词句，传达彼此的心声了。

《西厢记》不仅对《牡丹亭》、《红楼梦》等戏曲小说的创作有影响，而且对明代反复古主义的诗、文创作有影响，在明代，以李梦阳、何景明为代表的"前七子"和以李攀龙、王世贞为代表的"后七子"，鼓吹作五言古诗，必须模仿"古"（指汉魏古诗）、《选》（《昭明文选》中所收的诗，被称为"《选》体诗"）；作散文，必须模仿先秦两汉的古文（所谓"文必秦汉"）；作近体诗（五七言律诗、绝句），则必须以盛唐诗人的作品为榜样（所谓"诗必盛唐"）。影响极大，形成了形式主义、拟古主义的文风。针对这种流弊，进步思想家和文学评论家李贽（卓吾）在他的《童心说》里指出：

> 诗何必古、《选》？文何必先秦？降而为六朝，变而为近体，又变而为传奇，变而为院本、为杂剧、为《西厢》、为《水浒传》……皆古今至文，不可得以时代先后论也。

他把《西厢记》、《水浒传》等作品的价值看得比那些模仿古、《选》、先秦的假诗文高，誉为"古今至文"，当然不是要人们转而模仿《西厢记》和《水浒传》，而是主张学习《西厢记》和《水浒传》的创作精神和艺术经验。

继承不等于模仿，列举一些相似的情节或语言，借以证明《红楼梦》"源本西厢"，这并不是很可取的办法。如果是可取的办法，那么在探讨某部文学名著的影响时，只谈谈那些在不同程度上模仿它的作品就行了。这当然失之于简单化。不过，一提到《西厢记》对于文学创作的影响，就有许多人很容易想到那些模拟、改编和续写《西厢记》的作品，所以我们不妨也谈谈这些作品。

元代大剧作家白朴的《东墙记》和郑光祖的《㑇梅香》，显然是模仿《西厢记》的剧作。这是早就有人指出过的。王季烈在《孤本元明杂剧提要》中说："《东墙记》……记三原马文辅之父，与松江董秀英之父为友，二人幼时曾有婚约。马父先卒，文辅长而至松江访之，董父亦卒，遂假馆山寿家之花木堂，与秀英所居后花园隔一东墙。文辅攀墙看花，与秀英相见，彼此有情，伤春致病。秀英侍女名梅香，为递简传情，约文辅至海棠亭欢会。董母适撞见之，梅香陈明文辅自幼与秀英有婚约，不如成就其事，以掩家门之丑。董母许其成婚，立逼文辅到京赴试。后文辅得状元而归。事与《西厢》相同。"梁廷楠在《藤花曲话》中说："《伡梅香》如一本《小西厢》，前后关目、插科、打诨，皆一一照本模拟：张生以白马解围而订婚，白生亦因挺身赴战而预联姻好，一同也；郑夫人使莺莺拜张生为兄，裴亦使小蛮见白而称兄妹，二同也；张生假馆于崔，而白亦借寓于裴，三同也；莺莺动春心，不使红娘知而红娘自知，樊素亦逆揣主意而劝使游园，四同也；张生琴诉衷曲，白亦琴心挑逗，五同也；张生积思成病，白亦病眠孤馆，六同也；张生向红娘诉情，白亦于樊素前尽倾肺腑，七同也；张生跪求红娘，白亦向樊素折腰，八同也；张生倩红传寄锦字，素亦与白密递情词，九同也；莺莺窥简佯怒，小蛮亦见词罪婢，十同也；红娘佯以不识字自解，樊素亦反问词中所语云何，十一同也；红见责而戏言将告夫人，樊亦被诘而诈为出首，十二同也；莺莺答诗自订佳期，小蛮亦答诗私约夜会，十三同也；张生误以红娘为莺莺，白亦误将樊素作小蛮，十四同也；莺莺烧香，小蛮亦烧香，十五同也；崔夫人拷红，裴亦打问樊素，十六同也；红娘堂前巧辩而归罪于崔，樊素亦据理直论而诿过于裴，十七同也；崔夫人促张应试，裴亦使白赴京，十八同也；莺莺私以汗衫裹肚寄张，小蛮亦有玉簪金凤赠白，十九同也；张衣锦还乡，白亦状元及第，二十同也。不得谓无心之偶合矣。"这种亦步亦趋地模仿《两厢记》的办法，当然并不高明，但由于白、郑二人究竟是大剧作家，他们的这两部作品，还是有创造性的，其中的许多曲文，又非常优美，所以仍然有它们的价值。

改编《西厢记》的作品，应该首先提到的是《南西厢》。明人崔时佩鉴于《西厢记》杂剧不能用昆腔演唱，所以改为南曲。同时人李日华根据这个改本，略加补充，这就是收入《六十种曲》中的《南西厢》。①陆天池嫌这部改作不好，另写了一部（有暖红室本）。他在自序中说："李日华取实甫之语翻为南曲，而措词命意之妙几失之矣。予自退休之日，时缀此编，固不敢媲美前哲，然较之生吞活剥者自谓差见一斑。"看起来倒是自命不凡的，其实他的改作比崔时佩和李日华的更差，因而也并没有引起人们的重视。

崔时佩和李日华的《南西厢》的内容是和王实甫的原作基本上一致的。但原作的"文字之佳，音律之妙"，大半被改掉了，而且还羼入了许多庸俗的、色情的描写，损害了正面人物的形象。李笠翁说他们把"千金狐腋，剪作鸿毛，一片精金，点成顽铁"，是符合事实的。不过在昆腔盛行的时期，客观上要求一部能用昆腔演唱的《南西厢》，明清两代，王实甫的原作只在弋阳、四平等地方戏中上演，而崔、李的《南西厢》，则适应了用昆腔上演的要求。② 所以尽管"点金成铁"，却也扩大了《西厢记》的影响。

《雍熙乐府》所收的《小桃红西厢百咏》，是根据《西厢记》的内容写成的。它用一百首《小桃红》歌咏西厢故事，叫做《摘翠百咏小春秋》。叶德均认为是明人王彦贞所作。每首以四字为题，作为提纲；而在寥寥数十字的曲文中，又抒情、又叙事、又议论，合起来又生动地表现了人物的性格和心理活动，可以说是非常成功的作品。如《莺莺递酒》一首：

揉眉搵眼捧金波，盏到难推托。老母机关怎猜破！道儿多，忘恩失

---

① 《南西厢》相传为明人李日华撰。吴瞿安先生解释说："吾乡崔时佩，疾《西厢》原文不便于吴骚清唱，因将王词改作南曲。时人未之知也。同时李日华好填词，辗转得崔作，窜易己名，付之管弦。于是人知实甫（李日华字）有《南西厢》，时佩转湮没无称。……梁伯龙《南西厢题词》云：'崔割王腴，李夺崔席，俱堪齿冷。'盖即指此。"（《曲选》）但《百川书志》上却明说《南西厢》是"海盐崔时佩编集，吴门李日华新增"。不久前发现的富春堂刊《南西厢》，凡李日华增入的，都注"新增"二字，与《百川书志》所说相同。可见李日华并没有盗窃崔作的意思。

② 李笠翁在《闲情偶寄》卷二中说："填词除杂剧不论，止论全本，其文字之佳，音律之妙，未有过于《北西厢》者。自南本一出，遂变极佳者为极不佳，极妙者为极不妙。推其初意，亦有可原；不过因北本为词曲之豪，人人赞美，但可被之管弦，不便奏诸场上，但宜于弋阳、四平等俗优，不便强施于昆调，以系北曲而非南曲也。兹请先言其故。北曲一折，止隶一人，虽有数人在场，其曲止出一口，从无互歌迭咏之事。弋阳、四平等腔，字多音少，一泄而尽，又有一人启口，数人接腔者，名为一人，实出众口，故演《北西厢》甚易。昆调悠长，一字可抵数字，每唱一曲，又必一人始之，一人终之，无可助一臂者，以长江大河之全曲，而专责一人，即有铜喉铁齿，其能胜此重任乎？此北本虽佳，吴音不能奏也。作《南西厢》者，意在补此缺陷，遂割裂其词，增添其白，易北为南，撰成此剧；亦可谓善用古人，喜传佳事者矣。"

信谁之过？不知死活，没些回和，教俺拜哥哥！

短短几句，就把怨气填胸的莺莺活画了出来，使我们如见其人，如闻其声。又如《红劝夫人》一首：

尊前敢掉巧舌头，有事当穷究。看了张生那清秀，本风流，胸中志气冲牛斗。与姐姐既有，望奶奶将就，结末了燕莺俦。

又把聪明机智的红娘活画了出来。"与姐姐既有，望奶奶将就"两句，多么传神！

此外如盱江韵客的《升仙记》、屠畯的《崔氏春秋补传》、卓珂月的《新西厢》、查继佐的《续西厢》、碧蕉轩主的《不了缘》、研雪子的《翻西厢》、周公鲁的《锦西厢》、薛既扬的《后西厢》、程端的《西厢印》等等，不但没有什么价值，而且有些是相当落后、甚至反动的。这在后面还要谈到。"五四"以后，还出现过根据《西厢记》改编的小说和话剧。新中国成立以后，差不多各种地方戏，都有改编的《西厢记》上演。

值得特别提起的倒是人民和民间艺人的作品。从《西厢记》广泛上演以后，全国各地的人民和民间艺人根据它的内容，用各种民间形式说唱西厢故事，产生了多到无法统计的作品（上海出版公司曾出版了一本四百四十多页的《西厢记说唱集》，集中所收的作品，也不过是大海中的一滴）。其中的优秀篇章，都是以《西厢记》结尾部分所提出的"愿普天下有情的都成了眷属"的口号为基本思想，根据不同时代、不同地区的生活特点创造出来的。在这些篇章中，人民和民间艺人用自己的生活、自己的性格、自己的思想感情改造了莺莺、张生、红娘等人的形象，使他们变成更大胆、更勇敢、更富于反抗精神的人物。例如《双美奇缘》子弟书中描写红娘的一段：

不用你着急害怕交给我，这点子稀松的小事也最平常。老太太不过是问来不过是打，怎当我咬定牙关搅上一场；挨几棍只当是羊角葱儿吃了一把，我和他中堂上闹一个不辣又加姜。姑娘只管塌塌儿的，我学个单刀赴会的勇周仓。送神退神俱在我，凭着我舌剑与唇枪。倘然间说开这事要拉平了，姑奶奶不久的工夫你就姓张。

和《西厢记》中的红娘相比，这里的红娘显然更富有民间气息了。

就文学教育方面说，《西厢记》中的反礼教人物成了支持男女青年冲激封建婚姻制度，争取自由幸福生活的力量。这只要提一下封建正统主义者给《西厢记》加上"诲淫"的罪名，说什么"看了《西厢记》，到老不成器"，就可以明白了。元人杂剧中，有不少提到《西厢记》的正面人物，是受了崔、张影响的；汤显祖在《牡丹亭》中写杜丽娘羡慕"张生偶逢崔氏……后成秦晋"，曹雪芹在《红楼梦》中写宝钗反对读《西厢记》，怕被它"移了性情"，宝玉、黛玉偏要读，果然被它"移了性情"，走上了反封建的道路。这一切，都是对现实生活中的典型情况所作的艺术反映，充分说明了《西厢记》在青年男女反礼教斗争中所起的作用不容低估。

以上是从积极方面说的。古典文学作品，由于既有优点，也有缺点，而接受者的思想状况、鉴赏水平也千差万别，所以产生的影响也很复杂。就《西厢记》而言，在文学创作方面，它既有好的影响，也有坏的影响。有不少作家，发展了它的局限性的一面，写了不少艺术上既很拙劣、内容上又很"色情"的东西。才子佳人后花园相会，便成了一种公式。从《红楼梦》的《〈西厢记〉妙词通戏语》一回看，曹雪芹非常看重《西厢记》。在反封建的爱情描写上，《西厢记》尽管不如《红楼梦》的内容深广，但无疑也是《红楼梦》的先导，曹雪芹是受了《西厢记》的积极影响的。唯其如此，他对那些受《西厢记》消极影响的公式化作品极表不满。在《红楼梦》第一回里说："至于才子佳人等书，则又开口'文君'，满篇'子建'，千部一腔，千人一面，且终不能不涉淫滥。——在作者不过要写出自己的两首情诗艳赋来，故假捏出男女二人名姓，又必旁添一小人拨乱其间，如戏中的小丑一般。更可厌者，'之乎者也'，非理即文，大不近情，自相矛盾。"这种批评是相当中肯的。

二、封建统治阶级对于《西厢记》的诬蔑和歪曲

《西厢记》既然在文学创作和文学教育两方面都发生那样积极的、深刻的影响，那么，它遭到封建统治阶级的禁毁、诬蔑和歪曲，原是势所必至的。元、明、清三代的统治者都不止一次地下令禁止、烧毁"淫词秽说"，《西厢记》当然是首先遭殃的"淫词"之一。[①] 但一部被广大群众热爱的书，禁止、烧毁都是白费气力的，所以补救的办法是诬蔑。《太古传宗》中收有

---

① 清代同治七年江苏巡抚丁日昌下令禁止的书目中，就有《西厢记》。见蒋瑞藻《小说考证拾遗》《小说考证杂记》条。

"崔莺莺旧词"《山坡羊》和《挂真儿》各一首，就是诬蔑《西厢记》的作品。

> 〔山坡羊〕崔莺莺怨天恨啊呀地，众宾朋请坐下听奴家诉一番的情绪。咱父亲也曾在当朝为相国，也曾在翰林院内为学士。昔日有一个关汉卿他来应举，只因他才疏学浅咱父亲不曾把他名题；谁想那奸贼将没作有把奴家编成了一本什么《西厢记》。几曾有寄棺椁在普救寺里，几曾有孙飞虎兴兵来掠娶，几曾有白马将军把半万贼兵剪除，几曾有老夫人使红娘请君瑞来结为兄妹，几曾在太湖石畔去听琴，几曾与他暗里偷情寄柬书，几曾有送张生在十里长亭而来也，几曾为他松了金钏、减了玉肌！听知啊呀，就是我这里害了相思病，啊呀天嘎，他那里晓得！听知啊呀，枉口白舌，自有天知。
>
> 〔挂真儿〕一家儿埋怨着这一本《西厢记》，恨只恨关汉卿狠心的贼，将没作有编成戏。张生乃是读书客，红娘怎敢乱传书！奴是崔相国莺莺也，怎敢辱没了先君的体！

看看，《西厢记》多么有力地刺痛了、激怒了封建统治阶级！

《雍熙乐府》卷十九所收的两套《满庭芳西厢十咏》，十分尖锐地反映了在对《西厢记》的评价上封建意识与进步思想的斗争。前一套，热情地歌颂了《西厢记》中的正面人物，赞扬了作者；后一套，则全盘否定了正面人物，攻击了作者。请看后一套中的几只曲子：

> 张生不才，学成锦绣，丧与裙钗。嘲风咏月西厢待，眼去眉来。写封书、文学似海，害场病、形体如柴，险把声名坏。全不想"贤贤易色"，弄什么秀才乖！
>
> 莺莺鬼精，麝兰半匀，花月娉婷。结丝萝不用媒和证，眼角传情！听瑶琴、宵奔夜行，烧夜香、胆战心惊。家不幸，枉着你齐齐整整，弄出个丑名声。
>
> 红娘快趋，传书寄柬，送暖偷寒。星前月下把莺莺赚，使碎心肝。伺候到更深夜阑，弄得那月缺花残。妆科犯，左难右难，做了个撮合山。
>
> 汉卿不高，不明性理，专弄风骚。平地里褒贬出村和俏，卖弄你才学。瞒天谎说来不小，拔舌罪死后难饶。着人道，虚空架桥，枉自笔如刀。

王家好忙，沽名钓誉，续短添长。别人肉贴在你腮颊上，卖狗悬羊。既没有朱文公肚肠，又没有程夫子行藏。忒狂荡！用心一场，上不的庙和堂。

这位"明理性"的"朱文公"、"程夫子"的门徒，为了维护封建礼教，真可以说"使碎心肝"了。

还有比这更低趣的伎俩。《消夏闲录》的作者在承认《西厢记》和《还魂记》（《牡丹亭》）"俱称填词绝唱"之后，绕了一个弯子："但口孽深重，罪干阴谴。昔人有游冥府，见阿鼻地狱中拘系二人，甚苦楚，问为谁，鬼卒曰：'此即阳世所作《还魂记》、《西厢记》者。'永不超生也，宜哉！"这可谓极尽诬蔑之能事。①

还有人别出心裁，假造一些郑恒与崔莺莺的墓志铭，证明莺莺是郑恒的妻子，别无与张生恋爱结婚之事，用以抵消《西厢记》的社会影响。诬蔑没有用，就设法歪曲、篡改。沈谦从"维世风"的目的出发，编写《美唐风》传奇，"用反崔、张之案"。盱江韵客的《升仙记》写红娘成佛，莺莺与张生结婚，非常妒悍，郑恒死后诉于阴司，阴司派鬼使擒拿莺莺，成了佛的红娘赶来相救：其目的在"惩淫劝善"。程端的《西厢印》改换了许多与人物性格有关的重要情节：如《递简》一出，以"待月西厢下"的诗为莺莺梦中所作，由红娘私与张生，莺莺并不知道，《佳期》一出，写与张生幽会的不是莺莺，而是红娘；《寺警》一出，写红娘请求将自己送与孙飞虎，以代替莺莺……这两部作品的反动性是非常明显的。其他如碧蕉轩主的《不了缘》，写莺莺与郑恒结婚；周公鲁的《锦西厢》，写红娘代莺莺嫁给郑恒；卓珂月的《新西厢》又恢复了《莺莺传》的"始乱终弃"的结局，也都歪曲了《西厢记》中的正面人物的性格，从而也歪曲了《西厢记》的基本思想。

这里应该着重谈谈金圣叹批改《西厢记》的问题。

金圣叹（1608—1661）是明末清初的文学批评家。他把被封建正统文人贱视的《水浒》、《西厢》同《离骚》、《庄子》、《史记》、杜诗并列，合称"六才子书"，加以批改。经他批改的《西厢记》，被称为《第六才子书》。

金圣叹为什么要批改《西厢记》呢？按他自己的说法，是为了"消遣"。他认为"欲有所为"是"无益"的，而"一无所为"又不胜其"无

---

① 见《小说考证拾遗》《牡丹亭》条。

奈"，于是主张"消遣"。

那么，他批改《西厢记》真是单纯地为了"消遣"吗？不是的。他是为了"留赠后人"，为了"与后人稍作周旋"。

他一方面宣传"人生如梦"，应该"于无法作消遣中随意自作消遣"，而批改《西厢记》，就是他的"消遣"方法之一；一方面，又宣传"后之人虽不见我而大思我……是不可以无所赠之"，用什么赠给后人呢？他认为只有用"其力必能至于后世"的"书"，所以他便把他批改的《西厢记》"留赠后人"；这就是他用以"序"《第六才子书》的两篇大文——《恸哭古人》和《留赠后人》——的主要内容。

曾经有不少人主张《西厢记》应该止于《惊梦》，有些人的理由是可取的。金圣叹坚决主张《西厢记》应该止于《惊梦》，其理由却并不可取。让我们看看他自己的说明："今夫天地，梦境也；众生，梦魂也。无始以来，我不知其何年齐入梦也；无终以后，我不知其何年同出梦也。夜梦哭泣，且得饮食；夜梦饮食，且得哭泣。我则安知其非夜得哭泣，故且梦饮食；夜得饮食，故且梦哭泣耶！何必夜之是梦，而旦之独非梦耶！……然则，人生世上，真乃不用邯郸授枕、大槐落叶而后乃今歇担吃饭、洗脚上床也已。吾闻周礼岁终，掌梦之官献梦于王。夫梦可以掌，又可以献，此岂非《西厢》第十六章立言之志也哉！"就这样，他把《西厢记》所反映的反封建礼教的斗争歪曲成南柯一梦。而且，他还把张生梦觉后所说的"呀，原来却是梦里"一句故意改成"呀，原来是一场大梦"，并在其后大批特批："何处有《西厢》一十五章所谓惊艳、借厢、酬韵、闹斋、寺警、请宴、赖婚、听琴、前候、闹简、赖简、后候、酬简、拷艳、哭宴等事哉！自归于佛，当愿众生体解大道，发无上心；自归于法，当愿众生深入经藏，智慧如海；自归于僧，当愿众生统理大众，一切无碍。"这就是他主张《西厢记》应该止于《惊梦》的理由。

仅仅把《西厢记》所反映的反礼教斗争说成"一场大梦"，那斗争还存在于那场大梦之中。因有慨于"人生如梦"而"消遣"、而批改《西厢记》，对于那场大梦中的反礼教斗争又抱什么样的态度呢？为"消遣"而"消遣"之不可能，正像为艺术而艺术之不可能是一样的。金圣叹批改《西厢记》以"留赠后人"，并不是单纯为了"消遣"，还在于维护封建礼教。在《琴心》一折的前面，他明白地说："……彼才子有必至之情；佳人有必至之情。然而才子必至之情，则但可藏之才子心中；佳人必至之情，则但可藏之佳人心中。即不得已，久而久之，至于万万无幸，而才子为此必至之情而才子且死，则才子其亦竟死；佳人且死，则佳人其亦竟死，而才子终无由能以其情通之于佳人，而佳人终无由能以其情通之于才子。何则？先王制礼，万万世不可毁也。礼曰：'外言不敢或入于阃；内言不敢或出于阃。'斯两言者，无有照鉴，如临鬼神，童而闻之，至死而不容犯也。夫才子之爱佳人则爱，而才子之爱先王则又爱者，是乃才子之所以为才子；佳人之爱才子则爱，而佳人之畏礼则又畏者，是乃佳人之所以为佳人也。是故男必有室，女必有家，此亦古今之大常，如可以无讳者也；然而虽有才子佳人，必听之于父母，必先之以媒妁，枣栗段修，敬以将之，乡党僚友，酒以告之。非是，则父母国人先贱之；非是，则孝子慈孙终羞之。何则？徒恶其非礼也。"他告诉人们，《西厢记》之所以可贵，在于它写了一个"真是相府子弟，真是孔门子弟"（《读〈第六才子书西厢记〉法》第五十五条）的张生和一个"真是相府千金秉礼小姐"（《惊艳》一折的批语）的莺莺；而这两个人物之所以可爱，就在于他们绝对"秉礼"。但事实上，这两个人物从"惊艳"到"酬简"，不是作了一连串"悖礼"的事情吗？这将怎么办呢？他有办法。他以老夫人许婚为分水岭，认为既已由"母氏诺之，两廊下三百僧人证之"，则张生与莺莺已成合法的夫妇，而夫人又赖之，则其屈在夫人。所以许婚以后的"跳墙"、"酬简"等事，经他批改，看起来就不算什么"悖礼"。而许婚以前，张生和莺莺所进行的恋爱，在他看来，当然是绝对"悖礼"的，所以便大加批改，而且常常是改了再批，以至完全改变了原作的面貌，把张生和莺莺歪曲成真正"秉礼"的"才子佳人"。

我们举几个例子，看他为了达到这个目的，费了多少苦心。

《惊艳》一折，写张生和莺莺在佛殿乍逢，就互相触动了心灵的颤悸，互相点燃了热烈的恋情。在金圣叹眼中，这是大悖于"礼"的，于是动手批改。首先，先责备崔相国不该修普救寺，张生和莺莺在普救寺里相逢，乃是崔相国种的"因"。并从而教训人们"慎勿造因"，"其父报仇，子乃行劫"，所以仇也是报不得的。其次便归罪老夫人："一部书十六章，而其第一章大笔特书曰：'老夫人开春院'。罪老夫人也。虽在别院，终为客居，乃亲口自命红娘引小姐于前庭（其实是佛殿）闲散心，一念禽犊之恩，遂至逗漏无边春色，良贾深藏，当如是乎！"罪老夫人，目的是把背叛礼教的莺莺歪曲成谨守礼教的千金小姐。他说:"于第一章大书曰'老夫人开春院',虽曰罪老夫人之辞,然其实作者乃是巧护双文(莺莺)。盖双文不到前庭,即何故为游客窥见;然双文到前庭而非奉慈母暂假,即何以解于女子不出闺门之明训乎?故此处闲闲一白(指老夫人命红娘引小姐散心),乃是生出一部书来之根,既伏解元(张生)所以得见惊艳之由,又明双文真是相府千金秉礼小姐。盖作者之用意,苦到如此。近世忤奴,乃云双文直至佛殿,我睹之而恨恨焉。"罪崔相国和老夫人,还不能达到"巧护双文"的目的,便不得不费更多的笔墨。第一,莺莺一家分明住在普救寺的西厢,他却硬说"普救寺有西厢,而西厢之西,又有别院,别院不隶普救",莺莺一家,就住在这个"不隶普救"的"别院"。第二,莺莺分明到佛殿散心,他却改成到"别院"的"前庭"散心;而且连到"前庭"散心,他也认为不合"女子不出闺门"的"明训"。因为到前庭散心是奉了老夫人的命令,便痛责老夫人,说她不是"深藏"的"良贾"。我们读《西厢记》,最恨老夫人,但老夫人还比金圣叹宽大些。第三,本来是在张生正游佛殿的时候,莺莺也去佛殿散心,互相看见;而且当红娘催促莺莺说"那壁有人,咱家去来"时,莺莺还恋恋不舍。而金圣叹却改成张生游毕佛殿,看见一座大院,要"一发随喜去",却被法聪拖住说:"那里须去不得……里面是崔相国家眷寓宅。"正在这时,莺莺恰好奉母命到前庭散心,遂被张生隔门遥遥瞥见。并一再解释,说莺莺并不曾留意张生。如在"宜嗔宜喜春风面"一句下面解释说:"我不知双文此日曾见张生与否,若张生之见之,则止于此七字而已也。后之忤奴,必谓双文于尔顷已作 目挑心招,种种丑态,岂知西厢记妙文,原来如此。"第四,莺莺见张生,本来确有"目挑心招"的表示,所以当红娘催促她回家时,她还"回顾"张生。现在,金圣叹既改成她并不曾留意,甚至并不曾看见张生,因而也用不着红娘的催促,相反,倒教她催促红娘。他删去红娘催莺莺的宾白,却添上另一条宾白:"莺莺云:'红娘,我看母亲去。'"奉母命而至前庭;才到前庭,又想着母亲,立刻要回去看她。我们看,金圣叹把王实甫创造的一个"闲愁万种",渴望呼吸些自由空气的深闺怨女的形象歪曲成什么样子!

《酬韵》一折,写张生和莺莺的恋爱更跃进了一步。在《惊艳》一折中,只限于眉目传情;在《酬韵》一折中,则已互通心声。如果不是红娘阻挠,他两个已有在"柳遮花映,雾障云屏"之下握手言欢的可能。当然,这在金圣叹看来，是绝对"悖礼"的，于是便又批又改。首先，他把莺莺的"一字字诉衷情"的和诗说成出于意外，并说如果不是这出于意外的和诗，张生"将不顾唐突"。其次，在和诗之后，本来是张生准备"撞出去"，莺莺也"陪着笑脸儿相迎"，恰在这时，因为红娘催莺莺回家，所以未得相会，而莺莺一边走一边还回顾张生。而现在，金圣叹既把"他（莺莺）陪着笑脸儿相迎"的肯定语改成"他可陪着笑脸相迎"的疑问语，以表明莺莺并没有"陪着笑脸相迎"；又把"莺莺回顾下"改成"莺莺红娘关角门下"，以表明莺莺给张生的不是热烈的爱情，而是冷冰冰的闭门羹。

《寺警》一折，作者在尖锐的冲突中展开了莺莺的美丽的精神世界。在紧急关头，她为了"五便"而提出了"三计"。第三计是"不拣何人……杀退贼军……情愿与英雄结婚姻"。在金圣叹看来，这一计当然不应该由莺莺提出，因为这是有悖于"礼"的。按"礼"：婚姻之事，"必听之于父母，必先之以媒妁"。莺莺身为"相府千金小姐"而开口自许于人，还成什么体统？于是他把这一计改由老夫人提出，以表明莺莺的婚姻，到底还是由老夫人做主的。同时，他又把张生献退贼之策时莺莺的两段宾白——一段是"且背云：'只愿这生退了贼者！'"一段是"且对红云：'难得此生这一片好心！'"——删去，以表明直到这时，莺莺还没有热爱张生、感激张生的心情。因为只有这样，才适合"相府千金秉礼小姐"的身份。

够了，仅从这些例子中，已经可以看出金圣叹对莺莺的性格，作了多么严重的歪曲。

同样，对于张生的性格，也作了类似的歪曲。他的原则是把一个向封建礼教宣战的青年歪曲成一个"并无半点轻狂"的"相府子弟、孔门子弟"。为了节省笔墨，不再举例。应该一提的是：金圣叹虽责怪老夫人，那不过是"春秋责贤"的意思。其实，他只准他自己责怪，却不准张生和莺莺责怪。他自己责怪的目的是为了维护礼教，他不准张生和莺莺责怪的目的也是为了维护礼教。因为，他自己责怪，是责怪老夫人对女孩儿拘管不严，而张生和莺莺却责怪老夫人对女孩儿拘管太严。何况，作为晚辈的张生和莺莺居然敢责怪作为长辈的老夫人，也是大逆不道的。所以，他把所有张生和莺莺责怪老夫人的地方都加以涂改、曲解。如在《借厢》一折中，张生听红娘说夫人治家严肃，对莺莺拘管甚严，便责怪老夫人："夫人怕女孩儿春心荡，怪黄莺儿作对，怨粉蝶儿成双。"他却改成"春心荡，他（莺莺）见黄莺作对，粉蝶成双。"他自然不承认莺莺"春心荡"，但为了达到不使张生责怪老夫人的目的，不得不这样改。而在改了之后，却解释说：莺莺并没有"春心荡"，而是张生"硬派"她"春心荡"，并说这是"奇文奇情"。下面还有"夫人忒虑过"一句，他却改成"红娘便忒虑过"，把责怪老夫人的话轻轻地推在红娘头上。

在《赖婚》一折中，莺莺对老夫人的反抗很激烈，这自然是金圣叹所不许的。他先在前面费了许多笔墨，加以曲解，说这一折只能由莺莺唱，因为由莺莺唱，才能"言之而婉"。他说："自莺莺言之，则赖已赖矣，夫复何言。如云欲不啼，则无以处张生也；今欲啼，又无以处吾母也。母得无曰：母一而已，人尽夫也！故不啼欤。此其婉也。"然后又施展又批又改的惯技，尽可能地把莺莺的激烈的反抗情绪抑制下来，以免冒犯老夫人的尊严。然而由于在原作中，莺莺的反抗情绪烧红了每一个字，每一句话，以致他费尽苦心，仍未能得到预期的效果。

张生、莺莺与老夫人的矛盾，是青年男女与封建礼教的矛盾；张生、莺莺与老夫人的斗争，是青年男女与封建势力的斗争。金圣叹正意识到这一点，所以他批改《西厢记》，尽可能地掩盖这个矛盾，冲淡这个斗争。

综上所述，《西厢记》经过金圣叹的批改而平添了许多封建糟粕，这是不容讳言的事实。

但有一个同样不容讳言的事实也值得注意，那就是许多正统的封建文人仍不满意金圣叹对《西厢记》的批改。与金圣叹同时的归庄（1613—1673）就很有代表性。他指摘说："苏州有金圣叹，其人贪戾放僻，不知礼义廉耻……又批评《西厢记》，余见之曰：此诲淫之书也。惑人心，坏风俗，其罪不可胜诛。"这只能说明：金圣叹还没有把《西厢记》批改成一部完全维护封建礼教的书。

在明末清初那样封建统治极端严酷的时代里，作为地主阶级出身、受封建文化传统教育的文人，要公然反对封建礼教，并不那么容易。但同样维护礼教，维护的程度、维护的具体内容，却不尽相同。在前面已经提到，金圣叹以老夫人"许婚"为分水岭，对此前此后的崔、张爱情采取截然不同的态度。在"许婚"以前，他认为张生莺莺虽有互相爱悦的感情，但绝不应亲自告诉对方，因为必须守住"礼"这个"大防"，不能"越礼"。他说"才子爱佳人，如张生之于双文；佳人爱才子，如双文之于张生……然而其于未有贼警许婚之前……张生之无由出于其口而入双文之耳，犹之双文之无由出于其口而入张生之耳。……夫两人之互爱，盖至如是之极也，而竟互不得知，则是两人虽死焉可也。然两人死则宁竟死耳，而终亦无由互出于口、互入于耳，所谓礼在则然，不可得而犯也。"他正是根据这个标准，又改又批，歪曲"许婚"以前张生和莺莺的性格的。许婚之后则不同。金圣叹认为老夫人亲口许婚，既有"父母之命"，而许婚之言，又有"两廊下三百僧人证之"，也合乎"乡党僚友，酒以告之"的礼仪，因而张生与莺莺之间已经确定了合"礼"的夫妇关系。"赖婚"以后的"听琴"、"前候"、"后候"、"酬简"等等，"更非礼之所得随而议之。何则？曲已在彼、不在此也。"就是说，老夫人的"赖婚"是错误的，而崔、张互相往来、自约佳期，则是合"礼"的。这在我们看来，金圣叹仍然在煞费苦心地维护礼教，但在封建卫道者看来，金圣叹却已经"逆伦悖礼"、"罪不容诛"了。

不仅如此。封建卫道者认为"《西厢》诲淫"，是"淫书之尤"。金圣叹却明确地提出："《西厢记》断断不是淫书。"而是"天地妙文"，是"才子书"。他说："人说《西厢记》是淫书，他只为中间有此一事耳。细思此一事，何日无之？何地无之？不成天地中间有此一事，便废却天地耶？细思此身自何而来，便废却此身耶？一部书有如许缠绵洋洋无数文字，便须看其如许缠绵洋洋是何文字……至于此一事，直须高高搁起，不复道。"这就是说：那些道学先生只因为《西厢记》写了男女爱情，就骂它是"淫书"，而男女爱情、男女之事，却是天地间时时处处普遍存在的事实，连道学先生也不能自外。既然如此，写此一事，就不必议论，只需看写得如何。进一步，他又抬出《诗经》中的《国风》来回答道学家的责难。他说："《国风》采于周初，则是三代之盛音也，又经先师仲尼氏之删改，则是大圣人之文笔也。"而"《西厢记》所写事，便全是《国风》所写事；《西厢记》写事曾无一笔不雅驯，便全学《国风》写事曾无一笔不雅驯；《西厢记》写事曾无一笔不透脱，便全学《国风》写事曾无一笔不透脱"。既然《西厢记》和《国风》所写的是同样的事，又写得同样好，那么为什么把经过大圣人孔子删改的《国风》尊为"经"，却把《西厢记》斥为"淫书"呢？

金圣叹把《西厢记》与儒家的经典相提并论，力辩其非"淫书"、而是"天地妙文"，这和道学家们、封建正统文人们的美学观点是尖锐对立的。

金圣叹说："《西厢记》不同小可，乃是天地妙文。自从有此天地，他中间便定然有此妙文。"他十分推重《西厢记》的艺术成就，要读者"尽一日一夜之力一气读之"，从而"总揽其起尽"，又要读者"展半月之功精切读之"，从而"细寻其肤寸"。他自己，是下了这样的功夫的。他妄托古本擅改原作的做法是荒唐的；但他的某些批改也有可取之处。这里有两点比较突出：其一是他很注意分析人物的心理活动，其二是他善于把握艺术表现上的某些特点。例如《赖婚》一折的开头，老夫人摆了酒席，命红娘请来张生，又命她"去唤小姐来"。莺莺满以为要与张生成亲，很高兴，一开口就唱道："若不是张解元识人多，别一个怎退干戈？"金批云："一篇文初落笔，便先抬出'张解元'三字，表得此人已是双文芳心系定、香口嗛定、如胶入漆、如日射壁，虽至于天终地毕、海枯石烂之时，而亦决不容移易者也。……'别一个'妙。只除张解元外，彼茫茫天下之人，谁是'别一个'哉！……口中自闲嗑'别一个'，心中实荡漾'这一个'也。"莺莺又唱道："若不是惊觉人呵，犹压着绣衾卧。"金批云："谁敢惊觉小姐？小姐谎也。"为什么说她"谎"？因为她预料今日会与张生成亲，早就起床了。金圣叹指出这两句唱词，"乃是深明他日决无如此早起，以见双文今日之得意杀也。"类似的例子还可以举出很多。王实甫的《西厢记》很善于表现人物的心理活动，金圣叹的这一类分析，对于读者领会原作是有帮助的。

又如"惠明下书"时的唱词，金圣叹改换数字，作："你与我助神威，擂三通鼓，仗佛力，呐一声喊，绣幡开，遥见英雄俺！……"然后评论道：

> 斫山云："美人于镜中照影，虽云自看，实是看他。细思千载以来，只有离魂倩女一人，曾看自也。他日读杜子美诗，有句云：'遥怜小儿女，未解忆长安。'却将自己肠肚，置儿女分中，此真是自忆自。又他日读王摩诘诗，有句云：'遥知远林际，不见此檐端。'亦是将自己眼光，移置远林分中，此真是自望自。盖二先生皆用倩女离魂法作诗也。"圣叹今日读《西厢》，不觉失笑："倩女离魂法"，原来只得一"遥"字也。

文学作品中，关于我想念别人，因而想到别人也在想念我，我遥望别人，正好看见别人也在遥望我的描写是很多的，也是各具匠心，千变万化的。金圣叹把这概为"倩女离魂法"，言简而意明。像这样颇能抓住艺术特点的评论还可以举出一些例子，这对提高读者的艺术鉴赏水平也是有帮助的。

后　记

上初中的时候，偶被《红楼》所陶醉，连饭都忘记吃。当读到宝、黛看《西厢》，一个赞叹"真是好文章"，另一个"但觉词句警人，余香满口"的时候，不禁产生了一个疑问：难道《红楼》之外，还有这样迷人的作品吗？于是想方设法、弄到了一本《西厢》，一口气读完。尽管功课很紧，然而余香在口，还想细嚼。每逢周末的晚上，别人都去看戏，自己就躲在书斋里读戏。时而低吟，时而高唱，所有曲文，都烂熟于胸。此后，遇上飞花，就会不假思索地默诵"落红成阵，风飘万点正愁人。……"看见雁过，也会冲口而出，哼起"碧云天，黄花地，西风紧，北雁南飞。……"

少年时代读课外书，只是从兴趣出发，满足自己的爱好而已，谈不上研究。

一晃过了十多年。五十年代前期，承担了元明清文学的教学任务，要为同学们讲授《西厢》了。怎么讲呢？光说"真是好文章"不行，还得说明为什么"好"；光说自己有"余香在口"的经验也不行，还得剖析"香"的具体内容，探索"香"的前因后果。这就得搞一点"科研"。到了1956年，总算写出了一册六万多字的稿子，取名《西厢记简说》，由作家出版社出版。出版不久，就碰上了"学术思想批判运动"，在一个小小的范围里挨了一顿批，说它是"地下工厂"的产品，充满"人性论"、"爱情至上论"的"毒素"云云。自己在谈"香"，有人要消"毒"，谁说"口之于味，有同嗜焉"呢？幸而在整个学术界，它不但始终没有公开挨批，还因印数有限而未能满足读者们的需要。60年代初又加以修订，由中华书局印了一万册。

十年浩劫，我先遭劫，万卷藏书和《三袁年谱》等几十万字的手稿荡然无存，留作校改之用的两本《西厢记简说》，自然也在劫难逃。散在人间者是否同化劫灰，也就顾不得管它了。

今年夏天，中国红学会在哈尔滨成立。松花江畔，胜友如云，由畅谈《红楼》而旁及《西厢》；文艺研究院的刘梦溪、南京大学的吴新雷等同志因而问到《西厢记简说》，建议再版；几位出版社的同志立刻赞同，鼓励我修改。当时虽口头上答应，但回校之后，琐务丛杂，久久未能动笔。最近，陕西人民出版社文艺编辑来访，要出这本书。于是趁热打铁，托朋友找来了一本作家版的和一本中华版的，各取其所长，并作了修改和补充，改名《西厢述评》。

为什么原来只是"简说"，现在却又"述"又"评"呢？这因为原以为自己觉得"香"、别人也会觉得"香"，所以只简单地说"香"；后来才发现是"香"是"臭"是"毒"，还颇有分歧，因而就既需要"述"，又需要"评"。

《西厢》是写"才子佳人"的，问题就出在如何看待"才子佳人"上。

"四害"横行之时，历史上的"才子佳人"与现实中的"牛鬼蛇神"为伍，同被"横扫"。有些人由于演了"才子佳人"戏或写了"吹捧""才子佳人"戏的文章而被打成"牛鬼蛇神"，备受折磨。冰山消融，春满神州，"牛鬼蛇神"们都落实了政策，恢复了"人"的称号。至于"才子佳人"，那是历史上的，书本里的，无所谓落实政策，但在理论上，总还应该作出公允的评价吧！

张生、莺莺那样的"才子佳人"都出身于封建社会的上层，与劳动人民有别。如马克思、恩格斯在《德意志意识形态》里所说：人们"为了生活，首先就需要衣、食、住以及其他东西。因此，第一个历史活动就是生产满足这些需要的资料，即生产物质生活本身"。而"才子佳人"们却是置身于"第一个历史活动"之外的；当他们作为《西厢记》之类以描写爱情为中心的古典作品中的主人公而出现的时候，占据其全部心灵的就只是爱情，这就难免给人以"爱情至上"的感觉，需要我们批判地对待，从而把自己和"才子佳人"区别开来，摆正爱情的位置，处理好爱情与工作、爱情与劳动的关系。此其一。同时，如恩格斯在《家庭、私有制和国家的起源》中所指出：

> 结婚的充分自由，只有在消灭了资本主义生产和它所造成的财产关系，从而把今日对选择配偶还有巨大影响的一切派生的经济考虑消除以后，才能普遍实现。到那时候，除了相互的爱慕以外，就再也不会有别的动机了。

所以，《西厢记》通过"才子佳人"的自愿结合而表现的"愿天下有情的都成了眷属"的理想，不要说在封建社会里不可能普遍实现，就是在资本主义社会里也不可能普遍实现。不去消灭对自愿地选择配偶有巨大阻碍的财产关系而要求实现"有情的都成眷属"的理想，这理想就带有浓厚的空想色彩，和我们在争取实现社会主义、共产主义的同时实现"结婚的充分自由"的崇高理想大不相同。此其二。这两点，都不应该忽视。但也不应该不顾历史条件，把"才子佳人"和"牛鬼蛇神"混为一谈，全盘否定，一笔抹倒。

"才子佳人"各不相同，对写"才子佳人"的书也要作具体分析，不能一概而论。曹雪芹在《红楼梦》里批判了"开口'文君'，满篇'子建'，千部一腔，千人一面"的"才子佳人等书"，却通过宝、黛之口，高度评价了《西厢记》和《牡丹亭》；而《西厢记》和《牡丹亭》，又都是写"才子佳人"的。

董解元在《西厢记诸宫调》里，就明确地提出了"从古至今，自是佳人合配才子"的论点。王实甫的《西厢记》，可以说是在这一论点指导之下写出来的。张生、莺莺互相慕悦，看中的是人，而不是门第、财产。简单地说，就是一个爱"佳人"，一个爱"才子"，没有其他动机，其他条件。在封建社会里，这种由当事人按照自己衡量人物的标准选择对象的婚姻，应该说是比较进步的。拿什么作比较呢？拿封建婚姻作比较。封建婚姻之所以必须服从"父母之命"，就由于这样做，可以由家长选择门第，即使不"高攀"，也得"门当户对"；而由本人来选择，则多半是首先选"人"，门第、财产总归是次要的。前者符合家族的利益，后者保证了本人的幸福。《西厢》中的老夫人，是前者的代表；莺莺与张生，是后者的典型。"寺警"之时，老夫人不得已而许婚，事后又"赖婚"；"拷红"之后，又不得已而许婚，但条件是张生立刻上京应试，"得官呵，来见我；驳落呵，休来见我"。这一切，都是为了什么？就为的是"俺三辈儿不招白衣女婿"。而莺莺，却只爱张生是个"志诚种"，而且有才华。她反复强调的是："但得一个并头莲，煞强如状元及第"；"不恋豪杰，不羡骄奢，自愿的生则同衾，死则同穴"。红娘呢，她认为"秀才是文章魁首，姐姐是仕女班头"，情投意合，是很理想的婚姻，因而敢于跟老夫人说理，成全他们的爱情。当郑恒跑来破坏，说什么把莺莺"与了一个富家，还不枉了，却与了这个穷酸饿醋"的时候，她斥责郑恒："他凭师友君子务本，你倚父兄仗势欺人。……你道是官人则（只）合做官人，信口喷，不本分。你道穷民到老是穷民，却不道将相出寒门！"不难看出，这种"才子佳人"互相爱慕、自由结合、重人重爱情而不考虑门第、财产的婚姻，尽管有其历史和阶级的局限性，但比起由父母包办、只看门第财产不看人的封建婚姻来，还是进步得多，"香"得多。

"香"与"臭"是相比较而存在的。如果那"臭"的东西还有某些残余，还散发着腐臭的"毒"气的话，这"香"的东西就仍然有"香"味，嗅嗅它，不但不会中"毒"，还多少有点防"毒"的作用，有益于健康。这本《西厢述评》，就是把张生、莺莺、红娘所坚持的反封建婚姻与老夫人、郑恒所坚持的封建婚姻相比较而"述"其"香"、"评"其为什么"香"的。当然，《西厢记》是产生于六百数十年以前的古典作品，它里面的"香"自然是封建社会里的"香"，和社会主义的"香"不能相提并论。社会主义社会的青年们，不论在爱情问题上还是其他问题上，都应该用社会主义的"香"去排除封建主义的、资本主义的"臭"，这是不言而喻的。只因为我在谈《西厢记》，所以才评述它所反映的封建社会里反封建的"香"。列宁在《青年团的任务》里讲过："只有用人类创造的全部知识财富来丰富自己的头脑，才能成为共产主义者。""只有确切地了解人类全部发展过程所创造的文化，只有对这种文化加以改造，才能建设无产阶级的文化。"因此，阅读包括《西厢记》在内的古典作品和其他文化典籍，通过自己的口腔咀嚼和肠胃消化，排除其"臭"而改造、吸收其"香"，这对于丰富自己的头脑、对于用社会主义的"香"去战胜非社会主义、反社会主义的"臭"，都是十分必要的。

霍松林

1980 年冬写于见山楼

西厢汇编

序

霍松林

　　唐代著名诗人元稹的传奇小说《莺莺传》（又名《会真记》），写张生与莺莺相爱，却终于抛弃她，还称赞他"善补过"，"文过饰非，遂堕恶趣"。但关于张生、莺莺这一双青年男女在礼教禁锢下彼此热恋的描写是激动人心的，莺莺的形象尤其生动感人，因而在这篇小说流传之后，其中的人物、故事，就不胫而走，以不断发展、演变的形态，闯入各种文学样式的创作领域，产生了各种不同样式的优秀作品。至王实甫的《西厢记》而出现了一座辉煌的艺术高峰。明初贾仲明在吊王实甫的《凌波仙》词中说：

　　……作词章，风韵美，士林中等辈伏低。新杂剧，旧传奇，《西厢记》天下夺魁。

郭沫若在《〈西厢记〉艺术之批评与作者之性格》一文中进一步说：

　　《西厢》是超时空的艺术品，有永恒而且普遍的生命。《西厢》是有生命之人性战胜了无生命之礼教的凯旋歌、纪念塔。

　　这一曲"有生命之人性战胜了无生命之礼教的凯旋歌"从元代起传唱四方，到了明清两代，更涌现了"西厢热"，李卓吾、汤显祖、徐文长、凌濛初、金圣叹、李笠翁等许多著名思想家、文学家、文学批评家都卷入了《西厢记》的注释、考订和评论工作，各种改编本也风起云涌，不胜枚举。其舞台演唱，也由北曲而南曲、而各种地方戏。在民间说唱文学中，则由鼓子词、诸宫调扩展到子弟书、牌子曲、时调小曲以及南词、滩簧等各种文学领域。"五四"以来，《西厢记》更和《水浒传》、《三国演义》、《儒林外史》、《红楼梦》等文学名著并列，得到了新的、崇高的评价。

　　以上仅就国内而言。就国际范围来说，王实甫《西厢记》的问世，比世界伟大戏剧家莎士比亚的不朽名著《罗密欧与朱丽叶》早三个世纪。它在18 世纪就流传到日本，出现了冈岛献太郎、田中从吾轩等人的几个译本。其他各国，翻译和研究者也不乏其人，有广泛的国际影响。

由此可见，说《西厢记》是"超时空的艺术品"，并不算夸张。

这样一部"超时空"的"天下夺魁"的艺术品，不是偶然出现的，更不是孤立存在的。倘要作系统的研究，就得涉及纵向、横向一系列的文艺作品和问题。山东文艺出版社的孔令新同志有鉴于此，嘱托我选几种有代表性的作品，搞一部《西厢汇编》。

汇编《西厢》的工作，早有人做过。董解元《西厢捣弹词》、王实甫《西厢记》、李日华和陆采的两种《南西厢》，世称"四西厢"。晚明时期，闵齐伋（遇五）以"四西厢"为主而扩大范围，编了一部《会真六幻》（亦称《六幻西厢》），刻于崇祯十三年（1640年），包括：

　　一、幻因　元稹《会真记》及图诗赋说等有关资料，附《钱塘梦》。

　　二、捣幻　董解元《西厢捣弹词》。

　　三、剧幻　王实甫《西厢记》。

　　四、赓幻　关汉卿《续西厢记》（实即王实甫《西厢记》第五本）。附《图棋阄局》及《五剧笺疑》。

　　五、更幻　李日华《南西厢记》。

　　六、幻住　陆采《南西厢记》，附《园林午梦》。

近人刘世珩于1917年刊行《暖红室汇刻传剧》五十一种，以《董西厢》冠首，次为《王西厢》，后列《附录》十三种，包括元稹《会真记》、李日华《南西厢》、陆采《南西厢》及各种有关资料。所用版本，多经大戏曲家吴梅选择、校勘，刻印也很精美。《暖红室汇刻传剧》中的《董西厢》、《王西厢》及十三种附录，也被称为《暖红室汇刻〈西厢记〉》。

上述两部汇刻《西厢记》的书都值得一读，但存书极少，一般读者很难看到。

1958年中华书局出过一本傅惜华编的《西厢记说唱集》，也值得一读，但所选的只限于宋代以来有关《西厢》故事的曲艺类作品。

在当前的历史条件下汇编《西厢》，其规模之宏伟，理应远远超过闵遇五和刘世珩所刻。但规模过于宏大，一般读者会望而却步，出版社就得大量赔钱。因而这部《西厢汇编》以《王西厢》为主，兼顾源流，只包括几种影响较大的作品。

一、元稹《会真记》

这是后世一切《西厢》作品的渊源，也是唐人小说的名篇。篇末提到李绅听到崔、张爱情故事后"为《莺莺歌》以传之"。按李绅集《莺莺歌》残缺，收入《全唐诗》者止前八句，而《董西厢》分四处共引四十二句，作为说唱崔、张故事的根据，其重要性可见一斑。明王骥德《古本西厢记校注》和闵遇五《会真六幻》所收，也是四十二句，可能是从《董西厢》中辑出的。

二、北宋赵德麟《商调蝶恋花》鼓子词

这是现存最早用曲艺形式说唱崔、张恋爱故事的作品。"说"的部分用散文，除首尾两段是作者自作而外，中间十余段，是根据元稹的《会真记》删节概括而成的。"唱"的部分用韵文，是作者自作的十二首《蝶恋花》。

三、《董西厢》

金人董解元的《西厢掐弹词》，又叫《西厢记诸宫调》。用有说有唱，而以唱为主的文艺形式，演述崔、张恋爱故事，共五万多字。唱的部分，用当时流行的诸宫调，即用多种宫调的若干支曲子联成套数。全书由一百九十多个套数和穿插其间的说白组成，可以说是一部优美、生动的大型叙事诗。作者虽然取材于元稹的《会真记》，但更重要的是从社会生活、时代风习和青年男女的心灵深处吸取美感经验而进行独创性的艺术构思，从而创造出在人物性格、故事情节、主题思想等许多方面都有异于《会真记》的伟大作品，既为王实甫创作《西厢记》杂剧奠定了坚实的基础，其本身也是不朽的艺术明珠。

据宋人王灼《碧鸡漫志》、孟元老《东京梦华录》等书记载，北宋时期已有孔三传等民间艺人用诸宫调形式创作和说唱，其作品可惜没有流传下来。宋代以来的诸宫调作品，至今还能看到的不过三种。无名氏的《刘知远诸宫调》已经残缺，元人王伯成的《天宝遗事诸宫调》，是从《雍熙乐府》等书中辑出的，已非原貌。完整无缺、足以标志宋元说唱文学最高水平的，只有《董西厢》。从这一意义上说，《董西厢》也值得特别珍视。

四、王实甫《西厢记》

正像对于李白、杜甫的评价，向来有所谓"李杜优劣论"一样，对于《董西厢》、《王西厢》的评价，也曾经有董、王优劣论。焦循在《剧说》中比较了两部作品的若干曲文，然后说：

> 前人比王实甫为词曲中思王（按指曹植）、太白（指李白），实甫何可当？当用以拟董解元。李空同云："董子崔张剧，当直继《离骚》。"

梁廷枏在《曲话》中说：

> 董解元《西厢》……石华最赏其"愁何似，似一川烟草黄梅雨"二句，谓"似南唐人绝妙好词"，可谓拟于其伦。其后王实甫所作，盖探源于此，然未免瑜瑕不掩，不如董解元之玉璧全完也。

这是扬董抑王的。王世贞《曲藻》云："北曲故当以《西厢》为压卷。如曲中语'雪浪拍长空，天际秋云卷，竹索缆浮桥，水上苍龙偃'……他传奇不能及。"王骥德《曲律》云："实甫《西厢》，千古绝技。微词奥旨，未易窥测。"李调元《雨村曲话》云："《西厢》工于骈俪，美不胜收。如……'系春心情短柳丝长，隔花阴人远天涯近'……他传奇不能道其只字，宜乎为北曲压卷也。"如此等等，都是独尊《王西厢》的，虽然未提《董西厢》，但《董西厢》向称"北曲之祖"，独尊《王西厢》为"北曲压卷"，则抑董之意，也隐然可见。

另有二者并尊的，如徐复祚在《三家村老曲谈》中说：

> 实甫之传，本于董解元。解元为说唱本，与实甫本可称双璧。

从一为说唱本，一为杂剧本的角度分别评价其艺术成就，称为"双璧"，这是很有见地的。用我们的话说，《董西厢》是我国文学史上规模空前的叙事诗杰作，《王西厢》则是我国文学史上无与伦比的诗剧精品。

五、李日华《南西厢》

明海盐人崔时佩因《王西厢》不便于吴骚清唱，故改为南曲。吴县李日华又在这个改本的基础上加以补充，一般称为《南西厢记》，嘉靖时已经流行。其内容和《王西厢》基本一致；只是"文字之佳"，往往被改掉，还羼入了若干庸俗、色情的描写，有损于正面人物形象。其艺术成就，是不能和

《王西厢》相提并论的。但在明清两代，王实甫的原作只适于在弋阳、四平等地方戏中上演，而李日华的《南西厢》，却适应了用昆腔上演的客观要求，在戏曲发展史上，自然占有一定的地位。所以明人凌濛初既讥其"点金成铁"，又不得不指出："《西厢》为情词之宗，而不便吴人清唱；欲歌南音，不得不取之李本。"清代戏曲家李渔，既讥其"变极佳者为极不佳"，又不得不从事实出发，肯定其"关目动人，词曲悦耳"，并明确指出：

> 推其初意，亦有可原，不过因北本为词曲之豪，人人赞羡，但可被之管弦，不便奏诸场上，但宜于弋阳、四平等俗优，不便强施于昆调，以系北曲而非南曲也。兹请先言其故：北曲一折，止隶一人，虽有数人在场，其曲止出一口，从无互歌、迭咏之事；弋阳、四平等腔，字多音少，一泄而尽，又有一人启口，数人接腔者，名为一人，实出众口，故演《北西厢》甚易。昆调悠长，一字可抵数字，每唱一曲，又必一人始之，一人终之，无可助一臂者。以长江大河之全曲，而专责一人，即有铜喉铁齿，其能胜此重任乎？此北本虽佳，吴音不能奏也。作《南西厢》者，意在补此缺陷，遂割裂其词，增添其白，易北为南，撰成此剧，亦可谓善用古人，喜传佳事者矣。（《闲情偶寄》）

六、陆采《南西厢》

陆采（1497—1537），字子玄，号天池，明长洲（今江苏苏州）人。作有传奇五种，今存《明珠记》（又名《王仙客无双传》）、《韩寿偷香记》和《南西厢》。其《南西厢》自序云：王实甫《西厢记》，"可谓尽善尽美，真能道人意中事者，固非后世学士所敢轻议，而可改作为哉！迨后李日华取实甫之语，翻为南曲，而措词命意之妙，几失之矣。余自退休之日，时缀此编，固不敢媲美前哲，然较之生吞活剥者自谓差见一斑。"明凌濛初《谭曲杂札》云："陆天池亦作《南西厢》，悉以己意自创，不袭北剧一语，其志可谓悍矣。然元词在前，岂易角胜！"这两段话，都是符合实际的，陆采《南西厢》的特点，可以略见一斑。

七、金圣叹《第六才子书》

明末清初的文学批评家金圣叹（1608—1661），曾批点《离骚》、《庄子》、《史记》、杜甫诗、《水浒传》和《西厢记》，合称《六才子书》。其中

《西厢记》一种，称《第六才子书》。

金圣叹《第六才子书》，其大致情况是：一、断言王实甫所作止于《草桥惊梦》，其后是关汉卿所续；肯定王作而贬抑关续，斥为"狗尾续貂"。二、正文前有《恸哭古人》、《留赠后人》两篇序文及《读第六才子书〈西厢记〉法》八十一条。三、每一折前有总批，文中有夹批，并对原作词句，多有改动。

金圣叹评点《西厢记》的得失，清人已有争论。李渔《闲情偶寄》云：

读金圣叹所评《西厢记》，能令千古才人心死。夫人作文传世，欲天下后代知之也，且欲天下后代称许而赞叹之也。殆其文成矣，其书传矣，天下后代既群然知之，复群然称许而赞叹之矣，作者之苦心，不几大慰乎哉。予曰：未甚慰也。誉人而不得其实，其去毁也几希。但云千古传奇推《西厢》第一，而不明言其所以为第一之故，是西施之美，不特有目者赞之，盲人亦能赞之矣。自有《西厢》以迄于今，四百余载，推《西厢》为填词第一者不知几千万人，而能历指其所以为第一之故者，独出一金圣叹。是作《西厢》者之心，四百余年未死，而今死矣。不特作《西厢》者心死，凡千古上下，操觚立言者之心，无不死矣。人患不为王实甫耳，焉知数百年后不复有金圣叹其人哉！

圣叹之评《西厢》，可谓晰毛辨发，穷幽晰微，无复有遗议于其间矣。然以予论之，圣叹所评，乃文人把玩之《西厢》，非优人搬弄之《西厢》也。文字之三昧，圣叹已得之；优人搬弄之三昧，圣叹犹有待焉。如其至今不死，自撰新词几部，由浅及深，自生而熟，则又当自火其书而别出一番诠解。甚矣，此道之难言也！

又云：

金圣叹之评《西厢》，其长在密，其短在拘。拘即密之已甚者也。无一句一字不逆溯其源而求命意之所在，是则密矣，然亦知作者于此，有出于有心，有不必尽出于有心者乎？心之所至，笔亦至焉，是人之所能为也。若夫笔之所至，心亦至焉，则人不能尽主之矣。且有心不欲然而笔使之然，若有鬼物主持其间者，此等文字，尚可谓之有意乎哉。

……

从以上几段话看，李渔虽然提到金批《西厢》的某些短处，但主要是极力赞扬的。梁廷枏在《曲话》里则提出相反的看法，他说：

金圣叹强作解事，取《西厢记》而割裂之，《西厢》至此为一大厄，又以意为更改，尤属卤莽。《惊艳》云：“你道是河中开府相公家，我道是南海水月观音院。”改为：“这边是河中开府相公家，那边是南海观音院。”《借厢》云：“我若共你多情小姐同鸳帐，怎舍得你叠被铺床。”改为：“我若与你多情小姐同鸳帐，我不教你叠被铺床。”又：“你撇下半天风韵，我舍得万种思量。”改为：“你也掉下半天风韵，我也飐去万种思量。”《酬韵》云：“隔墙儿酬和到天明，方信道惺惺自古惜惺惺。”改为：“便是惺惺惜惺惺。”又：“便是铁石人，铁石人也动情。”删去叠“铁石人”三字。《寺警》云：“便将兰麝熏尽，只索自温存。”改为：“我不解自温存。”又：“果若有出师的表文，吓蛮的书信，但愿你笔尖儿横扫五千人。”改为：“他真有出师的表文，下燕的书信，只他这笔尖儿敢横扫五千人。”《请宴》云：“受用些宝鼎香浓、绣帘风细、绿窗人静。”改为：“你好宝鼎香浓。”又：“请字儿不曾出声，去字儿连忙答应。”改为：“我不曾出声，他连忙答应。”《赖婚》云：“谁承望你即即世世老婆婆，教莺莺做妹妹拜哥哥。”改为：“真是即世老婆婆，甚妹妹拜哥哥。”《前候》云：“一纳头安排着憔悴死。”改为：“一纳头只出憔悴死。”《闹简》云：“我也回头看，看你个离魂倩女，怎发付掷果潘安。”改为：“今日为头看，看你那离魂倩女，怎生的掷果潘安。”《拷艳》云：“我只道神针法灸，谁承望燕侣莺俦。”改为：“定然是神针法灸，难道是燕侣莺俦?”“猛凝眸，只见你鞋底尖儿瘦。”改为：“怎凝眸。”又：“那时间可怎生不害半星儿羞。”改为：“那时间不曾害半星儿羞。”《哭宴》云：“两意徘徊，落日山横翠。”改为：“两处徘徊，大家是落日山横翠。”《惊梦》云：“愁得来陡峻，瘦得来哞嗻，只离得半个日头，却早又宽掩过翠裙三四褶。”改为：“愁得陡峻，瘦得哞嗻，半个日头早掩过翠裙三四褶。”此类皆以意为更改。又有过为删减者。《借厢》云：“过了主厢，引入洞房，你好事从天降。”删为：“曲厢洞房。”又：“软玉温香，休道是相偎傍。”删为：“休言偎傍。”《请宴》云：“聘财断不争，婚姻立便成。”删为：“聘不见争，亲立便成。”《琴心》云：“靡不有初，鲜克有终。”删为：“靡不初，鲜有终。”《惊梦》云：“瞅一瞅瞅着你化为醯酱，指一指教你变做嚳血，骑着一匹白马来也。”删去三“一”字。近日嘉应吴日华学博，以六十家本，六幻本、琵琶本、叶氏本与金本重勘之,科白多用金本,曲多用旧本。(原序以六十家以下为旧本)。取金本所改,录其佳者。如《借厢》云:"若今生难得有情人,则除是前世烧了断头香。"改为:"若今生不做并头莲,难道前世烧了断头香。"《寺警》云:"学得来一天星斗焕文章,不枉了十年窗下无人问。"改为:"我便知你一天星斗焕文章,谁可怜你十年窗下无人问。"又:"你那里问小僧敢去也那不敢,我这里启大师用咱那不用咱。"改为:"你休问小僧敢去也那不敢,我要问大师真个用咱也不用咱。"又:"劣性子人皆惨,舍着命提刀仗剑,更怕我勒马停骖。"改为:"就死也无憾,我便提刀仗剑,谁还勒马停骖。"又:"我将不志诚的言词赚,倘或纰缪,倒大羞惭。"改为:"便是言词赚,一时纰缪,半时羞惭。"《琴心》云:"则为那兄妹排连,因此上鱼水难同。"改为:"将我雁字排连,着他鱼水难同。"《赖简》云:"恁的般受怕担惊,又不图甚浪酒闲茶。"改为:"我也不去受怕担惊,我也不图浪酒闲茶。"又:"从今悔非波卓文君,你与我学去波汉司马。"改为:"小姐你息怒回波俊文君,张生你游学去波渴司马。"《后候》云:"将人的义海恩山,都做了远水遥岑。"改为:"甚么义海恩山,无非远水遥岑。"又:"虽不会法灸神针,犹胜似救苦难观世音。"改为:"他不用法灸神针,他是一尊救苦观世音。"《哭宴》云:"留恋别无意,见据鞍上马,阁不住泪眼愁眉。"改为:"留恋应无计,一个据鞍上马,两个泪眼愁眉。"其实圣叹以文律曲,故每于衬字删繁就简,而不知其腔拍之不协。至一牌划分数节,拘腐最为可厌。所以纵有妥适,存而不论可也。李笠翁从而称之,过矣。

李渔和梁廷枏的意见,一褒一贬,泾渭分明。但稍加分析,就可以看出,其意见不同,主要由于着眼点不同。李渔是从金圣叹评点《西厢》"能历指其所以为第一之故"方面予以褒扬的。梁廷枏则是从金圣叹对《西厢》原文的删改方面加以指责的。两人各有所见,可以互相补充。

金圣叹的《第六才子书》问世以后,一般人读《西厢记》,就读的是这种本子。张友鸾先生早在数十年前指出:"《西厢》在近二三百年来很能占文学界上一大部分势力,功臣还是金圣叹,能够做很有系统的批评,也只有金圣叹。"(《西厢的批评与考证》,载郑振铎编《中国文学研究》下册)这话是不错的。不论是研究《西厢》流变史,还是研究中国文学批评史,都不能无视《第六才子书》的存在。

据元稹《会真记》所写：张生作《春词》两首，托红娘送莺莺；不久，从红娘手中得到了莺莺的答诗，题为《月明三五夜》。诗云："待月西厢下，迎风户半开。拂墙花影动，疑是玉人来。"此后，二人终于在"西厢"相会。因此，后来写崔、张恋爱故事的作品，多以"西厢"命名。今以元人杂剧《王西厢》为主，溯源穷流，选唐人小说一篇（附录诗词三篇）、宋人鼓子词一篇、金人诸宫调一部、明人传奇两部、清人《第六才子书》一部，合为《西厢汇编》。就有关崔、张恋爱故事的全部资料而言，当然极不完备，但就《西厢》流变史上有重要地位和重大影响的作品而言，则大致包括进来了。

1985 年冬写于看山楼

莺莺传

〔唐〕元　稹

贞元中，有张生者，性温茂，美风容，内秉坚孤，非礼不可入。或朋从游宴，扰杂其间，他人皆汹汹拳拳，若将不及，张生容顺而已，终不能乱。以是年二十三，未尝近女色。知者诘之，谢而言曰："登徒子非好色者，是有淫行耳。余真好色者，而适不我值。何以言之？大凡物之尤者，未尝不留连于心，是知其非忘情者也。"诘者识之。

　　无几何，张生游于蒲。蒲之东十余里，有僧舍曰普救寺，张生寓焉。适有崔氏孀妇，将归长安，路出于蒲，亦止兹寺。崔氏妇，郑女也；张出于郑，叙其亲，乃异派之从母。是岁，浑瑊薨于蒲。有中人丁文雅，不善于军，军人因丧而扰，大掠蒲人。崔氏之家，财产甚厚，多奴仆。旅寓惶骇，不知所托。先是，张与蒲将之党有善，请吏护之，遂不及于难。十余日，廉使杜确将天子命以总戎节，令于军，军由是戢。郑厚张之德甚，因饰馔以命张，中堂宴之。复谓张曰："姨之孤嫠未亡，提携幼稚。不幸属师徒大溃，实不保其身。弱子幼女，犹君之生。岂可比常恩哉！今俾以仁兄礼奉见，冀所以报恩也。"命其子，曰欢郎，可十余岁，容甚温美。次命女："出拜尔兄，尔兄活尔。"久之，辞疾。郑怒曰："张兄保尔之命，不然，尔且掳矣。能复远嫌乎？"久之，乃至。常服睟容，不加新饰，垂鬟接黛，双脸销红而已。颜色艳异，光辉动人。张惊，为之礼，因坐郑旁。以郑之抑而见也，凝睇怨绝，若不胜其体者。问其年纪。郑曰："今天子甲子岁之七月降，终今贞元庚辰，生年十七矣。"张生稍以词导之，不对。终席而罢。

　　张自是惑之，愿致其情，无由得也。崔之婢曰红娘。生私为之礼者数四，乘间遂道其衷。婢果惊沮，腆然而奔。张生悔之。翌日，婢复至，张生乃羞而谢之，不复云所求矣。婢因谓张曰："郎之言，所不敢言，亦不敢泄。然而崔之姻族，君所详也。何不因其德而求娶焉？"张曰："余始自孩提，性不苟合。或时纨绮闲居，曾莫流盼。不谓当年，终有所蔽。昨日一席间，几不自持。数日来，行忘止，食忘饱，恐不能逾旦暮，若因媒氏而娶，纳采问名，则三数月间，索我于枯鱼之肆矣，尔其谓我何？"婢曰："崔之贞慎自保，虽所尊，不可以非语犯之；下人之谋，固难入矣。然而善属文，往往沉吟章句，怨慕者久之。君试为喻情诗以乱之；不然，则无由也。"张大喜，立缀《春词》二首以授之。

是夕，红娘复至，持彩笺以授张，曰："崔所命也。"题其篇曰：《明月三五夜》。其词曰："待月西厢下，迎风户半开。拂墙花影动，疑是玉人来。"张亦微喻其旨。是夕，岁二月旬有四日矣。崔之东墙有杏花一株，攀援可逾。既望之夕，张因梯其树而逾焉。达于西厢，则户半开矣。红娘寝于床，生因惊之。红娘骇曰："郎何以至此？"张因绐之曰："崔氏之笺召我也。尔为我告之。"无几，红娘复来，连曰："至矣！至矣！"张生且喜且骇，谓必获济。及崔至，则端服严容，大数张曰："兄之恩，活我之家，厚矣。是以慈母以弱子幼女见托。奈何因不令之婢，致淫逸之词？始以护人之乱为义，而终掠乱以求之，是以乱易乱，其去几何？诚欲寝其词，则保人之奸，不义；明之于母，则背人之惠，不祥；将寄于婢仆，又惧不得发其真诚。是用托短章，愿自陈启。犹惧兄之见难，是用鄙靡之词，以求其必至。非礼之动，能不愧心？特愿以礼自持，无及于乱！"言毕，翻然而逝。张自失者久之，复逾而出，于是绝望。

数夕，张生临轩独寝，忽有人觉之，惊骇而起，则红娘敛衾携枕而至，抚张曰："至矣！至矣！睡何为哉？"并枕重衾而去。张生拭目危坐，久之，犹疑梦寐。然修谨以俟。俄而红娘捧崔氏而至。至，则娇羞融冶，力不能运肢体，曩时端庄，不复同矣。是夕，旬有八日也。斜月晶莹，幽辉半床。张生飘飘然，且疑神仙之徒，不谓从人间至矣。有顷，寺钟鸣，天将晓。红娘促去。崔氏娇啼宛转，红娘又捧之而去，终夕无一言。张生辨色而兴，自疑曰："岂其梦邪？"及明，睹妆在臂，香在衣，泪光荧荧然，犹莹于裀席而已。

是后又十余日，杳不复知。张生赋《会真诗》三十韵，未毕，而红娘适至，因授之，以贻崔氏。自是复容之。朝隐而出，暮隐而入，同安于曩所谓西厢者，几一月矣。张生常诘郑氏之情。则曰："知不可奈何矣，因欲就成之。"

无何，张生将之长安，先以情谕之。崔氏宛无难词，然而愁怨之容动人矣。将行之再夕，不复可见，而张生遂西。不数月，复游于蒲，舍于崔氏者又累月。崔氏甚工刀札，善属文。求索再三，终不可见。往往张生自以文挑之，亦不甚睹览。大略崔之出人者，艺必穷极，而貌若不知；言则敏辩，而寡于酬对；待张之意甚厚，然未尝以词继之。时愁艳幽邃，恒若不识，喜愠之容，亦罕形见。异时独夜操琴，愁弄凄恻，张窃听之。求之，则终不复鼓矣。以是愈惑之。

张生俄以文调及期，又当西去。当去之夕，不复自言其情，愁叹于崔氏之侧。崔已阴知将诀矣，恭貌怡声，徐谓张曰："始乱之，终弃之，固其宜矣。愚不敢恨。必也，君乱之，君终之，君之惠也。则殁身之誓，其有终矣，又何必深憾于此行？然而君既不怿，无以奉宁。君常谓我善鼓琴，向时羞颜，所不能及。今且往矣，既君此诚。"因命拂琴，鼓《霓裳羽衣序》，不数声，哀音怨乱，不复知其是曲也。左右皆歔欷。崔亦遽止之，投琴，泣下流连，趋归郑所，遂不复至。明旦而张行。

明年，文战不胜，张遂止于京。因贻书于崔，以广其意。崔氏缄报之词，粗载于此，曰："捧览来问，抚爱过深。儿女之情，悲喜交集。兼惠花胜一合，口脂五寸，致耀首、膏唇之饰。虽荷殊恩，谁复为容？睹物增怀，但积悲叹耳！伏承便于京中就业，进修之道，固在便安；但恨僻陋之人，永以遐弃。命也如此，知复何言！自去秋已来，常忽忽如有所失。于喧哗之下，或勉为语笑，闲宵自处，无不泪零。乃至梦寐之间，亦多感咽离忧之思，绸缪缱绻，暂若寻常；幽会未终，惊魂已断。虽半衾如暖，而思之甚遥。一昨拜辞，倏逾旧岁。长安行乐之地，触绪牵情。何幸不忘幽微，眷念无致！鄙薄之志，无以奉酬。至于终始之盟，则固不忒。鄙昔中表相因，或同宴处。婢仆见诱，遂致私诚。儿女之心，不能自固。君子有援琴之挑，鄙人无投梭之拒。及荐寝席，义盛意深。愚陋之情，永谓终托。岂期既见君子，而不能以礼定情，致有自献之羞，不复明侍巾栉。殁身永恨，含叹何言！倘仁人用心，俯遂幽眇，虽死之日，犹生之年。如或达士略情，舍小从大，以先配为丑行，谓要盟为可欺，则当骨化形销，丹诚不泯；因风委露，犹托清尘。存殁之诚，言尽于此。临纸呜咽，情不能申。千万珍重，珍重千万！玉环一枚，是儿婴年所弄，寄充君子下体之佩。玉取其坚洁不渝，环取其终始不绝。兼致彩丝一绚，文竹茶碾子一枚。此数物不足见珍。意者欲君子如玉之贞，俾志如环不解。泪痕在竹，愁绪萦丝，因物达情，永以为好耳。心迩身遐，拜会无期；幽愤所钟，千里神合。千万珍重！春风多厉，强饭为嘉；慎言自保，无以鄙为深念。"张生发其书于所知，由是时人多闻之。所善杨巨源好属词，因为赋《崔娘诗》一绝云："清润潘郎玉不如，中庭蕙草雪销初。风流才子多春思，肠断萧娘一纸书。"河南元稹亦续生《会真诗》三十韵，诗曰："微月透帘栊，莹光度碧空。遥天初缥缈，低树渐葱茏。龙吹过庭竹，鸾歌拂井桐。罗绡垂薄雾，环珮响轻风。绛节随金母，云心捧玉童。更深人悄悄，晨会雨濛濛。珠莹光文履，花明隐绣龙。瑶钗行彩凤，罗帔掩丹虹。言自瑶华浦，将朝碧玉宫。因游洛城北，偶向宋家东。戏调初微拒，柔情已暗通。低鬟蝉影动，回步玉尘蒙。转面流花雪，登床抱绮丛。鸳鸯交颈舞，翡翠合欢笼。眉黛羞偏聚，唇朱暖更融。气清兰蕊馥，肤润玉肌丰。无力慵移腕，多娇爱敛躬。汗流珠点点，发乱绿葱葱。方喜千年会，俄闻五夜穷。留连时有限，缱绻意难终。慢脸含愁态，芳词誓素衷。赠环明运合，留结表心同。啼粉流清镜，残灯绕暗虫。华光犹冉冉，旭日渐曈曈。乘鹜还归洛，吹箫亦上嵩。衣香犹染麝，枕腻尚残红。幂幂临塘草，飘飘思渚蓬。素琴鸣怨鹤，清汉望归鸿。海阔诚难渡，天高不易冲。行云无处所，萧史在楼中。"张之友闻之者，莫不耸异之，然而张亦志绝矣。

　　稹特与张厚，因征其词。张曰："大凡天之所命尤物也，不妖其身，必妖于人。使崔氏子遇合富贵，乘宠娇，不为云、为雨，则为蛟、为螭，吾不知其所变化矣。昔殷之辛，周之幽，据万乘之国，其势甚厚。然而一女子败之，溃其众，屠其身，至今为天下僇笑。予之德不足以胜妖孽，是用忍情。"于时坐者皆为深叹。

　　后岁余，崔已委身于人，张亦有所娶。适经所居，乃因其夫言于崔，求以外兄见。夫语之，而崔终不为出。张怨念之诚，动于颜色。崔知之，潜赋一章，词曰："自从消瘦减容光，万转千回懒下床。不为旁人羞不起，为郎憔悴却羞郎。"竟不之见。后数日，张生将行，又赋一章以谢绝云："弃置今何道，当时且自亲。还将旧时意，怜取眼前人。"自是，绝不复知矣。时人多许张为善补过者。予尝于朋会之中，往往及此意者，夫使知之者不为，为之者不惑。

　　贞元岁九月，执事李公垂宿于予靖安里第，语及于是。公垂卓然称异，遂为《莺莺歌》以传之。崔氏小名莺莺，公垂以命篇。

附：

莺莺歌

〔唐〕李　绅

伯劳飞迟燕飞疾，垂杨绽金花笑日，绿窗娇女字莺莺，金雀丫鬟年十七。黄姑上天阿母在，寂寞霜姿素莲质，门掩重关萧寺中，芳草花时不曾出。河桥上将亡官军，虎旗长戟交垒门，凤凰诏书犹未到，满城戈甲如云屯。家家玉帛弃泥土，少女娇妻愁被掳，出门走马皆健儿，红粉潜藏欲何处。呜呜阿母啼向天，窗中抱女投金钿，铅华不顾欲藏艳，玉颜转莹如神仙。此时潘郎未相识，偶住莲馆对南北，潜叹恓惶阿母心，为求白马将军力。明明飞诏五云下，将选金门兵悉罢。阿母深居鸡犬安，八珍玉食邀郎餐，千言万语对生意，小女初笄为妹妹。丹诚寸心难自比，写在红笺方寸纸，寄与春风伴落花，仿佛随风绿杨里。窗中暗读人不知，𬻈破红绡裁作诗，还怕香风易飘荡，自令青鸟口衔之。诗中报郎含隐语，郎知暗到花深处。三五月明当户时，与郎相见花间路。

调笑转踏·莺莺

〔宋〕秦　观

崔家有女名莺莺，未识春光先有情。
河桥兵乱依萧寺，红愁绿惨见张生。
张生一见春情重，明月拂墙花影动。
夜半红娘拥抱来，脉脉惊魂若春梦。

春梦，神仙洞。冉冉拂墙花树动。
西厢待月知谁共，更觉玉人情重。
红娘深夜行云送，困鬌钗横金凤。

（录自《淮海居士长短句》卷下。
原词十首，此为其七。）

调笑转踏·莺莺

〔宋〕毛　滂

春风户外花萧萧，绿窗绣屏阿母娇。
白玉郎君恃恩力，樽前心醉双翠翘。
西厢月冷濛花雾，落霞零乱墙东树。
此夜灵犀已暗通，玉环寄恨人何处？

何处？长安路。不记墙东花拂树。
瑶琴理罢霓裳谱，依旧月窗风户。
薄情年少如飞絮，梦逐玉环西去。

（录自《东堂词》。原词
八首，此为其六。）

商调蝶恋花

〔宋〕赵德麟

夫传奇者，唐元微之所述也。以不载于本集，而出于小说，或疑其非是。今观其词，自非大手笔，孰能与于此？至今士大夫极谈幽玄，访奇述异，无不举此以为美谈；至于倡优女子，皆能调说大略。惜乎不被之以音律，故不能播之声乐，形之管弦。好事君子，极饮肆欢之余，愿欲一听其说，或举其末而忘其本，或纪其略而不及终其篇，此吾曹之所共恨者也。今于暇日，详观其文，略其烦亵，分之为十章。每章之下，属之以词。或全摭其文，或止取其意。又别为一曲，载之传前，先叙全篇之意。调曰"商调"，曲名"蝶恋花"。句句言情，篇篇见意。奉劳歌伴，先听格调，后听芜词：

丽质仙娥生月殿，谪向人间，未免凡情乱。宋玉墙东流美盼，乱花深处曾相见。　　密意浓欢方有便，不奈浮名，旋遣轻分散。最恨多才情太浅，等闲不念离人怨。

传曰：余所善张君，性温茂，美风仪，寓于蒲之普救寺。适有崔氏孀妇，将归长安，路出于蒲，亦止于兹寺。崔氏妇，郑女也。张出于郑，叙其亲，乃异派之从母。是岁，丁文雅不善于军，军之徒因大扰，劫掠蒲人。崔氏之家，财产甚厚，旅寓惶骇，不知所措。先是，张与蒲将之党有善，请吏护之，遂不及于难。郑厚张之德甚，因饬馔以命张，谓曰："姨之孤嫠未亡，提携幼稚。不幸属师徒大溃，实不保其身。弱子幼女，犹君之所生也，岂可比常恩哉！今俾以仁兄之礼奉见，冀所以报恩也。"乃命其子曰欢郎，次命其女曰莺莺："出拜尔兄，尔兄活尔。"久之，辞疾。郑怒曰："张兄保尔之命，不然，尔且掳矣，能复远嫌乎？"又久之，乃至。常服睟容，不加新饰；垂鬟浅黛，双脸断红，而颜色艳异，光辉动人。张惊，为之礼。因坐郑旁，凝睇怨绝，若不胜其体。张问其年纪，郑曰："十七岁矣。"张生稍以词导之，不对，终席而罢。奉劳歌伴，再和前声：

锦额重帘深几许，绣履弯弯，末省离朱户。强出娇羞都不语，绛绡频掩酥胸素。　　黛浅愁深妆淡注，怨绝情凝，不肯聊回顾。媚脸未匀新泪污，梅英犹带春朝露。

　　张生自是惑之，愿致其情，无由得也。崔之婢曰红娘，生私为之礼者数四，乘间遂道其衷。翌日，红娘复至，曰："郎之言，所不敢言，亦不敢泄。然而崔之族姻，君所详也，何不因其德而求娶焉？"张曰："余始自孩提时，性不苟合。昨日一席间，几不自持。数日来，行忘止，食忘饭，恐不逾旦暮。若因媒氏而娶，纳采问名，则数月之间，索我于枯鱼之肆矣。"红娘曰："崔之贞慎自保，虽所尊不可以非语犯之。然而善属文，往往沉吟章句，怨慕者久之。君试为喻情诗以乱之；不然，无由得也。"张大喜，立缀"春词"二首以授之。奉劳歌伴，再和前声：

懊恼娇痴情未惯，不道看看，役得人肠断。万语千言都不管，兰房跬步如天远。　　废寝忘餐思想遍，赖有青鸾，不比凭鱼雁。密写香笺论缱绻，春词一纸芳心乱。

　　是夕，红娘复至，持彩笺以授张曰："崔所命也。"题其篇曰：《明月三五夜》。其词曰："待月西厢下，临风户半开。拂墙花影动，疑是玉人来。"奉劳歌伴，再和前声：

庭院黄昏春雨霁，一缕深心，百种成牵系。青翼蓦然来报喜，鱼笺微喻相容意。　　待月西厢人不寐，帘影摇光，朱户犹慵闭。花动拂墙红萼坠，分明疑是情人至。

　　张亦微喻其旨。是夕，岁二月旬又四日矣。崔之东墙有杏花一树，攀援可逾。既望之夕，张因梯其树而逾焉。达于西厢，则户果半开。无几，红娘复来，连曰："至矣！至矣！"张生且喜且骇，谓必获济。及女至，则端神严容，大数张曰："兄之恩活我家者厚矣。由是慈母以弱子幼女见依。奈何因不令之婢，致淫泆之词？始以护人之乱为义，而终掠乱以求之，是以乱易乱，其去几何？诚欲寝其词，以保人之奸，不正；明之母，则背人之惠，不祥；将寄于婢妾，又恐不得发其真诚。是用托于短章，愿自陈启。犹惧兄之见难，故用鄙靡之词，以求其必至。非礼之动，能不愧心？特愿以礼自持，无及于乱。"言毕，翻然而逝。张自失者久之，复逾而出，由是绝望矣。奉劳歌伴，再和前声：

屈指幽期惟恐误，恰到春宵，明月当三五。红影压墙花密处，花阴便是桃源路。　　不谓兰诚金石固，敛袂怡声，恣把多才数。惆怅空回谁共语？只应化作朝云去。

　　后数夕，张生临轩独寝，忽有人觉之，惊欬而起，则红娘敛衾携枕而至，抚张曰："至矣！至矣！睡何为哉？"并枕重衾而去。张生拭目危坐，久之，犹疑梦寐。俄而红娘捧崔而至，娇羞融冶，力不能运肢体，曩时之端庄，不复同矣。是夕，旬有八日，斜月晶荧，幽辉半床。张生飘飘然，且疑神仙之徒，不谓从人间至也。有顷，寺钟鸣晓，红娘促去。崔氏娇啼宛转，红娘又捧而去，终夕无一言。张生自疑于心曰："岂其梦耶？"所可明者，妆在臂，香在衣，泪光荧荧然，犹莹于茵席而已。奉劳歌伴，再和前声：

数夕孤眠如度岁，将谓今生，会合终无计。正是断肠凝望际，云心捧得嫦娥至。　　玉困花柔羞扰泪，端丽妖娆，不与前时比。人去月斜疑梦寐，衣香犹在妆留臂。

　　是后又十余日，杳不复知。张生赋《会真诗》三十韵，未毕，而红娘适至，因授之，以贻崔氏。自是复容之。朝隐而去，暮隐而入，同安于曩所谓西厢者，几一月矣。张生将往长安，先以情谕之，崔氏宛无难词，然愁怨之容动人矣。欲行之再夕，不复可见，而张生遂西。奉劳歌伴，再和前声：

一梦行云还暂阻，尽把深诚，缀作新诗句。幸有青鸾堪密付，良宵从此无虚度。　　两意相欢朝又暮，争奈郎鞭，暂指长安路。最是动人愁怨处，离情盈抱终无语。

　　不数月，张生复游于蒲，舍于崔氏者又累月。张雅知崔氏善属文，求索再三，终不可见。虽待张之意甚厚，然未尝以词继之。异时，独夜操琴，愁弄凄恻。张窃听之，求之，则不复鼓矣。以是愈惑之。俄张生以文调及期，又当西去。临去之夕，崔恭貌怡声，徐谓张曰："始乱之，今弃之，固其宜矣。愚不敢恨。必也君始之，君终之，君之惠也。则殁身之誓，其有终矣，又何必深憾于此行？然而君既不怿，无以奉宁；君尝谓我善鼓琴，今且往矣，既达君此诚。"因命拂琴，鼓《霓裳羽衣序》，不数声，哀音怨乱，不复知其是曲也。左右皆歔欷，崔投琴拥面，泣下流涟，趋归郑所，遂不复至。奉劳歌伴，再和前声：

碧沼鸳鸯交颈舞，正恁双栖，又遣分飞去。洒翰赠言终不许，援琴诉尽奴心素。　　曲未成声先怨慕，忍泪凝情，强作霓裳序。弹到离愁凄咽处，弦肠俱断梨花雨。

诘旦，张生遂行。明年，文战不利，遂止于京。因贻书于崔，以广其意。崔氏缄报之词，粗载于此曰："捧览来问，抚爱过深。儿女之情，悲喜交集。兼惠花胜一合，口脂五寸，致耀首膏唇之饰。虽荷多惠，谁复为容？睹物增怀，但积悲叹耳！伏承便于京中就业，于进修之道，固在便安；但恨鄙陋之人，永以遐弃。命也如此，知复何言！自去秋以来，常忽忽如有所失。于喧哗之下，或勉为笑语，闲宵自处，无不泪零。乃至梦寐之间，亦多感咽离忧之思，绸缪缱绻，暂若寻常；幽会未终，惊魂已断。虽半衾如暖，而思之甚遥。一昨拜辞，倏逾旧岁。长安行乐之地，触绪牵情。何幸不忘幽微，眷念无致。鄙薄之志，无以奉酬。至于终始之盟，则固不忒。鄙昔中表相因，或同宴处。婢仆见诱，遂致私诚。儿女之心，不能自固。君子有援琴之挑，鄙人无投梭之拒。及荐枕席，义盛恩深。愚幼之情，永谓终托。岂期既见君子，而不能以礼定情，致有自献之羞，不复明侍巾帻。没身永恨，含叹何言！倘若仁人用心，俯遂幽眇，虽死之日，犹生之年。如或达士略情，舍小从大，以先配为丑行，谓要盟为可欺，则当骨化形销，丹诚不泯；因风委露，犹托清尘。存殁之诚，言尽于此。临纸呜咽，情不能申。千万珍重……奉劳歌伴，再和前声：

别后相思心目乱，不谓芳音，忽寄南来雁。却写花笺和泪卷，细书方寸教伊看。　　独寐良宵无计遣，梦里依稀，暂若寻常见。幽会未终魂已断，半衾如暖人犹远。

……玉环一枚，是莺幼年所弄，寄充君子下体之佩。玉取其坚洁不渝，环取其终始不绝。兼致彩丝一絇，文竹茶合碾子一枚。此数物不足见珍，意者欲君子如玉之洁，鄙志如环不解。泪痕在竹，愁绪萦丝，因物达诚，永以为好耳。心迩身遐，拜会无期；幽愤所钟，千里神合。千万珍重！春风多厉，强饭为佳；慎言自保，勿以鄙为深念也。"奉劳歌伴，再和前声：

尺素重重封锦字，未尽幽闺，别后心中事。佩玉彩丝文竹器，愿君一见知深意。　　环欲长圆丝万系，竹上烂斑，总是相思泪。物会见郎人永弃，心驰魂去神千里。

张之友闻之，莫不耸异。而张之志固绝之矣。岁余，崔已委身于人，张亦有所娶。适经其所居，乃因其夫言于崔，求以外兄见，夫已诺之，而崔终不为出。张君怨念之情，动于颜色。崔知之，潜赋一诗寄张，曰："自从消瘦减容光，万转千回懒下床。不为旁人羞不起，为郎憔悴却羞郎。"然竟不之见。后数日，张君将行，崔又赋一诗以谢绝之，曰："弃置今何道，当时且自亲。还将旧来意，怜取眼前人。"奉劳歌伴，再和前声：

梦觉高唐云雨散，十二巫峰，隔断相思眼。不为旁人移步懒，为郎憔悴羞郎见。　　青翼不来孤凤怨，路失桃源，再会终无便。旧恨新愁无计遣，情深何似情俱浅。

逍遥子曰：乐天谓微之能道人意中语，仆于是益知乐天之言为当也。何者？夫崔之才华婉美，词采艳丽，则于所载缄书诗章尽之矣。如其都愉淫冶之态，则不可得而见。及见其文，飘飘然仿佛出于人目前，虽丹青摹写其形状，未知能如是工且至否？仆尝采摭其意，撰成《鼓子词》十章，示余友何东白先生。先生曰："文则美矣，意犹有不尽者，胡不复为一章于其后，具道张之于崔，既不能以理定其情，又不能合之于义。始相遇也，如是之笃；终相失也，如是之遽。必及于此，则完矣。"余应之曰："先生真为文者也，言必欲有终始箴戒而后已。大抵鄙靡之词，止歌其事之可歌，不必如是之备。若夫聚散离合，亦人之常情，古今所同惜也。又况崔之始相得而终至相失，岂得已哉？如崔已他适，而张诡计以求见；崔知张之意，而潜赋诗以谢之，其情盖有未能忘者矣。乐天曰：'天长地久有时尽，此恨绵绵无尽期。'岂独在彼者耶？"余因命此意，复成一曲，缀于传末云：

镜破人离何处问，路隔银河，岁会知犹近。只道新来消瘦损，玉容不见空传信。　　弃掷前欢俱未忍，岂料盟言，陡顿无凭准。地久天长终有尽，绵绵不似无穷恨。

西厢记诸宫调

〔金〕董解元

【仙吕调】【醉落魄缠令】^{引辞}吾皇德化，喜遇太平多暇，干戈倒载闲兵甲。这世为人，向甚不欢洽！　秦楼谢馆鸳鸯幄，风流稍是有声价。教惺惺浪儿每都伏咱，不曾胡来，俏倬是生涯。

【整金冠】携一壶儿酒，戴一枝儿花；醉时歌，狂时舞，醒时罢。每日价疏散，不曾着家。放二四，不拘束，尽人团剥。

【风吹荷叶】打拍不知个高下，谁曾惯对人唱他说他？好弱高低且按捺。话儿不是，扑刀揸棒，长枪大马。

【尾】曲儿甜，腔儿雅，裁剪就雪月风花，唱一本儿倚翠偷期话。

【般涉调】【哨遍】^{断送引辞}太皞司春，春工著意，和气生旸谷。十里芳菲尽东风，丝丝柳搓金缕。渐次第，桃红杏浅，水绿山清，春涨生烟渚。九十日光阴能几？早鸣鸠呼妇，乳燕携雏；乱红满地狂风吹，飞絮蒙空有谁主？春色三分，半入池塘，半随尘土。　满地榆钱，算来难买春光住。初夏永，薰风池馆，有藤床、冰簟、纱橱。日转午，脱巾散发，沈李浮瓜，宝扇摇纨素。著甚消磨永日？有扫愁竹叶，侍寝青奴。霎时微雨送新凉，些少金风退残暑，韶华早暗中归去。

【耍孩儿】萧萧败叶辞芳树，切切寒蝉会絮。渐零零疏雨滴梧桐，听哑哑雁归南浦。澄澄水印千江月，淅淅风筛一岸蒲。穷秋尽，千林如削万木皆枯。
　朔风飘雪江天暮，似水墨工夫画图。浩然何处冻骑驴，多应在霸陵西路。寒侵安道读书舍，冷浸文君沽酒垆。黄昏后，风清月淡，竹瘦梅疏。

【太平赚】四季相续，光阴暗把流年度。休慕古。　人生百岁如朝露。莫区区，莫区区，好天良夜且追游。清风明月休辜负。但落魄，一笑人间今古，圣朝难遇。　俺平生情性好疏狂，疏狂的情性难拘束。一回家想么。诗魔多爱选多情曲。比前贤乐府不中听，在诸宫调里却著数，一个个旖旎风流济楚，不比其余。

【柘枝令】也不是《崔韬逢雌虎》，也不是《郑子遇妖狐》，也不是《井底引银瓶》，也不是《双女夺夫》。也不是《离魂倩女》，也不是《谒浆崔护》，也不是《双渐豫章城》，也不是《柳毅传书》。

【墙头花】这些儿古迹，见在河中府，即目仍存旧寺宇。这书生是西洛名儒，这佳丽是博陵幼女。　而今想得，冷落了迎风户，唯有旧题句。空存著待月回廊，不见了吹箫伴侣。　聪明的试相度，惺惺的试窨付。不同热闹话，冷淡清虚最难做。三停来是闺怨相思，折半来是尤云殢雨。

【尾】穷缀作，腌对付；怕曲儿捻到风流处，教普天下颠不刺的浪儿每许。

> 此本话说唐时这个书生，姓张名珙，字君瑞，西洛人也。从父宦游于长安，因而家焉。父拜礼部尚书，薨。五、七载间，家业零替；缘尚书生前守官清廉，无他畜积之所致也。珙有大志，二十三不娶。

【仙吕调】【赏花时】【又一体】西洛张生多俊雅，不在古人之下。苦爱诗书，素闲琴画。德行文章没包弹，绰有赋名诗价。选甚嘲风咏月，擘阮分茶！
平日春闱较才艺，策名屡获科甲。家业零雕，倦客京华。收拾琴书访先觉，区区四海游学。一年多半，身在天涯。

【尾】爱寂寥，耽潇洒。身到处他便为家，似当年未遇的狂司马。

> 贞元十七年二月中旬间，生至蒲州，乃今之河中府是也。有诗为证，诗曰："涛涛金汁出天涯，滚滚银波通海洼。九曲湾环冲盂邑，三门汹涌返中华。瞿塘潋滟人虚说，夏口喧轰旅谩夸。傍有江湖竞相接，上连霄汉泛浮槎"。这八句诗，题著黄河。黄河那里最雄？无过河中府。

【仙吕调】【赏花时】芳草茸茸去路遥，八百里地秦川春色早，花木秀芳郊。蒲州近也，景物尽堪描。　西有黄河东华岳，乳口敌楼没与高，仿佛来到云霄。黄流滚滚，时复起风涛。

【尾】东风两岸绿杨摇，马头西接著长安道，正是黄河津要。用寸金竹索，缆著浮桥。

> 入得蒲州，见景物繁盛，君瑞甚喜，寻旅舍安止。

【仙吕调】【醉落魄】通衢四达，景物最堪图画。茏葱瑞云迷鸳瓦，接屋连甍，五七万人家。　六街三市通车马，风流人物类京华。张生未及游州学，策马携仆，寻得个店儿下。

> 有宋玉十分美貌，怀子建七步才能；如潘岳掷果之客，似封陟心刚独正。时间尚在白衣，目下风云未遂。张生寻得一座清幽店舍下了，住经数日，心中似有闷倦。

【黄钟调】【侍香金童】清河君瑞，邸店权时住；又没个亲知为伴侣，欲待散心没处去。正疑惑之际，二哥推户。　张生急问道："都知听说，不问贤家别事故。闻说贵州天下没，有甚希奇景物？你须知处。"

【尾】二哥不合尽说与，开口道不够十句，把张君瑞送得来腌受苦。

> 被几句杂说闲言，送一段风流烦恼。道甚的来？道甚的来？道："蒲州东十余里，有寺曰'普救'。自则天崇浮屠教，出内府财敕建，僧蓝无丽于此。请先生一观。"

【高平调】【木兰花】店都知说一和，道："国家修造了数载余过，其间盖造的非小可。想天宫上光景，赛他不过。　说谎后小人图什么，普天之下更没两座。"张生当时听说破，道："譬如闲走，与你看去则个。"

> 生出蒲州，随喜普教寺。离城十余里，须史早到。

【仙吕调】【醉落魄】绿杨影里，君瑞正行之次，仆人顺手直东指，道："兀底一座山门！"君瑞定晴视。　见琉璃碧瓦浮金紫，若非普救怎如此。张生心下犹疑贰，道："普天之下行来，不曾见这区寺。"

【尾】到根前，方知是觑牌额分明是敕赐，写著簸箕来大六个浑金字。

> 祥云笼经阁，瑞霭罩钟楼。三身殿，琉璃吻，高接青虚；舍利塔，金相轮，直侵碧汉。出墙有千竿君子竹，绕寺长百株大夫松。绿杨映一所山门，上明书金字牌额。簸箕来大，颜柳真书，写"敕赐普救之寺"。秀才看了寺外景早喜，入寺来谒。知客令一行童引随喜，陡然顿豁尘俗之性。

【商调】【玉抱肚】普天下佛寺，无过普救。有三檐经阁，七层宝塔，百尺钟楼。正堂里幡盖悬在画栋，回廊下帘幕金钩。一片地是琉璃瓦，瑞烟浮，千梁万斛。宝阶数尺是琉璃甃，重檐相对，一谜地是宝妆就。　佛前的供床金间玉，香烟袅袅喷瑞兽。中心的悬壁，周回的画像，是吴生亲手。金刚揭帝骨相雄，善神菩萨相移走。张生觑了失声的道："果然好！"频频地稽首。欲待问是何年建，见梁文上明写著"垂拱二年修"。

【尾】都知说得果无谬。若非今日随喜后，著丹青画出来，不信道有。

> 此寺盖造真是富贵，捣椒红泥壁，雕花间玉梁，沈檀金四柱，玳瑁压阶石。松桧交加，花竹间列。观此异景奢华，果为人间天上。若非国力，怎生盖得！

【双调】【文如锦】景清幽，看罢绝尽尘俗意。普救光阴，出尘离世。明晃晃，辉金碧，修完济楚。栽接奇异，有长松矮柏，名葩异卉。时潺潺流水，凑著千竿翠竹，几块湖石。瑞烟微，浮屠千丈，高接云霄。　行者道："先生本待观景致，把似这里闲行，随喜塔位。"转过回廊，见个竹帘儿挂起。到经藏北，法堂西，厨房南面，钟楼东里。向松亭那畔，花溪这壁。粉墙掩映，几间寮舍，半亚朱扉。正惊疑，张生觑了，魂不逐体。

【尾】瞥然一见如风的，有甚心情更待随喜，立挣了浑身森地。

> 当时张生却是见甚的来？见甚的来？与那五百年前疾憎的冤家，正打个照面儿。一天烦恼，当初指引为都知；满腹离愁，到此发迷因行者。一场旖旎风流事，今日相逢在此中。

【仙吕调】【点绛唇缠】楼阁参差，瑞云缥缈香风暖。法堂前殿，数处都行遍。　花木阴阴，偶过垂杨院。香风散，半开朱户，瞥见如花面。

【风吹荷叶】生得于中堪羡，露著庞儿一半，宫样眉儿山势远。十分可喜，二停似菩萨，多半是神仙。

【醉奚婆】尽人顾盼，手把花枝捻。琼酥皓腕，微露黄金钏。

【尾】这一双鹘鸰眼，须看了可憎底千万，兀底般媚脸儿不曾见。

> 手捻粉香春睡足，倚门立地怨东风。髻绾双鬟，钗簪金凤；眉弯远山不翠，眼横秋水无光。体若疑酥，腰如弱柳；指犹春笋纤长，脚似金莲稳小。正传道："张生二十三岁未尝近于女色。"其心虽正，见此女子，颇动其情。

【中吕调】【香风合缠令】转过荼蘼架，正相逢著，宿世那冤家。一时间见了他，十分地慕想他。不道措大连心，要退身，却把门儿亚。唤别人不见哆！不见哆！朱樱一点衬腮霞，斜分著个庞儿鬓似鸦。那多情媚脸儿，那鹘鸰渌老儿，难道不清雅？见人不住偷睛抹，被你风魔了人也嗦！风魔了人也嗦！

【墙头花】也没首饰铅华，自然没包弹。淡净的衣服儿扮得如法，天生更一般儿红白，便周昉的丹青怎画！　手托著腮儿，见人羞又怕。觑举止行处管未出嫁。不知他姓甚名谁，怎得个人来问咱！　不曾旧相识，不曾共说话。何须更买卜，已见十分掉不下。兀的般标格精神，管相思人去也妈妈！

【尾】你道是可憎么？被你直羞落庭前无数花。

> 门前纵有闲桃李，羞对桃源洞里人。佳人见生，羞婉而入。

【大石调】【伊州滚】张生见了，五魂俏无主，道："不曾见恁好女；普天之下，更选两个应无。"胆狂心醉，使作不得顾危亡，便胡做。一向痴迷，不道其间是谁住处。　　忒昏沈，忒粗鲁；没掂三，没思虑，可求慕古。少年做事，大抵多失心粗。手撩衣袂大踏步，走至根前欲推户。脑背后个人来，你试寻思怎照顾。

【尾】凛凛地身材七尺五，一双手把秀才**揢**住，吃搭搭地拖将柳阴里去。

> 真所谓贪趁眼前人，不防身后患。揢住张生的是谁？是谁？乃寺僧法聪也。生惊问其故，僧曰："此处公不可往，请诣他所。"生曰："本来随喜，何往不可？"僧曰："故相崔夫人宅眷，权寓于此。"

【仙吕调】【惜黄花】张生心乱，法聪频劝："这里面狼藉，又无看玩。不是厮遮拦，解元听分辩：这一位也非是佛殿。　　旧来是僧院，新来做了客馆。崔相国家属，见寄居里面。"君瑞道："莫胡来，便死也须索看，这里管塑盖得希罕。"

【尾】莫推辞，休解劝。你道是有人家宅眷，我甚恰才见水月观音现。

> 僧笑曰："子言谬矣！何观音之有？此乃崔相幼女也。"生曰："家有闺女，容艳非常，何不居驿而寄居寺中？"应曰："夫人，郑相女也。闺门有法，至于童仆侍婢，各有所役。间有呼召，得至帘下者，亦不敢侧目，家道肃然。恶传舍冗杂，故寓此寺。"生曰："几日见归？"僧曰："近日将作水陆大会，及今岁有忌而不得葬，权置相公枢于客亭。率幼女孤子，严祭祀之礼。待来岁通，方诣都茔葬。今于此守服看灵而已。"怎见得当时有如此事来？有唐李绅公垂作《莺莺本传歌》为证。歌曰："伯劳飞迟燕飞疾，重杨绽金花笑日。绿窗娇女字莺莺，金雀鬌鬟年十七。黄姑上天阿母在，寂寞霜姿素莲质。门掩重关萧寺中，芳草花时不曾出。"

【大石调】【蓦山溪】法聪频劝，道"先辈休胡想，一一话行藏，不是贫僧说谎。适来佳丽是崔相国女孩儿，十六七，小字唤莺莺，白甚观音像！"　　张生闻语，转转心劳攘。使作得似风魔，说了依前又问当。颠来倒去，全不害心烦。贪说话，到日斋时，听珰珰钟响。

> 语话之间，行者至，请生会饭。生不免从行者参堂头和尚至德大师法本。法本见生服儒服，骨秀迥群，离禅榻以释礼敬待。

【仙吕调】【恋香衾】法本慌忙离禅榻，连披法锦袈裟。君瑞敬身，大师忙答。各序尊卑对榻坐，须臾饮食如法。一般般滋味，肉食难压。　　君瑞虽然腹中馁，奈胸中郁闷如麻。待强吃些儿，咽他不下。饭罢须臾却卓儿，急令行者添茶。银瓶汤注，雪浪浮花。

【尾】纸窗儿明，僧房儿雅，一碗松风啜罢，两个倾心地便说知心话。

气合道和，如宿昔交。法本请其从来，生对以"儒学进身，将赴诏选，游学连郡，访诸先觉。偶至贵寺，喜贵寺清净，愿假一室，温阅旧书。"

【般涉调】【夜游宫】君瑞从头尽诉，小生是西洛贫儒，四海游学历州府。至蒲州，因而到梵宇。　一到绝了尘虑，欲假一室看书，每月房钱并纳与。问吾师，心下许不许？

生曰："月终聊备钱二千，充房宿之资，未知吾师允否？"

【大石调】【吴音子】张生因僧好见许，以他辞说道："比及归去，暂时权住两三月，欲把从前诗书温阅。"若不与后，而今没这本"话说"。

法本曰："空门何计此利，寮室稍多，但随堂一斋一粥，欲得三个月道话。何必留房缗，俗之甚也。"

【吴音子】大师曰："先生错，咱儒释何分别？若言著钱物，自家斋舍却难借。况敝寺其间多有寮舍，容一儒生又何碍也。"

生曰："和尚虽然有此心，奈容朝夕则可矣。岁寒过有搔扰，愚意不留房缗更不敢议。有白金五十星，聊充讲下一茶之费。"本不受，生坚纳而起。本邀之，竟去。由是僧徒知生疏于财而重于义，过善之。乃呼知事僧引于塔位一舍后，有一轩清肃可爱，生令仆取行装而至。

【中吕调】【碧牡丹】小斋闲闭户，没一个外人知处。一间儿半，摒掠得几般来清楚。一到其间，绝去尘俗虑。纸窗儿明，湘簟儿细，竹帘儿疏。　晚来初过雨，有多少燕喧莺语。太湖石畔，有两三竿儿修竹，好奇闲身，眼底无俗物：有几扇儿纸屏风，有几轴儿水墨画，有一枚儿瓦香炉。

【尾】其余有与谁为伴侣？有吟砚、紫毫、笺数幅，壁上瑶琴几上书。

闲寻丈室高僧语，闷对西厢皓月吟。是夜月色如昼，生至莺庭侧近，口占二十字小诗一绝。其诗曰："月色溶溶夜，花阴寂寂春。如何临皓魄，不见月中人？"诗罢，绕庭徐步。

【中吕调】【鹊打兔】对碧天晴，清夜月，如悬镜。张生徐步，渐至莺庭。僧院悄，回廊静；花阴乱，东风冷。对景伤怀，微吟步月，陶写深情。　诗罢踌躇，不胜情，添悲哽！一天月色满身花影。心绪恶，说不尽，疑惑际，俄然听；听得哑地门开，袭袭香至，瞥见莺莺。

【尾】脸儿稔色百媚生，出得门儿来慢慢地行。便是月殿里嫦娥，也没恁地撑！

青天莹洁，瑞云都向鬓边来；碧落澄晖，秀色并颦眉上长。料想春娇厌拘束，等闲飞出广寒宫。容分一捻，体露半襟。靪罗袖以无言，垂湘裙而不语。似湘陵妃子，斜偎舜殿朱扉；如月殿嫦娥，微现蟾宫玉户。

【仙吕调】【整花冠】整整齐齐忒稳色，姿姿媚媚红白；小颗颗的朱唇，翠弯弯的眉黛。滴滴春娇可人意，慢腾腾地行出门来。舒玉纤纤的春笋，把颤巍巍的花摘。　低矮矮的冠儿偏宜戴，笑吟吟地喜满香腮。解舞的腰肢，瘦岩岩的一搦。簌簌的裙儿前刀儿短，被你风韵韵煞人也猜，穿对儿曲弯弯的。半折来大弓鞋。

【尾】遮遮掩掩衫儿窄，那些袅袅婷婷体态；觑著剔团圆的明月，伽伽地拜。

不知心事在谁边，整顿衣裳拜明月。佳人对月，依君瑞韵，亦口占一绝。其诗曰："兰闺久寂寞，无事度芳春。料得行吟者，应怜长叹人。"生闻之惊喜。

【仙吕调】【绣带儿】映花阴，靠小栏，照人无奈，月色十分满。眼睛儿不转，仔细把莺莺偷看，早教措大心撩乱。怎禁得百媚的冤家，多时也长叹。把张生新诗答和，语若流莺哢。樱桃小口娇声颤，不防花下有人肠断。　张生闻语意如狂，相抛著大地苦不远，没些儿惧惮，便发狂言。手撩著衣袂，大踏步走至根前。早见女孩儿家心肠软，唬得颤著一团，几般来害羞赧。思量那清河君瑞，也是个风魔汉。不防更被别人见，高声喝道："怎敢戏弄人家宅眷！"

【尾】气扑扑走得掇肩的喘，腾到莺莺前面，把一天来好事都惊散。

真所谓"佳期难得，好事多磨。"来的是谁？来的是谁？张生觑乃莺之婢红娘也。莺莺问所以。

【仙吕调】【赏花时】百媚莺莺正惊讶，道："这妮子慌忙则甚那？管是妈妈使来吵？"红娘低报："教姐姐睡来呵！"促莺同归。引调得张生没乱煞："把似当初休见他，越添我闷愁加。非关今世，管宿世冤家。"

【尾】东风惊落满庭花，玉人不见朱扉亚，"孩儿！莫不是俺无分共伊嘛？"

生快快归于寝舍，通宵无寐。

【大石调】【梅梢月】划地相逢，引调得人来，眼狂心热。见了又休，把似当初，不见是他时节。恼人的一对多情眼，强睡些何曾交睫！更堪听窗儿外面，子规啼月。　此恨教人怎说？待拚了依前又难割舍。一片狂心，九曲柔肠，划地闷如昨夜，此愁今后知滋味，是一段风流冤业，下梢管折倒了性命去也！

　　自兹厥后，不以进取为荣，不以干禄为用，不以廉耻为心，不以是非为戒。夜则废寝，昼则忘餐。颠倒衣裳，不知所措。盖慕莺莺如此。

【大石调】【玉翼蝉】前时听和尚说，空把愁眉敛。道："相国夫人，从来性气刚，深有治家风范。"怎敢犯？寻思了空闷乱。难睹莺莺面，更有甚身心，书帏里做功课？百般悄如风汉。　水干了吟砚，积渐里尘蒙了书卷。千方百计无由得见。小庭那畔，不见佳人门昼掩。列翅著脚儿，走到千遍。数幅花笺，相思字写满，无人敢暂传。正是：咫尺是冤家，浑如天样远。

　　客窗错种疏疏竹，细雨斜风故恼人。

【双调】【豆叶黄】薄薄春阴，酿花天气；雨儿廉纤，风儿渐沥。药栏儿边，钓窗儿外，妆点新晴：花染深红，柳拖轻翠。　采蕊的游蜂，两两相携；弄巧的黄鹂，双双作对。对景伤怀，恨自己病里逢春。四海无家，一身客寄。

【揽筝琶】穷愁泪，穷愁泪，掩了又还滴。多病的情怀，孤眠况味，说不得苦恹恹。一个少年身已，多因为那薄幸种，折倒得不戏。　千般风韵，一稔儿年纪，多宜！多宜！不惟道生得个庞儿美，那堪更小字儿得惬人意。虫蚁儿里多情的莺儿第一，偏称缕金衣！你试寻思，自家又没天来大福，如何消得！

【庆宜和】有甚心情取富贵？一日瘦如一日。闷答答孩地倚著个枕头儿，俏一似害的。　写个帖儿倩人寄，写得不成个伦理。欲待飞去欠双翼，甚时见你？

【尾】心头怀著待不思忆，口中强道不憔悴，怎瞒得青铜镜儿里！

　　千方百计，无由得见意中人；使尽身心，终是难逢忔戏种。

【正宫】【虞美人缠】霎时雨过琴丝润，银叶笼香烬。此时风物正愁人，怕到黄昏，忽地又黄昏！　花憔月悴罗衣褪，生怕旁人问。寂寥书舍掩重门，手卷珠帘，双目送行云。

【应天长】【又一体】两眉无计解愁颦，旧愁新恨，这一番愁又新。淹不断眼中泪，搵不退脸上啼痕。处置不下闲烦恼，磨灭了旧精神。　几番修简问寒温，又无人传信，想著后先断魂。书写了数幅纸，更不算织锦回文。我几曾梦见人传示，我亏你，你亏人。

【万金台】比及相逢奈何时下窨，你寻思闷那不闷！这些病何时可？待医来却又无个方本。饮食每日餐三顿，不曾饱吃了一顿。一日十二个时辰，没一刻暂离方寸。

【尾】待登临又不快，闲行又闷，坐地又昏沉。睡不稳，只倚著个鲛鮹枕头儿盹。

　　生从见了如花，烦恼处治不下。本待欲睡，忽听得椓门儿低哑，见个行者道："俺师父请吃碗淡茶。"生摄衣而起，勉就方丈，与法本闲话。

【正宫调】【应天长】【又一体】僧斋摒掠得好清虚，有蒲团、禅几、经案、瓦香炉。窗间修竹影扶疏，围屏低矮，都画山水图。银瓶点嫩茶，啜罢烦渴涤除。有行者、法师、张君瑞，一个外人也无。　许了林下做为侣，说得言语真个不入俗，高谈阔论晓今古。一个是一方长老，一个是一代名儒。俗谈没半句，那一和者也之乎。信道："若说一夕话，胜读十年书。"

【尾】倾心地正说到投机处，听哑得门开，瞬目觑，见个女孩儿深深地道万福。

　　桃源咫尺无缘到，不意仙姬出洞来。生再觑久之，乃向者促莺之人也。

【般涉调】【墙头花】虽为个侍婢，举止皆奇妙。那些儿鹘鸰那些儿掉，曲弯弯的宫样眉儿，慢松松地合欢髻小。　裙儿窣地，一掬腰肢袅。百媚的庞儿，好那不好！小颗颗的一点朱唇，溜沏沏一双渌老。　不苦诈打扮，不甚艳梳掠。衣服尽素缟，稔色行为定有孝。见张生欲语低头，见和尚佯看又笑。

【尾】道了个万福传示了，姿姿媚媚地低声道："明日相国夫人待做清醮。"

　　法本令执事准备，红娘辞去，生止之曰："敢问娘子，宅中未尝见婢仆出入，何故？"红娘曰："非先生所知也。"生曰："愿闻所以。"红娘曰："夫人治家严肃，朝野知名。夫人幼女莺莺，数日前，夜乘月色潜出，夫人窃知，令妾召归。失子母之情，立莺庭下，责曰：'尔为女子，容艳不常。更夜出庭，月色如昼，使小僧游客得见其面，岂不自耻！'莺莺泣谢曰：'今当改过自新，不必娘自苦苦。'然夫人怒色，莺不敢正视，况姨奶敢乱出入耶？"言讫而去。生谓法本曰："小生备钱五千，为先父尚书作分功德。"师曰："诺。"

【中吕调】【牧羊关】适来因把红娘问，说夫人恁般情性："作事威严，治家廉谨。无处通佳耗，无计传芳信。欲要成秦晋，天天除会圣。　闷答孩地倚著窗台儿盹，你寻思大小大郁闷。处治不下，擘画不定。得后，是自家采；

不得后，是自家命。更打著黄昏也，兀的不愁杀人！

【尾】傥或明日见他时分，把可憎的媚脸儿饱看了一顿，便做受了这恓皇也正本。

　　生曰："来日向道场里须见得你。"越睡不著，只是想著莺莺。

【中吕调】【碧牡丹】小春寒尚浅，前岭早梅应绽。玉壶一夜，积渐里冰渐生满。业重身心，把往事思量遍。闷如丝，愁如织，夜如年。　自从人个别，何曾考五经三传！怎消遣？除告得纸和笔砚。待不寻思，怎奈心肠软。告天天，天不应，奈何天！

【尾】没一个日头儿心放闲，没一个时辰儿不挂念，没一个夜儿不梦见。

　　张生捱得天晓，来看做醮，已早安排了毕。

【越调】【上平西缠令】月儿沉，鸡儿叫。现东方，日光渐拥出扶桑。诸方檀越，不论城郭与村坊，一齐齐随喜道场来，罢铺收行。　登经阁，游塔位；穿佛殿，立回廊。绕著圣位，随喜十王。供坛高垒，宝花香火间金幢。救拔亡过相公灵，灭罪消殃。

【斗鹌鹑】法聪收拾，鼓鸣钟响。众僧云集。尽临坛上。有法悟、法空、慧明、慧朗；甚严洁，甚磊浪。法堂里摆列著，诸天圣像。　整整齐齐，自然成行。只少个圆光，便似圣僧模样。法本临坛，众人瞻仰。尽稽首，尽合掌，至心先把诸佛供养。

【青山口】众丫环簇捧著个老婆娘，头白浑一似霜。体穿一套孝衣裳，年纪到六旬以上。临坛揖了众僧，叩头礼下当阳。左壁头个老青衣，拖著欢郎。

　　右壁个佳人，举止轻盈，脸儿说不得的抢。把盖头儿揭起，不甚梳妆，自然异常。松松云髻偏，弯弯眉黛长；首饰又没，着一套儿白衣，直许多韵相。

【雪里梅】【又一体】诸僧与看人惊晃，瞥见一齐都望，住了念经，罢了随喜，忘了上香。　选甚士农工商，一地里闹闹攘攘。折莫老的小的，俏的村的，满坛里热荒。　老和尚也眼狂心痒，小和尚每揿头束项。立挣了法堂，九伯了法宝，软瘫了智广。

【尾】添香侍者似风狂，执磬的头陀呆了半晌，作法的阇黎，神魂荡扬。不顾那本师和尚，聒起那法堂。怎遮当？贪看莺莺，闹了道场。

　　禅僧既见，十年苦行此时休；行者先忧，二月桃花今夜破。余者尚然，张生何似？

【大石调】【吴音子】张生心迷，著色事破了八关戒。佛名也不执，旧时敦厚性都改。抖搜风狂，摆弄九伯，作怪！作怪！　骋无赖旁人劝他又谁俫保！大师遥见，坐地不定害涩奈。觑著莺莺，眼去眉来。被那女孩儿不保！不保！

【尾】短命冤家薄情煞，兀的不枉教人害，少负你前生眼儿债。

　　抵暮，暮食毕，大作佛事。

【般涉调】【哨遍缠令】是夜道场，同业大众，众僧都来到。宝兽炉中瑞烟飘，珰珰的把金磬初敲。众僧早躬身合掌，稽首皈依佛、法、僧三宝。相国夫人煞年老，虔心拜告，岂避辞劳！莺莺虽是个女孩儿，孝顺别人卒难学，礼拜无休，追荐亡灵，救拔先考。　那作怪的书生，坐间悄一似风魔颠倒。大来没寻思，所为没些儿斟酌，到来一地的乱道。几曾惧惮相国夫人？不怕旁人笑。盛说法打匹似闲唵诨，正念佛作偈，把美令儿胡嘌。秀才家那个不风魔？大抵这个酸丁忒劣角，风魔中占得个招讨。

【急曲子】比及结绝了道场，恼得诸人烦恼。智深著言苦劝，解元休心头怒恶。譬如这里闹镬铎，把似书房里睡取一觉。

【尾】道著保也不保，焦也不焦，眼朦胧地伴呆著，一夜胡芦提闹到晓。

　　日欲出，道场罢，众僧请夫人烧疏。

【商调】【定风波】烧罢功德疏，百媚地莺莺不胜悲哭，似梨花带春雨；老夫人哀声不住。那君瑞醮台儿旁立地不定，瞑子里归去。　法本众僧徒，别了莺莺夫人子母，佛堂里自监觑。觑著收拾铺陈来的什物。见个小僧入得角门来，大踏步走得来荒速。

【尾】口茄目瞠面如土，諕杀那诸僧和寺主。气喘不迭叫苦。

　　无晓众僧恰斋罢，忽走一小僧，荒急来称祸事。

【仙吕调】【剔银灯】阶下小僧，慌忙报覆："观了三魂无主。尘闭了青天，旗遮了红日，满空纷纷土雨，鸣金击鼓，摆槊抢刀，把寺围住。　为首强人英武，见了早森森地怯惧。裹一顶红巾，珍珠如糁饭；甲挂唐夷两副，靴穿抹绿；骑匹如龙，卷毛赤兔。"

【尾】"弯一枝窍镫黄华弩，担柄簸箕来大开山板斧，是把桥将士孙飞虎。"

　　唐蒲关乃屯军之处。是岁浑太师薨，被丁文雅不善御军，其将孙飞虎半万兵叛，劫掠蒲中。如何见得？《莺莺本传歌》为证。歌曰："河桥上将亡官军，虎旗长戟交垒门。凤凰诏书犹未到，满城戈甲如云屯。家家玉帛弃泥土，少女娇妻愁被掳。出门走马皆健儿，红粉潜藏欲何处？呜呜阿母啼向天，窗中抱女投金钿。铅华不顾欲藏艳，玉颜转莹如神仙。"

【正宫】【文序子缠】诸师长，权且住，略听开解：不幸死了浑瑊元帅，把河桥将文雅，荒淫素无良策。乱军失统，劫掠蒲州，把城池损坏。　劫财物，夺妻女，不能挣揣。岂辨个是和非，不分个皂和白。南邻北里成灰，劫掠了民财。蒲城里岂辨个后巷前街，变做尸山血海。

【甘草子】骋无赖，骋无赖，于中个首将，罪过迷天大。是则是英雄临阵披重铠，倚仗著他家有手策，欲反唐朝世界。不来后是咱家众僧采，来后怎当待？

【脱布衫】来后怎生当待？思量恁怪那不怪，由然甚矮也不矮，仿佛近此中境界。

【尾】那里到一个时辰外，埲埲腾腾地尘头蔽日色，半万贼兵腾到来。

> 寺僧不及措手，惟掩户以拒军。贼以剑扣门，飞镞入寺，大呼曰："我无他取，惟望一饭。"典寺者与僧众议，欲开门迎贼。"法堂廊宇，足以屯众，悉与会食，聊赠财贿，以悦众心，庶恶人不生凶意。若不然，恐斩关而入，不问老幼善恶，皆被残灭。大众可否？"执事僧智深启大师曰："开门迎贼，于我何害？今寺有崔夫人幼女莺莺，年少貌丽。乱军既入，若不准备，必被掳掠而去。崔相姻亲交朋，蒙恩被德，职司权路，不利后事。虽被贼掠，皆我开门迎贼所致。执作同情，何辞以辨？"

【大石调】【伊州滚】佛堂里，诸僧尽商议，开门欲迎贼。于中监寺道不可，对众说及仔细："乱军贼党，傥或掳了莺莺怎的备？朝野所知，满寺里僧人索归逝水。　大师言道："如何是？诸乱军屯门首，不能战敌。"众中个和尚厉声高叫如雷，道："大师休怕，众僧三百余人，只管絮聒聒地，空有身材，枉吃了馒头没见识。"

【尾】把破设设地偏衫揭将起，手提着戒刀三尺，道："我待与群贼做头抵。"

> 这和尚是谁？乃是法聪也。聪本陕右蕃部之后，少好弓剑，喜游猎，常潜入蕃国，盗掠为事。武而有勇。一旦父母沦亡，悟世路浮薄，出家于此寺。"大丈夫之志决矣，既遇今之乱，安忍坐视；非仁者之用心也。愿得寺僧有勇敢，共力破贼，易如振槁自断。众止一二作乱余必胁从，见目前之利，忘返掌之灾。我苦敷陈利害，必使逆徒不能奋武作威，自

令奔溃。

【仙吕调】【绣带儿】不会看经，不会礼忏，不清不净只有天来大胆。一双乖眼，果是杀人不斩。自受了佛家戒，手中铁棒，经年不磨被尘暗；腰间戒刀，是旧时斩虎诛龙剑，一从杀害的众生厌。挂于壁上，久不曾拈。 顽羊角靶尽尘缄，生涩了雪刃霜尖。高呼："僧行，有谁随俺？但请无虑，管不有分毫失赚。"心口自思念，戒刀举今日开斋，铁棒有打鏊。立于廊下，其时遂把诸僧点："挺搜好汉每兀谁敢？"待要斩贼降众，大喊故是不险。

【尾】"开门但助我一声喊，戒刀举把群贼来斩，送斋时做一顿馒头馅。"

> 杀人肝胆，翻为济众之心；落草英雄，反作破贼之勇。聪大呼曰："上为教门，下为僧众，当此之时，各当努力。有敢助我退贼者，出于堂右。"须史，堂下近三百人，各持铁棒戒刀相应曰："愿从和尚决死！"

【双调】【文如锦】细端详，见法聪生得的挺搜相：刁厥精神，跷蹊模样；牛膀阔，虎腰长。带三尺戒刀，提一条铁棒。一匹战马，似敲了牙的活象。偏能软缠，只不披著介胄。八尺堂堂，好雄强，似出家的子路，削了发的金刚。 从者诸人二百余，一个个器械不类寻常。生得眼脑瓯抠，人材猛浪。或拿著切菜刀，干面杖。把法鼓擂得鸣，打得斋钟响。著绫幡做甲，把钵盂做头盔戴著顶上。几个髠头的行者，著铁褐直裰，走离僧房骋无量，道："俺咱情愿苦战沙场。"

【尾】这每取经后不肯随三藏，肩担著扫帚篦杖，簇捧著个杀人和尚。

> 执事者不及嘱谕小心，聪已率众至门。见贼势大，不可立退，下马登楼，敷陈利害，以骇众心。

【般涉调】【沁园春】铁戟侵空，绣旗映日，遍满四郊。捧一员骁将，阵前立马。披乌油铠甲，红锦征袍。鼻偃唇轩，眉粗眼大。担一柄截头古定刀，如神道。更胸高膀阔，胯大臀腰。 雄豪！举止轻骁，马上斜刀把宝镫挑。觑来手下，诸多军校。英雄怎画，倜傥难描。或短或长，或肥或瘦，一个个精神没弹包。掂详了，纵六千来不到，半万来其高。

【墙头花】寺方五里，众军都围绕。整整齐齐尽摆搠，三停来系青布行缠，折半著黄绅絮袄。 冬冬的鼓响，画角声缭绕，猎猎征旗似火飘。催军的聒地轰声，纳喊的揭天唱叫。 一时间怎堵当？从来固济得牢。墙坚若石垒，铁裹山门破后砝。待蹅踏怎地蹅踏，待奔吊如何奔吊？

【柘枝令】板钢斧劈群刀砍，一地里热闹和铎。那法聪和尚，对将军下情陪告:"念本寺里别无宝贝,敝院又没粮草。将军手下有许多兵,怎地停泊?"

【长寿仙滚】"朝廷咫尺,不晓定知道。多应遣军,定把贤每征讨。不当稳便,恁时悔也应迟,贤家试自心量度。" 那贼将闻斯语,心生怒恶:"打脊的髡囚,怎敢把爷违拗?俺又本无心,把你僧家混耗,甚花唇儿故来相恼!"

【急曲子】"又不待夺贤寺宇,又不待要贤金宝。众军饥困权停待,甚坚把山门闭著?众僧其间只有你做虎豹,叨叨地把爷凌虐。"

【尾】"你要截了手打破脑,双割了耳朵牢缚了脚,倒吊著山门上曝到老。"

> 聪曰:"公等息怒,愿一一从命,且公等几千人,与将军安置饮食,敢告公等少退百步,使众徐行,不至喧争,幸甚!"将军曰:"尔既许我,若不从命,非也。"于是军退百步,聪已下楼上马。

【黄钟调】【喜迁莺缠令】贼军闻语,约退三二百步。下了长关,彻了大镲。两扇门开处,那法聪呼从者:"你但随吾!"喊得一声,扑碌碌地离了寺门,不曾见恁地蹊跷队伍。 尽是没意头扚搜男女,觑贼军约半万如无物。那法聪横着铁棒,厉声高呼:"叛国贼!请个出马决胜负,不消得埋竿竖柱。"

【四门子】"国家又不曾把贤每亏负,试自心窨腹:衣粮俸禄是吾皇物,恁咱有福。好乾好羞,方今太平,征战又无;好乾好羞,你做得无功受禄。 不幸蒲州太守浑瑊卒,你便欺民叛国,劫人财产行粗鲁,更蹂踏人寺宇。好乾好羞,馒头待要俺不与;好乾好羞,待留著喂驴。"

【柳叶儿】"譬如蹂踏俺寺家门户,不如守著你娘坟墓。俺也不是厮虎,孩儿每早早地伏输。"

【尾】"好也好教你回去,弱也弱教你回去。待不回去,只消我这六十斤铁棒苦。"

> 聪跃马大呼:"军中掌领相见!"一将出谓聪曰:"汝为佛弟子,当念经持戒,如何出粗恶!"聪曰:"公等身充卒伍,忝预军官。且国家养尔,本欲安边,是以月终给粟,岁季支衣,四时无冻馁之忧,数口享福安之庆。岂以一时失统,忘国重恩,大掠良民,敢残上郡!朝廷咫尺,旦夕必知。命将统兵,片时可至。汝等作沙场之血,汝族为叛国之囚。族灭身亡,有财何益?公等宜熟计之。"贼将突马出曰:"尔不为我备食,何说我众?"

【大石调】【玉翼蝉】贼头领闻此语,佛也应烦恼。嚼碎狼牙,睁察大小。"众孩儿曹听我教,著只助我一声喊,只一合活把髡徒捉。"众军闻言,冬冬擂战鼓，滴溜溜地杂彩旗摇。　连天地叫杀，不住齐吹画角；愁云闭日，杀气连霄。遂呼："和尚！休要狂獐等待著。紧搒著铁棒，牢坐著鞍桥。想着西方极乐，见得十分是命夭。略等我仁事，与贤家一万刀。"

【尾】掩耳不及如飞到，马蹄践碎霞一道。见和尚鼻凹上大刀落。

　　只听得咶叮地一声，和尚性命如何？

【大石调】【伊州滚缠令】阴风恶，戈甲遍荒郊，杀气黯青霄。六军发喊，旗前二马相交。法聪和尚，手中铁棒眉齐。快赌当，咶叮地一声，架过截头古定刀。　马如龙，人如虎；铁棒轮，钢刀举。各按《六韬》，这一回须定个谁强谁弱。三合以上，贼徒气力难迭。怎赌当？办得个架格遮截，欲胜那僧人砊上砊。

【红罗袄】苦苦的与他当，强强地与他煞，似狡兔逢鹰鼠见猫。待伊揣几合，赢些方便，便宜厮号。欲待望本阵里逃生，见一骑马悄如飞到。捻一柄丈二长枪，骋粗豪，妆就十分恶。　和尚果雄骁，兵法曾学。擗过钢枪，刀又早落。不紧不慌，不惊不怕，不忙不暴。不惟眼辨与身轻，那更马疾手妙。盘得两个气一似搏掾，欲遏逃，又恐怕诸军笑。

【尾】把不定心中拘拘地跳，眼睁得七角八角，两个将军近不得其脚。

　　六条臂膊，于中使铁棒的偏强；三个英雄，闹里戴头盔的先歇。使刀的
　　对垒，使枪的好斗。

【正宫】【文序子】才歇罢，重披挂，何曾打话。不问个是和非，觑僧人便扎。轻闪过，捽住狮蛮，狠心不舍。用平生勇力抱入怀来，鞍桥上一纳。听得叫一声苦，连衣甲，头搦得掉下。奈何使刀的人困马乏，欲待挣揣些，英雄不如趂撒。何曾敢与他和尚争锋，望著直南下便迈。

【甘草子】怎拿挐？怎拿挐？法聪觑了勃腾腾的无明发。仿佛赶相近，叫声如雷炸。和尚何曾动著，子喝一声，那时諕杀贼阵里儿郎㥜，眼不扎道："这秃厮，好交加。"

【尾】怎禁那和尚高声骂："打脊贼徒每怎教反国家？怕更有当风的快出马。"

　　绣旗开队，临风散几百里朝霞；战鼓相威，从地涌一千个霹雳。直恼得
　　这个将军出马。是谁？

【仙吕调】【点绛唇】这个将军，英雄名姓非仳伵。嫌小官不做，欲把山河取。　壮貌雄雄，人见森森地惧。法聪觑，恐这人脸上，常带著十分怒。

【哈哈令】生得邓房，沦敦著大肚。眼三角，鼻大唇粗。额阔颏宽眉卓竖，

一部赤髭须也么哈哈。

【风吹荷叶】云雁征袍金缕，狼皮战靴抹绿；磊落身材宜结束，红彪彪地戴一顶沙巾，密砌著珍珠。

【酸溪婆】甲挂两副，雄烈超今古。力敌万夫，绰名唤孙飞虎。

【尾】戴一枝铁胎弩，弧内插著百双钢箭，担一柄簸箕来大开山斧。

　　适来压路赢人，不意旗逢对手。

【般涉调】【麻婆子】飞虎是真英烈，法聪是大丈夫；飞虎又能征战，法聪甚是英武；飞虎专心取寺宇，法聪本意破贼徒；法聪有降贼策，飞虎有叛国图。 法聪使一条镔铁棒，飞虎使一柄开山斧。恨不得一斧砍了和尚，恨不得一棒待揦了飞虎。不道飞虎惯相持，思量法聪怎当赌？法聪寻赢便，飞虎觅走路。

【尾】法聪赢，飞虎输，法聪不合赶将去，飞虎攀番窈镫弩。

　　那法聪唤做真实取胜，怎知是飞虎佯败？

【正宫】【文序子】将军败，有机变，不合追赶。赶上落便宜，输他方便。斜挑金镫，那身十分得便。一声霹雳，弩箭离弦，浑如飞电。 法聪早当此际，遥遥地望见。果是会相持，能征惯战。不慌不紧不忙，果手疾眼辨，摔著宝勒，侧坐著鞍桥，陀地勒住战骠。

【尾】剔团圞的睁察杀人眼，嗔忿忿地斜横著打将鞭，咭叮地拈折点钢箭。

　　铁鞭举大蟒腾空，钢箭折流星落地。贼众大骇，飞虎谓众曰："僧无甲，不可以短兵接战，可以长兵敌。如僧再追，汝必齐发弓弩，僧必溃矣。"

　　聪自度贼有变，又马困不可久敌，因谓众曰："汝等退而保寺，我当冲阵而出，自有长策。"

【中吕调】【乔捉蛇】和尚定睛睃，见贼军兵众多，郊外列干戈。威风大，垓前马上一个将军坐。肩担著铁斧来也么，一个越添忿怒精神恶。 征战躭偻儢，把法聪来便砍。砍又砍不著，法聪出地过。谁人比得他骁果？禁持得飞虎心胆破，手亲眼便难擒捉。

【尾】贼军觑了频相度："打脊的髡徒怎怎么，措手不及早揸过我！

　　粗豪和尚，单身鏖战，勇如九里山混垓西楚王；独自征敌，猛似毛驴冈刺良美髯公。全然不顾残生，走在飞虎军内。

【仙吕调】【一斛叉】乱军虽然众，望见僧人忽地开。有若山中羊逢虎，却似兽逢豺。弓弩如何近傍？铁棒浑如遮箭牌。马过处连天叫苦，血污溅尘埃。

半个时辰突围透，和尚英雄果壮哉！上至顶门红彪彪。事急怎生挨？妆就个曜州和尚，撞著拧搜孟秀才，不合道，浑如那话初出产门来。

纵聪独力不加，走出阵去。贼兵把寺围了。孙飞虎隔门大叫："我第一待交兵卒吃顿饭食，第二知崔相夫人家眷在此，来取莺莺。与我，大兵便退；不与我，目下有灾。"人报与崔氏子母，唬杀莺莺。

【大石调】【玉翼蝉】冲军阵，鞭军马，一径地西南上迤。更不寻思，手下众僧行，身边又无衣甲，怎禁他诸贼党著弓箭射？争敢停时霎！众僧三百余人，比及叩寺门，十停儿死了七八。　几个参头行者，著箭后即时坐化；头陀中箭，血污了袈裟；几个诵经五戒，是佛力扶持后马践杀；一个走不迭和尚，被小校活拿，唬得脸儿来浑如蜡滓，几般来害怕。绣旗底儿飞虎道："驱来询问咱！"

【尾】欲待揪捽没头发，扯住了半扇云衲，屹搭搭地直驱来马直下。

飞虎问曰："我求一饭，汝辈拒我？"僧曰："大师欲邀将军会食，执事者论及前相国崔公灵柩在寺，公有女莺莺，艳绝一时，恐公等房去。崔公之亲旧权重朝野，致患在他时。"飞虎笑曰："适来法聪所言，真有莺莺，我想河桥将丁文雅，好色嗜酒之外，百事不能动其情。我若使莺莺靓妆艳服献之，文雅必大悦，可连师据蒲。虽朝廷兴兵，莫我御矣。"

【正宫】【甘草子缠令】【又一体】听说破，听说破，把黄髯捻定，彻放眉间锁。遂唤几个小偻儸，传令教摘掇。　隔著山门厉声叫："满寺里僧人听呵！随俺后抽兵便回去，不随后怎须识我。"

【脱布衫】"得莺莺后便退干戈，不得后目前生祸。不共你摇嘴掉舌，不共你斗争斗合。"

【尾】寺墙儿便似纯钢裹，更一个时辰打一破，屯著山门便点火。

僧众闻之大骇，法本领被伤者，来见夫人，说及贼事。夫人闻语仆地唬倒，红娘与莺莺连救，多时稍苏。莺泣曰："且以相公灵柩为念，莺莺乞从乱军。一身被辱，上救夫人残年；下解寺灾，活众僧之命。愿不以女子一身见辱而误众人。"

【道宫】【解红】"蓦闻人道，森森地唬得魂离壳。全家眷爱，多应是四分五落。先人化去，不幸斯间遭贼盗。思量了，兄弟欢郎忒年纪小。隔门又听得贼徒叫，指呼著莺莺是他待要。心中悄如千刀搅，孤孀子母，没处投告。心下徘徊自筹度，只除会圣，一命难逃。寻思到底，多应被他诛剿。我随强寇，年老婆婆有谁倚靠？添烦恼，地阔天空没处著。到此怎惜我贞共孝！多被贼人控持了。有些儿事体夫人表：若惜奴一个，有大祸三条。"

【尾】"第一我母亲难再保，第二那诸僧索命夭，第三把兜率般的伽蓝枉火内烧。"

夫人泣曰："母礼至爱，母情至亲。汝若从贼，我生何益？吾今六十，死不为夭。所痛莺莺幼年，未得从夫，孤亡萧寺。"言讫放声大恸。

【大石调】【还京乐】【又一体】是时莺莺孤孀母子，抱头哭泣号咷，放声不住，哭得他众僧心焦。思量："这回子母不能保，待觅个身亡命夭，又恐贼军不知缕细，葫芦提把寺院焚烧。我还取次随贼寇，怕后人知道，这一场污名不小。做下千年耻笑，辱累煞我相公先考。 我寻思这事体怎生是著？夫人与大师，议论评度烦恼。阶前僧行，一谜的向天哀告。擎拳合掌，要奴献与贼盗。指约不住，一地里闹炒护铎，除死后一场方足了。欲要乱军不生怒恶，您献与妾身尸壳，尽教他阵前乱刀万斫，假如死也名全贞孝。"

【尾】觑著阶址却待褰衣跳，众人都唬得呆了。见阶下一人拍手笑。

法聪施武，寺中难可退贼兵；不肖用谋，破尽许多强寇众。莺莺褰衣望阶下欲跳，欲跳，被夫人与红娘扯住。忽听阶下一人大笑。众人皆觑，笑者是谁？

【黄钟宫】【快活尔缠令】子母正是愁，大众情无那。忽闻得一人语言，称将贼盗捉。一齐观瞻，见个书生，出离人丛，生得面颜相貌有谁过！ 年纪二十余，身材五尺大；疏眉更目秀，鼻直齿能粗；唇若涂朱，脸似银盘；清秀的容仪，比得潘安宋玉丑恶。

【出队子】却认得是张生。僧人把他衣扯著，低言俏语唤哥哥："比不得书房里闲吟课，你须见贼军排列著。 贤不是九伯与风魔，出言了怎改抹？见法聪临阵恁比合，与飞虎冲军恶战讨，也独力难加也走却。"

【柳叶儿】"你肌骨似美人般软弱，与刀后怎生抢摩？气力又无些个，与匹马看怎乘坐？ 春笋般指头儿十个，与张弓怎发金凿？觑你人品儿矬矮，与副甲怎地披著？"

【尾】"你把笔尚犹力弱，伊言欲退干戈，有的计对俺光道破。"

笑者是谁？是谁？众再觑，乃张珙也。生言曰："妇人女子，别无远见，临危惟是悲泣而已。寺僧、游客，何愚之甚也！不能止此乱军，坐定灭亡。傥用吾言灭贼必矣。"法本大师仰知生间世之才，必有奇划，可遏乱众。法本就见生而嘱曰："僧众无脱祸之计，先生既有奇策，愿除众难！"生笑曰："师等佛家弟子，岂不悟此生者死之原，死者生之路，生死乃人之常理。向者佛祖亦须入灭，况佛书分明自说因果，如师等前生行恶于贼，今生固当冤报，何能苟免耶？若前生与贼无因，今世不为冤对，又何惧也？"师曰："诚如是，但可惜寺门、佛殿、廊庑、钟鼓、经阁，计其营造，不啻百万；一旦火举，便为灰烬，愿以功德为念！"生愈笑曰："师坐讲金刚经，岂不知骨肉皮毛，亦非己有？性者，我也；身者，舍也。若当来限尽之后，一性既往，四大狼藉。妻子虽亲，不能从其去；金珠虽宝，不可挈而行。是何佛殿钟鼓，欲为己有哉？"师曰："我等说道不计生死，不恤寺宇，所悲者母子生离，故来上请。"生曰："夫人与我无亲，崔相与我无旧，素不往还，救之何益？"僧曰："子不救莺，即夫人必不使莺从贼。乱军必怒，大举兵来，先生奈何？"生曰："我自有脱身计，师当自画。"师又曰："子为儒者，行仁义之教。仁者爱人，恶所以害之者，固当除害；义者循理，恶所以乱之者，固当除乱。幼闺孀母，皆欲就死，子坐而笑之，岂仁者爱人之意欤？且乱军余党，恣为暴虐，子视而弗诛，岂义者循理之意欤？古者叔段有不弟之恶，郑伯可制而不制；黎侯有狄人之患，卫伯可救而不救；《春秋》讥之。先生有安人退军之策，卷而怀之，责以《春秋》，未为得也。先生裁之。"生又笑曰："师知其一，不知其二。闻诸夫子曰：'君子有勇而无义为乱，小人有勇而无义为盗。'故君子恶其勇而无礼也。我虽负勇，他无所求，我何自举也！又曰：'礼闻来学，未闻往教。'是以君子不屑就也。"

【般涉调】【麻婆子】大师频频劝："先生好性撇，众人都烦恼，偏你怎欢悦！"君瑞闻言越越地笑："吾师情好伴呆，又不是儒书载，分明是圣教说。'有生必有死，天生亦无灭。'生死人常理，何须恁怕怯？敌军都来半万余，便做天蓬般黑煞尽刁厥。但存得自家在，怎到得被虏劫？"

【尾】不须骑战马，不须持寸铁，不须对阵争优劣。觑一觑，教半万贼兵化做脊血。"

大师以生言语及夫人，夫人曰："诚如是？"夫人以礼见生，泣而告曰：

【小石调】【花心动】"乱军门外，要幼女莺莺，怎生结果？可怜自家，母子孤孀，投托解元子个。"张生闻语先陪笑道："相国天人且坐，但放心，何须怕怯子么！ 不是咱家口大，略使权术，立退干戈。除却乱军，存得伽蓝，免却众僧灾祸。恁一行家眷须到三五十口，大小不教伤著一个。恁时节，便休却外人般待我。"

夫人曰："是何言也！不以见薄为辞，祸灭身安，继子为亲。"云云。生谓僧曰："先令人传报乱军，莺非敌他。当辞母别灵，理妆治服，少顷即至，愿不见逼。"故军稍缓。生曰："乱军不可以言说，人众不可以力争，但可威服。"师与夫人皆曰："孰为有威者？"生曰："吾一故人，以儒业进身，武勇治乱，内怀信义之心，外有威严之色。初典郡城，贼盗悉皆去境；再擢边任，塞马不敢嘶南。故知武备德修，人归军仰。临军常跨雪白马，人目之曰白马将军。姓杜，名确。今守镇蒲关，素得军心，人莫敢犯。与仆为死生之交。我有书稿上呈夫人。"其略曰："辱游张珙书上将军帅府：仓惶之下，不备文章；慷慨之前，直陈利害。不幸浑太师薨于蒲郡，丁文雅失制河桥。兵乱军叛，悉残郡邑；满川兵火，盈耳哀声。生灵有惧死之忧，黎庶有倒悬之急。伏启将军，天姿神策，人仰洪威。有爱民治乱之谋，奋斩将破敌之勇。忍居住守，安振军城？坐看乱军，肆凶暴恶？公如不起，孰拯斯危？稍缓师徒，恐成大乱。公至则斩贼降众，守郡安民，百里无虞，一方苏泰。诏书将下，必推退乱之功；旌旆不行，自受怯敌之过。今日贼兵见围普救，陋儒何计逃生？但愿上扶郡国，下救寒生。垂死之余，鹄观来耗；再生之赐，皆荷恩光。辱游张珙再拜良契将军帅府足下。"

【中吕调】【碧牡丹缠令】"是须休怕怖，请夫人放心无虑。故军虽众，张珙看来无物。俺有个亲知，只在蒲关住，与俺好相看、好相识、好相与。 祖宗非伈伈，也非是庶民白屋。不袭门荫，应中贤良科举。是杜如晦的重孙，英烈超宗祖。开六钧弓，阅八阵法，读五车书。"

【摸鱼儿】"初间典郡城，一方贼盗没。后临边地职，塞马胡儿不敢正觑。方今出镇蒲关，掌著军卒。普天下好汉果煞数著，有文有武有权术，熟娴枪槊快弓弩。遮莫贼军三万垓，便是天蓬黑煞，见他应也伏输。"

【鹊打兔】"爱骑一匹白战马，如彪虎。使一柄大刀，冠绝今古。扶社稷，清寰宇；宰天下，安邦国。为主存忠，愿削平祸乱，开疆展土。 自古有的英雄，这将军皆不许，压著一万个孟贲，五千个吕布。楚项籍、蜀关羽、秦白起、燕孙武，若比这个将军，兵书战策，索拜做师父。"

【尾】"文章贾马，岂是大儒？智略孙庞，是真下愚。英武笑韩彭不丈夫。"

　　夫人曰："杜将军诚一时名将，威令人伏。与君有旧，书至则必起雄师，立残诸恶。关城相去几数十里，若候修书，师定见迟留。"生曰："适于法聪出战之时，已持此书报杜将军矣，请夫人大师待望于钟楼之上，兵必至矣。"

【大石调】【吴音子】"相国夫人，怕伊不信自家说，请宽尊抱，是须休把两眉结。"倚著栏杆，凝望时节，寺宇周回，贼军闲列稍宁帖。　堪伤处，见杀气迷荒野。尘头起处，远观一道阵云斜。五百来儿郎，一个个刁厥，似初下云端来的驱雷使者。

【尾】甲溜晴郊似银河泻，绣旗飐似彩霞招折，管是白马将军到来也。

　　夫人陡长欢容，大众便生喜色。

【越调】【斗鹌鹑缠令】天昏昏兮，阵云四合；埽腾腾地，尘头悄如掀簸。桩桩大队精兵，转过拽脚慢坡。六百来少，半千来多，一心待把。群贼立破。
　　一字阵分开，尽都摆搧。一个个精神，俏没弹剥。三十的早年高，六尺的早最矬。把业龙擒捉，猛虎倒拖。乱军虽众，望他怕他。

【青山口】嘶风的骄马弄风珂，雄雄军势恶。步兵卒子小偻儸，擂狼皮鼓簸动金锣。森森排剑戟，密密列干戈。待破贼军解君忧，与民除祸。　簇捧著个将军，状貌雄雄，古今没两个。把金镫笑踏，宝鞍斜坐，腕下铁鞭是水磨。膀背到恁来阔，身材恁来大。挟矢负弧，甲挂熟铜，袍披茜罗。

【雪里梅】行军计若通神，挥剑血成河。莫道是乱军，便是六丁黑杀，待子什么！　马上笑呵呵，把贼众欲平蹉。乱军觑了，道："这爷爷来也，咱怎生奈何？"

【尾】马颔系朱缨，桩桩来大一团火，肩上钢刀门扇来阔。人似金刚，马似骆驼。孙飞虎唬得来肩磨，魂魄离壳。自摧挫："只管为这一顿馒头送了我！"

　　贼众没精神，飞虎挫锐气。

【般涉调】【墙头花】白马将军手下，五百来人衣铁，一布地平原尽摆列。觑一觑飞虎魂消，喝一声群贼脑裂。　贼军厮见，道："咱性命合休也！"半万余人看怎者，又不敢赌个输赢，又不敢争个优劣。　贼军悄似儿，来兵悄似爷；来兵势若龙，害怕的贼军悄似鳖；来兵似五百个僧人，贼军似六千个行者。

【尾】把那弓箭解，刀斧撇，旌旗鞍马都不藉。回头来觑著白马将军，喝一声爆雷也似嗏。

　　杜将军曰："尔等以浑太师薨后，无人统制；丁文雅恣其酒色，稍失训练，因为掠闹，想无叛心。汝等父母妻子，皆处旧营，一忘国恩，悉皆诛戮。我今拥强出兵，振英武，杀尔无主乱军，易如刈草。但恐其间有非叛者，吾实不忍。"又曰："军中不叛者，东向弃仗坐甲；叛者西向作队，以备死战。"言讫，军中皆弃仗向东坐甲。杜取孙飞虎斩之，余众悉免。张生与大师出寺邀杜，杜与生兄弟礼毕，执手入寺，置酒于廊下，以道契阔。生曰："君今有功于国，有义于兄弟，有恩于蒲民。只在朝夕，朝廷必当重有封拜，即容上贺。"

【仙吕调】【满江红】相邀入寺，满寺里僧人尽欢悦。有义于知交，有恩于寺舍，即时呈表闻帝阙。功业见得凌烟阁上写，赏廷后世，名传万劫。不是降了群贼后，蒲州百姓几时宁贴！弟兄休作外，几盏儿淡酒，聊复致谢。　白马将军饮了一杯，道："君瑞何须恁般怕撒，约退杂人，把知心话说。"三巡酒外红日斜，白马将军离坐起，道："先生勿罪，小官索去也。"相送到山门外，临歧执手，彼此难舍。更了一杯酒："比及再回，哥哥且略别。"

　　马离普救摇金勒，人望蒲关和凯歌。生次日见大师曰："昨日乱军至寺，夫人祷我退贼之策，愿我继亲。未审亲事若何？"

【高平调】【于飞乐】"念自家，虽是个浅陋书生，于夫人反有深恩。是他家先许了，先许了免难后成亲，十分里九分，多应待聘与我莺莺。　细寻思，此件事对面难陈。师兄略暂听闻，既为佛弟子，须方便为门。不合上烦，托付你作个媒人。"

　　师笑许之曰："先生少待，小僧径往。"师诣夫人院，令人报。夫人出，请师坐。师乃劳问安慰，夫人陈谢而已。师徐曰："张生，义人也。当时献退贼之策，夫人面许继亲。张生托贫僧敬问一耗，未审懿旨若何？"
　　夫人曰："张生之恩，固不可忘。方备蔬食，当与生面议。"师喜而退，以夫人语报生。

【高平调】【木兰花】那法师忙贺喜，道："那每殷勤的请你，待对面商议。"张生曰："今朝正是个成婚日，那家多应管准备那就亲筵席。"又问道："吾师，那家里做甚底？买了几十瓶法酒，做了几十分茶食？"法师笑道："休打砌，我道春了几升陈米，煮下半瓷黄齑。"

生喜不自胜，整衣而待。

【仙吕调】【恋香衾】梳裹箱儿里取明镜，把脸儿挣得光莹。拂拭了沙巾，要添风韵。窄地罗衫长打影，偏宜二色罗领。沈郎腰道，与绛绦儿厮称。　钤口鞋儿样儿整，僧鞠袜儿恬净。扮了书闱里坐地不稳，镜儿里拈相了内心骋。窗儿外弄影儿行，恨日头儿不到正南时分。

【尾】痒如如把心不定，肚皮儿里骨辘辘地雷鸣，眼悬悬地专盼著人来请。

生更衣不待饭，专待来请。自早至晚，不蒙人至。生曰："法本和尚，何相戏我至此！夫人亦待我薄矣。"

【高平调】【木兰花】"从自斋时，等到日转过，没个人偢问。酪子里忍饿，侵晨等到合昏个，不曾汤个水米，便不饿损卑末！　果是咱饥变成渴，咽喉干燥，肚儿里如火。"开门见法本来参贺："怎那门亲事议论的如何？"

生作色曰："我平日待师不薄，师何薄我如此？"师曰："不知我所以薄公者？"生曰："适来嘱师问亲，师报我以今日见请。自朝至暮，殊不蒙召，非师薄我何？"师曰："山僧过矣！夫人言明日作排，非今日矣。"生笑曰："两句传示，尚自疏脱，怎背诵华严经呵！秃屌！"师笑而去。

生通宵不寐，须臾日色清晨，果见红娘敛衽，道："夫人有请。"

【仙吕调】【赏花时】恰正张生闷转加，蓦见红娘欢喜煞，叉手奉迎他。连忙陪笑道："姐坐来么！"红娘曰："夫人使来怎敢坐！相国夫人教邀足下，是必休教推避咱。多谢解元呵！"张生道："依命！我有分见那冤家。"

【尾】"不图酒食不图茶，夫人请我别无话，孩儿，管教俺两口儿就亲吵！"

红娘笑而去。

【双调】【惜奴娇】绝早侵晨，早与他忙梳裹，不寻思虚脾真个。你试寻思，秀才家平生饿，无那！空倚著门儿咽唾。　去了红娘，会圣肯书闱里坐！坐不定一地里笃么。觑著日头儿，暂时间斋过。"杀剎！又不成红娘邓我？"

生正疑惑间，红娘再至，生与俱往见夫人。

【双调】【惜奴娇】再见红娘，五脏神儿都欢喜，请来后何曾推避！逐定红娘，见夫人忙施礼，道："前日想娘娘可来惊悸？"　相国夫人谨陪奉张君瑞，道："辄敢便屈邀先辈。子母孤孀，又无个别准备。可怜客寄，愿先生高情勿罪。"

命生坐茶讫，生起致辞曰："前者凶人掩至，惊扰尊怀。且喜雅候无恙。"夫人称谢邀生坐，命进酒来。

【仙吕调】【赏花时】体面都输富贵家，客馆先来摒掠得雅，铺设得更奢华。帘垂绣额，芸阁小窗纱。　尺半来厚花茵铺矮榻，百和奇香添宝鸭，饮膳味偏佳。一托头的侍婢，尽是十五六女孩儿家。

【尾】轻敲檀板送流霞，壁间簇吊儿是名人画，如法，胆瓶儿里惟浸几枝花。

　　生自思之。莺莺必为我有。

【黄钟宫】【侍香金童】“不须把定，不在通媒媾，百媚莺莺应入手。”郑氏起来方劝酒，张生急起，避席祗候。　一门亲事，十分指望著九。不提防夫人情性怆，拗下脸儿来不害羞，欺心丛里做得个魁首。

【尾】把山海似深恩掉在脑后，转关儿便是舌头，许了的话儿都不应口。

　　道甚的来？夫人谓生曰：“妾之孤嫠，夫亡，提携幼稚。不幸属师徒大溃，实不保其身。弱子幼女，犹君之生也。岂可忘其恩哉？”乃命弱子欢郎出拜。

【大石调】【红罗袄】酒行到数巡外，君瑞将情试想：“自家倒大采！百媚的冤家，风流的姐姐，有分同谐。”红娘满捧金卮，夫人道个：“无休外！想当日厚义深恩若山海，怎敢是常人般待！”　低语使红娘，叫取我儿来。须臾至，鬓角儿如鸦，头绪儿白；穿一领绸衫，不长不短，不宽不窄；系一条水运绦儿，穿一对浅面铃口儿僧鞋。都不到怎大小身材，畅好台孩，举止没俗态。

【尾】怎不教夫人珍珠儿般爱！居中中地行近前来，依次第觑著张生大人般拜。

　　夫人指生曰：“当以仁兄礼奉。”欢郎拜，生不受。夫人令婢邀坐受拜。生自念之：“欢郎，莺之弟也！我不与莺继亲礼，而得兄事，何济？”似有愠色。

【仙吕调】【乐神令】君瑞心里怒发，忿得来七上八下；烦恼身心怎捺纳，诵笃笃地酩子里骂。　夫人可来夹权，刚强与张生说话，道：“礼数不周休怪呵！教我女儿见哥哥咱。”

　　夫人令红娘命莺莺：“出拜尔兄。”久之，莺辞以疾。夫人怒曰：“张生保尔之命，不然，尔房矣。不能报恩以礼，能复嫌疑乎？”又久之，方至。常服悴容，不加新饰，然而颜色动人。

【黄钟宫】【出队子】滴滴风流，做为娇更柔。见人无语但回眸，料得娘行不自由，眉上新愁压旧愁。　天天闷得人来毂，把深恩都变作仇。比及相面待追依，见了依前还又休，是背面相思对面羞。

【尾】怪得新来可唧嚼，折倒得个脸儿清瘦。瘦即瘦，比旧时越模样儿好否！

当初救难报恩，望佳丽结丝萝；及至免危答贺，教玉容为姊妹。此时张生筵上无语，情怀似醉，偷目觑莺，妍态迥别。

【南吕宫】【瑶台月】冤家为何，近日精神直恁的消磨？浑如睡起，尚古子不曾梳裹。杏腮浅淡羞匀，绿鬓珑璁斜𫄸。眉儿细，凝翠娥；眼儿媚，剪秋波。娇多！想天真不许胭脂点污。　谩言天上有姮娥，算人间应没两个。朱唇一点，小颗颗似樱桃初破。庞儿宜笑宜嗔，身分儿宜行宜坐。腰儿细，偏袅娜；弓脚小，绣鞋儿是红罗。轻挪！伽伽地拜，百般的软和。

【三煞】等得夫人眼儿落，斜著渌老儿不住睃，是他家俫不俫人。都只被你个可憎姐姐，引得眼花心乱，悄似风魔。　酒入愁肠醉颜酡，料自家没分消他。想昨来枉了身心，初间唤做得为夫妇，谁知今日，却唤俺做哥哥。　是俺失所算，谩摧挫，被这个积世的老虔婆瞒过我。

如何见得？有《莺莺本传歌》为证。歌曰："此时潘郎未相识，偶住莲馆对南北。潜叹恓惶阿母心，为求白马将军力。明明飞诏五云下，将选金门兵悉罢。阿母深居鸡犬安，八珍玉食邀郎餐。千言万语对生意，小女初笄为姊妹。"莺拜毕，因坐于郑旁，凝睇怨绝，若不胜情。生目之，不知所措。

【商调】【玉抱肚】没留没乱，不言不语，尽夫人问当。夫人说话，不应一句。酒来后满盏家没命饮，面磨罗地甚情绪！吃著下酒，没滋味，似泥土。自心窨腹：莺莺指望同鸳侣，谁知道打脊老妪许不与。　可憎的脸儿堪捻塑，梅妆浅浅宜淡注。唱呵好！风风韵韵，捻捻腻腻，济济楚楚。鹘鸰的渌老儿，说不尽的抢；尽人劳扰，把我不觑。咫尺半，如天边，谩长吁，奈何夫人间阻！苦煞人也天不管，刚待弃了，争奈煞肠肚。

【尾】婆婆娘儿好心毒，把如休教请俺去。及至请得我这里来，却教我眼受苦。

生因问莺齿，夫人曰："十七岁矣。"生徐以辞道莺，宛不蒙对，生彷徨爱慕而已。欲结良姻，未获其便，因乘酒自媒云："小生虽处穷途，祖父皆登仕版，两典大郡，再掌丝纶。某弟某兄，各司要职。惟琪未伸表荐，流落四方。自七岁从学，于今十七年矣。十三学《礼》，十五学《春秋》，十六学《诗》、《书》，前后五十余万言，置于胸中。二九涉猎诸子，至于禅律之说，无不著于心矣。后拟古而作相材时务内策，仗此决巍科，取青紫，亦不后于人矣。不幸尚书捐馆数年，置功名于度外，乃躬祭祀于墓侧，生事死葬之礼，于今毕矣。今日蒙圣天子下诏，乃丈夫富贵之秋，姑待来年，必期中鹄。顾不以自陈见责者，东方朔求见武帝，尚自媒书，时异事同，吾不让矣。今日旅食萧寺，邂逅相遇，特叙亲礼者，不自序行藏，夫人焉知终始？今因酒便。浪发狂词，无罪！无罪！"夫人曰："先生之言，信不诬矣。然尚困布衣，必关诸命。"生曰："若承家荫，践仕途久矣！奈非本心。丈夫隐则傲世，起则冲天，况遇明时简阅！然莺莺方年十七，未结良姻，敢问夫人，愿闻所以。"

【仙吕调】【乐神令】张生因而下泪以跪，说道："不合问个小娘子年纪。"相国夫人道："十七岁。"张生道："因甚没佳配？" 夫人可来积世，瞧破张生深意，使些儿譬似闲腌见识，著衫子袖儿淹泪。

夫人泣下，徐而言曰："先生之言，深会雅意。莺莺女子，容质粗陋，如若委身足下，其幸有三：一则谩塞重恩，二则身有所托，三则佳人得配才子，妾甚愿也。"言未已，生起谢曰："无状竖子，敢继良姻！"夫人急起谓生："先相公秉政朝省，妾兄郑相幼子恒，年今二十，郑相以亲见属，故相不获已，以莺许之恒。莺方及嫁，相公逝去，故未得成亲。若非故相公许郑相，必以莺妻君，以应平生之举。"

【仙吕调】【醒醐香山会】那张生闻说罢，喏喏地告退。夫人请是必终席，张生不免放身坐地。便是醒醐甘露酒，怎再吃？ 不语不言，闻著酒只推磕睡，枉了降贼见识。歪著头避著，通红了面皮，筵席上软摊了半壁。

莺莺见生敷扬己志，窃慕于己；心虽匪石，不无一动。

【双调】【月上海棠】张生果有孤高节，许多心事向谁说？眼底送情来，争奈母亲严切。空没乱，愁把眉锋暗结。 多情彼此难割舍，都缘只是自家孽。席上正喧哗，不觉玉人低趄。莺道："休劝酒，我张生哥哥醉也。"

莺谓夫人曰："兄似不任酒力。"生开目视莺微笑。夫人曰："本欲终席，先生似倦于酒。"令红娘扶生归馆。生亦不答而去。至舍，生取金钗一只，以馈红娘。红娘惊谓生曰："妾奉夫人懿旨，送先生归馆，是何以物见赐？窥先生有意于莺，不能通殷勤，欲因妾以叙意。不然，何赐之厚？"生曰："慧哉！红娘之问。吾实有是心。娘子侍莺左右，但欲假你一言，申余肺腹。如万一有成，不忘厚德。"红娘笑曰："莺莺幼从慈母之教，贞顺自保，虽尊亲不可以非语犯；下人之谋，固难入矣。"

【仙吕调】【赏花时】"酒入愁肠闷转多，百计千方没奈何，都为那人呵！知他，你姐姐，知我此情么？　眼底闷愁没处著，多谢红娘见察。我与你试评度，这一门亲事，全在你成合。"

【尾】"些儿礼物莫嫌薄，待成亲后再有别酬贺，奴哥托付你方便之个。"

红娘曰："先生醉矣。"竟不受金，忿然而去。生不胜怏怏。况是无聊，又闻夜雨。

【中吕调】【棹孤舟缠令】不以功名为念，五经三史何曾想？为莺娘，近来妆就个腌浮浪也啰！　老夫人做事挡搜相，做个老人家说谎。白甚铺谋退群贼，到今日方知是枉也啰！　一陌儿来，直恁的难偎傍。死冤家无分同罗幌也啰！待不思量，又早隔著窗儿望，赢得眼狂心痒痒。百千般闷和愁，尽总撮在眉尖上也啰！

【双声叠韵】烛荧煌，夜未央，转转添惆怅。枕又闲，衾又凉，睡不著如翻掌。谩叹息，谩悒怏，谩道不想怎不想？空赢得肚皮儿里劳攘。　泪汪汪，昨夜甚短，今夜甚长。挨儿时东方亮？情似痴，心似狂，这烦恼如何向？待漾下，又瞻仰，道忘了，是口强，难割舍我儿模样。

【迎仙客】宜淡玉，称梅妆，一个脸儿堪供养。做为挣，百事抢，只少天衣，便是捻塑来的观音像。　除梦里曾到他行，烧尽兽炉百合香。鼠窥灯，偎著矮床，一个摹相的蛾儿，绕定那灯儿来往。

【尾】淅零零的夜雨儿击破窗，窗儿破处风吹著忒飘飘的响，不许愁人不断肠。

早是楚魂成不得，湿云飞雨入疏棂。异日红娘复至，曰："夫人致意先生，今夜又候清胜。昨日酒不终席，先生不罪，多幸！"生谢曰："不才小子，过蒙腆饷。然昨者凶贼叩门，夫人以亲见许，以酒食馈我，令莺娘以兄礼待，薄我何多！今当西归长安，与夫人绝矣！"

【大石调】【洞仙歌】"当初遭难，与俺成亲事；及至如今放二四，把如合下，休许咱家！你恁地，我离了他家门便是。　不如归去，却往京师里。见你姐姐夫人须传示：你咱说谎，我著甚痴心？没去就，白甚只管久淹萧寺！"道得一声"好将息"，早收拾琴囊，打叠文字。

【双调】【御街行】张生欲去心将碎，却往京师里。收拾琴剑背书囊，道："保重！红娘将息！"红娘觑了高声道："君瑞先生喜！　思量此事非人力，也是关天地。这书房里往日晚瞯曾来，不曾见这般物事。只因此物不须归去，你有分学连理。”

红娘曰："妾不忍先生凄怆，谩为言之。世之好恶，乃知人之本情。顺之则合，逆之则离；将有所谋，必有所好。今有一策，可使莺启门就此，愿不以愚贱之言见弃。"生曰："我思面莺之计，智竭思穷，尚不可得。今娘子有屈莺就见之策，敢不听命！虽赴汤火，亦愿为之。乞赐一言，以慰愁苦。"红娘曰："莺莺稍习音律，酷好琴阮。今见先生橐琴一张，想留心积有日矣。如果能之，莺莺就见之策，尽在此矣。"生闻之，捧腹而笑。

【仙吕调】【恋香衾】是日张生正郁闷，闻言点头微哂，道："九百孩儿休把人厮啈，你甚胡来我怎信？"红娘道："先辈停头，只因此物，有分成亲。妇女知音的从古少，知音的止有个文君。著一万个文君，怎比莺莺？多慧多娇性灵变，平生可喜秦筝。若论谈琴擘阮，前后绝伦。"

【尾】"等闲要相见，见无门，著何意思得成秦晋？不须把定，这七弦琴便是大媒人。"

红娘曰："如先生深夜作两三弄，莺闻必至，妾当从行，如闻声欬，乃莺至矣。愿先生变雅操为和声，以辞挑之，事必谐矣。莺亦善赋者，恐因此而得成，先生裁之。但恐先生不能耳！"生曰："吾虽不才，深善于此。"

【双调】【文如锦】"说恁心聪，算来有分自家共。若论著这弹琴，不是小儿得宠，从幼小，抚丝桐。啼鸟怨鹤，离鸾别凤，使了千百贯现钱，下了五七年挣功。曾师高士，向焚香窗下，煮茗轩中，对青松，弹得高山流水，积雪堆风。　三百篇新声诗意尽通，一篇篇弹得风赋雅颂。古操新声，循环无始终。述壮节，写幽悰，闲愁万斛，离情千种。教知音的暗许，感怀者自痛。今夜里弹他几操，博个相逢。若见花容，平生学识，今夜个中用。"

【尾】"红娘，我对你不是打哄，你且试听一弄，休道你姐姐，遮莫是石头人也心动。"

红娘归。

【仙吕调】【赏花时】去了红娘闷转加，比及到黄昏没乱煞。花影透窗纱，几时是黑，得见那死冤家！　先拂拭瑶琴宝鸭，只怕我今宵磕睡呵！先点建溪茶，猛吃了几碗，惭愧哑僧院已闻鸦。

【尾】碧天涯，几缕儿残霞，渐听得珰珰地昏钟儿打。钟声才罢，又成楼寒角奏《梅花》。

是夜晴天澄沏，月色皎空，生横琴于膝。

【中吕调】【满庭霜】幽室灯清，疏帘风细，兽炉香爇龙涎。抱琴拂拭，清兴已飘然。此个阁儿虽小，其间趣不让林泉。初移轸，啼鸟怨鹤，飞上七条弦。　循环成雅弄，纯音合正，古操通玄。渐移入新声，心事都传。一鼓松风琴瑟，再弹嵩溜涓涓。空庭静，莺莺未寐寝，须到小窗前。

其琴操曰："琴！琴！轸玉，徽金。其操雅，其趣深。玄鹤集洞，啼鸟绕林。洗涤是非耳，调和道德心。漱松风于石壁，迸远水于孤岑，不是秦筝合众听，高山流水少知音。琅琅雅韵，宽游子之愁怀，落落正声，醒饮人之醉梦。"红娘报莺曰："张兄鼓琴，其韵清雅，可听否？"莺曰："夫人寝未？"红娘曰："夫人已熟寐矣。"莺潜出户，与红俱出。

【中吕调】【粉蝶儿】何处调琴，惺惺地把醉魂呼醒？正僧庭夜凉人静。羽衣轻，罗袜薄，轻寒犹嫩。夜阑时徘徊，月移花影。　寻声审听，冷然出尘幽韵，过空庭，渐穿花径。蹑金莲，即渐到中庭。待侧近，转踌躇，嚣嚣地把心不定。

【尾】牙儿抵著不敢子声，侧著耳朵儿窗外听，千古清风指下生。

红娘声欶于窗侧，生闻之，惊喜交集，曰："莺即至矣。看手段何似！"

【仙吕调】【惜黄花】清河君瑞，不胜其喜，宝兽添香，稽首顶礼：十个指头儿，自来不孤你，这一回看你把戏。　孤眠了一世，不闲了一日。今夜里弹琴，不同恁地。还弹到断肠声，得姐姐学连理。指头儿，我也有福啰，你也须得替。

【仙吕调】【赏花时】宝兽沈烟袅碧丝，半折儿梨花繁杏枝，妆一胆瓶儿。冰弦重理，声渐辨雄雌。　说尽心间无限事，声欶微闻莺已至。窗下立了多时。听沈了一饷，流泪湿却胭脂。

【尾】也不弹雅操与新声，流水高山多不是，何似一声尽说相思。

张生操琴歌曰："有美人兮，见之不忘；一日不见兮，思之如狂。凤飞翱翔兮，四海求凰；无奈佳人兮，不在东墙。张琴待语兮，聊写微茫；何时见许兮，慰我彷徨。愿言配德兮，携手相将；不得于飞兮，使我沦亡。"其辞哀，其意切，凄凄然如别鹤唳天。莺闻之，不觉泣下。但闻香随气散，情逐声来。先知琴感其心，推琴而起。

【双调】【茭荷香】夜凉天，冷冷十指，心事都传。短歌才罢，满庭春恨寥然。莺莺感此，阁不定粉泪涟涟，吞声窨气埋怨。张生听此，不托冰弦。火急开门月下觑，见莺莺独自明月窗前，走来根底，抱定款惜轻怜。"薄情业种，咱两个彼各当年。　休！休！定是前缘，今宵免得两下孤眠。"

【尾】女孩儿唬得来一团儿颤，低声道："解元听分辨，你便做搂荒，敢不开眼？"

　　抱住的是谁？是谁？张生拜觑。

【中吕调】【鹊打兔】畅忒昏沈，忒慕古，忒猖狂。不问是谁，便待窝穰，说志诚，说衷肠；骋奸俏，骋浮浪。初唤做莺莺，孜孜地觑来，却是红娘。打惨了多时，痴呆了半晌。惟闻月下，环珮玎珰。莲步小，脚儿忙；柳腰细，裙儿荡。嚣嚣地心惊，微微地气喘，方过回廊。

【尾】朱扉半开哑地响，风过处惟闻兰麝香，云雨无缘空断肠。

　　生问红娘曰："莺适有何言？"红娘曰："无他言，惟凄怨泣涕而已。妾逆度之，似有所动。今夕察之，拂旦报公。"红娘别生归寝，莺已卧矣。

　　烛光照夜，愁思搅眠。

【中吕调】【碧牡丹】夜深更漏悄，莺莺更闷愁不小。拥衾无寝，心下徘徊筹度："君瑞哥哥，为我吃担阁，你莫不枉相思，枉受苦，枉烦恼。　适来琴内排唤著，即自家大段不晓。自心思忖，怕咱做夫妻后不好。奴正青春，你又方年少。怕你不聪明？怕你不稔色？怕你没才调？"

【鹊打兔】"奈老夫人情性㤉，非草草，虽为个妇女，有丈夫节操。俺父亲居廊庙，宰天下，存忠孝。妾守闺门，些儿恁地，便不辱累先考！　所重者，奈俺哥哥由未表，适来恁地把人奚落。司马才，潘郎貌；不由我，难偕老。怎得个人来，一星星说与，教他知道。"

【双声叠韵】夜迢迢，睡不著，宝兽沈烟袅。枕又寒，衾又冷，画烛愁相照。甚日休？几时了，强合眼，睡一觉，怎禁梦魂颠倒夜难熬。　背画烛，魆魆地哭，泪滴了知多少！哭得烛又灭，香又消，转转心情恶。自埋怨，自失笑；自解叹，自敦搦，眼悬悬地盼明不到。

【尾】昏沈的行者管贪睡著，业相的明月儿不疾落，慵懒的鸡儿甚不唱叫？

　　莺通宵无寐，抵晓方眠。红娘目之，不胜悲感；侵晓而起，以情告生。

【黄钟宫】【侍香金童缠令】红娘急起，心绪愁无那，忙穿了衣裳离绣阁。"如与解元相见呵，一星星都待说与子个。"　急离门首，连忙开放锁，直奔书帏里来见他。天色儿又待明也。不知做什么，书帏里兀自点著灯火。

【双重叠韵】把窗儿纸微润破，见君瑞披衣坐。管是文字忙，诗赋多，做甚闲功课？见气出不迭，口不暂合。自埋怨，自摧挫，一会家自哭自歌。

【出队子】怕一似风魔，眉头儿厮系著。红娘不觉泪偷落："相国夫人端的左，酷毒害的心肠忒瀽过。"

【尾】"做个夫人做不过，做得个积世虔婆，教两下里受这般不快活。"

红娘推开书斋，张生见了，且喜且惊。

【仙吕调】【胜葫芦】手取金钗把门打，君瑞问："是谁家？""是红娘啰，待与先生相见咱。"张生闻语速开门，连问："管是恁姐姐使来吵？昨日因循误见他，咫尺抵天涯。一夜教人没乱煞！"红娘道："且住，把莺莺心事说与解元喂！"

红谓生曰："公勿忧，观姐姐之情，于公深矣！听妾诉衷肠。"

【中吕调】【古轮台】"莫心忧，解元听妾话踪由。由俺姐姐夜来个闻得琴中挑斗，审听了多时，独语独言搔首。手抵牙儿，喟然长叹：'奈何慈母性拗搜，应难欢偶！'料来他一种芳心，尽知琴意。非不多情，自儹自儊。争奈他家不自由！我团著情，取个从今后为伊瘦。"　张生闻语，扑撒了满怀里愁。想："料死冤家心中先有，琴感其心，见得十分能勾。教俺得来，痛惜轻怜，绣帏深处效绸缪，尽百年相守。据自家冠世文章，谪仙才调，胸卷江淮，肠撑星斗。脸儿又清秀，怎不教那稔色的人人挂心头！"

【尾】他家肯方便觑个缘由，知自家果有相如才调，肯学文君随我走。

生曰："情已动矣，易为政耳。"因笔砚作诗一章。

【双调】【御街行】文房四宝都拄至，先把松烟拭。墨池点得兔毫浓，拂拭锦笺一纸。笔头洒落相思泪，尽写心闻事。　也不打草不勾思，先序几句俺传思。一挥挥就一篇诗，笔翰与羲之无二。须臾和泪一齐封了。上面颠倒写一对鸳鸯字。

张生谓红娘曰："敢烦持此，达莺左右。"红娘曰："莺素端雅，焉敢以淫词致于前？然恃先生脱祸之恩，因莺莺慕郎之意，试为呈之。"持笺归，置于妆台一边。莺起理妆，见其简而视之。

【仙吕调】【赏花时】过雨樱桃血满枝，弄色奇花红间紫。清晓雨晴时，起来梳裹，脂粉未曾施。　把简儿拄来抬目视，是一副花笺，写著三五行儿字，是一首断肠诗。低头了一晌，读了又寻思。

【尾】觑著红娘道:"怎敢如此! 打脊风魔虔妮子。"这妮子合死,脸儿上与一照台儿。

　　照台举,绶带飞空;宝鉴响,花砖粉碎。红娘急躲过曰:"死罪! 死罪!"诗云:"相思恨转深,谩托鸣琴弄。乐事又逢春,花心应已动,幽情不可违,虚誉何须奉! 莫恶月华明,且怜花影重。"

【仙吕调】【绣带儿】纸窗儿前,照台儿后,一封儿小简,掉在纤纤手。拆开读罢,写著淫诗一首。自来心肠怯,更读著恁般言语,你寻思怎禁受? 低头了一晌,把庞儿变了眉儿皱,道:"张兄淫滥如猪狗,若夫人知道,多大小出丑。　不良的贱婢好难容,要砍了项上颅头。多应是你厮迤厮逗。兀的般言语,怎敢著我咱左右! 这回且担免,若还再犯后,孩儿多应没诉休。如今俺肯推穷到底胡追究? 思量定不必闲合口,且看当日把子母每曾救。"

【尾】　"如还没事书房里走,更著闲言把我挑斗,我打折你大腿,缝合你口。"

　　莺曰:"非汝孰能持诗至此? 我以兄有活命之恩,不欲明言。今后勿得。"红娘谢罪。莺曰:"我不欲面折。"因笔左侧,书于笺尾。令:"红娘,持此报兄,庶知我意。"红娘精神失措,手足战栗,趋至生前,生惊问之。

【仙吕调】【点绛唇】惊见红娘,泪汪汪地眉儿皱。生曰:"可憎姐姐,休把人僝僽。　百媚莺莺管许我同欢偶? 更深后,与俺相约,欲学文君走。"

【尾】红娘闻语道:"休针喇,放二四,不识娘羞,待要打折我大腿,缝合我口。"

　　红娘曰:"几乎累我。"生曰:"何故?"红娘尽诉莺莺意。生惊曰:"奈何?"红娘示笺,生视之微笑曰:"好事成矣!"红娘曰:"莺适甚怒,却有何言?"生指诗悉解其意。题其篇曰:《明月三五夜》。其诗曰:"待月西厢下,迎风户半开。拂墙花影动,疑是玉人来。""今十五日,莺诗篇曰:《明月三五夜》。则十五夜也,故有'待月西厢之句'。'迎风户半开',私启而候我也。'拂墙花影动'者,令我因花而踰垣也。'疑是玉人来'者,谓我至矣。"红娘笑曰:"此先生思慕之深,妄生穿凿,实无是也。"言讫而去。生专俟天晚。

【黄钟宫】【出队子】咫尺抵天涯,病成也都为他,几时到今晚见伊呵? 业相的日头儿不转角,敢把愁人刁虐杀。　假热脸儿常钦定,把人心不鉴察。邓将军，你敢早行么？咱供养不曾亏了半恰，枉可惜了俺从前香共花。

【尾】一刻儿没巴避抵一夏，不当道你个日光菩萨，没转移好教贤圣打。

是夕一鼓才过，月华初上，生潜至东垣，悄无人迹。

【中吕调】【碧牡丹】夜深更漏悄，张生赴莺期约。落花薰砌，香满东风帘幕。手约青衫，转过栏杆角。见粉墙高，怎过去，自量度。又愁人撞著，又愁怕有人知道。见杏梢斜堕褭，手触香残红惊落。欲待踰墙，把不定心儿跳。怕的是，月儿明，夫人劣，狗儿恶。

【尾】照人的月儿怎的云蔽却，看院的狗儿休唱叫，愿劣相夫人先睡著。

【黄钟宫】【黄莺儿】君瑞，君瑞，墙东里一跳，在墙西里扑地，听一人高叫道："兀谁！"生曰："天生会在这里。"闻语红娘道："踏实了地，兼能把戏。你还待教跳龙门，不到得恁的！"

见其人乃红娘也。红娘曰："更夜至此，得无嫌疑乎？"

【双调】【搅筝琶】红娘曰："君瑞好乖劣，半夜三更来人家院舍。明日告州衙，教贤分别。官人每更做担饶你，须监收得你几夜。"张生闻语，急忙应喏："听说！听说！不须姐姐高声叫，怀儿里兀自有简帖。写著启户迎风，西厢待月。明道暗包笼，是恁姐姐。红娘你好不分晓，甚把我拦截？"

【尾】"今宵待许我同欢悦，快疾忙报与恁姐姐，道门外玉人来也。"

怎见得有简帖期生来？有《本传歌》为证。歌曰："丹诚寸心难自比，写在红笺方寸纸。寄与春风伴落花，彷佛随风绿杨里。窗中暗读人不知，剪破红绡裁作诗。还怕香风畏飘荡。自令青鸟口衔之。诗中报郎含隐语，郎知暗到花深处。三五月明当户时，与郎相见花间语。"生返，复解诗中之意。红娘曰："先生少待，容妾报之。"云云。倏忽红娘奔至，连曰："至矣！至矣！"张生但欢心谓得矣，及乎至，则端服严容，大怒生曰："兄之恩，活我之家厚矣！是以慈母以弱子幼女见托。奈何因不令之婢，致淫佚之词？始以护人之乱为义，而终以诲淫之语为谋。以谋易乱，夺彼取此，又何异矣！试欲寝其词，则保人之奸不贞；明之于母，则背人之惠不祥。将寄词婢仆，又惧不得发其真诚，是用托谕短章，愿自陈启。犹惧兄之见难，因鄙靡之词以求必至。非礼之动，能不愧心？愿兄怀廉耻之心，无及于乱；使妾保谨廉之节，不失于贞。"

【般涉调】【哨遍缠令】是夜莺莺从头对著张生，一一都开解："当日全家遇非灾，夫人心下惊骇，与眷爱家属，尽没逃生之计，彷佛遭残害。谢当日先生奇谋远见，坐施了决胜良策。极深恩重若山海，不似寻常庶人般待。认义做哥哥，厚礼相钦，未尝懈怠。念兄以淫词，适来侍婢遗奴侧。解开遂披读。兀然心下疑猜。故恰才，令人许以亲词相约，果是先生届。料当日须曾读先圣典教，五常中礼义偏大。弟兄七岁不同席，今日特然对兄白，岂不以是非为戒！"

【急曲子】"思量可煞作怪，夜静也私离了书斋。走到寡妇人家里，是别人早做贼捉败。此言当记在心怀，知过后自今须改。"

【尾】"莫怪我抢，休怪我责；我为个妹妹，你作此态，便不枉了教人唤做秀才！"

张生去住无门，红娘精神失色。云云。

【般涉调】【夜游宫】言罢莺莺便退，兀的不羞杀人也天地！怎禁受红娘厮调戏，道："成亲也，先生喜！喜！ 贱妾是凡庸辈，诗四句不知深意。只唤做先生解经理，解的文义差，争知快打诗谜。"

红娘曰："羞煞我也！羞煞我也！"张生自笑，徐谓红娘曰：

【仙吕调】【绣带儿】"你寻思，甚做处，不知就里，直恁冲冲怒！把人请到，是他做死地相抢，大小没礼度。俺也须是你个哥哥，看人似无物。据恰才的做作，心肠料必如土木。刚夸贞烈，把人耻辱。这一场出丑，向谁伸诉！红娘姐姐，你便聪明。当初曾救他子母，谁知到今把恩不顾。恰才据俺对面不敢支吾，白受恁闲惊怖，细寻思吾也乾白。俺捺拨那孟姜女之乎者也，人前卖弄能言语。俺措口儿又不曾还一句，这些儿羞懒，怎能担负？"

【尾】"如今待欲去，又关了门户；不如咱两个权做妻夫。"红娘道："你莽时书房里去！"

生带惭色，久之方出。

【般涉调】【苏幕遮】那张生，心不悦，过得墙来，闷闷归书舍。壁上银缸半明天，床上无眠，愁对如年夜。寸心间，愁万叠，非是今生，尽是前生业。有眼何曾暂交睫，泪点儿不干，哭向西窗月。

【柘枝令】"花唇儿恁地把人调揭，怎对外人分说？当初指望做夫妻，谁知变成吴越！ 顿不开眉尖上的闷锁，解不开心头愁结。是前生宿世负偿伊，也须有还彻！"

【墙头花】"当初指望，风也不教泄，事到而今已不藉。莫不是张珙曾声扬，莫不是别人曾间谍？ 群贼作警，早忘了当时节，及至如今卖弄贞烈。孤恩的毒害婆婆，负心的薄情姐姐。　亲曾和俺诗韵，分明寄著简帖，谁知是咭噆，此恨教人怎割舍？情诗儿自今休吟，简帖儿从今莫写！"

【尾】"不走了，厮觑著神天报应无虚设。休！休！休！负德孤恩的见去也。"

张生勉强弃衣而卧。

【黄钟宫】【出队子】"他每孤恩，适来到埋怨人。见人扶弱骋精神，幸自没嗔刚做嗔，浑不似那临危忙许亲。　花言巧语抢了俺一顿，俺耳边伴不闻。归来对这一盏恼人灯，明又不明，昏又不昏，你道教人怎不断魂！"

【尾】早是愁人睡不稳，约来到二更将尽，隔窗儿蓦听得人唤门。

生启门观，喜不自胜。是谁？是谁？伴愁单枕，翻成并枕之欢；淹泪孤衾，变作同衾之乐。是谁？是谁？乃莺莺也。生惊问："适何遽拒我？"

莺莺答曰："以杜谢侍婢之疑。"生拥莺至寝。

【仙吕调】【绣带儿】喜相逢，笑相拥，抱来怀里，埋怨薄情种："适来相见，不得著言相讽，今夜劳合重。你也有投奔人时，姐姐瞥起动。传言送简，分明许我效鸾凤，谁知一句儿不中用。甚厮迤厮逗，把人调弄？"　莺莺闻此，道谢相从，著笑把郎供奉。耳朵儿畔，尽诉苦愫，脸儿粉腻，脸边朱麝香浓。锦被翻红浪，最美是玉臂相交，偎香恣怜宠。莺莺何曾改，怪娇痴似要人润纵，丁香笑吐舌尖儿送。撒然惊觉，衾枕俱空。

【尾】珰珰的听一声萧寺击疏钟，玉人又不见，方知是梦。愁浓！楚台云雨去无踪。

疏钟敲破合欢梦，晓角吹成无尽愁。

【中吕调】【踏莎行】辣浪相如，薄情卓氏，因循堕了题桥志。锦笺木传自吟诗，张张写遍莺莺字。　沈约一般，潘郎无二，算来都为相思事。"莺莺，你还知道我相思，甘心为你相思死。"

生自此行忘止，食忘饱，举措颠倒，不知所以。久之成疾。大师窃知，径来问病，曰："佳时难得，春物正妍，何事萦心，致损失天和如此？"

生曰："非师当问。"

【仙吕调】【赏花时】过雨樱桃血满枝，弄色的奇花红间紫，垂柳已成丝。对许多好景，触目是断肠诗。　稔色的庞儿憔悴死，欲写相思除非天样纸，写不尽这相思。怕愁担恨，孤负了赏花时。

【尾】"不明白担阁的如此。欲问自家心头事，愿听我说，似这心头横觉个海猴儿!"

大师笑曰:"以一女子,弃其功名远业乎?"生曰:"仆非不达,潘郎多病,宋玉多愁,触物感情,所不免矣。"师知其不可勉,但曰"子慎汤药"而去。自是废寝忘餐,气微嗜卧。夫人想生病,令红娘问候。张生声丝气噎,问红娘曰:"莺莺知我病否?你来后,又有甚诗词简帖?"红娘道:"又来也那,你又来也!"

【高平调】【糖多令】光景迅如梭,恹恹愁闷多,思量都为奴哥。不愿深恩成间阔,大抵是那少年女奴也啰! 旧恨怎消磨,新愁没奈何,不防忧损天和。怎吃受夫人看冷破,云和雨怎成合也啰!

【牧羊关】白日且犹自可,黄昏后是甚活!对冷落书斋,青荧灯火。一回家和衣睡,一回家披衣坐。共谁闲相守?与影儿厮伴著。心头病怎成恁么?几日来气微嗜卧。舌缩唇干,全无涕唾。针灸没灵验,医疗难痊可。"见恁姐姐与夫人后,一星星说与呵!"

【尾】"没亲熟病染沈疴。可怜我四海无家独自个,怕得功夫肯略来看觑我么?"

红娘亦为之沾洒曰:"妾必为郎伸意,但恐莺莺情分薄耳。"欲去,生止曰:

【南吕调】【一枝花】红娘将出门,唤住低声问:"孩儿!你到家道与莺莺,都为他家害得人来病。咱家乾自诚,不望他家恁地孤恩短命! 我见得十分难做人,待死后通些灵圣。阎王问:'你甚死?'与说实情,从始末根由说得须教信。少后三二日,多不过十朝,须要您莺莺偿命!"

【尾】"待阎王道俺无凭准,抵死谩生断不定,也不共他争,我专指著伊家做照证。"

红娘曰:"休攀绊。"去无多时,红娘曰:"夫人姐姐至矣!"生亦不顾,但张目而已矣。

【大石调】【感皇恩】张君瑞病恹恹担带不去,说不得凄凉,觑不得凄楚。骨消肉尽,只有那筋脉皮肤,又没个亲熟的人抬举。有些儿闲气,都做了短叹长嘘,便吃了灵丹怎痊愈?尽夫人存问,半晌不能言语。目间泪汪汪,多情眼,把莺莺觑。

莺抚榻谓生曰:"兄之病危矣,不识病甚?愿速言之。"

【黄钟宫】【降黄龙衮缠令】"自与兄别来,仿佛十余日,甚陡顿肌肤消瘦添憔悴？尽教人问当，不能应对，眼儿里空恁泪汪汪地。 尚未知伤著甚物，直恁不能起？愿对著夫人，一一说仔细。料来想必定是些儿闲气，自瘦得个清秀脸儿不戏。"

【双声叠韵】"有甚愁，消沈围，潘鬓慵梳洗？眼又瞑，头又低，子管里长出气。细觑了这病体，好不忍，怎下得！多应是为我后恁地细思忆。 何处疼，那面痛？教俺没理会。管腹胀满，心闭塞，快请个人调理。便道破，莫隐讳，到这里命将逝，莺莺有个药儿善治。"

【刮地风】生曰："多谢伊来问当俺，纵来后何济！自家这一场腌臢病，病得来跷蹊。难服汤药，不停水米。不头沉，不脑热，脉儿又沉细。知他为个甚？吃药后难医。"

【尾】 "妹子、夫人记相识，多应管命归泉世。这病说不得，闷恹恹一肚皮。"

> 莺曰："妾有小药，能治兄心中郁闷。少顷令红娘专献药至。生勉劳谢。"夫人曰："先生好服汤药，我且去矣。"生见夫人与莺欲去，生勉强披衣而起。

【高平调】【木兰花】那张生闻得道，把旋阑儿披定，起来陪告。东倾西侧的做些腌躯老，闻先没死的的陪笑："相国夫人恁但去，把莺莺留下，胜如汤药。"红娘闻语把牙儿咬："怎得条白练，我敢绞煞这神脚！"

> 夫人与莺俱去，生目送之。

【黄钟宫】【降黄龙衮】那相国夫人，探看了张君瑞，便假若铁石心肠应粉碎。子母每行不到窗儿西壁，只听得书舍里一声仆地。 是时三口儿转身却往书帏内，惊见张生掉在床脚底。赤条条的不能收拾身起，口鼻内悄然没气。

【尾】相国夫人道得："可惜！早是孩儿一身离乡客寄，死作个不著坟墓鬼。"

> 令红娘救，少顷稍苏。令一仆驰骑入蒲，请医人至，令看其脉。医曰："外貌枯槁，其实无病。"

【黄钟宫】【黄莺儿】"奇妙！奇妙！"郎中诊罢，嘻嘻的冷笑，道："五脏六腑又调和，不须医疗。" 又问生曰："先生无病何瘦弱如此，为个甚肌肤浑如削？"张生低道："我心头横著这莺莺！"医人曰："我与服泻药。"

> 医留汤一帖，夫人赐钱二千，医退。夫人曰："宜以汤药治，不可自苦如此。"夫人与莺既归，无一人至。生曰："所望不成，虽生何益！"强整

衣巾，以绦悬栋。

【仙吕调】【六么实催】情怀转转难存济，劳心如醉。也不吟诗课赋，只恁昏昏睡。恰恁待才合眼，忽闻人语。哑地门开，却见薄情种与夫人来这里。"著他方言语，把人调戏。不道俺也识你恁般圈圚，慢长吁气空垂泪，念向日春宵月夜回廊下，恁时初见你。"

【六么遍】"向花阴底潜身立，渐审听多时方见伊，端的腰儿稔腻，裙衣翡翠，料来春困把湖山倚。偏疑，沈香亭北太真妃。 好多娇媚诸余美！遂对月微吟，各有相怜意。幽情未已，忽观侍婢，请伊归去朱门闭，堪悲，只怨阿母阻佳期。"

【哈哈令】"伊家只在香闺，小生独守书帏，纵写花笺无人寄。忍轻离也么哈哈！敛愁眉也么哈哈！"

【瑞莲儿】"咫尺浑如千万里，谁知后来遇群贼。子母无计皆受死，难闪避。恁时节，是俺咱可怜见你那里。"

【哈哈令】"蒲关巡检与俺相知，捉贼兵免了灾危。恁时许我为亲戚，不望把心欺也么哈哈！好昧神祇也么哈哈！"

【瑞莲儿】"刁鞚得人来成病体，争如合下休相识。三五日来不汤个水米，教俺难恋世。到此际，兀谁可怜见我这里。"

【尾】"把一条皂绦梁间系，大丈夫死又何悲，到黄泉做个风流鬼！"

【双调】【御街行】张生是日心将碎，猛把残生弃。手中把定套头儿，满满地两眼儿泪。思量人命也非小可，果关天地。 夫人去后门儿闭，又没甚东西。蓦一人走至猛推开，不觉腾来根底。舒开刺绣弹筝手，扯住张生君瑞。

　　虽云祸福无门，大抵死生由命。当日一场好事，顷刻不成；后来万里前
　　程，逡巡有失。拽住的是谁？是谁？红娘也。谓生曰："先生惑之甚矣！
　　妾若来迟，已成不救。"曰："莺自视郎疾归，泣谓妾曰：'莺之罪也！
　　因聊以诗戏兄，不意至此！如顾小行，守小节，误兄之命，未为德也。'
　　令妾持药见兄。"

【中吕调】【古轮台】那红娘，对生一一说行藏："俺姐姐探君归，愁入兰房，独语独言，眼中雨泪千行。良久多时，喟然长叹，低声切切唤红娘，都说衷肠。道：'张兄病体匡羸，已成消瘦，不久将亡。都因我一个，而今也怎奈何？我寻思顾甚清白救才郎。' 当时闻语，和俺也恓惶。遣妾将汤药来到伊行，却见先生这里恰待悬梁。些儿来迟，已成不救，定应一命见阎王。人

好不会思量！试觑他此个帖儿，有些汤药教与伊服，依方修合，闻著喷鼻香。久服后，补益丹田助衰阳。"

【尾】一天来好事里头藏，其间也没甚诸般丸散，写著个专治相思的圣惠方。

乃一短简，外封曰："小诗奉呈才兄文几，莺莺谨封。"生取古鼎，令添香，置诸笔几之上，谓红娘曰："往者以褒慢而见责，今日敢无礼乎！"生遂拜之。

【木兰花】急添香，忙礼拜。躬身合掌，以手加额。香烟上度过把封皮儿拆。明窗底下，款地舒开。　不知写著甚来，读罢稿几回，看来十分来的鬼病，九分来痉瘵。红娘劝道："且宁耐，有何喜事，恁大惊小怪？"

张生遂展开，读了莺莺诗，喜不自胜，其病顿愈。诗曰："勿以闲思想，摧残天赋才。岂防因妾幸，却变作君灾。报德难从礼，裁诗可当媒。高唐休咏赋，今夜雨云来。"都来四十字，治病赛卢医。

【仙吕调】【满江红】清河君瑞，读了嘻嘻地笑不止。也不是丸儿，也不是散子，写遍幽奇书体字。叠了舒开千百次，念得熟如本传，弄得软如故纸。也不是闲言语，是五言四韵、八句新诗。若使颗硃砂印，便是偷情帖儿私期会子。　尽红娘问而不答，蓦见红娘询问著，道："若泄漏天机，是那不是？""是恁姐姐今宵与我偷期的意思，说与你也不碍事。"红娘闻语吸地笑道："一言赖语都是二四，没性气闲男女，不道是哑你，你唤做是实志。你好不分晓，是前来科段今番又再使！"

生曰："汝欲闻此妙语，吾能唱之，而无和者，奈何？"红娘曰："妾和之可乎？"张生曰："可。"

【仙吕调】【河传令缠】"不须乱猜这诗中意思，略听我款款地开解。谁指望是他劣相的心肠先改，想咱家不枉了为他害。　红娘姐姐且宁耐。是俺当初坚意，这好事终在。一句句唱了，须管教伊喝采。"那红娘道："张先生快道来！"

【乔合笙】休将闲事苦萦怀，^(和)哩哩啰，哩哩啰，哩哩来也。取次摧残天赋才！^(和)不意当初完妾命，^(和)岂防今日作君灾。^(和)仰酬厚德难从礼，^(和)谨奉新诗可当媒。^(和)寄语高唐休咏赋，^(和)今宵端的雨云来。

【尾】那红娘言："休怪！我曾见风魔九伯，不曾见这般个神狗乾郎在。"

生谓红娘曰："自向来饮食无味，今日稍饥。想夫人处必有佳馔，烦汝敬谒，不拘多寡，以疗宿饥，可乎？"红娘诺而往，顷而至，持美馔一盘。生举筋而罄。红娘曰："吃得作得，信不诬矣。"

【中吕调】【碧牡丹】小诗便是得效药，读罢顿然痊较。入时衣袂，脱体别穿一套，煞懒懒地做些腌躯老。问红娘道："韵那不韵？俏那不俏？"　镜儿里不住照，把须鬓掠了重掠，口儿里不住只管吃地忽哨。九伯了多时，不觉的高声道："叽啰！日斋时；哑！日转角；哑！日西落。"

【尾】红娘觑了吃地笑："俺骨子不曾移动脚，这急性的郎君三休饭饱。"

生赠金钗一只而嘱曰："今夕不来，愿相期于地下。"红娘谢生而归。生送至阶下，再三叮嘱。

【仙吕调】【胜葫芦】送下阶来欲待别，又嘱付两三歇："待好事成合后别致谢。把目前已往为他腌苦，都对著那人说。生死存亡在今夜，不是我佯呆，待有一句儿虚脾天地折。是必你叮咛嘱付，你那可人的姐姐，教今夜早来些。"

【尾】去了红娘归书舍，坐不定何曾宁贴，倚门专待西厢月。

是夜玉宇无坐，银河泻露。月华铺地，愈增诗客之吟；花气薰人，欲破禅僧之定。人间长夜静复静，天上美人来不来？生专待，鼓已三交，莺无一耗。

【仙吕调】【赏花时】倚定门儿手托腮，闷答孩地愁满怀，不免入书斋。"觉冤家负约，今夜好难捱！"　闷损多情的张秀才，忽听得枕门儿哑地开，急把眼儿揩，见红娘敛袂，传示解元咳！

【尾】"莫萦心且暂停宁耐，略时间且向书帏里待。教先生休怪，等夫人烧罢夜香来。"

生隐几小眠，有人觉之，曰："织女降矣，尚耽春睡！"生惊视之，红娘抱衾携枕而至，谓生曰："至矣！至矣！"生出户迎莺，但见欲行欲止，半笑半娇。生就而抚之，翻然背面。

【大石调】【玉翼蝉】多娇女，映月来，结束得极如法：著一套衣服，偏宜恁淡净；乌云弹，玉簪斜插，好娇姹；脚儿小，罗袜薄，疑把金莲撒。更举止轻盈，诸余里又稔腻，天生万般温雅。　甫能相见，僻著个庞儿那下。尽人问当，佯羞不答；万般哀告，手摸著裙腰儿做势煞。恁不偢人，俺怎敢嗔他！自来不曾亏伊半恰，薄情的妈妈，被你刁蹬得人来实志地咱！

夜半红娘拥抱来，脉脉惊魂若春梦。

【大石调】【洞仙歌】青春年少，一对儿风流种，恰似娇鸾配雏凤。把腰儿抱定，拥入书斋，道："我女儿休恁人前妆重。"　哄他半晌，犹自疑春梦，灯下偎香恣怜宠。拍惜了一顿，呜咽了多时，紧抱著嗽，那孩儿不动。更有甚功夫脱衣裳，便得个胸前把奶儿摩弄。

> 羞颜慵怯，力不能运肢体，曩时之端庄，不复同矣！张生飘然，一旦疑神仙中人，不谓从人间至矣。

【中吕调】【千秋节】良宵夜暖，高把银缸点，雏鸾娇凤乍相见。窄弓弓罗袜儿翻，红馥馥地花心，我可曾惯？百般捆就十分闪。　忍痛处修眉敛；意就人，娇声战；腕香汗，流粉面。红妆皱也娇娇羞，腰肢困也微微喘。

> 月传银漏和更长，郎抱莺娘舌送香。一宵之事，张生如登霄汉，身赴蓬宫。

【仙吕调】【临江仙】燕尔新婚方美满，愁闻萧寺疏钟。红娘催起笑芙蓉，巫姬云雨散，宋玉枕衾空。　执手欲言容易别，新愁旧恨无穷。素娥已返水晶宫，半窗千里月，一枕五更风。

> 怎见得有如此事来？有唐元微之《莺莺传》为证："红娘捧莺而去，终夕无一言。张生辨色而兴，自疑于心曰：'岂其梦耶？岂其梦耶？'所可明者：妆在臂，香在衣，泪光荧荧然，犹莹于衽席而已。"

【羽调】【混江龙】两情方美，断肠无奈晓楼钟！临时去，幽情脉脉，别恨匆匆。洛浦人归天渐晓，楚台云断梦无踪。空回首，闲愁与闷，应满东风。起来搔首，数竿红日上帘枕。犹疑虑：实曾相见，是梦里相逢？却有印臂的残红香馥馥，偎人的粉汗尚融融。鸳衾底，尚有三点两点儿红。

> 生取纸笔，遂写词二首。词毕，又赋《会真诗》三十韵。

【仙吕调】【朝天急】锦笺和泪痕，一齐封了，欲把莺莺今夜约。殷勤把红娘告："休推托，专专付与多娇！　姐姐便不可怜见不肖！更做于人情分薄。思量俺日前恩，元非小，今夕是他不错。　道与冤家休负约，莫忘了。如把浓欢容易抛，是咱无分消。你莫辞劳，若见如花貌，一星星但言我道。"

【尾】"我眼巴巴的盼今宵，还二更左右不来到，您且听著：提防墙上杏花摇。"

> 红娘归以诗词授莺，莺看之，愈喜愈爱。词曰："司马伤春候，文君多病时，残红簌簌褪胭脂。恰恰流莺，催日上花枝。释闷琴三弄，消愁酒一卮，此时无以说相思。彩笔传情，聊赋《会真诗》。"右调《南柯子》。

又词曰："云雨事，都向《会真》夸。麝墨轻磨声韵玉，兔毫初点色翻鸦，书破锦笺花。　诗句丽，造化窟中拿。俊逸参军非足美，清新开府未才华，寄与谢娘家。"诗曰："微月透帘栊，荧光度碧空。遥天初缥缈，低树渐葱茏。龙吹过庭竹，莺歌拂井桐。罗绡垂薄雾，环珮响轻风。绛节随金母，云心捧玉童。更深人悄悄，晨会雨濛濛。珠莹光文履，花明隐绣龙。宝钗行彩凤，罗帔掩丹虹。言自瑶华浦，将朝碧玉宫。因游洛城北，偶过宋家东。戏调初微拒，柔情已暗通。低鬟蝉影动，回步玉尘蒙。转面流花雪，登床抱绮丛。鸳鸯交颈舞，翡翠合欢笼。眉黛羞偏聚，唇朱暖更融。气请兰蕊馥，肤润玉肌丰。无力慵移履，多娇爱敛躬。汗光珠点点，发乱绿松松。方喜千年会，俄闻五夜穷。留连时有限，缱绻意难终。慢脸含愁态，芳词誓素衷。赠环明运合，留结表心同。啼粉流清镜，残灯绕暗虫。华光犹冉冉，旭日渐曈曈。乘鹜还归洛，吹箫亦上嵩。衣香犹染麝，粉腻尚残红。幂幂临塘草，飘飘思渚蓬。素琴鸣怨鹤，晴汉望惊鸿。海阔诚难度，天高不易冲。行云无处所，箫史在楼中。"莺惊异之，索笺拟和，伫思久之，阁笔不下，掷笔自笑曰："才不迨于郎矣。"

【大石调】【吴音子】莺莺从头读罢，缩首顿称赏："此诗此韵，若非神助便休想！著甚才学，和恁文章？休强！休强！　果非常，做得个诗阵令骚坛将！收拾云雨，为郎今夜更相访。消得一人，因君狂荡，不枉！不枉！"

【尾】"岂止风流好模样，更一段儿恁锦绣心肠，道个甚教人看不上？"

次夜张生启门伺莺，莺多时方至。似姮娥离月殿，如王母下瑶台。

【正宫】【梁州缠令】玉漏迢迢二鼓过，月上庭柯碧天空，阔镜铜磨。哑地听栊门儿响，见巫娥。　对郎羞懒无那，靠人先要偎摩。宝髻挽青螺，脸莲香传，说不得媚多。

【应天长】【又一体】欲言羞懒颤声讹，多时方语。低谓："粉郎呵！莺莺的祖宗你知么？家风清白，全不类其他。莺莺是闺内的女，服母训怎敢如何？不意哥哥因姜病，恹恹地染沉疴。　思量都为我咱呵！肌肤消瘦，瘦得浑似削，百般医疗终难可。莺莺不忍，以此背婆婆，婆婆知道，除会圣，云雨怎得成合？异日休要相逢别的，更不管人呵！"

【甘草子】听说破，听说破，张生低告道："姐姐言语错，休恁厮埋怨，休恁厮奚落。张珙殊无潘、沈才，辄把梅犀玷污。负心的神天放不过，休么奴哥。"

【梁州三台】莺莺色事尚兀自不惯，罗衣向人羞脱。抱来怀里惜多时，贪欢处呜损脸窝。办得个噷著、摸著、偎著、抱著，轻怜痛惜一和。恣恣地觑了可喜冤家，忍不得恣情呜嗐。

【尾】莺莺色胆些来大，不惯与张生做快活，那孩儿怕子个、怯子个、闪子个。

【仙吕调】【点绛唇缠令】殢雨尤云，靠人紧把腰儿贴。颤声不彻，肯放郎教歇！ 檀口微微，笑吐丁香舌，喷龙麝。被郎轻啮，却更嗔人劣。

【风吹荷叶】只被你个多情姐，噷得人困也，怕也！痛怜呜损胭脂颊，香喷喷地、软揉揉地、酥胸如雪。

【醉奚婆】欢情未绝，愿永远如今夜。银台画烛，笑遣郎吹灭。

【尾】并头儿眠，低声儿说。夜静也无人窥窃，有幽窗花影西楼月。

　　红娘至，促曰："天色曙矣！"

【仙吕调】【恋香衾】一夕幽欢信无价，红娘万惊千怕，且恐夫人暗中知察。暂不多时云雨罢，红娘催定如花，把天般恩爱，变成潇洒。 君瑞莺莺越偎的紧，红娘道："起来么，娘呵！"戴了冠儿，把玉簪斜插。欲别张生，临去也，偎人懒兜罗袜。"我而今且去，明夜来呵！"

【尾】懒别设的把金莲撒，行不到书窗直下，兜地回来又说些儿话。

　　自是朝隐而出，暮隐而入，几半年矣。夫人见莺容丽倍常，精神增媚，甚起疑心。夫人自思，必是张生私成暗约。

【双调】【倬倬戚】相国夫人自窨约："是则是这冤家设瘅剥，陡恁地精神偏出跳，转添娇，浑不似旧时了。 旧日做下的衣服件件小，眼慢眉低胸乳高。管有兀谁厮般著，我团著这妮子，做破大手脚。"

　　莺以情系心，恋恋不已。夫人察之，是夕私往。

【大石调】【红罗袄】君瑞与莺莺，来往半年过，夜夜偷期不相度。没些儿斟量，没些儿惧惮，做得过火。 莺莺色事迷心，是夜又离香阁。方信乐极生悲来，怎知觉，惹场天来大祸。 那积世的老婆婆，其时暗猜破，高点著银缸堂上坐。问侍婢以来，兢兢战战一地里笃么。问莺莺更夜如何背游私地。有谁存活？诸侍婢莫敢形言，约多时，有口浑如锁。

【尾】相国夫人高声喝："贱人每怎敢瞒我！唤取红娘来问则个。"

　　一女奴奔告，莺莺急归，见夫人坐堂上，莺莺战栗。夫人问红娘曰：

"汝与莺更夜何适?"红娘拜曰:"不敢隐匿,张生卒病,与莺往视疾。"

夫人曰:"何不告我?"答曰:"夫人已睡,仓卒不敢觉夫人寝。"夫人怒

曰:"犹敢妄对,必不舍汝!"

【南吕调】【牧羊关】夫人堂上高声问,为何私启闺门?你试寻思,早晚时

分,迤逗得莺莺去,推探张生病。恁般闲言语,教人怎地信? 思量也是天

教败,算来必有私情。甚不肯承当,抵死讳定?只管厮瞒昧,只管厮咭唓好

教我禁不过,这不良的下贱人。"

【尾】"思量又不当口儿稳,如还抵死的著言支对,教你手托著东墙我直打

到肯。"

红娘徐而言曰:"夫人息怒,乞申一言。"

【仙吕调】【六么令】"夫人息怒,听妾话踪由。不须堂上,高声挥喝骂无休。

君瑞又多才多艺,咱姐姐又风流。彼此无夫无妇,这时分相见,夫人何必苦

追求? 一对儿佳人才子,年纪又敌头。经今半载,双双每夜书帏里宿。已

恁地出乖弄丑,泼水再难收。夫人休出口,怕旁人知道,到头赢得自家羞。"

【尾】"一双儿心意两相投,夫人白甚闲疙皱?休疙皱。常言道'女大不中

留'。"

"当日乱军屯寺,夫人、小娘子皆欲就死。张生与先相无旧,非慕莺之

颜色,欲谋亲礼,区区岂肯陈退军之策,使夫人、小娘子得有今日?事

定之后,夫人以兄妹继之,非生本心。以此成疾,几至不起。莺不守义

而忘恩,每侍汤药,愿兄安慰。夫人聪明者,更夜幼女,潜见鳏男,何

必研问,自非礼也。夫人罪妾,夫人安得无咎?失治家之道,外不能报

生之恩,内不能蔽莺之丑,取笑于亲戚,取谤于他人。愿夫人裁之。"

夫人曰:"奈何?"红娘曰:"生本名家,声动天下。论才则屡被巍科。

论策则立摧凶丑,论智则坐邀大将,论恩则活我全家。君子之道,尽于

是矣。若因小过,俾结良姻,通男女之真情,蔽闺门之余丑,治家报

德,两尽美矣。"

【般涉调】【麻婆子】"君瑞又好门地,姐姐又好祖宗;君瑞是尚书的子,姐

姐是相国的女。姐姐为人是稔色,张生做事忒通疏;姐姐有三从德,张生读

万卷书。 姐姐稍亲文墨,张生博通今古;姐姐不枉做媳妇,张生不枉做丈

夫。姐姐温柔胜文君,张生才调过相如;姐姐是倾城色,张生是冠世儒。"

【尾】"著君瑞的才,著姐姐的福;咱姐姐消得个夫人做,张君瑞异日须乘驷

马车。"

> 夫人曰："贤哉！红娘之论。虽如此，未知莺之心下何似。恐女子之性，
> 因循失德，实无本心。"令红娘召之。"我欲亲问所以。"莺莺羞惋而出，
> 不敢正立。

【般涉调】【沁园春】是夜夫人，半晌无言，两眉暗锁。多时方唤得莺莺至，
羞低著粉颈，愁敛著双蛾。桃脸儿通红，樱唇儿青紫，玉笋纤纤不住搓。不
忍见，盈盈地粉泪，淹损钿窝。　六十余岁的婆婆，道："千万担饶我女呵！
子母肠肚终须疼热。"著言方便，抚恤求和。"事到而今已装不卸、泼水难
收，怎奈何？都闲事，这一场出丑，著甚达摩？"

【尾】"便不辱你爷？便不羞见我？我还待送断你子个，却又子母情肠意
不过。"

> 夫人曰："事已如此，未审汝本意何似？愿则以汝妻生，不愿则从今绝
> 断。"莺莺待道"不愿"来，是言与心违，待道"愿"来后，对娘怎出
> 口？卒无词对。夫人又问：

【双调】【豆叶黄】"我孩儿安心，省可烦恼！这事体休扬声，著人看不好，
怕你个冤家是厮落。你好好承当，咱好好的商量，我管不错。　有的言语，
对面评度。凡百如何，老婆斟酌。"女孩儿家见问著，半晌无言，欲语还羞，
把不定心跳。

【尾】可憎的媚脸儿通红了，对夫人不敢分明道，猛吐了舌尖儿背背地笑。

> 愿郎不欲分明道，尽在回头一笑中。拂旦，令红娘召生小饮。生惧昨夜
> 之败，辞之以疾。

【仙吕调】【相思会】君瑞怀羞惨，心只自思念：这些丑事，不道怎生遮掩。
"红娘莫怎把人乾厮咶，我到那里见夫人吵，有甚脸？寻思罪过，盖为自家
险，算来今日请我赴席后争敢？"红娘见道，道："君瑞真个欠！我道你佯小
心，妆大胆。"

> 红娘曰："但可赴约，别有佳话。"生惊曰："如何？"红娘以实告生。生
> 谢曰："诚如是，何以报德？"曰："妾不敢望报。夫人与郑恒亲，虽然
> 昨夜见许，未足取信。先生赴约，可以献物为定。比及莺莺终制以来，
> 庶无反复，以断前约。"生曰："善！然自春寓此，迄今囊囊已空矣。
> 奈何？"

【仙吕调】【喜新春】草索儿上都无一二百盘缠，一领白衫又不中穿；夜拥孤

衾三幅布，昼歇单枕是一枚砖：只此是家缘。　要酒，后厨前自汲新泉；要乐，当筵自理冰弦；要绢，有壁画两三幅；要诗，后却奉得百来篇：只不得道著钱。

红娘曰："先生平昔与法聪有旧，法聪新当库司，先生归而贷之，何求不得？"生闻言而顿省，遂往见法聪。

【大石调】【蓦山溪】张生是日，叉手前来告："有事敢相烦，问库师兄不错。相公的娇女，许我作新郎。这事体，你寻思，定物终须要。　小生客寄，没个人挨靠。刚准备些儿，其外多也不少。不合借索，总赖弟兄情。如借得，感深恩，是必休推托。"

【尾】法聪闻言先陪笑，道："咱弟兄面情非薄，子除了我耳朵儿爱的道！"

生曰："如有余资，烦贷几索，甚幸！"聪曰："常住钱不敢私贷，贫僧积下几文起坐，尽数分付足下，勿以寡见阻。"取足五千索。聪曰："几日见还？"生指期拜纳。

【双调】【芰荷香】忒孤穷，要一文钱物也擘划不动。法聪不忍，借与五千贯青铜。"几文起坐，被你个措大倒得囊空。三十、五十家撺来，比及攒到，是几个斋供。"　君瑞闻言道："多谢！"起来叉手，著言陪奉："若非足下，定应难见花容。咱家命里，算来岁运亨通，多应鱼化为龙，恁时节奉还一年清俸。"

【尾】法聪笑道："休打哄，不敢问利息轻重，这本钱几年得用？"

生以钱易金，赴夫人约，坐不安席。酒行，夫人起曰："昨不幸相公殁，携稚幼留寺，群贼方兴，非先生矜悯，母子几为鱼肉矣！无以报德，虽先相以莺许郑恒，而未受定约。今欲以莺妻君，聊以报，可乎？"

【大石调】【玉翼蝉】夫人道："张解元！"美酒斟来满。道："不幸当时群贼困普救，全家莫能逃难。赖先生便与我画妙策，以此登时免。今日以莺莺酬贤救命恩，问足下愿那不愿？"　夫人曰："先生许则满饮一盏。"张生闻语，急把头来暗点："小生目下，粗无德行，身居贫贱；情性荒疏，学艺又浅。相公的娇女有何不恋？何必夫人苦劝！吃他一盏，忽地推了心头一座山。"

生取金以奉夫人曰："贫生旅食，姑此为礼，无以微见却。"夫人不受曰："何必乃耳！"红娘曰："物虽薄，礼不可废也。"夫人受金，生拜堂下。夫人曰："然莺未服阕，未可成礼。"生曰："今蒙文调，将赴选闱；姑待来年，不为晚矣。"夫人曰："愿郎远业功名为念，此寺非可久留。"

生曰："倒指试期，几一月矣。三两日定行。"夫人以巨觥为寿，生饮讫，令红娘送生归。生谓红娘曰："不意有今日！"答曰："适莺闻夫人语亲，欣喜之容见于面；闻郎赴文调，愁怨之容动于色。"生曰："烦为我言之：功名世所甚重，背而弃之，贱丈夫也。我当发策决科，策名仕版。谢原宪之圭窦，衣买臣之锦衣，待此取莺，惬余素愿。无惜一时孤闷，有防万里前程。"红娘以此报莺，亦不见答。自是不复见矣。后数日，生行。夫人暨莺送于道，法聪与焉。经于蒲西十里小亭置酒。悲欢离合一尊酒，南北东西十里程。

【大石调】【玉翼蝉】蟾宫客，赴帝阙，相送临郊野。恰俺与莺莺，鸳帏暂相守，被功名使人离缺。好缘业，空悒怏，频嗟叹，不忍轻离别。早是恁悽悽凉凉受烦恼，那堪值暮秋时书。　雨儿怎歇，向晚风如漂冽，那闻得衰柳蝉鸣凄切！未知今日别后，何时重见也，衫袖上盈盈揾泪不绝。幽恨眉锋暗结，好难割舍，纵有半载恩情、千种风情何处说！

【尾】莫道男儿心如铁，君不见满川红叶，尽是离人眼中血！

【越调】【上平西缠令】景萧萧，风淅淅，雨霏霏，对此景怎忍分离！仆人催促，雨停风息日平西。断肠何处唱阳关，执手临歧。　蝉声切，蛩声细，角声韵，雁声悲，望去程依约天涯。且休上马，苦无多泪与君垂。此际情绪你争知，更说甚湘妃！

【斗鹌鹑】嘱付情郎："若到帝里，帝里酒酽花浓，万般景媚，休取次共别人便学连理。少饮酒，省游戏，记取奴言语，必登高第。　专听著伊家好消好息，专等著伊家宝冠霞帔。妾守空闺把门儿紧闭，不拈丝管，罢了梳洗，你咱是必把音书频寄。"

【雪里梅】【又一体】"莫烦恼，莫烦恼，放心地，放心地！是必，是必！休恁做病做气。　俺也不似别的，你情性俺都识。临去也，临去也！且休去，听俺劝伊。"

【错煞】"我郎休怪强牵衣，问你西行几日归？著路里小心呵！且须在意。省可里晚眠早起，冷茶饭莫吃。好将息，我专倚著门儿专望你。"

　　生与莺难别。夫人劝曰："送君千里，终有一别。"

【仙吕调】【恋香衾】苒苒征尘动行陌，杯盘取次安排。三口儿连法聪，外更无别客。鱼水似夫妻正美满，被功名等闲离拆。然终须相见，奈时下难捱。

　　君瑞啼痕污了衫袖，莺莺粉泪盈腮。一个止不定长吁，一个顿不开眉黛。

君瑞道："闺房里保重！"莺莺道："路途上宁耐！"两边的心绪，一样的愁怀。

【尾】仆人催促，怕晚了天色，柳堤儿上把瘦马儿连忙解。夫人好毒害，道："孩儿每回取个坐车儿来。"

  生辞，夫人及聪皆曰："好行！"夫人登车，生与莺别。

【大石调】【蓦山溪】离筵已散，再留恋应无计。烦恼的是莺莺，受苦的是清河君瑞。头西下控著马，东向驭坐车儿。辞了法聪，别了夫人，把樽俎收拾起。临行上马，还把征鞍倚。低语使红娘，更告一盏以为别礼。莺莺君瑞，彼此不胜愁，厮觑者总无言，未饮心先醉。

【尾】满酌离杯长出口儿气，比及道得个"我儿将息！"一盏酒里，白冷冷的滴够半盏儿泪。

  夫人道："教郎上路，日色晚矣。"莺啼哭，又赋诗一首赠郎。诗曰："弃置今何道，当时且自亲。还将旧来意，怜取眼前人。"

【黄钟宫】【出队子】最苦是离别，彼此心头难弃舍。莺莺哭得似痴呆，脸上啼痕都是血，有千种恩情何处说！ 夫人道："天晚教郎疾去。"怎奈红娘心似铁，把莺莺扶上七香车。君瑞攀鞍空自**撷**，道得个"冤家宁耐些！"

【尾】马儿登程，坐车儿归舍，马儿往西行，坐车儿往东拽：两口儿一步儿离得远如一步也。

【仙吕调】【点绛唇缠令】美满生离，据鞍兀兀离肠痛。旧欢新宠，变作高唐梦。 回首孤城，依约青山拥。西风送，戍楼寒重，初品《梅花弄》。

【瑞莲儿】衰草凄凄一径通，丹枫索索满林红。平生踪迹无定著，如断蓬，听塞鸿哑哑的飞过暮云重。

【风吹荷叶】忆得枕鸳衾凤，今宵管半壁儿没用。触目**悽**凉千万种：见滴流流的红叶，淅零零的微雨，率剌剌的西风。

【尾】驴鞭半袅，吟肩双耸，休问离愁轻重，向个马儿上驼也驼不动。

  离蒲西行三十里，日色晚矣，野景堪画。

【仙吕调】【赏花时】落日平林噪晚鸦，风袖翩翩催瘦马，一径入天涯。荒凉古岸，衰草带霜滑。 瞥见个孤林端入画，离落萧疏带浅沙，一个老大伯捕鱼虾。横桥流水，茅舍映荻花。

【尾】驼腰的柳树上有渔槎，一竿风旆茅檐上挂，淡烟潇洒横锁著两三家。

  生投宿于村店。

【越调】【厅前柳缠令】萧索江天暮，投宿在数间茅舍。夜永愁无寐，谩咨嗟，床儿上怎宁贴！　倚定个枕头儿越越的哭，哭得俏似痴呆。画橹声摇拽，水声呜咽，蝉声助凄切。

【蛮牌儿】"活得正美满，被功名使人离缺。知他是我命薄，你缘业？比似他时再相逢也，这的般愁，兀的般闷，终做话儿说。　料得我儿今夜里，那一和烦恼阵嗻。不恨咱夫妻今日别，动是经年，少是半载，恰第一夜。"

【山麻稭】淅零零地雨打芭蕉叶，急煎煎的促织儿声相接。做得个虫蚁儿天生的劣，特故把愁人做脾憋，更深后越切。恨我寸肠千结，不埋怨，除你心如铁！泪点儿淹破人双颊，泪点儿怕揾不迭，是相思血！

【尾】兀的不烦恼煞人也！灯儿一点甫能吹灭，雨儿歇，闪出昏惨惨的半窗月。

　　　　西风怯雨难眠熟，残月窥人酒半醒。

【南吕调】【应天长】【又一体】无语闷答孩地，慢两泪盈腮，清宵夜好难捱，一天愁闷怎安排？多应役损这情怀。睡不著万感，勉强的把旅舍门开。披衣独步在月明中，凝睛看天色。　淡云遮笼素魄，见衰杨折苇，隐约映渔台，野水连天天竟白。多少新仇与旧恨，睹此景，分外增煞。白柳阴里忽听得有人言，低声道："快行么，娘咳！"

【尾】张生觑了失声道："怪！"见野水桥东岸南侧，两个画不就的佳人映月来。

　　　　鞋弓袜窄，行不动，步难移；语颤声娇，喘不迭，频道困。是人是鬼俱
　　　　难辨，为福为灾两不知。生将取剑击之，而已至矣。因叱之曰："尔乃
　　　　谁人唬秀才！"月影柳阴之下，定睛细认，云云。

【双调】【庆宣和】"是人后疾忙快分说，是鬼后应速灭。"入门来取剑取不迭，两个来的近也，近也！　君瑞回头再觑些，半晌痴呆。回嗔作喜唱一声嗻："却是姐姐那姐姐！"

　　　　熟视之，乃莺、红也。生惊问曰："尔何至此？"莺曰："适夫人酒多寐
　　　　熟，妾与红娘计之曰：'郎西行，何日再回！'红曰：'郎行不远，同往
　　　　可乎？'妾然其言，与红私渡河而至此。"生携莺手归寝。未及解衣，闻
　　　　群犬吠门。生破窗视之，但见火把照空，喊声震地，闻一人大呼曰：
　　　　"渡河女子，必在是矣。"

【商调】【定风波】好事多妨碍，恰掿了冠儿，松开裙带，汪汪的狗儿吠，顺

风听得喊声一派。不知为个甚，唬得张生变了面色，真个大惊小怪。火把临窗外，一片地叫开门，倒大惊骇。张生隔窗觑，见五千余人，全副执戴；一个最大汉提著雁翎刀，厉声叫道："与我这里搜猜！"

【尾】柴门儿脚到处早蹑开，这君瑞有心挣揣，向卧榻上撒然觉来。

无端怪鹊高枝噪，一枕鸳鸯梦不成。坐以待旦，仆已治装。

【仙吕调】【醉落魄缠令】酒醒梦觉，君瑞闷愁不小。隔窗野鹊儿喳喳地叫，把梦惊觉人来，不当个嘴儿巧。　闷答孩似吃著没心草，越越的哭到月儿落，被头儿上泪点知多少！媚媚的不乾，抑也抑得著。

【风吹荷叶】枕畔仆人低低道："起来么解元，天晓也！"把行李琴书收拾了，听得幽幽角奏，珰珰地钟响，忔忔地鸡叫。

【醉奚婆】把马儿控著，不管人烦恼。程程去也，相见何时却？

【尾】华山又高，秦川又杳，过了无限野水横桥。骑著瘦马儿圪登登的又上长安道。

行色一鞭催瘦马，羁愁万斛引新诗。长安道上，只知君瑞艰难；普救寺中，谁念莺娘烦恼？莺自郎西迈，憔悴不胜。乘闲诣朗阅书之阁，开牖视之，非复曩日，莺转烦恼。

【黑钟宫】【侍香金童缠令】才郎自别，划地愁无那。袅袅炉烟萦绿锁，浓睡觉来心绪恶。衣裳羞整，雾鬟斜軃。　香消玉瘦，天天都为他，眼底闲愁没处著。是即是下梢相见，咱大小身心，时下打叠不过。

【双声叠韵】吟砚平，黄卷堆，冷落了读书阁。金篆鼎，宝兽炉，谁爇龙涎火？几册书，有谁垛？粉笺暗，被尘污，俏没人照觑子个。

【刮地风】薄幸的冤家好下得，甚把人抛趓？眉儿淡了教谁画，哭损秋波。琵琶尘暗，懒拈金朴。有新诗，有新词，共谁酬和？那堪对暮秋，你道如何！

【整乾坤】促织儿外面斗声相聒，小即小，天生的口不曾知。是世间虫蚁儿里的活撮，叨叨的絮得人怎过？

【赛儿令】愁么！愁么！此愁著甚消磨？把脚儿搬了，耳朵儿搓，没乱煞也自摧挫。塞鸿来也那！塞鸿来也那！

【柳叶儿】淅冽冽的晓风来幕，滴流流的落叶辞柯。年年的光景如梭，急煎煎的心绪如火。

【神仗儿】这对眼儿，这对眼儿泪珠儿滴了万颗！止约不定，恰才淹了，扑簌簌的又还偷落，胜秋雨点儿多。

【四门子】些儿鬼病天来大，何时是可？罗衣宽腿肌如削，闷答孩地独自一个。空恨他，空怨他，料他那里与谁做活！空恨他，空怨他，不道人图个什么！

【尾】把宝鉴儿拈来强梳裹，腮儿被泪痕儿渰破，甚至不似旧时节风韵我？

　　自季秋与郎相别，杳无一信。早是离恨，又值冬景，白日犹闲，清宵更苦。

【中吕调】【香风合缠令】烦恼无何限，闷答孩地独自泪涟涟。身心俏似颠，相思闷转添。守著灯儿坐，待收拾做些儿闲针线，奈身心不苦欢，不苦欢。

　　一双春笋玉纤纤，贴儿里拈线，把绣针儿穿。行待纫针关，却便纫针尖。欲待裁领衫儿段，把系著的裙儿胡乱剪，胡乱剪。

【石榴花】觑著红娘，认做张郎唤，认了多时自失叹。不惟道鬼病相持，更有邪神缴缠。　苦苦天天，此愁何日免？镇日思量够万千遍。算无缘得欢喜存活，只有分与烦恼为冤。　譬如对灯闷闷的坐，把似和衣强强的眠。心头暗发著愿，愿薄幸的冤家梦中见。争奈按不下九曲回肠，合不定一双业眼。

【尾】是前世里债宿世的冤，被你担阁了人也张解元！

　　明年，张珙殿试，中，第三人及第。

【正宫】【梁州令缠令】步入蟾宫折桂花，举手平拿。《长扬》赋罢日西斜，得意也，掀髯笑，喜容加。才优不让贾、马，金榜名标高甲。踪迹离尘沙，青云得路，凤沼步烟霞。

【甘草子】最堪嘉！最堪嘉！一声霹雳，果是鱼龙化。金殿拜皇恩，面对丹墀下。正是男儿得志秋，向晚琼林宴罢。沉醉东风里控骄马，鞭袅芦花。

【脱布衫】【又一体】追想那冤家，独自在天涯；怎知此间及第，修书索报与他。　有多少女孩儿，卷珠帘骋娇奢；从头著眼看来，都尽总不如他。不敢住时霎，即便待离京华。官人如今是我，县君儿索与他。　偏带儿是犀角，幞头儿是乌纱，绿袍儿当殿赐，待把白衫儿索脱与他。

【尾】得个除授先到家，引著几对儿头踏，见俺那莺莺大小大诈！

　　珙赋诗一绝，令仆赴莺莺报喜。

【双调】【御街行】须臾唤得仆人至，"嘱付你些儿事。蒲州东畔十余里，有敕赐普救之寺。法堂西壁行廊背后，第三个门儿是。　见妻儿太君都传示，但道我擢高第，教他休更许别人，俺也则不曾聘妻。相烦你且叮咛寄语，专等风流婿。"

　　生缄诗与仆，仆行。莺未知郎第，荏苒成疾。时季春十五夜，莺思之，
　　去年待月西厢之夜也，感而泣下。红娘曰："姐姐今春多病，触时有感，
　　恐伤和气，妾未知姐姐所染何患？当以药理之，恐至不起。"莺莺愈哭。

【道宫】【凭栏人缠令】忆多才，自别来约过一载，何日里却得同谐？紫损愁
怀，怕黄昏，愁倚朱门；到良宵，独立空阶，趁落英遍苍苔。东风摇荡，一
帘飞絮，满地香埃。　　欲问俺心头闷答孩，太平车儿难载。都是俺今年浮
灾，烦恼煞人也猜！闷恹恹的心绪如麻，瘦嵓嵓的病体如柴。鬓云乱，慵整
琼钗，劳劳攘攘，身心一片，没处安排。

【赚】据俺当初，把你个冤家命般看待。谁知道，到今赢得段相思债，相思
债！是前生负偿他，还著后嚃。你试寻思怪那不怪！都是命乖，争奈心头那
和不快，好难消解。近来这病的形骸，镜儿里觑了后自涩耐。伤心处，故人
与俺彼此天涯客，天涯客！我于伊志诚没倦怠，你于我坚心莫更改。且与他
捱，下梢知他看，怎奈闷愁越大。

【美中美】困把栏杆倚，羞折花枝戴。这段闲烦恼是自家买。劳劳攘攘，不
是自家心窄。春色褪花梢，春色侵眉黛。遥望著秦川道，云山隔！　　白日浑
闲夜难熬，独自兀谁采！闷对西厢月，添香拜。去年此夜，犹自月圆人生。
不似去年人，猛把栏杆拍。有个长安信，教谁带？

【大圣乐】花憔月悴，兰消玉瘦，不似旧时标格，闲愁似海！况是暮春天色，
落红万点，风儿细细，雨儿微筛。这些光景，与人妆点愁怀。　　闷抵著牙
儿，空守定妆台。眼也倦开，泪漫漫地盈腮！似恁凄凉，何时是了？心头暗
暗疑猜，纵芳年未老，应也头白。

【尾】红娘怪我缘何害？非关病酒，不是伤春，只为冤家不到来。

　　莺对春时感旧恨，为忆生渐成消瘦。

【高平调】【青玉案】寂寞空闺里，苦苦天天甚滋味！淅淅微微风儿细，薄薄
怯怯，半张鸳被，冷冷清清地睡。　　忧忧戚戚添憔悴，袅袅霏霏瑞烟碧，灭
灭明明灯将煤，哀哀怨怨不敢放声哭，只管喑喑喂喂地。

　　复旦，灵鹊喜晴，莺起。

【仙吕调】【满江红】残红委地，灵鹊翻风喜新晴。玉惨花愁，追思傅粉。巾
袖与枕头儿都是泪痕，一夜家无眠白日盹。不存不济，香肌瘦损，教俺萦方
寸。想他那里也不安稳。恰正心头闷，见红娘通报，有人唤门。

门人报曰："张先生仆至。"夫人与交召，须史入。

仆使阶前忙应诺，骨子气喘不迭，满面征尘。呼至帘前，夫人亲问道："张郎在客可煞苦辛？想见彼中把名姓等？几日试来那几日唱名？得意那不得意？有何传示、有何书信？"那厮也不多言语，觑著夫人贺喜，唤莺莺做"县君"。

仆以书呈夫人，红娘取而奉莺，莺发书视之，止诗一绝。诗曰："玉京仙府探花郎，寄语蒲东窈窕娘。指日拜恩衣昼锦，是须休作倚门妆。"

莺解诗旨曰："探花郎，第三也。'指日拜恩衣昼锦'，待徐授而归也。"夫人以下皆喜。自是至秋，杳无一耗。莺修书密遣仆寄生，随书赠衣一袭，瑶琴一张，玉簪一枝，斑管一枝。

【越调】【水龙吟】露寒烟冷庭梧坠，又是深秋时序。空闺独坐，无人存问，愁肠万缕。怕到黄昏后，窗儿下甚般情绪！映湖山左，芭蕉几叶，空阶静散疏疏雨。　一自才郎别后，尽日家凭栏凝伫。碧云黯淡，楚天空阔；征鸿南渡，飞过蒹葭浦。暮蝉噪烟迷古树，望野桥西畔，小旗沽酒，是长安路。

【看花回】想世上凄凉事，离情最苦，恨不得插翅飞将往他行去。地里又远关山阻，无计奈，谩登楼，空目断故人何许！　密召得仆人至，将传肺腑。连几般衣服一一包将去，是必小心休迟滞，莫耽误！唤红娘交拈与，再三嘱付。

【雪里梅】"白罗素裆裤，摺动的裈儿也无。一领汗衫与裹肚，非足取，取是俺咱自做。　绵袜儿莫嫌薄，灯下曾用工夫。一针针刺了羡觑，恐虑破后，有准重补？"

【揭针子】"蓝直系有工夫，做得依规矩。幽窗明静处，潜心下绣针，著意分丝缕。绣著合欢连理花，稚子儿交颈舞。　绒绦儿细绛州出，宜把腰围束。青衫忒离俗，裁得畅可体；褑儿是吴绫，件件都受取，更与伊几件物。"

【叠字三台】"簪虽小，是美玉，玉取其洁白纯素，微累纤瑕不能污。浑如俺为你，俺为你心坚固。你曾惜俺如珍，今日看如粪土。　紫毫管，未尝有，是九嶷山下青苍竹。当日湘妃别姚虞，眼儿里泪珠，泪珠儿如秋雨，点点都画成斑，比我别离来苦。　瑶琴是你咱抚，夜间曾来挑斗奴。你俏似相如献了《上林赋》，成名也在上都，在上都里贪欢趣，镇日家耽酒迷花，便把文君不顾。"

【绪煞】"孩儿！沿路里耐辛苦，若见薄情郎传示与，但道自从别来，官人万福！一件件对他分付，教他受取，看是阻那不阻，临了教读这一封儿堕泪书。"

仆未至京。君瑞擢第后，以才授翰林学士，因病闲居，至秋未愈。

【仙吕调】【剔银灯】寂寞空斋，清秋院宇，潇洒闲庭幽户。槛内芳菲，黄花开遍，将近登高时序。无情无绪，憔悴得身躯有谁抬举？　早是离情怎苦，病体儿不能痊愈。泪眼盈盈，眉头镇蹙。九曲回肠千缕，天遥地远，万水千山，故人何处？

【尾】许多时节分鸳侣，除梦里有时曾去，新来和梦也不曾做。

生喜来擢第，愁来病未愈。那逢秋夜，为忆莺莺，杳无一耗，愁肠万结。

【正宫】【梁州令断送】帘外萧萧下黄叶，正愁人时节，一声羌管怨离别。看时节，窗儿外雨些些。　晚风儿淅溜淅冽，暮云外征鸿高贴。风紧断行斜，衡阳迢递，千里去程赊。

【应天长】经霜黄菊半开谢，折花羞戴，寸肠千万结。卷帘凝泪眼，碧天外乱峰千叠。望中不见蒲州道，空目断暮云遮。　荒凉深院古台榭，恼人窗外，琅玕风欲折。早是离人心绪恶，阁不定泪啼清血。断肠何处砧声急，与愁人助凄切。

【赚】点上灯儿，闷答孩地守书舍。谩咨嗟，鸳枕大半成虚设，独对如年夜，如年夜。守著窗儿闷闷地坐，把引睡的文书儿强披阅。检秦晋传检不著，翻寻著吴越把耳朵撅。　收拾起，待刚睡些儿，奈这一双眼儿劣。好发业，泪漫漫地会圣也，难交睫，空自撅！似恁地凄凉恁地愁绝，下场知他看怎者。待忘了，不觉声丝和气噎，几时摧彻？

【甘草子】我伴呆，我伴呆！一向志诚，不道他心趄。短命的死冤家，甚不怕神天折？一自别来整一年，为个甚音书断绝？著意殷勤待撰个简牒，奈手颤难写。

【脱布衫】几番待撇了不藉，思量来当甚厮憋！孩儿！我须有见伊时，咱对著惺惺人说。

【梁州三台】愁攲单枕，夜深无寐，袭袭静闻沈屑。隔窗促织儿泣新晴，小即小叫得畅咵。辄向空阶那畔，叨叨地没悄没歇。做个虫蚁儿没些儿慈悲，聒得人耳疼耳热。

【尾】越越的哭得灯儿灭，惭愧哑！秋天甫能明夜，一枕清风半窗月。

生渴仰间，仆至，授衣发书，其大略曰："薄命妾莺莺致书于才郎文几：自去秋已来，常忽忽如有所失。于喧哗之中，或勉为笑语；闲宵自处，无不泪零。至于梦寐之间，亦多叙感咽离忧之思。绸缪缱绻，暂若寻常；幽会未终，惊魂已断。虽半枕如暖，而思之甚遥。一昨拜辞，倏逾旧岁。长安行乐之地，触绪牵情，何幸不忘幽微，眷念无斁。鄙薄之志，无以奉酬。至于终始之盟，则固不忒。鄙昔中表相因，或同宴处；婢仆见诱，遂致私诚。儿女之心，不能自固。兄有援琴之挑，鄙人无投梭之拒。及荐枕席，义感恩深；愚幼之情，永谓终托。岂其既见君子，而不能以礼定情；松柏留心，致有自献之羞。不复明侍巾帻，殁身永恨，含叹何言。倘若仁人用心，俯就幽劣，虽死之日，犹生之年；如或达士略情，舍小从大，以先配为丑行，谓要盟之可欺，则当骨化形销，丹诚不泯，因风委露，犹托清尘。存殁之诚，言尽于此。临纸呜咽，情不能申。千万千万，珍重珍重！玉簪一枝，斑管一枝，瑶琴一张，假此数物，示妾真诚。玉取其坚润而不渝，泪痕在竹，愁绪萦琴。因物达诚，永以为好。心迩身远，拜会何时？幽情所钟，千里神合。秋气方肃，强饭为佳。慎自保持，无以鄙为深念也！"生发书，不胜悲恸。

【大石调】【玉翼蝉】才读罢，仰面哭，泪把青衫污。料那人争知我，如今病未愈，只道把他孤负。好凄楚，空闷乱，长叹吁，此恨凭谁诉？似恁地埋怨，教人怎下得？索刚拖带与他前去。　读了又读，一个好聪明妇女，观其言语，都成章句。寄来的物件，斑管瑶琴簪是玉，窍包儿里一套衣服，怎不教人痛苦！眉蹙眉攒，断肠肠断，这莺莺一纸书。

生友人杨巨源闻之，作诗以赠之。其诗曰："清润潘郎玉不知，中庭霜冷叶飞初。风流才子多春思，肠断萧娘一纸书。"巨源勉君瑞娶莺，君瑞治装未及行，郑相子恒至蒲州，诣普救寺，往见夫人。夫人问曰：子何务而至于此？恒曰："相公令恒庆夫人终制，成故相所许亲事矣。"夫人曰："莺已许张珙。"恒曰："莫非新进张学士否？"夫人曰："珙新进，未知除授。"恒曰："珙以才授翰林学士，卫吏部以女妻之。"

【南吕宫】【一枝花缠】这畜生肠肚恶，全不合神道。著言厮间谍、忒奸狡！道："张珙新来受了别人家捉。"本萌著一片心，待解破这同心子，脚里他家做俏。　郑氏闻言，道："怎地著？"攧损红娘脚，莺莺向窗前那畔也知道，九曲柔肠似万口尖刀搅。那红娘方便地劝道："远道的消息，姐姐且休萦怀抱。"

【傀儡儿】"妾想那张郎的做作，于姐姐的恩情不少。当初不容易得来，便怎肯等闲撇掉？郑恒的言语无凭准，一向把夫人说调。　为姐姐受了张郎的定约，那畜生心头热燥。对甫成这一段儿虚脾，望姐姐肯从前约。等寄书的若回路便知端的，目下且休，秋后便了。"

【转青山】莺莺尽劝，全不领略，迷留闷乱没处著。"上梢里只唤做百年谐老，谁指望是他没下梢！负心的天地表，天地表！待道是实，从前于俺无弱；待道是虚，甚音信杳？为他受苦了多多少少，争知他恁地情薄，只是自家错了，自家错了！"

【尾】"孤寒时节教俺且充个'张嫂'，甚富贵后教别人受郡号？"刚待不烦恼呵，呀的一声仆地气运倒。

　　谗言可畏，十分不信后须疑；人气好毒，一息不来时便死。左右侍儿皆救，多时方苏。夫人泣曰："皆汝之不幸也！"密嘱红娘曰："姐姐万一不快，必不赦汝。"恒潜见夫人曰："珙与恒孰亲？况珙有新配，恒约在先，当以故相姑夫为念。"夫人不获已，阴许恒择日成礼。议论间。

【双调】【文如锦】好心斜，见郑恒终是他亲热。嘱付红娘："你管取恁姐姐，是他命里十分拙，休教觅生觅死，自推自擸。有些儿好弱，你根的不舍。"郑恒又谮言，道："恁姐姐休呆，我比张郎是不好门地？不好家业？　不是自家自卖弄，我一般女婿也要人选。外貌即不中，骨气较别；身分即村，衣服儿忒捻；头风即是有，头巾儿蔚帖；文章全不会后，《玉篇》都记彻。张郎是及第，我承内祇：子是争得些些。他别求了妇，你只管里守志哟，当甚贞烈？"

【尾】言未讫，帘前忽听得人应喏，传道："郑衙内且休胡说，兀的门外张郎来也！"

　　郑恒手足无所措。珙已至帘下，拜毕夫人。夫人曰："喜学士别继良姻！"珙惊曰："谁言之？"曰："都下人来，稔闻是说。今莺已从前约。"郑恒以此言，使张君瑞添一段风流烦恼，增十般稔腻忧愁。夫人且将实言唬君瑞面颜如土。夫人道甚来？

【仙吕调】【香山会】那君瑞闻道，扑然倒地，只鼻内似有游气。曲匝了半晌，收身强起，伤自家来得较迟。　"谁曾受捉？那说来的畜生在那里？唤取来夫人面前诘对。"旁边郑衙内，怎生坐地？忍不定连打啼。

夫人曰："学士息怒，其事已然，如之奈何？"生思之："郑公，贤相也，稍蒙见知。吾与其子争一妇人，似涉非礼。"夫人令恒拜珙曰："此莺兄也！"珙视之，觑衙内结束模样，越添烦恼。

【中吕调】【牧羊关】张生早是心羞惨，那堪见女婿来参！不稔色村沙身段，鹘鸼干淡，向日头獾儿般眼；吃虱子猴狲儿般脸。皂绦拦胸系，罗巾脑后担。　鬓边虮虱浑如糁，你寻思大小大腌臜！口嚃似猫坑，咽喉似泼忓。诈又不当个诈，谄又不当个谄。早是辘轴来粗细腰，穿领布袋来宽布衫。

【尾】莫难道诗骨瘦岩岩，掂详了这厮趋跄身分，便活脱下钟馗一二三。

生谓夫人曰："莺既适人，兄妹之礼，不可废也。"夫人召莺，久之方出。

【仙吕调】【点绛唇缠令】百媚莺莺，见人无语空低首。泪盈巾袖，两叶眉儿皱。　擩损金莲，搓损葱枝手，从别后，脸儿清秀，比是年时瘦。

【天下乐】拜了人前强问候，做为儿娇更柔。料来他家不自由，眉尖有无限愁。无状的匹夫怎消受，与做眷属，俺来得只争个先共后。是自家错也，已装不卸，泼水难收。

【尾】莺莺俏似章台柳，纵使柔条依旧，而今折在他人手。

莺莺坐夫人之侧。生问曰："别来无恙否？"莺莺不言而心会。

【越调】【上平西缠令】自年前，长安去，断行云，常记得分饮离樽。一声长嗐，两行血痕落纷纷。耳畔叮咛，嘱付情人，肠断消魂。　马儿上骎骎地，眠樵馆，宿渔村。最怕的愁到黄昏，孤灯一点，被儿冷落又难温。眼前不见意中人，枕满啼痕。

【斗鹌鹑】把个湧溜庞儿，为他瘦损，减尽从来稔腻凤韵。自到长安，身心用尽，自及第，受皇恩，奈何病体淹延在身。　前者才初得封书信，告假驱驰，远来就亲。比及相逢，几多愁闷！雨儿又急，风儿又紧，为他不避，甘心受忍。

【青山口】甫能到此甚欢欣，见夫人先话论，道俺娶妻在侯门，把莺莺改婚姻。教人情惨切，对景转伤神！唤将到女婿，各序寒温。　觑了他家举止行为，真个百种村。行一似揍老，坐一似猢狲。甚娘身分！驼腰与龟胸，包牙缺上边唇。这般物类，教我怎不阴哂？是阎王的爱民。

【雪里梅】【又一体】更口臭把人薰，想莺莺好缘分，暗思向日，共他鸳衾，效学秦晋。　谁想有今辰，共别的待展纹裀。暗暗觑地玉容如花，不施朱粉。　然憔悴，尚天真，纤腰细腿罗裙。下得下得，将人不愀不问。佯把眉黛攒，金钗嚲坠乌云。恨他恨他，索甚言破，是他须自隐。

【尾】泪珠儿滴了又重揾，满腹相思难诉陈。吃喜的冤家，怎生安稳？合著眼不辩个真情，岂思旧恩？我然是个官人，却待教兀谁做"县君？"

　　君瑞与莺，各目视，而心内皆痛矣。

【中吕调】【古轮台】好心酸，寸肠千缕似刀剜。被那无徒汉把夫妻拆散。合下寻思，料他不敢违言。说尽虚脾，使尽局段，把人赢勾厮欺谩。天须开眼，觑了俺学士哥哥，少年登第，才貌过人，文章超世，于人更美满。却教我与这匹夫做缱绻！　所为身分举止得人嫌，事事不通疏，没些灵变。旷脚、驼腰、秃鬓、黄牙、乌眼。不怕今宵，只愁明夜，绣帏深处效鸳鸯，争似孤眠，最难甘！眼底相逢，有情夫婿，不得团圆。好迷留没乱，教人怎舍弃？孜孜地觑著浑恰似天远。

【尾】如今"方验做人难"，尽他家问当不能应对，正是"新官对旧官"。

　　张君瑞坐止不安，遽然而起。法聪邀珙于客舍，方便著言劝诱曰："学士何娶不可？无以一妪人为念。"珙曰："师言然善。奈处凡浮，遭此屈辱，不能无恨。"聪与珙抵足。珙被衣，取莺莺书及所赐之物，愈添悽惶。

【黄钟宫】【闲花啄木儿第一】黄昏后，守僧舍，那堪暮秋时节！窗外琅玕弄翠影，见西风飘败叶。煎煎地耳畔蛩吟切，啾啾唧唧声相接。俺道了不恁悽惶，心肠除是铁！

【整乾坤】牵情惹恨，几时捱彻！听戍楼，角奏《梅花》声呜咽。画壁间一盏恼人灯，碧莹莹半明不灭。

【第二】思量俺，好命劣，怎著恁恶缘恶业！幸自夫妻恁美满，被旁人厮间谍，两口儿合是成间别。天教受此悽惶苦，想旧日雨迹云踪，枉教做话说。

【双声叠韵】玉漏迟，鸳被冷，愁对如年夜。宝兽烟，萦断缕，袅袅喷龙麝。暂合眼，强睡些！便会圣，怎宁贴！床儿上自捱自擸。

【第三】镇思向日，空教人气的微撇。小庭那畔，捻吟须，步廊月。朱扉半揶，蓦观伊向西厢下。渐渐至空阶侧畔，倚湖山，春困歇。

【刮地风】手把白团扇轻捻，有出尘容冶。腰肢袅娜纤如束，举止殊绝。柳眉星眼，杏腮桃颊。口儿小，脚儿弓，扮得蔚帖，一时间暂相见，不能割舍！

【第四】两情暗许，著新诗意中写。正相眷恋，见红娘把绣帘揭，低声报道："夫人使妾来唤。"步促金莲归去，飘飘香暗惹。

【柳叶儿】教人半晌如呆，回来却入书舍。后来更不相逢，十分舍了休也！

【第五】不幸蒲州军乱，把良民尽虏劫。一部直临此寺，周围尽摆列。高声喝叫："得莺莺便把残生怯，若是些小迟然，都教化菁血。"

【寨儿令】骋些英烈，被俺咱都尽除灭，满门家眷得宁贴。那老婆把恩轻绝，是俺弄巧翻成拙。

【第六】后来暗约，向罗帏镇欢悦。夜来晓去，约来近数月。不因败漏，才时许我为姻眷。奈何名利拘人，夫妻容易别。

【神仗儿】得临帝阙，得临帝阙，蟾宫桂枝独折，名标金甲。俺咱恁时准备了娶他来也，不幸病缠惹。

【第七】想太君情性劣，往日夸侈共撒，陡恁地不调贴。把恩不顾，信无徒汉子他方说，便把美满夫妻，恩情都断绝。

【四门子】这些儿事体难分别，如今也待怎者？莺莺情性那里每也，俏无了贞共烈。你好毒，你好呆，恰才那里相见些！你好羞，你好呆，亏杀人也姐姐！

【第八】从来呵惯受磨灭，他家今日已心邪。尽人问当不应对，亏人不怕神夭折，恼得人头百裂。 便假饶天下雪，解不得我这腹热！一封小简分明都是伊家写，只被你迤逗人来，一星星都碎撏百裂。

【尾】斑管虽圆被风裂，玉簪更坚也掂折，似琴上断弦难再接。

> 聪见琛不快，起而勉之曰："足下聪明者也，以一妇人，惑至于此，吾与子不复友矣。"琛曰："男女佳配，不易得也。加以情思积有日矣。一旦被谗，反为路人，所以痛余心也。"聪曰："足下傥得莺，痛可已乎？"琛曰："何计得之？"聪曰："吾为子谋之。"

【中吕调】【碧牡丹】"不须长叹息，便不失了咱丈夫的纲纪。惹人耻笑，怎共贫僧做相识？可惜了你才学，枉了你擢高第。莫忧煎，休埋怨，放心地！"

> 猛然离坐起，壁中间取下戒刀三尺。"兀的二更方尽，不到三更已外，比及这蜡烛烧残，教你知消息。我去后必定有官防，君莫怕，我待做头抵。"

【尾】"把忘恩的老婆枭了首级，把反间的畜生教尸粉碎，把百媚的莺莺分付与你。"

> 法聪言未已，隔窗间人笑曰："尔等行凶，岂不累我？"言者是谁？

是谁？

【大石调】【玉翼蝉】把窗间纸微润开，君瑞偷睛觑。半夜三更，不知是甚人，特来到于此处。移时节方认得是两个窈窕如花女，一个是莺莺驺驺步月来，红娘向后面相逐。　开门相见，不问个东西便抱住。可憎问当："别来安否？"也无闲语，只办得灯前魆魆地哭。犹疑梦寐之间，频掐肌肤。泪点珠儿盈盈如雨，止约不住，料想当日离别不惥的苦。

【尾】比及夫妻每重相遇，各自准备下万言千语，及至相逢却没一句。

　　多时，莺语郎曰："学士淹留京国，至有今日。奈何？奈何？"

【中吕调】【安公子赚】女孩儿低声道，道："别来安乐么张学士？忆自伊家赴上都，日许多时，夜夜魂劳梦役。愁何似？似一川烟草黄梅雨。闷似长江，揽得个相思担儿。　远别春三月，恁时方有音书至。火急开缄仔细读，元来是一首新诗。披味那其间意思，知你获青紫。满宅家眷喜不喜？以'县君'呼之，不枉了俺从前真志。"

【赚】"谁知后来，更何曾梦见个人传示？时暮秋，令人特地传锦字。连衣袂，连玉簪、斑管与丝桐，一星星比喻著心间事。临去也，嘱咐了千回万次，'早离京师'。谁知郑家那厮，新来先自长安至。谁曾问著，从头说一段希奇事，希奇事。道京师里卫尚书家女孩儿，新来招得个风流婿。道是及第官，雁序排连第三位，年纪二十六七。"

【渠神令】"道是洛京人氏，先来曾蒲州居止，见今编修国史，莫比洛阳才子。夫人一向信浮词，不问是那不是。许了姑舅做亲，择下吉日良时。谁知今日见伊，尚兀子鳏居独自。又没个妇儿妻子，心上有如刀刺。假如活得又何为，枉惹万人嗤！"

　　莺解裙带掷于梁。

【尾】"譬如往日害相思，争如今夜悬梁自尽，也胜他时憔悴死。"

　　珙曰："生不同偕，死当一处。"

【黄钟宫】【黄莺儿】懒噪懒噪，似此活得，也惹人耻笑。把皂绦儿搭在梁间，双双自吊。　唬得红娘忙扯著道："休厮合造，恁两个死后不争，怎结末这秃屌？"

　　红娘抱莺。聪止君瑞，曰："先生之惑愈甚矣！幸得续弦，死而何益？"

　　珙曰："莺已适人，不死何待？"聪曰："吾有一策，使莺不适人，与子百年偕老。"珙曰："策将安出？"聪曰："吾不能矣，子谒一故人，事可济矣。"

【般涉调】【哨遍缠令】君瑞悬梁，莺莺觅死，法聪连忙救。"怎死后教人打官防，我寻思著甚来由？好出丑，夫妻大小大不会寻思，笑破贫僧口。人死后浑如悠悠地逝水，厌厌地不断东流。荣华富贵尽都休，精爽冥寞葬荒址。一失人身，万劫不复，再难能勾。　欲不分离，把似投托个知心友。不索打官防。教您夫妻尽百年欢偶。快准备车乘鞍马，主仆行李，一发离门走。投托的亲知不须远觅，而今只在蒲州。昔年也是一儒流，壮岁登科，不到数余秋，方今是一路诸侯。"

【长寿仙滚】"初典郡城，更牢狱无囚。后临边郡，灭尽草贼滑寇。坐筹帷幄，驰马临军挑斗，十场镇赢八九。　天下有底英雄汉，闻名难措手。这个官人，不枉食君之禄。匡扶社稷，安天下兼文锐武，古今未尝曾有。"

【急曲子】"也不爱耽花恋酒，也不爱打桃射柳，也不爱放马走狗，也不爱射生射兽。去年曾斩逆臣头，腰间剑是帝王亲授。"

【尾】"是百万兵都领袖，天来大名姓传宇宙，便是斩斫自由的杜太守。"

生曰："杜太守谓谁？"聪复言之。

【高平调】【于飞乐】"告吾师：杜太守端的是何人？与自家是旧友关亲？"法聪闻得道："君瑞休劳问，果贵人多忘，早不记得贼党临门。　这官人与足下非戚非亲，怎两个旧友忘形；与夫人连大众，都有深恩。太守谓谁？是去年白马将军。"

生曰："杜将军骤拜太守也，以何故？"聪曰："以威慑贼军，乱清蒲右。蒙天子重知，数月前，特授镇西将军，蒲州太守，兼关右兵马处置使。"珙喜谢曰："非吾师指迷，实不悟此。"生携莺宵奔蒲州，时二更左右。

【大石调】【洞仙歌】收拾行李，一步地都行上，两口儿眉头暂开放。望秋天，即渐月淡星稀东方朗，隐隐城头鼓响。抵晓入城，直至衙门旁。不及殷勤展参榜，门人通报，太守出厅相见，未及把一向行藏问当。太守道："君瑞喜登科！"君瑞道："哥哥自别无恙！"

太守邀生入偏厅，生曰："门外拙妻，参拜兄嫂子个。"太守令夫人请莺。客礼毕，夫人请莺至后阁。珙与太守酌酒道旧。可谓"青山牵梦寐，白发喜交亲"。

【越调】【上平西缠令】杜将军，张君瑞，话别离，至坐上各序尊卑。别来经岁，故人青眼喜重期。两情谈论正投机。一笑开眉。　情相慕，心相得，重相见，旧相知，便畅饮彼此无疑。风流太守，为生满满劝金杯："喜君仙府探花归，高步云梯。"

【斗鹌鹑】君瑞闻言，欠身避席，饮罢躬身，向前施礼。道："多谢哥哥此般厚意。据自家寡才艺，尽都是父母阴功所得。　幸得今朝弟兄面会，敢烦将军万千休罪！小子特来，有些事体。记去年离上国，访诸先觉，游学到这里。"

【看花回】"普救院，权居止，诗书谙理。却不幸蒲州元帅浑公逝，乱军起，无人统，残郡邑，害良民，蒲州里满城铁骑。　神鬼哭，生灵死，哀声振地。至普救诸多僧行难提备，关闭得山门著。怎当众军卒，群刀手砍，是铁门也粉碎。"

【青山口】"众僧欲走又不及，须识前朝崔相国，那家女孩儿叫莺莺，当时未及笄岁。群贼门外逼，道：'得莺后便西归。'相国老夫人，听得悲泣。不奈之何，故谒微生，愿求脱命计。特仗法聪，曾把书寄。太守既到那里，飞虎唬来痴，群贼倒枪旗。退却乱军，免却生离，都是哥哥虎威。"

【渤海令】"那夫人感恩义，许莺莺与俺为妻。幸天子开贤路，因而赴帝里。幸已高攀月中桂，不幸染沉疾，风散难医治，淹延近一岁。　谁知个郑衙内，与莺莺旧关亲戚。恐吓使为妻室，不念莺莺是妹妹。夫人不敢大喘气，连忙拣下吉日。只争一脚地，大分与那畜生效了连理。"

【尾】"是他的亲姑舅要做夫妻，倚仗是宰臣家有势力，不辩个清浊没道理。托付你个慷慨的相识，别辩个是非。与俺做些儿主意，看那骨胀的哥哥近俺甚底！"

太守曰："吾弟放心，不争则已，争则吾必斩恒。少待，公退闲话。"

【大石调】【还京乐】蓦观仪门开处，两廊下悄不闻鸦。冬冬地鼓响，正厅上太守升衙。阶前军吏，谁敢闹嘈杂，大案前行本一把。五日三朝家没纸儿文字，官清法正无差。大牢里虞候羊儿般善，是有大人弹压。有子有牢房地匣，有子有栏军夹画，有子有铁裹榆枷。更年没罪人戴他，犯他，狱门前草长，有谁曾蹝？　有刑罚徒流绞斩，吊栲綁扒。设而不用，束杖理民宽雅。地方千里，威教有法，吏也不爱侵官弄法。善为政威而不猛，宽而有勇，一方人唤做"菩萨"。但曾坐处绝了群盗，纵有敢活拿。正不怕明廉暗察，信不让春秋里季札，治不让颍川黄霸。蒲州里大小六十万家，人人钦仰，俏如爹妈。

【尾】虎符金牌腰间挂，英雄镇著普天之下，諕得逆子贼臣望风的怕。

　　分符守郡，昔年杨震不清白；迪简在廷，曩日比干非骨鲠。太守公坐之
　　次，郑恒鞍马叩门，遽然而下。

【中吕调】【古轮台】郑衙内，当时休道不心嗔，祗候的每怎遮拦？大走入衙
门。直上厅来，俏不顾白马将军。气莽声高，叫呼扬疾，对人骋尽百般村。
都说元因，道："化了的相国姑夫，在时曾许聘与莺莺，不幸身死，因此上
未就亲。到如今，服阕也却序旧婚姻。　　许多财礼，一划是好金银，十万贯
余钱，首饰皆新。百件衣服，更兼霞帔长裙。准备了筵席，造下食饭，杯盘
水陆地铺祵。今日是良辰，去昨宵半夜已来，四更前后，不觉莺莺随人私
走，教人怎不忿？我寻想，那张珙哥哥好没人情！"

【尾】"莺莺那里怎安稳，觑著自家般丈夫，下得谁人逃去，短命的那孩儿没
眼厅！"

　　太守怒曰："子欺我乎？公厅对官无礼，私下怎话！"

【双调】【文如锦】那将军，见郑恒分辩后冲冲地怒，道："打脊匹夫怎敢唬
吾！当日个孙飞虎，因亡了元帅，夺人妻女。莺莺在普救，参差被虏。若非
君瑞以书求救，怎地支吾？怕贤不信，试问普救里僧行，我手下兵卒。　　因
此上夫人把亲许，不望你中间说他方言语。今日他来先曾告诉，君瑞待把莺
莺娶，你甚倚强压弱，厮欺厮负，把官司诳唬，全无畏惧？你可三思，婚姻
良贱，明存著法律。莫粗疏，姑舅做亲，便不败坏风俗？"

【尾】"平白地昏赖他人婚，若不看怎朝廷里地慈父，打一顿教牒将家去。"

　　郑恒对众官，但称："死罪！非君瑞之愆。"又曰："我之过也。傥见亲
　　知，有何面目？"

【大石调】【伊州滚】添烦恼，情怀似刀搅，都是自家错。花枝般媳妇，又被
别人将了。我还归去，若见乡里亲知，甚脸道？待别娶个人家，觑了我行为
肯嫁的少。　　怎禁当，衙门外，打牙打令浑，匹似闲来咶哨。等著衙内，待
替君瑞著言攒槊。郑恒打惨道："把如吃恁摧残，厮合燥，不出衙门，觅个
身亡却是了。"

【尾】觑著一丈来高石阶级褰衣跳，衙内每又没半个人扯著，头扎番身吃一
个大磕落。

　　浣纱节妇，昔年抱石身亡；好色穷人，今日投阶而死。太守令衙内拽尸
　　于门外，退厅张宴。

【南吕宫】【瑶台月】从今至古，自是佳人合配才子。莺莺已是县君，君瑞是玉堂学士。一个文章天下无双，一个稔色寰中无二。似合欢带，连理枝，题彩扇，写新诗。从此趁了文君深愿，酬了相如素志。将军满满劝金卮，道："今日极醉休辞！"欢喜教这两个也，干撞杀郑恒那村厮。牙关紧，气堵了咽喉；脑袋裂，血污了阶址。后门外横著死尸，牌写著数行字出示："这厮一生爱女，今番入死。"

【尾】会见乾堆每强相思，从前已往有浮浪儿，谁似这厮般少年花下死！

君瑞莺莺，美满团圆，还都上任；郑恒衙内，自耻怀羞，投阶而死。方表才子施恩，足见佳人报德。怎见得有此事来？蓬莱刘泐题诗曰："蒲东佳遇古无多，镂板将令镜不磨。若使微之见斯女，不教专美《伯劳歌》。"

西厢记

〔元〕王实甫

第一本　张君瑞闹道场杂剧

楔　子

（外扮老夫人上开）老身姓郑，夫主姓崔，官拜前朝相国，不幸因病告殂。只生得个小姐，小字莺莺，年一十九岁，针黹女工，诗词书算，无不能者。老相公在日，曾许下老身之侄——乃郑尚书之长子郑恒——为妻。因俺孩儿父丧未满，未得成合。又有个小妮子，是自幼伏侍孩儿的，唤做红娘。一个小厮儿，唤做欢郎。先夫弃世之后，老身与女孩儿扶柩至博陵安葬；因路途有阻，不能得去。来到河中府，将这灵柩寄在普救寺内。这寺是先夫相国修造的，是则天娘娘香火院，况兼法本长老又是俺相公剃度的和尚；因此俺就这西厢下一座宅子安下，一壁写书附京师去，唤郑恒来相扶回博陵去。我想先夫在日，食前方丈，从者数百；今日至亲只这三四口儿，好生伤感人也呵！

【仙吕】【赏花时】夫主京师禄命终，子母孤孀途路穷；因此上旅榇在梵王宫。盼不到博陵旧冢，血泪洒杜鹃红。

今日暮春天气，好生困人，不免唤红娘出来分付他。红娘何在？（旦俫扮红见科）（夫人云）你看佛殿上没人烧香呵，和小姐闲散心耍一回去来。（红云）谨依严命，（夫人下）（红云）小姐有请。（正旦扮莺莺上）（红云）夫人着俺和姐姐佛殿上闲耍一回去来。（旦唱）

【幺篇】可正是人值残春蒲郡东，门掩重关萧寺中；花落水流红，闲愁万种，无语怨东风。（并下）

第一折

（正末扮骑马引俫人上开）小生姓张，名珙，字君瑞，本贯西洛人也。先人拜礼部尚书，不幸五旬之上，因病身亡。后一年丧母。小生书剑飘零，功名未遂，游于四方。即今贞元十七年二月上旬，唐德宗即位，欲往上朝取应。路经河中府，过蒲关上，有一故人，姓杜名确，字君实，与小生同郡同学，当初为八拜之交。后弃文就武，遂得武举状元，官拜征西大元帅，统领十万大军，镇守着蒲关。小生就望哥哥一遭，却往京师求进。暗想小生萤窗雪案，刮垢磨光，学成满腹文章，尚在湖海飘零，何日得遂大志也呵！万金宝剑藏秋水，满马春愁压绣鞍。

【仙吕】【点绛唇】游艺中原，脚根无线、如蓬转。望眼连天，日近长安远。

【混江龙】向诗书经传，蠹鱼似不出费钻研。将棘围守暖，把铁砚磨穿。投至得云路鹏程九万里，先受了雪窗萤火二十年。才高难入俗人机，时乖不遂男儿愿。空雕虫篆刻，缀断简残编。

行路之间，早到蒲津。这黄河有九曲，此正古河内之地，你看好形势也呵！

【油葫芦】九曲风涛何处显，只除是此地偏。这河带齐梁，分秦晋，隘幽燕。雪浪拍长空，天际秋云卷；竹索缆浮桥，水上苍龙偃。东西溃九州，南北串百川。归舟紧不紧如何见？恰便似弩箭乍离弦。

【天下乐】只疑是银河落九天；渊泉、云外悬，入东洋不离此径穿。滋洛阳千种花，润梁园万顷田，也曾泛浮槎到日月边。

话说间早到城中。这里一座店儿，琴童接下马者！店小二哥那里？（小二上，云）自家是这状元店里小二哥。官人要下呵，俺这里有干净店房。（末云）头房里下，先撒和那马者！小二哥，你来，我问你：这里有甚么闲散心处？名山胜境，福地宝坊皆可。（小二云）俺这里有一座寺，名曰普救寺，是则天皇后香火院，盖造非俗：琉璃殿相近青霄，舍利塔直侵云汉。南来北往，三教九流，过者无不瞻仰；只除那里可以君子游玩。（末云）琴童料持下晌午饭！俺到那里走一遭便回来也。（童云）安排下饭，撒和了马，等哥哥回家。（下）（法聪上）小僧法聪，是这普救寺法本长老座下弟子。今日师父赴斋去了，着我在寺中，但有探长老的，便记着，待师父回来报知。山门下立地，看有甚么人来。（末上，云）却早来到也。（见聪了，聪问云）客官从何来？（末云）小生西洛至此，闻上刹幽雅清爽，一来瞻仰佛像，二来拜谒长老。敢问长老在么？（聪云）俺师父不在寺中，贫僧弟子法聪的便是，请先生方丈拜茶。（末云）既然长老不在呵，不必吃茶；敢烦和尚相引，瞻仰一遭，幸甚！（聪云）小僧取钥匙，开了佛殿、钟楼、塔院、罗汉堂、香积厨，盘桓一会，师父敢待回来。（做看科）（末云）是盖造得好也呵！

【村里迓鼓】随喜了上方佛殿，早来到下方僧院。行过厨房近西，法堂北，钟楼前面。游了洞房，登了宝塔，将回廊绕遍。数了罗汉，参了菩萨，拜了圣贤。

　　（莺莺引红娘拈花枝上，云）红娘，俺去佛殿上耍去来。（末做见科）呀！正撞着五百年前风流业冤。

【元和令】颠不剌的见了万千，似这般可喜娘的庞儿罕曾见。只教人眼花撩乱口难言，魂灵儿飞在半天。他那里尽人调戏嚲着香肩，只将花笑拈。

【上马娇】这的是兜率宫，休猜做了离恨天。呀，谁想着寺里遇神仙！我见他宜嗔宜喜春风面，偏、宜贴翠花钿。

【胜葫芦】只见他宫样眉儿新月偃，斜侵入鬓云边。

　　（旦云）红娘，你觑：寂寂僧房人不到，满阶苔衬落花红。（末云）我死也！未语人前先腼腆，樱桃红绽，玉粳白露，半晌恰方言。

【幺篇】恰便似呖呖莺声花外啭，行一步可人怜。解舞腰肢娇又软，千般袅娜，万般旖旎，似垂柳晚风前。

　　（红云）那壁有人，咱家去来。（旦回顾觑末下）（末云）和尚，恰怎么观音现来？（聪云）休胡说，这是河中开府崔相国的小姐。（末云）世间有这等女子，岂非天姿国色乎？休说那模样儿，只那一对小脚儿，价值百镒之金。（聪云）偌远地，他在那壁，你在这壁，系着长裙儿，你便怎知他脚儿小？（末云）法聪，来，来，来，你问我怎便知，你觑：

【后庭花】若不是衬残红芳径软，怎显得步香尘底样儿浅。且休题眼角儿留情处，只这脚踪儿将心事传。慢俄延，投至到栊门儿前面，刚那了一步远。刚刚的打个照面，风魔了张解元。似神仙归洞天，空余下杨柳烟，只闻得鸟雀喧。

【柳叶儿】呀，门掩着梨花深院，粉墙儿高似青天。恨天，天不与人行方便，好着我难消遣，端的是怎留连。小姐呵，只被你兀的不引了人意马心猿？

　　（聪云）休惹事，河中开府的小姐去远了也。（末唱）

【寄生草】兰麝香仍在，佩环声渐远。东风摇曳垂杨线，游丝牵惹桃花片，珠帘掩映芙蓉面。你道是河中开府相公家，我道是南海水月观音现。

　　"十年不识君王面，始信婵娟解误人。"小生便不往京师去应举也罢。

　　（觑聪云）敢烦和尚对长老说知，有僧房借半间，早晚温习经史，胜如旅邸内冗杂；房金依例拜纳，小生明日自来也。

【赚煞】饿眼望将穿，馋口涎空咽，空着我透骨髓相思病染，怎当他临去秋波那一转！休道是小生，便是铁石人也意惹情牵。近庭轩，花柳争妍，日午当庭塔影圆。春光在眼前，争奈玉人不见，将一座梵王宫疑是武陵源。（并下）

第二折

（夫人上，白）前日长老将钱去与老相公做好事，不见来回话。道与红娘，传着我的言语去问长老：几时好与老相公做好事？就着他办下东西的当了，来回我话者。（下）（净扮洁上）老僧法本，在这普救寺内做长老。此寺是则天皇后盖造的，后来崩损，又是崔相国重修的。见今崔老夫人领着家眷扶柩回博陵，因路阻暂寓本寺西厢之下，待路通回博陵迁葬，老夫人处事温俭，治家有方，是是非非，人莫敢犯。夜来老僧赴斋，不知曾有人来望老僧否？（唤聪问科）（聪云）夜来有一秀才自西洛而来，特谒我师，不遇而返。（洁云）山门外觑着，若再来时，报我知道。（末上）昨日见了那小姐，倒有顾盼小生之意。今日去问长老借一间僧房，早晚温习经史；倘遇那小姐出来，必当饱看一会。

【中吕】【粉蝶儿】不做周方，埋怨杀你个法聪和尚！借与我半间儿客舍僧房，与我那可憎才居止处门儿相向。虽不能够窃玉偷香，且将这盼行云眼睛儿打当。

【醉春风】往常时见傅粉的委实羞，画眉的敢是谎；今日多情人一见了有情娘，着小生心儿里早痒、痒。迤逗得肠荒，断送得眼乱，引惹得心忙。

（末见聪科）（聪云）师父正望先生来哩，只此少待，小僧通报去。（洁出见末科）（末云）是好一个和尚呵！

【迎仙客】我只见他头似雪，鬓如霜。面如童，少年得内养。貌堂堂，声朗朗，头直上只少个圆光，却便似捏塑来的僧伽像。

（洁云）请先生方丈内相见。夜来老僧不在，有失迎迓，望先生恕罪！

（末云）小生久闻老和尚清誉，欲来座下听讲，何期昨日不得相遇。今能一见，是小生三生有幸矣。（洁云）先生世家何郡？敢问上姓大名，因甚至此？（末云）小生姓张，名珙，字君瑞。

【石榴花】大师一一问行藏，小生仔细诉衷肠，自来西洛是吾乡，宦游在四方，寄居咸阳。先人拜礼部尚书多名望，五旬上因病身亡。（洁云）老相公弃世，必有所遗。（末唱）平生正直无偏向，止留下四海一空囊。

【斗鹌鹑】俺先人甚的是浑俗和光，真一味风清月朗。（洁云）先生此一行必上朝取应去。（末唱）小生无意求官，有心待听讲。小生特谒长老，奈路途奔驰，无以相馈。量着穷秀才人情只是纸半张，又没甚七青八黄，尽着你说短论长，一任待掂斤播两。

径禀：有白银一两，与常住公用，略表寸心，望笑留是幸！（洁云）先生客中，何故如此？（末云）物鲜不足辞，但充讲下一茶耳。

【上小楼】小生特来见访，大师何须谦让。（洁云）老僧决不敢受。（末唱）这钱也难买柴薪，不够斋粮，且备茶汤。（觑聪云）这一两银未为厚礼。你若有主张，对艳妆，将言词说上，我将你众和尚死生难忘。

（洁云）先生必有所请。（末云）小生不揣有恳，因恶旅邸冗杂，早晚难以温习经史；欲假一室，晨昏听讲。房金按月任意多少。（洁云）敝寺颇有数间，任先生拣选。（末唱）

【幺篇】也不要香积厨，枯木堂。远着南轩，离着东墙，靠着西厢。近主廊，过耳房，都皆停当。

（洁云）便不呵，就与老僧同处何如？（末笑云）要恁怎么。你是必休题着长老方丈。

（红上，云）老夫人着俺问长老：几时好与老相公做好事？看得停当回话。须索走一遭去来。（见洁科）长老万福！夫人使侍妾来问：几时好与老相公做好事？着看得停当了回话。（末背云）好个女子也呵！

【脱布衫】大人家举止端详，全没那半点儿轻狂。大师行深深拜了，启朱唇语言得当。

【小梁州】可喜娘的庞儿浅淡妆，穿一套缟素衣裳；胡伶渌老不寻常，偷晴望，眼挫里抹张郎。

【幺篇】若共他多情的小姐同鸳帐，怎舍得他叠被铺床。我将小姐央，夫人央，他不令许放，我亲自写与从良。

（洁云）二月十五日，可与老相公做好事。（红云）妾与长老同去佛殿看了，却回夫人话。（洁云）先生请少坐，老僧同小娘子看一遭便来。（末云）何故却小生？便同行一遭，又且何如？（洁云）便同行。（末云）着小娘子先行，俺近后些。（洁云）一个有道理的秀才。（末云）小生有一句话说敢道么？（洁云）便道不妨。（末唱）

【快活三】崔家女艳妆，莫不是演撒你个老洁郎？（洁云）俺出家人那有此事？（末唱）既不沙，却怎睃趁着你头上放毫光，打扮的特来晃。

（洁云）先生是何言语！早是那小娘子不听得哩，若知呵，是甚意思！

（红上佛殿科）（末唱）

【朝天子】过得主廊，引入洞房，好事从天降。我与你看着门儿，你进去。（洁怒云）先生，此非先王之法言，岂不得罪于圣人之门乎？老僧偌大年纪，焉肯作此等之态？（末唱）好模好样太莽撞，没则罗便罢，烦恼怎么那唐三藏？怪不得小生疑你，偌大一个宅堂，可怎生别没个儿郎，使得梅香来说勾当。（洁云）老夫人治家严肃，内外并无一个男子出入。（末背云）这秃厮巧说。你在我行、口强，硬抵着头皮撞。

（洁对红云）这斋供道场都完备了，十五日请夫人小姐拈香。（末问云）何故？（洁云）这是崔相国小姐至孝，为报父母之恩。又是老相公禅日，就脱孝服，所以做好事。（末哭科云）"哀哀父母，生我劬劳，欲报深恩，昊天罔极。"小姐是一女子，尚然有报父母之心；小生湖海飘零数年，自父母下世之后，并不曾有一陌纸钱相报。望和尚慈悲为本，小生亦备钱五千，怎生带得一分儿斋，追荐俺父母咱！便夫人知也不妨，以尽人子之心。（洁云）法聪与这先生带一分者。（末背问聪云）那小姐明日来么？（聪云）他父母的勾当，如何不来。（末背云）这五千钱使得有些下落者。

【四边静】人间天上，看莺莺强如做道场。软玉温香，休道是相亲傍；若能够汤他一汤，倒与人消灾障。

（洁云）都到方丈吃茶。（做到科）（末云）小生更衣咱。（末出科云）那小娘子已定出来也，我只在这里等待问他咱。（红辞洁云）我不吃茶了，恐夫人怪来迟，去回话也。（红出科）（末迎红娘祗揖科）小娘子拜揖！（红云）先生万福！（末云）小娘子莫非莺莺小姐的侍妾么？（红云）我便是，何劳先生动问？（末云）小生姓张，名珙，字君瑞，本贯西洛人也，年方二十三岁，正月十七日子时建生，并不曾娶妻……（红云）谁问你来？（末云）敢问小姐常出来么？（红怒云）先生是读书君子，孟子曰："男女授受不亲，礼也。"君子"瓜田不纳履，李下不整冠"。道不得个"非礼勿视，非礼勿听，非礼勿言，非礼勿动"。俺夫人治家严肃，有冰霜之操。内无应门五尺之童，年至十二三者，非呼召不敢辄入中堂。向日莺莺潜出闺房，夫人窥之，召立莺莺于庭下，责之曰："汝为女子，不告而出闺门，倘遇游客小僧私视，岂不自耻。"莺立谢而言曰："今当改过从新，毋敢再犯。"是他亲女，尚然如此：何况以下侍妾乎？先生习先王之道，尊周公之礼，不干己事，何故用心？早是妾身，可以容恕，若夫人知其事呵，决无干休。今后得问的问，不得问的休胡说！（下）

（末云）这相思索是害也！

【哨遍】听说罢心怀悒怏，把一天愁都撮在眉尖上。说："夫人节操凛冰霜，不召呼，谁敢辄入中堂？"自思想，比及你心儿里畏惧老母亲威严，小姐呵，你不合临去也回头儿望。待扬下教人怎扬？赤紧的情沾了肺腑，意惹了肝肠。若今生难得有情人，是前世烧了断头香。我得时节手掌儿里奇擎，心坎儿里温存，眼皮儿上供养。

【耍孩儿】当初那巫山远隔如天样，听说罢又在巫山那厢。业身躯虽是立在回廊，魂灵儿已在他行。本待要安排心事传幽客，我只怕漏泄春光与乃堂。夫人怕女孩儿春心荡，怪黄莺儿作对，怨粉蝶儿成双。

【五煞】小姐年纪小，性气刚。张郎倘得相亲傍，乍相逢厌见何郎粉，看邂逅偷将韩寿香。才到得风流况，成就了会温存的娇婿，怕甚么能拘束的亲娘。

【四煞】夫人太虑过，小生空妄想，郎才女貌合相仿。休直待眉儿浅淡思张敞，春色飘零忆阮郎。非是咱自夸奖：他有德言工貌，小生有恭俭温良。

【三煞】想着他眉儿浅浅描，脸儿淡淡妆，粉香腻玉搓咽项。翠裙鸳绣金莲小，红袖鸾销玉笋长。不想呵其实强：你撇下半天风韵，我拾得万种思量。

却忘了辞长老。（见洁科）小生敢问长老，房舍如何？（洁云）塔院侧边西厢一间房，甚是潇洒，正可先生安下。现收拾下了，随先生早晚来。（末云）小生便回店中搬去。（洁云）吃斋了去。（末云）老僧收拾下斋，小生取行李便来。（洁云）既然如此，老僧准备下斋，先生是必便来。（下）（末云）若在店中人闹，到好消遣；搬在寺中静处，怎么捱这凄凉也呵。

【二煞】院宇深，枕簟凉，一灯孤影摇书幌。纵然酬得今生志，着甚支吾此夜长。睡不着如翻掌，少可有一万声长吁短叹，五千遍捣枕捶床。

【尾】娇羞花解语，温柔玉有香，我和他乍相逢记不真娇模样，我只索手抵着牙儿慢慢的想。（下）

第三折

（正旦上，云）老夫人着红娘问长老去了，这小贱人不来我行回话。（红上，云）回夫人话了，去回小姐话去。（旦云）使你问长老：几时做好事？（红云）恰回夫人话也，正待回姐姐话：二月十五日，请夫人姐姐拈香。

（红笑云）姐姐，你不知，我对你说一件好笑的勾当。咱前日寺里见的那秀才，今日也在方丈里。他先出门儿外等着红娘，深深唱个喏道："小生姓张，名珙，字君瑞，本贯西洛人也，年二十三岁，正月十七日子时建生，并不曾娶妻。"姐姐，却是谁问他来？他又问"那壁小娘子莫非莺莺小姐的侍妾乎？小姐常出来么？"被红娘抢白了一顿呵回来了。姐姐，我不知他想甚么哩，世上有这等傻角！（旦笑云）红娘，休对夫人说。天色晚也，安排香案，咱花园内烧香去来。（下）（末上，云）搬至寺中，正近西厢居址。我问和尚每来，小姐每夜花园内烧香。这个花园和俺寺中合着。比及小姐出来，我先在太湖石畔墙角儿边等待，饱看一会。两廊僧众都睡着了。夜深人静，月朗风清，是好天气也呵！正是"闲寻方丈高僧语，闷对西厢皓月吟。"

【越调】【斗鹌鹑】玉宇无尘，银河泻影；月色横空，花阴满庭；罗袂生寒，芳心自警。侧着耳朵儿听，蹑着脚步儿行：悄悄冥冥，潜潜等等。

【紫花儿序】等待那齐齐整整，袅袅婷婷，姐姐莺莺。一更之后，万籁无声，直至莺庭。若是回廊下没揣的见俺可憎，将他来紧紧的搂定；只问你那会少离多，有影无形。

（旦引红娘上，云）开了角门儿，将香桌出来者。（末唱）

【金蕉叶】猛听得角门儿呀的一声，风过处衣香细生，蹰着脚尖儿仔细定睛，比我那初见时庞儿越整。

（旦云）红娘，移香桌儿近太湖石畔放者！（末做看科，云）料想春娇厌拘束，等闲飞出广寒宫。看他容分一捻，体露半襟，鞚香袖以无言，垂罗裙而不语。似湘陵妃子，斜倚舜庙朱扉；如玉殿嫦娥，微现蟾宫素影。是好女子也呵！

【调笑令】我这里甫能、见娉婷，比着那月殿嫦娥也不恁般撑。遮遮掩掩穿芳径，应来小脚儿难行。可喜娘的脸儿百媚生，兀的不引了人魂灵！

（旦云）取香来！（末云）听小姐祝告甚么？（旦云）此一炷香，愿化去先人，早生天界！此一炷香，愿堂中老母，身安无事！此一炷香……（做不语科）（红云）姐姐不祝这一炷香，我替姐姐祝告：愿俺姐姐早寻一个姐夫，拖带红娘咱！（旦再拜云）心中无限伤心事，尽在深深两拜中。（长吁科）（末云）小姐侍栏长叹，似有动情之意。

【小桃红】夜深香霭散空庭，帘幕东风静。拜罢也斜将曲栏凭，长吁了两三声。剔团圞明月如悬镜。又不是轻云薄雾，都只是香烟人气，两般儿氤氲得不分明。

我虽不及司马相如，我只看小姐颇有文君之意。我且高吟一绝，看他则甚："月色溶溶夜，花阴寂寂春；如何临皓魄，不见月中人？"（旦云）有人墙角吟诗。（红云）这声音便是那二十三岁不曾娶妻的那傻角。（旦云）好清新之诗，我依韵做一首。（红云）你两个是好做一首。（旦念诗云）"兰闺久寂寞，无事度芳春，料得行吟者，应怜长叹人"（末云）好应酬得快也呵！

【秃厮儿】早是那脸儿上扑堆着可憎，那堪那心儿里埋没着聪明。他把那新诗和得忒应声，一字字，诉衷情，堪听。

【圣药王】那语句清，音律轻，小名儿不枉了唤做莺莺。他若是共小生、厮觑定，隔墙儿酬和到天明，方信道"惺惺自古惜惺惺"。

我撞出去，看他说甚么。

【麻郎儿】我拽起罗衫欲行，（旦做见科）他陪着笑脸儿相迎。不做美的红娘忒浅情，便做道"谨依来命"……

（红云）姐姐，有人，咱家去来，怕夫人嗔着。（莺回顾下）（末唱）

【幺篇】我忽听、一声、猛惊。元来是扑刺刺宿鸟飞腾，颤巍巍花梢弄影，乱纷纷落红满径。

小姐，你去了呵，那里发付小生！

【络丝娘】空撇下碧澄澄苍苔露冷，明皎皎花筛月影。白日凄凉枉耽病，今夜把相思再整。

【东原乐】帘垂下，户已扃，却才个悄悄相问，他那里低低应。月朗风清恰二更，厮侥幸：他无缘，小生薄命。

【绵搭絮】恰寻归路，伫立空庭，竹梢风摆，斗柄云横。呀！今夜凄凉有四星，他不瞅人待怎生！虽然是眼角儿传情，咱两个口不言心自省。

今夜甚睡到得我眼里呵！

【拙鲁速】对着盏碧荧荧短檠灯，倚着扇冷清清旧帏屏。灯儿又不明，梦儿又不成；窗儿外淅零零的风儿透疏棂，忒楞楞的纸条儿鸣；枕头儿上孤另，被窝儿里寂静。你便是铁石人，铁石人也动情。

【幺篇】怨不能，恨不成，坐不安，睡不宁。有一日柳遮花映，雾帐云屏，夜阑人静，恁时节风流嘉庆，锦片也似前程，美满恩情，咱两个画堂春自生。

【尾】一天好事从今定，一首诗分明照证；再不向青琐闼梦儿中寻，只去那碧桃花树儿下等。（下）

第四折

（洁引聪上，云）今日二月十五日开启，众僧动法器者。请夫人小姐拈香。比及夫人未来，先请张生拈香。怕夫人问呵，只说道贫僧亲者。

（末上，云）今日二月十五日，和尚请拈香，须索走一遭。

【双调】【新水令】梵王宫殿月轮高，碧琉璃瑞烟笼罩。香烟云盖结，讽咒海波潮。幡影飘飖，诸檀越尽来到。

【驻马听】法鼓金铎，二月春雷响殿角；钟声佛号，半天风雨洒松梢。侯门不许老僧敲，纱窗外定有红娘报。害相思的馋眼脑，见他时须看个十分饱。

（末见洁科）（洁云）先生先拈香，恐夫人问呵，只说是老僧的亲。（末拈香科）

【沈醉东风】惟愿存在的人间寿高，亡化的天上逍遥。为曾、祖、父先灵，礼佛、法、僧三宝，焚名香暗中祷告：只愿得红娘休劣。夫人休焦，犬儿休恶！佛啰，早成就了幽期密约！

（夫人引旦上，云）长老请拈香，小姐，咱走一遭。（末做见科）（觑聪云）为你志诚呵，神仙下降也。（聪云）这生却早两遭儿也。（末唱）

【雁儿落】我只道这玉天仙离了碧霄，原来是可意种来清醮。小子多愁多病身，怎当他倾国倾城貌。

【得胜令】恰便似檀口点樱桃，粉鼻儿倚琼瑶，淡白梨花面，轻盈杨柳腰。妖娆，满面儿扑堆着俏；苗条，一团儿衠是娇。

（洁云）贫僧一句话，夫人行敢道么？老僧有个敝亲，是个饱学的秀才，父母亡后，无可相报。对我说："央及带一分斋，追荐父母。"贫僧一时应允了，恐夫人见责。（夫人云）长老的亲便是我的亲，请来厮见咱。

（末拜夫人科）（众僧见旦发科）（末唱）

【乔牌儿】大师年纪老，法座上也凝眺；举名的班首真呆㤵，觑着法聪头做金磬敲。

【甜水令】老的小的，村的俏的，没颠没倒，胜似闹元宵。稔色人儿，可意冤家，怕人知道，看时节泪眼偷瞧。

【折桂令】着小生迷留没乱，心痒难挠。哭声儿似莺啭乔林，泪珠儿似露滴花梢。大师也难学，把一个发慈悲的脸儿来朦着。击磬的头陀懊恼，添香的行者心焦。烛影风摇，香霭云飘；贪看莺莺，烛灭香消。

（洁云）风灭灯也。（末云）小生点灯烧香。（旦与红云）那生忙了一夜。

【锦上花】外像儿风流，青春年少；内性儿聪明，冠世才学。扭捏着身子儿百般做作，来往向人前卖弄俊俏。

（红云）我猜那生——

【幺篇】黄昏这一回，白日那一觉，窗儿外那会镘铎。到晚来向书帏里比及睡着，千万声长吁怎捱到晓。

（末云）那小姐好生顾盼小子。

【碧玉箫】情引眉梢，心绪你知道；愁种心苗，情思我猜着。畅懊恼！响铛铛云板敲。行者又嚷，沙弥又哨，您须不夺人之好。

（洁与众僧发科了）（动法器了，洁摇铃跪宣疏了，烧纸科）（洁云）天明了也，请夫人小姐回宅。（末云）再做一会也好，那里发付小生也呵！

【鸳鸯煞】有心争似无心好，多情却被无情恼。劳攘了一宵，月儿沈，钟儿响，鸡儿叫。畅道是玉人归去得疾，好事收拾得早，道场毕诸人散了。酩子里各归家，葫芦提闹到晓。（并下）

【络丝娘煞尾】只为你闭月羞花相貌，少不得剪草除根大小。

题目　老夫人闲春院　崔莺莺烧夜香

正名　小红娘传好事　张君瑞闹道场

第二本　崔莺莺夜听琴杂剧

第一折

（孙飞虎上开）自家姓孙，名彪，字飞虎，方今唐德宗即位，天下扰攘。因主将丁文雅失政，俺分统五千人马，镇守河桥，劫掳良民财物。近知先相国崔珏之女莺莺，眉黛青颦，莲脸生春，有倾国倾城之容，西子太真之颜，现在河中府普救寺借居。我心中想来：当今用武之际，主将尚然不正，我独廉何为？大小三军，听吾号令：人尽衔枚，马皆勒口，连夜进兵河中府！掳莺莺为妻，是我平生愿足。（下）（法本慌上）谁想孙飞虎将半万贼兵围住寺门，鸣锣击鼓，呐喊摇旗，欲掳莺莺小姐为妻。我今不敢违误，即索报知夫人走一遭。（下）（夫人慌上，云）如此却怎了！俺同到小姐卧房里商量去。（下）（旦引红上，云）自见了张生，神魂荡漾，情思不快，茶饭少进。早是离人伤感，况值暮春天道。好烦恼人也呵！好句有情怜夜月，落花无语怨东风。

【仙吕】【八声甘州】恹恹瘦损，早是伤神，那值残春。罗衣宽褪，能消几度黄昏？风袅篆烟不卷帘，雨打梨花深闭门；无语凭阑干，目断行云。

【混江龙】落红成阵，风飘万点正愁人。池塘梦晓，阑槛辞春；蝶粉轻沾飞絮雪，燕泥香惹落花尘；系春心情短柳丝长，隔花阴人远天涯近。香消了六朝金粉，清减了三楚精神。

（红云）姐姐情思不快，我将被儿熏得香香的，睡些儿。（旦唱）

【油葫芦】翠被生寒压绣裀，休将兰麝熏；便将兰麝熏尽，只索自温存。昨宵个锦囊佳制明勾引，今日个玉堂人物难亲近。这些时坐又不安，睡又不稳，我欲待登临又不快，闲行又闷。每日价情思睡昏昏。

【天下乐】红娘呵，我只索搭伏定鲛绡枕头儿上盹。但出闺门，影儿般不离身。（红云）不干红娘事，老夫人着我跟着姐姐来。（旦云）俺娘也好没意思！这些时直恁般堤防着人；小梅香伏侍得勤，老夫人拘系得紧，只怕俺女孩儿折了气分。

（红云）姐姐往常不曾如此无情无绪，自见了那生，便觉心事不宁，却

是如何？（旦唱）

【那吒令】往常但见个外人，氲的早嗔；但见个客人，厌得倒褪；从见了那人，兜的便亲。想着他昨夜诗，依前韵，酬和得清新。

【鹊踏枝】吟得句儿匀，念的字儿真，咏月新诗，煞强似织锦回文。谁肯把针儿将线引，向东邻通个殷勤。

【寄生草】想着文章士，旖旎人；他脸儿清秀身儿俊，性儿温克情儿顺，不由人口儿里作念心儿里印。学得来"一天星斗焕文章"，不枉了"十年窗下无人问"。

（飞虎领兵上，围寺科）（下）（卒子内高叫云）寺里人听者：限你们三日内将莺莺献出来与俺将军成亲，万事干休。三日之后不送出，伽蓝尽皆焚烧，僧俗寸斩，不留一个。（夫人、洁同上，敲门了）（红看了云）姐姐，夫人和长老都在房门前。（旦见了科）（夫人云）孩儿，你知道么？如今孙飞虎将半万贼兵围住寺门，道你"眉黛青颦，莲脸生春，似倾国倾城的太真"，要掳你做压寨夫人。孩儿，怎生是了也？（旦唱）

【六幺序】听说罢魂离了壳，现放着祸灭身，将袖梢儿揾不住啼痕。好教我去住无因，进退无门，可着俺那埚儿里人急偎亲？孤孀子母无投奔，赤紧的先亡过了有福之人。耳边厢金鼓连天震，征云冉冉，土雨纷纷。

【幺篇】那厮每风闻，胡云。道我眉黛青颦，莲脸生春，恰便似倾国倾城的太真；兀的不送了他三百僧人？半万贼军，半霎儿敢剪草除根？这厮每于家为国无忠信，恣情的掳掠人民。更将那天宫般盖造焚烧尽，只没那诸葛孔明，便待要博望烧屯。

（夫人云）老身年六十岁，不为寿夭；奈孩儿年少，未得从夫，却如之奈何？（旦云）孩儿有一计，想来只是将我与贼汉为妻，庶可免一家儿性命。（夫人哭云）俺家无犯法之男，再婚之女，怎舍得你献与贼汉，却不辱没了俺家谱！（洁云）俺同到法堂上两廊下，问僧俗有高见者，俺一同商议个长便。（同到法堂科）（夫人云）小姐却是怎生？（旦云）不如将我与贼人，其便有五：

【后庭花】第一来免摧残老太君；第二来免堂殿作灰烬；第三来诸僧无事得安存；第四来先君灵柩稳；第五来欢郎虽是未成人，（欢云）俺呵，打什么不紧。（旦唱）须是崔家后代孙。莺莺为惜己身，不行从着乱军：诸僧众污血痕，将伽蓝火内焚，先灵为细尘，断绝了爱弟亲，割开了慈母恩。

【柳叶儿】呀，将俺一家儿不留一个龆龀，待从军又怕辱没了家门。我不如白练套头儿寻个自尽，将我尸楂，献与贼人，也须得个远害全身。

【青歌儿】母亲，都做了莺莺生忿，对傍人一言难尽。母亲，休爱惜莺莺这一身。您孩儿别有一计：不拣何人，建立功勋，杀退贼军，扫荡妖氛；倒陪家门，情愿与英雄结婚姻，成秦晋。

（夫人云）此计较可。虽然不是门当户对，也强如陷于贼中。长老在法堂上高叫："两廊僧俗，但有退兵之策的，倒陪房查，断送莺莺与他为妻。"（洁叫了，住）（末鼓掌上，云）我有退兵之策，何不问我？（见夫人了）（洁云）这秀才便是前日带追荐的秀才。（夫人云）计将安在？（末云）"重赏之下，必有勇夫；赏罚若明，其计必成。"（旦背云）只愿这生退了贼者。（夫人云）恰才与长老说下，但有退得贼兵的，将小姐与他为妻。（末云）既是恁的，休唬了我浑家，请入卧房里去，俺自有退兵之策。（夫人云）小姐和红娘回去者！（旦对红云）难得此生这一片好心！

【赚煞】诸僧众各逃生，众家眷谁瞅问，这生不相识横枝儿着紧。非是书生多议论，也堤防着玉石俱焚。虽然是不关亲，可怜见命在逡巡，济不济权将秀才来尽。果若有出师表文，吓蛮书信，张生呵，只愿你笔尖儿横扫了五千人。

楔　子

（夫人云）此事如何？（末云）小生有一计，先用着长老。（洁云）老僧不会厮杀，请秀才别换一个。（末云）休慌，不要你厮杀。你出去与贼汉说："夫人本待便将小姐出来，送与将军，奈有父丧在身。不争鸣锣击鼓，惊死小姐，也可惜了。将军若要做女婿呵，可按甲束兵，退一射之地。限三日功德圆满，脱了孝服，换上颜色衣服，倒陪房查，定将小姐送与将军。不争便送来，一来父服在身，二来于军不利。"你去说来。（洁云）三日后如何？（末云）有计在后。（洁朝鬼门道叫科）请将军打话。（飞虎引卒上，云）快送出莺莺来。（洁云）将军息怒！夫人使老僧来与将军说。（说如前了）（飞虎云）既然如此，限你三日后若不送来，我着你人人皆死，个个不存。你对夫人说去，恁的这般好性儿的女婿，教他招了者。（引卒下）（洁云）贼兵退了也，三日后不送出去，便都是死的。（末云）小子有一故人，姓杜，名确，号为白马将军，现统十万大兵，镇守着蒲关。一封书去，此人必来救我。地间离蒲关四十五里，写了书呵，怎得人送去？（洁云）若是白马将军肯来，何虑孙飞虎。俺这里有一个徒弟，唤作惠明，只是要吃酒厮打。若使央他去，定不肯去，须将言语激着他，他便去。（末唤云）有书寄与杜将军，谁敢去？谁敢去？（惠明上，云）我敢去！（唱）

【正宫】【端正好】不念法华经，不礼梁皇忏，颩了僧伽帽，袒下我这偏衫。杀人心逗起英雄胆，两只手将乌龙尾钢椽揝。

【滚绣球】非是我贪，不是我敢，知他怎生唤做打参，大踏步直杀出虎窟龙潭。非是我挦，不是我揽，这些时吃菜馒头委实口淡，五千人也不索炙煿煎燖。腔子里热血权消渴，肺腑内生心且解馋，有甚腌臜！

【叨叨令】浮沙羹、宽片粉添些杂糁，酸黄齑、烂豆腐休调啖，万余斤黑面从教暗，我将这五千人做一顿馒头馅。是必休误了也么哥！休误了也么哥！包残余肉把青盐蘸。

（洁云）张秀才着你寄书去蒲关，你敢去么？（惠唱）

【倘秀才】你那里问小僧敢去也那不敢，我这里启大师用咱也不用咱。你道是飞虎将声名播斗南；那厮能淫欲，会贪婪，诚何以堪！

（末云）你是出家人，却怎不看经礼忏，只厮打为何？（惠唱）

【滚绣球】我经文也不会谈，逃禅也懒去参；戒刀头近新来钢蘸，铁棒上无半星儿土渍尘缄。别的都僧不僧、俗不俗，女不女、男不男，只会斋得饱也只向那僧房中胡渰，那里管焚烧了兜率也似伽蓝。则为那善文能武人千里，凭着这济困扶危书一缄，有勇无惭。

（末云）他倘不放你过去如何？（惠云）他不放我呵，你放心！

【白鹤子】着几个小沙弥把幢幡宝盖擎，壮行者将杆棒镘叉担。你排阵脚将众僧安，我撞钉子把贼兵来探。

【二】远的破开步将铁棒颩，近的顺着手把戒刀钐；有小的提来将脚尖踸，有大的扳下来把髑髅勘。

【一】瞅一瞅古都都翻了海波，混一混厮琅琅震动山岩；脚踏得赤力力地轴摇，手扳得忽刺刺天关撼。

【要孩儿】我从来驳驳劣劣，世不曾忑忑忐忐，打熬成不厌天生敢。我从来斩钉截铁常居一，不似恁惹草拈花没揣三。劣性子人皆惨，舍着命提刀仗剑，更怕甚勒马停骖。

【二】我从来欺硬怕软，吃苦不甘，你休只因亲事胡扑掩。若是杜将军不把干戈退，张解元干将风月担，我将不志诚的言词赚。倘或纰缪，倒大羞惭。

（惠云）将书来，你等回音者。

【收尾】恁与我助威风擂几声鼓，仗佛力呐一声喊。绣旗下遥见英雄俺，我教那半万贼兵唬破胆。（下）

（末云）老夫人长老都放心，此书到日，必有佳音。咱"眼观旌节旗，耳听好消息"。你看"一封书札逡巡至，半万雄兵呎尺来。"（并下）

（杜将军引卒子上开）林下晒衣嫌日淡，池中濯足恨鱼腥；花根本艳公卿子，虎体原斑将相孙。自家姓杜，名确，字君实，本贯西洛人也。自幼与君瑞同学儒业，后弃文就武。当年武举及第，官拜征西大将军，正授管军元帅，统领十万之众，镇守着蒲关。有人自河中来，听知君瑞兄弟在普救寺中，不来望我；着人在请，亦不肯来，不知主甚意。今闻丁文雅失政，不守国法，剽掠黎民；我为不知虚实，未敢造次兴师。孙子曰："凡用兵之法，将受命于君，合军聚众，圮地无舍，衢地交合，绝地无留；围地则谋，死地则战；途有所不由，军有所不击，城有所不攻，地有所不争，君命有所不受。故将通于九变之利者，知用兵矣。治兵不知九变之术，虽知五利，不能得人用矣。"吾之未疾进兵征讨者，为不知地利浅深出没之故也。昨日探听去，不见回报。今日升帐，看有甚军情来，报我知道者！（卒子引惠明和尚上开）（惠明云）我离了普救寺，一日至蒲关，见杜将军走一遭。（卒报科）（将军云）着他过来！（惠打问讯了，云）贫僧是普救寺来的，今有孙飞虎作乱，将半万贼兵，围住寺门，欲劫故臣崔相国女为妻。有游客张君瑞，奉书令小僧拜投于麾下，欲求将军以解倒悬之危。（将军云）将过书来！（惠投书了）（将军拆书念曰）珙顿首再拜大元帅将军契兄麾下：伏自洛中，拜违犀表，寒暄屡隔，积有岁月，仰德之私，铭刻如也。忆昔联床风雨，叹今彼各天涯；客况复生于肺腑，离愁无慰于羁怀。念贫处十年藜藿，走困他乡；羡威统百万貔貅，坐安边境。故知虎体食天禄，瞻天表，大德胜常！使贱子慕台颜，仰台翰，寸心为慰。辄禀：小弟辞家，欲诣帐下，以叙数载间阔之情；奈至河中府普救寺，忽值采薪之忧，不及径造。不期有贼将孙飞虎，领兵半万，欲劫故臣崔相国之女，实为迫切狼狈。小弟之命，亦在逡巡。万一朝廷知道，其罪何归？将军倘不弃旧交之情，兴一旅之师；上以报天子之恩，下以救苍生之急；使故相国虽在九泉，亦不泯将军之德。愿将军虎视去书，使小弟鹊观来旌。造次干渎，不胜惭愧！伏乞台照不宣！张珙再拜。二月十六日书。（将军云）既然如此，和尚你行，我便来。（惠明云）将军是必疾来者！（下）（将军云）虽无圣旨发兵，将在军，君命有所不受。大小三军，听吾将令：速点五千人马，人尽衔枚，马皆勒口，星夜起发，直至河中府普救寺救张生走一遭。（飞虎引卒子上开）（将军引卒子骑竹马调阵拿绑下）（夫人、洁同末上，云）下书已两日，不见回音。（末云）山门外呐喊摇旗，莫不是俺哥哥军至了。（末见将军了）（引夫人拜了）（将军云）杜确有失防御，致令老夫人受惊，切勿见罪是幸！（末拜将军了）自别兄长台颜，一向有失听教；今得一见，如拨云睹日。（夫人云）老身子母，如将军所赐之命，将何补报？（将军云）不敢，此乃职分之所当为。敢问贤弟，因甚不至戎帐？（末云）小弟欲来，奈小疾偶作，不能动止，所以失敬。今见夫人受困，所言退得贼兵者，以小姐妻之，因此愚弟作书请吾兄。（将军云）既然有此姻缘，可贺，可贺！（夫人云）安排茶饭者！（将军云）不索，尚有余党未尽，小官去捕了，却来望贤弟。左右那里，去斩孙飞虎去！（拿贼了）本欲斩首示众，具表奏闻，见丁文雅失守之罪；恐有未叛者，今将为首者各杖一百，余者尽归旧营去者！（孙飞虎谢了下）（将军云）张生建退贼之策，夫人面许结亲；若不违前言，淑女可配君子也。（夫人云）恐小女有辱君子。（末云）请将军筵席者！（将军云）我不吃筵席了，我回营去，异日却来庆贺。（末云）不敢久留兄长，有劳台候。（将军望蒲关起发）（众念云）马离普救敲金镫，人望蒲关唱凯歌。（下）（夫人云）先生大恩，不敢忘也。自今先生休在寺里下，只着仆人寺内养马，足下来家内书院里安歇。我已收拾了，便搬来者。到明日略备草酌，着红娘来请，你是必来一会，别有商议。（下）（末云）这事都在长老身上。（问洁云）小子亲事未知何如？（洁云）莺莺亲事拟定妻君。"只因兵火至，引起雨云心。"（下）（末云）小子收拾行李去花园里去也。（下）

第二折

（夫人上，云）今日安排下小酌，单请张生酬劳。道与红娘，疾忙去书院中请张生，着他是必便来，休推故。（下）（末上，云）夜来老夫人说，着红娘来请我，却怎生不见来？我打扮着等他。皂角也使过两个也，水也换了两桶也，乌纱帽擦得光挣挣的。怎么不见红娘来也呵？（红娘上，云）老夫人使我请张生。我想若非张生妙计呵，俺一家儿性命难保也呵。

【中吕】【粉蝶儿】半万贼兵，卷浮云片时扫净，俺一家儿死里逃生。舒心的列山灵，陈水陆，张君瑞合当钦敬。当日所望无成；谁想一缄书倒为了媒证。

【醉春风】今日个东阁玳筵开，煞强如西厢和月等。薄衾单枕有人温，早则不冷、冷。受用足宝鼎香浓，绣帘风细，绿窗人静。

可早来到也。

【脱布衫】幽僻处可有人行，点苍苔白露冷冷。隔窗儿咳嗽了一声，（红敲门科）（末云）是谁来也？（红云）是我。他启朱唇急来答应。

（末云）拜揖小娘子。（红唱）

【小梁州】只见他叉手忙将礼数迎，我这里"万福，先生"。乌纱小帽耀人明，白襕净，角带傲黄鞓。

【幺篇】衣冠济楚庞儿俊，可知道引动俺莺莺。据相貌，凭才性，我从来心硬，一见了也留情。

（末云）"既来之，则安之。"请书房内说话。小娘子此行为何？（红云）贱妾奉夫人严命，特请先生小酌数杯，勿却。（末云）便去，便去。敢问席上有莺莺姐姐么？（红唱）

【上小楼】"请"字儿不曾出声，"去"字儿连忙答应；可早莺莺根前，"姐姐"呼之，喏喏连声。秀才每闻道"请"，恰便似听将军严令，和他那五脏神愿随鞭镫。

（末云）今日夫人端的为甚么筵席？（红唱）

【幺篇】第一来为压惊，第二来因谢承。不请街坊，不会亲邻，不受人情。避众僧，请老兄，和莺莺匹聘。（末云）如此小生欢喜。（红唱）只见他欢天喜地，谨依来命。

（末云）小生客中无镜，敢烦小娘子看小生一看如何？（红唱）

【满庭芳】来回顾影，文魔秀士，风欠酸丁。下工夫将额颅十分挣，迟和疾擦倒苍蝇，光油油耀花人眼睛，酸溜溜螫得人牙疼。（末云）夫人办甚么请我?（红唱）茶饭已安排定，淘下陈仓米数升，炸下七八碗软蔓青。

（末云）小生想来：自寺中一见了小姐之后，不想今日得成婚姻，岂不为前生分定？（红云）姻缘非人力所为，天意尔。

【快活三】咱人一事精，百事精；一无成，百无成。世间草木本无情，自古云："地生连理木，水出并头莲。"他犹有相兼并。

【朝天子】休道这生，年纪儿后生，恰学害相思病。天生聪俊，打扮素净，奈夜夜成孤另。才子多情，佳人薄幸，兀的不担阁了人性命。（末云）你姐姐果有信行？（红唱）谁无一个信行，谁无一个志诚，您两个今夜亲折证。

我嘱咐你咱！

【四边静】今宵欢庆，软弱莺莺，可曾贯经。你索款款轻轻，灯下交鸳颈。端详可憎，好煞人也无干净！

（末云）小娘子先行，小生收拾书房便来。敢问那里有甚么景致？（红唱）

【要孩儿】俺那里落红满地胭脂冷，休辜负了良辰美景。夫人遣妾莫消停，请先生勿得推称。俺那里准备着鸳鸯夜月销金帐，孔雀春风软玉屏。乐奏合欢令，有凤箫象板，锦瑟鸾笙。

（末云）小生书剑飘零，无以为财礼，却是怎生？（红唱）

【四煞】聘财断不争，婚姻自有成，新婚燕尔安排定。你明博得跨凤乘鸾客，我到晚来卧看牵牛织女星。休傒幸，不要你半丝儿红线，成就了一世儿前程。

【三煞】凭着你灭寇功，举将能，两般儿功效如红定。为甚俺莺娘心下十分顺，都只为君瑞胸中百万兵。越显得文风盛，受用足珠围翠绕，结果了黄卷青灯。

【二煞】夫人只一家，老兄无伴等，为嫌繁冗寻幽静。（末云）别有甚客人？（红唱）单请你个有恩有义闲中客，且回避了无是无非窗下僧。夫人的命，道足下莫教推托，和贱妾即便随行。

（末云）小娘子先行，小生随后便来。（红唱）

【收尾】先生休作谦，夫人专意等。常言道"恭敬不如从命"，休使得梅香再来请。（下）

（末云）红娘去了，小生拽上书房门者。我比及到得夫人那里，夫人道："张生，你来了也，饮几杯酒，去卧房内和莺莺做亲去！"小生到得卧房内，和姐姐解带脱衣，颠鸾倒凤，同谐鱼水之欢，共效于飞之愿。觑他云鬟低坠，星眼微朦，被翻翡翠，袜绣鸳鸯；不知性命如何？且看下回

分解。（笑云）单羡法本好和尚也：只凭说法口，遂却读书心。（下）

第三折

（夫人排桌子上，云）红娘去请张生，如何不见来？（红见夫人云）张生着红娘先行，随后便来也。（末上，见夫人施礼科）（夫人云）前日若非先生，焉得有今日；我一家之命，皆先生所活也。聊备小酌，非为报礼，勿嫌轻意。（末云）"一人有庆，兆民赖之。"此贼之败，皆夫人之福。万一杜将军不至，我辈皆无免死之术。此皆往事，不必挂齿。（夫人云）将酒来，先生满饮此杯。（末云）"长者赐，少者不敢辞。"（末做饮酒科）（末把夫人酒了）（夫人云）先生请坐！（末云）小子侍立座下，尚然越礼，焉敢与夫人对坐。（夫人云）道不得个"恭敬不如从命"。（末谢了，坐）（夫人云）红娘，去唤小姐来，与先生行礼者！（红朝鬼门道唤云）老夫人后堂待客，请小姐出来哩！（旦应云）我身子有些不停当，来不得。（红云）你道请谁哩？（旦云）请谁？（红云）请张生哩！（旦云）若请张生，扶病也索走一遭。（红发科了）（旦上）免除崔氏全家祸，尽在张生半纸书。

【双调】【五供养】若不是张解元识人多，别一个怎退干戈。排着酒果，列着笙歌。篆烟微，花香细，散满东风帘幙。救了咱全家祸，殷勤呵正礼，钦敬呵当合。

【新水令】恰才向碧纱窗下画了双蛾，拂拭了罗衣上粉香浮涴，只将指尖儿轻轻的贴了钿窝。若不是惊觉人呵，犹压着绣衾卧。

（红云）觑俺姐姐这个脸儿吹弹得破，张生有福也呵！（旦唱）

【幺篇】没查没利谎偻科，你道我宜梳妆的脸儿吹弹得破。（红云）俺姐姐天生的一个夫人的样儿。（旦唱）你那里休聒，不当一个信口开合。知他命福是如何？我做一个夫人也做得过。

（红云）往常两个都害，今日早则喜也！（旦唱）

【乔木查】我相思为他，他相思为我，从今后两下里相思都较可。酬贺间理当酬贺，俺母亲也好心多。

（红云）敢着小姐和张生结亲呵；怎生不做大筵席，会亲戚朋友，安排小酌为何？（旦云）红娘，你不知夫人意。

【搅筝琶】他怕我是赔钱货，两当一便成合。据着他举将除贼，也消得家缘过活。费了甚一股那，便待要结丝萝；休波，省人情的奶奶忒虑过，恐怕张罗。

（末云）小子更衣咱。（做撞见旦科）（旦唱）

【庆宣和】门儿外，帘儿前，将小脚儿那。我恰待目转秋波，谁想那识空便的灵心儿早瞧破。唬得我倒躲，倒躲。

（末见旦科）（夫人云）小姐近前拜了哥哥者！（末背云）呀，声息不好了也！（旦云）呀，俺娘变了卦也！（红云）这相思又索害也。（旦唱）

【雁儿落】荆棘刺怎动那！死没腾无回豁！措支刺不对答！软兀刺难存坐！

【得胜令】谁承望这即即世世老婆婆，着莺莺做妹妹拜哥哥。白茫茫溢起蓝桥水，不邓邓点着袄庙火。碧澄澄清波，扑刺刺将比目鱼分破；急攘攘因何，扢搭地把双眉锁纳合。

（夫人云）红娘看热酒，小姐与哥哥把盏者！（旦唱）

【甜水令】我这里粉颈低垂，蛾眉频蹙，芳心无那，俺可甚"相见话偏多"？星眼朦胧，檀口嗟咨，攧窨不过，这席面儿畅好是乌合。

（旦把酒科）（夫人央科）（末云）小生量窄。（旦云）红娘接了台盏者！

【折桂令】他其实咽不下玉液金波。谁承望月底西厢，变做了梦里南柯。泪眼偷淹，酩子里揾湿香罗。他那里眼倦开软瘫做一垛；我这里手难抬称不起肩窝。病染沈疴，断然难活。则被你送了人呵，当甚么喽啰。

（夫人云）再把一盏者！（红递盏了）（红背与旦云）姐姐，这烦恼怎生是了！（旦唱）

【月上海棠】而今烦恼犹闲可，久后思量怎奈何？有意诉衷肠，争奈母亲侧坐，成抛躲，咫尺间如间阔。

【幺篇】一杯闷酒尊前过，低首无言自摧挫。不堪醉颜酡，却早嫌玻璃盏大。从因我，酒上心来较可。

（夫人云）红娘送小姐卧房里去者！（旦辞末出科）（旦云）俺娘好口不应心也呵！

【乔牌儿】老夫人转关儿没定夺，哑谜儿怎猜破；黑阁落甜话儿将人和，请将来着人不快活。

【江儿水】佳人自来多命薄，秀才每从来懦。闷杀没头鹅，撇下陪钱货；不争你不成亲呵，下场头那答儿发付我！

【殿前欢】恰才个笑呵呵，都做了江州司马泪痕多。若不是一封书将半万贼兵破，俺一家儿怎得存活。他不想结姻缘想甚么？到如今难着莫。老夫人谎到天来大；当日成也是您个母亲，今月败也是您个萧何。

【离亭宴带歇指煞】从今后玉容寂寞梨花朵，胭脂浅淡樱桃颗，这相思何时是可？昏邓邓黑海来深，白茫茫陆地来厚，碧悠悠青天来阔；太行山般高仰望，东洋海般深思渴。毒害的恁么。俺娘呵。将颤巍巍双头花蕊搓，香馥馥同心缕带割，长搀搀连理琼枝挫。白头娘不负荷，青春女成担搁，将俺那锦片也似前程蹬脱。俺娘把甜句儿落空了他，虚名儿误赚了我。（下）

（末云）小生醉也，告退。夫人根前，欲一言以尽意，未知可否？前者贼寇相迫，夫人所言，能退贼者，以莺莺妻之。小生挺身而出，作书与杜将军，庶几得免夫人之祸。今日命小生赴宴，将谓有喜庆之期；不知夫人何见，以兄妹之礼相待？小生非图哺啜而来，此事果若不谐，小生即当告退。（夫人云）先生纵有活我之恩，奈小姐先相国在日，曾许下老身侄儿郑恒。即日有书赴京唤去了，未见来。如若此子至，其事将如之何？莫若多以金帛相酬，先生拣豪门贵宅之女，别为之求，先生台意若何？（末云）既然夫人不与，小生何慕金帛之色？却不道"书中有女颜如玉"？只今日便索告辞。（夫人云）你且住者，今日有酒也。红娘扶将哥哥去书房中歇息，到明日咱别有话说。（下）（红扶末科）（末念）有分只熬萧寺夜，无缘难遇洞房春。（红云）张生，少吃一盏却不好！（末云）我吃甚么来！（末跪红科）小生为小姐，昼夜忘餐废寝，魂劳梦断，常忽忽如有所失。自寺中一见，隔墙酬和，迎风待月，受无限之苦楚。甫能得成就婚姻，夫人变了卦，使小生智竭思穷，此事几时是了！小娘子怎生可怜见小生，将此意申与小姐，知小生之心。就小娘子前解下腰间之带，寻个自尽。（末念）可怜刺骨股悬梁志，险作离乡背井魂。（红云）街上好贱柴，烧你个傻角。你休慌，妾当与君谋之。（末云）计将安在？小生当筑坛拜将。（红云）妾见先生有囊琴一张，必善于此。俺小姐深慕于琴。今夕妾与小姐同至花园内烧夜香，但听咳嗽为令，先生动操；看小姐听得时，说甚么言语，却将先生之言达知。若有话说，明日妾来回报，这早晚怕夫人寻我，回去也。（下）

第四折

（末上，云）红娘之言，深有意趣。天色晚也，月儿，你早些出来么！（焚香了）呀，却早发擂也；呀，却早撞钟也。（做理琴科）琴呵，小生与足下湖海相随数年，今夜这一场大功，都在你这神品、金徽、玉轸、蛇腹、断纹、峄阳、焦尾、冰弦之上。天那！却怎生借得一阵顺风，将小生这琴声吹入俺那小姐玉琢成、粉捏就、知音的耳朵里去者！（旦引红上，红云）小姐，烧香去来，好明月也呵！（旦云）事已无成，烧香何济！月儿，你团圆呵，咱却怎生？

【越调】【斗鹌鹑】云敛晴空，冰轮乍涌；风扫残红，香阶乱拥；离恨千端，闲愁万种。夫人那，"靡不有初，鲜克有终。"他做了个影儿里的情郎，我做了个画儿里的爱宠。

【紫花儿序】只落得心儿里念想，口儿里闲题，只索向梦儿里相逢。俺娘昨日个大开东阁，我只道怎生般炮凤烹龙？朦胧，可教我"翠袖殷勤捧玉钟"，却不道"主人情重"？只为那兄妹排连，因此上鱼水难同。

（红云）姐姐，你看月阑，明日敢有风也？（旦云）风月天边有，人间好事无。

【小桃红】人间看波，玉容深锁绣帏中，怕有人搬弄。想嫦娥、西没东生有谁共？怨天公，裴航不作游仙梦。这云似我罗帏数重，只恐怕嫦娥心动，因此上围住广寒宫。

（红做咳嗽科）（末云）来了。（做理琴科）（旦云）这甚么响？（红发科）（旦唱）

【天净沙】莫不是步摇得宝髻玲珑？莫不是裙拖得环珮玎珰？莫不是铁马儿檐前骤风？莫不是金钩双控，吉丁当敲响帘栊？

【调笑令】莫不是梵王宫，夜撞钟？莫不是疏竹潇潇曲槛中？莫不是牙尺剪刀声相送？莫不是漏声长滴响壶铜？潜身再听在墙角东，原来是近西厢理结丝桐。

【秃厮儿】其声壮，似铁骑刀枪冗冗；其声幽，似落花流水溶溶；其声高，似风清月朗鹤唳空；其声低，似听儿女语，小窗中，喁喁。

【圣药王】他那里思不穷，我这里意已通，娇鸾雏凤失雌雄；他曲未终，我意转浓，争奈伯劳飞燕各西东：尽在不言中。

我近书窗听咱。（红云）姐姐，你这里听，我瞧夫人一会便来。（末云）窗外有人，已定是小姐，我将弦改过，弹一曲，就歌一篇，名曰《凤求凰》。昔日司马相如得此曲成事，我虽不及相如，愿小姐有文君之意。

（歌曰）有美人兮，见之不忘。一日不见兮，思之如狂。凤飞翩翩兮，四海求凰。无奈佳人兮，不在东墙。张弦代语兮，欲诉衷肠。何时见许兮，慰我彷徨？愿言配德兮，携手相将！不得于飞兮，使我沦亡。（旦云）是弹得好也呵！其词哀，其意切，凄凄然如鹤唳天；故使妾闻之，不觉泪下。

【麻郎儿】这的是令他人耳聪，诉自己情衷。知音者芳心自懂，感怀者断肠悲痛。

【幺篇】这一篇与本宫、始终、不同。又不是清夜闻钟，又不是黄鹤醉翁，又不是泣麟悲凤。

【络丝娘】一字字更长漏永，一声声衣宽带松。别恨离愁，变成一弄。张生呵，越教人知重。

（末云）夫人且做忘恩，小姐，你也说谎也呵！（旦云）你差怨了我。

【东原乐】这的是俺娘的机变，非干是妾身脱空；若由得我呵，乞求得效鸾凤。俺娘无夜无明并女工；我若得些儿闲空，张生呵，怎教你无人处把妾身作诵。

【绵搭絮】疏帘风细，幽室灯清，都只是一层儿红纸，几楑儿疏棂，兀的不是隔着云山几万重，怎得个人来信息通？便做道十二巫峰，他也曾赋高唐来梦中。

（红云）夫人寻小姐哩，咱家去来。（旦唱）

【拙鲁速】只见他走将来气冲冲，怎不教人恨匆匆，唬得人来怕恐。早是不曾转动，女孩儿家直恁响喉咙！紧摩弄，索将他拦纵，只恐怕夫人行把我来厮葬送。

（红云）姐姐只管听琴怎么？张生着我对姐姐说，他回去也。（旦云）好姐姐呵，是必再着他住一程儿！（红云）再说甚么！（旦云）你去呵，

【尾】只说道夫人时下有人唧哝，好共歹不着你落空。不问俺口不应的狠毒娘，怎肯着别离了志诚种？（并下）

【络丝娘煞尾】不争惹恨牵情逗引，少不得废寝忘餐病症。

　　题目　张君瑞破贼计　莽和尚生杀心
　　正名　小红娘昼请客　崔莺莺夜听琴

第三本　张君瑞害相思杂剧

楔　子

（旦上，云）自那夜听琴后，闻说张生有病，我如今着红娘去书院里，看他说甚么。（叫红科）（红上，云）姐姐唤我，不知有甚事，须索走一遭。（旦云）这般身子不快呵，你怎么不来看我？（红云）你想张……（旦云）张甚么？（红云）我张着姐姐哩。（旦云）我有一件事央及你咱。（红云）甚么事？（旦云）你与我望张生去走一遭，看他说甚么，你来回我话者。（红云）我不去，夫人知道不是耍。（旦云）好姐姐，我拜你两拜，你便与我走一遭！（红云）待长请起，我去则便了。说道：张生，你好生病重，只俺姐姐也不弱。只因午夜调琴手，引起春闺爱月心。（红唱）

【仙吕】【赏花时】俺姐姐针线无心不待拈，脂粉香消懒去添。春恨压眉尖，若得灵犀一点，敢医可了病恹恹。（下）

（旦云）红娘去了，看他回来说甚话，我自有主意。（下）

第一折

（末上，云）害杀小生也。自那夜听琴之后，再不能够见俺那小姐。我着长老说将去，道张生好生病重，却怎生不见人来看我？却思量上来，我睡些儿咱。（红上，云）奉小姐言语，着我看张生，须索走一遭。我想咱每一家，若非张生，怎存俺一家儿性命也？

【仙吕】【点绛唇】相国行祠，寄居萧寺。因丧事、幼女孤儿，将欲从军死。

【混江龙】谢张生伸志，一封书到便兴师。显得文章有用，足见天地无私。若不是剪草除根半万贼，险些儿灭门绝户了俺一家儿。莺莺君瑞，许配雄雌；夫人失信，推托别词；将婚姻打灭，以兄妹为之。如今都废却成亲事，一个价糊涂了胸中锦绣，一个价泪揾湿了脸上胭脂。

【油葫芦】憔悴潘郎鬓有丝；杜韦娘不似旧时，带围宽清减了瘦腰肢。一个睡昏昏不待观经史，一个意悬悬懒去拈针指；一个丝桐上调弄出离恨谱，一个花笺上删抹成断肠诗；一个笔下写幽情，一个弦上传心事：两下里都一样害相思。

【天下乐】方信道才子佳人信有之，红娘看时，有些乖性儿，则怕有情人不遂心也似此。他害的有些抹媚，我遭着没三思，一纳头安排着憔悴死。

却早来到书院里，我把唾津儿润破窗纸，看他在书房里做甚么。

【村里迓鼓】我将这纸窗儿润破，悄声儿窥视。多管是和衣儿睡起，罗衫上前襟褶裉。孤眠况味，凄凉情绪，无人伏侍。觑了他涩滞气色，听了他微弱声息，看了他黄瘦脸儿。张生呵，你若不闷死多应是害死。

【元和令】金钗敲门扇儿。（末云）是谁？（红唱）我是个散相思的五瘟使。俺小姐想着风清月朗夜深时，使红娘来探尔。（末云）既然小娘子来，小姐必有言语。（红唱）俺小姐至今脂粉未曾施，念到有一千番张殿试。

（末云）小姐既有见怜之心，小生有一简，敢烦小娘子达知肺腑咱。（红云）只恐他翻了面皮。

【上马娇】他若是见了这诗，看了这词，他敢颠倒费神思。他拽扎起面皮来："查得谁的言语你将来，这妮子怎敢胡行事！"他可敢嗤、嗤的扯做了纸条儿。

（末云）小生久后多以金帛拜酬小娘子。（红唱）

【胜葫芦】哎，你个馋穷酸俫没意儿，卖弄你有家私，莫不图谋你的东西来到此？先生的钱物，与红娘做赏赐，是我爱你的金资？

【幺篇】你看人似桃李春风墙外枝，卖俏倚门儿。我虽是个婆娘有志气。只说道："可怜见小子，只身独自！"恁的呵颠倒有个寻思。

（末云）依着姐姐，可怜见小子只身独自！（红云）兀的不是也，你写来，咱与你将去。（末写科）（红云）写得好呵，读与我听咱。（末读云）珙百拜奉书芳卿可人妆次：自别颜范，鸿稀鳞绝，悲怆不胜。款料夫人以恩成怨，变易前姻，岂得不为失信乎？使小生目视东墙，恨不得腋翅于妆台左右；患成思渴，垂命有日。因红娘至，聊奉数字，以表寸心。万一有见怜之意，书以掷下，庶几尚可保养。造次不谨，伏乞情恕！后成五言诗一首，就书录呈：相思恨转添，谩把瑶琴弄。乐事又逢春，芳心尔亦动。此情不可违，芳誉何须奉？莫负月华明，且怜花影重。（红唱）

【后庭花】我只道拂花笺打稿儿，原来他染霜毫不构思。先写下几句寒温序，后题着五言八句诗。不移时，把花笺锦字，叠做个同心方胜儿。忒聪明，忒敬思，忒风流，忒浪子。虽然是假意儿，小可的难到此。

【青歌儿】颠倒写鸳鸯两字，方信道"在心为志"。（末云）姐姐将去，是必在意者！（红唱）看喜怒其间觑个意儿。放心波学士！我愿为之，并不推辞，自有言词。只说道："昨夜弹琴的那人儿，教传示。"

这简帖儿我与你将去，先生当以功名为念，休堕了志气者！

【寄生草】你将那偷香手，准备着折桂枝。休教那淫词儿污了龙蛇字，藕丝儿缚定鹍鹏翅，黄莺儿夺了鸿鹄志；休为这翠帏锦帐一佳人，误了你玉堂金马三学士。

（末云）姐姐在意者！（红云）放心，放心！

【煞尾】沈约病多般，宋玉愁无二，清减了相思样子。只你那眉眼传情未了时，中心日夜藏之。怎敢因而，"有美玉于斯"，我须教有发落归着这张纸。凭着我舌尖儿上说词，更和这简帖儿里心事，管教那人儿来探你一遭儿。（下）

（末云）小娘子将简帖儿去了，不是小生说口，则是一道会亲的符箓。他明日回话，必有个次第。且放下心，须索好音来也。"且将宋玉风流策，寄与蒲东窈窕娘。"（下）

第二折

（旦上，云）红娘伏侍老夫人不得空便，偌早晚敢待来也。起得早了些儿，困思上来，我再睡些儿咱。（睡科）（红上，云）奉小姐言语去看张生，因伏侍老夫人，未曾回小姐话去。不听得声音，敢又睡哩，我入去看一遭。

【中吕】【粉蝶儿】风静帘闲，透纱窗麝兰香散，启朱扉摇响双环。绛台高，金荷小，银钉犹灿。比及将暖帐轻弹，先揭起这梅红罗软帘偷看。

【醉春风】只见他钗軃玉斜横，鬓偏云乱挽。日高犹自不明眸，畅好是懒、懒。（旦做起身长叹科）（红唱）半晌抬身，几回搔耳，一声长叹。

我待便将简帖儿与他，恐俺小姐有许多假处哩。我只将这简帖儿放在妆盒儿上，看他见了说甚么。（旦做照镜科，见帖看科）（红唱）

【普天乐】晚妆残，乌云軃，轻匀了粉脸，乱挽起云鬟。将简帖儿拈，把妆盒儿按，开拆封皮孜孜看，颠来倒去不害心烦。（旦怒叫）红娘！（红做意云）呀，决撒了也！厌的早挖皱了黛眉。（旦云）小贱人，不来怎么！（红唱）忽的波低垂了粉颈，氲的呵改变了朱颜。

（旦云）小贱人，这东西那里将来的？我是相国的小姐，谁敢将这简帖来戏弄我，我几曾惯看这等东西？告过夫人，打下你个小贱人下截来。

（红云）小姐使将我去，他着我将来。我不识字，知他写着甚么？

【快活三】分明是你过犯，没来由把我摧残；使别人颠倒恶心烦，你不惯，谁曾惯？

　　姐姐休闹，比及你对夫人说呵，我将这简帖儿去夫人行出首去来。（旦做揪住科）我逗你耍来。（红云）放手，看打下下截来。（旦云）张生近日如何？（红云）我只不说。（旦云）好姐姐，你说与我听咱！（红唱）

【朝天子】张生近间、面颜，瘦得来实难看。不思量茶饭，怕待动弹；晓夜将佳期盼，废寝忘餐。黄昏清旦，望东墙淹泪眼。（旦云）请个好太医看他证候咱。（红云）他证候吃药不济。病患、要安，只除是出几点风流汗。

　　（旦云）红娘，不看你面时，我将与老夫人看，看他有何面目见夫人？虽然我家亏他，只是兄妹之情，焉有外事。红娘，早是你口稳哩，若别人知呵，甚么模样。（红云）你哄着谁哩，你把这个饿鬼弄得他七死八活，却要怎么？

【四边静】怕人家调犯，"早共晚夫人见些破绽，你我何安。"问甚么他遭危难？揎断得上竿，掇了梯儿看。

　　（旦云）将描笔儿过来，我写将去回他，着他下次休是这般。（旦做写科）（起身科，云）红娘，你将去说："小姐看望先生，相待兄妹之礼如此，非有他意。再一遭儿是这般呵，必告夫人知道。"和你个小贱人都有话说。（旦掷书下）（红唱）

【脱布衫】小孩儿家口没遮拦，一味的将言语摧残。把似你使性子，休思量秀才，做多少好人家风范。（红做拾书科）

【小梁州】他为你梦里成双觉后单，废寝忘餐。罗衣不奈五更寒，愁无限，寂寞泪阑干。

【幺篇】似这等辰勾空把佳期盼，我将这角门儿世不曾牢拴，只愿你做夫妻无危难。我向这筵席头上整扮，做一个缝了口的撮合山。

　　（红云）我若不去来，道我违拗他，那生又等我回报，我须索走一遭。（下）（末上，云）那书请红娘将去，未见回话。我这封书去，必定成事，这早晚敢待来也。（红上）须索回张生话去。小姐，你性儿太惯得娇了；有前日的心，那得今日的心来？

【石榴花】当日个晚妆楼上杏花残，犹自怯衣单，那一片听琴心清露月明间。昨日个向晚，不怕春寒，几乎险被先生馔，那其间岂不胡颜。为一个不酸不醋风魔汉，隔墙儿险化做了望夫山。

【斗鹌鹑】你用心儿拨雨撩云，我好意儿传书寄简。不肯搜自己狂为，只待要觅别人破绽。受艾焙权时忍这番，畅好是奸。"张生是兄妹之礼，焉敢如此！"对人前巧语花言；——没人处便想张生，——背地里愁眉泪眼。

> （红见末科）（末云）小娘子来了。擎天柱，大事如何了也？（红云）不济事了，先生休傻。（末云）小生简帖儿是一道会亲的符箓，则是小娘子不用心，故意如此。（红云）我不用心？有天理，你那简帖儿好听！

【上小楼】这的是先生命悭，须不是红娘违慢。那简帖儿倒做了你的招状，他的勾头，我的公案。若不是觑面颜，厮顾盼，担饶轻慢，先生受罪，礼之当然，贱妾何辜？争些儿把你娘拖犯。

【幺篇】从今后相会少，见面难。月暗西厢，凤去秦楼，云敛巫山。你也赸，我也赸；请先生休讪，早寻个酒阑人散。

> （红云）只此再不必申诉足下肺腑，怕夫人寻，我回去也。（末云）小娘子此一遭去，再着谁与小生分剖；必索做一个道理，方可救得小生一命。（末跪下揪住红科）（红云）张先生是读书人，岂不知此意，其事可知矣。

【满庭芳】你休要呆里撒奸；你待要恩情美满，却教我骨肉摧残。老夫人手执着棍儿摩娑看，粗麻线怎透得针关。直待我挂着拐帮闲钻懒，缝合唇送暖偷寒。待去呵，小姐性儿撮盐入火，消息儿踏着泛；待不去呵，（末跪哭云）小生这一个性命，都在小娘子身上。（红唱）禁不得你甜话儿热趱：好着我两下里做人难。

> 我没来由分说；小姐回与你的书，你自看者。（末接科，开读科）呀，有这场喜事，撮土焚香，三拜礼毕。早知小姐简至，理合远接，接待不及，勿令见罪！小娘子，和你也欢喜。（红云）怎么？（末云）小姐骂我都是假，书中之意，着我今夜花园里来，和他"哩也波哩也罗"哩。（红云）你读书我听。（末云）"待月西厢下，迎风户半开，隔墙花影动，疑是玉人来。"（红云）怎见得他着你来？你解与我听咱。（末云）"待月西厢下"，着我月上来；"迎风户半开"，他开门待我；"隔墙花影动，疑是玉人来"，着我跳过墙来。（红笑云）他着你跳过墙来，你做下来，端

的有此说么？（末云）俺是个猜诗谜的社家，风流随何，浪子陆贾，我那里有差的勾当。（红云）你看我姐姐，在我行也使这般道儿。

【耍孩儿】几曾见寄书的颠倒瞒着鱼雁，小则小心肠儿转关。写着道西厢待月等得更阑，着你跳东墙"女"字边"干"。原来那诗句儿里包笼着三更枣，简帖儿里埋伏着九里山。他着紧处将人慢，您会云雨闹中取静，我寄音书忙里偷闲。

【四煞】纸光明玉板，字香喷麝兰，行儿边湮透非春汗？一缄情泪红犹湿，满纸春愁墨未干。从今后休疑难，放心波玉堂学士，稳情取金雀鸦鬓。

【三煞】他人行别样的亲，俺根前取次看，更做道孟光接了梁鸿案。别人行甜言美语三冬暖，我根前恶语伤人六月寒。我回头儿看：看你个离魂倩女，怎发付掷果潘安。

（末云）小生读书人，怎跳得那花园过也？（红唱）

【二煞】隔墙花又低，迎风户半拴，偷香手段今番按。怕墙高怎把龙门跳，嫌花密难将仙桂攀。放心去，休辞惮；你若不去呵，望穿他盈盈秋水，蹙损他淡淡春山。

（末云）小生曾到那花园里，已经两遭，不见那好处；这一遭知他又怎么？（红云）如今不比往常。

【煞尾】你虽是去了两遭，我敢道不如这番。你那隔墙酬和都胡侃，证果的是今番这一简。（红下）

（末云）万事自有分定，谁想小姐有此一场好处。小生是猜诗谜的社家，风流随何，浪子陆贾，到那里拈扎帮便倒地。今日颇天百般的难得晚。天，你有万物于人，何故争此一日。疾下去波！"读书继晷怕黄昏，不觉西沉强掩门，欲赴海棠花下约，太阳何苦又生根？"（看天云）呀，才晌午也，再等一等。（又看科）今日万般的难得下去也呵。"碧天万里无云。空劳倦客身心，恨杀鲁阳贪战，不教红日西沉！"呀，却早倒西也，再等一等咱。"无端三足乌，团团光烁烁；安得后羿弓，射此一轮落？"谢天地！却早日下去也！呀，却早发擂也！呀，却早撞钟也！拽上书房门，到得那里，手挽着垂杨滴流扑跳过墙去。（下）

第三折

（红上，云）今日小姐着我寄书与张生，当面偌多般假意儿，原来诗内暗约着他来。小姐也不对我说，我也不瞧破他，只请他烧香。今夜晚妆处，比每日较别，我看他到其间怎的瞒我？（红唤科）姐姐，咱烧香去来。（旦上，云）花阴重叠香风细，庭院深沉淡月明。（红云）今夜月明风清，好一派景致也呵！

【双调】【新水令】晚风寒峭透窗纱，控金钩绣帘不挂。门阑凝暮霭，楼角敛残霞。恰对菱花，楼上晚妆罢。

【驻马听】不近喧哗，嫩绿池塘藏睡鸭；自然幽雅，淡黄杨柳带栖鸦。金莲蹴损牡丹芽，玉簪抓住荼蘼架。夜凉苔径滑，露珠儿湿透了凌波袜。

　　我看那生和俺小姐巴不得到晚。

【乔牌儿】自从那日初时想月华，捱一刻似一夏；见柳梢斜日迟迟下，早道"好教贤圣打"。

【搅筝琶】打扮的身子儿诈，准备着云雨会巫峡。只为这燕侣莺俦，锁不住心猿意马。不只俺那姐姐害，那生呵！二三日来水米不粘牙。因姐姐闭月羞花，真假、这其间性儿难按纳，一地里胡拿。

　　姐姐，这湖山下立地，我开了寺里角门儿。怕有人听俺说话，我且看一看。（做意了）偌早晚傻角却不来，赫赫赤赤，来。（末云）这其间正好去也，赫赫赤赤。（红云）那鸟来了。

【沈醉东风】我只道槐影风摇暮鸦，原来是玉人帽侧乌纱。一个潜身在曲槛边，一个背立在湖山下；那里叙寒温，并不曾打话。（红云）赫赫赤赤，那鸟来了。（末云）小姐，你来也。（搂住红科）（红云）禽兽，是我，你看得好仔细着，若是夫人怎了。（末云）小生害得眼花，搂得慌了些儿，不知是谁，望乞恕罪！（红唱）便做道搂得慌呵，你也索觑咱，多管是饿得你个穷神眼花。

　　（末云）小姐在那里？（红云）在湖山下，我问你咱，真个着你来哩？
　　（末云）小生猜诗谜社家，风流随何，浪子陆贾，准定挝扎帮便倒地。
　　（红云）你休从门里去，只道我使你来。你跳过这墙去，今夜这一弄儿助你两个成亲。我说与你，依着我者。

【乔牌儿】你看那淡云笼月华，似红纸护银蜡；柳丝花朵垂帘下，绿莎茵铺着绣榻。

【甜水令】良夜迢迢，闲庭寂静，花枝低亚。他是个女孩儿家，你索将性儿温存，话儿摩弄，意儿谦洽；休猜做败柳残花。

【折桂令】他是个娇滴滴美玉无瑕，粉脸生春，云鬓堆鸦。恁的般受怕担惊，又不图甚浪酒闲茶。只你那夹被儿时当奋发，指头儿告了消乏；打叠起嗟呀，毕罢了牵挂，收拾了忧愁，准备着撑达。

（末作跳墙搂旦科）（旦云）是谁？（末云）是小生。（旦怒云）张生，你是何等之人！我在这里烧香，你无故至此；若夫人闻知，有何理说！（末云）呀，变了卦也！（红唱）

【锦上花】为甚媒人，心无惊怕；赤紧的夫妻们、意不争差。我这里蹑足潜踪，悄地听咱。一个羞惭，一个怒发。

【幺篇】张生无一言，呀！莺莺变了卦。一个悄悄冥冥，一个絮絮答答。却早禁住隋何，迸住陆贾，叉手躬身，妆聋做哑。

张生背地里嘴那里去了？向前搂住丢翻，告到官司，怕羞了你！

【清江引】没人处只会闲嗑牙，就里空奸诈。怎想湖山边，不记"西厢下"。香美娘处分破花木瓜。

（旦）红娘，有贼。（红云）是谁？（末云）是小生。（红云）张生，你来这里有甚么勾当？（旦云）扯到夫人那里去！（红云）到夫人那里，怕坏了他行止。我与姐姐处分他一场。张生，你过来跪着！你既读孔圣之书，必达周公之礼，黄昏来此何干？

【雁儿落】不是俺一家儿乔作衙，说几句衷肠话。我只道你文学海样深，谁知你色胆有天来大？

（红云）你知罪么？（末云）小生不知罪。（红唱）

【得胜令】谁着你黄昏入人家，非奸做贼拿。你本是个折桂客，做了偷花汉。不想去跳龙门，学骗马。姐姐，且看红娘面饶过这生者！（旦云）若不看红娘面，扯你到夫人那里去，看你有何面目见江东父老？起来！（红唱）谢小姐贤达，看我面遂情罢。若到官司详察，"你既是秀才，只合苦志于寒窗之下，谁教你黄昏辄入人家花园，做得个非奸既盗。"先生呵，整备着精皮肤吃顿打。

（旦云）先生虽有活人之恩，恩则当报。既为兄妹，何生此心？万一夫人知之，先生何以自安？今后再勿如此，若更为之，与足下决无干休。

（下）（末朝鬼门道云）你着我来，却怎么有偌多说话！（红扳过末云）羞也，羞也，却不"风流随何，浪子陆贾"？（末云）得罪波"社家"，今日便早则死心塌地。（红唱）

【离亭宴带歇指煞】再休题"春宵一刻千金价",准备着"寒窗更守十年寡",猜诗谜的社家,卒拍了"迎风户半开",山障了"隔墙花影动",绿惨了"待月西厢下"。你将何郎粉面搽,他自把张敞眉儿画。强风情措大,晴干了尤云殢雨心,悔过了窃玉偷香胆,删抹了倚翠偎红话。(末云)小生再写一简,烦小娘子将去,以尽衷情如何?(红唱)淫词儿早则休,简帖儿从今罢。犹古自参不透风流调法。从今后悔罪也卓文君,你与我游学去波汉司马。(下)

(末云)你这小姐送了人也!此一念小生再不敢举,奈有病体日笃,将如之奈何?夜来得简方喜,今日强扶至此,又值这一场怨气,眼见得休也。只索回书房中纳闷去。桂子闲中落,槐花病里看。(下)

第四折

(夫人上,云)早间长老使人来,说张生病重。我着长老使人请个太医去看了。一壁道与红娘,看哥哥行问汤药去者,问太医下甚么药?证候如何?便来回话。(下)(红上,云)老夫人才说张生病沉重,昨夜吃我那一场气,越重了。莺莺呵,你送了他人。(下)(旦上,云)我写一简,只说道药方,着红娘将去与他,证候便可。(旦唤红科)(红云)姐姐唤红娘怎么?(旦云)张生病重,我有一个好药方儿,与我将去咱!(红云)又来也!娘呵,休送了他人!(旦云)好姐姐,救人一命,将去咱!(红云)不是你,一世也救他不得。如今老夫人又使我去哩,我就与你将去走一遭。(下)(旦云)红娘去了,我绣房里等他回话。(下)(末上,云)自从昨夜花园中吃了这一场气,投着旧证候,眼见得休了也。老夫人说着长老唤太医来看我;我这颏证候,非是太医所治的;只除是那小姐美甘甘、香喷喷、凉渗渗、娇滴滴一点唾津儿咽下去,这厮病便可。(洁引太医上,《双斗医》科范了)(下)(洁云)下了药了,我回夫人话去,少刻再来相望。(下)(红上,云)俺小姐送得人如此,又着我去动问,送药方儿去,越着他病沉了也。我索走一遭。异乡易得离愁病,妙药难医肠断人。

【越调】【斗鹌鹑】只为你彩笔题诗,回文织锦,送得人卧枕着床,忘餐废寝,折倒得鬓似愁潘,腰如病沈。恨已深,病已沉,昨夜个热脸儿对面抢白,今日个冷句儿将人厮侵。

昨夜这般抢白他呵！

【紫花儿序】把似你休倚着桄门儿待月，依着韵脚儿联诗，侧着耳朵儿听琴。见了他撤假佮多话："张生，我与你兄妹之礼，甚么勾当！"怒时节把一个书生来跌窨，欢时节——"红娘，好姐姐，去望他一遭！——将一个侍妾来逼临。难禁，好着我似线脚儿般殷殷勤不离了针。从今后教他一任，这的是俺老夫人的不是：将人的义海恩山，都做了远水遥岑。

> （红见末问云）哥哥病体若何？（末云）害杀小生也！我若是死呵，小娘子，阎王殿前，少不得你做个干连人。（红叹云）普天下害相思的不似你这个傻角。

【天净沙】心不存学海文林，梦不离柳影花阴，只去那窃玉偷香上用心。又不曾得甚，自从海棠开想到如今。

> 因甚的便病得这般了？（末云）都因你行——怕说的谎——因小侍长上来！当夜书房一气一个死。小生救了人，反被害了。自古人云："痴心女子负心汉。"今日反其事了。（红唱）

【调笑令】我这里自审，这病为邪淫；尸骨岩岩鬼病侵。更做道秀才们从来惑。似这般干相思的好撒吞！功名上早则不遂心，婚姻上更返吟复吟。

> （红云）老夫人着我来看哥哥，要甚么汤药。小姐再三伸敬，有一药方送来与先生。（末做慌科）在那里？（红云）用着几般儿生药，各有制度，我说与你：

【小桃红】"桂花"摇影夜深沉，酸醋"当归"浸。（末云）桂花性温，当归活血，怎生制度？（红唱）面靠着湖山背阴里窨，这方儿最难寻。一服两服令人恁。（末云）忌甚么物？（红唱）忌的是"知母"未寝，怕的是"红娘"撒沁。吃了呵，稳情取"使君子"一星儿"参"。

> 这药方儿小姐亲笔写的。（末看药方大笑科）（末云）早知姐姐书来，只合远接。小娘子——（红云）又怎么？却早两遭儿也。（末云）——不知这首诗意，小姐待和小生"里也波"哩。（红云）不少了一些儿？

【鬼三台】足下其实嘛，休妆吞。笑你个风魔的翰林，无处问佳音，向简帖儿上计禀。得了个纸变儿恁般绵里针，若见玉天仙怎生软厮禁？俺那小姐忘恩，赤紧的偻人负心。

> 书上如何说？你读与我听咱。（末念云）"休将闲事苦萦怀，取次摧残天赋才。不意当时完妾命，岂防今日作君灾？仰图厚德难从礼，谨奉新诗

可当媒。寄语高唐休咏赋，今宵端的雨云来。"此韵非前日之比，小姐必来。（红云）他来呵怎生？

【秃厮儿】身卧着一条布衾，头枕着三尺瑶琴；他来时怎生和你一处寝？冻得来战兢兢，说甚知音？

【圣药王】果若你有心，他有心，昨日秋千院宇夜深沉；花有阴，月有阴，"春宵一刻抵千金"，何须"诗对会家吟"？

（末云）小生有花银十两，有铺盖赁与小生一付。（红唱）

【东原乐】俺那鸳鸯枕，翡翠衾，便遂杀了人心，如何肯赁？至如你不脱解和衣儿更怕甚？不强如手执定指尖儿恁。倘或成亲，到大来福荫。

（末云）小生为小姐如此容色，莫不小姐为小生也减动丰韵么？（红唱）

【绵搭絮】他眉弯远山不翠，眼横秋水无光，体若凝酥，腰如嫩柳，俊的是庞儿俏的是心，体态温柔性格儿沉。虽不会法灸神针，更胜似救苦难观世音。

（末云）今夜成了事，小生不敢有忘。（红唱）

【幺篇】你口儿里漫沉吟，梦儿里苦追寻。往事已沉，只言目今，今夜相逢管教恁。不图你甚白璧黄金，只要你满头花，拖地锦。

（末云）怕夫人拘系，不能够出来。（红云）只怕小姐不肯，果有意呵，

【煞尾】虽然是老夫人晓夜将门禁，好共歹须教你称心。（末云）休似昨夜不肯。（红云）你挣揣咱，来时节肯不肯尽由他，见时节亲不亲在于恁。（并下）

【络丝娘煞尾】因今宵传言送语，看明日携云握雨。

　　题目　老夫人命医士　崔莺莺寄情诗
　　正名　小红娘问汤药　张君瑞害相思

第四本　草桥店梦莺莺杂剧

楔　子

（旦上，云）昨夜红娘传简去与张生，约今夕和他相见，等红娘来做个商量。（红上，云）姐姐着我传简帖儿与张生，约他今宵赴约。俺那小姐，我怕又有说谎，送了他性命，不是耍处。我见小姐去，看他说甚么。（旦云）红娘收拾卧房，我睡去。（红云）不争你要睡呵，那里发付那生？（旦云）甚么那生？（红云）姐姐，你又来也！送了人性命不是耍处。你若又翻悔，我出首与夫人，你着我将简帖儿约下他来。（旦云）这小贱人倒会放刁，羞人答答的，怎生去！（红云）有甚的羞，到那里只合着眼者。（红催莺云）去来去来，老夫人睡了也。（旦走科）（红云）俺姐姐语言虽是强，脚步儿早先行也。

【仙吕】【端正好】因姐姐玉精神，花模样，无倒断晓夜思量。着一片志诚心盖抹了漫天谎。出画阁，向书房，离楚岫，赴高唐，学窃玉，试偷香，巫娥女，楚襄王；楚襄王敢先在阳台上。（下）

第一折

（末上，云）昨夜红娘所遗之简，约小生今夜成就。这早晚初更尽也，不见来呵，小姐休说谎咱！人间良夜静复静，天上美人来不来。

【仙吕】【点绛唇】伫立闲阶，夜深香霭、横金界。潇洒书斋，闷杀读书客。

【混江龙】彩云何在，月明如水浸楼台。僧归禅室，鸦噪庭槐。风弄竹声只道金珮响，月移花影疑是玉人来。意悬悬业眼，急攘攘情怀，身心一片，无处安排；只索呆答孩倚定门儿待。越越的青鸾信杳，黄犬音乖。

小生一日十二时，无一刻放下小姐，你那里知道呵！

【油葫芦】情思昏昏眼倦开，单枕侧，梦魂飞入楚阳台。早知道无明无夜因他害，想当初"不如不遇倾城色"。人有过，必自责，勿惮改，我却待"贤贤易色"将心戒，怎禁他兜的上心来。

【天下乐】我只索倚定门儿手托腮，好着我难猜：来也那不来？夫人行料应难离侧。望得人眼欲穿，想得人心越窄，多管是冤家不自在。

　　喏早晚不来，莫不又是谎么？

【那吒令】他若是肯来，早身离贵宅；他若是到来，便春生敝斋；他若是不来，似石沈大海。数着他脚步儿行，倚定窗棂儿待。寄语多才：

【鹊踏枝】怎的般恶抢白，并不曾记心怀；拨得个意转心回，夜去明来。空调眼色经今半载，这其间委实难捱。

　　小姐这一遭若不来呵，

【寄生草】安排着害，准备着抬。想着这异乡身强把茶汤捱，只为这可憎才熬得心肠耐，办一片志诚心留得形骸在。拭着那司天台打算半年愁，端的是太平车约有十余载。

　　（红上，云）姐姐，我过去，你在这里。（红敲门科）（末问云）是谁？（红云）是你前世的娘。（末云）小姐来么？（红云）你接了衾枕者，小姐入来也。张生，你怎么谢我？（末拜云）小生一言难尽，寸心相报，惟天可表！（红云）你放轻者，休唬了他！（红推旦入云）姐姐，你入去，我在门儿外等你。（末见旦跪云）张珙有何德能，敢劳神仙下降，知他是睡里梦里？

【村里迓鼓】猛见他可憎模样，——小生那里得病来——早医可九分不快。先前见责，谁承望今宵欢爱！着小姐这般用心，不才张珙，合当跪拜。小生无宋玉般容，潘安般貌，子建般才，姐姐，你只是可怜见为人在客！

【元和令】绣鞋儿刚半拆，柳腰儿够一搦，羞答答不肯把头抬，只将鸳枕捱。云鬓仿佛坠金钗，偏宜鬏髻儿歪。

【上马娇】我将这钮扣儿松，把缕带儿解；兰麝散幽斋。不良会把人禁害，哈，怎不肯回过脸儿来？

【胜葫芦】我这里软玉温香抱满怀。呀，阮肇到天台，春至人间花弄色。将柳腰款摆，花心轻拆，露滴牡丹开。

【幺篇】但蘸着些儿麻上来，鱼水得和谐，嫩蕊娇香蝶恣采。半推半就，又惊又爱，檀口揾香腮。

　　（末跪云）谢小姐不弃，张珙今夕得就枕席，异日犬马之报。（旦云）妾千金之躯，一旦弃之。此身皆托于足下，勿以他日见弃，使妾有白头之叹。（末云）小生焉敢如此？（末看手帕科）

【后庭花】春罗原莹白，早见红香点嫩色。（旦云）羞人答答的，看甚么？

（末）灯下偷睛觑，胸前着肉揣。畅奇哉，浑身通泰，不知春从何处来？无能的张秀才，孤身西洛客，自从逢稔色，思量的不下怀；忧愁因间隔，相思无摆划；谢芳卿不见责。

【柳叶儿】我将你做心肝儿般看待，点污了小姐清白。忘餐废寝舒心害，若不是真心耐，志诚捱，怎能够这相思苦尽甘来？

【青歌儿】成就了今宵欢爱，魂飞在九霄云外。投至得见你多情小奶奶，憔悴形骸，瘦似麻秸。今夜和谐，犹自疑猜。露滴香埃，风静闲阶，月射书斋，云锁阳台；审问明白，只疑是昨夜梦中来，愁无奈。

（旦云）我回去也，怕夫人觉来寻我。（末云）我送小姐出来。

【寄生草】多丰韵，忒稔色。乍时相见教人害，霎时不见教人怪，些儿得见教人爱。今宵同会碧纱厨，何时重解香罗带。

（红云）来拜你娘！张生，你喜也。姐姐，咱家去来。（末唱）

【煞尾】春意透酥胸，春色横眉黛，贱却人间玉帛。杏脸桃腮，乘着月色，娇滴滴越显得红白。下香阶，懒步苍苔，动人处弓鞋凤头窄。叹鲰生不才，谢多娇错爱。若小姐不弃小生，此情一心者，你是必破工夫明夜早些来。（下）

第二折

（夫人引俫上，云）这几日窃见莺莺语言恍惚，神思加倍，腰肢体态，比向日不同；莫不做下来了么？（俫云）前日晚夕，奶奶睡了，我见姐姐和红娘烧香，半晌不回来，我家去睡了。（夫人云）这桩事都在红娘身上，唤红娘来！（俫唤红科）（红云）哥哥唤我怎么？（俫云）奶奶知道你和姐姐去花园里去，如今要打你哩。（红云）呀！小姐，你带累我也！小哥哥，你先去，我便来也。（红唤旦科）（红云）姐姐，事发了也，老夫人唤我哩，却怎了？（旦云）好姐姐，遮盖咱！（红云）娘呵，你做的隐秀者，我道你做下来也。（旦念）月圆便有阴云蔽，花发须教急雨催。（红唱）

【越调】【斗鹌鹑】只着你夜去明来，倒有个天长地久；不争你握雨携云，常使我提心在口。你只合带月披星，谁着你停眠整宿？老夫人心数多，情性忉；使不着我巧语花言，将没做有。

【紫花儿序】老夫人猜那穷酸做了新婿，小姐做了娇妻，这小贱人做了撺头。俺小姐这些时春山低翠，秋水凝眸。别样的都休，拭把你裙带儿拴，纽门儿扣，比着你旧时肥瘦，出落得精神，别样的风流。

（旦云）红娘，你到那里小心回话者！（红云）我到夫人处，必问："这小贱人，

【金蕉叶】我着你但去处行监坐守，谁着你迤逗的胡行乱走？"若问着此一节呵如何诉休？你便索与他个知情的犯由。

姐姐，你受责理当，我图甚么来？

【调笑令】你绣帏里效绸缪，倒凤颠鸾百事有。我在窗儿外几曾轻咳嗽，立苍苔将绣鞋儿冰透。今日个嫩皮肤倒将粗棍抽，姐姐呵，俺这通殷勤的着甚来由？

姐姐在这里等着，我过去。说过呵，休喜欢；说不过，休烦恼。（红见夫人科）（夫人云）小贱人，为甚么不跪下！你知罪么？（红跪云）红娘不知罪。（夫人云）你故自口强哩。若实说呵，饶你；若不实说呵，我直打死你这个贱人！谁着你和小姐花园里去来？（红云）不曾去，谁见来？（夫人云）欢郎见你去来，尚故自推哩。（打科）（红云）夫人休闪了手，且息怒停嗔，听红娘说。

【鬼三台】夜坐时停了针绣，共姐姐闲穷究，说张生哥哥病久。咱两个背着夫人，向书房问候。（夫人云）问候呵，他说甚么？（红云）他说来，道"老夫人事已休，将恩变为仇，着小生半途喜变做忧"。他道："红娘你且先行，教小姐权时落后。"

（夫人云）他是个女孩儿家，着他落后怎么！（红唱）

【秃厮儿】我只道神针法灸，谁承望燕侣莺俦。他两个经今月余只是一处宿，何须你一一问缘由？

【圣药王】他每不识忧，不识愁，一双心意两相投。夫人得好休，便好休，这其间何必苦追求？常言道"女大不中留"。

（夫人云）这端事都是你个贱人。（红云）非是张生小姐红娘之罪，乃夫人之过也。（夫人云）这贱人倒指下我来，怎么是我之过？（红云）信者人之根本，"人而无信，不知其可也。大车无辀，小车无轨，其何以行之哉？"当日军围普救，夫人所许退军者，以女妻之。张生非慕小姐颜色，岂肯区区建退军之策？兵退身安，夫人悔却前言，岂得不为失信乎？既然不肯成其事，只合酬之以金帛，令张生舍此而去。却不当留请张生于书院，使怨女旷夫，各相早晚窥视，所以夫人有此一端。目下老夫人若

不息其事，一来辱没相国家谱；二来张生日后名重天下，施恩于人，忍令反受其辱哉？使至官司，夫人亦得治家不严之罪。官司若推其详，亦知老夫人背义而忘恩，岂得为贤哉？红娘不敢自专，乞望夫人台鉴：莫若恕其小过，成就大事，捆之以去其污，岂不为长便乎？

【麻郎儿】秀才是文章魁首，姐姐是仕女班头；一个通彻三教九流，一个晓尽描鸾刺绣。

【幺篇】世有、便休、罢手，大恩人怎做敌头？起白马将军故友，斩飞虎叛贼草寇。

【络丝娘】不争和张解元参辰卯酉，便是与崔相国出乖弄丑。到底干连着自己骨肉，夫人索穷究。

（夫人云）这小贱人也道得是。我不合养了这个不肖之女。待经官呵，玷辱家门。罢罢！俺家无犯法之男，再婚之女，与了这厮罢。红娘唤那贱人来！（红见旦云）且喜姐姐，那棍子只是滴溜溜在我身上，吃我直说过了。我也怕不得许多，夫人如今唤你来，待成合亲事。（旦云）羞人答答的，怎么见夫人？（红云）娘跟前有甚么羞？

【小桃红】当日个月明才上柳梢头，却早人约黄昏后。羞得我脑背后将牙儿衬着衫儿袖。猛凝眸，看时节只见鞋底尖儿瘦。一个恣情的不休，一个哑声儿厮耨。呸！那其间可怎生不害半星儿羞？

（旦见夫人科）（夫人云）莺莺，我怎生抬举你来，今日做这等的勾当；只是我的孽障，待怨谁的是！我待经官来，辱没了你父亲，这等事不是俺相国人家的勾当。罢罢罢！谁似俺养女的不长进！红娘，书房里唤将那禽兽来！（红唤末科）（末云）小娘子唤小生做甚么？（红云）你的事发了也，如今夫人唤你来，将小姐配与你哩。小姐先招了也，你过去。（末云）小生惶恐，如何见老夫人？当初谁在老夫人行说来？（红云）休佯小心，过去便了。

【幺篇】既然泄漏怎干休？是我相投首。俺家里陪酒陪茶倒捆就。你休愁，何须约定通媒媾？我弃了部署不收，你原来"苗而不秀"。呸！你是个银样镴枪头。

（末见夫人科）（夫人云）好秀才呵，岂不闻"非先王之德行不敢行"。我待送你去官司里去来，恐辱没了俺家谱。我如今将莺莺与你为妻，只是俺三辈儿不招白衣女婿，你明日便上朝取应去。我与你养着媳妇，得官呵，来见我；驳落呵，休来见我。（红云）张生早则喜也。

【东原乐】相思事，一笔勾，早则展放从前眉儿皱。美爱幽欢恰动头。既能够，张生，你觑兀的般可喜娘庞儿也要人消受。

（夫人云）明日收拾行装，安排果酒，请长老一同送张生到十里长亭去。

（旦念）寄语西河堤畔柳，安排青眼送行人。（同夫人下）（红唱）

【收尾】来时节画堂箫鼓鸣春昼，列着一对儿鸾交凤友。那其间才受你说媒红，方吃你谢亲酒。（并下）

第三折

（夫人、长老上，云）今日送张生赴京，十里长亭，安排下筵席。我和长老先行，不见张生小姐来到。

（旦、末、红同上）（旦云）今日送张生上朝取应，早是离人伤感，况值那暮秋天气，好烦恼人也呵！悲欢聚散一杯酒，南北东西万里程。

【正宫】【端正好】碧云天，黄花地，西风紧，北雁南飞。晓来谁染霜林醉？总是离人泪。

【滚绣球】恨相见得迟，怨归去得疾。柳丝长玉骢难系，恨不倩疏林挂住斜晖。马儿迍迍的行，车儿快快的随，却告了相思回避，破题儿又早别离。听得道一声去也，松了金钏；遥望见十里长亭，减了玉肌：此恨谁知？

（红云）姐姐今日怎么不打扮？（旦云）你那知我的心里呵？

【叨叨令】见安排着车儿、马儿，不由人熬熬煎煎的气；有甚么心情花儿、靥儿，打扮得娇娇滴滴的媚；准备着被儿、枕儿，只索昏昏沉沉的睡；从今后衫儿、袖儿，都揾做重重叠叠的泪。兀的不闷杀人也么哥？兀的不闷杀人也么哥？久已后书儿、信儿，索与我恓恓惶惶的寄。

（做到）（见夫人科）（夫人云）张生和长老坐，小姐这壁坐，红娘将酒来。张生，你向前来，是自家亲眷，不要回避。俺今日将莺莺与你，到京师休辱没了俺孩儿，挣揣一个状元回来者。（末云）小生托夫人余荫，凭着胸中之才，视官如拾芥耳。（洁云）夫人主见不差，张生不是落后的人。（把酒了，坐）（旦长吁科）

【脱布衫】下西风黄叶纷飞，染寒烟衰草萋迷。洒席上斜签着坐的，蹙愁眉死临侵地。

【小梁州】我见他阁泪汪汪不敢垂，恐怕人知；猛然见了把头低，长吁气，推整素罗衣。

【幺篇】虽然久后成佳配，奈时间怎不悲啼。意似痴，心如醉，昨宵今日，清减了小腰围。

（夫人云）小姐把盏者！（红递酒，旦把盏长吁科云）请吃酒！

【上小楼】合欢未已，离愁相继。想着俺前暮私情，昨夜成亲，今日别离。我谂知这几日相思滋味，却原来比别离情更增十倍。

【幺篇】年少呵轻远别，情薄呵易弃掷。全不想腿儿相挨，脸儿相偎，手儿相携。你与俺崔相国做女婿，妻荣夫贵，但得一个并头莲，煞强如状元及第。

（夫人云）红娘把盏者！（红把酒科）（旦唱）

【满庭芳】供食太急，须臾对面，顷刻别离。若不是酒席间子母每当回避，有心待与他举案齐眉。虽然是厮守得一时半刻，也合着俺夫妻每共桌而食。眼底空留意，寻思起就里，险化做望夫石。

（红云）姐姐不曾吃早饭，饮一口儿汤水。（旦云）红娘，甚么汤水咽得下！

【快活三】将来的酒共食，尝着似土和泥。假若便是土和泥，也有些土气息，泥滋味。

【朝天子】暖溶溶玉醅，白泠泠似水，多半是相思泪。眼面前茶饭怕不待要吃，恨塞满愁肠胃。"蜗角虚名，蝇头微利"，拆鸳鸯在两下里。一个这壁，一个那壁，一递一声长吁气。

（夫人云）辆起车儿，俺先回去，小姐随后和红娘来。（下）（末辞洁科）（洁云）此一行别无话儿，贫僧准备买登科录看，做亲的茶饭少不得贫僧的。先生在意，鞍马上保重者！从今经忏无心礼，专听春雷第一声。（下）（旦唱）

【四边静】霎时间杯盘狼籍，车儿投东，马儿向西。两意徘徊，落日山横翠。知他今宵宿在那里？有梦也难寻觅。

张生，此一行得官不得官，疾便回来。（末云）小生这一去白夺一个状元，正是"青霄有路终须到，金榜无名誓不归"。（旦云）君行别无所赠，口占一绝，为君送行：弃掷今何在，当时且自亲。还将旧来意，怜取眼前人。（末云）小姐之意差矣，张珙更敢怜谁？谨赓一绝，以剖寸心。人生长远别，孰与最关亲？不遇知音者，谁怜长叹人？（旦唱）

【耍孩儿】淋漓襟袖啼红泪，比司马青衫更湿。伯劳东去燕西飞，未登程先问归期。虽然眼底人千里，且尽生前酒一杯。未饮心先醉，眼中流血，心内成灰。

【五煞】到京师服水土，趁程途节饮食，顺时自保揣身体。荒村雨露宜眠早，野店风霜要起迟！鞍马秋风里，最难调护，最要扶持。

【四煞】这忧愁诉与谁？相思只自知，老天不管人憔悴。泪添九曲黄河溢，恨压三峰华岳低。到晚来闷把西楼倚，见了些夕阳古道，衰柳长堤。

【三煞】笑吟吟一处来，哭啼啼独自归。归家若到罗帏里，昨宵个绣衾香暖留春住，今夜个翠被生寒有梦知。留恋你别无意，见据鞍上马，阁不住泪眼愁眉。

（末云）有甚言语嘱付小生咱？（旦唱）

【二煞】你休忧"文齐福不齐"。我只怕你"停妻再娶妻"。休要"一春鱼雁无消息"！我这里"青鸾有信频须寄"，你却休"金榜无名誓不归"。此一节君须记，若见了那异乡花草，再休似此处栖迟。

（末云）再谁似小姐？小生又生此念。（旦唱）

【一煞】青山隔送行，疏林不做美，淡烟暮霭相遮蔽。夕阳古道无人语，禾黍秋风听马嘶。我为甚么懒上车儿内，来时甚急，去后何迟？

（红云）夫人去好一会，姐姐，咱家去！（旦唱）

【收尾】四围山色中，一鞭残照里。遍人间烦恼填胸臆，量这些大小车儿如何载得起？

（旦、红下）（末云）仆童赶早行一程儿，早寻个宿处。泪随流水急，愁逐野云飞。（下）

第四折

（末引仆骑马上，开）离了蒲东早三十里也。兀的前面是草桥，店里宿一宵，明日赶早行。这马百般儿不肯走：行色一鞭催去马，羁愁万斛引新诗。

【双调】【新水令】望蒲东萧寺暮云遮，惨离情半林黄叶。马迟人意懒，风急雁行斜。离恨重叠，破题儿第一夜。

想着昨日受用，谁知今日凄凉？

【步步娇】昨夜个翠被香浓熏兰麝，欹珊枕把身躯儿趄。脸儿厮揾者，仔细端详，可憎的别。铺云鬟玉梳斜，恰便似半吐初生月。

> 早到也，店小二哥那里？（小二哥上，云）官人，俺这头房里下。（末云）琴童接了马者！点上灯，我诸般不要吃，只要睡些儿。（仆云）小人也辛苦，待歇息也。（在床前打铺做睡科）（末云）今夜甚睡得到我眼里来也！

【落梅风】旅馆敧单枕，秋蛩鸣四野，助人愁的是纸窗儿风裂。乍孤眠被儿薄又怯，冷清清几时温热！

> （末睡科）（旦上，云）长亭畔别了张生，好生放不下。老夫人和梅香都睡了，我私奔出城，赶上和他同去。

【乔木查】走荒郊旷野，把不住心娇怯，喘吁吁难将两气接。疾忙赶上者，打草惊蛇。

【搅筝琶】他把我心肠撧，因此不避路途赊。瞒过俺能拘管的夫人，稳住俺厮齐攒的侍妾。想着他临上马痛伤嗟，哭得我也似痴呆。不是我心邪，自别离以后，到西日初斜，愁得来陡峻，瘦得来咴嘅。只离得半个日头，却早又宽掩过翠裙三四褶，谁曾经这般磨灭？

【锦上花】有限姻缘，方才宁贴；无奈功名，使人离缺。害不了的愁怀，却才觉些；撇不下的相思，如今又也。

【幺篇】清霜净碧波，白露下黄叶。下下高高，道路凹折；四野风来，左右乱踅。我这里奔驰，他何处眠歇？

【清江引】呆答孩店房儿里没话说，闷对如年夜。暮雨催寒蛩，晓风吹残月，今宵酒醒何处也？

> （旦云）在这个店儿里，不免敲门。（末云）谁敲门哩？是一个女人的声音，我且开门看咱，这早晚是谁？

【庆宣和】是人呵疾忙快分说，是鬼呵合速灭。（旦云）是我。老夫人睡了，想你去了呵，几时再得见，特来和你同去。（末唱）听说罢将香罗袖儿拽，却原来是姐姐、姐姐。

> 难得小姐的心勤！

【乔牌儿】你是为人须为彻，将衣袂不藉。鞋儿被露水泥沾惹，脚心儿管踏破也。

> （旦云）我为足下呵，顾不得迢递。（旦唧唧了）（末唱）

【甜水令】想着你废寝忘餐，香消玉减，花开花谢，犹自觉争些；便枕冷衾寒，凤只鸾孤，月圆云遮，寻思来有甚伤嗟。

【折桂令】想人生最苦离别，可怜见千里关山，独自跋涉。似这般割肚牵肠，倒不如义断恩绝。虽然是一时间花残月缺，休猜做瓶坠簪折。不恋豪杰，不羡骄奢；自愿的生则同衾，死则同穴。

（外净一行扮卒子上，叫云）恰才见一女子渡河，不知那里去了？打起火把者，分明见他走在这店中去也。将出来！将出来！（末云）却怎了？

（旦云）你近后，我自开门对他说。

【水仙子】硬围着普救寺下锹镢，强当住咽喉仗剑钺。贼心肠馋眼脑天生得劣。（卒子云）你是谁家女子，黉夜渡河？（旦唱）休言语，靠后些！杜将军你知道他是英杰，觑一觑着你为了醢酱，指一指教你化做齑血。骑着匹白马来也。

（卒子抢旦下）（末惊觉云）呀，原来却是梦里。且将门儿推开看。只见一天露气，满地霜华，晓星初上，残月犹明。"无端燕鹊高枝上，一枕鸳鸯梦不成。"

【雁儿落】绿依依墙高柳半遮，静悄悄门掩清秋夜，疏剌剌林梢落叶风，昏惨惨云际穿窗月。

【得胜令】惊觉我的是颤巍巍竹影走龙蛇，虚飘飘庄周梦蝴蝶，絮叨叨促织儿无休歇，韵悠悠砧声儿不断绝。痛煞煞伤别，急煎煎好梦儿应难舍；冷清清的咨嗟，娇滴滴玉人儿何处也！

（仆云）天明也。咱早行一程儿，前面打火去。（末云）店小二哥，还你房钱，鞴了马者。

【鸳鸯煞】柳丝长咫尺情牵惹，水声幽仿佛人鸣咽。斜月残灯，半明不灭。畅道是旧恨连绵，新愁郁结；别恨离愁，满肺腑难淘泻。除纸笔代喉舌，千种相思对谁说。（并下）

【络丝娘煞尾】都只为一官半职，阻隔得千山万水。

　　题目　小红娘成好事　老夫人问私情
　　正名　短长亭斟别酒　草桥店梦莺莺

第五本　张君瑞庆团圞杂剧

楔　　子

（末引仆人上开，云）自暮秋与小姐相别，倏经半载之际。托赖祖宗之荫，一举及第，得了头名状元。如今在客馆听候圣旨御笔除授，惟恐小姐挂念，且修一封书，令琴童家去，达知夫人，便知小生得中，以安其心。琴童过来，你将文房四宝来，我写就家书一封，与我星夜到河中府去，见小姐时，说"官人怕娘子忧，特地先着小人将书来。"即忙接了回书来者。过日月好疾也呵！

【仙吕】【赏花时】相见时红雨纷纷点绿苔，别离后黄叶萧萧凝暮霭。今日见梅开。别离半载，琴童，我嘱咐你的言语记着！只说道特地寄书来。（下）

（仆云）得了这书，星夜望河中府走一遭。（下）

第一折

（旦引红娘上开，云）自张生去京师，不觉半年，杳无音信。这些时神思不快，妆镜懒抬，腰肢瘦损，茜裙宽褪，好烦恼人也呵！

【商调】【集贤宾】虽离了我眼前，却在心上有；不甫能离了心上，又早眉头。忘了时依然还又，恶思量无了无休。大都来一寸眉峰，怎当他许多颦皱。新愁近来接着旧愁，厮混了难分新旧。旧愁似太行山隐隐，新愁似天堑水悠悠。

（红云）姐姐往常针尖不倒，其实不曾闲了一个绣床，如今百般的闷倦。往常也曾不快，将息便可，不似这一场清减得十分利害。（旦唱）

【逍遥乐】曾经消瘦，每遍犹闲，这番最陡。（红云）姐姐心儿闷呵，那里散心耍咱。（旦）何处忘忧？看时节独上妆楼，手卷珠帘上玉钩，空目断山明水秀；见苍烟迷树，衰草连天，野渡横舟。

（旦云）红娘，我这衣裳这些时都不似我穿的。（红云）姐姐正是"腰细不胜衣"。（旦唱）

【挂金索】裙染榴花，睡损胭脂皱；纽结丁香，掩过芙蓉扣；线脱珍珠，泪湿香罗袖；杨柳眉颦，人比黄花瘦。

（仆人上，云）奉相公言语，特将书来与小姐。恰才前厅上见了夫人，夫人好生欢喜，着入来见小姐，早至后堂。（咳嗽科）（红问云）谁在外面？（见科）（红见仆了）（红笑云）你几时来？可知道"昨夜灯花报，今朝喜鹊噪"。姐姐正烦恼哩，你自来？和哥哥来？（仆云）哥哥得了官也，着我寄书来。（红云）你只在这里等着，我对俺姐姐说了呵，你进来。（红见旦笑科）（旦云）这小妮子怎么？（红云）姐姐，大喜大喜，咱姐夫得了官也。（旦云）这妮子见我闷呵，特故哄我。（红云）琴童在门首，见了夫人了，使他进来见姐姐，姐夫有书。（旦云）惭愧，我也有着盼他的日头，唤他入来。（仆人见旦科）（旦云）琴童，你几时离京师？（仆云）离京一月多也，我来时哥哥去吃游街棍子去了。（旦云）这禽兽不省得，状元唤做夸官，游街三日。（仆云）夫人说的便是，有书在此。（旦做接书科）

【金菊花】早是我只因他去减了风流，不争你寄得书来又与我添些儿证候。说来的话不应口，无语低头，书在手，泪凝眸。

（旦开书看科）

【醋葫芦】我这里开时和泪开，他那里修时和泪修，多管搁着笔尖儿未写早泪先流，寄来的书泪点儿兀自有。我将这新痕把旧痕湮透，正是一重愁翻做两重愁。

（旦念书科）"张珙百拜奉启芳卿可人妆次：自暮秋拜违，倏尔半载。上赖祖宗之荫，下托贤妻之德，举中甲第。即目于招贤馆寄迹，以伺圣旨御笔除授。惟恐夫人与贤妻忧念，特令琴童奉书驰报，庶几免虑。小生身虽遥而心常迩矣，恨不得鹣鹣比翼，邛邛并躯。重功名而薄恩爱者，诚有浅见贪饕之罪。他日面会，自当请谢不备。后成一绝，以奉清照：玉京仙府探花郎，寄语蒲东窈窕娘，指日拜恩衣昼锦，定须休作倚门妆。"

【幺篇】当日向西厢月底潜，今日向琼林宴上揪。谁承望跳东墙脚步儿占了鳌头？怎想道惜花心养成折桂手？脂粉丛里包藏着锦绣？从今后晚妆楼改做了至公楼。

（旦云）你吃饭不曾？（仆云）上告夫人知道，早晨至今，空立厅前，那有饭吃。（旦云）红娘，你快取饭与他吃。（仆云）感蒙赏赐，我每就此吃饭，夫人写书。哥哥着小人索了夫人回书，至紧、至紧！（旦云）红娘将笔砚来。（红将来科）（旦云）书却写了，无可表意，只有汗衫一领，裹肚一条，袜儿一双，瑶琴一张，玉簪一枚，斑管一枝。琴童，你收拾得好者。红娘取银十两来，就与他盘缠。（红娘云）姐夫得了官，岂无这几件东西，寄与他有甚么缘故？（旦云）你不知道。这汗衫儿呀，

【梧叶儿】他若是和衣卧，便是和我一处宿；但贴着他皮肉，不信不想我温柔。（红云）这裹肚要怎么？（旦唱）常则不要离了前后，守着他左右，紧紧的系在心头。（红云）这袜儿如何？（旦）拘管他胡行乱走。（红云）这琴他那里自有，又将去怎么？（旦唱）

【后庭花】当日五言诗紧趁逐，后来因七弦琴成配偶。他怎肯冷落了诗中意，我只怕生疏了弦上手。（红云）玉簪呵有甚主意？（旦唱）我须有个缘由。他如今功名成就，只怕他撇人在脑背后。（红云）斑管要怎的？（旦唱）湘江两岸秋，当日娥皇因虞舜愁，今日莺莺为君瑞忧。这九嶷山下竹，共香罗衫袖口，

【青歌儿】都一般啼痕湮透。似这等泪斑宛然依旧，万古情缘一样愁。涕泪交流，怨慕难收，对学士叮咛说缘由，是必休忘旧！

（旦云）琴童，这东西收拾好者。（仆云）理会得。（旦唱）

【醋葫芦】你逐宵野店上宿，休将包袱做枕头，怕油脂腻展污了恐难酬。倘或水侵雨湿休便扭，我只怕干时节熨不开褶皱。一桩桩一件件细收留。

【金菊花】书封雁足此时修，情系人心早晚休？长安望来天际头，倚遍西楼，"人不见，水空流。"

（仆云）小人拜辞，即便去也。（旦云）琴童，你见官人对他说。（仆云）说甚么？（旦唱）

【浪里来煞】他那里为我愁，我这里因他瘦。临行时啜赚人的巧舌头，指归期约定九月九，不觉的过了小春时候。到如今"悔教夫婿觅封侯"。

（仆云）得了回书，星夜回俺哥哥话去。（并下）

第二折

（末上，云）"画虎未成君莫笑，安排牙爪始惊人。"本是举过便除，奉圣旨着翰林院编修国史。他每那知我的心，甚么文章做得成。使琴童递佳音，不见回来。这几日睡卧不宁，饮食少进，给假在驿亭中将息。早

间太医院着人来看视，下药去了。我这病卢扁也医不得。自离了小姐，无一日心闲也呵！

【中吕】【粉蝶儿】从到京师，思量心旦夕如是，向心头横躺着俺那莺儿。请医师，看诊罢，一星星说是。本意待推辞，只被察虚实不须看视。

【醉春风】他道是医杂证有方术，治相思无药饵。莺莺呵，你若是知我害相思，我甘心儿该死、死。四海无家，一身客寄，半年将至。

（仆上云）我只道哥哥除了，原来在驿亭中抱病，须索回书去咱。（见了科）（末云）你回来了也。

【迎仙客】疑怪这噪花枝灵鹊儿，垂帘幕喜蛛儿，正应着短檠上夜来灯爆时。若不是断肠词，决定是断肠诗。（仆云）小夫人有书至此。（末接科）写时管情泪如丝，既不呵，怎生泪点儿封皮上渍。

（末读书科）"薄命妾崔氏拜复，敬奉才郎君瑞文几：自音容去后，不觉许时，仰敬之心，未尝少怠。纵云日近长安远，何故鳞鸿之杳矣。莫因花柳之心，弃妾恩情之意？正念间，琴童至，得见翰墨，始知中科，使妾喜之如狂。郎之才望，亦不辱相国之家谱也。今因琴童回，无以奉贡，聊布瑶琴一张，玉簪一枝，斑管一枝，裹肚一条，汗衫一领，袜儿一双，权表妾之真诚。匆匆草字欠恭，伏乞情恕不备。谨依来韵，遂继一绝云：阑干倚遍盼才郎，莫恋宸京黄四娘；病里得书知中甲，窗前览镜试新妆。"（云）那风风流流的姐姐，似这等女子，张珙死也死得着了。

【上小楼】这的堪为字史，当为款识。有柳骨颜筋，张旭张芝，羲之献之。此一时，彼一时，佳人才思，俺莺莺世间无二。

【幺篇】俺做经咒般持，符箓般使。高似金章，重似金帛，贵似金资。这上面若签个押字，使个令史，差个勾使，只是一张忙不及印赴期的咨示。

（末拿汗衫科）休道文章，只看他这针指，人间少有。

【满庭芳】怎不教张生爱尔，堪针工出色，女教为师。几千般用意针针是，可索寻思。长共短又没个样子，窄和宽想象著腰肢，好共歹无人试。想当初做时，用煞那小心儿。

小姐寄来这几件东西，都有缘故，一件件我都猜着了。

【白鹤子】这琴，他教我闭门学禁指，留意谱声诗，调养圣贤心，洗荡巢由耳。

【二煞】这玉簪，纤长如竹笋，细白似葱枝，温润有清香，莹洁无瑕玼。

【三煞】这斑管，霜枝曾栖凤凰，泪点渍胭脂，当时舜帝恸娥皇，今日淑女思君子。

【四煞】这裹肚，手中一叶绵，灯下几回丝，表出腹中愁，果称心间事。

【五煞】这鞋袜儿，针脚儿细似蚍子，绢帛儿腻似鹅脂，既知礼不胡行，愿足下当如此。

　　琴童，你临行小夫人对你说甚么？（仆云）着哥哥休别继良姻。（末云）
　　小姐，你尚然不知我的心哩。

【快活三】冷清清客店儿，风淅淅雨丝丝，雨儿零，风儿细，梦回时，多少伤心事。

【朝天子】四肢不能动止，急切里盼不到蒲东寺。小夫人须是你见时，别有甚闲传示？我是个浪子官人，风流学士，怎肯去带残花折旧枝。自从到此，甚的是闲街市。

【贺圣朝】少甚宰相人家，招婿的娇姿。其间或有个人儿似尔，那里取那温柔，这般才思？想莺莺意儿，怎不教人梦想眠思？

　　琴童来，将这衣裳东西收拾好者。

【耍孩儿】只在书房中倾倒个藤箱子，向箱子里面铺几张纸。放时节须索用心思，休教藤刺儿抓住绵丝。高抬在衣架上怕吹了颜色，乱攘在包袱中恐锉了褶儿。当如此，切须爱护，勿得因而。

【二煞】恰新婚，才燕尔，为功名来到此。长安忆念蒲东寺。昨宵个春风桃李花开夜，今日个秋雨梧桐叶落时。愁如是，身遥心迩，坐想行思。

【三煞】这天高地厚情，直到海枯石烂时，此时作念何时止？直到烛灰眼下才无泪，蚕老心中罢却丝。我不比游荡轻薄子，轻夫妇的琴瑟，拆鸾凤的雄雌。

【四煞】不闻黄犬音，难传红叶诗，驿长不遇梅花使。孤身去国三千里，一日归心十二时。凭栏视，听江声浩荡，看山色参差。

【尾】忧只忧我在病中，喜只喜你来到此。投至得引人魂卓氏音书至，险将这害鬼病的相如盼望死。（下）

第三折

（净扮郑恒上开，云）自家姓郑名恒，字伯常。先人拜礼部尚书，不幸早丧。后数年，又丧母。先人在时曾定下俺姑娘的女孩儿莺莺为妻，不想姑夫亡化，莺莺孝服未满，不曾成亲。俺姑娘将着这灵榇，引着莺莺，回博陵下葬，为因路阻，不能得去。数月前写书来唤我同扶柩去，因家中无人，来得迟了。我离京师，来到河中府，打听得孙飞虎欲掳莺莺为妻，得一个张君瑞退了贼兵，俺姑娘许了他。我如今到这里，没这个消息便好去见他，既有这个消息，我便撞将去呵，没意思。这一件事都在红娘身上，我着人去唤他。只说"哥哥从京师来，不敢来见姑娘，着红娘来下处来，有话去对姑娘行说去"。去的人好一会了，不见来。见姑娘和他有话说。（红上云）郑恒哥哥在下处，不来见夫人，却唤我说话。夫人着我来，看他说甚么。（见净科）哥哥万福！夫人道哥哥来到呵，怎么不来家里来，（净云）我有甚颜色见姑娘？我唤你来的缘故是怎生？当日姑夫在时，曾许下这门亲事，我今番到这里，姑夫孝已满了，特地央及你去夫人行说知，拣一个吉日成合，了这件事，好和小姐一答里下葬去，不争不成合，一答里路上难厮见。若说得肯呵，我重重的相谢你。（红云）这一节话再也休题，莺莺已与了别人了也。（净云）道不得"一马不跨双鞍"，可怎生父在时曾许了我，父丧之后，母倒悔亲？这个道理那里有！（红云）却非如此说。当日孙飞虎将半万贼兵来时，哥哥你在那里？若不是那生呵，那里得俺一家儿来？今日太平无事，却来争亲；倘被贼人掳去呵，哥哥如何去争？（净云）与了一个富家，也不枉了，却与了这个穷酸饿醋。偏我不如他？我仁者能仁、身里出身的根脚，又是亲上做亲，况兼他父命。（红云）他倒不如你，嗫声！

【越调】【斗鹌鹑】卖弄你仁者能仁，倚仗你身里出身；至如你官上加官，也不合亲上做亲，又不曾执羔雁邀媒，献币帛问肯。恰洗了尘，便待要过门，枉腌了他金屋银屏，枉污了他锦衾绣裀。

【紫花儿序】枉蠢了他梳云掠月，枉羞了他惜玉怜香，枉村了他殢雨尤云。当日三才始判，两仪初分；乾坤：清者为乾，浊者为坤，人在中间相混。君瑞是君子清贤，郑恒是小人浊民。

（净云）贼来怎地他一个人退得？都是胡说！（红云）我对你说。

【天净沙】看河桥飞虎将军，叛蒲东掳掠人民，半万贼屯合寺门，手横着霜刃，高叫道"要莺莺做压寨夫人"。

（净云）半万贼，他一个人济甚事？（红云）贼围之甚迫，夫人慌了，和长老商议，拍手高叫："两廊不问僧俗，如退得贼兵的，便将莺莺与他为妻。"忽有游客张生，应声而前曰："我有退兵之策，何不问我？"夫人大喜，就问："其计何在？"生云："我有一故人白马将军，现统十万之众，镇守蒲关。我修书一封，着人寄去；必来救我。"不想书至兵来，其困即解。

【小桃红】洛阳才子善属文，火急修书信。白马将军到时分，灭了烟尘。夫人小姐都心顺，只为他"威而不猛"，"言而有信"，因此上"不敢慢于人"。

（净云）我自来未尝闻其名，知他会也不会。你这个小妮子，卖弄他偌多！（红云）便又骂我，

【金蕉叶】他凭着讲性理齐论鲁论，作词赋韩文柳文，他识道理为人敬人，掩家里有信行知恩报恩。

【调笑令】你值一分，他值百十分，萤火焉能比月轮？高低远近都休论，我拆白道字辨与你个清浑。

（净云）这小妮子省得甚么拆白道字，你拆与我听。（红唱）

君瑞是个"肖"字这壁着个"立人"，你是个"木寸""马户""尸巾"。

（净云）木寸、马户、尸巾——你道我是个"村驴屌"。我祖代是相国之门，到不如你个白衣饿夫穷士，做官的只做官。（红唱）

【秃厮儿】他凭师友君子务本，你倚父兄仗势欺人。薗盐日月不嫌贫，治百姓新民、传闻。

【圣药王】这厮乔议论，有向顺。你道是官人只合做官人，信口喷，不本分。你道穷民到老是穷民，却不道"将相出寒门"。

（净云）这桩事都是那长老秃驴弟子孩儿，我明日慢慢的和他说来。（红唱）

【麻郎儿】他出家儿慈悲为本，方便为门。横死眼不识好人，招祸口不知分寸。

（净云）这是姑夫的遗留，我拣日牵羊担酒上门去，看姑娘怎地发落我。（红唱）

【幺篇】汕筋，发村，使狠，甚的是软款温存。硬打挣强为眷姻，不睹事强谐秦晋。

（净云）姑娘若不肯，着二三十个伴当，抬上轿子，到下处脱了衣裳，赶将来还你一个婆娘。（红唱）

【络丝娘】你须是郑相国嫡亲的舍人，须不是孙飞虎家生的莽军。乔嘴脸、

腌躯老、死身分，少不得有家难奔。

（净云）兀的那小妮子，眼见得受了招安了也。我也不对你说，明日我要娶，我要娶。（红云）不嫁你，不嫁你。

【收尾】佳人有意郎君俊，我待不喝采其实怎忍。

（净云）你喝一声听。（红笑云）你这般颏嘴脸，只好偷韩寿下风头香，傅何郎左壁厢粉。（下）

（净脱衣科，云）这妮子拟定都和那酸丁演撒，我明日自上门去，见俺姑娘，只做不知。我只道张生赘在卫尚书家，做了女婿。俺姑娘最听是非，他自小又爱我，必有话说。休说别个，只这一套衣服也冲动他。自小京师同住，惯会寻章摘句，姑夫许我成亲，谁敢将言相拒。我若放起刁来，且看莺莺那去？"且将压善欺良意，权作尤云殢雨心。"（下）

（夫人上，云）夜来郑恒至，不来见我，唤红娘去问亲事。据我的心只是与孩儿；况兼相国在时，已许下了。我便是违了先夫的言语。做我一个主家的不着，这厮每做下来。拟定只与郑恒，他有言语，怪他不得也。料持下酒者，今日他敢来见我也。（净上，云）来到也，不索报复，自入去见夫人。（拜夫人哭科）（夫人云）孩儿既来到这里，怎么不来见我？（净云）小孩儿有甚嘴脸来见姑娘!!（夫人云）莺莺为孙飞虎一节，等你不来，无可解危，许张生也。（净云）那个张生？敢便是状元。我在京师看榜来，年纪有二十四五岁，洛阳张珙，夸官游街三日。第二日头答正来到卫尚家门首，尚书的小姐十八岁也，结着彩楼，在那御街上，只一球正打着他。我也骑着马看，险些打着我。他家粗使梅香十余人，把那张生横拖倒拽入去。他口叫道："我自有妻，我是崔相国家女婿。"那尚书有权势气象，那里听，只管拖将入去了。这个却才便是他本分，出于无奈。尚书说道："我女奉圣旨结彩楼，你着崔小姐做次妻。他是先奸后娶的，不应取他。"闹动京师，因此认得他。（夫人怒云）我道这秀才不中抬举，今日果然负了俺家。俺相国之家，世无与人做次妻之理。既然张生奉圣旨娶了妻，孩儿，你拣个吉日良辰，依着姑夫的言语，依旧入来做女婿者。（净云）倘或张生有言语，怎生？（夫人云）放着我哩，明日拣个吉日良辰，你便过门来。（净云）中了我的计策了，准备筵席、茶礼、花红，克日过门者。（同下）（洁上，云）老僧昨日买登科记看来，张生头名状元，授着河中府尹。谁想夫人没主张，又许了郑恒亲事。老夫人不肯去接，我将着肴馔直至十里长亭接官走一遭。
（下）（杜将军上，云）奉圣旨，着小官主兵蒲关，提调河中府事，上
马管军，下马管民。谁想君瑞兄弟一举及第，正授河中府尹，不曾接
得。眼见得在老夫人宅里下，拟定乘此机会成亲。小官牵羊担酒直至老
夫人宅上，一来庆贺状元，二来就主亲，与兄弟成此大事。左右那里？
将马来，到河中府走一遭。（下）

第四折

（夫人上，云）谁想张生负了俺家，去卫尚书家做女婿去，今日不负老
相公遗言，还招郑恒为婿。今日好个日子，过门者，准备下筵席，郑恒
敢待来也。（末上，云）小官奉圣旨，正授河中府尹。今日衣锦还乡，
小姐的金冠霞帔都将著，若见呵，双手索送过去。谁想有今日也呵！文
章旧冠乾坤内，姓字新闻日月边。

【双调】【新水令】玉鞭骄马出皇都，畅风流玉堂人物。今朝三品职，昨日
一寒儒。御笔亲除，将名姓翰林注。

【驻马听】张珙如愚，酬志了三尺龙泉万卷书；莺莺有福，稳请了五花官诰
七香车。身荣难忘借僧居，愁来犹记题诗处。从应举，梦魂儿不离了蒲
东路。

（末云）接了马者！（见夫人科）新状元河中府尹婿张珙参见。（夫人云）
休拜，休拜，你是奉圣旨的女婿，我怎消受得你拜？（末唱）

【乔牌儿】我谨躬身问起居，夫人这慈色为谁怒？我只见丫鬟使数都厮觑，
莫不我身边有甚事故？

（末云）小生去时，夫人亲自饯行，喜不自胜。今日中选得官，夫人反
行不悦，何也？（夫人云）你如今那里想着俺家？道不得个"靡不有初，
鲜克有终"。我一个女孩儿，虽然妆残貌陋，他父为前朝相国。若非贼
来，足下甚气力到得俺家？今日一旦置之度外，却于卫尚书家作婿，岂
有是理？（末云）夫人听谁说？若有此事，天不盖，地不载，害老大小
疔疮！

【雁儿落】若说着丝鞭仕女图，端的是塞满章台路。小生呵此间怀旧恩，怎
肯别处寻亲去？

【得胜令】岂不闻"君子断其初"，我怎肯忘得有恩处？那一个贼畜生行嫉

炉，走将来老夫人行厮间阻？不能够娇姝，早共晚施心数；说来的无徒迟，和疾上木驴。

（夫人云）是郑恒说来，绣球儿打着马了，做女婿也。你不信呵，唤红娘来问。（红上，云）我巴不得见他，原来得官回来。惭愧，这是非对着也。（末背问云）红娘，小姐好么？（红云）为你别做了女婿，俺小姐依旧嫁了郑恒也。（末云）有这般跷蹊的事！

【庆东原】那里有粪堆上长出连枝树，淤泥中生出比目鱼？不明白展污了姻缘簿？莺莺呵，你嫁个油煠猢狲的丈夫；红娘呵，你伏侍个烟熏猫儿的姐夫；张生呵，你撞着个水浸老鼠的姨夫。这厮坏了风俗，伤了时务。

（红唱）

【乔木查】妾前来拜覆，省可里心头怒！间别来安乐否？你那新夫人何处居？比俺姐姐是何如？

（末云）和你也葫芦提了也。小生为小姐受过的苦，诸人不知，瞒不得你。不甫能成亲，焉有是理？

【搅筝琶】小生若求了媳妇，只目下便身殂。怎肯忘得待月回廊，难撇下吹箫伴侣。受了些活地狱，下了些死工夫。不甫能得做妻夫，现将着夫人诘敕，县君名称，怎生待欢天喜地，两只手儿分付与。你划地倒把人赃诬。

（红对夫人云）我道张生不是这般人，只唤小姐出来自问他。（叫旦科）姐姐快来问张生，我不信他直恁般薄情。我见他呵，怒气冲天，实有缘故。（旦见末科）（末云）小姐间别无恙？（旦云）先生万福！（红云）姐姐有的言语，和他说破。（旦长呼唤）待说甚么的是！

【沈醉东风】不见时准备着千言万语，得相逢都变做短叹长吁。他急攘攘却才来，我羞答答怎生觑。将腹中愁恰待申诉，及至相逢一句也无。只道个"先生万福"。

（旦云）张生，俺家何负足下？足下见弃妾身，去卫尚书家为婿，此理安在？（末云）谁说来？（旦云）郑恒在夫人行说来。（末云）小姐如何听这厮？张珙之心，惟天可表！

【落梅风】从离了蒲东路，来到京兆府，见个佳人世不曾回顾。硬揣个卫尚书家女孩儿为了眷属，曾见他影儿的也教灭门绝户。

（末云）这一桩事都在红娘身上，我只将言语傍着他，看他说甚么。红

娘，我问人来，说道你与小姐将简贴儿去唤郑恒来。（红云）痴人，我不合与你作成，你便看得我一般了。（红唱）

【甜水令】君瑞先生，不索踌躇，何须忧虑。那厮本意糊涂；俺家世清白，祖宗贤良，相国名誉。我怎肯他跟前寄简传书？

【折桂令】那吃敲才怕不口里嚼蛆，那厮待数黑论黄，恶紫夺朱。俺姐姐更做道软弱囊揣，怎嫁那不值钱人样虾胊。你个东君索与莺莺做主，怎肯将嫩枝柯折与樵夫。那厮本意嚣虚，将足下亏图，有口难言，气夯破胸脯。

（红云）张生，你若端的不曾做女婿呵，我去夫人跟前一力保你。等那厮来，你和他两个对证。（红见夫人云）张生并不曾人家做女婿，都是郑恒谎，等他两个对证。（夫人云）既然他不曾呵，等郑恒那厮来对证了呵，再做说话。（洁上云）谁想张生一举成名，得了河中府尹，老僧一径到夫人那里庆贺。这门亲事，几时成就？当初也有老僧来，老夫人没主张，便待要与郑恒。若与了他，今日张生来却怎生？（洁见末叙寒温科）（对夫人云）夫人，今日却知老僧说的是，张生决不是那一等没行止的秀才。他如何敢忘了夫人，况兼杜将军是证见，如何悔得他这亲事？（旦云）张生此一事必得杜将军来方可。

【雁儿落】他曾笑孙庞真下愚，若是论贾马非英物；正授着征西元帅府，兼领着陕右河中路。

【得胜令】是咱前者护身符，今日有权术。来时节定把先生助，决将贼子诛。他不识亲疏，啜赚良人妇；你不辨贤愚，无毒不丈夫。

（夫人云）着小姐去卧房里去者。（旦、红下）（杜将军上，云）下官离了蒲关，到普救寺。第一来庆贺兄弟咱，第二来就与兄弟成就了这亲事。（末对将军云）小弟托兄长虎威，得中一举。今者回来，本待成亲。有夫人的侄儿郑恒，来夫人行说道你兄弟在卫尚书家作赘了。夫人怒欲悔亲，依旧要将莺莺与郑恒，焉有此理？道不得个"烈女不更二夫"。（将军云）此事夫人差矣。君瑞也是礼部尚书之子，况兼又得一举。夫人世不招白衣秀士，今日反欲罢亲，莫非理上不顺？（夫人云）当初夫主在时，曾许下这厮，不想遇此一难，亏张生请将军来杀退贼众。老身不负前言，欲招他为婿；不想郑恒说道，他在卫尚书家做了女婿也，因此上我怒他，依旧许了郑恒。（将军云）他是贼心，可知道诽谤他。老夫人如何便信得他？（净上，云）打扮得整整齐齐的，只等做女婿。今日好日头，牵羊担酒过门走一遭。（末云）郑恒，你来怎么，（净云）苦也！闻知状元回，特来贺喜。（将军云）你这厮怎么要诓骗良人的妻子，行不仁之事，我跟前有甚么话说？我奏闻朝廷，诛此贼子。（末唱）

【落梅风】你硬撞入桃源路，不言个谁是主，被东君把你个蜜蜂儿拦住。不信呵去那绿杨影里听杜宇，一声声道"不如归去"。

（将军云）那厮若不去呵，祗候拿下。（净云）不必拿，小人自退亲事与张生罢。（夫人云）相公息怒，赶出去便罢。（净云）罢罢！要这性命怎么，不如触树身死。"妻子空争不到头，风流自古恋风流；三寸气在千般用，一日无常万事休。"（净倒科）（夫人云）俺不曾逼死他，我是他亲姑娘，他又无父母，我做主葬了者。着唤莺莺出来，今日做个庆喜的茶饭，着他两口儿成合者。（旦、红上，末、旦拜科）（末唱）

【沽美酒】门迎着驷马车，户列着八椒图，娶了着个四德三从宰相女，平生愿足，托赖着众亲故。

【太平令】若不是大恩人拔刀相助，怎能够好夫妻似水如鱼。得意也当时题柱，正酬了今生夫妇。自古、相女、配夫，新状元花生满路。

（使臣上科）（末唱）

【锦上花】四海无虞，皆称臣庶；诸国来朝，万岁山呼；行迈羲轩，德过舜禹；圣策神机，仁文义武。

【幺篇】朝中宰相贤，天下庶民富；万里河清，五谷成熟；户户安居，处处乐土；凤凰来仪，麒麟屡出。

【清江引】谢当今盛明唐圣主，敕赐为夫妇。永老无别离，万古常完聚，愿普天下有情的都成了眷属。

【随尾】只因月底联诗句，成就了怨女旷夫。显得有志的状元能，无情的郑恒苦。（下）

    题目 小琴童传捷报   崔莺莺寄汗衫
    正名 郑伯常干舍命   张君瑞庆团圞

南西厢记

〔明〕李日华

卷上目录

卷下目录

卷　上

第一出　家门始末

【水调歌】（末上）大明一统国，皇帝万年春，^{元本作嘉}正见五星奎聚，偃武又修文。托赖一人有庆，坐见八方无事，四海尽归仁。如此太平世，正是赏花辰。遇高人，论心事，搜古今。况是移宫换羽，气象一回新。惟愿贤才进用，更愿朝廷安谧，礼乐与诗文。一腔风月事。传与世间闻，（照常问答介）

【沁园春】西洛张生，博陵崔氏，一双白璧两南金。寄居萧寺，无计达佳音。忽遇孙彪作耗，君瑞请兵退贼，当许下成亲。　岂料功成后，老母背前盟。托红娘传密意，听琴赓和遂初心。喜登黄甲，郑恒何故更相寻？终藉蒲东太守，重偕伉俪，传说到如今。

　　　　　老夫人路阻兵围，小红娘书传简递。

　　　　　崔莺莺月下听琴，张君瑞春闱及第。

第二出　河梁送别

【满庭芳】（生上）游艺中原，脚跟无线，空教我望眼连天。将棘闱守暖，把案头铁砚磨穿，未能够云路鹏程万里，先受了雪窗萤火多年。男儿志，空雕虫刻篆，缀断简残编。

　　　宠渥重华，先君履素，惟将清白传家。萧然囊橐，经史作生涯。座上青毡未稳，空教我愁绪如麻。何时遇？嫦娥有意，分付月中华。小生姓张，名珙，字君瑞。本贯西洛人也。先人拜礼部尚书，不幸父母双亡，书剑飘零，风云未遂。即今贞元壬子二月上旬，欲往京师取应，正当路出蒲关。有一故人，姓杜名确，字君实。他幼时与我同窗，曾为八拜之交。他弃文就武，遂得武举状元。今归省于家，不免去拜别哥哥，多少是好。

【菊花新】（外上）独占鳌头作状元，宫袍新制锦云鲜，九重春色满瑶天。功名遂，报国愿身先。

弃却文科就武科，鳌头独占听传胪。今朝得遂平生愿，方表人间大丈夫。下官姓杜，名确，字君实。幼年与契弟张君瑞同窗，因见国家多事，弃文就武，遂得武举状元。今归省于家，闻知君瑞兄弟上国观光，不免送行则个。执事，张尚书府中去。（行介）（相见介）（生）同袍兄弟胜同胞，义气相投漆和胶。（外）耻学时人居要地，回头不念布衣交。贤弟几时荣行？（生）行囊已治，明日准行。正欲造府拜辞，不意仁兄下顾。（外）愚兄今日闻知贤弟上国观光，特备赆仪些少，更有鲁酒一樽，以壮行色。（生）情已过渥，何以克当？（外）礼贵往来，受之何害。取酒过来！

【南吕过曲】【梁州新郎】【梁州序】垂髫交善，今予弱冠，愧我先叨天眷。送君北上，长安道快著先鞭。趁此桃花浪暖，云动鱼腾，仁看头角变。绿袍新，染惹御炉烟，乌帽富花位列先。【贺新郎】（合）杯惜浅，斟须满，临歧无厌频频劝。今日别，未知甚时见！

（生）小弟借花献佛，回敬仁兄一杯。

【前腔】青灯黄卷，萤窗雪案，昔日同操笔砚。一朝就武，英雄队里夸先，坐镇狼烟永息，塞草青生，三箭天山奠。归来重聚面，绣筵前，玉屑飞香起笑喧。（合前）

（末上）手捧金书出禁城，果然君命疾如星。天家已定安边策，特请将军赴柳营。报事！报事！（外问介）（末）只因丁文雅失政，军校不守纪律，过客寒心，居民丧胆。朝廷特敕老爷为征西大元帅，镇守蒲关。洛阳太守率领所属官员，俱在皇华驿，伺候老爷到来开读。（外）分付卤簿仪从，摆列整齐，就来了。（末）口传新将令，去探旧官仪。（下）

（生）仁兄贺喜，吾闻"君命召，不俟驾而行"。

【前腔】请吾兄宝马先旋，待愚弟逻杯相饯。叹人生聚散，那分后先。初本是兄来送我，谁想今番，彼此成别怨。山河盟誓重，莫留连，民望兄来解倒悬。（合前）

（生）琴童，安排酒，与杜太爷贺喜！

【前腔】（外）你不须再整杯盘，且在此斯须留恋。一闻君召，怎敢迟延。只恐驰驱声断，琥珀杯干，两下情无限。观光游上国，孔道出蒲关，相见多应三月间。（合前）

（末上）纷纷卤簿金光迸，仪从行行尽恭敬。将军只闻天子宣，小人专

听将军令。禀爷爷，卤簿仪从，摆列齐整了。（外）怎见得，

【节节高】（末）朱干列彩幡，七星攒，五云拥出六龙辇。摇千扇，向八蛮，张双伞。石官手执严霜简，千兵臂挽追风箭。（外）累累金印笑登坛，男儿果遂平生愿。

【前腔】（外）君恩四海宽，赖包含；微臣何幸蒙天眷，多惭赧。拯国难，驱民患。顿令草贼寒心胆，从教民堵如初案。（合前）

【尾声】（生）兄膺武略当西面，（外）弟向文场鏖战；各要与皇家撑持半壁天。

琴剑上京华，宁辞道路赊。

学成文武艺，货与帝王家。

第三出　停丧萧寺

（末上）一夜霜风彫玉芝，苍生失望士林悲。空怀济世安民略，不见男婚女嫁时。小人崔相国府中院子是也。俺相国弃世，老夫人扶枢回归博陵，岂料风尘道梗，不能前进。此间普救寺长老法本，乃是俺老相公剃度的，又是乡亲故旧，因此借寺侧西厢下，暂且避乱停丧。家眷只有小姐莺莺，年方一十八岁。舍人欢郎，才学读书，未谙家事。老夫人治家严肃，不用杂人，外事只有老仆，内有侍妾红娘。近今时世恶薄，不免在此照管。道犹未了，夫人早到。

【金珑璁】（老旦上）博陵寻故陇，何时可卜佳城？经此地叹伶仃。（贴上）风尘迷泪眼，云树远隔归程。（净上）奶奶，你愁鬓老，渐星星。

〔鹧鸪天〕（老旦）忆昔夫君在省台，商家鼎鼐用盐梅。金莲然夜归书院，玉佩朝天上殿阶。登极品，列三台，紫泥封诰玉笺裁。如今骨冷家乡远，母子飘零事可哀。红娘，如何不见小姐？叫他出来！（贴）小姐有请。

【前腔】（旦上）穷愁何日尽？灵台无种偏生，奴自省少曾经。晓来扶病起，消瘦了步难行，闻有召出帘楹。

（见介，老旦）孩儿你为何垂鬟接黛，双脸销红？（旦）母亲，迢递扶丧出帝州，思亲怀土泪盈眸。那堪草动风尘起，难数重重叠叠愁。（老旦）孩儿，你父亲在日，执掌朝纲，夸一时之富贵；如今停丧旅邸，受无限之凄凉，好生伤感人也！（旦）母亲且自消遣则个。

【黄莺儿】（老旦）夫主丧京中，守孀居途穷，娘儿孤苦谁承奉？凄凉万种，关山几重，恨不能扶柩归先陇。（合）梵王宫，重门昼掩，血泪洒杜鹃红。

【前腔】（旦）无语背东风，望河中路未通，玉容消瘦缘愁重。椿庭命终，萱堂运穷，叹一家飘泊谁堪共。（合前）

【琥珀猫儿坠】（贴）今来古往，富贵事难同，兴废浑如一梦中。停丧萧寺且从容。（合）悲痛，须有日还乡，再整家风。

【前腔】（旦）当初从宦快乐实无穷，不意先君禄命终，扶持旅榇寓蒲东。（合前）

（老旦）孩儿，我有两件事与你说。汝父存日，将你许与侄儿郑恒，以此附书回去，着他来搬丧就亲，至今尚未见到。如今停丧在此，待要修斋做些法事，追荐你父亲如何？（旦）父亲忌日将临，正宜追荐才是。（老旦）红娘，你去对长老说，涓取好日，做些功果，追荐相公便了。（贴）只有一件，老相公在此停丧，虽无金椁银棺，也有珠襦玉匣，如今荐拔幽魂，你若早归安厝。

终南玉碗出尘沙，千载魂惊塞外笳。

争似铁肠贤内相，只将青梦托梅花。

第四出　应举登途

【齐天乐】（生上）远慕功名辞故里，独携琴剑驱驰。学海文林，花街柳陌，可爱风光如昔。云霄万里，吐虹霓万丈，稳步云梯。高攀月桂，芳名应许达京畿。

阴极阳生万里春，东风紫陌动芳尘。玉骢不踏长安道，野外山花也笑人。小生昨日分付琴童收拾行李，上京取应，不知完备未曾？琴童那里？

【水底鱼儿】（丑上）听叫琴童，两脚走如风。慌忙来到，呀！原来是家主公。

琴童生得清标，每日街上摆摆摇摇。日间跟随官人出入，夜间与官人撒腰。昨夜与官人同睡，浑身上下把我一浇。我只道葫芦里放出的水，官人原来是个老瓢。（见介）官人有何分付？（生）琴剑书箱，完备未曾？（丑）俱已完备了，就请官人起程。

【步步娇】（生）打叠行囊登程去，暂且辞乡里。长亭复短亭，峻岭崇山，半吞云气。黄鸟隔林啼，可爱他声流丽。

【江儿水】（丑）芳草迷行骑，飞花点客衣。禁烟时节多风雨。古木阴中扁舟系，数声渔笛悠扬起，勾起离人情绪。遥望皇都，缥缈在五云深处。

  （生）迤逦行来，不觉早到城市。琴童，寻一个洁净客店安下。（丑）前面黑楼子里，想是一所店房。待我叫店主人出来。（叫介）（末上）门径多潇洒，铺陈色色新。广招天下客，远接四方人。（生末见介）（末）官人到此何干？（生）特来借宿。（末）若要安歇，请里面去。（生）琴童，你与店主人讲一讲。（丑）店官，你这里哪几等房？（末）有三等房。（丑）哪三等房？（末）上中下三等房。（丑）上房要多少钱？中房要多少钱？下房要多少钱？（末）上房一月一两五钱，中房一两，下房五钱。（丑）成不得！官人，我前者歇了一夜，只用得三钱银子，他家下房就要五钱！（末）不是下等的房。（丑）我只道你家下一个房要五钱。（末）官人吃酒饭么？（生）适才得过了。（末）这等晚上吃罢。（生）店主人，天色尚早，此间可有游玩去处么？（末）官人是读书君子，料不到花街柳陌中去。（生）然也。（末）此间有一所寺院，乃武则天娘娘香火院，甚好游玩。（生）怎见得？（末）但见三层经阁，百尺钟楼。如来殿高耸青云，舍利塔直侵霄汉。红椒粉壁，白玉栏杆。砌阶石玛瑙琢成，乘栋柱沈檀刻就。绿杨影里，一座山门；泥金牌上六个大字："勅赐普救禅寺"。本寺一老僧，名为法本，善于诗赋。过往士夫，无不相访。（生）既如此，且去随喜一番。（末）他有一徒弟，名为法聪。一应往来士客，都是他迎接，见他可见法本。（生）琴童在此安顿行李，我去一会就来。

    随喜闲行到上方，红尘市井觅清凉。

    若还得遇高僧话，且卸浮生半日忙。

第五出 佛殿奇逢

【光光乍】（净上）假持斋做长老，经卷那曾晓。每日吃荤腥，长醉倒，真个快活无烦恼。

  小僧法聪和尚是也。师父赴斋不在，倘有游客往来，只得在此等候。

【菊花新】（生上）未临科选暂稽程，旅况凄凉动客情。萧寺独游行，历遍名山胜境。

（相见介）（净）先生何来？（生）小生西洛至此，久闻上刹清雅，一来瞻仰佛像，二来拜谒长老。（净）我师父不在，方才办了八个盒子，望丈母去了。（生）出家人那得有丈母？（净）徒弟家里去了。（生）这个才说得是。（净）请方丈内献茶。（生）既是尊师不在，不必赐茶，敢烦首座，引领佛殿上瞻仰一回。（净）请坐，奉一杯清茶，待小僧叫道人取钥匙来开门。（坐介）（生）久闻尊师善于诗赋，特来请教，岂知不遇？倘有诗稿，请借一观。（净）我师父锁了书箱去了。小僧记得前者与师父联得一首诗，念与先生听，烦乞笔削一笔削。（生）愿闻。（净）我师父说道："独坐禅房静，忽然觉动情。"我说："师父，休得出此语，窗外有人听。"我师父说："出家皆如此，休要假惺惺。开了聪明孔，好念法华经。"（生笑行看介）（净）先生，这是大雄殿。

【忒忒令】（生）随喜到僧房古殿。（净）上宝塔看一看去。（生）不必上去了，只在下面看一看罢。瞻宝塔将回廊绕遍。（净）这是罗汉堂。（生）参了罗汉，拜了圣贤。（贴旦上）（贴）小姐，我与你佛殿上去耍一回。（行介）（贴）这是三世佛。（净）先生，这是法堂。（生）行过法堂前。（见旦介）（生）正撞着五百年风流孽冤。（净）张先生放尊重些。

【圆林好】（旦贴）偶喜得片时稍闲，且和你寻芳自遣。那鹦鹉在笼中巧啭，蓦听得有人言，只索要自回还。

【前腔】（生）首座，我颠不剌见了万千，似这般庞儿罕见。只着人眼花撩乱口难言，他掩映并香肩。（贴）姐姐，你看好一朵花儿。（旦）真个好朵花儿。（贴）这是铁梗海棠。（生）他止将那花枝笑撚。

【皂罗袍】（贴旦）笑折花枝自撚，惹狂蜂浪蝶舞翅翩跹。几番要扑展齐纨，飞向锦香丛里教我寻不见，被燕衔春去芳心自敛。怕人随花老，无人见怜，临风不觉增长叹。

（净）先生，这里是梵王宫，不是相思堂。

【江儿水】（生）这里是兜率院，休猜做离恨天。你看他宜嗔宜喜春风面，弓样眉儿新月偃，未语人前先腼腆。却便似呖呖莺声花外啭。解舞腰肢，似垂柳风前娇软。

【皂罗袍】（旦贴）行过碧梧庭院，步苍苔已久，湿透金莲。纷纷红紫斗争妍，双双瓦雀行书案。燕衔春去，芳心自敛；人随花老无人见怜，把轻罗小扇遮羞脸。

（贴）小姐，佛殿上有人，和你回去罢。（旦）寂寂僧房人不到。满阶苔衬落花红。（旦贴下）（生）首座曾见观音出现么？（净）小僧在此出家多年，不曾见观音出现。（生）适才面前走的是观音，后面跟的不是善才？（净）先生，你错认了。那前面走的是崔相国府中莺莺小姐，后面跟随的是侍妾红娘。（生）世上怎么有如此之女，岂非天姿国色乎？休说那模样，只那一双小脚儿，值一百两黄金。（净）先生，他那双小脚值一百两黄金，我这一双大的值一千两。（生）你好不知趣。（净）先生那小姐穿着绕地长裙，怎见得他脚儿小？（生）你出家人，那晓其中趣来。（引净看介）（生）你看这苍苔上的不是？（净）还是读书人聪明，果然一双脚迹大些，一双儿小些，只有三寸三分。

【川拨棹】（生）若不是衬残红芳径软，怎显得步香尘底样浅？休题他眼角儿留情，休题他眼角儿留情，只这脚踪儿将心事暗传。风魔了张解元，似神仙归洞天。（内唤介）红娘、把西厢门关上了！

【前腔】（生）门掩梨花深小院，粉墙儿高似青天。（净）他去远了。（生）玉珮声看看渐远，玉珮声看看渐远。空教人饿眼望将穿，怎当他临去秋波那一转！首座，休说小生，便是铁石人情意牵。

【尾声】东风摇曳垂杨线，游丝牵惹桃花片。争奈玉人不见，将一座梵王宫疑是武陵桃源。

"十年不识君王面，始信婵娟解误人。"小生便不去应举也罢。（转身介）敢问首座，有空闲房屋，乞借半间，早晚温习经史，房金依例奉上。（净）先生，空房虽有，贫僧焉敢自专。待老师父回来，对他说方可。（生）既如此，小生明日再来，烦首座在尊师处竭力赞助为幸。（净）当然，当然。

花前邂逅见芳卿，频送秋波似有情。
便欲禅房寻讲习，无心献策上神京。

第六出　邂逅邀红

【玩仙灯】（末上）一卷华严，消尽万千魔障。

贫僧法本是也，乃普救寺住持。此寺是则天娘娘盖造的香火院，小僧又是崔相国剃度的。殿宇年深，又是崔相国修造的。今老夫人将带一行家眷，扶枢回转博陵，因见四方干戈扰攘，路阻难行，来借寺侧西厢，停丧避乱，待路途宁静，方回安葬。那夫人处事有方，治家严肃；是是非非，人莫敢犯。昨日老僧赴斋不在，不知有何访客。法聪那里？（净上见介）（末）昨日曾有客来相访么？（净）昨日有个先生，是西洛人氏，来访师父。因你不在，就去了。说今日还来探望。（末）来时通报。

【前腔】（生上）一见娇娥，拴不住心猿意马。

小生昨日见了那小姐，教俺坐卧不安，整整想了一夜。若无法聪在旁，那小姐倒有顾盼小生之意。今日去问长老借一间僧房，早晚温习经史，倘遇小姐出来，饱看一回，多少是好。

【驻马听】不做周方，埋怨法聪这和尚。借与我半间客舍，与那多情，举止相向。虽不能窃玉与偷香，且将盼行云双眼来打当。小生见那小姐之后，迤逗肠荒，断送得眼花撩乱，引惹心忙。

（生见净介）（生）日昨多扰。（净）有慢，有慢。先生好志诚！（生）昨烦借重一言，未知曾为导达否？（净）已曾对师长说知了。先生请坐，待我请师长出来。我师长年纪大了，有些重听，稍停相见，须高说些。（生）知道了。（净）师父，有客！（末出见介）（净）便是昨日来访的先生。他有些耳聋的。（末）晓得了。（生末见净诨介）（末）远蒙垂顾到禅关，一笑相逢邂逅间，冷淡家风殊不厌，焚香清语莫空还。日昨多蒙下顾，有失迎迓，恕罪，恕罪。（生）久仰慈颜，今得拜识，不胜荣幸。（末）不敢动问，先生仙乡何处？

【四边静】（生）大师欲问吾名望，张珙住洛阳。（末）张先生，失敬、失敬。令尊大人高寿了？（生）先人拜尚书，不幸五旬丧。（末）令尊大人辞世，必有所遗？（生）平生正直，动无偏向，四海一空囊，何曾有余藏。

小生特备白金一两，聊为长住一茶之用。（末）先生客边，何劳尊赐！多谢、多谢。敢问先生，此来必有所为？（生）小生不揣有恳，为嫌客邸冗杂，欲借禅房一间，晨昏可以听讲。（末）闲房颇有，任从选择。

【前腔】云深地僻无人往，何幸君相访！草木尽增光，倾盖当瞻仰。欲扫小房，晨昏奉养。斗室不堪容，暂住我方丈。

（生背介）这和尚好不著人，谁要与你同寝！

【前腔】（贴上）夫人使妾来方丈，修斋荐先长。方丈中坐下一位官人，他举止更端详，一貌出天相。玉容乌帽，身披鹤氅。且住，先见那官人，长老怪；先见长老，官人怪，我红娘自有道理。自古道"先敬其宾，后敬其主。"（贴上前作见生介）敛衽见官人，（见介末）整袂喏和尚。

长老，我晓承严命出兰房，斋沐身心到讲堂。为问良因何日好，要修佛事荐先亡。老夫人著我问长老，几时好与老相公做道场？（末）选定二月十五日好。（贴）敢烦长老，同到佛殿，看了道场铺设，好回老夫人话。（末）张先生少待，我与红娘姐看了道场，再来陪坐。（生）便挈小生同往，有何不可？（末）如此，先生同行。（生）长老，他是个女娘家、著他先行，小生随后。（末）法聪，这先生是个诚笃君子。（净）怎见得？（末）他说，"那红娘姐是女娘家，著他先行，小生随后。"（净）师父，你不识人。他让红娘姐在前边走，一发看得他仔细。（引看道场介）（末）红娘姐，回复夫人，择定二月十五日修斋，至期请夫人小姐拈香。（生）为何小姐也来拈香？（末）这崔相国小姐最孝，为报生身父母之恩，又是老相公忌日，因此修设斋事。（生哭介）"哀哀父母，生我劬劳。欲报深恩，昊天罔极。"那小姐是个女流，尚且有报亲之意；小生湖海飘零，数年没一陌纸钱，报俺父母。望长老以慈悲为念，小生亦备经资，怎生带得一分儿斋，附荐俺父母，以尽人子之心，便老夫人知道也不妨。（末）先生既有孝心，法聪与他带一分斋罢。（生）那小姐二月十五准来么？（末）先生只管问那女子做什么？他为报生身父母之恩，怎么不来？（生背介）这五百贯钞，使得著了。小生告回，取行李便来。（末）少停拱候。（生下）（末）法聪，请小娘子方丈内拜茶。（贴）长老免赐茶罢，恐老夫人怪妾回迟，就此告退。（末下，贴欲下，二和尚送人事介）（生上）小娘子拜揖！（贴）方才拜过了。（生）敢问小娘子，莫非莺莺小姐侍妾乎？（贴）便是，何劳先生动问。（生）小生有一句话说。（贴）"言出如箭，不可乱发；一入人耳，有力难拔。"你有话就说，不可隐讳。

【锁南枝】（生）尚书子，白面郎。（贴）原来是宦家公子，失敬了。（生）姓张名珙住洛阳，二十三岁正年芳，正月十七子时养。（贴）我又不是算命先生，谁问你生辰八字！（生）小生并不曾娶妻，告小娘，作主张。敢问小姐尝出来么？（贴）出来便怎么？（生）若是见莺莺，和他诉衷肠。

（贴怒介）先生，你是个读书人，全不知礼！岂不闻孟子云："男女授受不亲，礼也。""瓜田不纳履，李下不整冠。"既读孔圣之书，必达周公之礼。俺老夫人虽是孀居，治家严肃。内无应门五尺之童，至十二三者，非呼唤不敢辄入中堂。向日莺莺小姐潜出闺门，老夫人窃知，召至庭下，责之曰："汝为女子，不告而出，倘遇游僧过客，私相窥视，岂不自愧。"小姐立谢曰："今当改过自新，不敢再犯。"是他亲生之女，尚且如此，何况以下侍妾乎？先生，你不干己事，何苦用心？

【前腔】不度己，不忖量，温柔体质情性良。尚书相府旧门墙，谁许伊来胡厮讲！早妾身，恕你行，若是见夫人，决不肯干让。

呸！好不识羞的涎脸。（下）（生）这相思害杀我也！

【前腔】听说罢，心恛快，一天愁都撮在眉间上。适间红娘说夫人节操凛冰霜，小姐不合临去回头望。花解语，玉吐香，乍相逢，记不真他俏模样。

【前腔】夫人忒过虑，小生空妄想，郎才女貌合相仿。小姐休得淡了眉儿那时节思张敞，我风情也凑得娘行上。金莲小，玉笋长，我待不思量，教我怎撇漾。

　　小姐撇下一天丰韵，张琪拾得万种思量。

　　成就了会温存娇婿，怕什么能拘管亲娘。

第七出　琴红嘲谑

【临江梅】（临江仙）（丑上）东人自识桃花面，寻消问息胡缠。

【一剪梅】侯门迢递隔重檐，要见婵娟，难见婵娟。

"为怜寺里倾城色，忘却天边桂子香。"俺官人前日因见崔相国家小姐，就起求配之心。未知他曾许人否，著我见机而作，候他家侍妾出来，讨个消息。远远望见一个丫鬟，想是他来了。待我又哭又笑，看他如何？（丑作哭笑介）（贴上）"白云本是无心物，又被清风引出来。"老夫人教我问修斋日期，须索回报。（丑撞贴介）（贴）这厮敢是失心风的？（丑）我不是失心风的。（贴）既不是失心风的，如何又哭又笑？（丑）又哭又笑，见你就要。不知我哭，老大一个家主走出来不见了；我笑，莫寻他处。（贴）莫不是适才方丈中见那一个秀才么？（丑）好了，你若见他，有下落了。且问你，我官人怎模样？（贴）你官人像一个青蛙。（丑）

怎么像青蛙？（贴）你官人像青蛙，蛙儿平身站，未跳龙门先跳涧，蛇头蛇脑得人憎。昨日你官人，见俺小姐，光著眼儿看。（丑）果然是你小姐艳色惊人目，我官人像了青蛙，你小姐也像一件东西。（贴）一位夫人。（丑）你家小姐像个蚕蛾。（贴）怎么像蚕蛾？（丑）那蚕蛾，那蚕蛾红红口，扑著粉儿眉画柳。想他无对要寻头，昨日见俺的官人，只把屁股扭一扭。（贴）果然是俺小姐洒落风流。（末扮道人上）"禅远红尘当闭户，犬穿篱落吠惊人。"你两人在此何干？（贴）我问长老修斋日期。（丑）我来寻主人。要问长老，如何不见？（末）悟空入定去了。（丑）如何为悟空入定？（末）空即是色，色即是空。（丑）怎见得？（末）"香消南国美人尽"，此乃色即是空；"恨入东风芳草多"，此乃空即是色。（丑）俗人之色，与你出家人不同。（末）如何不同？（丑）我俗人吃些酒肉，风花雪月，耍乐之色；你出家人豆腐面筋，粗茶淡饭，乃闭塞之塞。（末）怎见得耍乐？（丑）白玉盘中买快。（贴）紫绒毡上铺牌。（末）何不道明谱氏？（贴）我将铺牌名色，说与你听著。（丑）也罢，我就和你赌一赌。老道人在此做个证见，他若说得我过，我就输与他家做老公；若说我不过，他就输与我做老婆。（贴）烦老道做个明甫。他输与我，做儿子；我输与他，做娘。（丑）我情愿与他做儿子。（末）休要取笑，就将骨牌名说来。（丑）是谁起？（末）还是红娘姐姐起。（丑）他若起，是我收。（贴）赌赛推班出色，铺牌点数搜求。倾国倾城，一笑千金；不卖闲风闲月，多情百计难留。如花开蝶满枝，春容浓艳，紫燕穿帘幌，体态轻柔。俺小姐一锭墨，光摇两鬓；八珠环，巧挂双钩。锦裙襕束断么，一枝花瘦；鸳鸯被铺叠胜，半撮香浮。桃花柳叶帘笼景，金菊芙蓉枕簟秋。春分昼夜停，何曾惹恨；落花红满地，料不关愁。九溪十八洞。（丑）十九洞。（末）你输了，十八洞，怎么说十九洞？（丑）老道，你好不知趣！这个丫头生得好，便多动了一动，待如何？（贴）谁知扰攘，天圆地方。此处淹留，好似宾鸿中弹，浑如索缆孤舟。天念三间中数算，夺钱五路上楼搜。老道，作成你！（扯末丑科）好似公领孙。（丑）这等，你是他的孙子媳妇了？（贴）断送了五星三命，双脚搊和不到头。正马军、拗马军，番成祸患；醉杨妃、醉西施，恨减风流。三十三天雨散，巫山十二云收。双蝶戏梅梅上月，二龙入海海中求。寒雀争梅扰乱，群鸦噪凤胡诌。二士入桃园，你官人探花不满三十。（丑哭介）我输了，随你去做老公罢。（末）却原来你输了？（丑）我偏要说过你，相劈夸强，推班出色。你相国一灵悲绝六，俺家书生三策抱孤红。二十四气，在乎人和；三斗混杂，本乎天地。弄得你雪消春水，开苏秦背剑之匣。你小姐，五岳朝天；俺官人，显将军挂印之雄。失时兮，折脚雁，雁衔珠，不若霞天之雁；得时兮，秃爪龙，双龙尾，总为入海之龙。十月应小春，渐近观灯十五；二郎游五岳，肯教老入花丛？佳人有意，合著油瓶盖，做个鱼游春水。怕红粉无情碎米粟，把你小姐劈破莲蓬，樱桃九熟，狗炼丹。（末）差了，火炼丹。（丑）你这老道，面也不曾见，丫头也没有见，火炼丹，一时之侥幸；狗炼丹，成日炼了去。（贴）不是火炼丹。（丑）天地交泰，钟馗抹额。八不就，楚汉争锋。我官人正揎，你小姐拗揎。剑行十道，鞋弓窄窄，分厢合厢，火烧梅，暖气烘烘。揉碎梅花帐外，踏梯望月墙东。卖俏斜瞧格子眼，藏羞半掩锦屏风。孩儿十园中作耍，二姑把蚕；你这丫头，忙里赶缫。（末）你两人，争豪竞贵巧铺牌，不及禅心一寸灰。雪月风花寻笑耍，两家休作是非堆。（贴）这厮班门弄斧，谁不知穷伴偌，单身一条光棍。（丑）这臭丫头，响嘴两片精皮。（末）你两人不必论口，各回去罢。

打点斋筵食物，莫教缺少煎熬。

精皮把来包馅，光棍将去擂椒。

第八出　红传生语

【菊花新】（旦上）描罢鸳鸯离绣床，不知门外又斜阳。移莲步，出兰房；情默默，意恙恙。

“柳依台榭东风暖，花厌栏杆春昼长。”早上老夫人使红娘问长老修斋日期，如何不见回报？（贴上）方才回了夫人话，特来见小姐。（见介）（旦）长老择定几时修斋？（贴）已择二月十五日，请小姐拈香。（贴笑介）（旦）这妮子为甚好笑？敢是我戴得花儿不好？（贴）不是。（旦）穿得袄儿不好？（贴）也不是。姐姐，我若说与你，连你也好笑起来。（旦）你且对我说著。（贴）便是前日在佛殿上撞见那个秀才，今日也在方丈里。我与他施礼过了，他先到寺门前，等候我出来，深深作个揖。（揖介）（旦）这妮子痴了。（贴）我不痴，学与小姐看。他问我：
"小娘子莫非莺莺小姐侍妾乎？"我说："便是，得劳动问。"他又说是：

【锁南枝】尚书子，白面郎。（旦）原来也是宦门之子。（贴）"姓张名珙住
洛阳，（做想介）二十三岁正年芳，正月十七子时养。"（旦）谁著你去问
他？（贴）谁去问他！他还说："小生并不曾娶妻。"又问："小姐尝出来
么？"我说："便出来怎么？"他说："告小娘，作主张，若是见莺莺，和他诉
衷肠。"

（旦）你怎么回话他？（贴）当时被我比长就短，抢白了一场，我自来
了。不知他想著那朵云内的雨，世上有这等不识羞的涎脸。（旦）他是
读书人，不要抢白他也罢。此事只可你知我知，不可对老夫人说。（贴）
晓得。（旦）天色将晚，安排香桌，到后花园中烧香去。

　　　　若要萱堂增寿考，全凭早晚一炉香。

第九出　隔墙酬和

（生上）"闲寻丈室高僧话，闷对西厢皓月吟。"前日小生与法本借一间
空房，已曾移来住下。打听得众和尚们说，莺莺小姐每夜在后花园中烧
香，小生今夜先去太湖石畔墙角边立下，待他来时，听他祝告什么？我
且攀住柳梢，饱看一回，却不是好。你看月朗风清，是好景致也！

【素带儿】良宵静，玉宇无尘月满庭，闲阶上一树牡丹花影。思省，俺可憎，
比月殿嫦娥不恁撑。厮俥幸，那小姐生得齐齐整整，袅袅婷婷。

（贴上）香案已完备了，请小姐去拈香。（旦上）古来好事难成，惟愿天
从人意。（贴）姐姐，你看月明星朗，其实好景致也！

【升平乐】（旦）分明，楼台掩映；问嫦娥为何长夜孤另？青天碧汉，不知
几许心情？（贴）毕竟，是谁还向月中行？料应与此心相等！画栏幽径，潜
潜隐隐，悄悄冥冥。

（旦）红娘将香桌移过太湖石畔去！（贴移桌）（生窥介）料想春娇厌拘
束，等闲飞出广寒宫。花生两脸，体露半襟。垂翠袖以无言，展罗裙而
不语。似湘陵仙子，斜倚舜庙珠扉；如月殿嫦娥，半现蟾宫金阙。是好
女子也！听他祝告什么？（旦拈香介）此一炷香，愿亡过先人，早升仙
界！此一炷香，愿堂上老母，身安无事！此一炷香，但愿……（做不语

介)（贴）姐姐两炷香，都祝告了，第三炷香，如何不祝告？我替姐姐祝告了罢。（跪祝介）老天，愿姐姐早寻一个姐夫，挈带红娘快活一快活！（旦拜作长吁介）心中无限伤心事，尽在深深两拜中。

【素带儿】（生）娉婷，百媚生，比那初见阿，庞儿越整，苍苔上料应小脚难行。盈盈，体态轻，罗袂生寒心自惊。空觑定，只为他离多会少，有影无形。

小生虽不及司马相如，那小姐颇有文君之意。我且歌一绝，看他何如？"月色溶溶夜，花阴寂寂春。如何临皓魄，不见月中人？"（旦）红娘，是谁在墙角边吟诗？（贴）这声音，便是二十三岁不曾娶妻的涎脸。（旦）好清新之诗，我也依韵和他一首。（贴）你两下里正好做一首。（旦）做一首诗，有了！（贴）面也不曾会，就有了。（旦）贱人！诗有了。（贴）我只道那话儿有了。（旦吟诗介）"兰闺久寂寞，无事度芳春。料得行吟者，应怜长叹人。"（生）是应酬得好快，谢和韵了。

【升平乐】（贴）空庭，香雾冥冥，向西厢曲栏杆外。闲凭，竹梢月转，早不觉斗柄云横。（旦）伤情，起来花下拜三星，白日里枉耽愁病。（贴）夫人有命，及早回去了罢。（旦）谨依来命，更长漏永，月朗风清。

正是"酒逢知己饮，诗向会人吟"。（贴旦并下）（生吊场）

【一剪梅】（生）度柳穿花宿鸟惊，目断芳卿，只教人盼不见芳卿。画堂朱户冷清清，病染张生，怎发付小生？

【御林莺】【簇御林】小姐，你的新诗句，忒应声。诉衷肠，真可听，一言一字都相应。【黄莺儿】语句又轻，音律又清，崔莺莺不枉为名姓。他若与小生到天明。隔墙酬和，惺惺的惜惺惺。

【前腔】帘垂下，户已扃，颤巍巍花弄影，落红如雨埋芳径。灯儿又不明，梦儿又不成，房儿中寂寞衾儿冷。淅零零，风儿透入，窗儿上纸条鸣。

【琥珀猫儿坠】隔帘斜月，偏照短檠灯，便是铁石人心也动情。玉人何事忒聪明？莺莺，多应是你无缘，小生薄命！

【前腔】何时能够，锦片美前程？柳映花遮云锦屏，巫山云雨夜三更？张生，不知是我无缘，那人薄命？

【尾声】一天好事从今定，一首诗分明照证，有一日华堂春自生。

东风袅袅泛崇光，香雾空濛月转廊。

燕子楼头杨柳月，今宵特地照更长。

第十出　闹攘斋坛

【光光乍】（末净丑上）和尚早出家，身上挂袈裟。有人请我修功果，真个快活光光乍。

（末）徒弟，今日乃是十五日，启建道场，铺设坛面，扬幡击磬，设法诵经，等待老夫人小姐拈香。就去请张先生拈香。（随意做道场介）

（众）张先生来了。

【挂真儿】（生上）梵王宫殿丹轮高，碧琉璃瑞烟笼罩。继续钟声飘扬幡影，顷刻檀那都到。

法本长老请小生拈香赴斋，你看众和尚，早已在此做法事了。

【驻马听】法鼓金铎，二月春雷响殿角；钟声佛号，如风雨一天，密洒松梢。侯门不许老僧敲，纱窗外定有红娘到。馋眼难熬，待他来时须看十分饱。

众长老拜揖！（众）张先生稽首！请先生上香。倘老夫人问及，认了顽徒亲。（净）认了我妻舅。（末）难道和尚有妻？还是认作母舅。（净）百忙里叫你，你就要答应，不要待他识破了。（生）正是如此。（生拈香介）

【沉醉东风】惟愿在世间的寿高，亡化的天上逍遥。为祖考拜三宝，焚香暗中祷告。夫人休拗，梅香莫焦，早成就姻缘事到老。

（净）呀！夫人小姐来了。（生）为你们志诚，神仙下降也。

【番卜算】（老旦旦贴上）结发做夫妻，不幸轻分散。几回思忆泪珠弹，（合）乡国何人返？

月缺花残事感伤，人间天上两茫茫。可怜幼子伶仃女，同赴荆山古道场。（众）夫人稽首！（末）启老夫人，贫僧的顽徒，有个母舅，是个饱学秀才，父母俱亡，不曾追荐，今欲带一份斋，报答父母，贫僧一时应允，恐老夫人见责。（老旦）长老的亲，就是我的亲一般。请来相见。（丑）张先生请见！（生旦老旦各见礼介）（末）请老夫人拈香。（老旦拈香介）

【一封书】斋心礼佛宝，举沉檀鼎内烧。（哭介）追夫动痛号，兵燹何期此地遭！母子飘零无以报，特仗良因将意表。（合）梵音高，宝灯摇，救拔幽魂离苦恼。（旦拈香介）

【前腔】移莲步拜告，仰金仙在九霄。孤儿女守孝，朝夕思归途路遥。不想椿庭倾逝早，保佑萱堂增寿考。（合前）

（老旦）身己困倦，睡息片时。（作睡介）

【皂罗袍】（生）俺只道玉天仙来到，却原来是可意根苗。小生旅况最难熬，怎当他倾国倾城貌？樱桃小口，杨柳细腰，梨花白面，麝兰气飘，轻盈上下都堆俏。

【前腔】（净丑）你好没头没倒，分明都是闹了元霄。迷留目乱痒难挠，大师座上空凝眺。（末）头陀懊恼，把钟磬乱敲。烧香行者，把香灭了。（丑净）因贪看小姐如花貌。

（净）风灭了灯，谁去点？（生）小生去点。（旦背与贴介）那人儿整整忙了一夜。红娘，夫人劳倦打睡，和你佛殿上耍一耍去。

【前腔】你看他外像儿风流年少，内性儿偏有冠世才学。扭捏身躯恁做作，来往人前，卖弄俊俏。（贴）黄昏这回，白日那觉。书帏独睡，怎生到晓？此情未许人知道。

（老旦醒介）红娘化了纸钱罢！（化纸介）

【傍妆台】（老旦）殷勤酬奠化金钱，上通碧汉下黄泉。自从与你分中路，孤穷母子有谁怜？纸灰飞作白蝴蝶，血泪染成红杜鹃。空嗟叹，枉泪涟。（合）愿得亡魂平步上西天。

（贴）天色将晓，道场已毕，请夫人小姐回去罢。（老旦）正是，好回去了。（末）夫人，留红娘姐在此送佛。（老旦）红娘，你在此送佛回来。（贴）理会得。（老旦）情到不堪回首处，一齐分付与东风。（老旦下）

（众做送佛介）真诠演教人何在？化作巫山一片云。（众贴并下）（生吊场）

【驻云飞】情引眉梢，心事难传我也知道了。有心争奈无心好，多情却被无情恼。嗏！劳攘了这一宵。玉人归早，佛事都收，何处鸡儿叫？各自归家，葫芦提闹到晓。

贪看莺莺赴道场，一宵辛苦到天光。

为怜客旅倾城色，忘却天边桂子香。

第十一出　彪贼起兵

【贺圣朝】（净扮孙飞虎上）统领强兵为寇，不图拜将封侯，杀人放火逞凶谋，肯落他人机后？

　　剑气腥红带血磨，因贪女色逞偻㑩。龙珠欲取探龙窟，虎子还求入虎窠。欺白起，笑廉颇，杀人放火妄为多。营门忽报非尝乐，管取春娇马上驼。自家姓孙，名彪，字飞虎。只因主将丁文雅失政，军士们不守纪律，只得将本部五千人马，哨聚山林，以劫掠为生。近闻崔相国之女，容貌非常，年方二八，现住河中府守丧，不免整点军马，围住寺门，掳得莺莺为妻，平生之愿足矣！头目那里？（众）三十年前学六韬，柳梢枝上月儿高。一拳打破天边月，翻身赐退海中潮。覆将军，有何令旨？（净）众头目们，我闻得河中府普救寺崔相国之女莺莺，生得十分美貌。我如今亲自提兵，拿他做个压寨夫人。头目们！听吾号令：人尽衔枚，马皆勒口。各要向前，不可怯后。连夜进兵，获得多娇，论功升赏。（众）得令。

【豹子令】（净）闻说蒲东一寺门，一寺门，崔家少女号莺莺，号莺莺，艳质方才年二八，掳归山寨做夫人。（合）点精兵，安排器械便登程。

【前腔】（众）果有娇姿美貌人，美貌人；蓦然说起动人心，动人心；大王免得跷脚坐，小卒免得曲腰行。（合前）

【前腔】（净）本是朝中一武臣，一武臣；今来山寨做强人，做强人；只为有功无升赏，算来谁肯办赤心？（合前）

　　　　　　铁骑连营雁翅排，何须红叶作良媒。

　　　　　　不将艳质军前献，管取丛林化作灰。

第十二出　急报贼情

（末上）"天有不测风云，人有旦夕祸福。"贫僧法本，好静修行，不管尘事。谁想如今贼兵孙飞虎，领五千人马，围住寺门，鸣锣击鼓，呐喊摇旗，要掳崔小姐为妻。言称若不送出，将本寺尽皆烧毁，僧族不留一个。此事如何是好？不免急急报知夫人小姐，早寻个计策也。

　　　　　　一心忙似箭，两脚走如飞。

第十三出　许亲救厄

【三台令】（旦贴上）自那日忽睹多才，不觉每上心来。春闷好难捱，毕竟情深似海。

（旦）奴家自见张生之后，神思飘荡，茶饭不餐；况值暮春天气，好伤感人也！正是"好句有情联夜月，落花无语怨东风。"

【金云令】（金字令）（旦）恹恹瘦损，那值春光尽；罗衣宽褪，早是神劳顿。能消得几个黄昏？目断行云。

【驻云飞】人远天涯近，嗏！则索自温存，但出闺门。

【四块金】影儿般不离身，从见了那个人，兜的便可亲。【柳摇金】咏月新诗，咏月新诗，依著前韵。

（贴）姐姐，往尝间不曾如此没情没绪，自见了那秀才，便觉心事不宁。姐姐，敢是想著那人？

【江水儿】想著风流士，旖旎人。脸儿清秀身儿俊，性儿温克情儿顺。不由人口儿作念心儿应，端的是长萦方寸。（贴）姐姐，闻得他好才学哩！（旦）星斗焕文章，方显得平生学问。

（老旦忙上）正是："闭门家里坐，祸从天上来。"孩儿，祸事到了。

（旦）什么祸事来？（老旦）孙飞虎领了五千人马，围了山门，道你有倾国倾城之色，要掳你为压寨夫人，怎生是好？（旦作惊跌介，贴抱介）

（老旦）天那！兀的不痛杀我也。

【红衫儿】（旦）听罢一言心不忍，此祸灭身。苦著人进退无门，娘儿怎生？把袖梢儿揾不住啼痕，喊杀声怎禁？母亲，休得要爱惜莺莺，我甘心自殒！

【东瓯令】（老旦）那贼如狼尽胡行，孩儿，道你莲脸生春眉黛颦。更有倾城倾国韵，杨妃貌多娇俊。恣情劫掳要成亲，教我泪零零。

（旦）母亲，我做孩儿的，拚一死便了。

【香罗带】不致摧残老院君，先灵且稳。禅堂免教成灰烬，诸僧无事得安宁也。若是从军去，羞杀相府门！母亲，孩儿有一计了。谁人敢勇立功勋，杀退贼兵也，情愿与英雄为契姻。

（老旦）此事倒好，便不是门当户对，也强似陷于贼人之手。红娘，你快去请长老来商议。（红请介）（末上）老夫人叫贫僧，有何吩咐？（老旦）此事已急了，可与寺中两廊下人说，不问僧俗人等，有能退得贼兵者，愿将小姐与他为妻，决不爽信。（末）夫人既有此言，待小僧拍手高叫：（叫介）两廊下人等听著：但有退贼兵者，夫人有言，愿将小姐妻之！（生急上介）我有退兵之策，如何不早来寻我？（见介）（老旦）

先生计将安出?（生）重赏之下，必有勇夫；赏罚若明，其计必成。（旦与贴云）只愿得这秀才退得贼兵便好。（老旦）方才与长老说过，但退得贼兵者，愿将莺莺妻之。（生）既然如此，休得惊吓了我浑家。（贴）晌午吃晚饭，早些哩！（生）一交跌在笾糠里，抱稳了。请入卧房里去，我有退兵之策。（老旦）红娘扶小姐进去罢！（旦贴下）（生）我有一计，用著长老。（末）贫僧不会厮杀，别寻一个去罢。（生）长老休慌，不用厮杀，只要与贼人打话。说夫人本待就将莺莺小姐送出，一者父丧在身，二者于将军不利，不必鸣锣击鼓，惊杀了小姐，可惜了。将军可按甲休兵，退一箭之地，且容三日之内，功德完满，除了孝服，换了鲜衣，将小姐送到，成亲便了。（末依前叫介）（内介）既如此，限你三日后不送出来，放火烧了寺门，杀得你僧俗不留一个。军士们！退去一箭之地。（众应介）（末）且喜贼人依我说，退去一箭之地，限三日后，倘此计不成，我等死无噍类。（生）不妨，小生有一故友，姓杜名确，号为白马将军，现统兵镇守蒲关。此间相去不远，小生修书一封去请他，必然来救我，只是无人敢去。（末）我寺中有一徒弟，叫做惠明，平昔只爱厮杀，此人可去，须用言语激他便好。（生）待我修书，你去叫他出来。（写书介）（末）惠明何在?

【粉蝶儿】（丑扮惠明上）听得传呼，不觉心头起火。

（见介）长老叫我做什么?（末）我寺被孙飞虎围了，要掳崔小姐。今张先生修书去请杜将军，无人敢去。（丑）我敢去！（生）你去不得。（丑）我怎么去不得?（生）看你言不出众，貌不惊人，只好念经拜忏，有甚本事去得?

【好孩儿】【好事近】（丑）不念法华经，不礼梁皇宝忏。丢了僧伽帽，撒了祖褊红衫。【耍孩儿】杀人心逗起英雄胆，两只手将乌龙棍来摝。直杀入虎窟龙潭，非是我出尖贪婪。

（生）你曾吃斋么?

【剔马灯】【剔银灯】（丑）吃菜馒头委实口淡，五千人不索煎爁。腔子里热血且权消渴，【驻马听】生心解馋，五千人做一顿馒头馅。

（生）不信你吃得许多！

【红芍药二犯】【红芍药】（丑）包残肉把青盐蘸。（生）你如今敢去么?（丑）你那里问俺敢也不敢? 孙飞虎声名播斗南，能淫欲这般贪滥！（生）

你晓得念经么？

【黑蟆序】经文也不会谈。（生）会坐禅么？（丑）逃禅也懒去参。【泣颜回】向爱河边卸下红尘担。（生）你是出家人，如何只要厮杀？【红芍药】（丑）戒刀头新来钢蘸，铁棒上尘土不染。

（生）你寺中和尚如何？

【耍孩儿】（丑）他只会吃斋饭在僧房里，却不管烧了伽蓝，他只会嘴骨邦悉怛多唵。（生）这一封书径到蒲关，上杜将军处投下。（丑）多谢得！扶危困故友书一缄，今日里撞钉子把贼兵探，大踏步非夸侃。

（生）倘贼兵不放你过去，如何是好？

【会河阳】（丑）著几个沙弥拿宝盖担，排阵势把他来按。远的破开步将铁棒拴，近手的将刀来斩；小的提起来将脚尖掸，大的扳下来把髑髅勘！

【金双孩】【缕缕金】（丑）瞅一瞅，海波翻；滉一滉，索琅琅，振山岩。

【耍孩儿】打熬成天生这般劣性人，拼舍著命几曾肯忐忑，【粉孩儿】反怕的勒马停骖！

（生）只怕你到此分际不得。

【越恁好】（丑）平生欺硬怕软，欺硬怕软，吃苦不爱甘。非是你每，拈花柳没掂三。休因亲事胡拍俺，咱非是躲懒。杜将军不肯把兵戈退，张解元干将那风月担。

【尾声】（丑）威风助我齐呐喊，擂鼓摇旗不等闲，此去将半万贼兵吓破胆。（下）

（生）夫人长老放心，此书到了蒲关，杜将军必定起兵就来。

　　　　　　非是鳛生特显才，夫人长老且宽怀。

　　　　　　此书若到蒲关寨，管取英雄即便来。

第十四出　冲围拼命

（丑上）尺书今日到蒲关，那怕崎岖道路难。非是小僧夸大胆，管教强寇活应难。夜来长老与张生著我赍书，往蒲关见白马将军。就此撞将过去，若不放我去，就与他厮杀起来。（净众上）（拿住介）"鱼藏大海垂纶钓，猎向山中布网罗。"你那秃子那里去？（丑）你不要拿我，且听我说：

【驻云飞】衣钵随身，抄化不多粮米尽。四下里兵戈振，各自逃生命。嗏！不意此遭擒。告将军细听，息怒停嗔，望你相怜悯，佛面须看放我行。

（合掌介）南无阿弥陀佛！（净）既是抄化的，放他去。

合放手时须放手，得饶人处且饶人。

第十五出　投书帅府

（末上）幕府英雄胜虎狼，擎天玉柱紫金梁。妖娇警夜长蛇动，武上春围细柳香。十六双牌新驻节，三千里镇动边疆。莫言边鄙专生杀，膺锡殊恩沐宠光。自家杜将军帐下头目是也。俺元帅近临边境，威镇疆场，大振声权，宏张师旅。指挥则隼鹘飞扬，叱咤则龙蛇警避；运筹于三关之上，决胜于千里之中。推毂登坛，弭旌驻节，官授征西大元帅之职。生得熊腰虎背，尝怀义胆忠肝。道犹未了，元帅早上。

【夜行船】（众引外上）一片丹心图报主，镇边陲竹帛生辉。开国承家，本仁治义，谩评论孙庞鹬起。

文帝鸾舆劳北征，条侯受钺整严兵。辕门只有将军令，今日方知细柳营。下官叨蒙圣恩，官拜征西大元帅，奉敕镇守蒲关。自那日与张君瑞相别，倏经数月，他相约我不久到此，为何不见来？（末上）有事不敢不报，无事怎敢乱传？报军情事。（递贴外接看介）一为扰害地方事：近因丁文雅失政，军校不守纪律，因而作乱，扰害乡民。知道了，起去。（末下）（外）这厮不守王法，扰害百姓，就欲进兵征讨，争奈未知强徒出没。兵士何在？（丑上）会传天下信，善达世间书。（众）什么人？（拿住介）禀元帅，一个和尚闯关，想是奸细，特拿在此。（外）这秃厮敢是打探军情事的？拿去砍了！（丑）容小僧禀知。（外）也罢，你从实供来！

【红衲袄】（丑）问贫僧何处来？（外）为甚到此？（丑）为寓空门西洛客。（外）西洛客是何人？（丑）麾下投书张秀才。（外）那秀才怎么？（丑）近日遭逢飞虎贼，怆惶无布摆，险把残生害。（外）秀才家不过琴剑书箱，那有良金美玉？（丑）不因韫椟藏珠也。（外）他为什么？（丑）只为崔家少女倾城色。

有书在此。（众接书外看介）

【一封书】"洛生珙拜兄，近日何期遇难中！孙飞虎逞凶，劫掠人财强聚众。崔相国家并仆等，一旦如鱼困釜中。破凫獍，仗雄风，颠沛来缄恕不恭。"

　　这书果是我兄弟写的。放了那和尚，与他酒饭压惊。（众应介）（外）左右，此去贼营多少路程？（众）此去普救寺，约有百余里。（外）救崔张，高其义；擒飞虎，显其威。就选精兵，连夜进发。（末）覆元帅，兵书云："五更趋战，擒上将军；百里趋战，蹶上将军。"强寇之来，势不可测，兵家所忌；未可前进。（外）你晓得什么？吾料贼徒志在酒色，比及五更，一鼓而擒。所谓义兵神策，迅速闻雷，掩耳无及，就此起兵前去！（丑）禀元帅，与张先生什么交情？

【排歌】（外）君瑞张生，是我胶漆故知，同袍怎忍颠危。吾今即刻便兴师，管取强梁剪草除。（合）人呐喊，马奔飞，半天摇动五方旗。功成日，奏凯回。鞭敲金镫喜孜孜。

【前腔】（丑）上告将军，略听咨启：和尚那里呵！事急一似烧眉，将军若肯发慈悲，免使诸僧作怨鬼。（合前）

　　　　要全道义显军威，不惜千金怒发机。

　　　　扫尽蒲关强贼辈，元戎齐唱凯歌回。

第十六出　白马解围

【四边静】（净众上）莺莺许我为姻眷，移兵退一箭。愿结百年期，今朝三日满。众须呐喊，若不速献，佛寺便成灰，僧俗尽戮遍。

　　左右的，与那和尚打话：三日限满，如何不献出莺莺？稍有迟延，僧俗不留一个，殿宇尽皆烧毁。（众叫介）（内应）待蒲关白马将军到了，就献出来。（净众惊介）不好了，走漏消息了！

【剔银灯】（净众）三日前许结美缘，谁知他甜言相骗！吾闻白马真英汉，他来时吾属心剪。难言！心惊胆寒，浑身上淋漓雨汗。

　　（众）你看东南上旌旗蔽日，戈戟参天，打著白马将军帅字旗，口称要拿反贼，不好了！（净）且不要慌，虽则敌他不过，也要拼死一战。

【洞房春】（外众上）怒发冲冠，长江直欲投鞭断。一鼓下河中，方遂男儿愿。

　　（众）禀元帅，前面就是贼营。（外）众军士，与我排开阵势，和他交战。（交战拿住飞虎介）（外）快请兄弟出来！

【醉落魄】（生上）吾兄一别期难会，难中感得来相济。（老旦上）特蒙神策回生，殊胜吓蛮书。

（众相见介）（外）老夫人在此受惊，皆是下官不能镇守之过。（生）若非仁兄见救，几乎失所。（老旦）老身母子，蒙将军活命之恩，亡夫亦感德于地下。（外）区区职分所当，何足为谢。左右，抓那贼子过来！（净见跪介）（外）孙彪有甚申说，从实供来！（净）小人罪犯难逃，望将军笔下放生。（外）戡乱御民者，既有赏而有爵；作乱掠民者，岂无罚而无刑？赏无滥给，法不妄施。孙彪功无汗马，选列偏裨；袭世勋而不怀忠义，坏纪律而专务非为；甘效大枪铜马，不师武子穰苴。三纲五常，本彝伦而未达；七封八阵，该机务而何知！慕少艾而猖狂，逼人闺闼；合无籍以扰攘，乱我王师。触虎威分当纳命，谅鼠辈何足献俘！元恶难容，例应裁处；胁从堪悯，事属可矜。王法缘情，肯私于出入？金科定罪，敢失于毫厘？为从从轻，徒流当充于军卒；为首从重，诛斩合坐于渠魁。速送所在法司，监候呈详处决。左右，与我牢固押发前去！（净）正是："临刑自此方知觉，事到头来悔却迟。"（下）（生）愚弟特备一杯蔬酒，与仁兄酬劳。（生把盏介）

【黄莺学画眉】【黄莺儿】忆昔共分离，叹参商，半载余。青云事业真堪愧，梵宇栖迟，遭逢崎嶬，感吾兄扫强徒退。【画眉序】（合）细思谁料今朝里，重见汉室官仪！

【前腔】（外）一自著戎衣，念交情会晤稀，谁知此地遭颠沛。惊见弟书，惟恐到迟。（生）只是有劳兄长。（外）兵家劳役何曾忌！（合）细思谁料今朝里，重见汉室官仪！

【前腔】（老旦）最苦是娘儿，驾灵辆返故庐，依亲暂向丛林寓。逢著乱离，全家痛悲，赖斯文请得恩官至。（合）细思谁料今朝里，重向鬼门归回！

（末丑上介）多蒙将军垂救，众僧得命，特来叩谢。

【前腔】（众）持戒守清规，为红妆惹是非，堪嗟强贼全无忌，因贪女姿，琳宫被围，仗先辈邀得天兵至。（合）细思谁料今朝里，正中秀才之机！

（叩头介）（外）众和尚去罢！（众下）（外）贤弟，如今寇平事妥，就同下官到关上，相叙几时，打点上京取应何如？（生）感蒙仁兄厚德，只因老夫人有言，已许退兵者，将女妻之。待此事一谐，即当叩拜。（外）

老夫人既有此言，正所谓"淑女配君子"容当庆贺。下官汛地难离，就此告别。

> 欲别临歧意若何？今生难报此恩多。
> 种成双玉蓝田美，金镫齐敲唱凯歌。

第十七出　排宴唤厨

（丑上）千红万紫竞芳妍，早赴良辰整玳筵。果列新奇夸洞府，酒倾香美盎壶天。虽无龙凤烹匏巽，胜有珍珠入馔鲜。莫道酬功唯一醉，画堂深处会神仙。自家是蒲东郡第一个高手段厨子是也。今普救寺中崔相国家，要安排筵席，昨日令人叫我，今去走一遭。此间正是寺里，不免敲门。开门！开门！

【双劝酒】（贴上）是谁叩门，问时不应，更不道事因。待将轻进，看他这般样油衣，必是庖人！

你是什么人？（丑）小人是有名的顾厨，你府内说要安排茶饭，特来到此。（贴）你既是有名的厨子，你说本事来与我听。（丑）你听我说：手段从来无比，随你吃一看几。休题北酒南茶，不怕人来嫌比。大则杀牛宰马，小则鸡鹅之类。烹匏随时看火，香辣全凭五味。汤水是我先尝，黑炭是你去洗。（贴）你不说偷汤偷汤，且在我面前方文尸比。（丑）你倒说方文尸比二字，你丫头敢是通文？（贴）那般文字不晓得！（丑）不要夸口，且把千字文念一念，你家为何摆筵席？（贴）你听道：我家曾做府罗将相，辅佐有虞陶唐，谁想忠则尽命，撇得一家老少异粮。虽然遗下些尺璧非宝，那里去秋收冬藏？老夫人不能够昼眠夕寐，不由人不宇宙洪荒。俺家有一小姐女慕贞洁，生得如玉出昆冈；真个形端表正，又不四大五常。被人鉴貌辨色，到处就律吕调阳。被孙飞虎围住了寺门，如晋楚更霸，举家悚惧恐惶。他不顾俺世禄侈富，只道寓目囊箱。小姐是俯仰廊庙，要他侍巾帷房。俺家曾做高冠陪辇，怎肯与他露结为霜？（丑）如何下落了？（贴）亏了背邙面洛（丑）洛什么？（贴）洛阳人，一个辰宿列张。（丑）张什么？（贴）张生。（丑）如何设法救了？（贴）他有一个孔怀兄弟，那人用军最精。忙写一封牋牒简要，著人送到微旦孰营。念他交友投分，点起家给千兵。来时如云腾致雨，杀得弁转疑星。拿住要诛斩贱盗，（丑）如今那里去了？（贴）如今解上东西二京。（丑）那先生怎么谢他？（贴）为他肆筵设席，杀一个诗赞羔羊。虽则临深履薄，做几套周发商汤。请他须饱饫烹宰，休著你饥厌糟糠。（丑）糠吃不得。（贴）也咽得。（丑）咽不得。（贴）你偷些汁汤泡吃。（丑）油嘴丫头。（贴）光边汉子。

【划锹儿】（丑）厨头食次须周遍，那更遇著赏花天。偏称开芳宴，不必叮咛点捡。（令）宾主欣然，如何不见？须知美景良辰，杯传盏劝。

【前腔】（贴）明朝筵宴非闲玩，肴馔更精专。南北排茶饭，休得嗔猫叱犬。

（合前）

谁知相府小红娘，三月全无肉味尝。

不是庖人干咽唾，明朝相伴贺新郎。

第十八出　遣婢请生

【花心动】（贴上）半万贼兵，卷浮云片时扫尽。孤儿幼女，死里逃生。列山灵，陈水陆，张君瑞合当钦敬。

老夫人著我去请张先生，必是与小姐成亲。我想起来，一家若无张先生，这性命其实难保也！

【步步娇】凭著他善武能文书一纸，早医可了相思病。薄衾单枕有人温，凤帐鸳帏，早则不冷。今日东阁玳筵开，煞强似西厢和月等。

道犹未了，早到书院中了。张先生，开门！开门！

【前腔】（生上）客馆萧条春将尽，碧草埋芳径。（贴咳嗽介）（生）隔窗儿嗽一声，是谁？（贴）是我。（生）他启朱唇，急来答应。敢问红娘姐姐到此，有何话说？（贴）老夫人著我来请先生赴席。（生）如此，小生便行。（贴）秀才们闻道请，却便似听了将军令。

（生）红娘姐姐，此席为何而设？

【宜春令】（贴）第一来为压惊，第二来多因谢承。（生）摆列什么茶饭？（贴）杀羊茶饭。（生）敢是未曾完备？（贴）来时早已安排定。（生）请何人相陪？（贴）断闲人不会亲邻，请先生和俺莺莺匹聘。（生）如此，小生谨依严命！（贴）我只见他欢天喜地，谨依来命。

（生看地顾影介）（贴）张先生，你为何看了地下，走来走去？（生）小生客边乏镜，聊借天光，以照我影耳。

【五供玉交枝】【五供养】（贴）来回顾影，文魔秀士，风欠酸丁。（生）红娘姐，你看我两鬓如何？【玉胞肚】（贴）下功夫将头颅来挣，迟和疾擦倒苍蝇。【玉枝娇】光油油耀花人眼睛，酸溜溜螫得牙根冷。天生这个后生，天生那般俊英！

（贴）张先生，我有一句话，要对你说。（生）但说不妨。

【玉肚莺儿】【玉胞肚】（贴）今宵欢庆，我莺莺何曾惯经？你须索要款款轻轻，灯儿下共交鸳颈。【黄莺儿】端详可憎，谁无志诚？你两人今夜亲折证。（生）谢芳卿，谢红娘姐错爱，成就了这姻亲。

（生）敢问红娘姐，那里有什么景致？

【解三醒】（贴）玳筵前香焚宝鼎，绣帘外风扫闲庭，落红满地胭脂冷，白玉栏杆弄花影。（生）更有什么好处？（贴）准备著鸳鸯夜月销金帐，孔雀春风软玉屏。（生）有什么乐器么？（贴）合欢令，有凤箫象板锦瑟鸾笙。

【前腔】（生）可怜我书剑飘零无厚聘，感不尽姻亲事有成。新婚燕尔安排定，除非是折桂手报答前盟。我如今博得个跨凤乘鸾客，到晚来卧看牵牛织女星。非侥幸，受用的珠围翠绕，结果了黄卷青灯。

【前腔】（贴）凭著你灭寇功勋举将能，却不道两字功名未有成。为什么莺莺心下十分顺，只为君瑞胸藏百万兵。专请你有恩有义闲中客，回避了无事无非廊下僧。夫人命，道足下不须推托，和贱妾即便同行。

【尾声】老夫人，专意等。（生）尝言道"恭敬不如从命"。（贴）张先生，是必早些来！休使红娘再来请。

　　　　张先生如今合当谢我了。

　　　　　　　　缠头蜀锦谢娇红，水溢蓝桥路未通。

　　　　　　　　管取门栏多喜气，定教女婿近乘龙。

第十九出　畔盟府怨

【鹊桥仙】（老旦上）开樽设宴，原非闲遣，只为全家被难。（贴上）调和琴瑟在今宵，消却两边愁怨。

　　（老旦）"枝头失翠莺先觉，叶底消红蝶未知。"前日兵围寺门，要掳莺莺，无奈只得将女孩儿许了张生。幸得事已宁息，争奈先夫存日，已曾许配侄儿郑恒，前者寄书去著他来奔丧，此子倘至，如何下落？宁可负妾今日之言，莫违先夫存日之约。我今日设一筵席，去请张先生，一来酬谢活命之恩，二来说断了这门亲事。红娘，夜来分付你安排筵席，完备未曾？（贴）完备了。（老旦）快请张先生来。（贴）张先生来了。

【生查子】（生上）一见便留情，漫想成何益。姻缘天付与，自有团圆日。

正是："有缘来看洛阳花，无心坐听笙歌沸。"

（见介）（老旦）前日兵围之际，若非先生，焉有今日？一家之命，皆足下之所活也。聊备小酌，非为报礼，请勿嫌轻。（生）"一人有庆，兆民赖之。"贼子之败，皆夫人之福也。（老旦）万一杜将军不至，我辈皆无脱死之计。（生）此皆往事，不足挂齿。（老旦）先生请上坐。（生）小生侍立于旁，尚且不敢，且敢与夫人对坐？（老旦）恭敬不如从命。（生告侧坐介）（老旦）红娘把坐儿移正了。（生）不敢。（贴）女婿门中娇客，便坐何妨？（老旦）休要多说，去请小姐出来。（贴）小姐，夫人有请！（旦内应介）我身子不快，出来不得。（贴）小姐，你道请谁？（旦内应介）是请谁？（贴）请张先生。（旦内应介）既请张先生，只得扶病走一遭！

【前腔】（旦上）帘外唤声声，何事相催逼？（贴）报道可相见，那个曾相识。

（老旦）孩儿，若非张先生活命之恩，今日怎得保全一家性命？孩儿你过来，不须回避上前拜了哥哥！（生背云）这声息来得不好了！（旦背云）母亲变了卦了！（老旦）红娘斟酒过来。（老旦把盏介）

【画眉序】若不是君瑞识人多，别个焉能退干戈！看排著酒果，列著笙歌，花阴细暖日庭阶，香篆袅东风帘幕。（合）感伊救我全家祸，钦敬礼正当酬酢。

（老旦）孩儿，将酒来，递哥哥一杯。（旦把盏介）

【前腔】双眼转秋波，一点灵心早瞧破。著莺莺做妹妹，拜了哥哥，白茫茫水溢蓝桥，扑簌簌把比目鱼分破。（合）奈何愁把眉峰锁，蓦忽地又早张罗？

（生）我已醉，吃不得了。

【前腔】自觉醉颜酡，低首无言自摧挫。手难抬，称不起这两肩窝。没定夺哑谜难猜，天杀的老夫人，说谎话比天来大。（合前）

【滴溜子】（贴）谩说道佳人自来命薄，谁承望好事顿成间阻？是他将半万贼兵破，如何番成离恨歌？请他来不快活，兀的是江州司马泪痕多。

【鲍老催】（旦）从今恨多，玉容寂寞梨花朵，胭脂浅淡樱桃颗。相思病，料已成，何时妥？将颤巍巍双头花蕊儿轻团搓，香馥馥缕带同心割，连理树都折挫。

【双声了】（旦贴）今非昨，今非昨，把青春女成耽阁颠窨却，颠窨却，将美前程都虚过。我共他，我共他，料想著，料想著，今朝成败，都是你个萧何！

【尾声】（旦）一杯闷酒尊前过，（贴）诉衷肠争奈母亲侧坐！（合）把恩义如山成小可。

（老旦）红娘，扶小姐进去！（旦）万种情怀无处诉，夜深花下告穹苍。

（下）（生）小生醉也，老夫人跟前，有一言告禀。（老旦）但说不妨。（生）老夫人前者兵围之际，有言"但有退得贼兵者，愿将小姐妻之。"小生其时怀恻隐之心，慨然作书，去请杜将军来，庶几得免夫人之祸。今日蒙请小生赴席，将谓有喜庆而来，不知夫人何故以兄妹相待，小生岂为辅馌乎？此事若果不谐，即便告退。（老旦）先生诚有活命之恩，奈先夫存日，将小女许嫁舍侄郑恒，即今寄书去，著他来奔丧。此子倘至，将如之何？老身多赠先生金帛，别选豪门贵宅之女，岂不美哉？（生）既然夫人不允亲事，小生岂慕金帛而来！却不道"书中有女颜如玉"。就此告退。（老旦）红娘，你哥哥醉了，送回书院中去睡，有话明日再说。（老旦下）（生诈醉介）红娘姐，扶我一扶。（贴）先生你自走，我倒扶你不成？你少吃些也罢了。（生怒介）红娘姐，你曾见我吃酒来！"有分只熬萧寺夜，无缘难遇洞房春。"小生只为小姐忘餐废寝，梦断魂劳，尝忽忽如有失。隔墙酬和，待月迎风，受无限之苦。今日指望成亲，谁想夫人变了卦，使小生志竭思穷，此事何时是了？（生跪介）红娘姐，可怜见张珙，将此情诉与小姐，就解下腰间所系之带，寻个自尽。可怜刺股悬梁客，今作离乡背井魂！（自缢介）（贴夺救介）这等死得快！先生且不要慌，妾当与君图之。（生）既蒙允救，小生当筑坛拜将。（贴）妾见先生有囊琴一张，必善抚操。俺小姐深晓琴中意趣，今夜到花园中烧香，但听我咳嗽，先生动操，看小姐听得，说什么话？那时将此情达之，明日却来回报先生。这早晚怕夫人寻找，我回去也。

（下）（生吊场）方才红娘之言，深有意趣。待等天晚月明，抚操一曲，或者姻缘辐辏，未可知也。正是：

一曲瑶琴试探心，莺莺小姐是知音。

全凭指下宫商韵，管取文君侧耳听。

第二十出 琴心写恨

【卜算子】（生）月挂柳梢头，漏断人初静。千古风流指下生，付与知音听。
"东边日出西边雨，道是无情却有情。"日间红娘所说，相如也曾挑动文
君，姻缘辐辏，多应在此。琴童，取琴过来！（丑上）"夜静瑶琴三五
弄，悲风动处月光寒。知音弹与知音听，不是知音不与弹。"琴在此。
（生）琴童你与我烧下一炉香，煎下一壶茶，你自回避。（丑应下）（生）
爨下焦桐玉琢成，轻勾缓剔凤凰鸣。高山流水千年调，白雪阳春万古
情。松籁响，涧泉清，携来指下韵将成。文君未必能知否，月满池塘夜
气清。你这琴呵！小生与足下，湖海相随数年，今夜这场大功，都在你
这金徽、玉轸、蛇腹、断纹、峄阳、焦尾、冰弦之上。怎生借得那一阵
顺风，将小生这琴声，吹入俺那玉琢成、粉捻就、知音俊俏的耳朵里？
乘此月明，不免抚操一曲。（操琴介）

【满江红】（旦上）抛却金针离绣阁，黄昏时节。见碧天如洗，一轮明月。
（贴上）花影满阶秋露冷，银河万里光澄沏。（合）殷勤同到小园中，把名
香蕊。

（旦）"水沈未蕊黄金鼎，花影重过白玉栏。"红娘，我和你后花园中烧
香！不觉又更深了。（行介）（旦）梦断巫山一片云，起来一步软红尘。
（贴）山禽莫向空林语，怕有幽人重惜春。（旦）将香桌过来！（拈香不
语长叹介）（贴）姐姐，要知心腹事，都在不语中。（旦）事已无成，烧
香何用？月儿你团圆了呵，咱却是怎生！自来只恨红轮促，今夜方知玉
漏长。红娘你看，

【梁州新郎】【梁州序】晴空云敛，冰轮初涌，风扫残红。无数香阶堆拥，
好似闷怀千种。那人呵！只落得心中作念，口内闲题，梦儿里相和哄。今日
华堂开绮席，意朦胧，却教我翠袖殷勤捧玉钟。【贺新郎】（合）愁似织，和
谁共？双蛾蹙损春愁重。鱼得水，甚时同？

（贴）小姐，你看这般月晕，明日敢有风也！（旦）风月天边有，人间好

事无。（贴咳嗽介）（生）那人来了。（弹琴介）（旦）红娘，是什么响？

（贴）小姐，你猜一猜。

【渔灯儿】（旦）莫不是步摇得宝髻玲珑？（贴）不是。（旦）莫不是裙拖得环珮叮咚？（贴）不是。（旦）莫不是铁马在檐前骤晚风？（贴）也不是。（旦）莫不是金钩双控，吤叮珰敲响帘栊？

（贴）姐姐，许多般都猜不著，你再猜一猜。

【前腔】（旦）莫不是梵王宫夜撞金钟？（贴）不是。（旦）莫不是漏声长滴响壶铜？（贴）也不是。（旦）莫不是疏竹萧萧曲槛中？（贴）也不是。（旦）莫不是牙尺剪刀声相送？（贴）一发不是了。你且听著。（旦做听介）呀！我只道什么响，却原来近西厢谁理丝桐。

【锦渔灯】其声壮似铁骑刀枪冗冗；其声幽似落花流水溶溶；其声高似风清月朗鹤唳空；其声低似儿女语小窗中。

（贴）小姐你听，越弹得好了。

【锦上花】（旦）他那里思不穷，我这里意已通，娇鸾雏凤失雌雄。他那里曲未终，我这里意转浓，争奈伯劳飞燕各西东。（贴）姐姐，满怀心腹事，（旦）尽在不言中。

（旦）我且近书房听一听。（贴）姐姐，你在这里听，我去瞧老夫人便来。（贴下）（生）窗儿外有人声，想是冤家来了。待我改调，弹一曲《凤求凰》。昔日司马相如，弹此曲成事；我虽不及相如，那小姐倒有文君之意。（歌云）"有美人兮见之不忘，一日不见兮思之如狂。凤飞翔翔兮四海求凰，无奈佳人兮不在东墙。将琴代语兮聊写衷肠，何日见许兮慰我彷徨。愿言匹配兮携手相将，不得于飞兮使我沦亡。（旦）是弹得好也！其声哀，其意切，凄凄然如鹤鸣九皋；使妾闻知，不觉泪下。

【锦中拍】这的是令他人耳聪，诉自己情衷。知音者芳心自通，感怀者断肠悲痛。这一篇与本宫，始终不同：一字字更长漏永，一声声衣宽带松，别恨离愁，番做一弄。张生呵！越教人，越知重。

（生）便是老夫人忘恩负义，不合小姐也失信于我！（旦）你错埋怨我！

（贴上）老夫人睡醒寻小姐哩！（旦惊介）

【锦后拍】只见他走将来气冲冲，怎不教人恨匆匆！吓得人怕恐，吓得人怕恐。早是不曾转动，女孩儿直恁响喉咙。谨摩弄，我欲将他拦纵，只恐夫人行，把我来厮葬送。

（贴）姐姐，张先生只在这几日间要回去也。（旦）红娘，你若见他，千万再留他住几日。（贴）留他又没有什么好处与他，教我怎么与他说？

【尾声】（旦）只说道夫人时下有些唧哝，好共歹不著你脱空，怎肯轻撇下风流志诚种！

花阴隔断姻缘路，书生枉把幽情诉。

相思争奈粉墙高，狗咬骨头空咽吐。

（旦贴同下介）（生吊场）那壁厢悄然，想是小姐去了。琴童过来，收拾进去！（丑上收介）敢问官人，这件东西，板上有索，零零落落。被人盘问，有口难答。官人若不教我，一似梦中摇铎。（生）你原来还不晓得！我说与你知道：这是金徽，这是玉轸、蛇腹、断纹、龙池、凤沼、仙人背、美女腰、焦尾、雁足。（丑）下面这一块，是什么东西？（生）这是琴底板。（丑）上面这条是什么？（生）是弦。（丑）底板是树皮锯的，弦是牛脊筋做的，许多零零碎碎，教我如何记得？（生）你若难记，我编成一首诗，念与你何如？（丑）这等好记。（生）金徽玉轸伴弦调，焦星低垂雁足跷。未向龙池寻变化，且临凤沼弄波涛。风流肌骨仙人背，窈窕形躯美女腰。（丑）官人，再没有了。（生）是没有了，琴上的都说尽了。（丑）怎么只有六句，又不成绝句，又不成律诗？待小人凑上两句。（生）这等倒好，你说来我听。（丑）请官人把前面六句，再念一遍。（生念前六句，丑续念介）

惹动崔家老底板，害断脊筋空自熬。

卷　下

第二十一出　锦字传情

【西地锦】（生上）愁重日高未起，忘餐失寝因渠。杨花无力随风，分明自不支持。

相如情重琴心苦，沈约愁多带眼移。知有蓝桥消息好，教人无处著相思。

自从那夜琴心挑动莺莺，红娘说道："若有消息，必来回话。"这两日如何不闻音耗？好闷人呵！正是："不教来处还来也，正好来时却不来。"

小生神思恍惚，少睡片时，又作道理。（作睡介）

【前腔】（贴上）晓过书斋探视，多应闷掩门儿。双环敲处轻轻，此情犹恐人知。

奉小姐之命，著俺看张生，况前日约他回话，须索走一遭。我想来俺一家儿若无张先生，怎免得贼人之祸！

【降黄龙】相国行祠，寄居萧寺，苦因丧事。孤儿幼女，孤儿幼女将欲从军而死。张生此时伸志，遣尺书兴师疾至，方显得文章有用，天地无私。

【前腔】若非是，笔尖扫寇，险些个灭门绝户，俺一家儿。莺莺君瑞，在危急许配雄雌。夫人背盟推托，却以兄妹为之。把婚姻一时打灭，顿成抛弃。

我看张生与俺小姐，两下都害得瘦了。

【黄龙衮】一个潘郎鬓有丝，杜韦娘非旧时，一个带围宽清减了瘦腰肢；一个睡昏昏不待观经史，一个意悬悬懒去拈针黹；一个笔下写幽情，一个弦上传心事，两下里都一样害相思。

说话之间，早到书院中了。且将唾津儿润破纸窗，看他在里面做什么？

【前腔】润破了纸窗儿，润破了纸窗儿，悄声儿窥视。见他和衣初睡起，前襟有摺褶。孤眠滋味，凄凉情绪，这瘦脸儿不是闷死是害死！【前腔】我把纤葱敲门扇儿，纤葱敲门扇儿。（生）是谁？（贴）我是散相思氤氲使。（生）呀！元来是红娘姐。红娘姐拜揖！使我望得你苦，望得你苦。（贴）

张先生万福！小姐想著伊，使红娘来探取。（生）小姐使你来，必有话说。（贴）道风清月朗，听琴佳趣，到如今念千番张殿试。

（生）既蒙小姐见怜之心，小生有一简，敢烦红娘姐达知肺腑。（贴）只恐他翻过面皮来。（生）望你好歹与我传了去。

【前腔】（贴）他若见了书，他若见了书，颠倒费神思。他拽扎起面皮，凭谁寄言语？他道这妮子，敢胡行事，嗤嗤的扯做了纸条儿。

（生）红娘姐，若得此事成就，重重谢你。（贴）把甚么谢我？（生）我打一对金钗与你。（贴）这又道差了。我乃是人家里小丫头，得你金钗，插在头上，人却不道我疯了？（生）既不要钗，我做一身纱罗衣裳与你。（贴）衣裳小姐自己做得有了，我也不要。（生）你不要衣裳，我绣一双鞋子与你。（贴）绣鞋红娘自己会做，也不要你的。

【前腔】才穷酸饿鬼，才穷酸饿鬼，卖弄有家私。莫不谓我图财，特地来到此？情有情人，乖劣性子，你只说道可怜见我是孤身己。

（生）红娘说话好蹊跷，道著头来尾便知。首饰衣裳绣鞋都不要。一心要与我张珙做夫妻。（贴）这事倒亏你说，我今不要你甚的，只要叫我一声。（生）叫你有甚难处？红娘姐！这便是了。（贴）"红娘！"老夫人和小姐，凭著什么人，都是这等叫。（生）不叫红娘姐，却叫甚？（贴）我要除了上面一个字，除了下面一个字，双膝跪下叫一声。（生）除了上下二字，是"娘"字。我男儿膝下有黄金，终不然跪你小丫头，叫你做娘不成？（贴）叫不叫？我去了，休怪！（生）红娘姐且慢去，没奈何只得叫了。（跪介）娘！（贴笑介）我儿起来，要老婆的看样！你快写。（丑上浑叫太婆介）（下）（生写书介）（贴）写得好呵！读与我听。（生读介）"珙百拜芳卿可人妆次：自别颜范，鸿稀鳞绝，悲怆不胜！孰料夫人以恩成怨，变易前盟，使小生目视东墙，恨不得奋翼于妆台左右。患成思竭，垂命有日；聊奉数字，以表寸心。万一有见怜之意，伏乞速慰好音，庶救残喘。造次欠恭，幸惟恕罪。后成五言一首，录成见情：相思病转添，漫把瑶琴弄。乐事又逢春，芳心尔亦动。此情不可违，虚誉何须奉！莫负月华明，且怜花影重。"

【一封书】（贴）看他殷勤处可喜，拂花笺打稿儿。张生呵！忒风流忒煞思，忒聪明忒浪子。先写下几句寒温序，后题着五言八句诗。不移时，可知之，叠做同心方胜儿。

【皂罗袍】（生）红娘姐，小生呵！颠倒写鸳鸯两字，方信道是："在心为志。"红娘姐，你去到小姐面前用意些，看喜怒其间觑个意儿，你小梅香倒会行些事。（贴）我自有道理，放心学士，自当处置。（生）红娘姐，却怎生说？（贴）倘若见时，道甚言词：则说道弹琴那人教传示。

　　（生）红娘姐，万望用心，自当重报。（贴）这缄帖儿我与你将去，先生自当以功名为念，休得要误了你的志气！

【醉扶归】将偷香手准备著折桂枝，休教淫词儿污了龙蛇字。藕丝儿缚定鹍鹏翅，黄莺儿夺了鸿鹄志。休因翠帏锦帐一佳人，误了你玉堂金马三学士。

　　（生）红娘姐，此事专望回报。

【尾声】（贴）从教宋玉愁无二，瘦损了相思样子，百岁欢娱全凭这张纸。

　　正是："此去桃源应有路，管教仙子遇刘晨。"（下）（生吊场）红娘将这缄帖儿送去，不是小生夸口说，就是一道会亲符验。他道明日来回报，正是：

　　　　　　管教谐比翼，全仗红娘力。

　　　　　　眼望捷旌旗，耳听好消息。

第二十二出　窥简玉台

【祝英台近】（旦上）托冰弦，凭素手，脉脉把情传。那里西厢，清露月明闲，怎知道楚馆云寒，秦楼月冷，无人处有人肠断！

　　自从前夜听琴之后，不觉神思昏迷，形容憔悴。如今天色已明，不免再睡片时则个。"自是日长针线懒，海棠时候睡偏多。"（旦睡介）（贴上）奉小姐命，去看张先生，因伏侍老夫人，不曾回小姐话，如今不听得小姐做声，又敢是睡？

【祝英台】启朱扉，开绣榻，风静夜帘闲。香冷篆烟，烧尽银釭，金荷上夜灯犹灿。姐姐还睡哩！慵懒，比及将暖帐轻弹，先揭起罗帏偷看。只见玉钗横，日高不理云鬟。

　　昨日张生著我寄这缄帖儿与俺小姐，我欲待就与他，恐小姐反生嗔怪；我且把来放在妆台里面，看他见了，说些什么？正是："风暖鸟声碎，日高花影重。"（下）（旦醒对镜介）

【前腔】心乱，晚妆残，乌云散，春睡损红颜。双眼倦开，半晌抬身，（行叹介）

酪子里一声长叹！（见书介）这书是那里来的？敢是红娘这小妮子，无端，不思量刺凤描鸾，只学去传书递简？意孜孜，颠来倒去不害心烦。

红娘那里？（贴上）小姐有何分付？（旦）小贱人！这书是那里来的？（贴）我不知道。（旦）你不知谁知？这小贱人快说！（贴）敢是风吹来的。（旦）你还不说？（贴）莫非是猫衔来的？（旦）我是相国之女，谁敢将缄帖儿来戏弄我？且告过夫人，打你这小贱人！（贴）小姐打谁？（旦）打你！打谁？（贴）禀过夫人，敢怕不打我，倒要打你！（旦）这贱人，怎么倒打我？（贴）小姐，是你著我去看张生，他著我送来，我又不识字，知他写著什么？你休要怪我，先到夫人处首去！（贴走旦扯介）这丫头倒会放刁，我假意逗你。（贴）只要你叫我一声亲亲姐姐罢了。（旦）亲亲姐姐！试说与我，张生这两日如何？（贴）小姐，害得病越重了！

【前腔】摧残，那张生呵！害得他白日黄昏，寂寞泪阑干，废寝忘餐。目断东墙，他只把佳期来盼。（旦）他有病，也不干我事。（贴）其间，送得他直上高竿，你掇了梯儿闲看！（旦）既有病，著他吃些药便了。（贴）这病若要好时，除非是，出几点风流香汗。

【前腔】（旦）遮拦，只教缚住心猿，意马且牢拴。把病体扶持，经史相亲，做个好人家风范。也罢，你取纸笔过来，待我写几句在缄尾上，将去与他，说递书来不打紧，倘老夫人知道，如何是好？今后再不可如此。这缄，只说道老夫人违背前盟，却把女孩儿拖犯。你说我到如今，羞觑镜里孤鸾。

红娘，你去就来回我的话。正是：

梦因远别啼难唤，书被摧成墨未干。

第二十三出　情诗暗许

【粉蝶儿】（生上）郁闷滔天，教我如何理料！

"春蚕做茧丝方尽，蜡烛成灰泪始干。"昨晚红娘将缄帖儿去了，未自回报，使我千思万想，料此事定然成也。一自海棠初放后，幽情牵惹到如今。不免闲步一回，散闷则个。

【榴花泣】【石榴花】（贴上）晚妆楼上杏花残，犹兀自怯衣单，那一片听琴心清露月明间。【泣颜回】昨日向晚不怕春寒，几乎被赚；那其间，岂不羞颜靤?【石榴花】为你一个不酸不醋风魔汉，隔墙儿险做了望夫山。

　　因张生昨日寄书与俺小姐，倒受了一场气，今日须索走一遭。小姐小姐，前日的心比今日的心不同了。

【渔家灯】你用心拨雨撩云，我好意与你传书递缄；小姐呵！不肯搜自己狂为，待要寻人破绽。几番背地里愁眉泪眼，人面前巧语花言。张生呵！非慢，从今后会难，已见个酒阑人散。

　　（生见贴介）呀！红娘姐，你来了。擎天柱，大事如何了？（贴）如何，如何，不济事了。再休胡缠，小姐变了卦儿也！（生）小生这缄帖儿，是一首会亲符验，只是红娘姐不肯与张珙用心，见得如此。（贴）说那里话，我若不用心，上有天哩！

【渔灯雁】【渔家傲】这的是先生命运悭，须不是我红娘违慢。这缄帖儿做了招状，又是俺的公案。先生受罪，理之当然；贱妾何辜，若不是觑我面颜，【剔银灯】险把我红娘来拖犯。休叹，云敛巫山，【雁过声】偷香手段何曾惯，莫把从前风月担。

　　再不必申诉足下的肺腑，怕老夫人寻我，告回去也。（生）红娘姐，你且少待，今番去了，更有谁与小生做主？必须再寻个道理，救小生一命！（跪下抓住贴介）（贴）张先生请起来，你是读书人，岂不知礼？此事再休题了。（生）若果不能成就，小生其实是死。

【江头金桂】【五马江儿水】（贴）你是秀才家风范，休要呆里撒奸。你待要恩情美满，却教我骨肉摧残。老夫人呵！手执棍儿摩挲看，【金字令】这粗麻大线，怎透针关？直待柱着拐棒儿闲攒懒。【桂枝香】缝合著口，送暖偷寒，两下里做人难。待去呵，小姐性儿如盐撒火，消息儿踏著泛。（生哭介）小生这条性命，都在红娘身上，乞可怜见。（贴）我待不去呵，怎禁他甜话趱。

　　没来由分说这一场。（丢书介）你的书在此，小姐不知写些什么在后面，你自去看！（生）呀！有这场好事，何不早说？圣旨到了，理当跪接。（贴）小姐写什么在上？你念与我听！（生念书介）他道："忽觑佳音，荷蒙缱恋。既有再生之恩，宁无特地之约？聊奉新诗，伏惟见教：待月西厢下，迎风户半开。隔墙花影动，疑是玉人来。"红娘姐，此事成了！（贴）买干鱼放生，不知死活。他把我打骂焦躁中写来的，又说事成了？（生）你若不信，我就解说与你听。（贴）你解与我听。（生）他说"待月西厢下"，著我月上时来；"迎风半户开"，他开著门儿等我，"隔墙花影动"，著我跳过墙来；"疑是玉人来"，说我到也。（贴）他著你跳墙？怕无此话！（生）我是猜诗谜社家，风流随何，浪子陆贾，那有差的勾当。（贴）连我也瞒了。

【桃山秸】【小桃红】那曾见寄书的瞒鱼雁，小则小心肠转也。先写著西厢待月等更阑，著你去跳东墙"女"字边"干"。却原来，诗句里包笼著三更枣也，【下山虎】缄帖儿里埋伏九里山，他紧处将人慢。【山麻秸】会云雨闹中取静，我寄音书忙里偷闲。

【江水解醒】【江儿水】（生）红娘姐，你看纸光明玉版，字香喷麝兰。（贴）这纸湿得为何？（生）行儿边湿透非干春汗，【解三醒】一缄情泪红犹湿，满纸春愁墨未干。（贴）从今后休疑难，放心学士，稳情取金雀鸀鹭。【前腔】他人行别样亲，我跟前取次看，更做道孟光接了梁鸿案。别人行甜言美女三冬暖，俺跟前恶语伤人九夏寒。回头看你这离魂倩女，怎发付掷果潘安？

（生）小生是读书人，怎跳得这墙过去？

【前腔】（贴）隔墙花又低，迎风户半拴，偷香手段今番按。（生）小生其实跳这粉墙不过。（贴）怕墙高怎把龙门跳？（生）这花树又密。（贴）嫌花密难将仙桂攀。放心去，休辞惮。你若不去呵，望断他盈盈秋水，蹙损了淡淡春山。

（生）小生去两遭，不曾见一些好处。（贴）今番不比往日了。

【尾声】虽然是去两遭，倒不如这一番。隔墙酬和都胡侃，证果在今朝这一缄。

　　正是：听琴酬和皆虚哄，证果全凭此一书。（下）（生吊场）万事有分定，浮生空自忙。谁想小姐有此好处，如何等得到晚也！

　　　　读书继晷怕黄昏，不觉西沈又掩门。

　　　　欲赴海棠花下约，太阳何苦强生根！

第二十四出　临期反约

（贴上）"花香绕径东风细，竹影横阶淡月明。"今日小姐著俺送书与张生，当面有许多假意，元来诗内暗约他来相会。小姐也不对我说，我也不说破他，且到其间，看他怎生瞒我！今日晚妆与别日不同了，更加十倍精神，只请他烧香便了。（叫介）小姐！我和你烧香去。

【菊花新】（旦上）东风寒透碧窗纱，控金钩绣帘不挂。门阑暮霭映残霞，对菱花晚妆初罢。

红娘，你看月朗风清，夜深人静，好景致也！

【驻马听】不近喧哗，嫩绿池塘藏睡鸭，自然幽雅。新柳拖黄，暗隐栖鸦。金莲蹴损牡丹芽，玉簪儿抓住荼蘼架。苔径泥滑，露珠儿湿透凌波袜。

（贴背介）我看小姐与那生，巴不到晚，怎么下落？

【前腔】日落平霞，两下含情待月华，风当潇洒，雨约云期，楚台巫峡，夕阳影里归鸦。他两个捱一刻似过一夏，风送飞花，纷纷乱扑香阶下。

【前腔】（旦）玉兔无瑕，闷倚东风只自嗟，衷肠难话。秋水凝眸，云鬓堆鸦，莺俦燕侣已曾约，心猿意马难拴下。对月看花，教人到处长萦挂。

（贴）小姐，你在太湖石畔站着，待我把角门儿开了看一看，怕有人听我和你说话。（旦）你去就来。（贴看介）这涎脸好来了。

【前腔】月照银纱，风动庭槐噪暮鸦，影分高下。（生上）玉人已许西厢下，待月今宵里。逢不免打角门边过去。呀！不觉谯楼上发擂了。（贴窥见介）我只道是什么东西，却是多才，帽侧乌纱。一个潜身曲槛未撑达，一个背立湖山下。（生赶上抱贴介）小姐！你在此了。（贴）呸！你为何是这等！又不看明白。早是妾身，若是老夫人，你也抱住了。（生）小生害得眼睛昏了。（贴）休得谎咱，多应穷汉饿眼生花。（生）小姐在哪里？（贴）在太湖石畔，我且问你：今夜果是著你来么？（生）小生是猜诗谜社家，岂不晓诗中之意！（贴）既是这等，你若从角门里来，只道我著你进来，不好；还打从墙上过来。张先生，你看今夜好月，助你两人之兴。

【集贤郎】【集贤宾】淡云缥渺笼月华，似红纸护银蜡，丝嫩柳垂帘下，绿莎茵铺著绣榻。良宵美约，庭院静，花枝低亚。张先生！【二郎神】他是个女孩儿家，须索要温存摩弄，休猜做败柳残花。

（生）我且偷觑一觑。

【画眉序】看他娇滴玉无瑕，粉脸生春羞落花。（贴）你不要惊他，连累著我。（生）红娘姐，你担惊受怕，图什么浪酒闲茶？从今后打叠起嗟呀，毕竟的不把心肠牵挂。（贴）为你两下里情谊冷，张先生将指头儿告了消乏。

张先生，事不在急，待我与他下棋，将言语探他，看他如何，方可过来。

（生）我晓得了，凡事全仗你也。（旦）红娘那里？（贴）在这里。（旦）角门上有人么？（贴）没有人，今夜好明月，与姐姐下局棋何如？（旦）取棋来！（贴取棋介）"烂柯仙去远，谁解坐更长。"棋在此。（旦）红娘，你年未笄，怎晓得其中之义？（贴）妾年幼时，尝有棋客与俺先父契交，指点略晓一二。（旦）棋有名乎？（贴）棋有名数，有品格，皆本乎动静方员。三百六十，应周天之数。中有一路，黑白相分，乃阴阳博奕之道。（旦）战斗之礼如何？（贴）高者藏乎腹，低者扬于言；宁输数子，勿失一先。若欲恋子以求生，莫若弃子而取势。胜不言，败不语，君子也；赢则喜，输则怒，小人也。（旦）棋有定势乎？（贴）酒防乱性随意饮，棋不求赢信手排。（旦）棋有益乎？（贴）有什么益？遣兴而已。贪则损乎精神，怒则不顾长生。（旦）你说得是，棋理还将义理通，未分南北与西东。古人造下今人爱，万局全无一局同。（生）花园土地，保扶我跳过这墙去！大大的许个愿心酬你。也罢，牡丹花下死，做鬼也风流。（做跳墙潜听介）

【梁州序】（旦）三百六十。（贴）甚人留下的？（旦）先贤留下。（贴）从哪里下起？（旦）个中一路难抹，棋逢敌手，作者怎施谋略？佯输诈败，引入门来，便与单关却。怕他冲开打断要夺角，他路强兮我路弱，失行势怎收缚？

【前腔】前言虚诺，后谋难托，个中黑子伸脚。从他有眼，遭我暗中敲打。（贴）姐姐，还是听琴有趣？下棋有趣？（旦）琴里曾经这寂寞，今夜棋边，定教还一著。（贴目生挥手介）（贴）早早斜飞，免使受劈绰，局面离披占甚著？（旦）我输了，悔这一著罢。（贴）这一著，定悔不得！（旦）一子误，满盘错。

　　每尝间不曾赢我，今日为何我倒输了？（贴）自古道："高棋莫与低棋下，引得低棋渐渐高。"（旦）也非此说，是有密机在里面，因此输了。

【玉芙蓉】（贴）这棋中有密机，输了难回避。紧关防，却被那人先觑，只图两下相粘住。提起下这几著，（旦）怎当得他人急处提。（贴）休猜忌，待红娘做眼，引入其中，不枉负佳期。【前腔】（旦）双关话可疑。（贴）棋子没有双关，把一敲打做两断。（旦）敲断随伊意。（旦）前面蜘蛛网上什么东西？（贴）待我看。（旦偷一著介）（贴）姐姐，为何瞒了红娘，下这一著？（旦）我不曾。（贴）此子呵！暗中来可是？对奴明语。（旦）待我点瞎了眼。（贴）这眼终不被你点瞎了，一双好眼长看你。（旦）你看天上星移过了。（贴看介）（旦偷一著介）（贴）姐姐为何偷一著？（旦）我不曾。（贴）

待我搜一搜，你倒做了偷棋犯著的。（旦）我因下你不过，偷此一著。（贴）奴非对，须寻一个对手。两下和平，不枉负佳期。

【前腔】（旦）无情我诈输。（贴）怎么说无情？输去了便是有情的。（旦）你休恁发狂语！（贴）姐姐，你输一角了。（旦）待我看，果然输了。待我悔这一著，这一著，今夜必然番悔！（贴）今日下棋不比往时，今宵下定如何悔！（旦）我且问你，你怎么三只手？（贴）姐姐，你不晓得月影下来，故有三只手。月色偏将手影移。（旦）我不下了，收拾去！向夫人说。你早回身，莫待悔时迟。

（贴收拾转身，生出介）

【前腔】（生）佯羞语可疑。（急抱旦介）（旦）你从那里来？（生）跳墙过来。（旦）红娘曾见么？（生）方才见来。（旦推开叫介）红娘，不好了，快来，有贼。（生）此话难当抵。（贴）是谁？（生）是小生。（贴）姐姐，不要慌，是熟贼。（旦）这贱人，贼有甚生熟？（生）不是贼，有书约我来。小姐，你将书暗约，故我来此。（贴）姐姐，他说你写书去叫他来。（旦）那有此话！问君我寄书何处？（生出书介）这不是伊家寄与书？（旦）红娘拿书过来我看。（生不与书介）待小姐自拿。（旦）夺过来看！（贴夺书与旦介）须夺取。（旦扯碎生拾介）（生）还好凑。（旦）明明诈我！红娘，这等高墙，他怎么过来的？（贴）欲近嫦娥，自有上天梯。

（生）怎么又变了卦？（旦）夜深无故至此，老夫人知道，是何道理？

【皂罗袍】（贴）为什么心无惊怕，赤紧的夫妻，意不争差。俺这里蹑足潜形悄的听咱：一个羞惭，一个怒发；张生无语，姐姐变卦；一个悄悄冥冥，一个絮絮搭搭。你看那张生不识羞的涎脸，叉着手儿妆聋做哑。

（旦）红娘过来！黉夜入人家，非奸即盗。拿他到老夫人那里去！（贴）拿去见老夫人，坏了他一生行止；不若待我叫他跪了，发落他一场，那时开门放他出去便了。（旦）也罢，随你。（贴对生介）好猜诗迷社家！不是我怎生开交，姐姐如今饶了，只要你跪一跪。（生）不要说跪，拜也拜了。（贴扯生耳介）犯人一名当面。（生跪介）（旦）张先生，你既读孔圣之书，必达周公之礼，黄昏夜静，至此何干？

【黄桐转桂花】【黄莺儿】今日见何差，不是我一家乔坐衙，对伊说几句衷肠话。【金梧桐】我只道你文学海样深，谁知你色胆天来大，【五更转】不想去跳龙门学骗马。（贴）姐姐看我面，饶了张生罢。（旦）若不看红娘面，拖去见老夫人，看你有何面目，见江东父老！

【桂枝香】（贴）谢小姐贤达，看我的面情干罢。【满院榴花】若到官司详察，张先生你准备着精皮肤吃顿打。

（旦）张先生，你虽有活命之恩，恩则当报，既为兄妹，何生此心？万一老夫人知之，先生何以自安？今后再不可如此。若更为之，与足下决不干休。相国家声势所夸，妾身端比玉无瑕。（贴）此情若到官司，理应是非奸即盗拿。（旦贴下）（生吊场）小姐，明明是你写帖儿著我来，如今又变了卦。好闷杀我也！

【普天红】【普天乐】再休题春宵一刻千金价，准备著寒窗更守十年寡。猜诗迷羞了社家，尤云殢雨休夸，莫指望西厢月下。山障了隔墙花枝低亚，偷香手做了话巴，参不透风流调法，【小桃红】淫辞儿早已折罚。

桂子闲中客，槐花病里看。

襄王空有梦，何日到巫山？

第二十五出　书斋问病

【登仙乐】（丑扶生上）怨月愁花成病也，仰天天不救。（丑）在穷途宜保守，休得贪花恋柳。（生）我命终难久。

杏林董奉知何在？橘井苏耽愧不逢。自家只为莺莺小姐翻云覆雨，染成这样鬼病，教我如何料理！眼见得休也。（丑）官人离家在外，自宜宽心将息。

【步步娇】（生）只为崔家娘，害得我难医治。哄将来待月西厢猜诗迷，番思薄倖女。悔过了窃玉偷香情绪，空教我泪如雨。只为爱月贪花，辜负了男儿志。

【园林好】（老旦旦贴上）可怜都是为人在客，张君瑞近日身淹病怯。难危中得蒙提挈，母子每感恩德，特地来问消息。

（老旦）早上长老来说张生病重；我著他请医人调治。如今特同女孩儿到书院中来，问他汤药及病势如何。（丑传介）官人，老夫人小姐俱在此看你。（生）请他进来。（老旦）张衙内病体如何？（生）十分沈重了。

【江儿水】感得亲来问，多谢伊。（老旦）不知什么病？你可吃些药？（生）不疼不痛在心儿里，料想难留人间世。黄泉定做相思鬼，深感娘行亲视。

（旦近前问介）哥哥，此病如何？（生）此病看来皆是为你，一语无多，我是为卿而死。

【玉肚交】【玉胞肚】（老旦）看你青春年儿，又何必尤云殢雨？想藏珍必待沽诸，料云程终奋万里。

【玉娇枝】姻缘必谐连理，登荣就亲还有日，何须苦苦相萦系？我与你求神问卜，且自宽心将息守己。

【玉供花】【玉交枝】（旦）一心爱你，爱你是掌上明珠。【五供养】萱亲忒反覆，忘了解兵时。【赏宫花】（生）你薄情人做作风中絮，咫尺姻缘分做两下里。

　　（旦）你休错怪了我也。

【桂香袍】【桂香枝】（贴）张先生，看你惺惺伶俐，何必愁云怨雨。红娘既托人言，必当尽忠其事。

【皂罗袍】他时红叶再题诗，御沟不负男儿志。（合）功名未遂病淹旅邸；姻缘未偶，香消玉肌，襄王劳梦巫山女。

【前腔】（丑）我官人自宜，珍重身体。弃了金马玉堂，恋著云情雨意。不疼不痛害相思，无聊无赖难存济。（合前）

【尾声】（老旦）共伊俱是天涯客，相逢更喜又相识。（旦）君瑞哥，但愿你沈疴顿如释。

　　（老旦）衙内，我去，再来看你。（旦）君瑞哥，自宜耐心保重。（生）小姐，病势淹淹，想命不久。（旦）你是读书人，不可将己轻弃。我子母每与你请医求卜，不须烦恼。

　　　　伊去卑人不久长，吉人天相料无妨。

　　　　贫无达士将金赠，病有医人说药方。

第二十六出　　两地相思

【粉蛾儿】（旦上）恹恹瘦损，那值春残时候。

　　事往情难断，恩深怨亦多。欲坚金石志，毕竟有差讹。昨日同老夫人去看君瑞哥病症，他怨言怨语句句声声，只是恨着奴家。我想起来，是我前番将他奚落那场，因此病越重了。本待轻身救疗，只怕遗臭闺门。若有不测，乃我母子害他性命，天理不容。如今暮春天气，好困人也！

【绵搭絮】落红成阵，万点正愁人。早是伤情，无语凭栏怯诉春。困腾腾，情思沈吟，我有一腔春病，谁与我温存？张君瑞呵！非是你分浅缘悭，雨打梨花深闭门。

（贴上）姐姐，说什么"雨打梨花深闭门？"（旦）红娘，你这等年纪，不去做些女工针黹，只管随著我做什么？

【前腔】时时刻刻，不曾离身。（贴）非干红娘之事，都是老夫人，著我早晚跟随小姐。（旦）好笑，我的萱亲，著什么来由防备人！当日兵围普救之时，是你口许为亲；今日身安事妥呵，背义忘恩。母亲，道你是女中丈夫，言而无信，悔赖人婚姻。我若不守闺门时节呵，总有铁壁铜墙，枉使机关拘禁得紧！

（贴）姐姐，这两日形容憔悴，何不把花钿重整一整？

【前腔】（旦）花钿慵整。（贴）和你佛殿上散闷耍子去。（旦）我懒去登临。（贴）姐姐身子不快，我把被儿薰得香香的，去睡了罢！（旦）总有兰麝馨香，有甚心情捱著枕！我这几日觉神思昏倦，坐不安，睡又不宁。（贴）姐姐，张生有什么好处，只管想他？（旦）爱他风流才俊，贯世聪明。（贴）既爱他，何不成就了他？（旦）谁肯向东邻把做针儿将线引！（贴）姐姐，我看你心事，大不比往时了。

【前腔】（旦）没情没绪闷倚著围屏。（贴）姐姐，绣房中做些针黹罢。（旦）心在他行，交颈鸳鸯绣不成。眼睁睁天也不从人。张君瑞，想是你前生负我，我负你今生。两下里影只形单，羞睹牵牛织女星。

（贴）姐姐，你这病儿几时染起的？

【前腔】（旦）一从兵退，心胆虚惊。（贴）我曾求一药方在此，只要取药了。（旦）待我看来，多了知母防风，少了附子槟榔与杏仁。我想来吃药也无用。（贴）不吃药，病体如何得好？（旦）自支撑，夜重日轻。我也参详不到，鬼病苗根。（贴）还用去请太医来看？（旦）总有扁鹊卢医，难治我恹恹肺腑情。

（贴）姐姐，也用自家排遣些好。

【前腔】（旦）思思想想，念念心心，普天下相思，是我和伊都占尽，休怪我萱亲。自古道："好事难成"，东君有意，花也留情。（贴）老夫人寄书去请郑生去了。（旦）我岂肯惹浪蝶狂蜂，止许衔花美鹿行！

【尾声】思思想想心不定，只为怨家病染成，恨杀萱亲忍背盟。

"欲向花前寻旧约，云迷雾锁不堪行。"适闻老夫人说张生病越重了，多是那夜受了气来。不免写个药方儿去与他，这病便好。红娘将纸笔过来，（贴递介）（旦写介）你将此药方送去与他。（贴）我的娘！你又惹事，我不送去。（旦）为何不送去？（贴）只怕像前番哄他，那张生被你哄得十生九死。（旦）今番不哄他了。"救人一命，胜造七级浮屠。"须索替我走一遭。（贴）我也不信，你只要罚一个誓。（旦）若是哄他，自有天理作证。（贴）不是这等罚誓，待我替你罚：这番说谎，姐姐那东西上面，生一个盆大的疔疮。（旦付书，红娘作难介）我不拿去。（旦）我的亲亲姐姐没奈何。（贴）不是这等叫，待我坐了，深深拜一拜，叫一声"亲亲姐姐"。（旦依贴叫介）（贴）我的要老公的妹妹！

此药妙通仙，依方用意煎。

夜深人静后，一贴始安然。

第二十七出　重订佳期

（丑扶生上）（生）赴约西厢正月明，百花深处见芳卿。红将书缄分明约，事到临期又背盟。小生自那晚花园中，受了小姐这场气，染成此病，一命将危。长老与夫人要请太医治我，便是孙真人也医不得。若得那小姐美甘甘、香喷喷、凉渗渗、甜蜜蜜、娇滴滴一点唾津儿咽下去，管得就好了。（丑）官人！官人！你早说一两日，也不见得这等沉重。还有救，还有救，拿钵头来，我吐上一钵头你吃。（贴上）海上有方医杂症，人间无药治相思。张生病体越重了！小姐思量，犹恐断送他性命，著我送药方去，救人一命。只去走一遭。

【尾犯序】鬼病厮相侵，小姐呵！只为你彩笔题诗，回文织锦，待月烧香，隔墙听琴。颠窨！送得人卧床著枕，送得人忘餐失寝。这是夫人处，把恩山义海做了远水遥岑。

（见生介）（生）红娘姐，你来了。（贴）张先生病体如何？（生）我不济事了。异乡易得离愁病，妙病难医肠断人。被小姐害杀我也！若死到阎王殿前，少不得要你做个证见。（贴）普天下害相思的，不似你这般饿鬼。

【前腔】你心不存学海文林，梦不离却柳影花阴，窃玉偷香，何曾得甚？难禁,只落得愁如宋玉,只落得腰如病沈。思量起,自海棠开后,思想到如今。

老夫人著我来看先生,小姐再三伸敬,有一药方送在此。(生做慌介)在那里?(贴)须要这几般制度方好。你听我说:

【前腔】桂花摇影夜深沉,酸醋当归,蜂蜜来浸。面靠湖山,背阴强饮,须审。(生)要忌什么?(贴)忌的是知母未寝,怕的是红娘撒沁。稳情取,使君子一星在人参。

(贴递书介)这药方是小姐亲手写的,(生笑起介)早知恩诏到来,礼合远接。(贴)书上如何说来?你念与我听。(生念介)"休将闲事苦萦怀,取次摧残天赋才。不意当时完妾行,岂防今日作君灾。仰图厚德难从礼,谨奉新诗可当媒。寄与高唐休赋梦,今宵端的雨云来。"这诗果是小姐写的,不似前番哄我么?(贴)今番一定不哄你了。(生)读罢此诗,不觉病症减去一半,就精神起来了。倘若又像前番,这条性命,著他手了。(贴)端的不哄你了。(生)此诗非前日之比。我那好姐姐,怎生放得你下!

【前腔】你是闺中女翰林,俊的是庞儿,俏的是寸心。体态温存,性格幽沈。如今这诗呵!须不是从前将人调引,须不是将人厮禁。端的是知音君子,诗向会人吟。

【锦腰儿】(贴)小姐来时,身盖著一条布衾,头枕著三尺瑶琴。他来时怎生和你一处寝?冻得人战战兢兢,说什么知音!

【前腔】(生)果若是他有心我有心,花有清香月有阴,春宵一刻值千金。端的是张君瑞大来福荫。

(生)只恐老夫人拘禁,不能够出来。(贴)不愁夫人拘禁,只怕小姐不肯来。他若果是有心,你可放心。

【尾声】虽然是老夫人晓夜将门禁,好共歹须教你称心。(生)休似前晚不肯!(贴)肯不肯,怎由他;亲不亲,尽在您。

(生)今晚千万同小姐早些来!正是:

　　　　　好事完成全仗你,今宵管取谐连理。
　　　　　晴乾拿伞著油衣,一心只待云和雨。

第二十八出　潜出闺房

【临江仙】（旦）针线无心倚绣床，那人闷在书房，封书曾约赴高唐，红轮西坠也，不觉又昏黄。

　　小庭春寂寂，凉月夜恹恹。早上著红娘送缄帖儿，约张生今夜相会；待红娘来，与他做个商量。（贴上）"著意求不得，有时还自来。"小姐著我送缄帖与张生，许他今晚相会。我只怕小姐又有变更，断送人性命，非当耍处。如今是时节了，且看他怎么说。（贴见介）（旦）红娘，收拾卧房，我要去睡也。（贴）姐姐，你睡了不打紧，怎么发付那生？（旦）什么那生？（贴）姐姐，你又来了。送了人性命非当耍，你若又番更，我去出首与老夫人！你著我将缄帖儿约下他来。（旦）这小贱人倒会放刁，羞人答答的，叫我怎么去？（贴）小姐有甚羞处？到那分际时，只把眼儿闭了便罢。看你，

【祝英台】看你玉精神，花模样，看他无倒断思量。一片志诚，今日方知，两下里赴约高唐。休慌，只为他窃玉偷香，勾引得春心飘荡。料襄王，先在阳台之上。

　　（旦作难介）红娘，虽然如此，实是懒去。（贴推旦介）待我携了衾枕，去去去，老夫人睡了也！（旦走介）（贴）俺姐姐，

　　　　　　语言虽是强，脚步早先行。

第二十九出　良宵云雨

【鹊绛唇】【鹊桥仙】（生上）伫立闲阶，夜深香霭；【点绛唇】横金界，潇洒书斋，闷杀读书客。

　　"书当快意读易尽，客有可人期不来。"小姐著红娘送来缄帖儿，约今晚成好事，这时候不见来，敢又是说慌了。正是：人间良夜静复静，天上美人来不来？

【临镜序】彩云开，月明如水浸楼台。风弄竹声只道是金佩响，月移花影疑是玉人来。意孜孜双业眼，急攘攘那情怀；倚定门儿待，只索要呆打孩，青鸾黄犬信音乖。

小生一日十二个时辰，无一刻放下小姐。你那里知道呵！

【前腔】昏昏情思眼慵开，梦魂飞入楚阳台。早知道无明无夜因他害，想当初不如不遇倾城色。小姐这早晚还不见来，夫人行料应难离侧，是冤家有些不自在。小姐若这一遭不来呵，安排害，准备抬，异乡身强把茶汤捱。

（贴抱衾枕同旦上）姐姐，你在这里站著，待我敲门。开门！开门！

（生）是谁？（贴）是你前世的娘！（生）小姐来了么？（贴）又不得来。

（生）若不来，你就替替。（贴）张先生放尊重些！休得惊了小姐，且接了衾枕过去。（生接介）是不敢。（贴）张先生，看你如何谢我？（生）小生一言难尽；惟天可表，当效犬马之报。（生见旦跪接介）张珙有何德能，敢劳神仙下降！（旦）请起来！

【罗香令】【桂枝香】（生）先前见责，谁承望今宵欢爱！著小姐这般留心，我张珙合当跪拜。【香罗带】小生又无潘安貌，子建才，【金字令】觑著可憎模样，不胜感戴，小姐只是可怜见我是孤身客。

【前腔】我见你多愁多害，其实难捱。只因你废寝忘餐，可怜到十分不快。（贴）亏你真心耐。志诚捱；小姐的心回意转，张先生你否极泰来，这其间留得形骸在。

（旦）妾千金之躯，一旦弃之，此身托与君子，勿以他日见弃，使妾有白头之叹。（生）小生焉敢如此！（贴）你两人进去睡罢，我去看老夫人醒也未醒。（生旦携手介）双双携素手，款款入书斋。（下）（贴吊场）你看张生好歹，他两个公然进去了，径不理著红娘，教我独自在此，好闷人也！

【十二红】【醉扶归】小姐小姐多丰采，君瑞君瑞济川才，一双才貌世无赛。【醉翁子】堪爱！【沉醉东风】爱他每两意和谐。一个半推半就，一个又惊又爱；【金字令】一个娇羞满面，一个春意满怀，【古江儿水】好似襄王神女会阳台。【要鲍老】花心摘，柳腰摆，露滴牡丹开，香姿蝶蜂采。【皂罗袍】一个斜倚云鬟，也不管堕折宝钗；一个掀番锦被，也不管冻却瘦骸，【江儿水】今宵勾却相思债。张生当初许说事成之后，筑坛拜将谢我，如今两个携著手儿竟自去了，更不管红娘在门儿外待。【傍妆台】教我无端春兴倩谁排！只得咬定罗衫耐。（咬衣并足介）犹恐夫人睡觉来，【步步娇】将好事番成害。【排歌】将门扣，叫秀才，莫耽余乐惹非灾。轻轻叫，叫小姐，忙披衣袂把门开，【太平歌】看看月上粉墙来，莫怪我再三催。

【节节高】（生旦披衣上）温香抱满怀，畅奇哉！浑身上下都通泰。无聊赖，难摆划，凭谁解？魂灵飞绕青宵外！只疑还是梦中来，愁无奈。（合）今宵同会碧纱厨，何时重解香罗带？

【前腔】（合）花阴下藓阶，楚阳台，襄王云雨今何在？重欢爱，归去来，何时再？乍时相见教人爱，霎时不见教人怪。（合前）

【尾声】风流不用千金买，贱却人间玉与帛。（生）小姐，若不弃小生，（跪介）是必破工夫明夜早些来。

  （旦）红娘，我和你回去罢，怕夫人醒来寻我。（贴）张先生且喜且喜，你如今病医好了么？（生）谢谢红娘姐，我病已去九分了，还有一分未去。（贴）这一分如何不去？（生）这一分还在你身上，红娘姐不弃，一发救了小生这一分如何？（贴）呸！（扶旦下）

未了相思听晓鸡，匆匆小玉又催归。

西厢早是东君耍，共树桃花各自飞。

第三十出　堂前巧辩

【谒金门】（老旦上）凄凉萧寺空迤逗，故国不堪回首。争奈孩儿胡厮耨，想必是红娘引诱。

  "雕笼不解藏鹦鹉，绣幕何须护海棠。"这几日窃见莺莺语言恍惚，神思倍加，腰肢体态比旧日不同，莫不做下些事来？待我叫欢郎来问他。欢郎那里？（净上）奶奶叫我怎么？（老旦）我儿过来，我问你。你这两日见你姐姐和红娘那里去么？老实说与我知道，与你果子吃。

【风入松】（净）秋千庭院夜迟迟，见红娘小姐相携。烧香只说花园去，多时不见他回，我潦倒来先睡也，不知他几时归。

  （老旦）我知道了，你去罢！（净）闭口先藏舌，安身处处牢。（下）（老旦）红娘那里？

【谒金门】（贴上）若不是红娘引诱，怎能够两边成就？裙带腰儿掩过纽扣，比著旧时越瘦。

  此事想必发了。（见介）不知老夫人叫红娘有何分付？（老旦）小贱人还不跪著！（跪介）你每日引小姐去花园中烧香，做下些好事出来，还不对我从实供说！（贴）我不晓得，不知有什么好事。（老旦）小贱人，你

还口强哩！若实说阿，饶你；若不实说阿，我直打死你这贱人！（打介）
还不说？

【桂枝香】（老旦）我著你行监坐守，谁许你胡行乱走？一任的握雨携云，
长使我提心在口。（贴）我都不知道。（老旦）你花言巧语，你花言巧语，将
没作有，出乖露丑。（打介）打你这小丫头，不说与我始末根由事，如何索
罢休！

（老旦又打介）（贴）老夫人听我说：

【前腔】那日因停针绣，漫把闲情穷究。道张生病染沉疴，到书斋聊申问候。
那张生天杀的呵！著红娘暂回，著红娘暂回。（老旦）那时小姐在那里？
（贴）教小姐权时落后。（老旦）罢了。落后却怎么样？（贴）两下里呵，做
了鸾交凤友。（老旦掷杖介）气死我也！（贴）老夫人休打红娘，莫追求。说
与你始末根由事，到头索罢休。

（老旦扯贴介）都是这丫头，送你到官去！（贴）非干张生小姐与红娘之
事，都是老夫人之过也。（老旦）这贱人，如何倒扯在我身上来？（贴）
老夫人，信乃人之本，“人而无信，不知其可也。大车无輗，小车无軏，
其何以行之哉？”当初兵围普救之际，老夫人亲许退得贼兵者，以女妻
之。张生非慕小姐姿容，区区岂肯建退兵之策？今日兵退身安，悔言失
信；既不成其亲事，只合酬之金帛，令张生舍此而去；不合留书院中，
使怨女旷夫，早晚窥视，所以老夫人有此一端差处。目下老夫人若不息
此事，一来辱没了相国家声，二来张生名望非轻，既以施恩于人，忍令
反受其辱？若到官司。老夫人亦有治家不严之罪；官司若推其详，亦是
老夫人忘恩负义，反为不贤。红娘不敢擅专，望老夫人恕其小过，成其
大信，岂不为长便乎？（老旦）那酸子有甚好处，把女儿配与他？（贴）
老夫人听我说：

【桂月佳期】【桂枝香】那张生呵，他聪明俊秀；我小姐呵，玲珑剔透。一个
是仕女班头，一个是文章魁首。今经月久，今经月久，【月上海棠】相厮守，
两意相投，一心如旧。【误佳期】休！近日转风流，别样精神，把春泄露。

（老旦）若依你这小贱人说，一些事也没有？

【前腔】（贴）当初叛军作寇，请到蒲关故友。张解元起死回生，老夫人番
言变口。你名门阀阅，名门阀阅，家声旧，终不然背义忘恩，出乖露丑。
休！何必苦追求，尝言：“道女大难留，苗而不秀。”

（老旦）这小贱人倒也说得是，我不合养下这不肖之女。待经官阿，玷辱家门，罢！罢！俺家无犯法之男，再婚之女。与了这厮罢。红娘，与我唤那不才的贱人出来！（贴）小姐有请！（旦暗上立）（贴）小姐，且喜！且喜！那棍儿在我身上滴溜溜滚，被我说得一些事儿没有了。老夫人如今唤你与张生成亲。（旦）羞人答答的，怎么去？（贴）娘跟前有甚羞处？照依前日见张生一般，把两只眼闭了便罢。（老旦）红娘，一发书院里叫那禽兽过来！（贴）张先生有请！（生上一边立）（贴）张先生贺喜！我为你打得十生九死，被我把你退兵之事，一一说起，如今著你二人成亲哩！（生）多谢亲亲的红娘姐，张生死于地下，不敢忘你；只是惶恐，怎生见老夫人？（贴）你休假意，你的面皮少也有一尺二寸厚，过去罢！（推介）

【阵临江】【破阵子】（生）自古沉舟可补，如今覆水难收。（贴）【临江仙】得干休处且干休！（旦）见人犹腼腆，不敢强抬头。

（生）老夫人拜揖！（老旦）张生，我怎生相敬你来，如何做出这般勾当？（生）只这一遭，今后再不敢了。（老旦）罢！罢！今日把女孩儿就与你成亲，只一件：我家三代，无白衣女婿，今晚成亲，明日就要上京取应。求得一官半职，是我老身之幸也！叫红娘一边整理筵席，就叫僕相赞礼成亲。（贴叫介）僕相有请！（净上随意念介）（老旦）你二人拜了天地，然后拜我。（生递酒介）

【锦堂月】【昼锦堂】再整鸾俦，重谐伉俪，心猿意马收留。且把从前往事，一笔都勾！再休题缄帖传情，惟愿取功名成就。【月上海棠】（合）从今后，看万里青云，早当驰骤。（旦递酒介）

【前腔】绸缪，月满秦楼，珠还合浦，阳台雨散云收。春意徘徊，今朝自觉娇羞。再休题夜去明来，惟愿取天长地久。（合前）

【侥侥令】（贴）春山眉转皱，秋水慢凝眸。看镜里双鸾相回顾，一似得水鱼儿逐水流。

【尾声】（生旦）华堂箫鼓鸣春昼，摆一对鸾交凤友，（生旦谢贴介）才受媒红谢亲酒。

（老旦）红娘，快收拾行李，明日送衙内赴选，就排酒果饯行！（贴）理会得。

　　　　一双鸾凤两相亲，始得三生石上因。

　　　　寄与河桥西畔柳，安排青眼送行人。

第三十一出　长亭别恨

【临江仙】（生上）得效于飞乐未阑，谁知事有间关！（旦上）人生自古别离难，可怜含泪眼，一步一回看。

（生）水晶如意玉连环，著意收藏自古难。（旦）红绽樱桃含白雪，断肠声里唱阳关。（生）小生自与小姐一见之后，受无限之苦，今日得效于飞，岂非天幸！不想老夫人催促，就要起程。我此去，功名唾手，即便回来；小姐自宜保重，休为小生烦恼。（旦）官人此去，得官不得官，早早回来，休使妾倚门而望！（生）小姐，你看这秋天，好伤感也！

【普天乐】碧云天，黄花地，西风紧，北雁南飞。晓来时谁染霜林？多管是别离人泪！恨相见得迟，怨疾归去，柳丝长情萦系，倩疏林挂住斜晖。去匆匆程途怎随，念恩情使人心下悲悽。【雁过声犯】【雁过声】（旦）思之不忍分离，见安排车儿马儿，不由人不熬煎气。（生）小姐今日如何不打扮？（旦）有甚心情打扮得娇娇媚？准备著衾儿枕儿，则索要沈沈睡。【朱奴儿】从今后衫儿袖儿，都湿透相思泪。

【倾杯序】（生）栖迟，倾刻间冷翠帏，寂寞添十倍。想前暮恩情，昨夜成亲，今日别离，唯我知之。把腿儿相压，脸儿相偎，手儿相携，不由人，猛然思省泪双垂。

【小桃红】（旦）揾锦袖，啼红泪；湛秋水，颦眉翠。执手，未登程先问归期，别酒将倾未饮心先醉。鱼来雁去书频寄，免使人心内成灰。【尾声】（合）蜗角名，蝇头利，拆散鸳鸯两下里，话别临歧恁惨凄。

（生）远远望见老夫人来了。

【贺圣仙】（老旦）祖送贤良取应，驰驱早到长亭，眼前秋色总关情。（贴上）愿攀仙桂去，云路快先登。

（生见介）（老旦）张生，今日乃是吉日，特地安排酒肴，与你送行，若到京师，阐阅一个状元回来，休要辱没了我女孩儿！（生）小生托老夫人福荫，凭著胸中之才，取青紫如拾芥耳，不劳挂心。呀！长老也来了。

【菊花乌】【菊花新】（末上）雨歇新凉报早秋，山僧送客上皇州。【乌夜啼】但期一举登龙榜，琼林宴罢早归舟。

（众见介）（末）老僧闻张先生赴京取应，特办酒果送行。夫人、小姐、

红娘，早已在此了。（老旦）红娘，将酒过来。（把盏介）

【摧拍】到京师水土自宜，趁程途当节饮食，慎时保体，慎时保体。野店风霜，早起眠迟；鞍马秋风最要扶持。（合）功名随身挂荷衣，攀月桂，步云梯。

【前腔】（旦）我但愿你文齐福齐，只怕你停妻娶妻。愁恨自知，愁恨自知，此去迢遥，黄犬青鸾有书频寄；花草他乡，休似此处栖迟。（合前）

（生）再有谁似小姐的，敢生此念？小姐放心，小生也回小姐一杯。（把盏介）

【前腔】笑吟吟一同到此，哭啼啼独自散归。你归到罗帏，归到罗帏，翠被生寒，此恨谁知？无计留连，阁不住泪眼愁眉。（合前）

（末）贫僧奉张先生一杯！

【前腔】下西风黄叶乱飞，染寒烟衰草路迷。看杯盘狼籍，杯盘狼籍，车儿投东，马儿向西。张先生金榜题名，及早须归。（合前）（贴）我也敬姐夫一杯。（递酒介）

【前腔】这忧愁欲诉与谁？这相思惟我最知。你前程万里，前程万里，一跃龙门夺锦荣归；休恋红妆，使故人憔悴。（合前）

【一撮棹】（生）山光暮，连古路接长堤。催行色，人影乱。夕阳低。（旦）人去也，松金钏减玉肌。（合）但愿你封妻子耀门间！

（生）携手欲分难，（旦）离愁两地关。

（合）丈夫非无泪，不洒别离间。

第三十二出　惊梦草桥

【新水令引】（生上）望蒲东萧寺暮云遮，惨离情半林黄叶。马迟人意懒，风急雁行斜。愁恨重叠。破题儿第一夜。

小生与小姐分手行来，又早二十里之外。前面就是草桥客店，不免安歇一宵，明日早行。正是："行色一鞭催马去，离愁万斛引新诗。"

【步步娇】昨日翠被香浓熏兰麝，欹珊枕把身躯趄。脸儿厮搵者，仔细端详，可憎的别！铺云鬓玉梳斜，恰似半吐初生月。

早来到店中了，店主人何在？（净上）官人就此里面安歇，官人吃酒饭么？（生）酒饭俱不要吃了，琴童你吃饭。（丑）我也不吃了，睡了罢。

（净下）（生）我想昨夜受用，今夜凄凉，甚睡魔到得我眼儿里来也！

【江儿水】旅馆支单枕，秋蛩鸣四野，助人秋纸窗外风儿冽。这孤眠被儿薄衾又怯，冷清清几时温得热！有限姻缘方宁贴，无奈功名，何苦使人离别？

【清江引】（生）呆打孩店房中没话说，闷对如年夜。暮雨洒空阶，晓风吹残月，今宵酒醒后，玉人儿他在何处也！

不觉困倦上来，且睡一会。（睡介）

【玩仙灯】（旦上）别却情人，顿觉香消玉减。

奴家在十里长亭，别了张生，好生放他不下。今喜得老夫人睡了，不免私奔出门，赶上他一同去。

【香柳娘】走荒郊旷野，把不住心娇怯，喘吁吁难将两气接。瞒过了能拘管夫人，能拘管夫人，稳住厮齐攒的侍妾，疾忙赶上者。为恩情怎舍，为恩情怎舍，因此不惮路途赊，谁经这磨灭？

【前腔】想临歧上马，想临歧上马。其实痛嗟，哭得我似痴呆，瘦得我甚咛嗻。别离刚半晌，别离刚半晌，却早掩过绣裙儿，宽褪三四摺。看清霜满路，看清霜满路，高下路回折，我这里奔驰他在何处困歇？

前面想是草桥客店，他必然在此安歇，待我敲门则个。（生起介）是谁？

（旦）是奴家，开门！开门！（生）是个妇人声音，这早晚到此何干？

【前腔】是人可分说，是人可分说，是鬼速疾灭。（旦）是我。老夫人睡了，想你此去几时得见？特地赶上来，与你同去。（生）听罢语言儿将香罗袖儿拽，且定睛看者，原来是小姐。你为人能为彻，将衣袂不藉，将衣袂不藉，绣鞋儿都被露泥惹，脚心儿敢踏破也！

（旦）我为你，顾不得许多迢递。

想著你忘餐废寝，想着你忘餐废寝，放不下些，到如今香消玉减花开花谢。你衾寒枕冷，你衾寒枕冷，风分与鸾拆，月圆被云遮。这牵肠割肚，这牵肠割肚，只怕伊义断与恩绝，寻思来怎不伤嗟！

【前腔】（生）想人生在世，想人生在世，最苦是离别，关山万里独自跋涉。小姐你休道一时，你休道一时，花残与月缺，瓶坠宝簪折。总春娇怎惹，总春娇怎惹，生则愿同衾，死则愿同穴！

（内鸣锣旦下）（生抱丑介上）小姐，你在这里！（丑）呸！你好见鬼了！倒把我抱住了，叫小姐。（生）呀！原来是一场梦。开门看时，但见一天露色，满地霜华，晓星初上，残月犹明。正是："无端乌雀高枝闹，一枕鸳鸯梦不成。"好悽惨人也！琴童，收拾行李起程。

【傍妆台】绛河斜，绿依依墙高柳半遮，静悄悄门掩清秋夜，昏惨惨云霁穿窗月。惊觉的颤巍巍竹影走龙蛇，虚飘飘庄周梦蝴蝶。砧声响，不断绝，急煎煎好梦儿应难舍。

【尾声】柳丝长，情牵惹，冷清清独自吁嗟，娇滴滴玉人儿何处也？

　　　　　草桥客店梦莺莺，携手交欢叙旧情。

　　　　　惊觉玉人空一叹，可怜残月照窗棂。

第三十三出　选士春闱

（考试随意照常做）

第三十四出　京都寄缄

【似娘儿】（生上）天府快先登，题金榜名冠群英，风流人物才堪称。官袍试著，琼林宴罢，游遍京城。

　　远挟琴书上帝畿，姓名今喜达彤闱。鳌头独占词锋捷，听罢传胪日未西。小生自去秋与小姐相别，倏经半载。幸赖先人福荫，一举得中探花。即今在招贤馆听御笔亲除官职。只怕俺小姐挂念，特地修书一封，著琴童赍去。琴童何在？（丑上）堂上呼名字，阶前听使令。覆相公，有何分付？（生）我这一封书，著你星夜赍到河中府去。

【一封书】初相见俊才，红雨纷纷点绿苔。别离后闷怀，黄叶萧萧凝暮霭。又见梅花刚半吐，幸喜文场得中魁。寄鸾笺，到妆台，管取多情笑满怀。

　　琴童，你到蒲东见小姐时，则说官人怕小姐忧虑，特地先著小人将书来报知，急忙取回书来也！（丑）小人晓得了。

　　　　　封书远寄到蒲东，管取多情喜气浓。

　　　　　一叶浮萍归大海，人生何处不相逢！

第三十五出　泥金报捷

【折梧桐】（旦上）裙染榴花，睡损胭脂皴，纽结丁香，掩过芙蓉扣。（贴上）线脱珍珠，泪湿香罗袖；杨柳眉颦，人比黄花瘦。

（旦）红娘，张生去后，不觉半载，音信杳然。这几日神思困倦，好闷人也！（贴）姐姐。虽然姐夫别去，终有再会之日。请自宽怀，不必挂念。

【集贤宾】（旦）眼前闷怀浓似酒，一半在眉头。离了眉头，又在心上有，恶思量无了无休。腰肢似柳，怎当他又添消瘦。新愁旧愁，厮混了难分新旧。

（贴）姐姐，往尝也曾不快，将息便可；不似这一场，清减得十分利害。

【前腔】（旦）曾经憔悴担此忧，奈每遍还犹，不似今番情最陡。闷来时独倚危楼，管垂玉钩，空目断山明水秀。漫凝眸，见衰草连天，野渡横舟。

【大圣乐】风流惹下相思，争奈相思无了期。西厢月下听琴后，离恨谱，断肠诗，只为你文章魁首青云客，休把我桃李春风墙外枝。（合）闷倚栏杆望也，空教人几经目断天涯。

（贴）小姐，这几日香消玉减，腰不胜衣，越清瘦了。

【前腔】自从那日分离，废寝忘餐减玉肌。（贴）请个问卦先生，占卜姐夫几时回来。（旦）金钱暗卜全无准，（贴）如今去了半年，想归期不远了。（旦）空屈指数归期。（贴）他若中了，必定先寄书来。（旦）不愁他青鸾有信频频寄，（贴）只为什么来？（旦）只怕金榜无名誓不归。（合前）

（旦）红娘，我想起旧日之事呵，

【不是路】暗想当时，将欲从军憔悴死，一封书，半万贼兵剿草除。（贴）那时是老夫人背盟。（旦）负佳期，闪得恩情两下离，（贴）如今又是老夫人逼他应举去了。（旦）只为蟾宫折桂枝。这相思，天涯海角心相似，此情难寄。

【皂角儿】带围宽瘦减腰肢。（贴）姐姐做些针黹消遣。（旦）意悬悬懒拈针黹，这相思病染恹恹，淋漓袖万千红泪。（贴）姐姐，我晓得了，你莫不是怕黄昏，挨白昼，象床闲，鸳被冷，这般滋味。（合）冤家一去，归无定期。叹分离，天边月缺，也无圆时。

【前腔】（旦）去时节黄叶乱飞，到如今落红堆砌。要相逢千难万难，不似俺别时容易。莫不是醉银筝，歌彩袖，恋秦楼，迷楚馆，把奴抛弃？（合前）

【尾声】（旦）离愁万种千言语，（贴）姐姐，待姐夫回来时节，可备细对他说。（旦）准备归来诉与，只恐相逢无一句。

（丑上）一心忙似箭，两脚走如飞。奉相公命，赍书报与小姐。恰才前厅上见了老夫人，好生欢喜，著我来见小姐，早至后堂。（嗽介）（贴）谁在外面？（见介）（贴）琴童，你回来了！（丑）我相公中了，著我寄书来。（贴）可知道，昨夜灯花报，今朝喜鹊噪。姐姐正烦恼哩！你在这里等著，我对姐姐说了，你入来。（贴见旦笑介）（旦）这小妮子怎么？（贴）姐姐，大喜！大喜！姐夫得了官也。（旦）这妮子见我愁闷，故来哄我。（贴）琴童在门首见过老夫人了，使他进来见姐姐，姐夫有书。（旦）惭愧！谢天地，我也有盼著他的日子。唤他进来！（丑见介）（旦）你几时离京师？（丑）离京师一月多了，我来时相公去吃游街棍子去了。（旦）你不省得，状元唤做跨马游街三日。（丑）夫人说得是，有书在此。（接书介）（贴）姐姐，姐夫书上写著什么？可曾念着红娘哩。

【掉角瓯】【掉角儿序】（旦）因他去减我风流，寄书来更添证候。我和他别时节桂子新秋，到如今又早梅花开后。【东瓯令末二句】闷来无语强抬头，书在手泪盈眸。（看书介）【醉扶归】我这里开时和泪沾红袖，他那里修时未写泪先流。闷时开拆闷时修，泪痕儿都把书湿透。正是一重愁番做两重愁，寄来书泪点从来有。

（念介）"张珙百拜！书奉芳卿可人妆次：自暮秋拜违，倏尔半载。上赖祖宗之荫，下托贤妻之福，叨中甲第。即日于招贤馆寄迹，以俟朝廷除授。惟恐老夫人与贤妻忧念，特令琴童驰报，庶几免虑。小生身虽遥而心长迩，恨不得鹣鹣比翼，邛邛并驱。为功名而薄恩爱，诚有浅恩贪餮之罪。他日面会，自当请谢。后成一绝，以奉亲照。诗云：玉京仙府探花郎，寄与蒲东窈窕娘。指日拜恩归锦昼，定须休作倚门妆。"惭愧！探花郎乃第三名也。（贴）他中了探花，不日衣锦归来，妾与姐姐贺喜。

【前腔】（旦）当日西厢月底曾相守，今日琼林宴上姿遨游。跳东墙却去占鳌头，惜花心养成折挂手。到如今晚妆楼改做志公楼，朝阳鸟便是鸾凤友。

红娘，取纸笔过来，写书回他去。（写介）书已写完，无可表意，聊奉汗衫一领、裹肚一条、锦袜一双、瑶琴一张、玉簪一枝、斑管一枚，分付琴童，教他好好收拾。（贴）姐姐，姐夫如今做了官，岂无这几件东西，将去何用？（旦）你不知道。

【红衲袄】这汗衫儿和他一处宿，想着我体温存贴著他皮肉。（贴）这裹肚何用？（旦）长不离了他前后，紧守著他人左右。（贴）这瑶琴何用？（旦）

当初五言诗谨趁逐，后来七弦琴成配偶。（贴）这玉簪呵？（旦）到如今功名成就也，只怕撇人在脑背后。

（贴）这斑管怎么说？

【前腔】（旦）湘江两岸秋，当日娥皇因虞舜愁；西厢两泪流，今日莺莺为君瑞忧。琴童，你逐宵旅店房中宿，休将包袱儿做枕头。水浸雨湿休教扭，干来时熨不开摺皱。一椿椿与我仔细收留也，再与相公说是必要休忘旧。

（丑）小人领命。

书封雁足此时修，情系人心早晚休。

此去长安千万里，悔教夫婿觅封侯。

第三十六出　回音喜慰

【风马儿】（生上）远别多情赴帝畿，怀念梦长归。关山缥缈人何处，甚日共枕鸳帏？

下官名登虎榜，身列鸳班，奉圣旨著俺在翰林院编修国史，末蒙除授，因此多住两月。前者著琴童寄书回去，又不见到来，这几日神思不宁，饮食无味，暂给假在馆驿中将息。早间太医院著医人来看俺，下了一帖药。我想这症候便是卢医扁鹊，也医不好，除非我那小姐一见，自然便好了。

【惜奴娇】从到京师，这相思心下，旦夕如是，心头横躺有俺这个莺儿。随侍请得良医来诊视，俺一心说本意。待推辞，他察虚实，论来怎生回避。

【锦衣香】他道医杂症，有方术；治相思，无药饵。莺莺知我为他，我也甘心儿死。飘零四海愧无居，一身客寄，半年将至。怪檐前灵鹊，垂帘幕，报喜珠儿。昨夜灯结蕊，有何吉事？莫非他处，有书来至？

【尾声】（丑上）关山岂敢辞迢递！离却蒲东崔小姐，讨得个音书来报喜。

（见介）（生）琴童，你来了！（丑）小人到蒲东见了小姐，为思想相公，一发瘦了，见了书好不喜欢，就写回书打发我来了。只道官人除授上任，不想有病在此。（生）小姐书在那里？（丑）书在此。又有许多寄来东西，一发收下。（生接书介）"薄命妾崔氏莺莺拜奉才郎君瑞文几：自别音容，不觉许久。正思念间，忽见华翰飞堕，始知文场高中，使妾喜之欲狂。今承使便，聊奉瑶琴一张、汗衫一领、玉簪一枝、斑管一枚、裹肚一条、锦袜一双，表妾真诚，伏惟笑纳。赓韵遂成一绝，以寄远怀：栏杆倚遍盼才郎，莫恋神京黄四娘。病里得书知中选，窗前览镜试新妆。"我那风流小姐，我张珙便死也死得瞑目了。

【桂枝香】堪为字史，当从款识。端的有柳骨颜筋，恁般样佳人才思。千般用心，千般用心，怎不教张生爱你，世间无二。细寻思，寄物知情厚，一椿椿慢看取。

（看介）休说他文章翰墨，只这女工针黹，世间罕有。（丑）小姐寄来这些东西，要他何用？（生）你不知道，一件件都有缘故，我都猜着了。

【前腔】瑶琴意趣，教我闭门禁指，调养圣贤之心，洗荡巢由之耳。（丑）这玉簪斑管何用？（生）玉簪巧细，玉簪巧细，全无瑕疵，霜毫健美。细思之，今日淑女思君子，好似娥皇忆舜帝。

（丑）这裹肚汗衫儿怎么？

【前腔】（生）裹肚精制，汗衫贴体。见他不离我身边，识尽心中之事。（丑）这锦袜呵？（生）这袜儿样新，袜儿样新，线如虮子。当遵道理，莫胡为，愿足下长如此，行时可三思。

琴童，小姐曾分付你什么来？（丑）小姐上覆相公，休得别结良姻。

（生）那小姐还不知我心中之事哩！

【前腔】与你新婚燕尔，只为功名到此。昨宵爱桃李春风，今日愁梧桐秋雨。我是个风流状元，风流状元，岂肯折残花败蕊！小姐，你不须忧虑暗寻思，我梦到蒲东寺，归心十二时。

琴童，你将这衣服东西，与我好生收拾著。

病中喜得寄来书，慰我心间不尽思。

和泪眼观和泪眼，断肠人颂断肠诗。

第三十七出　设诡求亲

【秋夜月】（净上）心性嚣，惯使风流钞，柳陌花街常时乐，偎红倚翠追欢笑。只愁人易老，只愁人易老。

【梨花儿】我家累代是公卿，自我生来欠老成。终日奔波不暂停也么㘗，风流态度人皆敬。

小子郑恒是也。前者姑娘崔老夫人付书来，著我到京搬丧还河中去，谁想到得迟，又起程去了，不得相会，一向在京院子里嫖耍，整整住了一年已上。今打听得老夫人见在蒲东普救寺守丧，又闻得孙飞虎领兵围了寺，要掳莺莺为妻。当时有洛阳人张珙退了贼兵，夫人将小姐与他为妻。我今到此，若无这个消息。自去见了姑娘不妨，既有这件事，我去也没意思。想起来这事都在红娘身上。已曾令人去唤红娘到下处说话，只说才在京回，不敢造次相见姑娘。且在此等候着，红娘敢就来也。（贴上）初离闺阁内，又向市廛行。郑恒哥哥著人来唤我说话，老夫人著我去走一遭。（见介）（净）红娘姐来了。（贴）哥哥万福！老夫人说既到此间，为何不到我家来？（净）我有什么嘴脸见姑娘！先请你来说话。姑夫存日，将小姐许我为妻；今已服满，特来央你与老夫人说，择个好日成亲，好与小姐一同扶丧回去还葬。不然，一路上与小姐不稳便。若说得成就了，重重谢你。（贴）这一节再休提了，小姐已嫁与别人去了。（净）道不得"一马不跨双鞍"，父在日许我亲事，今日父死便要悔亲，那里有此道理！（贴）当日孙飞虎领兵来时，哥哥你在那里？若不是张生，俺一家性命不保，今日太平了，你却来争亲；那时被贼掳去了，哥哥如何去争？（净）我是富家子弟，却不好了，倒与穷酸饿鬼，我偏不如他？仁者能仁，身里出身，根脚又是亲上做亲，况是父命……

（贴）你且禁声，他那些儿不如你？听我道来：

【风入松】你卖弄仁者定能仁，倚仗身里出身。到如今官上加官运，不教你亲上做亲。你又不曾通媒问，如何的便结婚姻？

（净）贼兵来时，他一个人怎生退得？都是说谎。

【前腔】（贴）河桥飞虎那将军，叛蒲东劫掠人民。统贼兵半万来侵境，要莺莺做压寨夫人。

那时慌遽之际，夫人和长老商议，拍手高叫："两廊不问僧俗，有能退得贼兵的，便将莺莺妻之！"忽有游客张生应声而出："我有退兵之策。"夫人大喜："请问其策安在？"张生云：我有一故人白马将军，现统十万之众，镇守蒲关，我修书一封，著人报去，必来救我。"果然书至兵来，其困即解。

若不是那张生善修书，谁请得白马将军？

【急三枪】他书到，施号令；精兵至，扫灭尽那烟尘。老夫人将小姐甘心许，言而有信，因此上不敢慢于人。

（净）我素不闻他名，你这小妮子卖弄他许多，我有什么不如他处？

（贴）你又便骂我，

【风入松】你一分他值百余分，这萤火怎比月轮？高低远近都休论，我拆白道字与你辨清浑。

（净）这小妮子，晓得什么拆白道字！你说与我听。（贴）

张君瑞"肖"字边著个立人，你是个"木寸""马户""尸巾"。

（净）这小妮子骂我是村驴屌。我祖代是相国之子，倒不如个穷秀才！穷的只是穷，做官到底做官。

【前腔】（贴）他凭著师友知务本，你倚著父势欺人。这厮乔行立议论，官人的只会做官人，穷民到底是穷民，却不道"将相出寒门。"

（净）这都是姑夫的遗嘱，我择日牵羊担酒上门去，要他成亲，看姑娘怎么样发付我？

【急三枪】（贴）如何硬做眷姻？不亲的，强逼人谐秦晋。（净）我不怕他不肯。（贴）讪甚筋，发甚村，使甚恨！甚的个会温存！

（净）姑娘若坚执不肯，我著二三十人上门，强抢上轿。扛到下处，脱了衣裳，过了一宿，恁明日急赶将来，还你一个婆娘便了。

【风入松】（贴）你须是郑相国亲舍人，须不是孙飞虎莽军。腌臜嘴脸乔身分，少不得有家难奔。（净）这小妮子眼见得受了招安也。我也不对你说，明日定要娶，定要娶！（贴）不嫁你，不嫁你！（净）正是郎君俏佳人有心。你喝一声我听。（贴笑介）看你这般顽嘴脸呵，不喝采怎生忍？

正是"闭门推出窗前月，堪笑梅花空自香。"（下）（净吊场）这妮子拟定都和那酸丁演撒了，我明日自上门去，见俺姑娘，说个大谎，只说张生中了状元，赘在卫尚书家做了女婿。俺姑娘最听是非，他自小又爱我，必有话说。休说别的，则俺这一套衣服，也冲动他。他若不肯，我便放起刁来，且看莺莺那里去？终不然到官司，断与张生做了夫妻不成！

且将压善欺良意，权作尤云殢雨心。

第三十八出　衣锦荣归

【金鸡叫】（老旦上）听得人人传语，今科状元，少年君瑞。（贴上）苍天不负男儿志，（合）身著宫袍，手攀仙桂。

（老旦）"本待将心托明月，谁知明月照沟渠。"昨日郑恒来说，张生中
了状元，入赘卫尚书府中做了女婿。我依前将女儿嫁与郑恒罢，著他择
个好日成亲。（贴）昨日郑哥哥之言，未可便信，老夫人三思而行。倘
张生无有此事，荣耀回来，两边怎生发付？

【新水令引】（生众上）玉鞭骢马出皇都，畅风流玉堂人物。今朝三品贵，
昨日一寒儒。御笔亲金，除任河中府。

"一旦风雷动，成名天下知。"如今将近普救寺了。左右，疾忙与我趱上
前走。

【驻马听】（生）张珙如愚，酬志三尺龙泉万卷书；莺莺有福，请了五花官
诰，七级香车。身荣难忘借僧居，愁来犹记题诗处。取应分离，梦魂儿不离
了蒲东寺。

下官蒙圣恩除授河中府尹，衣锦还乡。小姐凤冠霞帔，都请在此。若见
俺小姐，双手奉将过去。迤逦行来，此间已是普救寺门首，不免径入。
左右们，回去罢。（众应下）（老旦）红娘去看外面什么人嚷。（贴出见
生介）（贴）呀！原来是姐夫荣归了。且喜！且喜！（生）是小生回来
了，与我报老夫人知道。（贴进报介）老夫人，张先生做了官，回在外
面。（老旦）请进相见。（生相见介）

【刮鼓令】重相见以喜，谨躬身，问起居。（拜介）（老旦）休拜，休拜，你
是奉圣旨的女婿，我消受你拜不起。（生）慈颜怒未知因甚，丫鬟各厮觑，
莫不是怨别离？有人架起是和非，致令今日意参差。呀！怎生不见我玉人
儿？

【前腔】（老旦）张生，兵围困感伊，（生）此乃往事，不必提起。（老旦）
许孩儿成伉俪。谁想你一朝折桂，又赘尚书卫相女。（生）那里生出这话来？
（老旦）把恩义径抛离。我女孩儿虽是残妆丑貌未必辱你，教人空自长吁气。
（生）那有此事？（老旦）你如何今日假跨蹰？

（老旦）红娘，你去问他。

【前腔】（贴）含容去拜启，望慈颜免怒起。（生）红娘姐，教我如何不恼？
（贴）试问你京中缘故，转教人轻贱伊。从别后喜无虞，新夫人姿容必丽美，
比咱小姐料清奇，绣球儿打著做夫妻。

（生）红娘姐，连你也葫芦提了？小生为小姐忘餐失寝，受无限之苦。

别人不知道，你须晓得。

【前腔】丝鞭那仕女，满章台觅眷叙。我怀着那时恩爱，肯怜新弃旧妻！岂不闻"君子断其初"，是那个畜生行妒嫉？走将前来说间阻，致令今日意生疏。

（老旦）当日兵围普救时，感君一诺献神机。蒲关故友解重围，酬恩谐淑女。送别赴春闱，一旦从新忘旧念，卫尚书府别娶娇姿。今朝表出是和非，胡欲断弦再娶？（生）小生既入赘卫尚书府中，做了女婿，如何又请小姐凤冠霞帔诰命在此！（贴）却原来！老夫人，我道张生不是这等人，则索请小姐出来自问他。（老旦）你去请。（贴）小姐，张姐夫做官回来了，请你出来相见。

【哭相思】（旦上）衣锦还乡事虽美，谁知道喜成悲。别后教人每忆你，因甚故变为悲？

（生旦相见介）（生）小姐且喜，别来无恙么？（旦作不语介）（贴）小姐有什么言语，对他说破了罢！

【啄木赶黄莺】【啄木儿】（旦）不见时，准备着千言万语。（贴）今日小姐见了他，却又如何不说？（旦）得相逢，变作长呼气。他急攘攘却才归来，我羞答答怎生相觑？欲将愁恨来伸诉，及至相逢无一语。【黄莺儿】（合）叹别离，今朝会你，须辨出是和非。

（旦）张生，我有何负于足下，却见弃妾身，赘在卫尚书府中为婿，于理何堪？（生）你听那个人说？（旦）郑恒在夫人行说来。（生）小姐如何信那厮？张珙之心，惟天可表。

【前腔】从离了蒲东路，早来到京兆府。见个佳人不敢睹，硬扯个卫尚书家女孩儿便为眷属！小姐，我若曾见他影儿灭一户，是何人嫉妒划地里把人妆诬。（合前）

（贴）张姐夫，你若果没有此情，待郑恒来与他面证便了。（老旦）呀！杜将军来了。红娘扶小姐进去！（旦下）

【玩仙灯】（外上）离却蒲东，幸喜故人相见。

（生见外介）（生）何劳仁兄光降，愚弟有失迎接。（外）且喜贤弟高擢巍科，官拜府尹。愚兄特备薄礼，前来恭贺。（生）愚弟托赖仁兄福荫，谬登甲第，今已回来。不料夫人听信郑恒诽谤，道愚弟入赘卫尚书府中，欲将小姐改嫁郑恒，望仁兄做主。（外）老夫人差矣！君瑞一者有退兵之功，二者是尚书之子，况今现任河中府尹。老夫人有言："三代不招白衣女婿"。今日翻悔亲事，于理有碍。（老旦）先夫存日，果将小女许下舍侄郑恒，不料遭此大变，亏张先生请将军杀退贼兵。老身不负初言，以成其事。忽然郑恒来说，因此欲悔其亲。（外）老夫人焉可听诽谤之言，有伤风化。况且郑恒与小姐是姑舅之亲，岂可配为夫妇？决行不得。（老旦）且待郑恒来，当将军面前，明白此事。

【前腔】（净上）喜气匆匆，今做了东床娇客。

今日是个良辰吉日，姑娘许我成亲，请这两位官陪我。做了亲，待张生回来时，著他一个忽地笑。这是姑娘家里，不免进去。（见老夫人介）姑娘拜揖！请问这位尊亲大人上姓？好称呼。（老旦）是镇守蒲关杜将军大人。（净）此一位尊亲？（老旦）是新府尹张大人，卫尚书的女婿。（净）决撒了！张大人到此有何尊干？（生）你便是郑恒，到此何干？（净）这是我姑娘家里，小姐是我的妻子，倒问我何干？（外）老夫人，这便是郑恒么？左右拿下，你不仁不义，诓骗人妻。奏过官里，明正其罪！（净）老大人，是我姑夫在日前许下我为妻，如何我倒是诓骗人妻？（外）既与崔小姐姑舅之亲，律有明条，岂做得夫妻？左右，与我押送官司，问罪不轻。（净）大人不必发怒，小人情愿退亲便了。只是怎生回去见人？罢罢！妻子空争不到头，风流自古惜风流。假饶掬尽湘江水，难洗今朝一面羞。（下）（老旦）多谢大人，张生亲事料无差矣！红娘请小姐出来，带了凤冠霞帔，先谢了恩，然后拜谢杜大人。（贴）小姐有请！（旦上）华堂珠翠，向日阁沈檀袅。（生）三星在户会蓝桥。（外）神女仙郎，才调人间少。（合）香笼宝鼎绮筵开，堪美洞天春晓。（生旦谢恩拜外介）

【大环著】谢恩人相助，谢恩人相助，力解兵围；成就今生，一对夫妻。得意也当时题注，不负了少年豪气。门栏喜迎驷马高车，新状元花生满路。（合）今日里逢圣治，四海无虞，皆称臣庶。

（老旦谢介）

【前腔】痛先夫亡世，痛先夫亡世，萧寺孀居。忽遇强梁，困逼无计。谢张先生特施奇策，请将军大兴师旅。退贼兵救寡妇孤儿，把前盟怎肯抛弃。（合前）

【前腔】（外）念平生交谊，念平生交谊，亲同骨肉。间别经年，颜范不睹，喜兄弟官封文武。食天禄惭无报补，绝狼烟威震三边，登庙廊政夸五裤。
（合前）

【前腔】（贴）想花前奇遇，想花前奇遇，两意踌躇。待月迎风，书传柬递。
还得遂并头连理，美恩情团圆到底。又叨赐夫人封号，五花诰凤冠霞帔。
（合前）

【越恁好】（众）永承宗嗣，永承宗嗣，治中堂人怎比。风流才思，容娇媚，
举世应稀。（合）开筵庆赏春风里，笙歌满耳。麝兰香霭围珠翠，春风秋月
长如此。

【前腔】（合）夫荣妻贵，夫荣妻贵，办行程临府治。黄堂善政传千里，抚
安黎庶。（合前）

【尾声】（合）西厢待月成佳配，金榜题名衣锦归，留与人间作话儿。

　　　　　谢得将军成始终，多承老母意从容。

　　　　　夫妻荣贵今朝足，愿得鸳帏百世同。

梁伯龙谓此崔时佩笔，日华特较增耳。间有换韵几调，疑李增也。崔割
王腴，李攘崔有，俱堪冷齿。闵遇五识。

焦理堂《剧说》谓李日华改实甫北曲为南曲，所谓《南西厢》，今梨园
演唱者是也。闵遇王据梁伯龙说，以为本崔时佩笔，李攘崔有，崔割王
腴，俱堪齿冷云云。今读其曲词，一沿王关之旧，甚至直抄，不改一
字，无怪当时有齿冷之讥。日华字实甫，苏之长洲人。非字君实，嘉兴
人，著《恬致堂集》、《六砚斋笔记》之李日华也。王静庵《曲录》亦
误从之。此本汲古阁曾刻入《六十种曲》。今依闵遇五"会真六幻本"
付刻，然两本曲牌皆多讹误，今有脱字不合律调处，并为一一正订，直
可驾毛闵两刻而上矣。梦凤识。

南西厢记

〔明〕陆 采

序

唐元相微之，蕴抱情癖，假张生以自宣，宋王性之辨之详矣。自《侯鲭录》记时贤所著词曲，而优戏之源始开。逮金董解元演为《西厢记》，元初盛行。顾当时专尚小令，率一二阕即改别宫。至都事王实甫，易为套数。本朝周宪王又加赏花时于首，可谓尽善尽美，真能道人意中事者，固非后世学士所敢轻议，而可改作为哉！迨后李日华取实甫之语，翻为南曲，而措词命意之妙，几失之矣。余自退休之日，时缀此编。固不敢媲美前哲，然较之生吞活剥者，自谓差见一斑。若夫正人君子，责我以桑间濮上之音，燕女溺志者，余则不敢辞。虽然，余倦游矣！老且无用，不藉是以陶写凡虑，何由遣日？况嘲风弄月，又吾侪常事哉！微之，唐名士也。首恶之名，彼且蒙之，余亦薄乎云尔。书此不觉一笑，呼童子歌吾曲以进酒。清痴叟陆采天池自序。

卷上目录

卷下目录

卷　　上

第一出　提　　纲

【南乡子】（末上）吴苑秀山川，孕出词人自不凡。把笔戏书云锦烂，堪观！光照空濛五色间。　天意困儒冠，且卷经纶卧碧山。那个荣华传万载？徒然！做只词儿尽意顽。

【临江仙】千古《西厢》推实甫，烟花队里神仙。是谁翻改污瑶编？词源全剽窃，气脉欠相连。　试看吴机新织锦，别生花样天然。从今南北并流传！引他娇女荡，惹得老夫颠。

【烛影摇红】年少张郎，梵宫瞥见娇莺面。隔墙联句送春心，佛会情撩乱。强寇无端厮犯，请雄师剪除危难。东君负约，兄妹通称，不谐缱绻。　两地痴迷，琴边月下牵愁怨。红娘递简暗成交，结缘鸳鸯愿。老母知情婚绊，别多娇春闱高选。谗人巧计，假信生疑，故人方便。

赖婚姻夫人生出是非场。

说风情红娘引得燕莺狂。

听幽琴崔氏两寄有情诗。

结佳期张生一举探花郎。

第二出　别　　杜

【破陈子】（生上）虎帐乍谈兵略，文场又促金羁。霜到蒹葭添愁思，雁和清猿动别悲，徘徊不忍离。

〔朝中措〕簪缨世业愧无承，半世困遗经。雄赋未投明主，新诗浪得浮名。　独携焦尾，聊停画毂，弹铗故人庭。何日鸾凤叶庆？九霄得意和鸣。张珙，表字君瑞，本贯西洛人氏。先君官拜礼部尚书，不幸父母双亡，飘零数载。今遇故人杜确元帅，镇守蒲关，乃幼年八拜之交；小生西上长安赴试，顺便相访，款留数月，不觉科场近也。昨日分付琴童，收拾行李，完备了么？〔西江月〕（净上）三晋云山北向，二陵风雨东来。深秋景物最堪哀，况是客乡悲慨。（生）闲把琴书整理，便将车马安排。（合）笑辞故友上秦台，一跃龙门情快。（净）告官人，行李完备了。（生）请元帅拜辞。（净）元帅来也。

【齐天乐】（外引末上）昨来把剑辞明主，佩虎符作镇蒲畿。玉账霜清，牙旗风劲，又动平生壮气。拟踏破贺兰，生缚名王，方酬素志。（生）暂向黄花，浩歌尊酒话心知。

（生揖科）〔鹧鸪天〕（生）留滞周南春复秋，西风霜满黑貂裘。（外）功名未上凌烟阁，志气平吞瀚水头。（生）山淡淡，水悠悠，客乡风物动离愁。（合）相逢正是茱萸节，且折寒花醉玉楼。（外）贤弟，今日重阳佳节，正好登高，怎生说出离愁两字？莫非管待不周，故有去意？（生）小生感哥哥厚意，实欲久留；争奈来春贞元皇帝大比之年，须赴科场，不得不去。（外）贤弟，功名之事，下官不敢曲留，再住几日如何？（生）行装已备，今晚就行。（外）左右，将酒过来！（净末）"劝君更进一杯酒，西出阳关无故人。"酒在此。（生）小生借尊酒，先奉哥哥一杯。（外）有劳贤弟。

【玉芙蓉】（生）飘零湖海姿，蹭蹬云霄志。见穷途伯乐，怎不悲嘶！正待联床细话平生事，却又弹剑重歌行路词，（合）休怨忆，管来春重会；看男儿，笑驱驷马下皇畿。（外回酒科）

【二】（外）十年笔砚情，万里追寻意。向天涯邂逅，握手谈诗。你独携玉剑轻抛去，我醉折黄花不忍辞。（合前）

【三】（末）金戈闪日明，铁马嘶风急。看辕门景物，事事凄其。先生，关河此去须珍重；相公，书札频传莫放稀。（合前）

【四】（净）疏林日渐低，远道人休滞。论人生会合，怎无离异！官人，早携长策干明主；元帅，好放离觞别故知。（合前）

【朱奴儿】（生）叹云霄未堪准拟，怕风尘蹉跎游子。（外）万里前程自奋飞，努力夺锦荣归。（合）蒲关青草，十里彩旗，共接取探花使。

　　　　　　　长安此去欲何依？回首川长共落晖。

　　　　　　　尽说陈琳工奏记，不妨从此蹑丹梯。

第三出　遣　郑

【东风第一枝】（老旦上）远水云埋，遥山雾阻，伤心客路艰难。（净）禅林旅况萧条，西风车马平安。（贴）幽楼未稳，还忆著金谷清闲。（合）莫提他旧日繁华，教人转觉心酸。

（老旦）金屋银屏又隔年，乱蛩衰草掩禅关。（贴）殡宫寂寂空蛛绾，古木深深哭断禅。（净）乐事已将衰事变，去程应倍过程难。（合）家山回首云千里，倚遍朱栏泪不干。（老旦）老身相国崔珏之妻，曾受越国夫人之号。不幸相国弃世，与侄儿郑恒，扶枢归葬，奈路途艰阻，权住普救寺西厢下。郑恒你在此没事，先回看了家当，待明年春半，我和小姐自奉灵枢回来。（净苦科）姑娘，我三千里路，来接姑夫灵枢，指望与莺莺做亲，你为何先教俺回去？（老旦）这畜生！你姑夫服制未满，佳城未卜，你且回去，再待三年。（净）皇天！便上了手钮脚镣，长解短递，我也不回去，务要老婆。（贴）老夫人钧旨，怎的不依？（净）姑娘，若不舍得莺莺，先把丫头送得我，一路上救急。（老旦）胡说！快回去。（净哭科）我的莺莺心肝呵！苦也苦，几时得到博陵府？三千里路急饶人，一个老婆不到我。

【摧拍】（老旦）论婚姻早谐是便，奈服制教人怎谩！此行知伊不满，此行知伊不满，客路风霜，早晚加餐。故里田园，好为周全。（合）辞别去，迢往乡关。松月冷，谷风寒。

【二】（净）奉灵舆艰辛万千，想佳期心肠挂念。此行指望结欢，此行指望结欢，姑娘呵！平地无风，生出波澜。莺莺罗帐闲眠，我又鞍马孤单。（合前）

【三】（贴）论丈夫功名志坚，为妻房何必痛酸。哥哥，你途中心放宽，你途中心放宽，不怕无柴，留得青山；莫怪花迟，有日春还。（合前）

【四】（净）我从来知他貌妍，一路中熬得腿酸。今朝又枉然，今朝又枉然，姑娘不与我莺莺，败尽你的田园；红娘不相伴哥哥，我卖你在西番。（合前）

（老旦 怒科）

【一撮棹】安心去，休得恃皮顽。你不依，我与他们结姻联。（净拜科）骇杀俺，今番不敢胡言。（合）但只愿家缘好，程途又平善。同扶枢，归葬得牛眠。

身愧衰颜对玉难，碧霄无路却泥蟠。

洞庭春色思公子，乡国遥临白日边。

第四出　秋　　闺

【逍遥乐】（旦上）独宿招提景，月满疏帘散清影，羁人怀土梦难成。蛩吟
恨砌，露滴哀桐，秋老愁城。

霜风摧古松，女萝失其主。老凤去丹山，孤雏不能举。物类有所凭，况
彼闺中女。妾本五侯家，少小长罗绮。一旦先慈父，飘泊河之浒。朽骨
萦网丝，玄旐掩秋雨。哀哀余寡亲，力弱值途阻。回首昔年荣，云天渺
何许。独把瑶琴弹，冷冷泛宫羽。请为思归吟，幽咽不成语。欲因晨风
翔，送我返乡宇。妾乃崔相之女，小字莺莺。因路途兵阻，停枢在寺。
今日暮秋天气，好生伤感人也！

【十二时】（贴上）月转梧桐井，想斗账佳人未醒。呀！姐姐，兀坐残灯，
独倚绣屏，此际不眠为谁思省？（旦）我有满怀悲耿。

（贴）姐姐，为什么早晚不睡，独坐含颦？想是为郑官儿去了。（旦）红
娘，说那里话！骨肉伤心，干戈满眼，父亲灵枢，不得回葬，寓居萧
寺，何日是了？因此嗟叹不已。（贴）姐姐，休要烦恼，想不久便回。

【黄莺儿】（旦）落叶满寒城，掩香闺，细雨零，等闲酝酿出悲秋病。骨肉
如晓星，身世似水萍，路迷何处寻乡井。（合）泪偷倾。回思富贵，迢
递隔宸京。

【二】（贴）往事恨难平，展眉尖，莫怆情。怕花娇不耐西风劲，北堂又鬓
星。无事也增病，怎禁伊把闲愁引动他思归兴。（合前）

【簇御林】（旦）花才放，雁又鸣，寓禅房月屡更。时乖不见兵戈静，怎能
够远扶香骨埋灵境？（合）告神明，甚时安妥？重整顿旧家声。

【二】（贴）歌钟地，弦管停，想秋来碧藓生。旧家飞燕又向谁门屏，只留
得黄花相伴人孤另。（合前）

念旧独含情，宽心待世清。

兴衰有常理，不必问君平。

第五出 旅 晤

【大河蟹】（净上）不忍轻抛掌中人，潜自往蒲城。食到口头难得吃，熬得我，眼睛昏，没投奔。

小子名为郑猴极，爱酒贪花第一。近来丈人身亡，听得莺莺国色。星夜赶到京中，指望乘凶引毕。走得脚板趾头酸，望得眼睛乌珠出。三百六十根骨节，根根尽疼；三万六千口嗳气，口口吃力。不论拖泥带水，那管风高月黑。枉自百般受苦，到头老婆不得。叵耐姑娘作乔，教我先回看宅。昨晚椎胸出门，今朝含泪告佛。牢把山门守定，不许和尚做贼。昨夜得其一梦，梦见莺莺如糖似蜜。临了与我一方绫帕，觉来香气勃勃。却原来自家的裤裆，上面许多尿迹。好闷！好闷！老婆不能勾了，且寻个酒店，买三杯醉他娘。小二哥那里？（丑上）神仙留玉佩，卿相解金貂。谁叫？谁叫？（净）买酒！（丑）有，有，莲花白、竹叶清、真珠红、金盘露。（净）不要，我是贵公子，稀奇酒便饮。（丑）沦回酒如何？（净）好！好！将来有甚下饭？（丑）有，有，糟鹅掌、冻鳖裙、黄金齑、水晶脍。（净）不要，我是贵公子，稀奇的下饭便吃。（丑）黄龙汤如何？（净）好！好！且住，待我唱个曲儿了吃。

【驻云飞】琥珀浮春，欲饮还停闷杀人。枉受奔波困，不遂于飞分。嗏！含泪别东君，马迟风紧。回首妆台，十里香云亘。（合）羞听孤鸿断旅魂，羞听孤鸿断旅魂。

【二】（生上）沁苑花新，半卷珠帘笑语频。慢把青骢顿，相对红妆认。嗏！若个有情人，眼传芳信。未折宫花，且战烟花阵。（合）怕听秋蛩断旅魂，怕听秋蛩断旅魂。

买酒！买酒！（净）老兄何来？（生）小生西洛至此。（净）请坐。（生）老兄何来？（净）小子普救寺来，没了一个好老婆。（生）谁问你！（净）呸！呸！心不在焉。老兄不必买了，我有在此。（筛酒科）老兄请一杯沦回酒。（生）呸！是何言欤？（净）好意奉酒，为何发怒？（生）沦回酒是尿，怎么饮？（净）阿也！小二哄我，我倒饮了两杯了。咳，黄龙汤请一筋。（生）又来了！黄龙汤是屎，怎么吃？（净哇口吐舌科）阿也，不好了！拿水来我嗽口。吃了屎了，拿小二打！（下捉丑上）好无礼，怎么把尿屎与我吃。（丑）老爷，你先到时要稀奇酒，稀奇菜蔬，小人没法了，去鳖子里倒了一壶臭尿，坑板上剥得几块干屎，胡乱答应。（净又哇科）老天！老婆没有了罢，又吃人的尿屎，拿水来漱口！（丑）老爷不要慌，这酒是杜茅柴，这菜是顿鸭蛋，我哄你哩！（生）果是老酒好物。（净）这畜生要得我好，只道真个吃了尿屎。放了你，快添酒来！（丑）饶你贵公子志气，被我小官儿看承。（下）（净）老兄行其一令。（生）行什么令好？（净）随分！商谜、续麻、顶针、拆字，都好。（生）只商谜罢，猜不著者饮一杯，小生先说。道是：背如屋大口如杯，高挂雕梁巧嚼泥。此去来春还记取，养成儿女傍檐飞。（净做猜科）猜不著，罚一杯。（生）是燕子窠。（净）好，好，今次轮到我：一团茅草乱蓬蓬，片瓦中间一线通。钻去钻来声唧哑，大家快活在其中。（生）这物不雅，我不猜。（净笑科）老兄请罚。老兄你说了燕子窠，小子说个雀儿窠何妨！（生）险把你爹葬在窠里。（净）为这窠儿，闷杀人也！（生）老兄何故忧闷？（净）听告诉：

【三】万里求亲，指望暖帐同欢稳结婚。失意还乡井，举目无投奔。嗏！仆马枉艰辛，去程难进。欲觅佳期，直待三秋尽。（合）何日金钗压绣裀，何日金钗压绣裀？

（净）老兄有尊嫂么？

【四】（生）海国江津，到处飘流只此身。未遂云雷震，不惹蜂蝶粉。嗏！一跃试龙门、那时通运。骢马丝鞭，不怕无人问。（合）何日鸾筝对舞裀，何日鸾筝对舞裀？

（净）小子告退，别处去嬉他娘，慢慢回去。未谐相府双头约，且醉蒲东软脚春。（下）（生）店小二在那里？（丑）有何分付？（生）天色尚早，闲坐不过，那里好去处耍一耍？（丑）有，有，西院里好小娘儿。（生）不是，或是僧房道院，散步一回。（丑）有，有，此间有座普救寺，是武则天娘娘盖的，除非那里可以游玩。（生）琴童看下晌午饭，我到普救寺耍一回便来。

清秋步入招提寺，偷得浮生半日闲。

第六出　遇　艳

（末上）一入禅林心自清，秋花春草不关情。多时不到门前地，梧叶满阶蛩乱鸣。小人是普救寺一个道人的是也。俺这寺，则天皇后盖成香火院，崔珏相公剃度主持僧。规模整肃，法戒庄严。修成天上精神，写出人间妙趣。吴道子画千手观音，分明普陀山涌山；范长寿塑三世诸佛，端的灵山会飞来。鹿眠草际有芝生，鸟语花间无俗扰。贝唱干云，半空中时流清磬响；金轮耀日，十里外摇动火珠光。施金帛铺天撒地，都是卿相王公；舍身躯炼指烧肌，无非善男信女。庞眉老宿坐蒲龛，定中不闻蟋蟀；飞锡游僧来挂搭，脚下只踏烟霞。人人知一乘二谛，心会真如不读经；个个了三明六通，身无彼我那怀土？缭缭绕绕，静夜名香，薰开十万秒气；清清冷冷，杨枝法水，灌醒四海昏迷。坐禅时五龙供养，何愁外道野狐；说法处天女降听，那数点头顽石。山果经霜，落向法坛如献佛；野猿挂树，闲窥僧室似参禅。毒龙潜处水偏清，野鹤巢边松最老。果然青莲花开成净土，真个阎浮提勾出天宫。凡人没福难消，夙世有缘方到。道犹未了，法聪师父早来。

【光光乍】（净）冷月最难熬，夜眠无大嫂。更苦床头蛩乱叫，一夜脚儿跷到晓，一夜脚儿跷到晓。

（末）夜叩禅扉忆远公，这不是敲到晓？（净）道人，我要个响到晓。（末）山中夜度空江水，这不是响到晓？（净）我要一个香到晓。（末）静夜名香手自焚，这不是香到晓？（净）我要一个亮到晓。（末）上方月晓闻僧话，这不是亮到晓？（净）我要一个黑到晓。（末）深夜降龙潭水黑，这不是黑到晓？（净）我要一个白到晓。（末）东方吐月满禅宫，这不是白到晓？（净）我要一个箫小笑、敲巧叫、枭晓孝。（末）这诨不会。（净）原来被葫芦缠住了藤，道人，今日师父出去，分付我客知。（末）差了，知客。（净）管待来人，不是人家客猪一般？（末）休闲说，有客来了。（净）快去烧茶，多放些葱椒蒜醋在里头。

【菊花新】（生）新闻名刹压河桥，金碧巍峨插紫霄。乘兴不辞遥，聊解散旅中愁恼。

（相见科）（净）官人何来？（生）张珙西洛至此，一来瞻仰佛像，二来拜谒长老。（净）小僧便是长老。（生）看你的嘴脸！（净）咦！你道我嘴脸不好，做不得长老？我一生亏了这花脸。（生）怎的？（净）和尚不仁，见好的便要欺心。小僧若没有这个花脸，受尽了师父的苦楚。（生）休闲说，请长老参见。（净）师父少出。（生）那里去？（净）婆娘家里赌铜钱，狗肉店上吃醉眠。（生）委实说！（净）若是先生要实说，与师姑奸情事，露出在当官。师父赴斋去了。（生）敢烦首座将引，游玩一番。（净）先生先请。（生行科）独礼空王到上方，晚林凝露湿衣裳。（净）文殊院古泥金刹，香积厨开法喜坊。（生）池湛碧，藓交苍，一双白鹤舞残阳。（合）浮生何恋人间世，甘与维摩共草堂。（旦贴上）（旦）红娘，今日稍暇，和你佛殿上耍一回。（贴）姐姐请。

【皂罗袍】（旦贴）试向招提信步，散秋闺闲闷。针线慵挑，寒林风细韵松涛，清池水落萦衰藻。鱼儿得食，玉尺乱抛；鹳雏辞母，雪翎作翘，等闲妆点风光好。

【甘州歌】【八声甘州】（生）楚宫秋老，见上方灯彩，点出松梢。分明仙境，桃源女伴难遭。（旦）红娘这是什么池？（贴）姐姐，这是放生池。（生）呀！兀的有个佳人来也。只见隔林忽送红衫影，映水分将粉面娇，【排歌】穿苍柏，透碧桃，唤人斜把袖儿招。佯不采，故作乔，避人羞把鬓云撩。

【皂罗袍】（旦贴）更向石桥西渡，上高台驻望，立近芭蕉。参过禅室贝音高，日斜宝塔灯光少。哀鸿叫暮，尺书尚遥；黄花弄影，故园路迢，无端引出怀乡恼。

【甘州歌】【八声甘州】（生）他盈盈渡石桥，把鲛绡戏捻，背立红蕉。低头弹袖，知他心为谁娇？如含秋怨凝腮粉，似掷春心卖眼梢。（旦）红娘，你听那雁声好惨人！（贴）数著恰成双也。【排歌】（生）看鸿过，听雁号，秋波两道注云霄。（贴）姐姐，你看菊花开了。（旦）我折一枝儿戴著。（生）攀花蕊，揉菊苞，玉尖双嫩约柔条。

【皂罗袍】（旦贴）步入大雄法殿，把香灯剔起，试礼三宝。（旦贴拜科）愿北堂春色乐难消，故山灵椿归须早。遍参罗汉，金身炫耀，还看天女，端严相好，愿教此躯无病长瞻祷。

【甘州歌】【八声甘州】（生）书生逸兴高，对天姿佛艳，惹动风骚。欲将池水，一口把个人吞了。看他一团香怯翡翠体，别样轻盈燕子腰。觑他脸儿呵！【排歌】腮儿腻，笑靥小，桃花两点晕红潮。（旦）红娘，下殿去罢。（生）听他话儿呵！鹦舌巧，凤语妖，月中单奏紫鸾箫。（贴）那壁厢有人厮觑咱家，去罢。

【皂罗袍】（旦）正好行看画壁，忽窗前笑语，有客偷瞧。抽身归去莫留挠，怕教慈母添嗔恼。还穿旧径，约掠柳条，酌量日影已过竹苞，闭门不惹闲花草。（旦回头科）把西厢门闭了。（贴）闭门不管窗前月，一任梅花自主张。（下）

【甘州歌】【八声甘州】（生）璁琤动步摇，渐回身入户，凤返灵巢。林花阁鸟，怎不为我留将苏小？临行巧送芳心妙，偷眼频得浪子瞧。【排歌】回头处，魂半消，可怜对面似天遥。门儿闭，墙又高，要飞争奈欠翎毛。

（生问净科）首座，方才见神仙现么？（净）先生又痴了，是俺的大小房下。（生）果是谁？（净）是崔相国之女，莺莺小姐。（生）世上有这般女子！休说这容貌，只这一双小脚儿，也值两百黄金。（净）先生又来了！这小姐穿著曳地的长裙，你真见他小脚儿？（生）首座，

【醉扶归】试看试看青莎草，和那和那藓痕交。印下鞋痕未全消，一寸寸丁香小。（净）真个有脚迹儿印下！我和尚遇妇人，脚汤也把饭菜浇，怎不去连泥咬？

（净咬地科）小便小，只有些醃齑臭。（生）休嚷，小姐叫我哩！（净）见了鬼了。

【二】（生）试听试听佳人叫，却是却是塔铃摇。魂断西厢怎生招，再不睹如花貌。（净）和尚每色中饿鬼最难熬，也不似这个酸丁要。

【尾声】（生）荡悠悠彩云飞去无寻讨，天那！今夜里怎生到晓，不耐蛩声枕畔嘈。

　　　客房无奈艳姿何，今夜凄凉怎得过？
　　　孤孀男子熬不得，不如和尚自有酒老婆。

第七出　投　　禅

（丑上）法朗做事有方，一生戒律精强。吃口粗茶淡饭，也不要斋菜酸汤。昨日经过酒店门首，被店主结扭成双。揪住头毛不放，骇得我魂魄飞扬。道我吃他半年酒肉，价钱一个未偿，小僧并不肯招认，一打打到黄堂。相公问和尚如何吃肉，小僧对答琅琅。自小吃胎里长斋，酒肉涓滴也不尝。这个主人眼暗，错认小僧难当。官府放我归去，起来抖擞衣裳。落下一块带汁牛肉，满堂腥气非常。相公问什么东西？（内）是丑座。（丑）不是，是小僧行脚的斋粮。小僧法聪的徒弟，法本的徒孙，

名为法朗。今日师公叫我打扫，不免用力扫一扫。（净上）法聪生来爽利，保养童男元气。若还撞著婆娘，便把眼儿紧闭。昨日走过石桥，见一个妇人标致。小僧略张一张，被他老公捉住。你做出家闲阇黎，如何把良人调戏？剥得精赤条赤，吊在茅厕臭处。打上有一千个响栗爆，骂了有三万声秃奴隶。那管你念彼观音，也不顾如来呕气。小僧高叫皇天，我是真僧出现。那人放了麻绳，忽然怀里小香囊儿坠地。他问我什么东西？（丑）是布袋和尚。（净）不是，是师姑与我的表记。徒弟你在这里做什么？（丑）我扫地。（净）徒弟扫地有个方。（丑）什么方？（净）别人扫地曲了腰，和尚扫地直了腰。（丑）为何？（净）和尚曲了腰，难为小和尚。譬如徒弟曲了腰，教我的小徒孙，在下头荡来荡去也难熬。（丑）师父，我若直了腰，你又不快活哩！（净）直说出本相来，师公来了，闭嘴！

【四国朝】（外上）古刹古刹闻名的，多有人来看。昨日昨日是谁来？须教礼数宽。

老僧法本是也。昨日不在家，不知有甚人来。法聪法朗那里？（相见拜外科）有人来么？（净）有个光眼睛会瞧老婆的秀才。今日又来探师父也。（外）法聪出门侯侯，法朗看茶！（净丑诺下）

【秋蕊香】（生上）今日仙姬一见，方寸乱彻夜无眠。聊借僧房息行担，强挜入脂粉队边。

（外接，相见科）（外）先生何处人氏？高姓尊名？请教。

【昼锦堂】（生）听诉衷言，张珙君端，家居西洛城边。世袭簪缨，亡父尚书官显。（外）令尊相公，必有所遗。（生）清淡！作宦自持冰一片，传家只有书千卷。（外）从哪里来？（生）萍跧转，寄迹向蒲关故友。（外）今往哪里去？（生）帝京求选。

【二】（外）详观，体貌天然。言谈俊雅，知君抱负非凡。此去春闱，必夺锦标高荐。（生）惶恐！小生欲求上刹一间小房，早晚温习经史。（外）有，有，尽奉承。（生）寓馆，不要禅堂并塔院，西厢足可停琴剑。（外）就与老僧同榻何如？（生）谁要你！花阴畔，若沾些香气，福缘非浅。

（生）白金一两，权为房价，表意而已。（外）多谢先生。

【月上海棠】（贴上）承慈旨，特来问讯维摩院。还靦觍坐著个郎君，生分不敢前言。（外）红娘姐，斯文辈礼法为先，小娘子不必躲闪。（贴拜生揖科）

（贴）含羞脸，请问著斋事行期，真信须传。

（外）只在十月十五日了，请夫人小姐来拈香也。

【二】（生）真堪羡！音娇步稳多流盼。敢是留情风月，假耻佯颠。

（生）长老，这小娘子问什么？（外）他小姐追荐亡父崔相国。（生哭科）"哀哀父母，生我劬劳。"小姐女人，尚有报父之礼；小生湖海飘零，一陌纸钱，不曾与父母。长老，五十贯钞在此，怎生可怜见，搭上一分。（外）红娘姐，这是老僧的亲眷，不知老夫人允否？（贴）既是长老的亲眷，搭一分何妨！（生）敢问长老，至日那小姐可来？（外）追荐父亲，他怎不来？（生背）五十贯钞，使得著也。

论倾国要见为难，借因由饱看一遍。钱十贯，偿买得真仙下降，万贯无悭。

小生更衣便来，红娘定出来也，等一等。（贴）我回夫人话，十月十五日准定了。（外）准定了。正是："药医不死病，佛度有缘人。"（下）（红出生揖科）小娘子拜揖！莫非莺莺小姐的侍儿么？（贴）我便是。何劳先生动问？（生）小生西洛人也，姓张名珙，字君瑞。年方二三十岁，正月十七日子时建生，并不曾娶妻。（贴）我又不是算命先生，谁问你生辰八字来？（生）小娘子在上，小生有一言敢说么？（贴）先生，"言出如箭，不可乱发。一入人耳，有力难拔。"有话便说，何妨。（生）敢问莺莺小姐，常出来么？（贴）出来便怎的？（生）小生有句知心话儿和他说。（贴怒科）先生既续孔圣之书，必达周公之礼。"男女授受不亲"，礼有明禁；"外言不入于阃"，古之格言。俺老夫人虽孀居，极有家法：世守曲礼三千之训，内无应门五尺之童。向日妾与小姐闲行，老夫人深加诮责："女子私出闺门，不妨窥视；今番再犯吾法，决不恕饶。"再三伸过，方才意回。亲生之女尚然，何况以下侍妾？先生今后有话，得说便说，不得说休说。只道你是个有学问的秀才，原来是不知羞的涎脸。呸！（下）

【南天枝】【锁南枝】（生）你舌头巧，我面子惭，胡搀胡揽是我惹祸端。小姐闺门守训，岂合到禅关，【朝天歌】临去又流目盼！红娘，【锁南枝】你意忒寒；小姐，情自暖。怎知俏心肠，暗怜念。

【二】香为块，玉作团，云蛾雪肤照映秋水妍。小生呵！风流声价，却也两堪观，做一对谁不羡。春去也，苦无多，少年小姐早成双，免牵绊。

一席无情话，冲开有意人。芳心应自许，送目向郎亲。罢！罢！书斋里纳闷去也。（下）（贴）骂了这傻角，回夫人话去。（丑）红娘姐问讯！（贴）首座万福！（丑）红娘姐，我送你出山门，那狗厉害。（贴）多谢首座。（丑）红娘姐，曾见小僧的佛牙么？（贴）没有见。（丑跪下）可怜见！（贴）怎的？（丑）可怜见！法朗不打紧，小法朗难熬，红娘姐，做个方便。（贴）胡说！我回去。（丑）红娘姐。小僧起意久了。今日难遭难遇，我有一柄牙眉掠儿，与你掠鬓，可怜见！金刚脚底下最好。（贴叫科）师父，你家徒弟无礼！（净上喝科）畜生，好出家人做这等没行止！（打科）（丑）师父，你也要的，莫打。（净）畜生，还不走！（丑下）（净）红娘姐，不要听他，我自送你赶狗。（贴）多谢首座。（净望不见丑科）红娘姐，曾见小僧的善根么？（贴）没有见。（净）红娘姐，可怜见！（贴）又来了。（净）法聪的头不打紧，只有下面的头难熬。（贴）无礼！我去也。（净）可怜见！小僧用心多时了。今日有缘有福，我有一面古镜儿，与你照面。可怜见！伽蓝座后最妙。（贴）我自有。（净顶镜跪科）可怜见！（丑潜上取镜科）（丑）师父，你做什么？（净惊回科）红娘姐呕气，要去告夫人，我替你陪话。（丑）陪话陪话真呕气，这面镜儿谁顶替？今番露出马脚来，亏你不羞管徒弟！（净）不好了！不好了！

只道螳螂来捕蝉，谁知黄雀旁边觑。

自是篱牢犬不入，贼秃何须起狗意。

第八出　赓　句

【高阳台引】【生上】舞榭无欢，歌楼没兴，新来要伴僧寮。心思艳质，目睛长注墙坳。维摩未解风情苦，向耳畔贝唱嘈嘈。是何时，罡风吹之，玉女云璈？

偶然为客落人间，月地云阶拜洞仙。愿得化为松上鹤，乘风同上沕寥天。小生只为小姐，移居寺中。打听得他每夜与红娘后花园烧香，不免先到太湖石畔站住，待他出来，饱看一回，多少是好！

【二】【头换】吟笺展尽推敲，欲把玉杯强饮，醒起还焦。脂魔粉瘴，可怜暗里肌消。苍苔白石空人迹，望双文天样迢遥。怅纷纷，寒花暮雀，相伴无聊。

【二郎神】（旦上）闺门杳，更伤心不停风雨搅，熨罢寒衣时尚早，（贴）败梧池岛，偷闲再把香烧。银蟾即渐离海峤，宝地朗光华射罩。（合）并宿鸟，你双双栖止，无端兀自噍哓。

（旦）红娘，你看今夜好月明也！（贴）风月天边有，佳期世上无。（旦）满怀幽怨事，都付一金炉。

【二】（生）皎皎，碧天如洗，平分毫杪。一处清光双懊恼，星蛾在眼，何由飞上青霄？只怕你雾隔云包话语小，那壁厢人声，双文来也，珊珊隔壁如有多娇。（合前）

且听他说什么。（贴）姐姐，香桌已完，请上香。（旦）此一炷香，愿亡过先公，早升天界！此一炷香，愿在堂老母，福寿康宁！此一炷香……（贴）姐姐，此一炷香，怎不开口？我替姐姐说了罢。此一炷香，愿姐姐寻个知心姐夫，拖带红娘风光！（生）是好知心的姐儿也呵！

【啭林二莺啼】【啭林莺】（旦）飞飞白雁云外嘹，同群何处相抛？远书肯为奴传道，【二郎神】寒蛩何苦不停呶。（贴）惊心织妇，【黄莺儿】停梭几问征夫耗。【莺啼序】（合）风色老，【啭林莺】正失路闺人，百般触目心焦。

【二】（生）停睛细觑天女娇，分明妙手难描，粉儿捏就香儿造。深深拜罢倚栏瞧，似杨妃醉后，侍儿扶起还欲倒。他步将来也，来得妙！绰起绛裙，鞋儿底样高高。

果然好女子也呵！但见花含百媚，玉蕴千辉。脂粉污天真，云霞开佛艳；料想莲台动念，顿令明月无辉。星眸剪两道秋波，檀口喷一林香气。蜀锦裤微露金莲，一钩怯怯；凤仙花染成玉笋，十点猩猩。额黄忘贴，晓妆未毕待儿催；耳坠犹偏，午睡初回慈母唤。女儿眉双弯贴贴，学画未成；孩子性半发垂垂，向人贪要。青梅弹鹊九九坠，鹦鹉知名字字呼。娇羞细语，向沈烟漫祝心词；婀娜纤腰，步苍藓生防滑足。似嫦娥窃药奔蟾宫，斜临宝镜；如二女含颦望巡狩，倚遍危栏。不从师授，自知笔墨生涯；未惯风情，已卜春心可动。不竦不垂肩帔稳，半愁半笑玉腮揾。花枝颤颤怯风寒，孤鹤翩翩乘月舞。果然是好女子也！未知他才学如何，待小生吟一首诗，看他怎的？"月色溶溶夜，花阴寂寂春。如何临皓魄，不见月中人？"（旦）红娘，有人在墙角边吟诗。（贴）姐姐，你道是谁？便是昨日二十三岁那个傻角。（旦）好清新诗，待我和他一首。（贴）你两个是好做一首。（旦）"兰闺久寂寞，无事度芳春。

料得行吟者，应怜长叹人。"（生）好酬应得快呵！

【集贤宾】新诗和出音格好，逼人清气飘飘。不枉天生无价宝，顿交我魂飞魄掉。花娇月耗，等闲间把人迷了。何日到，珊枕畔唱酬诗调？

（贴）姐姐，夜深了，回房去罢。（旦）且慢著。

【二】留连北斗已转杓，风清月白难遭。况遇知音吟咏好，怎舍得洞房归早。

（贴）且莫留挠，云帐内有人欲觉。（旦）回步小，斜趄却朱扉声悄。

（旦）枉自有心怜宋玉，只应无奈楚襄何！（下）（生）门儿哑的响，小姐去了。我想今夜一会，亦是奇逢。小姐芳心，如有所诉，被那红娘不做美，催去了。正是："有心欲诉莺花怨，无奈旁边燕雀窥。"

【黄莺学画眉】【黄莺儿】密意渐相交，怪丫鬟，故做乔。等闲打散蝇儿闹。仙姿去遥，兰香尚飘，只见松阴露湿寒塘草。【画眉序】可怜我纸帐含愁卧，如何到得明朝。

【二】妙语合风骚，赛班姬团扇谣，女流合唤都师表。微词乍挑，芳心顿摇，更酬一首你的身难保。可怜他锦帐含娇卧，如何免得心焦。

　　　　隔墙遥见俏娇娃，酬泳留连月色赊。

　　　　寂莫夜归何处在？只应和恨对灯花。

第九出　赴　斋

【绛都春】（生上）前冤业障，惹馋夫口诞，孤男心痒。坐不安身，行难举足眠还想。巴巴得见香姬面，怕的是鱼龙混攘。怎么得僻静一刻，留情半日，交言片晌？

　　小生巴了数日，甫能到十月十五日也。不免先到斋堂，伺候了小姐则个。

【出队神仗】【出队子】（净丑打钹上）连日持斋，连日持斋，奈口苶怕黄斋思白鲝，鱼鰕阵阵鼻边香。

【神仗儿】舌头拖出，脚根绊长，且把斋馒头，胡乱噇。

　　（相见科）（净）先生忒志诚，我们未梳头，又到了。（生）小生追荐亡灵，怎的不早出。（丑）先生，那小姐昨夜小肠气倒了。（净）老夫人上覆，小姐本待亲来，因为长老搭了先生一分，不来了。（生）这话实么？

　　（净）怎敢说慌。（生）小生告退，（丑）休慌！那小姐必来，又带两个好妹子。（生）只闻有莺莺一女。（丑）先生欺心，你便对了莺莺，这两个妹子，是俺师徒两个的。

【闹樊楼】【又一体】（外上）虔诚摆列诸天像，洁净斋坛，更蓺名香。贝唱声嘹亮，乐器音森爽。老衲也，谨看经，宣疏章。（合）是何人，是何人，喉咙儿声嗽响？

（相见动乐念经科）

【滴滴金】（老旦上）香汤沐罢兰膏扬，泪痕悄滴鲛绡绛。（旦）卸金钗洗脱胭脂粉，更添般清淡样。（贴）虔诚供养，愿金仙海会从天降。（合）从天降，死去生存，得免祸殃。

（相见科）（外）这是老僧的亲张秀才，也带一分。（老旦）长老的亲，便是老身的一般，（净）老夫人的女儿，便是我的女儿一般。（外）胡说！听我开启：我是阎浮普救僧，将人普救救灾星。迷途尚肯来回向，万丈灵光彻底明。（丑）我是梨园有发僧，戏文科诨尽皆能。酒肉将来做斋饭，打厢多把衬钱分。（净）我是阎浮见鬼僧，勾批在手不留停。愿得亡人归地狱，锉烧舂磨变众生。（净）大众住乐，听我宣疏：伏以阿鼻存鸠奸之律，刀剑虽排，忉利设报善之缘；金轮长转，若非慈悲以拯溺，安得罪业以潜消。伏惟三世诸菩萨，安居鹿苑，恻隐下逮于众生，稳坐莲台。灵光普照乎下土。是以途开忏悔，法有皈依。过去现在，凭金手以超凡；六道四生，照玉毫而得度。聊陈香火之仪，敢露血诚之请。伏愿亡过相国崔公，早升天界；见在夫人郑氏，永脱迷途；莺莺小姐，早谐欲界姻缘；红娘丫头，回作僧家施布。（贴）胡说！（净）其有秀才张珙，附荐亡灵。仗此良缘，普同供养。死者受快乐于天堂，逍遥自在；生者享荣华于浮世，福寿绵长。恒荫菩提之树，不沉觉海之舟。鉴此微诚，吉祥如意。呜呼哀哉，我的爷和娘。（丑）哭谁？（净）我俗家父母，也带一分，（外）请夫人小姐拈香。（老旦）张先生先请。（生）小生怎敢？（外）夫人斋主，请先拈香。

【画眉序】（老旦）长跪蓺名香，遥礼毫光双合掌。叹穷途骨肉，未返家乡。脱苦海早赴佳城，仗金手超升天壤。（合）此行步步莲花地，大家同上慈航。

【二】（生）漂泊淡行囊，一陌金钱望垂享。愿阴灵默相，早遂名场。赖佛力买转春心，就法界便成婚讲。（合前）

【三】（贴旦）叩齿祷空王，法雨飞空洗灾障，把幽魂拔向净土徜徉。保慈

母岁晚身安，复故苑旧时家当。（合前）

【四】（外）老衲谨宣扬，崔氏孤孽苦难状，共荐亡，祈福更有张郎。愿过去罪业潜消，祈未到福缘无量。（合前）

【滴溜子】（生）看艳质，看艳质，天然别样。看举止，百般停当。可怜可怜轻盈腰膀，一如掌上人，无十两；怎由我抱持来，安他膝上？【下小楼】（旦贴）那人，那人容温情爽，卖风流偷眼张，文谈诗语笑琅琅。辗转教人悒怏，对面如隔萧墙。

【耍鲍老】（生）鞋儿瘦怯行不上，似风里海棠狂。怕他飞去随风舞，倩若个牵衣幌。（旦）睛摇目荡，胆粗心浪。揾脂近粉，不怕旁人讲。（生）香风荡漾，回顾处，目流光。有意还相傍，今夜随郎往。书斋内，堪密藏。（旦）慢行乱攘，直弄到晓天苍。

【鲍老催】（丑净）法坛净爽，翻成极乐西天上，僧童五戒魂都丧。把鼓落椎，笛无腔，螺停响，无情长老神惚恍。弥陀伸手摸观音像，怎怪讶书生荡。

【滴溜子】（老旦旦贴）功果满。功果满，佛灯光亮。归去也，归去也，邻鸡又唱。（外丑净）怪煞，钟儿声撞。（生）步随落月光，素衣荡漾。（合）犹带诸天，清净宝香。

（老旦旦贴）法坛灯影晓星微，（生）何处无情报晓鸡？（合）恰是蟠桃归宴早，遥聆仙乐想依稀。（下）（生吊场）

【尾声】良宵饱看天人相，白日里花遮柳障，则索冷笑微吟独自想。

好闷人也！

佛会归来晓气清，恰如一梦恍然醒。

天公倘可将钱买，买住金乌不放明。

第十出　啸　聚

【蔷薇花】（丑上）心胆粗，没人收录，辕门自宿。孤独债儿缠，甚日还足。

小子名唤孙飞虎，一身上阵多威武，主将无端夺战功，不待升官最是苦。官卑禄薄也休提，夜间一苦最是苦。没个老婆相伴眠，醒眼看灯听更鼓。两脚伸去冷似冰，双手抱来只有我。这家妻小十二三，那家婢妾十四五。一般头面一般人，偏俺生身是泥土。因此心中抱不平，黉夜商量做贼虏。闻知普救有莺莺，一貌如花善歌舞。便领半万把都儿，围住寺门恣劫掳。驮归马上入辕门，独马单枪战一火。好似梢公打老婆，莺莺心肝呵！怕你走去枪上躲，枪上躲。把都儿每那里？（净末）将军有何分付？（丑）把都儿每听著：俺孙彪见为河中牙将，监军丁文雅无道，俺和你乘时劫掠为非。昨闻崔相国之女莺莺，寓居普救寺，不免把半万兵围了寺门，索他为妻。（净）将军取莺莺与谁？（丑）与我做压寨夫人。（净）倒乖，我每出力，倒与你受用，不去！不去！（丑）来！来！我与你分了罢。（净）怎么分？（丑）大家割了一块肉，分做五十块。（净）这使不得，大家分一夜，五千夜再转。（丑）胡说！快点人马，就此起程。

【四边静】禅关幼女颜如玉，堪将半幽独。骏马拥金钗，辕门列花烛。（合）刀枪乱簇，人马去速。得胜早归来，齐歌合欢曲。

【二】（净）孤穷寨主贪淫欲，鲜花掌中掬。强把破旗幡，改作舞裙绿。（合前）

【三】（末）将军最恨孤单宿，铁衣不曾煖。今月得妖娆，方才寸心足。（合前）

不须月老说千回，自有刀枪与做媒。

倘若莺莺不肯献，烧他古寺化成灰。

第十一出　闺　情

【燕归香】【燕归梁】（旦上）佛会归来神似痴，荡春心浑欠支持，韶华一去怎留伊。【行香子】怕蹉跎，芙蓉面柳牙眉。

与君相见即相亲，辜负秾华过此身。莫怪杨花太无赖，此心元自不由人。奴家自从那日佛会见了张生，不觉神思飞扬，无心做针指。我想光阴如箭，年少无多，终日守定绣床，何日是了？

【祝英台】守愁闺，攻闷绣，何日是完期？花老锦堂，月满芳亭，并不许我闲嬉。心知，还被他花月相磨，只怕玉颜难住。这几日，芳心浑无拘系。

【二】【换头】（贴上）娇痴！斜香肩，停绣帔，手托粉腮低。姐姐万福！你为何愁叹？莫不是望远病多，去国迷愁深？你的心为谁迷？（旦）我没有什么烦恼。（贴）姐姐，你休瞒我，才已听得了。情知，法界上瞥见多才，惹动你艳想芳思。这风味，便教佛也眉儿还聚。

【三】（旦）思之，惜花人，攀桂客，清润玉为姿。想那日彻骨俊奇，透髓才华，长疑他伴我在深闺。（贴）只被老夫人拘管得紧。（旦）空费！卓王孙枉有钱山，怎买得文君心住。娘呵，倒不如放双燕，休把珠帘空闭。

【四】（贴）还悲！万花围，千锦隔，两下费神思。他绣口喷珠，你妙手裁鸾，恰是天生一对。（旦）你休胡说！（贴）人世，容易求无价名珍，难得有心才子。君试看，嫦娥偏怜秋桂。

> 莫以贞留妾，从他理管弦。
>
> 容华难久驻，知得几多年？

第十二出　遭　难

【醉中归】（老旦上）一枝新破腊，争羡林梅晚景香，全胜我客路凄凉。（旦）六花萧飒，透入寒闺幌。（贴）登楼望，望故乡，万里云迷山川障。（合）还忆著，旧日羊羔围锦帐，

> （相见科）（老旦）孩儿为何垂鬓接黛，双脸断红？〔集句〕（旦）闭门僵卧雪漫漫，双袖龙钟泪不干。旅榇归程伤道路，干戈阻绝老江边。（老旦贴）山城尽日空花落，塞马无声草草寒。（合）四尺孤坟何处是？西楼望月几回圆？（旦）母亲，不知何日得归？（老旦）孩儿不须烦恼。

（贴）长老来也。（老旦）孩儿退后些。

【麻婆子】（外慌上）半万半万孙飞虎，贼兵围寺廊。说道说道崔莺女，娇容世少双。若还献出免灾殃。摇旗擂鼓军威壮。（老旦旦贴合）这祸从天降，教我怎支当！

> （旦倒科）（老旦）孩儿苏醒！（贴）小姐请起！（旦起科）

【泣颜回】衰运合遭殃，正穷途又值豺狼。云鬓雪项，一朝命薄秋霜。不如殉亲同葬，也图千古孝名香。可怜身出侯门，无端骨委沙场。

> 孩儿一死有三便：一则免焚灵柩，二则免害禅堂，三则全了家眷。孩儿死休！

【前腔】【换头】（贴）小姐，休慌，何须颈血污禅堂，还当忍耐有个商量。（旦）红娘有何计策？（贴）将奴替死，献出尸葬。数年长养，报主须当。（老旦）事匆匆心下无主仗，忍伊献与强徒，等闲阀阅无光。（旦）孩儿死休！

【古轮台】自思量，譬如妃子马嵬旁，绿珠楼下都成肮脏。他是金屋红妆，瑶台丽质，也作马蹄尘扬。念儿孤穷弱体，何须悒怏，瞑目甘心向泉壤，

（外）老夫人快计较。连珠炮响，听声声要毁禅堂。快请商量，有便从长。

（旦）孩儿有一计。不拘僧匠，多谋退猖狂，烟尘荡，反陪资嫁与成双。

　　（老旦）此计最好，长老你去叫：两廊下不拘僧俗，能退得贼兵者，反陪资妆，把莺莺配他为妻。（外叫科）（生上）有计，有计。

　　（外）原来是张先生。

【赚】（生）且莫张皇，我有奇谋怎不央？（老旦）张先生，你怎生退贼兵？（生）休轻觑，唯消笔仗退强梁。（老旦）多夸奖，军旅事书生未讲。（生）你怎知我兵甲胸中抱负强。（旦）天那！只愿这秀才退得贼兵者。愿伊退贼成姻况。（生）长老，烦君去告狐狗党。（外）我不去，出家人不会厮杀。教人魂丧，教人魂丧。

　　（生）长老，不用你厮杀，只去和贼子说，本欲献出莺莺，奈父丧未除，鸣锣击鼓，惊死了可惜，且退一箭之地，限三日之内，法事完满，换了衣服，方才送出。（外叫科）（内）左右的，把军马且退一箭之地，若不送出来，化为白地。上覆老丈母，招了这好性儿的女婿去！（外）贼兵已退了一箭之地，三日不送出来，我等都死哩！（老旦）先生计将安出？（生）夫人，"重赏之下，必有勇夫。赏罚若明，其计必成。"（老旦）刚才说了，退得贼兵，以莺莺妻之，决不负约。（生）既如此，请俺浑家入内，休惊了他。（老旦）孩儿和红娘入房去！（旦贴）只愿笔尖横扫五千军，刀下招成一对子。（下）（生）小生有一故人，姓杜名确，号为白马将军，镇守蒲关。此去五十里之地，修一封书请他，比及三日之内，贼兵可破，只要一个人送去。（外）我寺中一个和尚惠明，专好厮杀，除非此人去得。（生）唤他来。（外唤出科）惠明那里？（净）来了！来了！（外）惠明，先生著你寄书请杜将军，你去得么？（净）去得！去得！（生）你敢去不得？（净）说那里话！惠明从来有福，专吃猪肉狗肉。我佛赐得一臂神力，真个高强脱俗。二十年梨花枪没个敌手，十八般少林棍使得惯熟。四大金刚见我低头，八部龙王就地拜伏。半口气吸干了恒河沙水，一只脚踢倒了须弥山谷。鲁智深叫俺为师爹，孙行者唤我做师叔。闻得先生叫我传书，拼一命去如风速。（外）你怎么出得山门？（净）我扮做行脚僧人，假意啼啼哭哭。放我出去求斋，我两个儿女要吃粥。（生）儿女在那里？（净）老夫人是我的长女，张秀才是我的眷属。（生）胡说！不放你时？（净）他若不放俺行，一交跌他一个骨碌。（外）甚气力跌得他？（净）眠在山门地下，绊倒他马蹄人足。（外）倘或拿住你时？（净）倘或拿住我时，便告大王息怒。我与你名字连属，和你同功一体，不须翻转面目。（外）怎么说？（净）常言道"秃贼秃贼"，又道是"贼秃贼秃"。（生）休说出本相来。你拿这封书去，仔细！（净）先生放心。（生）殷勤尺素书，寄与蒲关友。（老旦）但愿早兴师，一鼓清狐狗。（下）（净）此间山门前了，不免直撞出去。（丑末外）拿住！拿住！这秃子那里去？

【扑灯蛾】（净）五台行脚到，五台行脚到，恰好雄兵撞。三朝不餐斋，弄得眼花身弱也，大王望放出求粮，肯忍一命丧？（丑）你敢透漏消息？（净）怎敢去说短论长。（丑）左右，既是行脚僧人，放他去。听伊言，其情不谎；放伊行，休教透漏我关防。

　　　　暂放行脚僧去，以后不为常例。

　　　　若还回见大王，送个白马儿表意。

第十三出　请　　援

（末上）鸊鹈新淬剑光寒，丈八蛇矛左右盘。为问麒麟高阁上，谁家父子勒燕然？自家乃是杜元帅府中一个牙将的是也。俺元帅真个资兼文武，名震羌胡。作万里长城，分九重忧念。十二铜符高挂时，夹河演武；三千金甲密围处，虎帐谈兵。独当一面，有八面威风；拱卫一人，过万人胆略。不让他关云长威震华夏，肯学那孟明祖渡河焚舟；剑沈黑水，曾斩秋潭双角蛟；箭劈黄云，要射南山白额虎。呜呜的鼓角吟风，飘一天朔气；猎猎的旌旗映水，发万里秋光。冬深西渎庙，雪花开旗节烂如银；冷水望川亭，江梅发马蹄香似玉。夜卷牙旗千帐雪，朝飞羽骑一河冰。道犹未了，将军早上。

【北正宫】【端正好】（外上）展龙韬，看星剑，办赤意锁钥蒲关。清时闲却将军算，肯把萧墙患。

　　将士每那里？（众）将军，有何指麾？（外）左右，俺奉皇命，镇守蒲关。近日监军丁文雅无道，以致部下将卒，乘时劫掠，昨闻孙彪一军，潜出为非，不知虚实，你可仔细打听，有细作拿来！（净）心慌来路远，事急出问迟。此间是杜将军辕门外了，不免撞入去。（丑末）拿住！拿住！告将军有个秃子做细作，砍了罢！（外）且住！拿上前来。你这秃厮那里？（净）我的头在那里？还了我。（丑）呸！在裤裆里？（净）告、告、告将军，小僧是普救寺尼姑。（外）尼姑这般模样？（净）差了，差了，是和尚。（外）怎的说？（净）待我说：

【滚绣球】辕门猛虎飞，野寺流莺怨。五千人夜渡黄河岸，把山门铁桶样围坚。全盔照雪明，铁甲辉霜寒。声声说莺莺美艳，硬风流要结姻缘。从他呵，驮归山寨云和雨；不从呵，抢入禅房化作烟，战鼓喧天。

（外）你那里寺中人如何？

【叨叨令】（净）惊得生太君绣裙边泪痕斑，死相国旅梓内魂魄散，险将那娇娥血溅慈悲院，急忙里拔刀相助，找不出英雄汉。兀的不敬世尊也么哥，兀的不念观音也么哥，世尊眉皱观音叹。

（外）他军马强壮么？

【倘秀才】（净）使长刀吓得他金刚气软，放冷箭惊得他力士心战。响喤喤鸣锣月下喧，红猎猎彩旗儿风中飐，叫杀连天。

（外）谁著你来？

【滚绣球】（净）多谋翰墨才，有义文章汉，谢张生挺身救援。他说我生死交杜公官显，修封鱼雁书，赚出虎狼关。待请你除残去患，休得要托故迁延。你不去呵，害他孤寡威名损，负却交情义勇悭，早早加鞭。

（外）原来恁的！只怕天寒难以进兵。

【白鹤子】（净）久慕你一剑飞霜曾缚虎，百发穿杨解哭猿。似恁的人马肥，怕甚么冰霜患。

【尾声】哀声活佛怜，怨气连灯暗，似鱼儿在釜内难施展。将军，连夜长驱莫辞远。

（外）君瑞书何在？（净）有书在此。

【驻马听】（外）"珙拜兄前，近荷相留感不浅。偶尔薄游数日，与崔相孤嫠，旅榇禅关。那无端飞虎索花颜，蓦教贱子遭危难，望赐周全，早除强暴全交愿。"

既君瑞有难，不可不去。头目每，此去普救寺多少路？（末）启将军，只五十里之地。（外）星夜点兵前进，此及到时，飞虎措手不及。听我号令：

【二】快整戎鞭，冒雪长驱不久延。刀都出鞘，人要衔枚，马不离鞍。（末丑）扫清狐鼠觉方还，保全莺燕巢无患。（外净）友道真坚，提孤拔寡平生愿。

（外）左右的，就此起程。

　　　　雄师一万要兼行，管到蒲关天未明，

　　　　一举扫清乌合觉，诸君何以答升平？

第十四出　解　围

【桃李争放】（丑上）三日限满，稳做新郎，这场乐事怎当？

　　帽儿光光，定做新郎。今日且喜三日限满了，左右的，叫快送出莺莺来！如不送出，烧毁禅房，僧俗不留一个！（末叫科）（内）待等白马将军来，送出来也。（丑）胡说！白马将军自在蒲关。休听他，抢入去！（末）将军休去！是前日秃子走了消息也。（丑）休听他，抢入去！（抢入科）（外上）咄！那里去？

【划锹儿】无名小卒轻为乱，奸人子女太凶顽，不将伊斩千段，誓不便还。

（合）马蹄并旋，各呈手段，狭路厮逢，怎得脱免！

【二】（丑）破人亲事心不善，与伊平昔又无冤。容人做方便，佳期在眼前，

（合前）

　　（做败科）（外）且喜拿住贼子了。左右的，押过来！（丑）告将军，小卒怎敢作乱？只因丁文雅失政，胡乱抢物充饥。（外）奸人子女，岂得抵讳！（丑）将军，一物不成，两物现在。小人原是童男子，莺莺不动半毫分。看佛面上，放了我罢。（外）俺手里放谁？（丑）将军放了小人，寻三般好东西谢你。（净）胡说！什么谢将军？（丑）小人寻七领布衲，七只碗，七条竹竿谢你。（净）这是怎的？破人亲，七代贫。与你布衲碗竹，留七代子孙叫化。（外）胡说！快押入河中府监候，奏闻区处。（丑）枉自劳心做一场，老婆不得又遭殃。始知粗汉围萧寺，似送书生入洞房。（外）请君瑞、夫人厮见。

【霜天晓角】（老旦生）狂徒退了，答谢将军惠。

　　（相见科）（老旦）将军起死，无可相酬。（外）下官来迟、有累惊恐。（生）哥哥，尊颜久别，丰采凛然。（外）兄弟，何不赴京，淹留在此？（生）夫人许我婚事，了毕便辞。（老旦）将军少解戎衣，且吃筵席。

院子，将酒过来！

【划锹儿】（老旦生）孤孀举眼无门盼，得君提撮是前缘。全家脱灾患，恩如泰山。（合）刀兵寂然，壶觞笑喧。依旧梵宫，一尘不染。

【二】（外）看来吾弟文星现，阴中相国助威权。老夫用力浅，何劳盛筵。（合前）

【铧锹儿】（生）书生福浅，醉梦里凭君唤转。不枉了救人患难，方见交全。（外）异体同胞合救援，何须挂言。（合）交谊显，仁德传。佛前都祝愿，自此平登玉殿。

（外）告退了，待贤弟成亲，再当趋贺。

客中无物谢全生，方信当年结友情。

试看凤楼先赴约，直教麟阁后标名。

第十五出　邀　　谢

【黄梅雨】（生上）战鼓才空，又听笙歌声哄。佳期近，此处留侬。把头颅修拢，准备赴桃源仙洞。

"胜里金花巧耐寒，女墙无树不栖鸾。""蓬山此去无多路，青鸟殷勤为探看。"老夫人许将小姐配我，早上皂角打了两丸，靴袜刷了几度，准备做新郎也。如何此时不见邀来？

【金鸡叫】（贴上）排列神仙从，看翠车已骖双凤，为报东君须欢拥。打叠黄齑，把绣幌香醪送。

（相见科）（生）小娘子来也，有甚见谕？（贴）我不说，先生先许赏赐。

（生）小生客中，没甚送你。（贴）表意而已。（生）细网巾一百顶。

（贴）要他何用？（生）怕你孤老多，要做表记。（贴）呸！我不说，回去也。（生）小娘子，小生异日满头花，拖地锦。（贴）老夫人著我来请你毕婚。（生）快活！请俺做亲，我去也。小娘子，敢问那里怎生景致？

【望吾乡】（贴）雪霁残冬，晴梅点嫩丛，锦裀绮席金炉拥。沈香火爇龙笙奏，葡萄酒，佳人奉。（合）诚心美，报礼重，匹配上鸾和凤，【妆台望乡】

【傍妆台】（生）叹飘蓬，客囊无物办茶红。仗一点温柔性，去偎傍粉娇容。倘听著风约湘裙珮，胜捱过月底梵林钟。【望吾乡】（合）芳缘美，花福重，稳镇合丹山凤。【解酲望乡】【解三酲】（贴）看兰堂月华初涌，小梅舒玉围香拥。锦天绣地神仙洞，料诗魂也飞冲。看你语意温恭容态雅，怎教有意莺娘不顺从！【望吾乡】（合）娇音美，嫩意重，好不了双飞凤。

【皂角望乡】【皂角儿】小书生胡言有功，这喧争翻成笑哄。一封书便为定红，做冰人感谢贼人兵动。今日后醉瑶琴，吟素月，步蟾宫。封花浩，一门荣宠。【望吾乡】（合）前程美，佳名重，不枉了云霄凤。

（贴）张先生，听我分付。（生）小娘子，有何见教？

【罗袍歌】【皂罗袍】（贴）才是腰身儿怯耸，劝君家宁耐，凡百轻松。休猜败柳任东风，调雏手段今番用。灯前熟话，心同意同；枕边微搂，情浓爱浓，休教乱番红浪莺娇哼。【排歌】（生）承教导，敢不从！浑身珠翠谢轻红。【二】濩落在江湖没踪，似月明乌鹊，绕树无从。今日里侯门坦腹喜相逢，他日个云程进步行当用。雪窗蚁酒，酬同劝同；兰衾麝席，欢浓爱浓，只愁夜短晨鸡送。（贴）鹊桥驾，凤蜡红，请君急去莫从容。

（贴）先生请行，（生）小生随后便来也。

喜筵已办请先生，不用催批即便行。

诸佛闻知也应喜，争教儿女不留情。

第十六出　负　盟

【临江梅】【临江仙】（老旦上）最苦孤鳌生祸梗，多君救我残生。【一剪梅】（旦）华筵高列理相应，（贴）人值欢情，景值春情。

（老旦）飞花消尽渐东风，（旦）景入新年暖气融。（贴）试看江梅如有意，枝枝双萼笑春红。（老旦）红娘，张生怎不见来？（旦）张生来了。

【生查子】（生上）客路乏茶红，黾勉成交庆。满眼物华新，助我于飞兴。

（老旦接科）先生恩德如山，无可报答，请先生坐，容老身再拜。（生）小生卑幼，怎敢？（老旦）孤儿旅榇逢奇祸，谢得飞书延旧故。雄兵平贼保全家，此德分明难负荷。（生）从今便是一家亲，不必重提怨与恩。（旦）才郎性意何太急？老母心肠未卜真。（贴）先生不用辞此酒，知恩报恩古今有。（生）试看残雪压春枝，愿得白头镇相守。（老旦）先生请酒了。

【大圣令】【大圣乐】阖门荷你全生，馨家酬，还是轻。西厢下移住相邻并，早晚里妾看承。（生跪科）小生搬来。（老旦）莺莺向前来，前来拜了哥哥也，兄妹从今结义称。（旦）俺娘变了卦也！（生）夫人何出此言？

【宜春令】（生旦合）不堪听。十分顺事，平地生梗。（生叹坐科）

【二】真心为慕莺莺，冒刀头，请退兵。当时事急亲曾定，太平日，却翻腾。夫人呵！分开并蒂枯还并。捏做连枝活不成。（贴）莫急性，人前息怒，有负尊命。

（老旦）红娘再劝一杯！（生）我不要吃了也。

【大宜春】【大圣乐】（旦）恨奴命薄似春冰，才脱难又陷入是非坑。当时死却翻干净，【宜春令】免今日负人薄倖。（老旦）莺莺，你休生分，哥哥是一家亲义，好频相敬。

【二】（贴）自古道"好事难成"，请君瑞且自慢心情。三杯更尽尊前兴，待异日宛转说明。先生再请一杯！（生）喉咙鲠，这愁浆怨液，吃还成病。（生跪科）

（老旦）莺莺，且入内去！（旦）有分只熬萧寺夜，无缘难遇洞房春。（下）（生）夫人行有一句话，敢说么？（老旦）先生有何言？（生）昔日夫人为兵戈势急，许爱女不拣僧俗成亲，小生恻隐心慈，请故交即把强徒退灭；今日事宁，乃教爱女为妹，他日女嫁，更与何宅为婚？要盟之语尚存，香火之情安在！（老旦）听先生之言，岂不有理？奈小女之配，定于少时。既许老身侄儿郑恒为妻，难负先夫相国存日之约。先生才貌超群，岂无高门缔好？老身金帛颇厚，愿助行橐资粮。非负深恩，实存先誓。（生）出万死，得一生，实慕莺莺才色；纵黄金，与白璧，岂是区区素心？只此告辞，不必再说。（老旦）红娘，哥哥醉也。扶去书院，明日再讲。（老旦）先生息怒且安身，（生）赖我婚姻岂是人！（合）惟有感恩并积恨，万年千载不成尘。（老旦下）（生吊场）红娘姐，千巴万巴，巴到今日，怎知老不贤背恩如此！借你白绢帕儿，结死了罢。

【三学士】盼到佳期成画饼，教我怎度余生？不如花柳丛中死，脂粉埋身魄也清。薄义太君心铁硬，全不记佛前盟。

【二】（贴）少年狂生休急性，听妾有个商评。闻君妙得蕉桐趣，小姐呵！自小知音寄此情。今夜月明同一听，看他意，肯不肯。

（生）如此多谢小娘子，只怕小姐不出来。

（贴）管你出来。

试鼓求凰对明月，引将青鸟下瑶池。

第十七出 衍诨

（丑上）老身姓张名盼盼，自小风尘吃衣饭。而今年老当家，端的劳心营办。柴米油盐酱醋茶，那件事不是自身当？秦楚燕齐韩赵魏，甚处人不曾接遍？王巴每只管吃酒赌钱，小娘儿又要浓妆艳扮。官司门户紧急，人情分子不断。因此上要赚些钱钱钞钞，真个也哄了千千万万。做就下地网天罗，那管你石人铁汉。看经念佛，是俺迷人魂的说话；浓茶好酒，是俺剜脑髓的刀剑。冷落时与你一把火，紧要中放他一步慢。谁说你无潘驴邓小闲的人才，怎当我有虚骑盖漏走的手段。焰腾腾平地风波，明晃晃无雷闪电，假饶你伶俐惺惺，弄得他肉飞片片。饶君识尽个中机，怎忍一时心火乱。老身这几日没客来，不免唤女儿门首站站。二姐那里？

【梨花儿】（贴上）生长章台娇又痴，朝朝门首和姊妹嬉。两日无人娘聒絮，嗏！怎生不见情人至？怎生不见情人至？

　　妈，拜了！（丑）我儿，你心上人怎不来？（贴）昨日差后生请去，今日来也。（丑）门首望望。

【秃厮儿】（净上）失却鸾雏不愿归，荡无拘，顾他家破并人死！青楼美女随心意，虽没钞，且闲嬉。虽没钞，且闲嬉。

　　小子郑恒，失了老婆，一向流落长安，眠花醉柳。此处是张二姐家，二姐有么？（丑）郑相公，多时不见！（净）一向攻书无暇。（丑）闻得你在李大姐家嫖了，怎么又到此？（净）休管，教女儿出来。（丑）相公有钞，取来办酒。（净）我忘记带来。（丑）呸！有心要嫖院，不带钞？（净）你省得么？嫖不带钞是古语。（丑）女儿客邀了去了。（净）我进去看，呀！在这里。二姐拜揖！（丑）二姐有人约下了。（净）臭歪辣，直恁无礼！（贴）好子弟骂我！我虽是衍衍人家，一生志气无比。枉你做个相国舍人，原来不知礼体。有甚软款温存，那些风流诗体。眼中不识一丁，肚里全欠墨水。借得几件旧衣，也来这里夸美。谁不知卖了爹娘田产，来歇这几日子。瘦驴儿跳了多少槽，木刀儿哄得谁人死？东家许了钗钏，似海底捞针；西家说送衣服，如白日见鬼。到处措宿强风情，并没个粉头爱你。你不是郑元和，来俺这里沿门叫化；又不是韩熙载，来俺这里油头油咀。本待骂上你几句，只说俺做小娘儿的无礼。老娘眼空四海的花魁，那希罕你这不著人的狗腿。（净）你本是乌焦柴段，假妆上胭脂粉黛。头毛稀亏了髭子帮扶，脚儿大苦了裙儿低盖。人面前茶也不沾，背地里黄米饭生捱。一年四个生日，三年当一岁。不知受了多少大劈柴，学得几句歪曲儿。会见人时百样情浓，过去后分毫不在。二十年前拿班儿做乔，三十岁后挑上门儿难卖。谁不知道你是讨得的奴才，也向我行口快。你说是有名的猱儿，俺看你不值一根青菜。小苏卿也上了茶船，李师师也卖在湖外。你道妈是你的亲娘，不知你妈那里做乞丐。本待捋下你的鬓毛，又恐误了你酒楼上的买卖。少不得下梢头一把火烧开，待来生做驴马人间尝债。（贴）郑恒好无礼！（净）罢！罢！你不合先骂我，子弟尅膝软如绵，摆一锭银子在这里，办酒来！（丑）我说郑官人，大财大用。呵呵，是请客？是独饮？（净）休管！好东好西，只顾拿来。（贴）妈，叫隔壁杜韦娘，对门董妖娆，前面黄四娘，后首苏五奴陪酒。（丑）我儿，他有客，只交妹子称心儿唱罢。称心儿那里？（旦抱琵琶上）（丑）郑官儿请坐，我拿酒来了。（下）（净）好天生一对姊妹！愿闻妙音。

【北沽酒令】（旦贴）早晨时你去离，到日落不见归。倚著门儿盼杀伊，月渐过杏花西。莫不是荡心无系，别觅个有情佳丽？不记那月底言词，冷落了绣围春意。清淡了鸳鸯香细，短命的在那里？闹花中醉迷，等得咱夜阑无寐。

（净）唱得好！我也唱一个曲儿。

【清江引】谩说虔婆每毒似虎，也被吾瞒过。封将一块铅，吃得脚儿矬。这情由弄出来，急早趖。

姐姐，你看梁上一个白老鼠。（旦贴仰面科，净走下）（旦）妈，郑官儿走了。（丑）的？（贴）那贼走了，你瞧瞧留下的银子。（丑看银科）呀！那里是银子，一个铅锭，干吃他哄了酒食吃。（旦）妈，赶上拿住，送到礼部去！（丑）罢！罢！我儿，他又不曾欠俺家歇钱，由他去罢。

乔败落假钞虚赔奉，呆顶老真情空还送。
强中的更有强中手，弄猢狲反被猢狲弄。

第十八出 写 怨

【一枝花】（生上）黄粱犹在案，一梦难追挽。自怜憔悴质，怎排遣？顾影回头，似有人呼唤。恍然神思倦，欲觅僧关，又怕暮景凄凉难看。

【如梦令】早约双成同驾，阿母不忻嗔骂。失脚落尘凡，又是三生旧话。千罢万罢，闷坐帘儿底下。晚上红娘著我月下弹琴，以观小姐心事。天色昏也，不免取琴和一和。琴童，将琴过来！（净上）无心看书卷，有意鼓瑶琴。官人，琴在此。（下）（生和弦科）琴呵！小生湖海飘零，相随数载。今日大事，都在你身上。天那！怎生借得一阵顺风，吹入小姐粉妆成、玉捻就、俊俏知音的耳朵里去？

【梁州新郎】【梁州序】霜凝悽恨，梅含酸怨，即渐春宵月半。心埋欲火，那知十指清寒。慢自邀求素轸，买讬冰弦，怎见得知音面？辛勤孤凤曲，有谁传，愿借天风送耳边。【贺新郎】（合）残画蜡，冷香篆，萧墙对面千山限。何日里，得相见？

  （旦上）飒飒春风细，瀼瀼玉露寒。（贴）月华应自笑，空照绮罗筵。

  （旦）我想今日枉劳了这一席酒。

【二】同心孤绾，欢杯单劝，总是钓愁钩线。归来无语，含情彳亍庭前。是什么响？（贴）姐姐猜著。（旦）敢是僧翻贝叶？（贴）不是。（旦）鹤唳庭皋？（贴）不是。（旦）何处声葱蒨？（贴）姐姐，向前再听。（旦）傍花还侧耳，韵悠然。我理会得了，谁把丝桐月下弹。（合前）（生）那壁厢有人声，想是双文来也，再鼓一曲。

【三】乍偷弹落叶哀蝉，雊朝飞没妻愁恋。有当年卓女，寸心撩乱。我小生呵！只怕今人有恨，旧谱无心，难把芳情变。（旦）呀！弹乱了也。（生）是弹乱了，宫商纷不整，托勾偏。小姐，趣在知音不在弦。（合前）

  （贴）姐姐，你道是谁？是张先生。（旦）其声清，其曲幽，凄凄然如
  泣如诉，如怨如慕，使我闻之，不觉泪下。

【四】听冷冷是夜月孤猿，更溶溶如落花春涧。使伤心人听，泪痕双溅。只怕万丝缠结，两足牵留，空腹无肠断。（生）夫人虽则薄悻，小姐岂宜无情？背义忘恩，前言安在！（旦）张先生错埋怨了人，劝君休恨我，怎周全？天哪！我一身呵，俯仰由人实可怜。（合前）

【节节高】（生）西风把袂揪，韵翩翩，黄云白雁如凝怨。凭雕槛，独自妍，难厮见。愿魂化作琴声远，飞飞悄向佳人畔。（合）无奈铜壶递晓筹，东君欲醒须归院。

【二】（旦贴）清音洒碧天，恍通仙，高山流水人争羡。空江湛，好月圆，知心伴，此时此景真难判，明朝明夜谁能管？（合前）

（贴）姐姐，归去罢，老夫人醒也。

【尾声】（旦）人逢月满琴如愿，奈更阑各抱闷还。（合）依旧青灯对掩关。

（旦贴）弹到月明齐拍手，不知原是断肠声。（下）（生）那壁厢悄然，想是小姐去也。琴童，收拾了琴。（净上）忽地叫琴童，琴童在梦中。夜深不肯睡，恼乱粉墙东。官人，这时候不睡，只管弄那棺材盖何用？（生）鼓琴。（净）衣服未脱，先寻布裙。这一块底板，上面许多脊筋，下面两个窟窿，是什么东西？（生）这是龙池凤沼，玉轸金徽。上有七幽，准宫商七音；下有雁足，按两仪妙用。（净）我那里记得许多说话？（生）也罢，我作一首诗与你念著，好记。（净）念来。（生吟科）囊下生材盖世清，良工斫就擅玄精。龙池变化通天妙，凤沼玲珑彻地明。玉轸巧含蚕缕细，金徽娇放好音轻。宫商尽付诸弦上，弹到唐虞世道亨。（净）做得好！小人和韵一首。（生）你那里省得？（净）我念：一捻腰儿骨格轻，向人膝上逞妖精。下头底板天坐孔，上面星眸分外明。雅称石床眠得稳，可怜双手抱来轻。官人，你若还拨动莺莺琴弦趣，百样娇声一味亨。（净做亨科）

第十九出　传　书

【山坡羊】（贴上）命悬悬不尴不尬的子母，乱纷纷无拘无管的豺虎，意蔼蔼有信有行的秀才，气昂昂多勇多智的将军杜。把贼徒似西风扫落梧，全家唤醒出黄泉路。恩德如山，婚盟怎负？难孤对双双天生夫与妇，如何虚飘飘捻做妹与哥。

两只天边雁，飞飞被网罗。笼中恐相失，哀叫隔烟萝。我想全家儿起死回生，皆张解元之力；老夫人无故赖他亲事，岂能服人！昨夜姐姐听琴，已有微意；今日不免到书房报知张生，只说小姐使我相探。此处是西厢下了，开门！开门！

【二】（生上）黑沈沈不明不白的肺腑，荡悠悠难收难放的肢股。温曤曤半冷半热的布衾，叫呜呜似泣似诉的琴调楚。（贴相见科）张先生，为何愁叹？（生揖科）肉已无，茎茎骨可数，此来望把残生度。（贴）我不是太医，怎生医你？（生）小生得小姐一点美甘甘、香喷喷、凉渗渗唾津儿咽下，便好了也。倘得一饮天浆，免归地府。（合前）

【三】（贴）姐姐呵，昨宵中玉琴边闻调抚，叹一声心口儿相答互。（生）小姐之意若何？（贴）他这老夫人将义海戽干，累却我空把盟山化土。郎恨奴，怎生由得我？雕笼怨尽红鹦鹉，倘得高飞，一双鸣舞。（合前）

（生）既如此，小姐必有美意。小生修书一封，送去如何？（贴）虽然如此，只怕小姐做假，不肯受。（生）事未可知。琴童，取文房四宝来！

（净）欲求洞房，且用文房。惹了尊堂，打出禅堂。笔砚在此。（生写科）

【四】塞胸膛一万重愁和苦，满乾坤三千界冤和负。说来时吃干了沧海波，写出去秃尽了中山兔。忍泪书，十分无四五。玉人倘降星眸睹，笔底收功，琴边通路。（合前）

【西河柳】（贴）意态多，文字古；花笺恍见蛇龙舞，香墨全无一字涂。可知君子儒，引动闺阁妹。三载墙头窥宋，不枉东家女。这封书呵，不信娇莺翻嫉妒。（合）果然是引魂符，铁石心肠也自磨。

（生）书已完了，一双枣儿，烦小娘子送去。（贴）枣儿何用？（生）教他早早成双。（贴）我不去，叫我一声娘。（生）是我的亲亲。（贴）无礼！我不去。

【二】双膝跪，满口呼，亲亲的娘！（贴）我的乖乖的儿！（生）微词好把衷肠诉，珍重能言张与苏。（贴）却怎么说？（生）辛勤万里途，羁留为那个？纵是高堂撄截，你心肯谁能阻！这双枣儿呵，教他早早成双休自苦。（合前）

一封心事讬香鬟，此去佳音料必还。

倘得橘皮一片吃，此生不忘洞庭山。

卷　下

第二十出　省　简

【破挂真】【破阵子】（旦上）听罢瑶琴音在耳，心如风里游丝。【挂真儿】凤帐深深，鸳衾款款，春困又添娇睡。

〔风光好〕睡来迟，起来迟。春困淹淹入四肢，对花枝。双娥锁尽人间怨，有谁知？窗外流莺风外丝，卷帘时。母亲处问安起早了，不觉神思困倦，再睡些儿。（做睡科）

【金钱花】（贴上）十分春意浓时，一庭花色如脂。日高闺里悄无谁，猫引子，卧氍毹。蜗出壳，上垣依。

你看俺姐姐卧房中好景致！但见景物清奇，安排济楚。四壁图书可爱，一庭花木生香。清风动铁马叮当，白日映珠帘锁碎。低低银架，锁得红鹦鹉；小小盆池，养著绿毛龟。一枝红杏，馥郁含娇；几片锦川，玲珑欲舞。柿漆钿奁藏印色，红泥粉壁挂瑶琴。茶炉细碾凤团，香串半含玛瑙。乌皮儿摆列的是陈玄毛颖诸先生和那子墨客卿，写成柳絮因风句；沈香阁铺陈的是周敦商鼎钟王字和那隋唐名画，做就西园翰墨林。葵花盒盛著孙仙少女膏，鲤鱼盆安著唐宫迎蝶粉。锦帐挂双钩，重重暖气；象床嵌七宝，片片真花。西洋被不整，微露两只凤头鞋；苏州席平铺，高拥一团冰雪体。斜褪宝钗酥臂曲，半开檀口玉腮温。不如清梦归何处，应在蕊宫仙会中。小姐恁早晚兀自睡哩！昨夜张生教我送柬帖，只怕他有些乔撇清，只好放在妆盒儿里，待他自取看。

【白练序】红轮起，锦帐贪眠蝶梦迷。只疑是未醒，卯酒娇吁。轻启宝镜帏，悄放鸾缄佯不知。（旦动身科）（贴）不起，浑一似海棠著雨，袅娜低垂。

牵情只在两行字，见意应知一片心。（下）（旦起科）

【二】惊回，把锦被推，强整搔头力尚微，破好梦怪煞花底莺啼。床西小步迟，行傍妆台拂柳眉。（开盒见书科）呀！只见封题字，更加双枣，此意何为？

原来是一封柬帖，两枚枣儿。是那里来的？

【绣带儿】“张珙拜芳卿妆次：双枣聊表微意，恨书帏寂寞无聊。相如传借读还伊，休迟！此生不得文君会，也玩他卷中风味。倘若得琴上收功，果然不枉，佳人才子。”

这是红娘起的。红娘那里？（贴）怎的？（旦）兀自不跪哩！怎么将这封柬帖来调弄我？（贴）什么柬帖儿，我不知。（旦）这一封书，一双枣，那里来的？（贴）昨日老夫人著我看张生，他与我的。我又不识字，知他写什么？（旦）送去老夫人处，打这小贱人下截！（贴）姐姐，可怜见！我的不是了。

【二】（旦）清绝地玉洁冰奇，不许一点红尘轻黷。现放著相国家风，是什么圣善严威？（贴）姐姐，不干我事。（旦）休推！是伊勾引闲花柳，怎赖得蝶使蜂媒。张生呵，胡乱觑这双枣儿，他要早早成双，催花结果，我的赤心难系。

（贴）姐姐息怒，妾身再不敢了。（旦）起来！只饶这一遭，下次不许。（贴）多谢姐姐，不敢了。（旦）闻得张生有病，是何症侯？（贴）张生近来害得重也！（旦）怎不服药？

【太平乐】【醉太平】（贴）他因伊，星眸泪渍，文心病搅，仙方难治。【大胜乐】东厢立尽桃花月，【醉太平】朝夕里盼煞佳期。（旦）何须恁的！（贴）堪悲，天来大恩泽化成灰，怎消得不平闲气？得个兰消惠息，其间病势，洒然离体。

【二】（旦）休迷，男儿志气，书中有女，怕无佳期！若看轻薄相如传，怎不学他献赋丹墀？应知，博陵清白旧家规，怎轻发不根狂语？今夜调心养性，淫词艳句，枉劳神思。

红娘，你将我一封书与他，下次不可如此。（贴）理会得。

【浣溪黄木衫】【浣溪纱】他饥懒食，寒不絮，朝怕坐。夜无眠时，孤灯对影暗魂飞，逢花听莺都惨悽。【降黄龙】泪洒残书，捶屏拍案，一日几回！【啄木儿】传鱼送雁嗟无计，撩云拨雨知无地。【红衫儿】只把笔尖含褪芒儿，叫不应声声淑女。

【二】（旦）恩本重，心自知，奈卑幼怎逆亲慈！三春正是畅怀时，那杜鹃啼血空满枝。何不高飞，与良朋宴饮，好客论诗？从今要把猿心系，再来休遣鱼音递。只向三经七略研几，怕不到高飞远举？

殷勤传语与狂夫，莫把污泥染玉壶。

好鸟应知笼不住，请君别处去张罗。

第二十一出 初 期

【香醉双罗歌】【桂枝香】（生上）春光难买，少年不再。看蜻蜓也两两雕梁，怎叫咱孤栖金界？【醉扶归】把云山看来如眉黛，【香罗带】桃花醉折，恍疑香腮。【太平歌】莺儿飞过，只道是他来，恍惚半痴呆。【皂罗袍】吟诗走韵，写书半歪。【桂枝香末】闷似芊芊草，芟除又满阶。

　　小生自听琴以后，日增困病。红娘赍书去，又不见回音，怎生是好？我想日子好难过！

【二】黄昏难耐，百愁都会。当初望花烛交辉，今日个寒灯无彩。听残漏声朦胧睡，依依似到，笑容盈腮。偎香抱玉，多少恩和爱，觉后更伤怀。天明灵鹊，喳喳绿槐。敢是佳音到，缘何喜信催？

【绕红楼】（贴上）著意栽花未许开，一场闷自取将来。（生）有甚回音，怎生看待？（贴）险去惹伤灾。

　　（生）小娘子，这书去，小姐如何？（贴）小姐见了大怒，要打我来。

　　（生）恁的无情！

【桂枝香】（贴）他道你风流无赖，简帖意歹。不说起烈女门庭，却要学相如科派。奈文君性别，奈文君性别，险些事败。花言劝解告多才：敛却弹琴手，留将折桂开。

　　（生）小姐你忒薄情也！

【二】百年婚债，一朝翻赖。指望你密意相怜，你却又撇人不睬。论退兵厚惠，交言何害。枉劳执隘告裙钗，若得花星照，何须桂子开。

　　（贴）我说也不信，小姐有回书骂你。（生）有这场喜事，怎不早说？（开书科）呵呵，一首小诗："待月西厢下，迎风户半开。隔墙花影动，疑是玉人来。"呀！之来小姐骂你都是假，这诗约下我了。（贴）他怎便约下你来？（生）"待月西厢下，迎风户半开。"今夜小姐待月开门等我；"隔墙花影动，疑是玉人来。"著俺跳墙进去相会。（贴）胡说！没有这话。（生）小生是猜诗谜的状元，那里错也？（贴）你看我姐姐弄乖，连我也被他哄了。

【三】佳人堪怪，计深如海。向我处假药胡推，对别个真方自卖。猜诗藏谜，猜诗藏谜，勾将心爱。踰墙厮会隔花来，不是韩生手，难将贾壁排。

【四】（生）清词无赛，芳心相对。试教我展步云梯，恰一似飞腾天外。向曲房香霭，向曲房香霭，万花深队。素娥幽会畅心怀，月底携纤手，灯前贴粉腮。

（贴）这乔才，你早则喜也，听我分付你。

【羽调】【排歌】靠著高槐，红栏半歪。攀花直上墙隈，休伤碧瓦被人猜，铁马檐前悄莫筛。（合）低声唤，缓步来，靴尖休印在苍苔。款款抱，慢慢捱，女儿性情不禁排。

【二】（生）月印云阶，人眠小斋。侧身绣户轻推，相逢先诉闷情怀，偎热方将风结开。香传唾，汗沁腮，一团儿拥住不教开。说起处，骨都解，此时相见想痴呆。

【喜还京】（贴）一自花开，他对花儿日长悲忾。谁道花是良媒，墙外搴来并蒂栽，（合）这的是花福浩大。

【二】（生）心胆犹孩，软懵腾倒入怀来。玉股枕他金钗，那一弄儿风流透脑袋。（合前）

题诗暗约有情郎，却向人前假著忙。

今夜月明伊少待，隔墙催唤共商量。

第二十二出　踰　垣

【风入松】（旦上）绣闺风雨又春还，小盆蕾蓓初绽。牡丹依旧芳心展，怎教人心长卷？（贴上）最可怜孔雀绣屏孤掩，空辜负赏花天。

〔菩萨蛮〕（旦）韶华似酒薰罗幕，支颐倦倚沈香阁。（贴）强起自梳头，对花仍带羞。（旦）恰直心无主，么凤双双语。（合）柳影送残阳，重添宝鸭香。（旦）红娘，你看春色渐浓，好伤情天气！（贴）姐姐，天色晚也。安排香桌，园中烧香。

【步步娇】（旦）即渐韶光侵柳线，学画眉儿浅，又惹起含嚬眼。碧床空，明月满，步下苍苔，自爇沈烟。（贴）不见可人来，空把珠帘卷。

【园林好】（生上）雕墙峻高侵碧天，秋千架没梯怎挽？无奈股摇心战。心似火，足如绵，欲按捺，又盘桓。

（贴）勤儿来也，待我看。姐姐，我去拴了门儿来。（开门科）呀！你来了。我只怕他不肯，休从门儿里进来。

【二】莺儿小红藏绿掩，野禽猖未容窥觑，怕惹得娇啼宛转。（生）望蝶使，好周全，望蝶使，好相怜。

【江儿水】（贴）秀句藏情远，文笺卖俏奸，休教错认同心伴。（生）小生猜诗谜的状元，禅机哑谜曾猜惯，些儿诗句何难见，管你稳谐缱绻。（贴）风月前程，还是请君自管。

（生）门儿闭了，只得跳过去。点额龙门未脱尘，踰墙聊试小经纶。倘谐鱼水成龙去，何必鳌头可立身。

【二】小阁藏春富，娇姿映日妍，教人觑著魂灵散。（抱贴科）（贴骂科）禽兽！（生）是我，小娘子休怪小生。眼花错抱娇红腕，心慌迷却春莺面，猛见天仙，怎由施展。（贴下）（旦）有贼！（生）是小生。（旦）红娘有贼！（生）小姐，是你许下我来，怎变了卦也？风月关头，还有许多机变。

【五供养】（旦）侯家风范，不比青楼买笑追欢。也须循礼法，莫太恣狂颠。（生上前旦退科）（旦）我芳心一点，便遇东风不展。（生）小姐，是你把诗约下我来。（旦）红娘，有贼！饶你莺舌巧，桃李自无言，莫将嫩叶强来攀。

【二】（生）春宵月半，花下相逢，天赐团园。便成今夕约，也是往时言。望伊可怜，年少去人如箭。小姐，相逢不成事，相别要逢难，千金一刻怎抛闪。

（旦）红娘，有贼，快来拿住！（生）小姐低声，是你约下我来。（贴上）我只道是那个，元来张生。（旦）拖在老夫人处去。（贴扯生耳科）过来跪了姐姐。

【玉交枝】（旦）张生，承伊相援，这深思心铭肺镌。新诗聊叙连枝愿，岂是撩莺掇燕？深闺不比青锁关，粉墙错认桃源涧，到高堂有何面颜？（生）到高堂有何面颜？

（贴）姐姐，休拖去老夫人那里去。

【二】狂生轻犯，醉模糊误入禁园。包荒且看恩劳面，容奴将礼法相劝。张生谢罪。（生）不晓得谢。（贴）你说一时不是了，望娘饶恕。（生依谢科）（贴）你男女不亲古有言，相窥穴隙人都贱。（生）自今来断然不敢，自今来断然不敢。

（旦）张生，生死之恩，我岂不记？男女之道，你亦当遵。既为兄妹以连枝，岂可穿窬而入室？墙非贾公闾之居，何劳尊跳；地实圣药王之院，岂可狂为？我既知恩而报恩，兄乃以乱而易乱。本拟声之于慈母，则发人之奸不忠；欲待告之于有司，则辜人之德不义。姑恕尔罪，后当改之。（生）小生下次不敢。（旦）我若不看红娘面，教你那不识羞的傻子，精身吃顿打，羞脸揭无皮。（下）（生）气杀小生也！（贴）好猜诗谜的状元！

【玉抱肚】（生）娇词热面，翻变做冷脸恶言，顿叫我气冲碧汉。依旧守今夜孤单，枉教相如弹断素琴弦，不见文君出相伴。

【二】（贴）猜诗风汉，错认了称星定盘。飞檐走壁手这回不惯，空惹得犬吠鸡喧。（合）枉教多情韩掾把墙缘，贾午无心回顾盼。

　　（生）小生死也，愿借裙带儿一用。（贴）要怎的？（生）要解来自缢。（贴）呸！哄我脱了裙儿要我哩。（生）不敢，烦小娘子送我书房中去。（贴）禽兽！姐姐不肯，倒要我替。（生）小娘子休见弃，片时而已。（贴）先生先请。（生）休要走了，拴着你衣裳。（贴）三十六计，走为上计。（下）（生）红娘也薄情起来，罢！罢！

【尾声】一封胡谎将人赚，平白地风波生变，（扯碎科）扯作条儿不再看。

襄王空自上巫山，日照山头没云雨。

第二十三出　寄　　方

【卜算子】（旦上）春色自无情，却惹鹃啼血。不如倩蝶再寻芳，勾引莺花月。
　　早上老夫人来，说张生病重，想是昨夜受了我这场气也。不免写一个贴儿，约下今夜去会，只说药方，叫红娘送去救他，多少是好。红娘那里？（贴上）本是墙头花，变作海底月。不见同心人，柳自飘轻雪。姐姐，唤妾怎的？（旦）这个药方你送与张生。（贴）药方药方，害得郎当。今番送去，定见阎王。我不去！（旦）好姐姐，救人一命，去一去。（贴）不济事，姐姐下个礼儿。（旦）小妮子无礼，怎下你的礼？（贴）书在手里，老夫人处出首去。（旦）这妮子放刁，罢！罢！（拜科）我的姐姐，休推。（贴）妹子免礼了，我去我去。

若要好，大做小。

做夫妻，直到老。

第二十四出 饶 舌

（净上）山险不曾离马后，酒醒常见在床前。俺琴童伏事官人多年，一向得宠；今日遇著莺莺，想出病来，羹里饭里，伏事不中。叵耐红娘这厮，翻唇弄舌，不免在此伺候，抢白他一场，多少是好。见一个道人来也。（末上）曲径通幽处，禅房花木深。今日无事，殿上闲步一回。呀！小哥你往那里去？（净）红娘无礼，我要寻他，道人你做见证。（末）且住，红娘姐来也。（净）待我撞上去。（贴上）小姐教送药方去张生，不免走一遭。呀！是谁？〔西江月〕分付谨防贼盗，谁教引入奴才。摇摇摆摆铎将来，不怕老太君嗔怪。穿一领新浆褶子，著一双破底皮鞋。双眉肐皱口难开，想是被官人打坏。（净）本是村中蛮女，胡搭上粉黛胭脂。尺三大脚盖裙儿，一味油盐酱气。卖俏斜偷花眼，见人扭著腰肢。我官人未得小姐做夫妻，先把你这丫头试试。〔临江仙〕（贴）怪你爹娘爱钱钞，卖你贵客身边，顽皮贼骨耐饥寒。饭迟屙粪快，睡重著衣难。请客惯能偷酒吃，买东西会落铜钱。昨朝使你慢迟延，店家当布袄，沿路博鱼鲜。（净）笑你衣衫不曾整，百般懒惰堪憎。些些鼓乐，便去后门听。夫人叫得紧，只说洗尿瓶。煮饭何曾淘播米，烧茶那洗铜铛。今朝切羊肉，偷了两三星，若还不肯招，便把嘴儿闻。（闻咀科）（末）你两人不应乱讲，须教按法开科。倘能精透梨园，便把牌名厮骂。（贴）说得有理，我先把牌名儿骂他。（净）道人，你做证见。我输了，我与他睡；他输了，他与我睡。（末）不亏你，输者只罚油十斤，与我佛点灯。（贴）说得有理，我说春景好。（末）春景有什么好？（贴）富贵上林春，逍遥普天乐。章台柳摇金落索，锦堂月上海棠红。金衣公子，睍睍睆睆，啼破沁园春光；琥珀猫儿，舒舒畅畅，卧尽一盆花影。桃李争放簇御林，千红万紫，浑如一机锦；灯月交辉夜游湖，人山人海，闹似浪淘沙。女冠子斜插一枝花，最高楼杂奏三登乐。青玉案侧摆排歌，多应风流子，沉醉东风酒，珍珠帘下斜疏影，正是香柳娘，初试天净沙。絮婆婆啾啾唧唧，十二时长祷大和佛，愿似娘儿得永团圆；好姐姐殷殷勤勤，五供养又去烧夜香，保长寿仙无愁可解。时靠针线箱，耳朵内那喜迁莺出谷；未步园林好，眼睛中怎睹双燕归梁。肯寻芳草蓦山溪，愁斗双鸡锦缠道。谁似你风检才，打球场不读一封书；笑杀丑奴儿，博头钱专唱六幺令。有朝一日一煞二煞，管教俏秀才横死西江月。那时卧路拦街，中衮溜衮。谁人念佛子，看诵金字经？咦，撇他妻子，孤寡时吃衣饭，鸳鸯煞营生；留下奴才，到处里川大黄，后庭花度嘴。（净）骂得我好！我说秋景好。（末）秋景有甚好？（净）时遇楚天秋，真个风光好。桂枝香锁寒窗月，菊花新绽满庭芳。玉井莲霜叶飞残，梧桐树凤鸾吟切。嘹嘹呖呖，雁过南楼，不寄他牧羊关信息；曚曚眬眬，月上葡萄，引起咱步蟾宫心怀。满江红蓼，夜行船一撮棹歌回，绕起游人，离亭宴三棒鼓声响。恨更长啾啾唧唧，凉草虫吟，长命女子思薄倖；归国遥切切凄凄，霜天晓月，少年游子望吾乡。番女怨乱搅筝琶，悽悽惨惨，哭相思泪湿皂罗袍；丞相贤正倾杯乐，萧萧散散，醉中天筵开凤凰阁。你这香柳娘，懒傍妆台画眉序；我和耍孩儿，骑番竹马斗红楼。是恁念奴娇，长作孤飞雁；不如花心动，早做并头莲。怎禁檐前马叮叮咣咣，鼓残刮地风声；那堪捣练子悠悠扬扬，打碎秦楼月色。结识几个七兄弟，同咱们脱布衫醉扶归，唱出声声慢；待寻一枚呆古朵，红娘子快活三锁金帐，做个节节高。（贴）泼皮贼！（净）秃厮儿！（贴）休胡说。（净）永团圆。（贴）打这丑奴儿出去！（净出小木僧科）送个耍和尚进来。（贴）谁不知奴才妄论青黄，出言不分黑白。（净）原来姐姐兼行南北，只要和尚东西。（末）红娘姐，且回步步娇。（净）他老公，便是光光乍。

第二十五出　重　　订

【一剪梅】（生上）巴到西厢赴旦盟，一事无成，一病添成。欲向东风诉薄情，没个人听，此恨难听。

〔减字木兰花〕春光渐改，落红万点愁如海。心事飘流，风里扬花不自由。　佳期天外，人面只今何处在？病入孤危，帘卷西风烛半枝。小生从前夜受气，转觉病重，夫人说今日来问。天哪！问俺怎的？只把莺莺今日配俺，明日便好了。琴童烹茶！（净）官人不要他来罢，见了其病越重。（生）是老夫人？（净）若是他，连琴童也病起来了。（生）怎的？（净）见了老婆子，恶心头痛。（生）胡说！老夫人来也。

【女冠子】（老旦上）客乡才子伤春病，因个甚试探情。（生）酿人愁鬼母眼中钉，何须假做惺惺。

（老旦）张生，你两日病势若何？（生）只如此。（老旦）你病从何而起？（生）连我也不知道。

【红衲袄】（老旦）莫不是为功名心未平？（生）不是。（老旦）莫不是为桑梓添归兴？（生）不是。（老旦）莫不是客中久住财帛罄？（生）我少什么！（老旦）莫不是书史勤攻劳倦形？（生）自到此，何曾看一句！（老旦）莫不是使数每伏事欠志诚？（生）琴童也小心。（老旦）莫不是僧戒流相遇无礼敬？（生）和尚忒有理。（老旦）我猜著了，时正清明也，欲把椒浆奠故茔。（生）越猜越诌了。

【二】自小儿赋质颇重凝，走霜天不犯寒热症。自从一入禅林静，鬼病淹淹宽带鞓。眼见得孤寡宿，作祟相逼凌，鬼子母翻唇言不定。若要这病痊也，除非是活观音相怜救此生。

【三】（老旦）你去家乡千里程，没亲戚孤只影。不争伊山高水低难支撑，枉负了海阔天高学业精。扶筇杖散心闲起行，强茶饭自把口腹阄。且宽心散意也，养取精神赴帝京。（生怒科）

【四】赶退了虎口中半万兵，生全了刀头上百口命。甜甜的许下俺莺燕信，苦苦的分开鸾凤盟。病根脚何必问，都由你巧舌头酝酿成。今日更要哄谁也，枉自慈悲假志诚。

（老旦）我好意来问你，却埋怨我。张生，凡事皆看佛面上，请君不必多惆怅。（生指科）过江许下千声佛，到岸煮吃了和尚。（老旦下）（贴上）世上真成长会合，何如交颈两鸳鸯。开门！开门！（净）是谁？（贴）是你前世的娘！（净）老夫人又转来也。（生）只说睡了。（净）是红娘。（生）开了门。（净）忒炎凉！老夫人便推睡，红娘便开了门。不开，不开。（生）畜生快开门！红娘姐，为你母子，断送人也，俺到阎罗王那里，也扳下你做证见。（贴）枉死城中，不著你风流鬼。先生休慌，小姐又有一封药方在此。（生）快活！取过来排香案跪读。（贴）你看。（递简科）（生念科）"何事恼诗怀，眉头且暂开。自期完妾行。岂料作君灾。旧曲休弹怨，新诗可当媒。高唐须静待，今夜云雨来。"惭愧！此非药方，今夜小姐准定来也。（贴）沈良谕又来！（生）此简不比前番，白银十两，敢问小娘子有铺盖赁一副。（贴）有，有，一条盖尸被，两个撺腰枕。我自送来也。

【五更转】（生）这方儿，真对症，比前番实有情，强如海上神仙定。迅扫书斋，拂干花径，今宵月满月满人声静，管取嫦娥降凡境。（合）喜极身轻，顿忘心病。

【二】（贴）前番句，猜不定。这回诗，须细评，文君未必心肠肯。冷彻寒深，酒干香冷，佳人若到若到难交颈。（生）自备金资鸳衾赁领。（合前）

这回诗意实多情，莫似前番错认星。

管取象床今夜里，一双罗带结欢盟。

第二十六出　赴　　约

【懒画眉】（旦上）一时儿女意相投，悄似风花不自由，阳台欲赴半含羞。坐待更深后，频卷珠帘望女牛。

（贴上）真心虽未卜，假意且相探。姐姐许下张生赴约，不知果否，待我问他。（问科）姐姐，今晚事如何？（旦）收拾香阁，我睡去也，（贴）你睡了，怎么发付那人？（旦）什么那人？俺不知道。（贴）姐姐许下张生，又生一变，气出人命不是耍处。（旦）羞人答答，教俺怎么去？（贴）姐姐只闭了眼，我扶你去。（旦不肯去科）

【二】（贴）他为伊憔悴命将休，一脉丝丝气暂留，尽他血诚彻骨力求。这番不把勤儿救，首出新诗和你做敌头。

（旦）这小贱人放习！我不去，待看你首。（贴）小姐去罢，休拿班。

（旦行科）

（贴）夜赴书斋约，穿花踏月明。

姐姐语言虽是强，脚步早先行。

第二十七出　就　　欢

【中吕引子】【粉蝶儿】（生上）约锦盟笺，良宵拟来贞媛，怪银蟾不上窗前。托腮儿，听脚迹，辗转不见冤业伴，早将夜香烧遍。

阳春忽布网罗除，衔得云中尺素书。料是有心怜宋玉，从风纵体上鸾车。早晚小姐不见到来，莫非又说慌么？你看今夜好景呵！

【尾犯序】山月净瑶天，素娥缺圆，出自天然。偏我孤单，要辏合劳心千万。堪怜！甫盼得双鱼信到，怕中流蛟龙截断。何时到？听香风珮响，侧耳立东轩。

小生一日十二时，哪一刻不想小姐？

【二】婵娟，盼得眼儿穿。茶嫌酒怪，梦断神牵；万叠鸾笺，不尽相思哀怨。庭前，听一派娇音近也，却元来宿禽弄哳。开门看，人行仿佛，风约海棠眠。

（旦贴上）（贴）乘月步回廊，背人离绣阁。却恐宿禽猜，罗袖掩眉角。

张生收了铺盖，小姐来也。（生跪下接科）

【耍鲍老】裴郎谫劣才能浅，敢劳得云英现！（旦）怜伊玉杵求意坚，背王母偷相见。（生）贫居小院无延款，香烛冷，望周全。（旦）夜深人静心神战，低声莫搅人眠。

（生）小生身游南国，命寄东墙。临洛浦以魂销，望阳台而梦断。密密楚云，青鸟不传芳信；悠悠秦月，玉箫空咽愁声。（旦）下妾唯闻膝下教难轻，不解人间情最重。日窥韩掾，心荡文君。奔青锁而无由，托名香以寄意。（生）背日月盟，恨无情之老鹤；怀雨云念，幸有意之惊鸿。宵离凤阁，驾翠辇以翩翩；春到茅斋，散兰膏而馥馥。莫淹鹤立，早就鸥眠。（旦）千金莹洁，不惜托体于楚襄王；一旦轻浮，窃恐移情于茂陵女。唯堪纫针刺鸾凤，未解交颈效鸳鸯。欲移玉步，仍怯纨尖；却背银釭，未舒黛锁。（贴）良宵真值千金，不宜轻掷；明月正当五夜，及此早谐。春花未折，分付狂蜂慢采香；雏鸭乍眠，莫教公子轻抛弹。便请解玉衣而就寝，不须辖翠袖以含鞏。姐姐，早赴佳期，休生羞态。

（合）百欢千爱行将到，九死三生换得来。（贴下）

【鲍老催】【换头】（生）东墙受冤，这场病险归九泉。谢得玉人真爱怜，抛朱院，移翠莲，行苍藓。（旦）心惊未吐洛浦言，时来了却长门怨。（生）花正开，月又圆。

【乔合笙】这恨似龙泉，搅春心上下疼百遍，更重重欲火朝夜煎。便教病消渴，马卿未惯。（旦）云房斗帐孤自卷，宵宵梦见；梦回时只有灯烬伴。两行清泪，流向被池，蒨花红点点。（合）谁料雨瘴云魔，一时都散，巴到蓬山畔。

【大环著】（生）幸缠绵百结，幸缠绵百结，两情相绊。总似春蚕，到时方成茧，微笑把同心缩。只愁阿母旁嗔，好事难瞒，一朝拖犯。（旦）但君心坚牢似铁，异日谁怕红炉销锻。（合）鸳鸯会，山海愿；愿白首相携，绿发难变。

（生）小姐，睡去休。（旦）张生，再迟一会儿么。

【扑灯蛾】股摇心自颤，股摇心自颤，低头怎告兔？欲翘罗袜上牙床，将前又还退怯也。（生挂灯科）细认花容，比那前夜时娇软，请解却金缕珠冠。（旦回身科）望从容不须催限。（生）莫作难，斜舒玉臂抱花眠。（生抱旦下）

【泣颜回】（贴上）含蕊牡丹鲜，喜遇东风施展。近人明月，比前宵园得好看。痴心爱俏，为他人捱尽更筹转。试窥时两个相偎，只听得枕边微喘。

【千秋岁】脱花钿，解下罗襟窄袖，一阵阵兰麝飞远。嚼齿含饕，嚼齿含饕，小语低声款款。张生呵！狂心性，无拘检，展罗袜横施肩畔，两两流酥战，把鲛鮹试看，细染红铅。

【越恁好】少年心性，少年心性，忍不住口角流涎。把罗襟紧啮，频咽唾，足自软。渐声声笑喧，渐声声笑喧，想应他吃橄榄，才知口甜。呀！天色明也。看冉冉良宵，看冉冉良宵，半河横，斗光移，催动漏转。小姐呵，归庭院，剩些情下次重相见。张生呵，病军疲将，莫太贪战。

小姐，天色渐明，请去罢！

【大环著】（生手携裤带，旦结裙上）把春愁都撇，把春愁都撇在浮云畔。好似清泉，垢污湔浣。可惜良宵又短，怪煞晓鸡声喧，莫是金仙妒人欢宴？（旦）千金身体，一夕断送，莫忘盟言。（生）天有尽，石有穿，此心无迁。小生若有他意呵，碧天为鉴！

【红绣鞋】（合）寒泉漫濯春纤，春纤；牙梳更撩香鬟，香鬟；珠汗湿透春衫。灯烬灭，晓鸡喧，东君早归还。

【尾声】（旦）今宵准赴瑶池宴，（生）只向窗前打指尖，（合）两口儿长如此际欢不断。

豆蔻当年犹抱心，等闲开拆任蜂侵。

桃花乱落如红雨，明日池塘是绿阴。

第二十八出　说　　合

【西地锦】（老旦上）痛惜夫门家法，都缘辱女荒芜。踰墙私事难遮护，闺阁有锁如无。

好事不出门，恶事传千里。俺的女孩儿莺莺不秀气，近日神思恍惚，闺门不守，想是与张生做下来也。此事多是红娘做脚，唤他出来，打招情由，再作区处。红娘那里？

【传言玉女前】（贴上）何事频呼，想是春情泄漏。

老夫人唤妾怎的？（老旦）你兀自不跪！（贴）有何罪过？（老旦打贴跪科）

【狮子序】（老旦）吾先世家教多，女孩儿一朵含花还末敷。是你呵，引诱出夜爇金炉。（贴）不曾出去。（老旦）兀自不知他的情露。（贴）怎的情露？（老旦）看他奘胸乳，美精神，言差误，分明身破。（打科）牵情送意，是你个狂徒。

（贴）夫人不须打。

【二】告夫人且息怒，那一日月满西厢春气和，与姐姐同去问张生，抱病因何。他便留住，教红娘你且回步。（老旦）女孩儿家留住怎的？（贴）谁知他，掩绣户，除花朵，做了钥匙开锁。（老旦）几日了？（贴）朝还夜往，两月还多。

（老旦）既然成了事，你是证见，俺则把你送官，不怕张生不服强奸之罪。（贴）夫人差矣！此非张生小姐之罪，乃夫人之过也。（老旦）小贱人，怎么倒是俺罪过？（贴）昔日兵围普救，夫人曾许爱女为婚；张生请到故交，即把强徒破灭。夫人不谐缱绻之约，反作兄妹之交；既不能以信待人，便乘时以礼遣客；却不当请张生移住西厢，因此蓄怨藏春在书院，以致勾莺引燕入兰房。此事若到官司呵，一则夫人治家不严，二则夫人背恩不义；枉挫了相国五十载清白名望，辱没了博陵三百年诗礼家声。窃恐有玷纲常，反羞门户。（老旦）既如此，你意欲如何？（贴）白罗染皂难重洗，覆水当庭不可收。他既二心为一心，夫人何不将错而就错？大开筵宴，使恶姻缘作好姻缘，早配鸾凤，教旧女婿为新女婿。亲戚闻知，也显前言不负；郑恒若到，只以退贼为辞。汲将净水蓦头淋，做床锦被漫天盖。鄙心如此，尊意若何？（老旦）这措大有甚能，俺把女儿与他？

【降黄龙】（贴）张生呵，出自名家，学贯天人，誉满皇都。姐姐才清貌娇，彤史堪题，妙手难图。（老旦）俺花枝也似女儿，怎嫁他这穷鬼？（贴）知么？龙姿凤质，怎忍分开，别配凡雏？他目下飘流，有时发迹，荣登要路。

（老旦）罢！罢！俺不合生这不肖之女，你去叫他出来，成就了罢。

（姑）张先生有请！小姐有请！

【二】（生上）自悔情多，惹草拈花，刮起风波。（旦上）求天告神，望得消灾，两口无他。（生）红娘姐，那里怎的了？（贴）知么？送伊官府，只得替伊家担刑接祸。（生旦）娘，这官司千金担子，仗伊庇护。

（贴）哄你哩！那根棍子，则在俺头上滴溜溜转，吃俺直说过了，唤你两个成亲。（生）且喜，且喜。（旦）羞人答答，怎生见俺娘？（贴）休拿班，含著眼者。（相见跪下科）（老旦）两个禽兽，我怎生看待你来？做得好事！（贴）老夫人休提罢！（老旦）本待告官明断，又辱了俺家声。张生，今夜把莺莺配与你，只是咱家三代无白衣女婿，明早便要收拾起程，赴京求试。得官呵，早回；不得官呵，休想见俺。

【宝鼎现】暂陈花烛，权列杯斝，共成欢庆。（生旦）心怯也难移愧步，目又低愁回娇瞬。（贴）喜得祸中回作福，守彻孤辰单运。（合）但愿他年，花诰章服，褒封乡郡。

【锦堂月】【昼锦堂】（老旦）家世朱轮，门楣紫诰，并无白衣佳倩。弃怨成亲，只为爱郎才俊。【月上海棠】自今夜双结红丝，要异日独携金印。（合）前程准，看驷马归来，再谐秦晋。

【二】（生）思忖，月底情真，天边覆盖，努力敢忘明训！曾折春花，肯放桂花无分！展凤札便作雄文，献玉策胜拈红粉。（合前）

【三】（旦）含犟，对烛羞人，低头自笑，谁料果然通运。今夜相逢，始觉胆粗心稳。把私意转作心欢，脱惊恐又生离恨。（合前）

【四】（贴）佳姻。暗里传情，明中说合，都是我始终将引。犯月凌霜，到底为人担困。羡伊行情有千般，却自笑身无分寸。（合前）

【醉翁子】（生）休闲，论人须知恩报恩。得饱餐玉粒，怎忘农勤？（贴）东君，看珠拥翠围，怎生消福分？（合）休笑哂，不得冬寒，怎换春温！

【㑇㑇令】禽调弦管韵，花散绮罗芬。但愿年年春日开芳序，玉女共仙郎倒碧樽。

【尾声】今宵剩把欢娱整，明日天涯各断魂，好向明时早进身。

忍疼吃灸结佳姻，因苦回甘谢女君。

不是将机来就计，险为露丑出乖人。

第二十九出　伤　离

【杏花天】（老旦贴上）昨宵花底成芳宴，到今来重开别筵。（生）满怀心事难提遍，含泪眼停骖道边。

    （老旦）万竹青青照客杯，潇湘何事等闲回？（合）桃花流水杳然去，不为愁人住少时。那处蒲州旗亭了，将酒排下！（贴）酒已完备了。（老旦）张生，〔鹧鸪天〕此去殷勤折桂枝，伫看五马耀门楣。（生）彤庭献赋时应到，绣阁看花日未期。（贴）心戚戚，泪依依，临歧不忍奉离卮。（小外上）何须更学儿曹态，壮士长征仗剑辞。老夫人，小僧也有一杯酒。（生）定害长老。（老旦把酒科）

【小桃红】（老旦）柳风吹雨湿征鞍，共络银瓶酒也，驻马衔杯，片晌留连。小女辱高贤，终身望攀援。你去取科名，荫妻儿，归庭院也，莫说是显我门楣，相国阴灵也喜欢。

【下山虎】（小外）禅房花木，曾伴青毡。今日文星去也，猿鹤惨然。佛啰！只要早登科第，佛祖相扶，管教荣显。带挈山门作话传，粉墙题咏遍，碧纱笼，待你看。（外上）急离辕门去，送别道边，暂向垂杨挂马鞭。（相见科）远劳哥哥送行。（外）院子，将酒送来！

【二犯排歌】【排歌】蛟龙久蜷，风雷上天。论故友心增忙，但只恨武人粗，无物相饯。聊解吴钩赠吕虔，一抉青霄吐万言。【铧锹儿】（合）步金殿，荣祖先，（道合）佳音应托便鸿传。

    （贴）奴家也奉一杯。

【五般宜】听奴言，心放宽，休得要恋闲花使闹钱。深闺女，相陪奉，休挂牵，早归与重谐故欢。（合）今日去何时重见？云山万千。从此暮烟河桥，两地心悬，忍听枝头哭杜鹃。

    （外）忍听枝头哭杜鹃，（老旦）人生最有别离难。（合）愿君此去登科转，一路啼莺送玉鞍。（下）（生吊场）

【赚】（旦上）折却凤钗，开他鱼锁离筝雁。双头好花，生扯做片片舞絮含春怨。（生）空零乱，却逐东风上别筵。（旦）沾衣落酒无拘管，难生判，顷刻间鸟啼人散。（合）怎生留恋，怎生留恋！

    （古诗）（生）"行行送远人，登彼河阳桥。落日照平林，依依散红桃。"

（旦）"与君本吴越，一旦成密交。岂意席不暖，浮名两飘飘。"（生）"有怀未易吐，把袂斟酒肴。气结不能咽，涕泗沾征袍。"（旦）"望望云旌远，马尘扬风焱。安得作马尘，随郎上青霄。"

【斗虾蟆】（旦）宠爱事，分离苦，世有万千。我和你比恒情，偏倍几件。慢说素月幽琴底，受多少悽惶，风清露寒。（生）巴得完，空枉然。昨夜兰堂，今日海天。

【五韵美】（旦）早念家，莫长远。红楼粉面休浪看，奋前程九万鹏高骞。（生）管得青云志展，只愿你有福多缘，五花诰中把莺莺名子填。（合）那时美满于飞，妇荣夫显。

【罗帐里坐】（生）你把琴销绿闷，诗开翠怨。休长倚碧栏，损了玉颜。（旦）只恐崔徽，心在郎边，花容不及卷中妍。（生）怎教人不相挂牵。

【江头送别】（旦）张生，乘车骑登临，须小心自全，风霜苦，谨节宣。此行难挽，侬心化作王孙草，随郎马蹄不返。

（贴上）姐姐，老夫人转了，请回去。张先生早行罢！

【蛮牌令】朱桃弄愁艳，碧水泻悲泉。乍闻啼血鸟，更听断肠猿。（生）顿教我平添恋恋。想人生几许青年，逐浮名天涯远迁。髓系肝联，怎上征骖？

【二】（旦）牵衣留不住，拭泪忍厮看。仆夫何事促，白日肯相宽？（净扯生科）官人赶路，快走！快走！（生）怎由我片时迟晏。（下）（旦）望征尘一道青烟，急回头车音杳然。两地相思，一样愁烦。

【尾声】（合）盈盈和泪归庭院，恨煞那斜阳在眼，忍照鸳鸯两处单。

忍照鸳鸯两处单，归来霜月入门寒。

孤灯似伴闺人醒，滴尽铜龙卒未残。

第三十出　入　梦

【挂真儿】（生上）强上征鞍言不了，回头几遍偷瞧。景物凄凉，情怀潦倒。（净）此夜怎生到晓？

〔浣溪纱〕（生）竹里行厨洗玉盘，断肠分手各风烟。（净）刺桐花发共谁看？秦地故人成远梦，春城雨色动微寒。（生）对君衫袖泪痕斑。琴童，不觉十里草桥店也。天色晚来，就此安下，明日早行。（净）此处客店了。小二哥那里？（丑上）来了，来了。一条破菜荇，两个杉木椿。

官人睡一夜，强似象牙床。官人安歇，吃饭么？（生）饭不要吃了，打扫房儿。琴童，你就在我脚后睡。（净）官人欺心，今夜没了小姐，著俺替。俺还不曾梳栊，不替！不替！（丑）官人不弃，老汉有母亲八十九岁，出来奉陪。（生）胡说！快收拾睡罢？（丑下）

【香罗带】（生）泪眸辞阿娇，回首路遥，行行叵耐骢马骄。想著轻躯细腰厮搂抱也，昨夜事，隔青霄，碧车一去何处招？不知他是眠是坐是无聊也，恍惚还疑对面瞧。

（净）官人睡了罢！（生）怎生睡得著！

【二】岭猿和月号，角音更高，孤眠怎生睡得牢。放下红衾翠枕把客窗靠也，空辜负，可怜宵。那人此时灯自挑，只怕有泪空洒鲛绡也，不上书斋旧锦袍。（生睡著科）

【梅花塘】（旦上）撇不下，撇不下玉郎情分好。瞒却东君，悄地登长道。只恐花迷柳暗，何处觅得你行旄？但愿得，趁春风相见早。

情随流水去，心逐马蹄遥。奴家才别张生，心上放他不下。老夫人与红娘睡了，不免赶到十里长亭同去，多少是好。

【香柳娘】论恩情万叠，论恩情万叠，枕边难告，临歧执手那能了。论夫妻呵，这苦乐共担，这苦乐共担，不如同上玉京朝，风霜共相保。听松号水泣，听松号水泣，呜咽乍高，似为奴烦恼。

这是草桥店，张生歇处了。

【二】见柴门驻马，见柴门驻马，想伊此处睡觉，向前冒耻低低叫。张生，开门！开门！（生惊科）是谁人夜惊？是谁人夜惊？敢是月明僧暗敲，又不是雪天寒女告。（旦）是我，开了门！是偷走下玉霄。（生）原来是小姐呀！（旦）是偷走下玉霄。（生）小姐，没有凤驾霓旌，谁将引出三岛？

【三】正惜花心撩乱，正惜花心撩乱，向花边萦绕，花枝移向长安道。小姐，撇罗帏绣床，撇罗帏绣床，踏月渡溪桥，凌霜出长道。您轻劳玉体，您轻劳玉体，小生形化骨销，怎生酬报？

【四】（旦）想百年事情，想百年事情，胶粘漆牢，天涯海角还寻讨。这亭皋十里，这亭皋十里，便做月冷柳堤遥，怎辞罗袜小。叹连枝并蒂，叹连枝并蒂，揉碎两边，也须捏合到老。

【五】（生）想相思泪痕，想相思泪痕，腮边不少，才干又被离情搅，猛愁增闷添，猛愁增闷添，一似苦笋锦绷雕，重重苦怎了。喜今夜厮逢，喜今夜厮逢，赛却橄榄味回，苦中甜好。

（外引末丑上）谁家女子，夤夜渡河？拿住！拿住！（拥旦下）（生觉科）小姐！小姐！（抱净科）（净）我说官人欺心，倒把我叫小姐，雌雄也不分了。（生）呀！元来却是一梦。（净）怎的？（生）方才见小姐扣门到此，诉说别情，忽然觉来，乃是南柯一梦。开门看时，一天月色，满地花阴，远迢迢望不见妆台，静悄悄只伴著琴剑。想昨日欢情，似风中扑影；惹今宵愁怨，如火上添油。正是："人生尽恋人间乐，只有襄王忆梦中。"好闷人也！

【一江风】俏花妖，惹得人魂掉，不梦也翻无恼。听春鸡又催起征人，愁著冷绨袍，足软难登轿。阳台乐事消，阳台乐事消，便做宋玉多才怎赋嘲，云雨散空干燥。

云薄雨难成，空山阳台去。
今番极起来，自把别人替。

第三十一出　　擢　　第

【水底鱼儿】（丑上）学欠精深，风流老翰林。胡涂鹘突，选才空费心。岁月侵寻，文章那惯禁，日迷五色，科场尽撒吞。

我做试官儿兜搭，主意一生拘煞。记得几句恶烂前场，也要颠倒豪杰。合俺意抬入青云，不合者纵高也须抹刷。由你学过苏东坡，也要受些抑捺。卖字眼，出京便有人寻；受东西，暗里自打关节。只要家中豪富，那管肚里空乏。名虽五百名英雄，到有一半儿眼瞎。左右，非是我试官没主见，暗中鬼神明察。命中合中高科，自有人来提掇。不信老夫本是个白丁，如何也登黄甲？左右的唤举子进！（末叫科）

【二】（外生小生）美玉精金，何劳沙里寻。当场一奋，便见升与沈。（净）海里捞针，大家合哄寻。今番不中，鬓边白发侵。（相见科）

（丑）各道脚色经书来！（生）小生清河张珙，治《春秋》。（外）小生太原白居易，治《毛诗》。（小生）小生弘农杨巨源，治《尚书》。（净）小子本是郑恒，累科不第；今番不要说真名姓，正云荥阳盛桓，治《太阳经》、《太阴经》。（丑）这是医家之说。（净）易以道阴阳。（丑）是周易了。只今圣天子急于求士，不必做三场，各人将本经见成语句，做一首七言诗。吟得出者，高官得做，骏马拣骑。（生）张珙有了："六鹢退飞过宋都，夫人姜氏逊于邾。蔡仲自陈归于蔡，王使家父来求车。"（丑）好！好！第三名探花郎。（外）白居易有了："我生之初尚无为，吁嗟乎不乘权舆。今也日促国百里，尚之以琼华乎而。"（丑）好！好！第二名榜眼。（小生）杨巨源有了："暨稷播奏庶艰食，往省括于度则式。天之历数在尔躬，学于古训乃有获。"（丑）好！好！第一名状元。（净）盛桓也有了，只有些不雅相。（丑）念来！（净）"阳货馈孔子豚，孔子曰：吾老矣，不能用也。不曰白乎？曰犹白雪之白也。使子路共之。三臭而作。请何向，曰苟错诸地而可矣。始作翕如也，纵之纯如也。不能退，不能遂，突如其来如。子曰：于我如浮云云，吾不知其乘风云而上天也。子乐。"（丑）畜生！侮圣言该死。皂隶与我乱棍打出去！（净）不要打，不要打，三场文字谁曾做，六个馒头我吃来。（下）

（丑）状元、榜眼、探花郎换冠服！（小生外生）冠服俱在此了。

【合笙】（丑）帝德无涯浸，倾意儒林。喜今朝选得五百名，多才多艺沙底金，试官翻觉叨荣荫。（外）不才学欠宏深，荷公超美任。脱却青衿，一时平步归中禁，金华秉笔清高甚。漫夸学士瀛洲，笑吐青吟，遥迫谢沈。

【道合】（生小生）微生自分非川锦，怎生补衮侍当今？愿竭愚迷禀，粉身图报播芳音。拾遗补过尽恭钦，今日后都把私情寝。须记取，雪案费劳忱。

【豹子令】（令）今日峨冠穿绣袆，穿绣袆；明朝金勒马骎寻，马骎寻。飞腾已兆家园谶，紫泥飞慰白头心，白头心。（合）杏花十里叫幽禽，叫幽禽。

　　　　喜见群驹出渥洼，遭逢伯乐实堪夸。

　　　　春风得意马蹄疾，一日看遍长安花。

第三十二出　报　　捷

【金江令】【四块金】（旦上）西厢旧欢，刚被春催散；东京旧人，又被春牵挽。红楼卷碧帘，粉面夹道看。【一江凤】怕他误逐桃花，迷在天台涧。【五马江儿水】猛可里望著许关山，【金字令】知他在那个洞房中游宴。

（集句）翡翠横钗舞作愁，悔教夫婿觅封侯。花边马嚼金衔去，妾处苔生红粉楼。青鸟不传云外信，水声空傍汉宫流。恩劳未尽情先尽，青琐西南月自钩。奴家自从丈夫去后，音信迢遥，春芳烂漫；对景触物，离情惨然。怎生不见一封书信回来？（贴上）喜从天降，笑逐颜开。姐姐且喜，张生高中了！（旦）丫头胡说！（贴）恰才长老来报老夫人，说张生中了第三名探花郎也。（旦）未可全信。

【雁儿舞】（净上）客路风霜，自来不惯。喜到了蒲东，门栏改换。一朝荣耀气非凡，怎不教红娘出迎俺。（扣门科）（贴）是谁？元来是琴童。（净）怎不教红娘出迎俺？

（贴）呸！谁迎你。（净）小夫人，琴童磕头。（旦）琴童生受，相公中了么？（净）相公风瘫，四肢不举。（贴）胡说！（净）我道相公中了风，是中了探花郎，现除翰林院学士之职。教小人回报二位夫人，捎寄一本丁婆屁在此。（旦）畜生，这是登科记。谢天地，不枉了十年辛苦。琴童，吃饭不曾？红娘，看饭与他吃。（净）不要，红娘和我合饮一杯酒罢。正是"饥时一口，胜似一斗。"（下）（旦拆书看科）原来是一首诗！"道是攀花入九重，却看飞絮恋春红。深闺伥念长宵苦，频遣芳花入梦中。"好！好！谢得天地祖宗庇祐。

【金江令】【四块金】风云会高，步入麒麟殿；烟花债深，心挂芙蓉馆。你更近得龙凤颜，怎放下桃李面。

【一江凤】风月西厢，绝胜似东壁图书院。【五马江儿水】你待要带得霞帔凤冠还，【金字令】我道不如燕莺帐早遂双栖愿。

【二】（贴）情中志高，喜得他身儿显；愁边笑回，才见你眉儿展。一个貌称玉凤冠，一个才称金马官。想双双骏骑雕车，那个人不羡！姐姐早晚请加餐，整理铅华等待檀郎看。

（净上）琴童谢夫人赐饭，讨回书。（旦）琴童，小诗一首，玉簪、斑管、瑶琴、汗衫四件，寄与相公。（贴）姐姐，四件东西，必有缘故。那瑶琴如何？

【三】（旦）良宵送心，谢得瑶音便。清朝进身，休遣朱弦断。（贴）这汗衫？（旦）贴体软如绵，须寻枕臂言。（贴）这玉簪？（旦）长伴朝簪，紧插乌纱畔。（贴）这斑管？（旦）教他拭看泪斑斑，都是留出虚心一点点伤春怨。

（净）夫人，更有甚言语？（旦）琴童上复相公：

【双莺歌】【娇莺儿】长安仙景，春游莫恣看。萧寺有人寒，日夜凝盼，青丝骑莫把归鞭慢。初来腰带缓，近添金钏缓。【孝顺歌】所事儿无意绪，更不欣茶饭。【黄莺儿】（合）莫留连，欢情休记，只记别时难。【二】（净）词林多事，仙郎未便还，期集会同年。更待三年官满，方许归庭院。（贴）休将言语缓，莫将人意缓。宽俺夫人的意，则说在时闲转。（合）告苍天，何时重会，歌舞弄春妍？

海燕东来寄得愁，浮云踪迹又他州。

争如化作波心鸟，入藻穿莲日日游。

第三十三出 设 诡

【新荷叶】（生上）官拜词林显要司，男儿志今朝才遂。思归怎得便言归，清宵梦落蒲东寺。【换头】盼回书未见双鱼，渐景入黄梅时序。举头不见玉人儿，空步绕碧桃树底。

绿鬓伤春又一年，闲将心事卜金钱。长吟不见鱼书至，草绿湖南万里天。小生蒙恩，官拜翰林学士。昨日上表告归，未得圣旨，琴童又不见回，好闷人也！

【醉太平令】（净上）春闱不第，羞惭怎归？故人得意在云霄，不免探他一会。（相见科）

（净）且喜老儿高中，盛桓特来拜贺，更有一事相求。（生）有何见论？（净）小子不中，弃文就武，欲投充一名军。闻知老兄与杜将军至交，求书荐达。（生）老兄差矣！这军机事不是耍处。我写封书，荐你在河中太守处，做个吏与。（净）好！好！做外郎有钱趁。快写，快写。（生修书科）此一封书，与河中知府荐足下；此一封书，寄与小生岳母。（净）令岳母何人？（生）崔相国夫人郑氏。（净惊退背科）作怪！崔相国夫人郑氏，是我的姑娘，女儿是我的老婆，怎么倒是他的岳母？待我问他。敢问老兄之妻何人也？（生）莺莺小姐。（净背科）苦也，苦也，我的老婆，倒是他的？作怪！必有缘故。敢问老兄，小子闻知莺莺小姐，自幼许下郑尚书之子、状元大人做夫人，你怎的冒认？（生）孙飞虎起兵要夺莺莺，小生请杜将军退了，因此配我。（净）好！好！正是佳人才子。

【雁过声】（生）此去蒲东到古寺，停骖为我传心事。本期星夜参庭宇，奈皇恩怎便辞？告归娶须传敕旨，牵情在淑女。想升堂相见无多日，正园林暑漵百果肥。

【前腔】（净）愁中酿愁，泪边著泪，岂知流落无依倚。恰好花开无福看，又被人偷折玉蕊。一路中愁看燕子，穿花掠水，双双戏舞珠帘内，怎不叫人心似痴。

（生）征马去频嘶，（净）蒲关柳叶齐。（合）梦魂不怕险，飞过大江西。

（生下）（净吊场）夜眠清晓起，更有早行人。有这场冤屈事！俺科场不中，指望回去与莺莺做亲，谁知被酸丁得了。且住，有书在此，改写了几句，只说张生入赘卫尚书府中为婿，退了莺莺还我。姑娘平昔相爱，必然见效。待我拆开书看。

【雁来红】【雁过沙】"婿张郎百拜书，荷恩庇叨登上第。荣封妻子门庭贵，许他冠凤穿霞帔。未得九重亲赐归，【红娘子】保玉体休得念思，料相逢不久矣。"

好也，好也，你回去封荫老婆，我却受孤孀。行囊中有笔砚，就取出来改了。

【二】"探花郎特寄书，幸荣达未谐归计。吾皇赐配尚书女，吾今近日亲招赘。令爱前姻必告离，寻旧配休得再提，料今生永诀矣。"

书写了，把他封皮黏上，一直见姑娘去。

计就月中擒玉兔，谋成海底斩金龙。

第三十四出　缄　　回

【香遍满】（生上）双鱼沈杳，单莺只燕怎地熬，觉得庞儿新来瘦了。可怜万种娇，隔绝十二桥，何日里乘风到？

连寄两封书去，没个平安信，琴童又不回，两日思想出病来。院子去唤太医，怎不见到？（末）来了，来了。（丑上）挑船郎中领袖，卖老鼠药班头。若还遭了我手，管你一命当休。相公，太医作揖！（生）你省得医道么？（丑）说那里话！我做医人，能事危症，十人九治。也不问表里阴阳，也不问君臣佐使，头痛的便是伤风，肚疼的必然泻痢。请我时做出千难万难，讨药处算来利上起利。骇得你满口儿招成，要得你一家子失智。东村相请，才合棺材；西市相招，又寻坟地。叵耐太医院官无礼，教我辨药性同异。将桔梗唤作人参，黑干菜便叫熟地。蜜陀僧全不像个和尚，红娘子到有些儿脚气。被他嗔俺不才，打得皮开肉碎。小子高叫冤屈，俺并不是郎中，也不是医士。（末）是谁？（丑）我是刽子手发蒙的本司，阎罗王勾人的皂隶。（丑）休胡说，且看脉。（丑）相公，打起脚来。（生）无礼！（丑）我猜你手里三个。（末）怎的？（丑）那个医人不是猜。（生）是什么症候？（丑）惊风发热，要出疹子。（末）不是小孩子。（丑）差了，再猜一猜。是了，胎前产后，恶路不消。（末）不是女人。（丑）哑，哑，你早说便好。是思虑过度，心疼发热。（生）著了。用何药？（丑）只消三味，水银一两，砒霜八钱，梨卢九分。（末）水银若与砒霜用，逢著梨卢不顺情。这是杀人药。（丑）这个贪花汉，不药杀了，要他何用？和中益气汤，一帖便好。（生）正是。取钞赏他。（丑）我不要，会棺材店上支了罢。医传三四代，药杀万千人。（下）（净上）一路十分豪兴，今日到京复命。相公若问小夫人，近来熬得成病。相公磕头！（生）琴童来了，二位夫人好么？（净）两位都好，只是红娘有些病。（生）何症？（净）为我琴童，来了相思病。小夫人寄书在此。（生念科）"狂游恣宴锦重重，相见青骢踏软红。莫被凡英迷醉眼，可怜人在小楼中。"苦啊！

【双梧石寄生】【梧桐树】他心为我焦，我心为你躁。万转千回，我也只是和衣倒，愁中忽睹赓吟稿。【石竹花】似你这样才华，骚人墨客也让一著高。

【梧桐叶】行行泪花沾圣草，【寄生子】为你相思，成病症不枉了。

（净）小夫人又寄许多东西在此。（生）却是玉簪、斑管，汗衫、瑶琴。

（净）这漆板寄来何用？（生）这瑶琴呵！

【二】曾将月底挑，春心寄绿腰。小姐自比湘灵，教我更莫鼓求凰调。（净）这领猢狲皮？（生）这汗衫黏皮贴肉温存好。（净）这个石锥子？（生）这玉簪一似洁白佳人，分明教我长戴头上梢。（净）这斑竹火筒？（生）这斑管秦女曾吹招凤鸟，唇齿相偎，怎不记抚弄娇。

（生）小夫人一向安乐么？

【东瓯令】（净）小夫人庞儿瘦，口中嘈，巴巴的只骂无情没下梢。（生）我岂不要回，怎由得我？（净）贪欢自去樊楼闹，旧恩爱都丢掉。（生）你便说我不曾去。（净）教伊早泛曲河桡，说罢泪珠抛。

（生）苦呵！小姐这般想我。（做俺面哭，净做哭科）我的红娘！这般想我。（伸手笑科）我哄你哩，小夫人一些儿也不想你。

【浣溪沙】（生）少什么豪家貌，相招赘斗差媒保，排阵儿都推却无心要。那些个楚馆秦楼露水交，心还晓。想起那月边愁，调中情，忍把他枕畔的盟抛？

【东瓯令】（净）红娘姐，貌妖娆，一见琴童暗里瞧。道我情儿温热身儿俏，要与我成婚好。相公，怎生方便配成交，免得两边熬。

　　（生）胡说！

【浣溪沙】慢说道京娥妙，讪一火鬼头猴貌。那性格儿得似你聪明少，怎下得撇却真珠觅假钞。小姐相逢早，你兀自莽猜疑，乱叮咛，把我做没行的儿曹。

【余文】无音信，盼望遥，比及书来又添烦恼，泪眼空眠睫不交。

　　　　　密似蝇头细写心，行人于此谩沈吟。

　　　　　孤身去国六千里，一纸家书抵万金。

第三十五出　再　　负

（净上）不施万丈深潭计，怎得骊龙颔下珠？且喜到了姑娘下处，这事要与红娘说过，才好下书。咳！有人在此么？（贴上）侯门深似海，不许外人敲。是谁呀，原来是郑恒哥哥。一向不见，小姐已嫁了张探花了。你来怎的？（净）咦，那有此理？一鞍一马，我父存日定下，谁敢别嫁？（贴）闭嘴！

【罗江怨】【香罗带】当初寇逼威，全家没计，张生呵，一封鸾信请义师，事平如约成却夫妻也。【一江风】此际孤危，怎不见郎君至？（净）我那里知道？（贴）争妻也是迟，多言也是迟，【怨别离】别选个风流婿。

【二】（净）髫年订密期，神天设誓。亲亡翻赖心意亏。一言为定怎敢相欺也？相府名闺，忍做得违条事？官休也不罢伊，私休也不罢伊，偏要做风流婿。

【三】（贴）伊家中表私，怎成匹配？多才淑女世罕稀，俏如司马方许千飞也。村糙皮肤怎近得天仙体？（净）不信我村他便俏。（贴）门风也胜伊，文才也胜伊，真个好风流婿。

【四】（净）金貂累代遗，豪华素著，强如暴贵贫薄子。幼年相许六礼成婚也，正娶明媒，又不比私奸意。（贴）不嫁你！（净）嫌吾也是痴，称他也是痴，稳做却风流婿。

【女冠子】（老旦上）孤嫠辛喜天怜济，见玉润步云梯，想灵舆得遂归山计。是谁到猧儿吠？（相见科）

（老旦）侄儿那里来？（净哭科）姑娘，我今春赴试不中，小姐孝满，特来毕姻。（老旦）莺莺因张生退兵之恩，嫁了他也。（净）我知道，姑娘听我说。张生探花我不第，心中闷闷闲行至。卫尚书女招少年，恰好张生骑牛去。（贴）官府偏没马？（净）朝廷出征去边城，太仆寺中无马停。那小姐彩球抛处从天下，我怕打着负莺莺。急忙躲过不抬头，一头正打张生球。三十来个养娘都扯定，叫状元，小姐爱你忒风流。霎时拖入画堂前，小姐一貌生得妍。高鼻头儿深眼睛，落腮胡子发连蜷。（贴）到是个回回。（净）谎说不热又差了，是星眼细腰真袅袅。我叫张兄且回来，他一似饿狗见糠入去了。第二早辰我告辞，张生嬉嬉言语低。闻知莺莺定足下，我已别赘卫尚书。依旧还归足下门，不要这等没爷叫的小鬼精。像了老婆子，一定不贤哲。（老旦）他骂我？（净）又说道先奸后娶，不好做夫人，他便拿六七十斤一管斑竹笔，展开二三千丈一幅花笺纸，写丈二三长几个字。（贴）不信这般大东西。（净）呸！富贵之家人怎比？张生写罢叹口气，一似狼烟与驴屁。掉一点泪落下来，铮铮一声响在地。拾来看时却见铁屑丸。（贴）作怪，怎么是铁屑？（净）不是铁心肝的，怎下得铁眼泪？（贴）满眼珠玑。（净）送出府门又叮咛，莺莺性急好看承。红娘原封不曾动，依旧还归你受用。（贴）胡说！（净）姑娘，我别了皇帝出京邸，朝臣作饯倾城市。有翰林院官送行文，两句道得真个美。（老旦）怎么道？（净）张探花停妻娶妻，做相府新郎子，未可以去乎；郑公子得乐且乐，寻西厢旧物，取其残而已矣。（老旦）既然这畜生休我女儿，还把来与你。（净）可知好哩！亲上成亲，又是旧约。（贴）老夫人，郑哥哥一讪胡说，不要听他。（净）休慌，张生有亲笔书在此。（老旦）拆来看！（净出书逞上科）

【雁来红】【雁过沙】（老旦）"探花郎特寄书，幸荣达未谐归计。吾皇赐配尚书女，吾今近日亲招赘。令爱前姻必告离。【红娘子】寻旧配休想再提，料今生永诀矣。"

元来这厮忘恩负义，真个休了莺莺！（净）便是那个摘舌头下地狱的写这封书。（老旦）孩儿，拣个吉日，过门成亲。（净）小子告退了。只消

三寸舌，做出万般声。（下）（老旦贴吊场）

【针线箱】（老旦）张珙那厮，你一身流落无依，似孤禽向我投栖。饥时啄我仓中粒，羽翼就便高飞。不想西厢出丑权遮庇，别缔高门信义亏。（合）无情汉，佳人何事，忍便抛弃！

【二】（贴）告夫人慢自思惟，料书生情可推移。花前月下多劳悴，无别故忍抛离？近日情书远寄殷勤语，只恐就里奸谋未可知。（合前）

> 弃旧怜新薄幸郎，一封书到恼人肠。
>
> 大鹏飞上梧桐树，自有旁人说短长。

第三十六出　荣　归

【鹊桥仙】（生上）前诃住步，后车停骤，系马门前弱柳。风沙自拂五云裘，入禅宫拭将门扣。

> 左右的，此间是普救寺了，径到西厢下去。（净）开门！开门！（贴）是谁？（净）相公回来了。（贴）在那里？相公万福！（生）红娘姐，丰采如旧。（贴）争奈人心不如旧。（生）为何出此言？（贴）呸！

【三集月儿高】【月儿高】慢弄无凭口，真情已泄漏。不记当时苦，百样相搁就。（净）有这等怕老婆的，连丫头也怕他。（贴）一旦身荣，忘了那神明咒。

> （生）小生一心想小姐。

【五更转】（贴）辜恩负义天难祐。弃了鸾俦，倒寻凤偶。（生）那里说起来？（贴）郑恒说你休了姐姐，别娶了卫尚书之女。【驻云飞】新人忒煞风流，【上马踢】比俺莺娘，肥也还娇瘦？

【上马踢】（生）赉将翠羽冠，带得绯霞袖。殷勤为玉人，日夜归心陡。那个胡诌，生出无中有？横死顽囚，有理官司，要与你明结奏。

> （贴）我也不管，请姐姐出来，与你对证。（叫科）姐姐，薄情人回也！
>
> （内应科）羞人答答，见他怎的？（贴）姐姐，有无未可必，请出一见。

【蛮江令】（旦上）离怀与别怨，容光渐消瘦。千回更万转，床儿懒下走。（生揖科）小姐怎不出迎？（旦回面科）指望伊归，对面将心剖。万种悲欢会，翻做羞开口。

【凉草虫】（生）向前低借问，新来强饭否？为甚的花枝瘦？胡言语休教耳朵收。佛啰，诸天在上头，便觅将来，得如你玉脆香柔？

【蜡梅花】（旦）尚书贵女，高楼彩球，花容比妾妾真丑。前日难入头，今朝轻罢手，枉了月边琴底苦相求。

【美中美】（生）话怎投，冤怎负？客乡孤，几番泪珠儿流。巴不得缩地脉，飞到蒲州。（旦）郑恒有休书，是你亲笔。（生）怎生听他调斗，全不想海誓山盟无住头。

【前腔】【换头】（贴）娘行休气呕，他情意相投。昔日司马身荣也，茂陵女翻见求。（老旦上）窗前闻闹，步出帘钩。薄幸郎生受！（生拜跪科）（老旦）拜礼相酬，起来！你是奉敕的女婿，不须拜，新探花郎忒忠厚。

【油核桃】（生）夫人且莫烦忧，怎不将情细求？短命胡言成衅咎，昧心事也，海灵神不罢休。

【前腔】（老旦）是伊铁画银钩，兰亭的本吾收。君家亲手制推谁某？（生）馋人贼首，拆去原封重写就。

（生看书科）这封皮是真，那书不是我笔迹，分明是他改换。（贴）先生休慌，且到书院中歇下，明早郑恒来面对。（老旦）也说得是。若得是你写的，休想莺莺与你完娶。（老旦）一封书到惹人嗔，（生）谁料奸谋假作真？（旦）错把黄金买词赋，相如原是薄情人。（生）好闷人也！

【木丫叉】一纸龙蛇馋诟，分明平地，风波乍吼。自恨我误托书邮，料天公难将诈覆，万种相思巴入手，到头来生出节外忧。算艰苦风流遍受，明日阴晴未可求。

当时只道锦添花，谁料翻成手捻沙。

水到兰亭转呜咽，不知真帖落谁家？

第三十七出 完 聚

【金菊对芙蓉】（外上）名震龙沙，功铭凤阁，当今谁是英雄？正太平无事，闲却元戎。忽闻天上传喜报，书生志今日登庸。擎花荷锦，鸣金击玉，往贺乘龙。

忽报连枝树，花开古寺荫。便须鞭玉马，共醉碧梧浔。闻知君瑞兄弟得中探花，前日已回，特地到寺中相贺。左右，去请张相公出来。（末）相公来也！（相见科）（生）无端正被狂词恼，有福还交故友逢。远劳哥哥光贺，小弟一件不明之事，正欲求救。（外）兄弟有何事？（生）崔氏已配弟为妻，被伊表兄郑恒馋言，说我入赘卫尚书府，老夫人要改嫁与他。（外）那有此理？请老夫人出来，下官面说。（末）夫人有请！（老旦上）莫信直中直，须防仁不仁。将军万福！（外）夫人缘何欲将爱女配与郑恒？（老旦）张生有书，休了小女，故有此举。（外）夫人差矣！君瑞千辛万苦，娶得爱女，无故岂轻弃？此书必是小人假作，况中表的亲岂可为婚！（老旦）老身亦不欲如此，待郑恒来，取书对证便了。

【粉蝶儿】（净上）喜地欢天，眼见娇娇娃入手。（末）那里去？（净）我姑娘忒郑重，直请许多官客在此。（外出迎相见科）你是何人？（净）俺是新郎郑公子。（外）莺莺自有夫，谁许你来？（净）姑娘自许下，与你何干？（生）你这厮，我那里与你休书来？（净）呵也，呵也，不好了！是你叫俺寄回。（生）我的原书何在？改作休书！（净）你的休书亲手写的，干我甚事！（外）书在那里？（老旦）书在此。（生）此书封皮虽是，其中不是我笔迹。千里寄信，岂可没有图书印记？（外）这厮平白强占人妻，左右拿下！（净）苦恼！可怜见，昨日装作孙汝权，今日又弄这场。便与我红娘去罢。（外）还要胡说，快拿下！（净）不须拿，不须拿，用尽机谋妻不遂，羞容怎回故乡去？不如浸入碧波中，自与龙王做女婿。（下）（末）告相公，郑恒跳入放生池死了。（外）抬尸烧化，请夫人出来完聚了。

【满庭芳】（旦贴上）倦体憎炎，愁心病暑，何方忽送荷风？（生）今朝明白，依旧见轻红。（贴）倘使元戎垂顾早，这狂生浪说难容。（老旦）多侥幸，冲开闷阵，再摆喜筵浓。（相见科）

　　〔玉楼春〕（生）清风仁雨天边烈，顿令暑退凉生雪。（小外上）偶然赶应到邻家，不得山门顶香接。（外）劳伊厚礼休惊愕，君瑞相留多搅聒。（合）明朝便泛洛阳船，夫贵妻荣壮乡国。（外）取酒过来，先敬探花一杯。（生小生合先拜谢）

【山花子】（外）三生藉注双飞凤，从教阻截还逢。羡骑鲸高飞碧空，今朝又见乘龙。（合）叹狂徒奸谋逞凶，谁知失足荷沼中。眼前并蒂依旧红，始信高高，自有天公。

【二】（生旦）长怀旧德如山重，今番又沐仁风。这交情世难继踪，粉身欲报无从。（合前）

【二】（老旦）衰年悖聋，误听狂词弄，无端打鸭惊鸿。荷尊官成全始终，

拈胶再续丝桐。（合前）

【四】（贴）郎西女东无俺空何用，宵音昼约谁通？喜牙床今宵再同，未沾伊酾酒酬功。（合前）

【大和佛】（生）曾听阇黎饭后钟，谢分榻好看供。非伊把春色藏深洞，今日里怎和同？（净）茶迟酒晏休言重，望君袖里曲包笼。（生）左右，取金一笏，谢长老。（小外）长留玉带镇蓝宫，惟愿取佛天相送。（老旦）好顺风，片帆安稳出蒲东。

【二】（合）蕃卜流香弄夕风，暑气融，双双海燕出帘栊。喜相逢，明朝又听归舟哄，泛长河归去故园中。冥冥相国妥灵踪，早就牛眠故垄。多荣宠，问舍求田珠翠拥。

【十二时】清词咏罢还重讽，透心髓一团娇咮，万载骚坛说士龙。

　　　　曾咏明珠掌上轻，又将文思写莺莺。

　　　　都缘天与丹青手，画出人心万种情。

第六才子书西厢记

〔清〕金圣叹

目录

卷　　一

圣叹外书

序一　曰恸哭古人

或问于圣叹曰："《西厢记》何为而批之刻之也？"圣叹悄然动容，起立而对曰："嗟乎！我亦不知其然，然而于我心则诚不能以自己也。今夫浩荡大劫，自初迄今，我则不知其有几万万年月也。几万万年月皆如水逝云卷，风驰电掣，无不尽去，而至于今年今月，而暂有我。此暂有之我，又未尝不水逝云卷，风驰电掣，而疾去也。然而，幸而犹尚暂有于此。幸而犹尚暂有于此，则我将以何等消遣而消遣之？我比者亦尝欲有所为，既而思之，且未论我之果得为与不得为，亦未论为之果得成与不得成，就使为之而果得为，乃至为之而果得成，是其所为与所成，则有不水逝云卷，风驰电掣，而尽去耶？夫未为之而欲为，既为之而尽去，我甚矣叹欲有所为之无益也。然则我殆无所欲为也。夫我诚无所欲为，则又何不疾作水逝云卷，风驰电掣，顷刻尽去，而又自以犹尚暂有为大幸甚也？甚矣！我之无法而作消遣也。细思我今日之如是无奈，彼古之人独不曾先我而如是无奈哉！我今日所坐之地，古之人其先坐之；我今日所立之地，古之人先立之者，不可以数计矣！夫古之人之坐于斯，立于斯，必犹如我之今日也。而今日已徒见有我，不见古人，彼古人之在时，岂不默然知之？然而，又自知其无奈，故遂不复言之也。此真不得不致憾于天地也，何其甚不仁也！既然已生我，便应永在；脱不能尔，便应勿生，如之何本无有我，我又未尝哀哀然丐之曰：尔必生我，而无端而忽然生我？无端而忽然生者，又正是我；无端而忽然生一正是之我，又不容之少住；无端而忽然生之，又不容少住者，又最能闻声感心，多有悲凉。嗟乎！嗟乎！我真不知何处为九原，云何起古人。如使真有九原，真起古人，岂不同此一副眼泪，同欲失声大哭乎哉？乃古人则且有大过于我十倍之才与识矣！彼谓天地非有不仁，天地亦真无奈也。欲其无生，或非天地；既为天地，安得不生？夫天地之不得不生，是则诚然有之，而遂谓天地乃适生我，此岂理之当哉？天地之生此芸芸也，天地殊不能知其为谁也；芸芸之被天地生也，芸芸亦皆不必自知其为谁也。必谓天地今日所生之是我，则夫天地明日所生之固非我也；然而天地明日所生又各各自以为我，则是天地反当茫然不知其罪之果谁属也。夫天地真未尝生我，而生而适然是我，是则我亦听其生而已矣。天地生而适然是我，而天地终亦未尝生我，是则我亦听其水逝云卷、风驰电掣而去而已矣。我既前听其生，后听其去，而无所于惜，是则于其中间幸而犹尚暂在，我亦于无法作消遣中随意自作消遣而已矣。得如诸葛公之躬耕南阳，苟全性命可也，此一消遣法也。既而又因感激三顾，许人驱驰，食少事烦，至死方已，亦可也，亦一消遣法也。或如陶先生之不愿折腰，飘然归来可也，亦一消遣法也。既而又为三旬九食，饥寒所驱，叩门无辞，至图冥报，亦可也，又一消遣法也。天子约为婚姻，百官出其门下，堂下建牙吹角，堂后品竹弹丝可也，又一消遣法也。日中麻麦一餐，树下冰霜一宿，说经四万八千，度人恒河沙数可也，亦一消遣法也。何也？我固非我也。未生已前，非我也；既去已后，又非我也，然则今虽犹尚暂在，实非我也。既已非我，我欲云何？抑既已非我，我何不云何？且我而犹望其是我也，我决不可以有少误。我而既已决非我矣，我如之何不听其或误，乃至或大误耶？误而欲以非我者为我，此固误也，然而非我者则自误也，非我之误也。又误而欲以此我，作诸郑重，极尽宝护，至于不免呻吟啼哭，此固大误也。然而非我者则自大误也，非我之大误也。又误而至欲以此我，穷思极虑，长留痕迹，千秋万世，传道不歇，此固大误之大误也。然而总之，非我者则自大误大误也，非我之大误大误也。既已误其如此，于是而以非我者之日月，误而任我之唐突可也。以非我者之才情，误而供我之挥霍可也。以非我者之左手，误为我摩非我者之腹；以非我者之右手，误为我捻非我者之须可也。非我者撰之，我吟之；非我者吟之，我听之；非我者听之，我足之蹈之，手之舞之；非我者足蹈而手舞之，我思有以不朽之，皆可也。砚，我不知其为何物也。既已固谓之砚矣，我亦谓之砚可也。墨，我不知其为何物也；笔，我不知其为何物也；纸，我不知其为何物也；手，我不知其为何物也；心思，我不知其为何物也，既已同谓之云云矣，我亦谓之云云可也。窗明几净，此何处也？人曰此处，我亦谓之此处也。风清日朗，此何日也？人曰今日，我亦谓之今日也。蜂穿窗而忽至，蚁缘槛而徐行，我不能知蜂蚁，蜂蚁亦不知我。我今日而暂在，斯蜂蚁亦暂在；我倏忽而为古人，则是此蜂亦遂为古蜂，此蚁亦遂为古蚁也。我今日天清日朗，窗明几净，笔良砚精，心撰手写，伏承蜂蚁来相照证，此不世之奇缘，难得之胜乐也。若后之人之读我今日之文，则真未必知我今日之作此文时，又有此蜂与此蚁也。夫后之人而不能知我今日之有此蜂与此蚁，然则后之人竟不能知我之今日之有此我也。后之人之读我之文者，我则已知之耳。其亦无奈水逝云卷，风驰电掣，因不得已而取我之文，自作消遣云尔。后之人之读我之文，即使其心无所不得已，不用作消遣，然而我则终知之耳。是其终亦无奈水逝云卷，风驰电掣者耳。我自深悟：夫误亦消遣法也，不误亦消遣法也，不误不妨仍误，亦消遣法也，是以如是其刻苦也。刻苦也者，欲其精妙也；欲其精妙也者，我之孟浪也；我之孟浪也者，我既了悟也；我既了悟也者，我本无谓也；我本无谓也者，仍即我之消遣也，我安计后之人之知有我与不知有我也。嗟乎！是则古人十倍于我之才识也。我欲恸哭之，我又不知其为谁也，我是以与之批之刻之也。我与之批之刻之，以代恸哭之也。夫我之恸哭古人，则非恸哭古人，此又一我之消遣法也。"

序二 曰留赠后人

前乎我者为古人，后乎我者为后人。古人之与后人，则皆同乎？曰：皆同。古之人不见我，后之人亦不见我，既已皆不见，则皆属无亲，是以谓之皆同也。然而我又忽然念之：古之人不见我矣，我乃无日而不思之；后之人亦不见我，我则殊未尝或一思之也。观于我之无日不思古人，则知后之人之思我必也；观于我之殊未尝或一思及后人，则知古之人之不我思，此其明验也。如是则古人与后人，又不皆同。盖古之人，非惟不见，又复不思，是则真可谓之无亲。若夫后之人之虽不见我，而大思我。其不见我，非后人之罪也，不可奈何也。若其大思我，此真后人之情也，如之何其谓之无亲也？是不可以无所赠之。而我则将如之何其赠之？后之人必好读书，读书者必伏光明，光明者照耀其书，所以得读者也。我请得为光明，以照耀其书，而以为赠之。则如日月，天既有之，而我又不能以其身为之膏油也，可奈何？后之人既好读书，读书者必好友生。友生者忽然而来，忽然而去；忽然而不来，忽然而不去。此读书而喜，则此读之令彼听之；此读书而疑，则彼读之令此听之。既而并读之，并听之，既而并坐不读，又大欢笑之者也。我请得为友生，并坐、并读、并听、并笑而以为赠之，则如我之在时。后人既未及来，至于后人来时，我又不复还在也，可奈何？后之人既好读书，又好友生，则必好彼名山大河，奇树妙花。名山大河，奇树妙花者，其胸中所读之万卷之书之副本也。于读书之时，如入名山，如泛大河，如对其树，如拈妙花焉。于入名山、泛大河、对奇树、拈妙花之时，如又读其胸中之书焉。后之人既好读书，又好友生，则必好于好香、好茶、好酒、好药。好香、好茶、好酒、好药者，读书之暇，随意消息，用以宣导沉滞，发越清明，鼓荡中和，补助荣华之必资也。我请得化身百亿，既为名山大河，奇树妙花，又为好香好茶，好酒好药，而以为赠之。则如我自化身于后人之前，而后人乃初不知此之为我之所化也，可奈何？后之人既好读书，必又好其知心青衣。知心青衣者，所以霜晨雨夜，侍立于侧，异身同室，并与齐住者也。我请得转我后身，便为知心青衣，霜晨雨夜，侍立于侧，而以为赠之，则如可以鼠肝，又可以虫臂。伟哉造化！且不知彼将我其奚适也，可奈何？无已，则请有说于此：择世间之一物，其力必能至于后世者；择世间之一物，其力必能至于后世，而世至今犹未能以知之者；择世间之一物，其力必能至于后世，而世至今犹未能以知之，而我适能尽智竭力，丝毫可以得当于其间者；夫世间之一物，其力必能至于后世者则必书也。夫世间之书，其力必能至于后世，而世至今犹未能以知之者，则必书中之《西厢记》也。夫世间之书，其力必能至于后世，而世至今犹未能以知之，而我适能尽智竭力，丝毫可以得当于其间者，则必我比日所批之《西厢记》也。夫我比日所批之《西厢记》，我则真为后之人思我，而我无以赠之，故不得已而出于斯也。我真不知作《西厢记》者之初心，其果如是，其果不如是也。设其果如是，谓之今日始见《西厢记》可；设其果不如是，谓之前日久见《西厢记》，今日又别见圣叹《西厢记》可。总之，我自欲与后人少作周旋。我实何曾为彼古人致其矻矻之力也哉！

卷　二

读《第六才子书西厢记》法

一、有人来说，《西厢记》是淫书，此人后日定堕拔舌地狱。何也？《西厢记》不同小可，乃是天地妙文。自从有此天地，他中间便定然有此妙文；不是何人做得出来，是他天地直会自己劈空结撰而出。若定要说是一个人做出来，圣叹便说此一个人即是天地现身。

二、《西厢记》断断不是淫书，断断是妙文。今后若有人说是妙文，有人说是淫书，圣叹都不与做理会。文者见之谓之文，淫者见之谓之淫耳。

三、人说《西厢记》是淫书，他止为中间有此一事耳。细思此一事，何日无之？何地无之？不成天地中间有此一事，便废却天地耶？细思此身自何而来？便废却此身耶？一部书有如许缠缠洋洋，无数文字，便须看其如许缠缠洋洋，是何文字，从何处来，到何处去，如何直行，如何打曲，如何放开，如何捏聚，何处公行，何处偷过，何处慢摇，何处飞渡；至于此一事，直须高阁起不复道。

四、若说《西厢记》是淫书，此人只须扑，不必教。何也？他也只是从幼学一冬烘先生之言，一入于耳，便牢在心。他其实不曾眼见《西厢记》，扑之还是冤苦。

五、若眼见《西厢记》了，又说是淫书，此人则应扑乎？曰：扑之亦是冤苦，此便是冬烘先生耳。当初造《西厢记》时，原发愿不肯与他读，他今日果然不读。

六、若说《西厢记》是淫书，此人有大功德。何也？当初造《西厢记》时，发愿只与后世锦绣才子共读，曾不许贩夫皂隶也来读。今若不是此人，揎拳捋臂，拍凳捶床，骂是淫书时，其势必至无人不读，泄尽天地妙秘，圣叹大不欢喜。

七、《世说新语》云："庄子《逍遥游》一篇，旧是难处。"开春无事，不自揣度，私于陈子瑞躬，风雨联床，香炉酒杯，纵心纵意，处得一上。自今以后，普天下锦绣才子，同声相应，领异拔新，我二人便做支公许史去也。

八、圣叹《西厢记》，只贵眼照古人，不敢多让。至于前后著语，悉是口授小史，任其自写，并不更曾点窜一遍，所以文字多有不当意处。盖一来虽是圣叹天性贪懒，二来实是《西厢》本文珠玉在上，便教圣叹点窜杀，终复成何用？普天下后世，幸恕仆不当意处，看仆眼照古人处。

九、圣叹本有才子书六部，《西厢记》乃是其一。然其实六部书，圣叹只是用一副手眼读得。如读《西厢记》，实是用读《庄子》、《史记》手眼读得；便读《庄子》、《史记》，亦只用读《西厢记》手眼读得。如信仆此语时，便可将《西厢记》与子弟作《庄子》、《史记》读。

十、子弟至十四五岁，如日在东，何书不见？必无独不见《西厢记》之事。今若不急将圣叹此本与读，便是真被他偷看了《西厢记》也。他若得读圣叹《西厢记》，他分明读了《庄子》、《史记》。

十一、子弟欲看《西厢记》，须教其先看《国风》。盖《西厢记》所写事，便全是《国风》所写事。然《西厢记》写事，曾无一笔不雅驯，便全学《国风》写事，曾无一笔不雅驯；《西厢记》写事，曾无一笔不透脱，便全学《国风》写事，曾无一笔不透脱。敢疗子弟笔下雅驯不透脱，透脱不雅驯之病。

十二、沉潜子弟，文必雅驯，苦不透脱；高明子弟，文必透脱，苦不雅驯。极似分道扬镳，然实同病别发。何谓同病？只是不换笔。盖不换笔，便道其不透脱；不换笔，便道其不雅驯也。何谓别发？一是停而不换笔，一是走而不换笔。盖停而不换笔，便有似于雅驯，而实非雅驯；走而不换笔，便有似于透脱，而实非透脱也。夫真雅驯者，必定透脱；真透脱者，必定雅驯。问谁则能之？曰：《西厢记》能之。夫《西厢记》之所以能之，只是换笔也。

十三、子弟读得此本《西厢记》后，必能自放异样手眼，另去读出别部奇书。遥计一二百年之后，天地间书，无有一本不似十日并出。此时则彼一切不必读、不足读、不耐读等书，亦既废尽矣！真一大快事也。然实是此本《西厢记》为始。

十四、仆昔因儿子及甥侄辈，要他做得好文字，曾将《左传》、《国策》、《庄》、《骚》、《公》、《谷》、《史》、《汉》、韩、柳、三苏等书杂撰一百余篇，依张侗初先生《必读古文》旧名，只加"才子"二字，名目《才子必读书》。盖致望读之者之必为才子也。久欲刻布请正，苦因丧乱，家贫无赀，至今未就。今既呈得《西厢记》，便亦不复更念之矣。

十五、文章最妙，是目注彼处，手写此处。若有时必欲目注此处，则必手写彼处。一部《左传》，便十六都用此法。若不解其意，而目亦注此处，手亦写此处，便一览已尽。《西厢记》最是解此意。

十六、文章最妙，是目注此处，却不便写，却去远远处发来，迤逦写得将至时，便且住，却重去远远处更端再发来，再迤逦又写到将至时，便又且住。如是更端数番，皆去远远处发来，迤逦写到将至时，即便住，更不复写出目所注处，使人自于文外瞥然亲见。《西厢记》纯是此一方法。《左传》、《史记》亦纯是此一方法。最恨是《左传》、《史记》急不得呈教。

十七、文章最妙，是先觑定阿堵一处，已却于阿堵一处之四面将笔来，左盘右旋，右盘左旋，再不放脱，却不擒住。分明如狮子滚球相似：本只是一个球，却教狮子放出通身解数，一时满棚人看狮子，眼都看花了，狮子却是并没交涉。人眼自射狮子，狮子眼自射球，盖滚者是狮子，而狮子之所以如此滚，如彼滚，实都为球也。《左传》、《史记》便纯是此一方法，《西厢记》亦纯是此一方法。

十八、文章最妙，是此一刻被灵眼觑见，便于此一刻放灵手捉住。盖于略前一刻亦不见，略后一刻便亦不见，恰恰不知何故，却于此一刻忽然觑见，若不捉住，便更寻不出。今《西厢记》若干字文，皆是作者于不知何一刻中，灵眼忽然觑见，便疾捉住，因而直传到如今。细思万千年以来，知他有何限妙文，已被觑见，却不曾捉得住，遂总付之泥牛入海，永无消息。

十九、今后任凭是绝代才子，切不可云：此本《西厢记》，我亦做得出也。便教当时作者而在，要他烧了此本，重做一本，已是不可复得，纵使当时作者，他却是天人，偏又会做得一本出来，然既是别一刻所觑见，便用别样捉住，便是别样文心，别样手法，便别是一本，不复是此本也。

二十、仆今言灵眼觑见，灵手捉住，却思人家子弟，何曾不觑见？只是不捉住。盖觑见是天付，捉住须人工也。今《西厢记》实是又会觑见，又会捉住。然子弟读时，不必又学其觑见，一味只学其捉住。圣叹深恨前此万千年，无限妙文，已是觑见，却捉不住，遂成泥牛入海，永无消息。今刻此《西厢记》遍行天下，大家一起学得捉住。仆实遥计一二百年后，世间必得平添无限妙文，真乃一大快事。

二十一、仆尝粥时，欲作一文，偶以他缘，不得便作，至于饭后，方补作之，仆便可惜粥时之一篇也。此譬如掷骰相似：略早略迟，略轻略重，略东略西，便不是此六色，而愚夫尚欲争之，真是可发一笑。

二十二、仆之为此言何也？仆尝思万万年来，天无日无云，然决无今日云与某日云曾同之事。何也？云只是山川所出之气，升到空中，却遭微风，荡作缕缕，既是风无成心，便是云无定规，都是互不相知，便乃偶尔如此。《西厢记》正然：并无成心之与定规，无非此日，佳日闲窗，妙腕良笔，忽然无端，如风荡云，若使异时更作，亦不妨另自有其绝妙，然而无奈此番已是绝妙也。不必云异时不能更妙于此。然亦不必云异时尚将更妙于此也。

二十三、仆幼年最恨"鸳鸯绣出从君看，不把金针度与君"之二句，谓此必是贫汉自称王夷甫口不道阿堵物计耳。若果知得金针，何妨与我略度？今日见《西厢记》，鸳鸯既绣出，金针亦尽度，益信作彼语者，真是脱空谩语汉。

二十四、仆幼年曾闻人说一笑话云：昔一人苦贫特甚，而生平虔奉吕祖。感其至心，忽降其家，见其赤贫，不胜悯之，念当有以济之。因伸一指，指其庭中盘石，粲然化为黄金。曰："汝欲之乎？"其人再拜曰："不欲也。"吕祖大喜，谓："子诚如此，便可授子大道。"其人曰："不然，我心欲汝此指头耳。"仆当时私谓此固戏论耳，若真是吕祖，必当便以指头与之。今此《西厢记》，便是吕祖指头，得之者，处处遍指，皆作黄金。

二十五、仆思文字不在题前，必在题后。若题之正位，决定无有文字。不信但看《西厢记》之一十六章，每章只用一句两句写题正位，其余便都是前后摇之曳之可见。

二十六、知文在题之前，便须恣意摇之曳之，不得便到题；知文在题之后，便索性将题拽过了，却重与之摇之曳之。若不解此法，而误向正位，多写作一行或两行，便如画死人坐像，无非印板衣摺，纵复费尽渲染，我见之早向新宅中哭钟太傅矣。

二十七、横直波点聚谓之字，字相连谓之句，句相杂谓之章。儿子五六岁了，必须教其识字；识得字了，必须教其连字为句；连得五六七字为句了，必须教其布句为章。布句为章者，先教其布五六七句为一章，次教其布十来多句为一章；布得十来多句为一章时，又反教其只布四句为一章，三句为一章，二句乃至一句为一章。直到解得布一句为一章时，然后与他《西厢记》读。

二十八、子弟读《西厢记》后，忽解得三个字亦能为一章，二个字亦能为一章，一个字亦能为一章，无字亦能为一章。子弟忽解得无字亦能为一章时，渠回思初布之十来多句为一章，真成撒吞耳。

二十九、子弟解得无字亦能为一章，因而回思初布之十来多句为一章，尽成撒吞，则其体气便自然异样高妙，其方法便自然异样变换，其气色便自然异样姿媚，其避忌便自然异样滑脱。《西厢记》之点化子弟不小。

三十、若是字，便只是字；若是句，便不是字；若是章，便不是句。何但不是字，一部《西厢记》真乃并无一字；岂但并无一字，真乃并无一句；一部《西厢记》只是一章。

三十一、若是章，便应有若干句；若是句，便应有若干字。今《西厢记》不是一章，只是一句。故并无若干句，乃至不是一句，只是一字。故并无若干字，《西厢记》其实只是一字。

三十二、《西厢记》是何一字？《西厢记》是一"无"字。赵州和尚，人问："狗子还有佛性也无？"曰："无"。是此一"无"字。

三十三、人问赵州和尚："一切含灵俱有佛性，何得狗子却无？"赵州曰："无。"《西厢记》是此一"无"字。

三十四、人若问赵州和尚："露柱还有佛性也无？"赵州曰："无"。《西厢记》是此一"无"字。

三十五、若又问："释迦牟尼还有佛性也无？"赵州曰："无。"《西厢记》是此一"无"字。

三十六、人若又问："'无'字还有佛性也无?"赵州曰:"无。"《西厢记》是此一"无"字。

三十七、人若又问："'无'字还有无字也无?"赵州曰:"无。"《西厢记》是此一"无"字。

三十八、人若又问："某甲不会?"赵州曰:"你是不会,老僧是无。"《西厢记》是此一"无"字。

三十九、何故《西厢记》是此一"无"字?此一"无"字是一部《西厢记》故。

四十、最苦是人家子弟,未取笔,胸中先已有了文字。若未取笔,胸中先已有了文字,必是不会做文字人。《西厢记》无有此事。

四十一、最苦是人家子弟,提了笔胸中尚自无有文字。若提了笔,胸中尚自无有文字,必是不会做文字人。《西厢记》无有此事。

四十二、赵州和尚,人不问狗子还有佛性也无,他不知道有个"无"字。

四十三、赵州和尚,人问过狗子还有佛性也无,他亦不记道有个"无"字。

四十四、《西厢记》正写《惊艳》一篇时,他不知道《借厢》一篇应如何;正写《借厢》一篇时,他不知道《酬韵》一篇应如何。总是写前一篇时,他不知道后一篇应如何。用煞二十分心思,二十分气力,他只顾写前一篇。

四十五、《西厢记》写到《借厢》一篇时,他不记道《惊艳》一篇是如何;写到《酬韵》一篇时,他不记道《借厢》一篇是如何。总是写到后一篇时,他不记道前一篇是如何。用煞二十分心思,二十分气力,他又只顾写后一篇。

四十六、圣叹举赵州"无"字说《西厢记》,此真是《西厢记》之真才实学,不是禅语,不是有无之"无"字。须知赵州和尚"无"字,先不是禅语,先不是有无之"无"字,真是赵州和尚之真才实学。

四十七、《西厢记》止写得三个人:一个是双文,一个是张生,一个是红娘。其余如夫人、如法本、如白马将军、如欢郎、如法聪、如孙飞虎、如琴童、如店小二,他俱不曾着一笔半笔写,俱是写三个人时,所忽然应用之家伙耳。

四十八、譬如文字，则双文是题目，张生是文字，红娘是文字之起承转合。有此许多起承转合，便令题目透出文字，文字透入题目也。其余如夫人等，算只是文字中间所用之乎者也等字。

四十九、譬如药，则张生是病，双文是药，红娘是药之炮制。有此许多炮制，便令药往就病，病来就药也。其余如夫人等，算只是炮制时，所用之姜醋酒蜜等物。

五十、若更仔细算时，《西厢记》亦止为写得一个人。一个人者，双文是也。若使心头无有双文，为何笔下却有《西厢记》?《西厢记》不止为写双文；止为写谁? 然则《西厢记》写了双文，还要写谁?

五十一、《西厢记》止为要写此一个人，便不得不又写一个人。一个人者，红娘是也。若使不写红娘，却如何写双文? 然则《西厢记》写红娘，当知正是出力写双文。

五十二、《西厢记》所以写此一个人者，为有一个人，要写此一个人也。有一个人者，张生是也。若使张生不要写双文，又何故写双文? 然则《西厢记》又有时写张生者，当知正是写其所以要写双文之故也。

五十三、诚悟《西厢记》写红娘，止为写双文；写张生，亦止为写双文，便应悟《西厢记》决无暇写他夫人、法本、杜将军等人。

五十四、诚悟《西厢记》止是为写双文，便应悟《西厢记》决是不许写到郑恒。

五十五、《西厢记》写张生，便真是相府子弟，便真是孔门子弟，异样高才，又异样苦学；异样豪迈，又异样淳厚。相其通体自内至外，并无半点轻狂，一毫奸诈。年虽二十已余，却从不知裙带之下有何缘故；虽自说颠不剌的见过万千，他亦只是曾不动心。写张生直写到此田地时，须悟全不是写张生，须悟全是写双文。锦绣才子，必知其故。

五十六、《西厢记》写红娘，凡三用加意之笔。其一，于《借厢》篇中，峻拒张生。其二，于《琴心》篇中，过尊双文。其三，于《拷艳》篇中，切责夫人。一时便似周公制度，乃尽在红娘一片心地中。凛凛然，侃侃然，曾不可得而少假借者。写红娘直写到此田地时，须悟全不是写红娘，须悟全是写双文。锦绣才子，必知其故。

五十七、《西厢记》亦是偶尔写他佳人才子。我曾细相其眼法、手法、笔法、墨法，固不单会写佳人才子也。任凭换却题，教他写，他俱会写。

五十八、若教他写诸葛公白帝受托，五丈出师，他便写出普天下万万世无数孤忠老臣满肚皮眼泪来。我何以知之？我读《西厢记》知之。

五十九、若教他写王昭君慷慨请行，琵琶出塞，他便写出普天下万万世无数高才被屈人满肚皮眼泪来。我读《西厢记》知之。

六十、若教他写伯乐入海，成连径去，他便写出普天下万万世无数苦心力学人满肚皮眼泪来。我读《西厢记》知之。

六十一、《西厢记》，必须扫地读之。扫地读之者，不得存一点尘于胸中也。

六十二、《西厢记》，必须焚香读之。焚香读之者致其恭敬，以期鬼神之通之也。

六十三、《西厢记》，必须对雪读之。对雪读之者，资其洁清也。

六十四、《西厢记》，必须对花读之。对花读之者，助其娟丽也。

六十五、《西厢记》，必须尽一日一夜之力，一气读之。一气读之者，总揽其起尽也。

六十六、《西厢记》，必须展半月一月之功，精切读之。精切读之者，细寻其肤寸也。

六十七、《西厢记》，必须与美人并坐读之。与美人并坐读之者，验其缠绵多情也。

六十八、《西厢记》，必须与道人对坐读之。与道人对坐读之者，叹其解脱无方也。

六十九、《西厢记》前半是张生文字，后半是双文文字，中间是红娘文字。

七十、《西厢记》是《西厢记》文字，不是《会真记》文字。

七十一、圣叹批《西厢记》是圣叹文字，不是《西厢记》文字。

七十二、天下万世锦绣才子，读圣叹所批《西厢记》，是天下万世才子文字，不是圣叹文字。

七十三、《西厢记》不是姓王、字实父、此一人所造，但自平心敛气读之，便是我适来自造。亲见其一字一句，都是我心里恰正欲如此写，《西厢记》便如此写。

七十四、想来姓王、字实父，此一人亦安能造《西厢记》？他亦只是平心敛气，向天下人心里偷取出来。

七十五、总之世间妙文，原是天下万世人人心里公共之宝，决不是此一人自己文集。

七十六、若世间又有不妙之文，此则非天下万世人人心里之所曾有也，便可听其为一人自己文集也。

七十七、《西厢记》，便可名之曰"西厢记"，旧时见人名之曰"北西厢记"，此大过也。

七十八、读《西厢记》，便可告人曰"读《西厢记》"。旧时见人讳之曰"看闲书"，此大过也。

七十九、《西厢记》，乃是如此神理。旧时见人教诸忭奴于红氍毹上扮演之，此大过也。

八十、读《西厢记》毕，不取大白酬地赏作者，此大过也。

八十一、读《西厢记》毕，不取大白自赏，此大过也。

卷　三

会　真　记

（本卷系选录元稹《会真记》等有关作品，故略去。——编者）

卷　四

圣叹外书

"西厢"者何？书名也。书曷为乎名曰"西厢"？书以纪事，有其事，故有其书也，无其事，必无其书也。今其书有事，事在西厢，故名之曰"西厢"也。西厢者，普救寺之西偏屋也。普救寺则武周金轮皇帝所造之大功德林也。普救寺有西厢，而是西厢之西，又有别院。别院不隶普救，而附于普救，盖是崔相国出其堂俸之所建也。先是法本者，相国之所剃度，是即相国之门徒也。相国因念诚得一日避贤罢相，而芒鞋竹杖，舍佛安适矣？然身愿为仓卒客，不愿门徒为仓卒主人，而于是特占此一袈裟，以为老人菟裘。而不虞落成之日，不善颂祷，不闻歌，乃闻哭，不得以玉带赌镇山门，而竟以丹旐将诸茕独，此老夫人所以停丧得于寺中之故也。故西厢者，普救寺之西偏屋也。西厢之西，又有别院，则老夫人之停丧所也。乃丧停而艳停，艳停而才子停矣。夫才子之停于西厢也，艳停于西厢之西故也。艳之停于西厢之西也，丧停故也。乃丧之停于西厢之西也，则实为相国有自营菟裘故也。夫相国营菟裘于西厢之西，而普救寺之西厢遂以有事，乃至因事有书，而令万万世人传道无穷。然则出堂俸建别院，又可不慎乎哉！

圣叹之为是言也，有二故焉。其一，教天下以慎诸因缘也。佛言一切世间皆从因生，有因者则得生，无因者终竟不生。不见有因而不生，无因而反忽生；亦不见瓜因而豆生，豆因而反瓜生，是故如来教诸健儿：慎勿造因。呜呼！胡可不畏哉？语云："其父报仇，子乃行劫，盖言报仇必杀人也；而其子者不见报仇，但见杀人，则亦戏学杀人；杀人而国且以法绳之，子畏抵法也，遂逃命崔蒲中，崔蒲中又无所得食也，则不得已仍即以杀人为业矣。若是乎仇亦慎勿报也。盖圣叹现见其事已数数矣！现见其父中年无欢，聊借丝竹，陶写情抱也；不昫眼而其子手执歌板，沿门唱曲。若是乎谢太傅亦慎勿学也。现见其父忧来伤人，愿引圣人，托于沈冥也；不昫眼而其子骂座被驱，坠车折胁。若是乎阮嗣宗亦慎勿学也。现见其父家居多累，竹院寻僧，略商古德也；不眴眼而其子引诸髡奴，污乱中薄。若是乎张无垢亦慎勿学也。现见其父希心避世，物外田园，方春劝耕也；不眴眼而其子担粪服牛，面目黧黑。若是乎陶渊明亦慎勿学也。如彼崔相国，当时出堂俸建别院，一时座上宾客，夫孰不啧啧贤者？是真谓之内秘菩萨、外现宰官，而已不觉不知亲为身后之西厢月下远远作因。不然，而岂其委诸曰双文为之乎？委诸曰才子为之乎？委之双文，双文无因；委之才子，才子无因，然则西厢月下之事，非相国为因又谁为之？呜呼！人生世间，举手动足，又有一毫可以漫然遂为乎哉？

其一，教天下以立言之体也。夫老夫人，守礼谨严，一品国太君也。双文，千金国艳也。即阿红，亦一时上流姿首也。普救寺者，河中大刹，则其堂内堂外，僧徒何止千计？又况八部海涌，十方云集，此其目视、手指、心动、口说，岂复人意之所能料乎哉？今以老犹未老，幼已不幼，虽在斩然衰绖之中，而其纵纵扈扈，终非外人习见之恒仪也。而俨然不施帏幕而逼处此，为老夫人者，岂三家村烧香念佛妪乎？不然，胡为无礼至此？圣叹详睹作者，实于西厢之西，别有别院。此院必附于寺中者，为挽弓逗缘；而此院不混于寺中者，为双文远嫌也。君子立言，虽在传奇，必有体焉，可不敬与？

题目总名

张君瑞巧做东床婿，法本师住持南禅地。老夫人开宴北堂春，崔莺莺待月西厢记。

率尔一题，亦必成文。观其请东南北三，陪"西"字焉。

第一之四章　题目正名

老夫人开春院，

崔莺莺烧夜香；

小红娘传好事，

张君瑞闹道场。

一部书十六章，而其第一章大笔特书曰"老夫人开春院"，罪老夫人也。

虽在别院，终为客居，乃亲口自命红娘。引小姐于前庭闲散心，一念禽犊之恩，遂至逗漏无边春色。良贾深藏，当如是乎？厥后诈许两廊，退贼愿婚，乃又悔之，而又不遣去之，而留之书房，而因以失事，犹未减焉。

一之一　惊　艳

今夫提笔所写者古人，而提笔写古人之人为谁乎？有应之者曰："我也。"圣叹曰："然，我也。则吾欲问此提笔所写之古人，其人乃在十百千年之前；而今提笔写之之我，为信能知十百千年前，真曾有其事乎？不乎？乃至真曾有其人乎？不乎？"曰："不能知。"不知而今方且提笔曲曲写之，彼古人于冥冥之中，为将受之乎？不乎？曰："古人实未曾有其事也，乃至古亦实未曾有其人也。即使古或曾有其人，古人或曾有其事，而彼古人既未尝知十百千年之后，乃当有我将与写之，而因以告我，我又无从排神御气，上追至于十百千年之前问诸古人，然则今日提笔而曲曲所写，盖皆我自欲写，而与古人无与；与古人无与，则古人又安所复论受之与不受哉？"曰："古人不受，然则谁受之？"曰："我写之，则我受之矣。"夫我写之，即我受之，而于提笔将写未写之顷，命意吐词，其又胡可漫然也耶？《论语》传曰："一言智，一言不智，言不可以不慎。"盖言我必爱我，则我必宜自爱其言；我而不自爱其言者，是直不爱我也。我见近今填词之家，其于生旦出场第一引中，类皆肆然蛋作狂荡无礼之言，生必为狂且，旦必为倡女，夫然后愉快于心，以为情之所钟在于我辈也。如此，夫天下后世之读我书者，彼岂不悟此一书中，所撰为古人名色，如君瑞、莺莺、红娘、白马，皆是我一人心头口头，吞之不能，吐之不可，搔爬无极，醉梦恐漏，而至是终竟不得已，而忽然巧借古之人之事，以自传道其胸中若干日月以来，七曲八曲之委折乎？其中如径斯曲，如夜斯黑，如绪斯多，如蘗斯苦，如痛斯忍，如病斯讳。设使古人昔者真有其事，是我今日之所决不与知；则今日我有其事，亦是昔者古人之所决不与知者也。夫天下后世之读我书者，彼则深悟君瑞非他君瑞，殆即著书之人焉是也；红娘白马悉复非他，殆即为著书之人力作周旋之人焉是也。如是而提笔之时，不能自爱，而竟肆然自作狂荡无礼之言，以自愉快其心。是则岂非身自愿为狂且，而以其心头之人为倡女乎？读《西厢》第一折，观其写君瑞也如彼，夫亦可以大悟古人寄托笔墨之法也矣。亦尝观于烘云托月之法乎？欲画月也，月不可画，因而画云。画云者，意不在于云也。意不在于云者，意固在于月也。然而意必于云焉，于云略失则重，或略失则轻，是云病也。云病即月病也。于云轻重均停矣，或微不慎渍少痕，如微尘焉，是云病也，云病即月病也。于云轻重均停，又无纤痕渍如微尘，望之如有，揽之如无，即之如去，吹之如荡，斯云妙矣。云妙而明日观者沓至，咸曰："良哉月与！"初无一人叹及于云。此虽极负作者昨日惨淡旁皇画云之心，然试实究作者之本情，岂非独为月，全不为云？云之与月，正是一幅神理，合之固不可得而合，而分之乃决不可得而分乎？《西厢》第一折之写张生也是已。《西厢》之作也，专为双文也。然双文国艳也，国艳则非多买胭脂之所得而涂泽也；抑双文天人也，天人则非下土蝼蚁工匠之所得而增减雕塑也。将写双文，而写之不得，因置双文勿写，而先写张生者，所谓画家烘云托月之秘法。然则写张生必如第一折之文云云者，所谓轻重均停，不得纤痕渍如微尘也。设使不然，而于写张生时，厘毫夹带狂且身分，则后文唐突双文乃极不小，读者于此胡可以不加意哉！

（夫人引莺莺、红娘、欢郎上，云）老身姓郑，夫主姓崔，官拜当朝相国，不幸病薨。只生这个女儿，小字莺莺，年方一十九岁，针黹女工，诗词书算，无有不能。相公在日，曾许下老身侄儿，郑尚书长子郑恒为妻，因丧服未满，不曾成合。这小妮子，是自幼伏侍女儿的，唤做红娘。这小厮儿，唤作欢郎，是俺相公讨来压子息的。相公弃世，老身与女儿扶柩往博陵安葬，因途路有阻，不能前进。来到河中府，将灵柩寄在普救寺内。这寺乃是天册金轮武则天娘娘敕赐盖造的功德院，长老法本，是俺相公剃度的和尚，因此上有这寺西边一座另造宅子，足可安下。一壁写书附京师，唤郑恒来相扶回博陵去。俺想相公在日，食前方丈，从者数百；今日至亲只这三四口儿，好生伤感人也呵！

【仙吕】【赏花时】（夫人唱）夫主京师禄命终，子母孤孀途路穷；旅榇在梵王宫。盼不到博陵旧冢，血泪洒杜鹃红。

今日暮春天气，好生困人。红娘，你看前边庭院无人，和小姐闲散心立一回去。（红娘云）晓得。

于第一章大书曰"老夫人开春院"，虽曰罪老夫人之辞，然其实作者乃是巧护双文。盖双文不到前庭，即何故为游客误见？然双文到前庭，而非奉慈母暂假，即何以解于女子不出闺门之明训乎？故此处闲闲一白，乃是生出一部书来之根：既伏解元所以得见惊艳之由，又明双文真是相府千金秉礼小姐。盖作者之用意苦到如此，近世忤奴乃云双文直至佛殿，我睹之而恨恨焉。

【后】（莺莺唱）可正是人值残春蒲郡东，门掩重关萧寺中；花落水流红，闲愁万种，无语怨东风。_{已上〔赏花时〕二曲，不是《西厢》一色笔墨，想是后人所添也。}

（夫人引莺莺、红娘、欢郎下）

（张生引琴童上，云）小生姓张，名珙，字君瑞，本贯西洛人也。先人拜礼部尚书。_{周公之礼，在张矣。妙！}小生功名未遂，游于四方。即今贞元十七年二月上旬，欲往上朝取应，路经河中府，有一故人，姓杜名确，字君实，与小生同郡同学，曾为八拜之交。后弃文就武，遂得武举状元，官拜征西大元帅，统领十万大军，现今镇守蒲关。小生就探望哥哥一遭，却往京师未迟。暗想小生萤窗雪案，学成满腹文章，尚在湖海飘零，未知何日得遂大志也呵！_{看其中心如焚，止为满腹文章，有志未就，其他更无一言有所及。}正是万金宝剑藏秋水，满马春愁压绣鞍。

_{别样丽句，一气说下，不对读，质言之，只是不得见用，故闷人也。却将宝剑、绣鞍、秋水、春愁，互得好。}

【仙吕】【点绛唇】（张生唱）游艺中原，_{言游艺，则其志道可知也。开口便说志道游艺，则张生之为人可知也。}脚跟无线，如蓬转。_{其至中原也，不独至中原而已也；不独至中原，而今暂中原，则其于别院中人，真如风马牛也。}望眼连天，日近长安远。_{中心如焚，止为长安，岂有他哉？看他一部书，无限偷香傍玉，其起手乃作如是笔法。}

※ 言张生之至河中，正为上京取应，初无暂留一日二日之心。

【混江龙】向诗书经传，蠹鱼似不出费钻研。棘围呵守暖，铁砚呵磨穿。投至得云路鹏程九万里，先受了雪窗萤火十余年。才高难入俗人机，时乖不遂男儿愿。怕你不雕虫篆刻，断简残篇。_{哀哉此言，普天下万世才子，同声一哭！看张生写来是如此人物，真好笔法！}

写张生满胸前刺刺促促，只是一色高才未遇说话，其余更无一字有所及。

※ 原文在此句前，有"右第一节"几个字，现改为横排版。这几个字便无意义了，故删去。下文同——编者

行路之间，早到黄河这边。你看好形势也呵！

　　张生之志，张生得自言之；张生之品，张生不得自言之也。张生不得自言，则将谁代之言？而法又决不得不言，于是顺便反借黄河，快然一吐其胸中隐隐岳岳之无数奇事。呜呼！真奇文大文也。

【油葫芦】九曲风涛何处险，正是此地偏。带齐梁，分秦晋，隘幽燕。雪浪拍长空，天际秋云卷；便是曹公乱世奸雄语。竹索揽浮桥，水上苍龙偃。便是治世能臣语也。东西贯九州，南北串百川。言其学之富。归舟紧不紧如何见？似弩箭乍离弦。言其才之敏也。【天下乐】疑是银河落九天，高源云外悬，言其所本者高入东洋不离此迳穿。言其所到者大。滋洛阳千种花，言其润色帝图。润园万顷田，言其霖雨万物。我便要浮槎到日月边。又结至上京取应也。

　　借黄河以快比张生之品量。试看其意思如此，是岂偷香傍玉之人乎哉？用笔之法，便如擘五石劲弩，其势急不可就；而入下斗然转出事来，是为奇笔。

说话间早到城中。这里好一座店儿，琴童，接了马者！店小二哥那里？（店小二云）自家是状元坊店小二哥。官人要下呵，俺这里有干净店房。（张生云）便在头房里下。小二哥，你来，这里有什么闲散心处？（小二云）俺这里有座普救寺，是天册金轮武则天娘娘敕建的功德院，盖造非常，南北往来过者，无不瞻仰；只此处可以游玩。（张生云）琴童，安顿行李撒和了马！我到那里走一遭。（琴童云）理会得。（俱下）

（法聪上，云）小僧法聪，是这普救寺法本长老的徒弟。今日师父赴斋去了，着俺在寺中，但有探望的，便记着，待师父回来报知。山门下立地，看有甚么人来。（张生上，云）曲径通幽处，禅房花木深。却早来到也。（相见科）（聪云）先生从何处来？（张生云）小生西洛至此，闻上刹清幽，一来瞻礼佛像，二来拜谒长老。（聪云）俺师父不在，小僧是弟子法聪的便是。请先生方丈拜茶。（张生云）既然长老不在呵，不必赐茶；敢烦和尚相引，瞻仰一遭。（聪云）理会得。（张生云）是盖造得好也！

【村里迓鼓】随喜了上方佛殿，只一"了"字，便是游过佛殿也。而后之忤奴必谓张、莺同在佛殿，一何悖哉！每曲一句，是游一处。又来到下方僧院。又游一处。如忤奴之意不成张、莺厮赶僧院耶？厨房近西，又游一处。法堂北，又游一处。钟楼前面。又游一处。游洞房，又游一处。登宝塔，又游一处。将回廊绕遍。又游一处。已上于寺中已到处游遍，更无余剩关，便直逼到崔相国西偏院，笔法真如东海霞云，总射天台也。我数毕罗汉，参过菩萨，拜罢圣贤。此三句不接上文之下，乃重申上文处处所见，盖上文以佛殿、僧院、厨房、法堂、钟楼、洞房、宝塔、回廊，衬出崔

氏别院而此又以罗汉菩萨圣贤一切好相衬
出惊艳也。其文如宋刻玉玩，双层浮起。

　　那里又好一座大院子，却是何处？待小生一发随喜去。（聪拖住，云）那
　　里须去不得！先生请住者。里面是崔相国家眷寓宅。（张生见莺莺、红娘
　　科）

蓦然见五百年风流业冤。<small>此即双文奉老夫人慈命，暂至前庭闲散心，少
立片时也。忤奴必云：荡然游寺，被人撞见。</small>

　　写张生游寺已毕，几几欲去，而意外出奇，凭空逗巧。如此一段文字，
　　便与《左传》何异？凡用佛殿、僧院、厨房、法堂、钟楼、洞房、宝
　　塔、回廊无数字，都是虚字；又用罗汉、菩萨、圣贤无数字，又都是虚
　　字；相其眼觑何处，手写何处，盖《左传》每用此法。我于《左传》
　　中说：子弟皆谓理之当然，今试看传奇亦必用此法，可见临文无法便成
　　狗嗥，而法莫备于《左传》。甚矣！《左传》不可不细读也。我批《西
　　厢》，以为读《左传》例也。

【元和令】颠不刺的见了万千，这般可喜娘罕曾见。<small>言所见万千，亦皆绝艳，然非今日
之谓也。看他用第一笔乃如此，便</small>
<small>光将普天下
蛾眉推倒</small>**我眼花撩乱口难言，魂灵儿飞去半天。**<small>看他用第二笔又如此，偏不便写，偏只空
写，此真用笔入神处，忤奴又谓张生少年</small>
<small>涎脸。</small>

　　写张生惊见双文，目定魂摄，不能遽语。<small>若遽语，即
成何文理？</small>

尽人调戏，戬着香肩，只将花笑拈。<small>"尽人调戏"者，天仙化人，目无下土，人自调戏，曾不知
也，彼小家十五六女儿，初至门前，便解不可尽人调戏，</small>
<small>于是如藏似闪，作尽丑态，又岂知郭汾阳王爱女，晨兴梳头，其执栉进巾，捧盘泻水，悉用偏神牙
将哉？《西厢记》只此四字，便是吃烟火人道杀不到，千载徒传"临去秋波"，不知已是第二句。</small>**【上马娇】**

是兜率宫，是离恨天？我谁想这里遇神仙！<small>纯写尽人调戏神韵，看他用
第三笔又如此，只是空写。</small>

　　写双文不曾久立，张生瞥然惊见。此一顷刻，真如妙喜于阿閦佛国，一
　　现不可再现。今乃欲于顷刻一现中，写尽眼中无边妙丽，可知着笔最是
　　难事，因不得已而穷思极算，算出"尽人调戏"四字来。盖下文写双文
　　见客即走入者，此是千金闺女自然之常理，而此处先下"尽人调戏"四
　　字，写双文虽见客走入而不必如惊弦脱兔者，此是天仙化人，其一片清
　　净心田中，初不曾有下土人民半星龌龊也。看他写相府小姐，便断然不
　　是小家儿女，笔墨之事，至于此极，真神化无方。

宜嗔宜喜春风面。

　　只此七字是双文正面，下便侧转身来也。须知自"颠不刺"起，至"晚
　　风前"止，描画双文，凡用若干语，而其实双文止是阿閦佛国瞥然一

现，盖只此七字是也。此七字已上皆是空写，已下则皆写双文入去。我不知双文此日亦见张生与否？若张生之见之，则止于此七字而已也。后之忤奴，必谓双文于尔顷已作目挑心招种种丑态，岂知《西厢记》妙文，原来如此。

偏，〔上马娇〕有此一字句。此恰用着言双文侧转来也。宜贴翠花钿。是侧转来所见也。【胜葫芦】宫样眉儿新月偃，侵入鬓云边。是侧转来所见也。

写双文侧转身来，圣叹遂于纸上亲见其翩若惊鸿；即日我将以此妙文持赠普天下才子，亦愿一齐于纸上同见双文翩若惊鸿也。普天下才子读至此处，爱杀双文，安能不爱杀圣叹耶？然世间或有不爱杀圣叹者，圣叹乃无憾。何则？渠固不知文心之苦者也。此方是活双文，非死双文也。伧乃不解，遂谓面是面，钿是钿、眉是眉、鬓是鬓，则是泥塑双文也。

未语人前先腼腆，一 樱桃红破，二 玉粳白露，三 半晌、四 恰方言，五【后】似呖呖莺声花外啭。一句破作五六句，几于笔尖不肯着纸。

（莺莺云）红娘，我看母亲去。

双文才见客来，便侧转身云："我看母亲去"，此是一眴眼间事，看他偏有本事，将"我看母亲"一声，写出如许章法。

行一步，上"偏"字，便是侧转身来行一步也。可人怜。解舞腰肢娇又软，千般袅娜，万般旖旎，似垂柳在晚风前。些只是侧转身来之第一步也。再一步，便入去了也，而张生此时未知也，遂极叹之也。

自"偏"字至此，止是一眴眼间事。盖侧转身来，便移步入去也。

莺莺引红娘下。

双文去矣，水已穷山已尽矣。文心至此，如划然弦断，更无可续矣。看他下文，凭空又驾出妙构来。

【后庭花】你看衬残红芳径软，步香尘底印儿浅。下将凭空从脚痕上，揣摹双文留情，故此特指苏径浅印，以令人看他伧父强作解事，多添衬字，谓是叹其小，叹其轻，彼岂知文法生趣哉！休题眼角留情处，只这脚踪儿将心事传。张生从何说起？作者从何入想？且又不便于脚踪上见鬼，又先于眼角上掉诡，行文可谓千伶百俐，七穿八跳矣。慢俄延，投至到枕门前面，只有那一步远。谁曾俄延？先生谎也。如此文字，真乃十分是精灵，十二分是鬼怪矣。上云"你看"，看底印也；看底印何也？看其将心事传也；底印何见其将心事传？看其步步慢，故步步近，即步步不忍舍我去也。分明打个照面自其所揣如见也，写出活张生来，真不是死张生也。夸风魔了张解元。

上文张生瞥然惊见，双文翩然深逝，其间眼见并无半丝一线，然则过此以往身，真乃如鸿飞冥冥，弋者其奚慕哉？忽然于极无情处，生扭出情来，并不曾以点墨唐突双文，而张生已自如蚕吐丝，自缚自闷。盖下文无数借厢附斋，皆以此一节为根也。忤奴必欲于此一折中，谓双文售奸以致张生心乱，我得而知其母其妻其女之事焉。此一折中，双文岂惟心中无张生，乃至眼中未曾有张生也。不惟实事如此，夫男先乎女，固亦世之恒礼也。人但知此节为行文妙笔，又岂知其为立言大体哉？

神仙归洞天，空余杨柳烟，只闻鸟雀喧。【柳叶儿】门掩了梨花深院，粉墙儿高似青天。恨天不与人方便，难消遣，怎留连，有几个意马心猿？

正写双文已入去也。易解。

【寄生草】兰麝香仍在，_{双文既入，门便闭矣；门既闭，双文便更不见矣。看他偏要逞好手，从门外写张生，再写出门里双文来，真是镜花水月，全用光影边事。此一句，是向门外写也。}佩环声渐远，_{此一句便向门内写也。}东风摇曳垂杨线，_{是从门外仰望墙头也。}游丝牵惹桃花片，_{是魂随游丝飞过墙去也。}珠帘掩映芙蓉面。_{是魂在墙内逢神见鬼也。}这边是河中开府相公家，_{墙外也。}那边是南海水月观音院。_{墙内也。}【赚煞尾】望将穿，_{墙外也。}涎空咽。_{墙内也。}

双文已入，门已闭却，写张生于墙外洞垣直透见墙内双文，又是一样凭空妙构，真正活张生，非死张生也。

我明日透骨髓相思病缠，怎当他临去秋波那一转！我便铁石人也意惹情牵。

妙！眼如转，实未转也。在张生必争云转，在我必为双方争曰：不曾转也。忤奴乃欲效双方转。

至此遂放声言之也。

近庭轩，花柳依然，日午当天塔影圆。春光在眼前，_{依然妙。半日迷魂，忽然睁眼。}奈玉人不见。将一座梵王宫，化作武陵源。

写张生从别院门前复身入寺，见寺中庭轩花柳，日影春光，依然如故，与上第四节文字作呼应，所谓第四节入三昧，此节出三昧也。入得去，出得来，谓之好文字；杀得入去，杀得出来，谓之好健儿；入得定去，出得定来，谓之好菩萨。若前不知入去，后不知出来者，禅家谓之肚皮中鼓粥饭气也。_{双文不到佛殿，}岂不信哉！

一之二　借　厢

吾尝遍观古今人之文矣，有用笔而其笔不到者，有用笔而其笔到者，有用笔而其笔之前、笔之后、不用笔处无不到者。夫用笔而其笔不到，则用一笔而一笔不到，虽用十百千乃至万笔，而十百千万笔皆不到也，兹等人毋宁不用笔可也。用笔而其笔到，则用一笔，斯一笔到，再用一笔，斯一笔又到，因而用十百千乃至万笔，斯万笔并到，如先生是真用笔人也。若夫用笔而其笔之前、笔之后、不用笔处无处不到，此人以鸿钧为心，造化为手，阴阳为笔，万象为墨，心之所不得至，笔已至焉；笔之所不得至，心已至焉；笔所以至，心遂不必至焉；心所以至，笔遂不必至焉。读其文，其文如可得而读也；然而能读者读之而读矣，不能读者读之而未曾读也。何也？其文则在其文之前之后之四面，而其文反非也。故用笔而其笔不到者，如今世间横灾梨枣之一切文集是也；用笔而其笔到者，如世传韩柳欧王三苏之文是也；若用笔而其笔之前后不用笔处无不到者，舍《左传》，吾更无与归也。《左传》之文，庄生有其骀宕，《孟子》七篇有其奇峭，《国策》有其匝致，圣叹别有批《孟子》、批《国策》，欲呈教。太史公有其巃嵸；夫庄生、《孟子》、《国策》、太史公又何足多道！吾独不意《西厢记》，传奇也，而亦用其法。然则作《西厢记》者，其人真以鸿钧为心，造化为手，阴阳为笔，万象为墨者也。

何也？如夜来张生之瞥见惊艳也，如天边月，如佛上华，近之固不可得而近，而去之乃决不可得而去也，决不可得而去，则务必近之；而近之之道，其将从何而造端乎？通夜无眠，通衣思量，夫张生绝世之聪明才子也，彼且忽然而得算矣，谓天下之事，有斗筍，有合缝：斗筍，其始也；合缝，其终也。今日之事，不图合缝，且图斗筍，夫惊艳之在深深别院中也，此缝未易合也；而相国别院之在无遮大刹中也，此筍或可斗也。天明矣乎？胡天正未明也；鸡唱矣乎？胡鸡正未唱也；鼓终矣乎？胡鼓正未终也。我不图合缝，我且图斗筍。夫他日缝之终合与不合，事则在他日，我不敢料也；若夫今日筍之必斗，而不可不斗，乃至必宜急斗，而不可迟斗，事则在今日矣，我安得鸡唱、鼓终、天明，入寺而一问法聪乎？鸡不唱，鼓不终，天不明，则不得入寺而问聪，此其心乱如麻可知也。设也，倏然之间而鸡唱矣，鼓终矣，天明矣，乃入寺问聪，而聪不我应，此又当奈之何哉？夫聪之必我应，而不不我应，固也；然聪之虽必我应，而万一竟不我应，亦或然之事也。再思量之，则聪之或我应，或不我应，皆有之道也。再思量之，则聪之不我应也，其数多；其我应，乃数至少者也。再思量之，则聪必不我应者也。于是事急矣，心死矣，神散乱矣，发言无次矣，入寺见聪便发极云："不做周方，我必埋怨杀你"；盖聪闻之而斗然惊焉。何则？张生固来尝先云借房，则聪殊不知其不做周方之为何语也；张生未尝先云借房，而便发极云"不做周方"者，此其一夜心问口，口问心，既经百千万遍，则更不计他人之知与不知也。只此起头一笔二句十三字，便将张生一夜无眠，尽根及底生描活现。所谓用笔在未用笔前，其妙则至于此，是惟《左传》往往有之。借曰不然，而或顺文写之曰：你借我半间客舍僧房，然后乃继之曰"不做周方，只略倒转，便成恶礼。嗟乎！文章之事，通于造化，当世不少青莲花人，吾知必于千里万里外，遥呼圣叹，酹酒于地曰："汝言是也，汝言是也。"则圣叹亦于千里万里外遥呼青莲花人，酹酒于地曰："先生，汝是作得《西厢记》出人也。" _{已上皆是"不做周方"一笔前，故意藏}下之文、圣叹特地代之写出来，以明"不做周方"之一笔，其手法神妙，至于如此。试思"不做周方"二句，十三字耳，其前乃有如许一篇大文，岂不奇绝！红娘切责后，张生良久良久……此时最难措语。今看其〔哨遍〕一篇，极尽文章排荡之法，是已为奇事矣；偏有本事，又排荡出〔耍孩儿〕五篇；忽然从世间男长女大、风勾月引一段关窍，硬作差派；先坐煞小姐，以深明适者我并非失言，然后云："红娘而肯做周旋耶，则我亦不过两得其便；若红娘毕竟不做周旋耶，则小姐自失便宜。"已又云："既已不做周旋，则我亦决计便不思量。"已又云："汝自不做周旋，我自终不得不思量。"凡五煞，俱是大起大落之笔，皆所以切怨红娘也。_{切怨红娘者，一题自有一题之文；若此篇则是切怨红娘之文也。不知者悉以为慕莺之文，不成一部《西厢记》，篇篇皆慕莺之文，又有何异耶？}

（夫人上，云）红娘，你传着我的言语，去寺里问他长老：几时好与老相公做好事？问的当了，来回我话者。（红娘云）理会得。（下）

（法本上，云）老僧法本，在这普救寺内，住持做长老。夜来老僧赴个村斋，不知曾有何人来探望？（唤法聪问科）（法聪云）夜来有一秀才，自西洛而来，特谒我师，不过而返。

（法本云）山门外觑者，倘再来时，报我知道。（法聪云）理会得。

（张生上，云）自夜来见了那小姐，着小生一夜无眠。今日再到寺中访他长老，小生别有话说。（与法聪拱手科）

【中吕】【粉蝶儿】（张生唱）不做周方，埋怨杀你个法聪和尚！

无序无由，斗然叫此一句，是为何所指耶？身自通夜无眠，千思万算，已成熟话；若法聪者，又不曾被蛆向驴胃中度夏，渠安所得知先生心中何事？要人做周方耶，岂非极不成文，极无理可笑语？然却是异样神变

之笔，便将张生一夜中车轮肠肚总掇出来。使低手为之，当云"来借僧

房，敬求你个法聪和尚，你与我用心儿做个周方"云云，亦谁云不是

〔粉蝶儿〕？然只是今朝张生不复有昨夜张生。圣叹每云：不会用笔者，

一笔只作一笔用；会用笔者，一笔作百十来笔用，正谓此也。

（聪云）先生来了。小僧不解先生话哩！

你借与我半间儿客舍僧房，与我那可憎才居止处门儿相向。可憎者，爱极至反辞也。
王摩诘诗云："洛阳女

儿对门居。"尝叹其"对门"云字，淫艳非常，不意本邑道人胸中乃有如此设想。今
此"门儿相向"四字，便是一副锦心绣手，不必定是青蓝，而自然视之欲笑也。 **虽不得窃玉偷香，**

且将这盼行云眼睛打当。笔皆
起伏。

后文至〔上小楼〕之后阕，始向长老借房者，借房之次第也；此文才上

场便向法聪借房者，借房之心事也。借房不可不次第，则必待至〔上小

楼〕之后阕也，借房之心事刻不可忍，则必于此上场之一刻也。

（聪云）小僧不解先生话。

〔醉春风〕我往常见傅粉的委实羞，画眉的敢是谎；不但是笔之起伏，此正是与张生争杀身
份。夫与张生争杀身份者，正是与双文

争杀身份也。若张生平生，但见一眉一眼、一裙
一衩便连路丧节者，今日所见。乃不足又道也。**今番不是在先，人心儿里早痒、**句。痒。 句。〔醉春
风〕有此

一重字作一句，
最要用得恰妙。**撺拨得心慌，断送得眼乱，轮转得肠忙。**

文自明。

（聪云）小僧不解先生话也。师父久待，小僧通极去。（张生见法本科）

〔迎仙客〕我只见头似雪，鬓如霜，面如少年得内养。貌堂堂，声朗朗，只

少个圆光，便是捏塑的僧伽像。

乃不可少。

（法本云）请先生方丈内坐。夜来老僧不在，有失迎迓，望先生恕罪。（张

生云）小生久闻清誉，欲来座下听讲，不期昨日相左；今得一见，三生有

幸矣。（本云）敢问先生世家何郡，上姓大名，因甚至此？（张生云）小生

西洛人氏，姓张，名珙，字君瑞。因上京应举，经过此处。

〔石榴花〕大师一一问行藏，小生仔细诉衷肠：自来西洛是吾乡，宦游在四

方，寄居在咸阳。先人礼部尚书多名望，五旬上因病身亡；平生正直无偏

向，至今留四海一空囊。

乃不可少。虽不可少，然无事人向有事人作寒暄，彼有事人又不得不

应，此景真可一噱也。如送秋人被看鸭奴问话，紧急报船误行入木筏路

中，皆何足道。莫苦于贫士一屋儿女，傍午无烟，不得不向鲍叔告乞升

斗，乃入耳相揖，不可便话；而彼鲍叔则且睇目看天，缓缓言节序佳哉，又缓缓言某物应时矣，已得尝新否？殊不觉来客心头泪落如豆。我愿普天下菩萨鲍叔，于彼二三贫贱兄弟无故忽然早来之时，善须察言观色，慰劳无故，而后即安，此亦天地自然之常理，不足为奇节也。^{圣叹此语，守}

钱奴见之，而怨怨焉。此亦大不解事矣！圣叹此语，岂向守钱奴
作说客耶？或曰：圣叹亦不解事，彼守钱奴胡为得见此书耶？

【斗鹌鹑】闻你浑俗和光，^{句法是叹}_{字法是嘲}果是风清月朗。小生呵，无意求官，有心听讲。

　　此《借厢》之破题也。看其行文次第。

　　小生途路无可申意，聊具白金一两，与常住公用，伏望笑留。

秀才人情，从来是纸半张，他不晓七青八黄。^{银色}_{也。}任凭人说短论长，他不怕掂斤播两。【上小楼】我是特来参访，你竟无须推让，这钱也难买柴薪，不够斋粮，略备茶汤。^{写秀才入画。作《西厢记》，忽然画秀才，}_{不怕普天下秀才，具公呈告官府耶？}

　　此《借厢》之入题也。

你若有主张，对艳妆，将言词说上，还要把你来生死难忘。

　　反透过借厢一笔，令文字有跳脱之势。^{上来作诸殷勤，本为借厢也；然理之所必无，或}_{是事之所固有，如"言词说上"，"生死难亡"，}

　　则是厢亦反不必借也。心头亦明明知其必无此事，而口头不觉忽忽
　　定要说出来，痴人身份中真有此景况，又不特作文势跳脱而已。

（本云）先生客中，何故如此？先生必有甚见教^{从来是}_{秃斯乖。}（张生云）小生不揣有恳，因恶旅邸繁冗，难以温习经史，欲暂借一室，晨昏听讲。房金按月，任凭多少。（本云）敝寺颇有空房，任凭拣择。不呵，就与老僧同榻何如？^{李陵所谓不入耳之言，}_{随笔写作一笑。}

【后】不要香积厨，不要枯木堂，不要南轩，不要东墙，只近西厢。靠主廊，过耳房，方才停当，快休题长老方丈。^{诵之如蕉叶雨声，何其爽哉！又}_{如鼓声撒豆点动，何其快乐哉！}

　　《借厢》正文也。

（红娘上，云）俺夫人着俺问长老：几时好与老相公做好事？问的当了回话。（见本科）长老万福！夫人使侍妾来问：几时可与老相公做好事？（张生云）好个女子也呵！

【脱布衫】大人家举止端详，全不见半点轻狂。^{临济见牧牛嫂，有抽钉拨楔之意，便知住}_{山人，真是大善知识，杜子美咏北方佳}

人，天寒修竹；则虽其侍婢，必云"摘花不插发"也。语云："不知
其人，但观所使。"今写侍妾尚无半点轻狂，即双文之严重可知也。大师行深深拜了，^一 启朱唇语言得当。^二

【小梁州】可喜庞儿浅淡妆，三 穿一套缟素衣裳。四 "缟素衣裳"四字精细，是扶丧服也。

　　昔有二人，于玄元皇帝殿中，赌画东西两壁，相戒互不许窃窥。至几日各画最前幡幢毕，则易而一视之；又至几日，又画中间旄钺毕，又易而一视之；又至几日，又画近身缨笏毕，又易而一视之；又至几日，又画陪辇诸天毕，又易而共视，西人忽向东壁咥然一笑，东人殊不计也。殆明并画天尊已毕，又易而共视，而后西人始投笔大哭，拜不敢起。盖东壁所画最前人物，便作西壁中间人物；中间人物，却作近身人物；近身人物，竟作陪辇人物。西人计之；彼今不得不将天尊人物作陪辇人物矣，已后又将何等人物作天尊人物耶？谓其必至技穷，故不觉失笑；却不谓东人胸中，乃别自有其日角月表、龙章凤姿、超于尘壒之外、煌煌然一天尊；于是便自后至前，一路人物尽高一层。今被作《西厢记》人偷得此法，亦得他人欲写双文之笔先写却阿红，后来双文自不愁不出异样笔墨，别成妙丽。呜呼！此真非伧父所得梦见之事也。

鹘伶渌老不寻常，偷睛望，眼挫里抹张郎。【后】我共你多情小姐同鸳帐，我不教你叠被铺床。将小姐央，夫人央，他不令许放，我自写与你从良。写红娘"鹘伶渌老不寻常"，乃张生之鹘伶渌老亦不寻常也。红娘渌老不寻常故敢眼挫偷抹张郎，乃张生渌老又不寻常，便早偷睛见其抹我也。一笔下写四只渌老。好看杀人。

　　又用别样空灵之笔，重写阿红一遍也。抹，抹倒也，抹杀也，不以为意也。将欲写阿红，不是叠被铺床人物，以明侍妾早是一位小姐矣。其小姐又当何如哉？却光写阿红眼中，全然抹倒张生，并不以张生为意，作一翻跌之笔；然后自云：你自抹杀我，我定不敢抹杀你，此真非已下人物也。文之灵幻全是一片神工鬼斧，从天心月窟雕镂出来。伧父不知，乃谓写阿红眼好；夫上文之下，下文之上，有何关应须于此处写阿红好眼耶？言盖你抹我，你不应抹我也。

（本云）先生少坐，待老僧同小娘子到佛殿上一看便来。（张生云）小生便同行何如？（本云）使得。（张生云）着小娘子先行，我靠后些。

【快活三】崔家女艳汝，莫不演撒上老诘郎？既不是睃趁方毫光，为甚打扮着特来晃？【朝天子】曲廊洞房，你好事从天降。异样鬼斧神工之笔。

　　张生灵心慧眼，早窥阿红从那人边来，便欲深问之，而无奈身为生客，未好与入闺阁；因而眉头一皱，计上心来，忽作丑语抵突长老，使长老发极，然后轻轻转出下文云。然则何为不使儿郎，而使梅香便问得不觉

不知？此所谓明攻栈道，暗度陈仓之法也。伧父又不知，以为张生忽作

风话。_{砚山云：怪哉！圣叹其眼至此，我疑此书便是圣叹自制。}

（本发怒云）先生好模好样，说那里话！（张生云）你须怪不得我说。

好模好样忒莽戆，烦恼耶唐三藏？_{妙句。便勘破普天下禅和子。}若大个宅堂，岂没个儿郎？要

梅香来说勾当。_{一片闲心火热地地，止要问此一语，却驾起如此奇文。}你在我行口强，你硬着头皮上。_{言欲于其脑袋上凿一百栗暴，盖定欲其告我真话也。}

二节真乃稀世奇文，圣叹不惟今生做不出，虽他生犹做不出。

（本云）这是崔相国小姐孝心，与他父亲亡过老相国追荐做好事，一点志

诚，不遣别人，特遣自己贴身的侍妾红娘来问日期。（本对红娘云）这斋

供道场都完备了，十五日是佛受供日，请老夫人小姐拈香。（张生哭云）

"哀哀父母，生我劬劳；欲报深恩，昊天罔极。"小姐是一女子，尚思极

本；望和尚慈悲，小生亦备钱五千，怎生带得一分儿斋，追荐我父母，以

尽人子之心；便夫人知道，料也不妨。（本云）不妨。法聪，与先生带一

分斋者。（张生私问聪云）那小姐是必来么？（聪云）小姐是他父亲的事，

如何不来？（张生喜云）这五千钱使得着也。

斗然借厢，斗然抵突长老，斗然哭，后又斗然推更衣先出去，写张生通

身灵变，通身滑脱，读之如于普救寺中亲看此小后生。

【四边静】人间天上，看莺莺强如做道场。软玉温香，休言相偎傍，若能够

汤他一汤，蚤与人消灾障。_{南无消灾障菩萨摩诃萨。绝世奇文。}

又恐世间善男信女及道学光生读至此处，谓张生真要荐亲，故用正文说

明之。

（本云）都到方丈吃茶。（张生云）小生更衣咱。（张生先出云）那小娘子

一定出来也，我只在这里等候他者。（红娘辞本云）我不吃茶了，恐夫人

怪迟，我回话去也。（红出，张生迎揖云）小娘子拜！（红云）先生万福！

（张生云）小娘子莫非莺莺小姐的侍妾红娘乎？（红云）我便是，何劳动

问？（张生云）小生有句话，敢说么？（红云）"言出如箭，不可乱发；一

入人耳，有力难拔。"有话但说不妨。（张生云）小生姓张，名珙，字君

瑞，本西洛人氏，年方二十三岁，正月十七日子时建生，并不曾娶妻……

_{千载奇文。}（红云）谁问你来？我又不是算命先生，要你那生年月日何用？_{千载奇文。}

（张生云）再问红娘，小姐常出来么？（红怒云）出来便怎么？_{妙！}先生是

读书君子，道不得个"非礼勿言，非礼勿动"，俺老夫人治家严肃，凛若冰霜。即三尺童子，非奉呼唤，不敢辄入中堂。先生绝无瓜葛，何得如此，早是妾前，可以容恕；若夫人知道，岂便干休！今后当问的便问，不当问的休的胡问。（红娘下）

（张生良久良久云）这相思索是害杀我也！

【哨遍】听说罢心怀悒怏，把一天愁都撮在眉尖上。说"夫人节操凛冰霜，不召呼不可辄入中堂"。自思量，假如你心中畏惧老母威严，你不合临去也回头望。

> 写张生被红娘切责，一时脚插不进，头钻不入，无搔无爬，不上不落；于是，不怨自己，不怨红娘，忽然反怨莺莺，真是魂神颠倒之笔。

待扬下，^{承上文红娘切责，救无路矣。定}^{应如此措心，定应如此措笔也。}

> 忽然作此一纵，笔如惊鹰撇去，然只是三字，下便疾收转来，世间有如此神隽之笔！^{若真扬下，岂非世间第一有力丈夫？抑若真扬下，岂非世间终身不长进活死}^{人哉？座间忽一客云：若真扬下，《西厢记》便止于此矣。圣叹不觉大笑。}

教人怎扬？赤紧的深沾了肺腑，牢染在肝肠。若今生你不是并头莲，难道前世我烧了断头香？^{用两"头"字起色。}^{便为玉茗堂开山。}我定要手掌儿上奇擎，心坎儿上温存，眼皮儿上供养。

> 写其一片志诚，虽死不变也如此。

【耍孩儿】只闻巫山远隔如天样，听说罢又在巫山那厢。^{唐诗云："平芜尽处是青}^{山，行人更在青山外。"}^{其用其}^{句法。}我这业身虽是立回廊，魂灵儿实在他行。莫不他安排心事正要传幽客，也只怕是漏泄春光与乃堂。春心荡，他见黄莺作对，粉蝶成双。^{春心之}^{荡，乃}^{硬派之耶！}^{奇文奇情。}

> 将深怨红娘，而先硬差官派小姐春心之必荡，以见己顷间之纤无差误，而甚矣红娘之谬也！

【五煞】红娘，你自年纪小，性气刚。张郎倘去相偎傍，他遭逢一见何郎粉，我邂逅偷将韩寿香。风流况，成就我温存娇婿，管什么拘束亲娘。

> 望红娘肯通一线，则有如是之美满也。

【四煞】红娘，你忒虑过，空算长，郎才女貌年相仿。定要到眉儿浅淡思张敞，春色飘零忆阮郎。非夸奖，他正德言工貌，小生正恭俭温良。^{此二节，}^{反复言}^{之，以尽}^{其事也。}

讽红娘不通一线，则有如是之懊悔也。

【三煞】红娘，他眉儿是浅浅描，他脸儿是淡淡妆，他粉香腻玉搓咽项。下边是翠裙鸳绣金莲小，上边是红袖鸾销玉笋长。不想呵其实强，你也掉下半天风韵，我也飐去万种思量。绝世奇谈！自欲不思量，乃先欲人不风韵，岂非谎哉？昔有人过嗜蟹者，人或戒之，遂发愿云：我有大愿：愿我来世，蟹亦不生，我亦不食。相传以为奇谈。岂知是《西厢记》妙文，被他抄去！

又作奇笔一纵，欲不思量也。

却忘了辞长老。（张生转身见本云）小生敢问长老，房舍何如？（本云）塔院西厢有一间房，甚是潇洒，正可先生安下，随先生早晚来。（张生云）小生便回店中，搬行李来。（本云）先生是必来者。（法本下）（张生云）搬则搬来，怎么捱这凄凉也呵！

【二煞】红娘，我院宇深，枕簟凉，一灯孤影摇书幌。纵然酬得今生志，着甚支吾此夜长。睡不着，如翻掌，少呵有一万声长吁短叹，五千遍捣枕槌床。

至此节方写"相思害杀我也"之正文。

【尾声】娇羞花解语，温柔玉有香，乍相逢记不真娇模样。尽无眠手抵着牙儿慢慢地想。

轻飘一线，递过下节。人谓其不复结上，岂悟其早已衬后耶！益信前者之为瞥见。

一之三　酬　韵

曼殊室利菩萨好论极微，昔者圣叹闻之而甚乐焉。夫娑婆世界，大至无量由延，而其故乃起于极微，以至娑婆世界中间之一切所有，其故无不一一起于极微。此其事甚大，非今所得论，今者止借菩萨极微之一言，以观行文之人之心。今夫清秋傍晚，天澄地彻，轻云鳞鳞，其细若縠，此真天下之至妙也。野鸭成群空飞，渔者罗而致之，观其腹毛作浅墨色，鳞鳞然犹如天云，其细若縠，此又天下之至妙也。草木之花，于跗萼中展而成瓣；苟以闲心谛视其瓣，则自根至末，光色不定，此一天下之至妙也。灯火之焰，自下达上；其近穗也，乃作淡碧色，稍上作淡白色，又上作淡赤色，又上作乾红色，后乃作黑烟，喷若细沫，此一天下之至妙也。今世人之心，竖高横阔，不计道里，浩浩荡荡，不辨牛马；

设复有人，语以此事，则且开胸大笑，以为人生一世贵是衣食丰盈，其何暇费尔许心计哉！不知此固非不必费之闲心计也。秋云之鳞鳞，其细若縠者，縠以有无相间成文；今此鳞鳞之间，则仅是有无相间而已也耶？人自下望之，去云不知几千百里，则见其鳞鳞者，其间不必曾至于寸；若果就云量之，诚未知其为寻为丈者也。今试思以为寻为丈之相去，而仅曰有无相间焉而已，则我自下望之，其为妙也，决不能以至是。今自下望之，而其妙至是，此其一鳞之与一鳞，其间则有无限层折，如相委焉，如相属焉，所谓极微，于是乎存，不可以不察也。天云之鳞鳞，其去也寻丈，故于中间有多层折，此犹不足论也；若夫野鸭腹毛之鳞鳞，其相去乃至为逼迮，不啻如粟米焉。今试观其轻妙若縠，为是止于有无相间而已也耶？如诚止于有无相间焉而已，则我试取纤笔，染彼淡墨，缕缕画之，胡为三尺童子，犹大笑以为甚不似也？则诚不得离朱其人，谛审熟睹焉耳。诚谛审而熟睹之，此其中间之层折，如相委焉，如相属焉，必也一鳞之与一鳞，真亦如有寻丈之相去，所谓极微者，此不可以不察也。草木之花，于跗萼中展而成瓣，人曰："凡若干瓣斯一花矣。"人固不知昨日者，殊未有此花也；更昨日焉，乃至殊未有此萼与跗也。于无跗无萼无花之中，而歘然有跗，而歘然有萼，而歘然有花，此有极微于其中间，如人徐行，渐渐至远。然则一瓣虽微，其自瓣根行而至于瓣末，其起此尽彼，筋转脉摇，朝浅暮深，粉稢香老，人自视之，一瓣之大，如指顶耳；自花计焉，乌知其道里，不且有越陌度阡之远也？人自视之，初开至今，如眴眼耳；自花计焉，乌知其寿命，不且有累生积劫之久也？此亦极微，不可以不察也。灯火之焰也，淡淡焉，此不知于世间五色为何色也。吾尝相其自穗而上，讫于烟尽，由淡碧入淡白，此如之何其相际也；又由淡白入淡赤，此如之何其相际也，又由淡赤入乾红，由乾红入黑烟，此如之何其相际也；必有极微于其中间。分焉而得分，又徐徐分焉，而使人不得分，此一又不可以不察也。人诚推此心也以往，则操笔而书乡党馈壶浆之一辞，必有文也；书人妇姑勃豀之一声，必有文也；书涂之人一揖遂别，必有文也。何也？其间皆有极微。他人以粗心处之，则无如何，因遂废然以搁笔耳。我既适向曼殊室利菩萨大智门下学得此法矣，是虽于路旁拾取蔗滓，尚将涓涓焉压得其浆，满于一石，彼天下更有何逼迮题，能缚我腕，使不动也哉？读《西厢记》至《借厢》后《闹斋》前《酬韵》之一章，不觉深感于菩萨焉。尚愿普天下锦绣才子，皆细细读之。^{上文《借厢》一}章，凡张生所欲说者，皆已说尽。下文《闹斋》一章，凡张生所未说者，至此后方才得说。今忽将于如是中间，写隔墙酬韵。亦必欲洋洋自为一章，斯其笔拳墨渴，真乃虽有巧媳，不可以无米煮粥者也。忽然想到张莺联诗，是夜则为何二人悉在月中露下？因凭空造出每夜烧香一段事，而于看烧香上生情布景，别出异样花样。粗心人不解此苦，读之只谓又是一通曲子，殊不知一字一句一节，都从一黍米中剥出来也。

（莺莺上云）母亲使红娘问长老修斋日期，去了多时，不见来回话。（红娘上云）回夫人话了，去回小姐话去。（莺莺云）使你问长老，几时做好事？（红云）恰回夫人话也，正待回小姐话。二月十五，佛什么供日，请夫人小姐拈香。（红笑云）小姐，我对你说一件好笑的事。咱前日庭院前瞥见的秀才，今日也在方丈里坐地。他先出门外，等着红娘，深深唱喏道："小娘子莫非莺莺小姐侍妾红娘乎？"又道："小生姓张，名珙，字君瑞，本贯西洛人氏，年方二十三岁，正月十七日子时建生，并不曾娶妻。"（莺莺云）谁着你去问他？^{妙笔！几乎}^{屈杀红娘。}（红云）却是谁问他来？^{本是一气述下，中间略}^{作间隔，以为波折。}他还呼着小姐名字说："常出来么？"被红娘一顿抢白，回来了。（莺莺云）你不抢白他也罢。（红云）小姐，我不知他想什么哩，世间有这等傻角，我不抢白他！（莺莺云）你曾告夫人知道也不？（红云）我不曾告夫人知道。（莺莺云）你已后不告夫人知道罢。^{一路如怜不怜，如置不置，}^{有意无意写出恰妙。}天色晚也，安排香案，咱花园里烧香去来。正是"无端春色关心事，闲倚熏笼待月华。"（莺莺红娘下）

（张生上云）搬至寺中，正得西厢居住。我问和尚知道小姐每夜花园内烧香。恰好花园便是隔墙，比及小姐出来，我先在太湖石畔墙角儿头等他，饱看他一回，却不是好？且喜夜深人静，月朗风清，是好天气也呵！"闲寻方丈高僧坐，闷对西厢皓月吟"。

【越调】【斗鹌鹑】（张生唱）玉宇无尘，银河泻影；月色横空，花阴满庭；^{四句}^{妙月。}罗袂生寒，芳心自警。^{二句妙人。上四句亦非妙月，下二句亦非妙人，}^{六句总是张生等人性急。度刻如年，一片妙心。}

禅门《宝镜三昧》，有"银碗盛雪，明月藏鹭"之二言，吾便欲移以赞此以下三节文。张生闻双文每夜烧香，正在隔墙，又有太湖石可以垫脚，此那能忍而不看？那能忍而不急看耶？此真日未西，便望日落；日乍落，便望月升。那能日明如是，犹尚不到墙角耶？若双文则殊不然，或晚妆，或添衣，或侍坐夫人，或残针未了，皆可以迟迟吾行，而至于黄昏，而至于初更，正不必着甚死急，亦复匆匆早至也。然张生则心急如火，刻不可待，穷思极算，忽然算到夜深其袂必寒，袂寒其心必动，心动则必悟烧香太迟，不可不急去矣。此谓之芳心自警也。看他写一片等人性急，度刻如年，真乃手搦妙笔，心存妙境，身代妙人，天赐妙想。既有此文以后，尚不望人看得；安望未有此文以前，乃曾有人想得耶？

侧着耳朵儿听，蹑着脚步儿行：悄悄冥冥，潜潜等等。【紫花儿序】等我那齐齐整整，袅袅婷婷，姐姐莺莺。_{人是爱杀婷婷，我爱杀是齐齐整整。夫袅袅齐齐整整者，千金小姐也。}

上是等之第一层，此是等之第二层也。质言之，止是等莺莺三字，却因莺莺是叠字，便连用十数叠字倒衬于上，累累然如线贯珠垂。看他妙文，止是随手拈得也。

一更之后，万籁无声。_{不文人读之，谓是写景；文人读之，悟是写情。盖一更之后，犹言一更后了，万籁之声，犹言不听见开角门声也。可想。}**我便直至莺庭，到回廊下，没揣的见你那可憎。定要我紧紧搂定，问你个会少离多，有影无形。**_{恨其迟来，故吓之。非真有其事，亦非真欲为其事。只是恨恨之辞。}

等之第三层也。言一更之后矣，犹万籁无声；既以如此，便大家无礼，我亦更不等也，我竟过来也。心忙意促，见神捣鬼。文章写到如此田地，真乃锥心取血，补接化工。

（莺莺上，云）红娘，开了角门，将香案出去者。

【金蕉叶】猛听得角门儿呀的一声，_{猛听得者，不复听中，忽然听得也。自初夜至此，专心静听，杳不听得，因而心断意绝，反不复听矣；则忽然}

"呀"的听得，谓之猛听得也。**风过处衣香细生。**_{角门开后，不便写出莺莺，且更向暗中，又空写一句。吾适言天云之鳞鳞，其间则有委委属属，正谓此等笔法也。第一句，莺莺在声音中}

出现；第二句，莺莺在衣香中出现。下第三、四句，莺莺方向月明中出现。

蹑着脚尖儿仔细定睛，比那初见时庞儿越整。【调笑令】我今夜甫能，_{句。只此"甫能"}

二字，便是张生亲口供云：前瞥见来的，其文极明。而伧父必云：前张、莺四目互睹何耶？**见娉婷，便能月殿姮娥，不恁般撑。**_{在月下，因便借月夫人。比之，文只}

是随手拈得。

写张生第二次见莺莺。与前春院瞥见，与后附斋再见，俱宜仔细相其浅深恰妙之法，我尝谓吾子弟，凡一题到手，必有一题之难动手处；但相得其难动手在何处，便是易动手之秘诀也。时贤于一切题，只是容易动手，便更动手不得。

料想春娇厌拘束，等闲飞出广寒宫。_{佳句。}**容分一脸，体露半襟；觯长袖以无言，垂湘裙而不动。似湘陵妃子，斜偎舜庙朱扉；如洛水神人，欲入陈王丽**

赋。是好女子也呵！

遮遮掩掩穿芳径，料应他小脚儿难行。行近前来百媚生，兀的不引了人魂灵。

> 小脚难行，非写蚤便怜惜之也，是写渐渐行近来也。前一节，只是出角门；此一节，方是来至墙边。

（莺莺云）将香来。（张生云）我听小姐祝告什么？（莺莺云）此一炷香，愿亡过父亲，早生天界；此一炷香，愿中堂老母，百年长寿；此一炷香……（莺莺良久不语科）（红云）小姐为何此一炷香，每夜无语？红娘替小姐祷告：咱愿配得姐夫冠世才学，状元及第；风流人物，温柔性格，与小姐百年成对波！（莺莺添香拜科）心间无限伤心事，尽在深深一拜中。

（长吁科）（张生云）小姐，你心中如何有此倚栏长叹也？^{好笔。}

【小桃红】夜深香霭散空庭，帘幙东风静。^{凡作文，必须一篇之中，并无一句一字是杂凑入来。即如此"帘幕东风静"之五字，上言是夜无风，便留得香烟，与"下气"作"氤氲"，所谓有时写风是风，有时写风是无风，真正不是杂凑一句入来也。}拜罢也斜将曲栏凭，长吁了两三声。^{上是写香烟，此是写人气。}剔团圞明月如圆镜。^{双承上文，斗接此句，用笔何其透脱！}又不见轻云薄雾，都只是香烟人气，两般儿氤氲得不分明。^{曾见海外奇器，名曰"鬼工"。此等文，亦真是鬼工。}

> 不过双文长叹。若不写，则下文不可斗然吟诗耳。乃并不于双文叹上写，亦不于双文心中写，却向明月上看他陪一香烟，便写得双文一叹，如许浓至。绝世奇文，绝世妙文。

> 小生仔细想来，小姐此叹必有所感。我虽不及司马相如，小姐，你莫非倒是一位文君？小生试高吟一绝，看他说什的？^{吟诗必如此写来。方不唐突人。}

> "月色溶溶夜，花阴寂寂春。如何临皓魄，不见月中人？"^{真是好诗。}（莺莺云）有人在墙角吟诗。（红云）这声音便是那二十三岁不曾娶妻的那傻角。^{一文三见，一见一回妙。}（莺莺云）好清新之诗！红娘，我依韵和一首。（红云）小姐试和一首，红娘听波。（莺莺吟云）"兰闺深寂寞，无计度芳春。料得高吟者，应怜长叹人。"^{也真是好诗。}

（张生惊喜云）是好应酬得快也呵！

【秃厮儿】早是那脸儿上扑堆着可憎，更堪那心儿里埋没着聪明。他把我新诗和得忒应声，一字字诉衷情，堪听。【圣药王】语句又轻，音律又清。你小名儿真不枉唤做莺莺。

"早是"二语，写惊喜意，如欲于纸上跳动。欲赞双文快酬，虽千言不可尽也，轻轻反借双文小名，只于笔尖一点，早点活灵生现，抵过无数拖笔坠墨，所谓随手拈得。

你若共小生厮觑定，隔墙儿酬和到天明，^{妙人痴语，骤不可讲。}便是惺惺惜惺惺。

双文此酬，真乃意外；若使略迟一刻，张生实将不顾唐突矣。今反因骤然接得，正来不及，于是只图再共酬和，便已心满志足，更不算到别事。此真设心处地，将一时神理都写出来。

我撞过去，看小姐怎么？

【麻郎儿】我拽起罗衫欲行，他可陪着笑脸相迎，不做美的红娘莫浅情，你便道"谨依来命"。【后】忽听一声猛惊。^{关角门声也。}

（红云）小姐，咱家去来，怕夫人嗔责。（莺莺、红娘关角门下）

上写因骤然，故不及；此写略迟，却算出来也。乃张生略迟，莺莺蚤疾；一边尚在徘徊，一边撇然已扬。写一迟一疾之间，恰好惊鸿雪爪，有影无痕，真妙绝无比。

扑刺刺宿鸟飞腾，颤巍巍花梢弄影，乱纷纷落红满径。【络丝娘】碧澄澄苍苔露冷，明皎皎花筛月影。

凡下"宿鸟"、"花梢"、"落红"、"苍苔"、"花影"无数字，却是妙手空空。盖一二三句只是一句，四五句亦只是一句。一二三句只是一句者，因鸟飞故花动，因花动故红落；第三句便是第二句，第二句便是第一句也。盖因双文去，故鸟飞而花动而红落也，而偏不明写双文去也。四五句亦只是一句者，一片苍苔，但见花影；第四句只是第五句也。盖因不见双文，故见花影也，而偏不明写不见双文也。一二三句是双文去，四五句是双文去矣。看他必用如此笔，真使吃烟火人何处着想！

白日相思枉耽病，今夜我去把相思投正。【东原乐】帘垂下，户已扃，我试悄悄相问，你便低低应。月朗风清恰二更，厮侯倖；^{又见神搞鬼之笔。妙！妙！}如今是你无缘，小生薄命。

来时怨其来迟，因欲直至莺庭；去时恨其去疾，又向垂帘悄问。身躯不知几何，弱魂真欲先离矣。^{未来之前，已去之后，两作见神搞鬼之笔，以为章法。}

【绵搭絮】恰寻归路，伫立空庭。竹梢风摆，斗柄云横。呀！今夜凄凉有四星，他不偢人待怎生！何须眉眼传情，你不言，我已省。^{"恰寻"二句者，张生归到西厢也。"竹梢"二句者，}

笔态七曲八曲，煞是写绝。记得圣叹幼年初读《西厢记》时，见"他不瞅人待怎生"之七字，悄然废书而卧者三四日。此真活人于此可死，死人于此可活；悟人于此又迷，迷人于此又悟者也。不知此日圣叹是死是活，是迷是悟，总之，悄然一卧至三四日，不茶不饭，不言不语，如石沉海，如火灭尽者，皆此七字勾魂摄魄之气力也。先师徐叔良先生见而惊问，圣叹当时恃爱不讳，便直告之；先师不惟不嗔，乃反叹曰："孺子异日真是世间读书种子。"此又不知先师是何道理也。看"何须眉眼传情"之六字，想作《西厢记》人，其胸中矜贵如此。盖双文之不合，则止是酬诗一节耳；自起至此，其于张生真乃天下男子，全不与其事也；直至《闹斋》已后，始入眼关心耳。天下才子，必能同辨。自今以往，慎毋教诸忤奴，于红氍毹上做尽丑态，唐突古今佳人才子哉！

只是今夜，什么睡魔到得我眼里呵！

【拙鲁速】碧荧荧是短檠灯，冷清清是旧围屏。灯儿是不明，梦儿是不成，淅泠泠是风透疏棂，忒楞楞是纸条儿鸣。枕头是孤零，被窝是寂静。便是铁石人不动情。【后】也坐不成，睡不能。_{亦是奇语。}

至此始放笔正写苦况也。读之觉其一片迷离，一片悲凉。盖为数"是"字，下得如自檐前雨滴声，便摇动人魂魄也。

有一日柳遮花映，雾幛云屏，夜阑人静，海誓山盟，风流嘉庆，锦片前程，美满恩情，咱两个画堂春自生。

上已正写苦况，则一篇文字已毕；然自嫌笔势直塌下来，因更掉起此一节，谓之龙王掉尾法，文家最重是此法。

【尾】我一天好事今宵定，两首诗分明互证；再不要青琐闼梦儿中寻，只索去碧桃花树儿下等。_{犹言取之如寄矣，并相思亦可以不必矣。}

踌躇满志，有此快文。想见其提笔时通身本事，搁笔时通身快乐。

一之四　闹　斋

吾友研山先生尝谓吾言："匡庐真天下之奇也。江行连日，初不在意，忽然于晴空中劈插翠幛，平分其中，倒挂匹练。舟人惊告此即所谓庐山也者，而殊未得至庐山也。更行两日，而渐乃不见，则反已至庐山矣。"吾闻而甚乐之，便欲望看之，而迁延未得也。盖贫无行资，一也；苦到彼中无东道主人，二也；又贱性懒散，略闲坐便复是一年，三也。然中心则殊无一日曾置不念，以至夜必形诸梦寐。常不一日二日，必梦见江行如驶，仰观青芙蓉上插空中，一一如砺山言。寤而自觉遍身皆畅然焉。后适有人自西江来，把袖急叩之，则曰："无有是也。"吾怒曰："伧固不解也。"后又有人自西江来，又把袖急叩之，又曰："无有是也。"吾又怒曰："此又一伧也。"既而人苟自西江来，皆叩之，则言然不然各半焉。吾疑，复问砺山。砺山哑然失笑，言："吾亦未尝亲见。昔者多有人自西江来，或言如是云，或亦言不如是云。然吾于言如是者，即信之；言不如是者，置不足道焉。何则？夫使庐山而诚如是，则是吾之信其人之言为真不虚也；设苟庐山而不如是，则是天地之过也。诚以天地之大力，天地之大慧，天地之大学问，天地之大游戏，即亦何难设此一奇，以乐我后人，而顾各不出此乎哉？"吾闻而又乐之。中心忻忻，直至于今，不惟夜必梦之，盖日亦往往遇之。何谓日亦往往遇之？吾于读《左传》往往遇之，吾于读《孟子》往往遇之，吾于读《史记》、《汉书》往往遇之，吾今于读《西厢》亦往往遇之。何谓于读《西厢》亦往往遇之？如此篇之初〔新水令〕之第一句云"梵王宫殿月轮高"，不过七字也；然吾以为真乃江行，初不在意也，真乃晴空劈插奇翠也，真乃殊未至于庐山也，真乃至庐山即反不见也，真大力也，真大慧也，真大游戏也，真大学问也。盖吾友砺山之所教也。吾此生亦已不必真至西江也。吾此生虽终亦不到西江，而吾之熟睹庐山亦既厌也，庐山真天下之奇也。其所以奇绝之故，详后批中。

盖至是而张生已三见莺莺矣。然而春院乃瞥见也，瞥见则未成乎其为见也；墙角乃遥见也，遥见则亦未成乎其为见也。夫两见而皆未成乎其为见，然则至是而张生为始见莺莺矣。是故作者于此，其用笔皆必至慎焉。其瞥见之文，则曰"尽人调戏"、"将花笑拈""兜率院""离恨天"、"这里遇神仙"，都作天女三昧，忽然一见之辞；其遥见之文，则曰"遮遮掩掩"、"小脚难行"、"行近前来"、"我甫能见娉婷"、"真是百媚生"，都作前殿夫人，是耶何迟之辞。若至是则始亲见矣，快见矣，饱见矣，竟一日夜见矣。故其文曰："檀口点樱桃，粉鼻倚琼瑶；淡白梨花面，轻盈杨柳腰；满面堆着俏，一团儿衡是娇”，方作清水观鱼、数鳞数鬣之辞。人或不解者，谓此是实写，夫彼真不悟从来妙文，决无实写一法。夫实写，乃是堆垛土墼子，虽乡里人犹过而不顾者也。忽然巧借大师、班首、行者、沙弥皆颠倒于莺莺，以极衬千金惊艳，固是行文必然之事，然今日正值佛法末日，一切比丘，恶乃不啻！自非龟鳖蛇虫，亦宜稍稍禁戢，清净闺阁莫入彼中。盖迩来恶比丘之淫毒，真不止于烛灭香消而已。彼龟鳖蛇虫，乃方合掌云："阿弥陀佛！罪过。渠是真正千二百五十人善知识，吾妻、吾媳、吾女，方将倾箱倒箧，作竭尽布施，而为供养；事非小可，汝勿造拔舌地狱业也。"嗟乎！今天下龟鳖蛇虫之愚，而要与人用如是哉！亦大可哀也已。

（张生上，云）今日二月十五日，和尚请拈香，须索走一遭。^{如此闲事，温习经史人何必去哉？一笑。}云晴雨湿天花乱，海涌风翻贝叶轻。

【双调】【新水令】（张生唱）梵王宫殿月轮高，^{如此落笔，真是奇绝。庶几昊天上帝能想至此，世间第二第三辈，便已无处追捕也。记圣叹幼时初读《西厢记》，惊睹此七字，曾焚香拜于地，不敢起立焉。普天下锦绣才子，二十八宿在其胸中，试掩卷思此七字，是何神理？不妨迟至一日一夜，以为快乐焉。}碧琉璃瑞烟笼罩。^{又加此七字一句，使上句失笑。}

写张生用五千钱看莺莺，心急如火，不能待至明日。真乃天遣风云作君骨，世人不复知其故。盖月之行天，凡三十夜，逐夜渐渐自西而东。故初之十夜，即初昏已斜；廿之十夜，必更阑乃上；独于十四五六望之三夜，乃正与日之行天，起没相等。今修斋本是十五日，则必待十四夜之月落尽，众僧方可开殿启建。即甚虔诚，亦必待月已斜乃至。更极虔诚，半夜斯起，亦必待月正中，然而已嫌其太早也。今张生亲口唱云"月轮高"，则是从东而起，初过殿鸱，殆还是十四日之初更未尽也。已又唱云"碧琉璃瑞烟笼罩"，可见殿楅正闭，悄无所睹；徬徨露下，遥夜如年，但见瓦上烟光迷漫。本意欲看莺莺，托之乎云"看道场"；今且独自一人先看月也，看琉璃瓦也。真绝倒吾普天下才子。^{斫山云："圣叹肠肚如何生！"}

（法本引僧众上，云）今日是二月十五，释迦牟尼佛入大涅槃日，纯陀长者与文殊菩萨，修斋供佛。若是善男信女，今日做好事，必获大福利。张先生早已在也。大众，动法器者！待天明了，请夫人小姐拈香。

行香云盖结，讽咒海波潮。幡影飘飘，诸檀越尽来到。^{和尚眼中发财。解元眼中添刺。}

正写道场也。"诸檀越尽来到，"则无一人不到矣；而殊不知有三人未到

也，然我亦数之谓是三人耳。实则只有一人未到也。^{昌黎有云："伯乐一过冀北，而其野无马。"解之者曰：}
^{"非无马也，无良马也。"今云"诸檀越尽来到"，无}
^{一人到也，非无一人到也，非此一人到也。妙笔。}

【驻马听】法鼓金铙，二月春雷响殿角；钟声佛号，半天风雨洒松梢。^{便如老杜悲凉之作。}

此非写道场也，乃写道场之震动如此；莺莺孝女，追荐父亲，而岂不闻之乎？

侯门不许老僧敲，^{写张生如热熬盘上蚁子。}纱窗也没有红娘报。^{如热熬盘上蚁子。}我是馋眼脑，见他时，要看个十分饱。

心急如火，更不能待；欲遣一僧请之，又似于礼不可，因而怨到红娘。

如此妙笔，真恐纸上有一张生直走下来。

（本见张生科）（本云）先生先拈香，若夫人问呵，只说是老僧的亲。^{只图自家免罪耳。是和尚亲便怎么耶？}（张生拈香拜科）

【沉醉东风】惟愿存在的，人间寿高；亡过的，天上逍遥。我真正为先灵礼三宝，再焚香暗中祷告：只愿红娘休劣，夫人休觉，犬儿休恶，佛啰成就了幽期密约。^{红娘夫人，已无伦次；再入犬儿，一发无礼。所谓触手成趣也，斫山云："于三宝前，一切众生，普皆平等，犹如一子。正宜犬儿、夫人一齐入疏"。}

附斋正文。

（夫人引莺莺红娘上，云）长老请拈香，咱走一遭。

【雁儿落】我只道玉天仙离碧霄，原来是可意种来清醮。我是个多愁多病身，怎当你倾国倾城貌？^{不是张生放刁，须知实有如此神理。}【得胜令】你看檀口点樱桃，粉鼻倚琼瑶，淡白梨花面，轻盈杨柳腰，妖娆，满面儿堆着俏苗条，一团儿衒娇。

正写莺莺。世之不知文者，谓此是实写，不知此非实写也，乃是写张生直至第三遍见莺莺，方得仔细，以反衬前之两遍全不分明也。或问："必欲写前之两遍不得分明者，何也？"曰："莺莺千金贵人也，非十五左右之对门女儿也。若一遍便看得仔细，两遍便看得仔细，岂复成相国小姐之体统乎哉？"从来文章家，无实写之法。吾见文之最实者，无如左氏周郑交恶传中，"涧溪沼沚之毛，蘋蘩蕴藻之菜，筐筥锜釜之器，潢汙行潦之水。"板板四句，凡下四四一十六字，可称大厌；而实则止为要反挑王子狐、公子忽两家俱用所爱子弟为质，乃是不必，故言。不过只采那涧溪沼沚中间之毛，唤做蘋蘩蕴藻寻常之菜，盛于筐筥锜釜野人之器，注以潢汙行潦不清之水，只要明信无欺，便可荐鬼神而羞王公。

四句不意乃是一句；四四一十六字不意乃是一字，正是异样空灵排宕之

笔。然后谛信自古至今无限妙文，必无一字是实写，此言为更不诬也。

附见。

老僧一句话，敬禀夫人：有敝亲是上京秀才，父母亡后，无可相报，央老

僧带一分斋，老僧一时应允了，恐夫人见责。（夫人云）追荐父母，有何

见责？请来相见咱。（张生见夫人毕）

【乔牌儿】大师年记老，高座上也凝眺。举名的班首真呆僗，将法聪头做

磬敲。

不惟写国艳一时倾倒大众，且益明莺莺自入寺停丧以来，曾未尝略露春

妍。何世之忤奴，必云小姐游佛殿哉？

【甜水令】老的少的，村的俏的，没颠没倒，胜似闹元宵。稔色人儿，可意

冤家，怕人知道，看人将泪眼偷瞧。^{写女儿心性，不甚分明，正尔}^{入妙，正不以不偷瞧为佳耳。}【折桂令】着小生

心痒难挠。

老的、少的、村的、俏的者，即诸檀越也。夫莺莺不看人可也；若莺莺

看人，则独看张生可也；今张生则虽自以为皎皎然独出于老的、少的、

村的、俏的之外，而自莺莺视之，正复一例，茫茫然并在老的、少的、

村的、俏的之中。此时张生千思万算，不知吾莺莺珠玉心田中，果能另

作青眼，提拔此人，别自看待乎？抑竟一色抹倒乎？所谓心痒难挠也。

然此节，亦既伏飞虎风闻之根矣。

哭声儿似莺啭乔林，泪珠儿是露滴花梢。大师难学，把个慈悲脸儿朦着。^{妙文，}^{奇文。}

点烛的头陀可恼，烧香的行者堪焦。烛影红摇，香霭云飘；贪看莺莺，烛灭

香消。^{妙文，奇文。六句，一二句唱，五六句证。又横插}^{三四句于中间作追，用笔之妙，真乃龙跳虎卧矣。}

上节莺莺看人也，此节人看莺莺也。"大师难学"者，言一切大众，俱

应学大师也，学其朦着脸儿不看莺莺，则始得称严静毗尼、活佛菩萨

也；今一切大众，至于烛灭香消，则甚矣大师之果难学也！圣叹于此，

有二语欲告君瑞：其一，孔氏之言也。曰："有诸己而后求之人，无诸

己而后非之人；己所不欲，勿施于人。能近取譬，终身可行。"是则君

瑞无以自解于诸秃也。其一，释氏之言也。有秀才参赵州云："伏承佛

法一切舍施，今某甲就和尚手中欲乞这柱杖，得否？"州云："君子不夺

人所好。"秀云："某甲不是君子。"州云："老僧也不是佛。"是则诸秃

反有以自解于君瑞也，君瑞且奈之乎哉！一笑。

【碧玉箫】我情引眉梢，心绪他知道；他愁种心苗，情思我猜着。^{忽作我他、他我，娓娓尔汝之言，一何扯淡！一何机警！}畅懊恼，响珰珰云板敲。行者又嚎，沙弥又哨，你须不夺人之好。【鸳鸯煞】你有心争执无心好，我多情蚤被无情恼。^{极劝诸人勿看莺莺，而以己之看而无益证之，欺三岁小儿哉！真为化工之极笔。}

承上一节莺莺看人，一节人看莺莺，而急接之以我他他我，娓娓尔汝之
声，以深明已与莺莺四目二心，方是东日照于西壁；若其他，乃至无有
一雄苍蝇，曾得与于斯也。而无奈行者沙弥犹尚不晓，吱吱喳喳，恼不
可言。已上三节文势之警动如此，不知何一伧，妄添〔锦上花〕之两半
阕，可鄙可恨！

（本宣疏烧纸科，云）天明了也，请夫人小姐回宅。（夫人、莺莺、红娘
下）（张生云）再做一日也好，那里发付小生？

劳攘了一宵，月儿早沉，钟儿早响，鸡儿早叫。玉人儿归去得疾，好事儿收
拾得早，道场散了。酪子里各回家，葫芦提已到晓。^{"道场散了"四字，无限悲戚，又不止于张生而已。}

结亦极壮浪，我曾细算此篇结，最难是壮浪。

卷　五

圣叹外书

第二之四章　题目正名
张君瑞破贼记,
莽和尚杀人心;
小红娘昼请客,
崔莺莺夜听琴。

二之一　寺　警

文章有移堂就树之法。如长夏读书,已得爽垲,而堂后有树,更多嘉
荫;今欲弃此树于堂后,诚不如移此树来堂前。然大树不可移而至前,
则莫如新堂可以移而去后;不然,而树在堂后,非不堂是好堂,树亦好
树,然而堂已无当于树,树尤无当于堂。今诚相厌便宜,而移堂就树,
则树固不动而堂已多阴,此真天下之至便也。此言莺莺之于张生,前于
酬韵夜,本已默感于心;己又于闹斋日,复自明睹其人,此真所谓口虽
不吐,而心无暂忘也者。今乃不端不的,出自意外,忽然鼓掌应募,驰
书破贼,乃正是此人。此时则虽欲矫情箝口,假不在意,其奚可得其
理、其情、其势?固必当感天谢地,心荡口说,快然一泻其胸中沉忧,
以见此一照眼之妙人,初非两廊下之无数无数人所可得而此。然而,一
则太君在前,不可得语也;二则僧众实繁,不可得语也;三则贼势方
张,不可得语也。夫不可得语而竟不语,彼读书者至此,不将疑莺莺此
时其视张生应募,不过一如他人应募,淡淡焉了不系于心乎?作者深悟
文章旧有移就之法,因特地于未闻警前,先作无限相关心语,写得张生
已是莺莺心头之一滴血,喉头之一寸气,并心并胆,并身并命;殆至后
文,则只须顺手一点,便将前文无限心语,隐隐然都借过来。此为后贤

所宜善学者，其一也。左氏最多经前传起之文，正是此法也。又有月度回廊之法。如仲春夜和，美人无眠，烧香卷帘，玲珑待月。其时初昏，月始东升，冷冷清光，则必自廊檐下度廊柱，又下度曲栏，然后渐渐度过闲阶，然后度至琐窗，而后照美人。虽此多时，彼美人者亦既久矣，明明伫立暗中，略复少停，其势月亦必不能不来相照。然而月之必由廊而栏、而阶、而窗、而后美人者，乃正是未照美人之前之无限如迤如逦、如隐如跃别样妙境，非此即将极嫌此美人，何故突然便在月下，为了无身分也。此言莺莺之于张生，前于酬韵夜，虽已默感于心；已于闹斋日，复又明睹其人，然而身为千金贵人，上奉慈母，下凛师氏，彼张生则自是天下男子，此岂其珠玉心地中所应得念？岂其莲花香口中所应得诵哉？然而作者则无奈何也。设使莺莺真以慈母师氏之故，而珠玉心地终不敢念，莲花香口终不敢诵，则将终《西厢记》乃不得以一笔写莺莺爱张生也乎？作者深悟文章旧有渐度之法，而于是闲闲然先写残春，然后闲闲然写有隔花之一人，然后闲闲然写到前后酬韵之事，至此却忽然收笔云：身为千金贵人，吾爱吾宝，岂须别人提备？然后又闲闲然写独与那人兜的便亲。要知如此一篇大文，其意原来却只要写得此一句于前，以为后文张生忽然应募，莺莺惊心照眼作地；而法必闲闲渐写，不可一口便说者，盖是行文必然之次第。此为后贤所宜善学者，又一也。

文章有羯鼓解秽之法。如李三郎三月初三坐花萼楼下，敕命青玻璃酌西凉葡萄酒，与妃子小饮。正半酣，一时五王三姨适然俱至。上心至喜，命工作乐。是日恰值太常新制琴操成，名曰《空山无愁之曲》。上命对御奏之。每一段毕，上攒眉视妃子，或视三姨，或视五王，天颜殊悒悒不得畅。既而将入第十一段，上遽跃起，口自传敕曰："花奴取羯鼓速来，我快欲解秽。"便自作渔阳掺挝渊渊之声，一时栏中未开众花，顷刻尽开。此言莺莺闻贼之顷，法不得不亦作一篇，然而势必淹笔渍墨，了无好意。作者既自折尽便宜，读者亦复乾讨气急也。无可如何，而忽悟文章旧有解秽之法，因而放死笔，捉活笔，斗然从他递书人身上，凭空撰出一莽惠明，以一发泄其半日笔尖呜呜咽咽之极闷，杜工部诗云："豫章翻风白日动，鼋鱼跋浪沧溟开。"又云："白摧杇骨龙虎死，黑入太阴雷雨垂。"便是此一副奇笔，便使通篇文字立地焕若神明。此为后贤所宜善学者，又一也。

（孙飞虎领卒子上，云）自家孙飞虎的便是。方今天下扰攘，主将丁文雅失政，俺分统五千人马，镇守河桥。探知相国崔珏之女莺莺，眉黛青颦，莲脸生春，有倾国倾城之容，西子太真之色，现在河中府普救寺停丧借居。前日二月十五，做好事追荐父亲，多曾有人看见。俺心中想来，首将尚然不正，俺独何为哉？大小三军，听吾号令：人尽衔枚，马皆勒口，连夜进兵河中府，掳掠莺莺为妻，是我平生愿足。（引卒子下）问曰："当时若不写惠明，竟写飞虎，亦得耶？"答曰："如写而不极畅，是不如勿写也。然一欲写得极畅，而遂忍以莺莺一任飞虎口中恣其诋侮，于我心有戚戚焉，故不为也。"

（法本慌上，云）祸事到！谁想孙飞虎领半万贼兵，围住寺门，犹如铁桶，鸣锣击鼓，呐喊摇旗，要掳小姐为妻。老僧不敢违误，只索报知与夫人小姐。（夫人慌上，云）如此却怎了？怎了？长老，俺便同到小姐房前商议去。（俱下）

（莺莺引红娘上，云）前日道场，亲见张生，精魂荡漾，茶饭少进，况值暮春天气，好生伤感也呵！正是"好句有情怜皓月，落花无语怨东风。"
于白中则云"前日道场，亲见张生"，则止反复追忆酬韵之夜。命意措词俱有法。

【仙吕】【八声甘州】（莺莺唱）恹恹瘦损，早是多愁，那更残春；罗衣宽褪，能消几个黄昏？我只是风袅香烟不卷帘，雨打梨花深闭门；莫去倚栏干，极目行云。都是绝妙好辞，所谓千狐之白，萃而为裘者也。

此言早是多愁也。

【混江龙】况是落红成阵，风飘万点正愁人。昨夜池塘梦晓，今朝栏槛辞春，蝶粉乍沾飞絮雪，燕泥已尽落花尘；系春情短柳丝长，妙句。隔花人远天涯近。妙句。有几多六朝金粉，三楚精神？逐句千狐之白，而入无补接痕。

此言那更残春也。看其第一节，只空空说愁，第二节方略逗隔花一"人"字，笔墨最为委婉，有好致也。

（红娘云）小姐情思不快，我将这被儿熏得香香的，小姐睡些则个。

【油葫芦】翠被生寒住绣裀，"生寒"是双字，不得将"生"字作活用。须知！休将兰麝熏；便将兰麝熏尽，我不解自温存。然则不能睡也。妙！妙！分明锦囊佳句来勾引，为何玉堂人物难亲近？这些时坐又不安，立又不稳，登临又不快，闲行又困，镇日价情思睡昏昏。

【天下乐】我依你搭伏定鲛绡枕头儿上盹，然则仍又睡也。妙！妙！

红娘请之睡，则不可睡；及至无可奈何，则仍睡。只一"睡"字，中间乃有如许袅娜，如许跌宕，写情种真是情种，写小姐亦真是小姐。看其第二节，只空空逗一"人"字，第三节，便轻吐是前夜吟诗那人，不道破张生。笔墨最为委婉，有好致也。

我但出闺门，你是影儿似不离身。_{斫山云："若不得圣叹注，则此一行与下'小梅香'句，岂不重复哉？圣叹读书，真异事也。"}

上文口中方吐吟诗那人，实萦怀抱，忽然自嫌：我则岂如世间怀春女子，心荡不制，故骤见一人，便作如是颠倒者哉？因急转笔，牵入红娘云"他人不知，你岂不晓"，其下便欲直接"见个客人，愠的早嗔"等文，以深明己之实不容易动心；却又因还嫌此意未畅，故又转笔，再将夫人提防反证己语，言我母之知我，犹尚不及你之知我，如下文云云，以深明红娘是真正知我者，而后莺莺之不容易动心，始非莺莺自己一人之私言。盖其笔态之曲折，有如此也。_{斫山云："若不知圣叹注，则莺莺不欲夫人提防，其意乃欲云何？此岂复成人语哉！"}看书人心苦何足道，既已有此书，便应看出来耳。莫心苦于作书之人，真是将三寸肚肠直曲折到鬼神犹曲折不到之处，而后成文。圣叹稽首普天下及后世才子，慎勿轻视古人之书也。

这些时他怎般提备人，小梅香服侍得勤，老夫人拘系得紧，不信俺女儿家折了气分！【那吒令】你知道我但见个客人，愠的早嗔；便见个亲人，厌的倒褪。

反复以明己之实不容易动心。上文已明。

独见了那人兜的便亲，我前夜诗，依前韵，酬和他清新。【鹊踏枝】不但字儿真，不但句儿匀，我两首新诗，便是一合回文。谁做针儿将线引，向东墙通个殷勤。

直至此，方快吐"独见那人兜的便亲"之一言。看他上文凡用无数层折无数跌顿，真乃一篇只是一句。读此文能将眼色句句留向张生鼓掌应募时用，便是与作者一鼻孔出气人。"谁做针儿将线引"，亦奇笔也。谚云："只知其一，不知其二。"只知其一者，只知决无人做针儿将线引；不知其二者，不知即刻有孙飞虎做针儿将线引也。用意之妙，一至于此。

【寄生草】风流客，蕴藉人，相你脸儿清秀身儿韵，一定性儿温克情儿定，不由人不口儿作念心儿印。我便知你"一天星斗焕文章"，谁可怜你"十年窗下无人问"。

已至篇尽矣，又略露闹斋日曾亲见其人，以为下文鼓掌应募时，正是此人。如玉山照眼作地，通篇盖并无一句一字是虚发也。"一天星斗"二句，又奇笔也。即刻驰书破贼，两廊下僧俗若干人等，无有一人不知了也。用意之妙，一至于此。

（夫人、法本同上，敲门科）（红云）小姐，夫人为何请长老直来到房门外？（莺莺见夫人科）（夫人云）我的孩儿，你知道么？如今孙飞虎领半万贼兵，围住寺门，道你"眉黛青颦，莲脸生春，有倾国倾城之容，西子太真之色"，要掳你去做压寨夫人。我的孩儿，你怎生是了也？

【六幺序】我魂离壳，这祸灭身，袖梢儿揾不住啼痕。一时去住无因，进退无门，教我那坰儿人急偎亲。^{妙！挑到张生。}孤霜母子无投奔，赤紧的先亡了我的有福之人。^{妙！妙！句句挑到张生。}

文自明。

耳边金鼓连天震，征云冉冉，土雨纷纷。【后】风闻，^{即二月十五做好事，多曾有人看见也。}胡云，道我眉黛青颦，莲脸生春，倾国倾城，西子太真。把三百僧人，他半万贼军，半霎儿便待翦草除根。那厮于家于国无忠信，恣情的掳掠人民；他将这天宫般盖造谁偢问，便做出诸葛孔明博望烧屯。

正写贼势之披猖，以起下文匆匆定计也。文自明。

（夫人云）老身年纪五旬，死不为夭；奈孩儿年少，未得从夫，早罹此难，如之奈何？（莺莺云）孩儿想来只是将我献与贼汉，庶可免一家性命。^{岂有此理？然而作者之为此言，一则极写匆匆无策，一则故作下下策，乃所以左折右折，折而至于下策也。夫两廊下众人但退贼兵，便与莺莺，犹策之下也。}（夫人哭云）俺家无犯法之男，再婚之女，怎舍得你献与贼汉，却不辱没了俺家谱！（莺莺云）母亲休要爱惜孩儿，还是献与贼汉，其便有五：

【元和令带后庭花】第一来免摧残国太君，第二来免堂殿作灰尘，第三来诸僧无事得安存，第四来先公的灵柩稳，第五来欢郎虽是未成人，算崔家后代儿孙。

此下下策也，圣叹今日述之犹不忍述也。顾作者当日丧心害理，俨然竟布如此笔墨者，彼岂非为下文漫然高叫两廊僧俗，但能退兵，便许成婚？此犹是策之最下，然而不免作是孟浪之举，则独为转出张生发书请将故耳。夫下文虽得转出张生发书请将，然其策既出最下，则于其前文欲先作跌顿，势固不得不出于下下也。盖行文之苦，每每遇如此难处也。^{世有《班马异同》一书，宜熟精读之。是书深悉此苦。}

若莺莺惜己身，不行从乱军，伽蓝火内焚，诸僧血污痕，先灵归细尘。可怜爱弟亲，痛哉慈母恩，【柳叶儿】俺一家儿不留龆龀。末三句作一句读。

反复明之。

待从军，果然辱没家门。俺不如白练套颈，寻个自尽，将尸榇献贼人，你们得远害全身。

此又一策，亦下策也。然后下文再出一策。

（法本云）咱每同到法堂上，问两廊下僧俗，有高见的，一同商议个长策。（同到科）（夫人云）我的孩儿，却是怎的是？你母亲有一句话，本不舍得你，却是出于无奈：如今两廊下众人，不问僧俗，但能退得贼兵的，你母亲做主，倒陪房奁，便欲把你送与为妻，虽不门当户对，还强如陷于贼人。（夫人唱云）长老，便在法堂上，将此言与我高叫者。我的孩儿，只是苦了你也。（本云）此计较可。

【青歌儿】母亲，你都为了莺莺身分，你对人一言难尽；你更莫惜莺莺这一身，不拣何人，建立功勋，杀退贼军，扫荡烟尘，倒陪家门，愿与英雄，结婚姻，为秦晋。

此方是第三主策也。文自明。

（法本叫科）（张生鼓掌上，云）我有退兵之计，何不问我？（见夫人科）（本云）禀夫人，这秀才便是前十五日附斋的敝亲。（夫人云）计将安在？（张生云）禀夫人，重赏之下，必有勇夫；赏罚若明，其计必成。（夫人云）恰才与长老说下，但有退得贼兵的，便将小女与他为妻。（张生云）既是恁的，小生有计，先用着长老。（本云）老僧不会厮杀，请先生别换一个。（张生云）休慌，不要你厮杀，你出去与贼头说，夫人钧命：小姐孝服在身，将军要做女婿呵，可按甲束兵，退一箭之地，等三日功德圆满，拜别相国灵柩，改换礼服，然后方好送与将军；不争便送来呵，一来孝服在身，二来于军不利。你去说来。（本云）三日后如何？（张生云）小生有一故人，姓杜，名确，号为白马将军，见统十万大军，镇守蒲关。小生与他八拜至交，我修书去，必来救我。（本云）禀夫人，若果得白马将军肯来时，何虑有一百孙飞虎！夫人请放心者。（夫人云）如此，多谢先生。红娘，你伏侍小姐回去者！（莺莺云）红娘，真难得他也。

【赚煞尾】诸僧伴，各逃生；众家眷，谁俅问？他不相识横枝儿着紧，非是他书生叮议论，也自防玉石俱焚。便代他辩，妙绝！甚姻亲，可怜咱命在逡巡，济不济权将这秀才来尽。^{又为自辩，妙绝！是避嫌，是护短，必有辩之者。}他真有出师的表文，下燕的书信；只他这笔尖儿，敢横扫五千人。^{爱之信之，一至于此。亦全从酬韵一夜来。}

（莺莺引红娘下）

> 写莺莺早为张生护短，早为自己避嫌。接连二笔，便妮妮然分明是两口儿。此称入神之笔。

（法本叫云）请将军打话！（虎引卒子上，云）快送莺莺出来！（本云）将军息怒，有夫人钧命，使老僧来与将军说云云。（虎云）既然如此，限你三日；若不送来，我着你人人皆死，个个不存。你对夫人说去：恁般好性儿的女婿，教他招了者！（虎引卒子下）

（法本云）贼兵退了也，先生作速修书者。（张生云）书已先修在此，只是要一个人送去。（本云）俺这厨房下，有一个徒弟，唤做惠明，最要吃酒厮打。若央他去，他便必不肯；若把言语激着他，他却偏要去。只有他，可以去得。^{三四语耳，写出好和尚。}（张生叫云）我有书送与白马将军，只除厨房下惠明，不许他去，其余僧众，谁敢去得？（惠明上，云）惠明定要去！定要去！

【正宫】【端正好】（惠明唱）不念法华经，^{是，是，念他做甚！我见念经者矣。}不礼梁皇忏；^{是，是，忏者矣。我见礼}^{我见礼忏者矣。}彪了僧帽，袒下了偏衫。^{是，是，我见戴僧帽、着偏衫者矣。农夫力而收于田，诸奴坐而食于寺。有王者作，比而诛之，所不待再计也，而愚之夫尚忧祭业。夫今日之秃奴。其游手好者闲，无恶不作，正我昔者释迦世尊于《涅槃经》中。所欲切嘱国王、大臣，近则刀剑，远则弓箭，务尽杀之，无一余留者也。圣叹此言，乃是善护佛法，夫岂谤憎之谓哉？}杀人心斗起英雄胆，我便将乌龙尾钢椽搅。^{法华经、梁皇忏、僧帽、偏衫下，斗接"杀人心"三字。奇妙！}

> 写惠明若不是和尚便不奇，然写惠明是和尚，而果是和尚亦不奇。今问普天下学人，如此惠明，为真是和尚？为真不是和尚？不得趁口率意妄答，不得默然，不得速礼三拜，不得提起坐具便撼，不得弹指一下，不得绕禅床三匝，不得作女人拜，不得呵呵大笑，不得哀哭苍天苍天，速道速道，才拟议便错。^{砍山云："圣叹无耻。"圣叹云："砍山会也。"}

【滚绣球】非是我换，不是我揽，知道他怎生唤做打参？大踏步止晓得杀人虎窟龙潭。

> 他也不换，他也不揽，他知道你怎生唤做打参，小经纪只晓得做一个虎窟龙潭。此是近来坐曲盝床，提榔栋杖，大善知识行乐赞也，被作《西厢记》人早早看破，因先造此反语相嘲，乃渠犹不知，还自擂鼓集众。

非是我贪，不是我敢，这些时吃菜馒头委实口淡。^{一切比丘、比丘尼、式叉摩那、沙弥、沙弥尼，一齐合掌，诵古诗十九首云：}"齐心同所愿，含意俱未申。"此砺山先生语也。五千人也不索炙熚煎燀，腔子里热血权消渴，肺腑内生心先解馋，有甚腌臜！【叨叨令】你们的浮炼羹、宽片粉、添杂糁、酸黄荠、臭豆腐，真调淡，我万勒墨面从教暗，我把五千人做一顿馒头馅。你休误我也么哥，休误我也么哥，包残余肉，旋教青盐蘸。

> 和尚言者是也。昔日世尊于涅槃场制诸比丘，不得食肉。若食肉者，断大慈悲。夫大慈悲止于不食肉而已乎？麋鹿食荐，牛马食料，蚯蚓食泥，蜗螗食露，乃至蛣蜣食粪，皆不食肉，即皆得为大慈悲乎？吾见比丘稗贩如来，垄断檀越，伪铺坛场，衔招女色，一切世间不如法事，无不毕造，但不食肉，斯真无碍大慈悲乎？夫世尊制不得食肉者，彼必有取尔也。昔我先师仲尼氏，释迦之同流也。其教人也务孝弟，主忠信，如是云云，至于再三，独不教人不得食肉，亦以孝弟忠信之与不食肉，其急缓大小，则有辩也。若食肉，即不得为孝弟忠信；但不食肉，即是孝弟忠信，则是仲尼有遗言也。今儒者修孝弟忠信于家，而食大享于朝；比丘舍卫，日中一食于其城中，而广造大恶于其屏处，此其人之相去，虽三尺童子能说之也。今诸秃奴乃方欲以己之不食肉，救拔我之食肉，此其无理可恨，真应唾之、骂之、打之、杀之也。故曰：和尚言者是也。

（本云）惠明呵，张解元不用你去，你偏生要去，你真个敢去不敢去？

【倘秀才】你休问小僧敢去也那不敢，我要问大师真个用咱也不用咱？^{如此跳脱之笔，使人失惊。记圣叹最幼时读《论语》，至子张问"士何如斯可谓之达矣"，见下文忽接云"子曰：何哉？尔所谓达者。"不觉失惊吐舌。蒙师怪之，至与之夏楚。今日又见此文，便与大圣人一样笔势跳脱，《西厢》真奇书也。昔有僧耽著苦吟，课诵都废。一老师愍而诃之，僧亦深自悔恨，便捐弃笔墨，发愿受持妙《法华经》。一日诵经至《重颂》中，忽见半偈云："香风吹萎华，更雨新好者"，不觉又引手抵空，作曼声吟之曰："此一佳句也。"言未毕，便吃然失音，口角㖞斜，寻便命终。呜呼！大圣人之宝书，固不可作佳句读哉！须是圣叹恶习，切勿学也。}你道飞虎声名赛虎般，那厮能淫欲，会贪婪，诚何以堪！

> 不答敢与不敢，而已答敢与不敢矣。盖"飞虎声名"一句，是人谓其不敢，"那厮能淫欲"三句，是自明其敢也。文甚明。

（张生云）你出家人，怎不诵经持咒，与众师随堂修行，却要与我送书？

【滚绣球】我经怕谈，禅懒参；戒刀新蘸，无半星儿土渍尘淹。别的女不女，男不男，大白昼把僧房门胡掩，那里管焚烧了七宝伽蓝！你真有个善文能武人千里，要下这济困扶危书一缄，我便有勇无惭。^{女不女，男不男，佛又谓之细视徐行，如猫伺鼠。}

吾之于人也，何毁何誉？如何所誉者，吾有所试矣。真好和尚也。^{相君之
面，则}女不女；相君之背，却男不男。白昼门掩，正做此事也。便说尽秃奴二六时中功课，而文又雅甚。

（张生云）你独自去，还是要人帮扶着？

【白鹤子】着几个小沙弥，把幢幡宝盖擎，病行者将面杖火叉担；你自立定脚把众僧安，我撞钉子将贼兵探。^{小沙弥、病行者，其兵马则如此；幢幡、宝盖、
面杖、火叉，其器仗则如此。真乃异样文情。}

偏不说不要帮，偏说要帮，奇文。若真要帮，岂成惠明？故知小沙弥"小"字，病行者"病"字下得妙绝。^{斫山每恨荆卿必欲生劫秦皇帝，此是何
意？今看惠明，真是荆卿以上人也。}

（张生云）他若不放你过去，却待如何？（惠云）他敢不放我过去！你宽心。

【二】我瞅一瞅，古都都翻海波；喊一喊，厮琅琅振山岩。脚踏得赤力力地轴摇，手攀得忽刺刺天关撼。

【三】远的，破一步将铁棒颩；近的，顺着手把戒刀钐；小的，提起来将脚尖撞；^{平
声。}大的，扳过来把骷髅砍。^{一阕虚写，
一阕实写。}

句句是不放过去。斫山云："你不放过去，我过去也。"

（张生云）我今将书与你，你却到几时可去？

【要孩儿煞】我从来驳驳劣劣，世不曾忐忐忑忑；打熬成不厌天生是敢。^{言"不厌"是
}^{打熬所成；"敢"
则天生本性也。}我从来斩钉截铁常居一，不学那惹草粘花没掂三，就死也无憾。便提刀仗剑，谁勒马停骖！

为人不当如是耶？读之增长人无数义气。

【二】我从来欺硬怕软，吃苦辞甘；^{为人不当
如是耶？}你休只因亲事胡扑俺，若杜将军不把干戈退，你张解元也乾将风月担；便是言辞赚，一时纰缪，半世羞惭。^{八字虽金人铭不能复过，寄
语天下后世，敬心奉持。}

上文皆是张生忧惠明不能过去，此节忽写惠明忧张生书或恐无用者，此非忧张生也，正谓张生不必忧惠明。言除非你书无用，我自无有不过去也。一作惠明嘲戏张生，便减通篇神彩。此乃真正神助之笔，须反复读之。我去也。^{只三字，便抵易水一歌。唐张祜有诗云："黄昏风雨黑如
磐，别我不知何处去？"总是一副神理，应白衣冠送之。}

【收尾】你助神威擂三通鼓，仗佛力呐一声喊；^{奇句，奇至于此！妙句，妙至于此！}绣幡开，遥见英雄俺。^{奇句，奇至于此；妙句，妙至于此！斫山云："美人于镜中照影，虽云看自，实是看他。细思千载以来，
只有离魂倩女一人，曾看自也。他日读杜子美诗，有句云：'遥怜小儿女，未解忆长安。'却将自己肠}肚，移置儿女分中，此真是自忆自。又他日读王摩诘诗，有句云：'遥知远林际，不见入樵端。'亦将自己眼光，移置远林中，此真是自望自。盖二先生皆用倩女离魂法作诗也。"圣叹今日读《西厢》，不觉失笑，因寄语斫

你看半万贼兵，先吓破胆！

只此一收，才四句文字，又何其神奇哉！"擂鼓呐喊"句，写惠明犹在寺；"幡开遥见"句，写惠明犹在眼；至"贼兵破胆"句，如鹰隼疾，已不见惠明矣。文章至此，虽鬼神雷电，乃不足喻，而岂伧之所得梦见？而伧犹思搦笔作传奇，而谓将与《西厢》分道扬镳，伧真全无心肝者哉！

（张生云）老夫人分付小姐放心，此书一到，雄兵即来。鲤鱼连夜飞驰去，白马从天降下来。（俱下）（杜将军引卒子上，云）自家姓杜，名确，子君实，本贯西洛人也。幼与张君瑞同学儒业，后弃文就武，当年武状元及第，官拜征西大将军，正授管军元帅，统领十万之众，镇守蒲关。有人自河中府来，探知君瑞兄弟在普救寺中，不来看我，不知甚意。近日丁文雅失政，纵军劫掠人民，即当兴师剪而朝食，奈虚实未的，不敢造次。^{好。}昨又差探子去了，^{好。}今日升帐，看有甚军情来报者。（开辕门坐科）

（惠明上，云）俺离了普救寺，早至蒲关。这里杜将军辕门，俺闯入去！

（卒捉住报科）（杜云）着他入来！（惠进跪科）（杜云）兀那和尚，你是那里做奸细者？（惠云）俺不是奸细，俺是普救寺僧人。今有孙飞虎作乱，将半万贼兵，围住寺门，欲劫故臣崔相国女为妻。有游客张君瑞奉书，使俺递至麾下，望大人速解倒悬之危。（杜云）左右的，放了这和尚者！张君瑞是我兄弟，快将他的书来。（惠叩头递书科）（杜拆念云）

"同学小弟张珙顿首再拜，奉书君实仁兄大人大元帅麾下：自违国表，寒暄再隔；风雨之夕，念不能忘。辞家赴京，便道河中，即拟觐谒，以叙间阔。路途疲顿，忽遘采薪；昨已初愈，不为忧也。轻装小顿，乃在萧寺；几席之下，忽值弄兵。故臣崔公，身后多累；持丧间戒，暂僦安居。何期暴客，见其豢者；拥众五千，将逞无礼。谁无弱息？遽见狼狈；不胜愤懑，便当甘心。自恨生平，手无缚鸡；区区微命，真反不计。伏惟仁兄：仰受节钺，专制一方；咄叱所临，风云变色。凤承古人，方叔召虎；信如仁兄，实乃不愧。今弟危逼，不及转烛；仰望垂手，非可言喻。万祈招摇，前指河中；譬如疾雷，朝发夕到。使我涸鲋，不恨西江；崔公九原，亦当衔结。伏乞台照不宣，张珙再顿首拜。二月十六日书。"既然如此，我就传令。和尚，你先回去，我星夜便来；比及你到寺里时，多敢我已捉

了这贼子也。（惠云）寺中十分紧急，大人是必疾来者！（下）

（杜传令云）大小三军，听我号令：就点中权五千人马，星夜起发，直指河中府普救寺，救我兄弟，去走一遭。（众应云）得令！（俱下）

（孙引卒奔上，云）白马爷爷来了，怎么了？怎么了？我们都下马卸甲，投戈跪倒，悉凭爷爷发落也。（杜引卒上，云）你们做甚么都下马卸甲，投戈跪倒？你指望我饶你们也。也罢，止将孙飞虎一人砍首号令，其余不愿的，都归农去；愿的，开报花名，我与你安插者。（贼众下）

（夫人、法本上，云）下书已两日，不见回音。（张生上，云）山门外暴雷似声喏，敢是我哥哥到也！（杜与生相见拜科）（张生云）自别台颜，久失听教；今日见面，乃如梦中。（杜云）正闻行旌，近在邻沼；不到过访，万乞恕罪。（杜与夫人相见拜科）（夫人云）孤寡穷途，自分必死；今日之命，实蒙再造。（杜云）狂贼跳梁，有失防御，致累受惊，敢辞万死。敢问贤弟，因甚不至我处？（张生云）小弟贱恙偶作，所以失谒；今日便应随仁兄去，却又为夫人昨日许以爱女相配，不敢仰劳仁兄执柯。小弟意思，成过大礼，弥月后便叩谢。（杜云）恭喜贺喜老夫人！下官自当作伐。（夫人云）老身尚有处分。安排茶饭者！（杜云）适间投诚五千人，下官尚须料理，异日却来拜贺。（张生云）不敢久留仁兄，恐妨军政。（杜起马科）马离普救敲金镫，人望蒲关唱凯歌。（下）（夫人云）先生大恩，不可忘也。_{谁云可忘哉？}自今先生休在寺里下，便移来家下书院内安歇。明日略备草酌，着红娘来请，先生是必来者。（夫人下）

（张生别法本，云）小生收拾行李，去书院里去也。无端豪客传烽火，巧为襄王送雨云。孙飞虎，小生感谢你不尽也。

（法本云）先生得闲，仍旧来老僧方丈里攀话者。（张生下，法本下）

世之愚生，每恨恨于夫人之赖婚；夫使夫人不赖婚，即《西厢记》且当止于此矣。今《西厢记》方将自此而起，故知夫人赖婚，乃是千古妙文，不是当时实事。如《左传》句句字字是妙文，不是实事。吾怪读《左传》者之但记其实事，不学其妙文也。

二之二　请　宴

吾读世间游记，而知世真无善游人也。夫善游之人也者，其于天下之一切海山、方岳、洞天、福地，固不辞千里万里，而必一至以尽探其奇也。然而其胸中之一副别才，眉下之一双别眼，则方且不必直至于海山、方岳、洞天、福地，而后乃今始曰："我且探其奇也。"夫昨之日而至一洞天，凡罄若干日之足力、目力、心力，而既毕其事矣；明之日而又将至一福地，又将罄若干日之足力、目力、心力，而于以从事。彼从旁之人，不能心知其故，则不免曰："连日之游快哉！始毕一洞天，乃又造一福地。"殊不知先生且正不然。其离前之洞天，而未到后之福地，中间不多，虽所隔止于三二十里，又少而或止于八七六五四三二里，又少而或止于一里半里，此先生则于是一里半里之中间，其胸中之所谓一副别才，眉下之一双别眼，即何尝不以待洞天福地之法而得之哉！今夫以造化之大本领，大聪明，大气力，而忽然结撰而成一洞天、一福地，是真骇目惊心之事，不必又道也。然吾每每谛视天地之间之随分一鸟、一鱼、一花、一草，乃至鸟之一毛，鱼之一鳞，花之一瓣，草之一叶，则初未有不费彼造化者之大本领、大聪明、大气力，而后结撰而得成者也。谚言："狮子搏象用全力，搏兔亦用全力。"彼造化者则真然矣。生洞天福地用全力，生随分之一鸟、一鱼、一花、一草，以至一毛、一鳞、一瓣、一叶，殆无不用尽全力。由是言之，然则世间之所谓骇目惊心之事，固不必定至于洞天福地，而后有此，亦为信然也。抑即所谓洞天福地也者，亦尝计其云如之何结撰也哉！庄生有言："指马之百体非马，而马系于前者，立其百体而谓之马也。"比于大泽，百材皆度；观乎大山，木石同坛。夫人诚知百材万木杂然同坛之为大泽大山，而其于游也，斯庶几矣。其层峦绝巘，则积石而成是穹窿也。其长流悬瀑，则积泉而成是灌输也。果石石而察之，殆初无异于一拳者也；试泉泉而寻之，殆初无异于细流者也。且不直此也。老氏之言曰："三十辐共一毂，当其无，有车之用；埏埴以为器，当其无，有器之用；凿户牖以为室，当其无，有室之用。"然则一一洞天福地中间，所有之回看为峰，延看为岭，仰看为壁，俯看为谿，以至正者坪，侧者坡，跨者梁，夹者硐，虽其奇奇妙妙，至于不可方物，而吾有以知其奇之所以奇，妙之所以妙，则固必在于所谓当其无之处也矣。盖当其无，则是无峰、无岭、无壁、无谿、无坪坡梁硐之地也；然而当其无，斯则真无胸中一副别才之所翱翔，眉下一双别眼之所排荡也。夫吾胸中有其别才，眉下有其别眼，而皆必于当其无处，而后翱翔，而后排荡，然则我真胡为必至于洞天福地？正如顷所云，离于前、未到于后之中间三二十里，即少，止于一里半里，此亦何地不有所谓当其无之处耶？一略彴小桥，一槎枒独树，一水一村，一篱一犬，吾翱翔焉，吾排荡焉，此其于洞天福地之奇奇妙妙，诚未能知为在彼，而为在此地，且人亦都不必胸中之真有别才，眉下之真有别眼也。必曰：先有别才而后翱翔，先有别眼而后排荡，则是善游之人，必至旷世而不得一遇也。如圣叹意者，天下亦何别才别眼之与有？但肯翱翔焉，斯即别才矣；果能排荡焉，斯即别眼矣。米老之相石也，曰："要秀要皱，要透要瘦。"今此一里半里之一水、一村、一桥、一树、一篱、一犬，则皆极秀、极皱、极透、极瘦者也，我亦定不能如米老之相石故耳。诚亲见其秀处、皱处、透处、瘦处，乃在于此，斯虽欲不于是焉翱翔，不于是焉排荡，亦岂可得哉？且彼洞天福地之为峰、为岭、为壁、为谿、为坪坡梁碉，是亦岂能多有其奇奇妙妙者乎？亦都不过能秀、能皱、能透、能瘦焉耳。由斯以言，然则必至于洞天福地而后游，此其不游之处，盖已多多也；且必至于洞天福地而后游，此其于洞天福地，亦终于不游已也。何也？彼不能知一篱一犬之奇妙者，必彼所见之洞天福地，皆适得其不奇不妙者也。盖圣叹平时与其友矿山论游之法如此，今于读《西厢》红娘请宴之一篇，而不觉发之也。

矿山云："千载以来，独有宣圣是第一善游人，其次则数王羲之。"或有微其说者，矿山云："宣圣，吾深感其'食不厌精，脍不厌细'之二言；王羲之，我见其若干帖，所有字画，皆非献之所能窥也。"圣叹曰："先生此言，疑杀下人去也。"又矿山每语圣叹云："王羲之若闲居家中，必就庭花逐枝逐朵细数其须，门生执巾侍立其侧，常至终日，都无一语。圣叹问此故事，出于何书？矿山云："吾知之。"

盖矿山之奇特如此。惜乎！天下之人不遇矿山，一倾倒其风流也。

前文一大篇，破贼也；后文一大篇，赖婚也。破贼之一大篇，则有莺莺寻计，惠明递书，皆是生成必有之大波大浪也；赖婚之一大篇，则有莺莺失惊，张生发怒，亦是生成必有之大哭大笑也。今此则于破贼之后，赖婚之前矣，此际其安得又一大篇也乎？作者细思久之：细思彼张生之于莺莺，其切切思思，如得旦暮遇之，固不比论也；即彼莺莺之于张生，其切切思思，如得旦暮遇之，殆亦非一口之所得说，一笔之所得写也。无端而孙飞虎至，无端而老夫人许，欻然二无端自天而降，此时则彼其一双两好之心头、口头、眠中、梦中、茶时、饭时，岂不当有如云浮浮，如火热热，如贼脉脉，如春荡荡者乎？乃今前文之一大篇才破贼，后文之一大篇便赖婚；破贼之一大篇，既必无暇与彼一双两好写此如云、如火、如贼、如春一段神理；而赖婚之一大篇，即又何暇与彼一双两好写此如云、如火、如贼、如春之一段神理乎？千不得已，万不得已，算出赖婚必设宴，设宴必登请，而因于两大篇中间，忽然闲闲写出一红娘请宴，亦不与张生口中，亦不于莺莺口中，只闲闲于闲人口中，恰将彼一双两好之无限浮浮热热、脉脉荡荡，不觉两边都尽。呜呼！此谓之女娲氏不难补天，难于寻五色石；今既专门会寻五色石，其又何天之不补乎？然圣叹又细思之：细思前一大篇破贼，是真有一大篇；后一大篇赖婚，是亦真有一大篇；今红娘承夫人命，请客走一遭，此岂不至轻、至淡、至无聊、至不意？而今观其但能缓缓随笔而行，亦便真有此一大篇。然则如顷所云，一水、一村、一桥、一树、一篱、一犬，无不奇奇妙妙，又秀、又皱、又透、又瘦，不必定至于洞天福地而始有奇妙，此岂不信乎？普天下及后世锦绣才子，将欲操觚作史，其深念老氏"当其无，有文之用"之言哉！破贼后，赖婚前，决不得更插一篇。吾亦尝细思久之，而后叹绝于红娘请宴也。

（张生上，云）夜来老夫人说，使红娘来请我，天未明便起身，直等至这早晚，不见来。我的红娘也呵！只一语，写尽张生神理。（红娘上，云）老夫人着俺请张生，须索早去者。在红娘方云早。

【中吕】【粉蝶儿】（红娘唱）半万贼兵，卷浮云片时扫净，俺一家儿死里重生。

叙功正文。

只据舒心的列仙灵、陈水陆，张君瑞便当钦敬。

叙功旁文。上正文叙功，人所必及也；此旁文叙功，真非人所及也。写小女儿家，又聪慧，又年轻，彼见昨日惊魂动魄，今日眉花眼笑，便从自己灵心所到，说出小小一段快乐，反若撇开本人之一场真正大功也者，而是本人之一场真正大功，已不觉反于此一语中全现。才子作文，誓愿放重笔，取轻笔，此类是也。

前日所望无成，倒是一缄书，为了媒证。【醉春风】今日东阁带烟开，前日今日，语意佳甚。"带烟开"是也。杜诗"高城烟雾开"，是招女婿诗，此用之也。再不要西厢和月等。薄衾单枕有人温，你早则不冷、句。冷。句。你好宝鼎香浓，绣帘风细，绿窗人静。此十二字，是三句，是一句。看看轻轻只下"你好"二字，便使十二字并做一字。问并做何一字？依圣叹俊眼看去，此十二字，只并做一"人"字也。盖窗外有帘，帘内无风；鼎中有香，香中有人也。

请宴正文。照定后篇赖婚，作此满心满愿之语，妙绝。

可早到书院里也。

【脱布衫】幽僻处可有人行，点苍苔白露泠泠。隔窗儿咳嗽一声。偶咳嗽也，隐不及敲门也。

写尽张生，非写红娘也。

（张生云）是谁？（红云）是我。（张生开门相见科）

只见启朱扉疾忙开问，【小梁州】叉手躬身礼数迎；我道不及"万福，先生"。写尽张生。

写红娘未及敲门，张生已忙作揖。天未明起身人便于纸缝里活跳出来。

乌纱小帽耀人明，白襕净，角带闹黄鞓。【后】衣冠济楚，那更庞儿整。休说引动莺莺，据相貌，凭才性，我从来心硬，一见了也留情。作者何其狡狯，忽然欲牵红娘入浑水，岂非罪过哉！研山云："试问红娘为说今日？为说闹斋日？我最无奈聪明女儿半含半吐，不告我实话也。"

写张生人物也。然而必略写人，多写打扮者，盖句句字字都照定后篇赖婚，先作此满心满意之笔也。

（红云）奉夫人严命……（张生云）小生便去。红娘将欲云："奉夫人严命，来请先生赵席。"今张生不及候其辞毕。

【上小楼】我不曾出声，他连忙答应。真正出神入化之笔。早飞去莺莺跟前，"姐姐"呼之，喏喏连声。此红娘摹写其连忙答应之神理也。"姐姐呼之"者，莺莺无语，则张生欲语也；"喏喏连声"者，莺莺有语，则张生敬喏也。真正出神入化之笔，不知如何想得来。秀才门闻到"请"，似得了将军令，先是五脏神愿随鞭镫。又嘲戏生员，切己事情。

天未明起身人活跳出来。

（张生云）敢问红娘姐，此席为何？可有别客？先生假也。

【后】第一来为压惊，第二来因谢承。不请街坊，不会诸亲，不受人情。避众僧，请贵人，和莺莺匹聘。

开宴正文。俱照定后篇赖婚，作满心满意之笔。

见他谨依来命，【满庭芳】又来回句。顾影。句。写张生便去也。乃生已去，而忽又来回；张以来回，而又复立定。秀才真有既此情性也，下去都只写此四字文魔秀士，句。风欠酸丁。一句。"欠"如字。元曲有"本性谦谦，到处乾风欠"，又改不尽强文撒醋饥寒脸，断不了诗云子曰酸风欠"。俱押廪纤韵此可据也。下功夫把头颅挣，已滑到苍蝇，光油油耀花人眼睛，酸溜溜螫得人牙疼。安排定，犹言来回。何也？来回而顾影；何也？文魔秀士，最要修容，今头颅已极光净，则是不必又顾影也封锁过陈米数升，盖好过七八瓮蔓青。犹言不必又顾影，则来回何也？风欠酸丁，最重米瓮。今果然封锁关盖，件件经心也。真写尽秀才神理。【快活三】这人一事精，百事精；不比一无成，百无成。此二句乃是媒人选择女婿经，言张生真养得莺莺活也。如此奇文妙文，圣叹只有下拜。

正写张生急忙便行，却斗然又用异样妙笔写出"来回顾影"四字，一时分明便将张生勾魂摄魄，召来纸上。如"前殿夫人，偏何来迟"相似。从来秀才天性，与人不同。何则？如一闻请，便出门，一也；既出门，反回转，二也；既回转，又立住，三也。^{顾也者，立住也。}虽圣叹亦不解秀才何故必如此。然普天下秀才则必如此；不但普天下秀才必如此，即圣叹不能免俗，想是亦必如此。今日却被红娘总付一笑也。通节只是反复写"来回顾影"四字。若云去即去矣，来回何也？回即回矣，顾又何也？意者秀士性好修容，还要对镜抿发，为复酸丁，不舍米瓮，自来封锁关盖，下因趁笔极赞其一精百精，言真是养得莺莺活也。世间奇文妙文固有，亦有奇妙至此者乎？^{伧疑下功夫云云，是赞其打扮，则前即有乌纱小帽耀人之文矣，不应更重出。伧或改陈米云云。是谦其筵席，则后又有金帐玉屏合欢之文矣。不应先刺谬。且一精百精之言。又何谓乎？}斫山云："意欲写其去，却反写其回；意欲写其急，却反写其迟。彼作者固是神灵鬼怪，乃批者亦岂非神灵鬼怪手？"

世间草木本无情，犹有相兼并。【朝天子】这生后生，怎免相思病？天生聪俊，打扮又素净，夜夜教他孤另。^{"并"字上声。}

先写张生是一情种。

曾闻才子多情，若遇佳人薄幸，常要担阁了人性命。他的信行，他的志诚，你今夜亲折证。

次写莺莺又是一情种。

【四边静】只是今宵欢庆，软弱莺莺那惯经。你索款款轻轻，灯前交颈。端详可憎，好煞人，无干净。^{端详一转，妙人妙事，妙笔妙文。犹言你虽依我言。果将款款轻轻矣，然仔细算来，终不能十分款款轻轻也。}

次因话有话，遂写至两情种好煞人时，俱照定后篇赖婚，作满心满意之笔也。

（张生云）敢问红娘姐，那边今日如何铺设？^{小生岂好轻造！先生假也。}

【耍孩儿】俺那边落花满地胭脂冷，一霎良辰美景。夫人遣妾莫消停，请先生切勿推称。正中是鸳鸯夜月销金帐，两行是孔雀春风软玉屏，下边是合欢令，一对对风箫象板，雁瑟鸾笙。

正写宴也，定不可少。

（张生云）敢问红娘姐，小生客中无点点财礼，却是怎生好见夫人？

【四煞】聘不见争，亲立便成，新婚燕尔天教定。你生成是一双跨凤乘鸾客，怕他不卧看牵牛织女星。满心满意，一至于此。真侥幸，不费半丝红线，已就一世前程。

此定不可少，然使圣叹握笔，乃几欲忘之。何也？夫前日廊下之匆匆相许，此所谓急不择声之言也。夫人而诚一诺千金，更无食言也者，则在今日，正当遣媒议聘，嘉礼伊始，岂有家常茶饭，挖耳相招，轻以相府金枝便草草出于野合者哉？此真不待兄妹之词出而早可以料其变卦者。作者细心独到，遂特写此。

【三煞】想是灭冠功，举将能，你两般功效如红定。先是莺娘心下十分顺，总为君瑞胸中百万兵。自古文风盛，那见珠围翠绕，不出黄卷青灯。_{反复以明无聘也。}

"想是"二字妙。

又必重言以申其意者，可见是夫人破绽，张生心虚，红娘乖觉，真不必直至于兄妹二字之后也。《西厢》妙笔如此，伧其乌知哉！

【二煞】夫人只一家，_{五字好。}先生无伴等。_{五字好。}并无繁冗真幽静，立等你有恩有意心中客，回避他无是无非廊下僧。夫人命，不须推托，即便同行。

正写请也，定不可少。

（张生云）既如此，红娘姐请先行一步，小生随后便来。

【收尾】先生休作谦，夫人专意等。自古"恭敬不如从命"，休使红娘再来请。

（张生云）红娘去了，小生拽上书院门者。比及我到得夫人那里，夫人道："张生，你来了也，与俺莺莺做一对儿，饮两杯酒，便去卧房内做亲！"（笑科）孙飞虎，你真是我大恩人也！多亏了他，我改日空闲索破十千贯足钱，央法本做好事超荐他。"惟愿龙天施法雨，暗酬虎将起朝云。"（下）

都作满心满意之言。

二之三　赖　婚

《赖婚》一篇，当时若写作夫人唱，得乎？曰："不得。"然则写作张生唱，得乎？曰："不得。"然则写红娘唱，得乎？曰："不得。"胡为其皆不得也？夫作者当时，吾则知其必已熟思之也。如使写作夫人唱而得，写作张生唱、红娘唱而得者，彼亦不必定于写着莺莺唱者也。盖事只一事也，情只一情也，理只一理也，问之此人，此人曰："果然也。"问之彼人，彼人曰："果然也。"是诚其所同也。然事一事，情一情，理一理，而彼发言之人，与夫发言之人之心，与夫发言之人之体，与夫发言之人之地，乃实有其不同焉。有言之而正者，又有言之而反者，有言之而婉者，又有言之而激者，有言之而尽者，又有言之而半者，不观鲁敬姜之不哭公父文伯乎？实同一言也，自母之口，则为贤母；自妇之口，即为妒妇。观其发于何人之口，人即分为何人之言，虽其故与今之故不同，然而发言之人之不可不辨，此亦其一大明验也。有言之而正者，如赖婚之事之情之理：自张生言之，则断断必不可赖。如云："非吾所敢望也，实夫人之许也。曾口血之未干，而遽忘于心与？"此其正也。若自夫人言之，则必断断必不可赖。如云："非吾之食言也，惟先夫之故也。虽大恩之未报，奈先诺于心与！"此则言之而必至于反者也。有言之而婉者，如此事此情此理，自莺莺言之，则赖已赖矣，夫复何言！如云："欲不啼，则无以处张生也；今欲啼，又无以处吾母也。母得无曰：'母一而已，人尽夫也。'故不啼与？"此其婉也。若自张生言之，则赖已赖矣，夫复何忌！在夫人既不能以礼而自处也，安望我独能以礼而处人也？夫人得无曰："虽速吾讼，亦不汝从，而怙终与？"此则言之而必至于激者也。有言之而尽者，如此事此情此理，自莺莺言之，则夫人赖矣，吾奈何赖！如云："母之赖之，是赖其口中之言也；若我赖之，是直赖吾心中之人也。吾赖吾心中之人，将使彼亦赖彼心中之人与？"此其尽也。若自红娘言之，则夫人赖矣，谁又不赖？如云："夫人之口中，则不合曾有此言也；若小姐之心中，必不合曾有此人也。使小姐心中遂已真有此人，岂小姐亦早愿为此人心中之人与？"此则言之而止得其半者也。是何也？事固一事也，情固一情也，理固一理也，而无奈发言人，其心则各不同也，其体则各不同也，其地则各不同也。彼夫人之心与张生之心不同，夫是固有言之而正，有言之而反也；乃张生之体与莺莺之体又不同，夫是故有言之而婉，有言之而激也；至于红娘之地与莺莺之地又不同，夫是故有言之而尽，有言之而半也。夫言之而半，是不如勿言也；言之而激，是亦适得其半也；至于言之而反，此真非复此书之言也。彼作者当时盖熟思之，而知《赖婚》一篇，必当写作莺莺唱，而不得写作夫人唱、张生唱、红娘唱者也。

（夫人上，云）红娘去请张生，如何不见来？（红娘见夫人，云）张生着红娘先行，随后便来也。

（张生上，拜夫人科）（夫人云）前日若非先生，焉有今日？我一家之命，皆先生所活，聊备小酌，非为报礼，勿嫌轻意。（张生云）一人有庆，兆民赖之。此贼之败，皆夫人之福。此为往事，不足挂齿。（夫人云）将酒来！先生满饮此杯。（张生云）长者赐，不敢辞。（立饮科，张生把夫人酒科）（夫人云）先生请坐。（张生云）小生礼当侍立，焉敢与夫人对坐！（夫人云）道不得个"恭敬不如从命"。

（张生告坐科，夫人唤红娘请小姐科）

（莺莺上，云）迅扫风烟还净土，双悬日月照华筵。

【双调】【五供养】（莺莺唱）若不是张解元识人多，别一个怎退干戈！

　　一篇文初落笔，便先招出"张解元"三字，表得此人已是双文芳心系定，香口噙定，如胶入漆，如日射壁，虽至于天终地毕、海枯石烂之时，而亦决不容移易者也。圣叹每言作文最争落笔，若落笔落得着，便通篇增气力；如落笔落不着，便通篇减神彩。东坡先生作《韩文公潮州庙碑》时云："曾悟及此事，最是难解之事也。""别一个"妙！只除张解元外，彼茫茫天下之人，谁是别一个哉！既已漫无所指，而又自云别一个，然则口中自闲嗑别一个，心中实荡漾这一个也。古乐府云："座中数千人，皆言夫婿殊。"吾尝欲问何处座中？谁数千人？谁闻其言？谁又告卿？殆于卿自心怜卿之夫婿殊也。正与此"别一个"之三字，遥遥千载，交辉互映。"识人多"，措辞妙绝！便以吾张解元为宰相不愧耳。看他只三字，岂复三百字，三千字，三万字所得换哉！"怎"字又妙，一似曾代此别一个深算也者，而其实一片只是将他张解元骄奢天下人。盖写双文此日之得意，真写杀也。试看其只得二句十六字，而出神入化，乃至于此！普天下后世锦绣才子，读至此处，幸必满浮一大白，先酹双文，次酹作《西厢》者，次酹圣叹，次即自酹焉。

排酒果，列笙歌。篆烟微，花香细，卷起东风帘幕。他救了咱全家祸，殷勤呵正礼，钦敬呵当合　<small>"正礼""当合"字，出自双文香口，妙绝！毕竟还是感？还是爱？</small>

　　先从双文意中分付是日华筵之盛，必须如此，以反剔后文之草草也。一节只是一句，犹言是日殷勤钦敬之故，则必应卷起帘幕，而后排列酒果、笙歌；而是日之帘幕之可以卷起，则又以香烟花气霏微不动，而验东风淡荡之故也。

（红娘云）小姐今日起得早也！

【新水令】恰才向碧纱窗下画了双蛾，^{一句是梳妆已毕也。}拽绰了罗衣上粉香浮污，^{二句是梳妆已毕，立起来也。}将指尖儿轻轻的贴了钿窝。^{三句是梳妆已毕，立起来了，又回身就镜看其宜称也。然则真起来得早也。}若不是惊觉人呵，犹压着绣衾卧。^{谁敢惊觉小姐？}

　　此真异样笔墨也。盖欲写双文方始梳妆，则此日双文不应一如平日迟起；然欲写双文梳妆已毕，则双文又自有双文身份，不可过于早起，于是而舒俏笔，蘸浅墨，轻轻只写其梳妆之后一半，而双文之此日起身，遂觉迟固不迟，早亦不早。早虽不早，迟已不迟，翩翩然便有一位及瓜解事千金小姐，活现于此双开一幅玉版笺中，真非世伧之所梦得也。《西厢记》写双文至此日，犹作尔笔，吾恨近时忤奴，于最初惊艳时，便作无数目挑心招丑态。愿天下才子，同心痛骂之。另找"犹压"一句，非写双文自家文饰，乃是深明他日决无如此早起，以见双文今日之得意杀也。

（红云）小姐梳妆早毕也，小姐洗手咱。我觑小姐脸儿吹弹得破，张生你好有福也！小姐真乃天生就一位夫人。

【后】你看没查没例谎偻科，道我宜梳妆的脸儿吹弹得破。你那里休聒，不当一个信口开合。知他命福如何，我做夫人便做得过？【乔木查】除非说我相思为他，他相思为我，今日相思都较可。这酬贺当酬贺。^{忽然将"他""我"二字分开，忽然将"他""我"二字合拢。写得双文是日与解元帖皮帖肉，入骨入髓，真乃异样笔墨。}

　　双文快哉！便敢纵口呼一他字。敢问他之为他，乃谁耶？自谦未必做夫人，而公然牵连及人，云："看他福命。"何意卿之与他同福共命，遂至此耶？快哉双文！此为是卿心头几日语，何故前曾不说，今忽然说？岂卿今日之与他便得更无羞涩耶？甚至畅然承认云"我相思"、"他相思"，甚矣！双文此日之无顾无忌、满心满愿也。"我"之与"他"，最是世间口头常字，然独不许未嫁女郎香口轻道。此则正将此字翻剔出异样妙文来，作《西厢记》人，真是第八童真住菩萨，无法不悟者也。

母亲你好心多！【揽筝琶】我虽是赔钱货，亦不到两当一弄成合。^{"两当一"者，一来压惊，二来就亲也。}况他举将除贼，便消得你家缘过活。^{妙！妙！是非平心语哉！然自旁人言之，则公论也；今出双文口，便是护惜解元。圣叹先欲笑。}你费什么，便结丝萝；^{写出是日不似结亲席面也，与前"卷起东风帘幕"映擢。}与休波，省钱的奶奶忒虑过，恐怕张罗。^{"休波"，双文又急自收科也。此写双文小不得意于其母，所以衬后文之大不得意。其法只应如是即此，不可信笔便怎么去也。}

　　上写双文快，此又忽写双文不快。写快，所以反衬后文不快也；写不快，所以反衬后文大不快也。盖双文于筵席草草便已不快，殊未知筵席之所以草草，后文则有其故，而双文方在梦中也。此"我"、"他"二字，更奇更妙。便将自己母亲之一副家缘过活，立地情愿双手奉与解元。自古云"女生外向"，岂不信哉！只不知作者如何写得到？真是第八童真住菩萨。无法不悟者也。^{写快以衬不快，奇矣；又写不快以衬大不快，岂不奇绝哉！圣叹多见世间御温食肥之人。每自言心中不快，此正是其快极语也。渠指日必有大不快耳！为之一叹。}

【庆宣和】门外帘前，未将小脚儿那，我先目转秋波。^{"未"字，"先"字，"倒"字，三个字合成异样妙景。}

（张生云）小生更衣咱。（做撞见莺莺科）

谁想他识空便的灵心儿早瞧破，唬得我倒躲，倒躲。

分明一对新人，两双俊眼，千般传递，万种羞惭，一齐纸上活灵生现也。写双文出来，为欲快出来，反得迟出来；又解元看见双文出来，方将等不得快出来，不意反弄成不出来。妙！妙！盖美人出来，本是难写；何况新人出来，加倍难写。困而极力写之，不意其直写至此，作者真是第八童真住人也。

（夫人云）小姐近前来，拜了哥哥者！（张生云）呀！这声息不好也。（莺莺云）呀！俺娘变了卦也。（红娘云）呀！这相思今番害也。

【雁儿落】只见他荆棘刺怎动那！死懵腾无回互！措支刺不对答！软兀刺难蹲坐！

写惊闻怪语，先看解元也。^{先看解元，妙！妙！}

【得胜令】真是积世老婆婆，甚妹妹拜哥哥！^{真不可解，虽圣叹亦不解，不止双文不解也。}白茫茫溢起蓝桥水，扑腾腾点着祆庙火。碧澄澄清波，扑剌剌把比目鱼分破；急攘攘因何，挖搭地把双眉锁纳合。【甜水令】粉颈低垂，烟鬟全堕，芳心无那，还有甚"相见话偏多？"星眼朦胧，檀口咨嗟。撧窨不过，这席面真乃乌合。

惊闻怪语，次诉自家也。先看解元，次诉自家；中有神理，不容倒转。

（夫人云）红娘看热酒来，小姐与哥哥把盏者！（莺莺把盏科）（张生云）小生量窄。（莺莺云）红娘，接了台盏去者。

【折桂令】他其实咽不下玉液金波。^{"他其实"，妙！怜惜呜咽，一至于此。解元不肯饮，固也；乃今先是双文不肯教解元饮也。下逐句皆深明此句。}

他谁道月底西厢，变做梦里南柯。^{"他谁道"，妙！代解元诉所以不饮之故也。}泪眼偷淹，他酪子里都揾湿衫罗。^{"他酪子里"，妙！言解元只有功夫哭，那有功夫饮也。}他眼倦开，软瘫做一垛。他手难抬，称不起肩窝。^{"他眼倦开",妙!言解元亦不看人把盏。"他}^{手难抬",妙!言解元亦接不起台盏也。}病染沉疴,他断难又活。^{"他断难活",妙!言解}^{元向未活,安能饮也。}

母亲你送了人呵,还使甚喽啰!^{结言真不必劝之饮也。}^{一篇只是一句。}

　　写夫人初命把盏,解元必不肯饮,乃双文亦不肯教解元饮也。其文如

　　此。^{此皆唤红娘接}^{去台盏之辞。}

（夫人云）小姐,你是必把哥哥一盏者!（莺莺把盏科）

（张生云）说过小生量窄。（莺莺云）张生,你接这台盏者!

【月上海棠】一杯闷酒尊前过,你低首无言只自摧挫。^{"你自摧挫",妙!忽然换一言}^{端,劝解元不如饮此一杯之愈}^{也。}你不甚醉颜酡,^{"你不甚酡",妙!}^{言亲见解元面也。}你嫌玻璃盏大。^{"你嫌盏大",妙!}^{言深体解元意也。}你从依我,^{只四字中,}^{下得}^{"你""我"}^{二字。}你酒上心来较可。^{"你依我",妙!言亲昵也。"你较可",妙!}^{言疼痛也。皆手擎台盏,怜惜呜咽之辞。}【后】你而今烦恼犹

闲可,你久后思量怎奈何?^{"你而今","你之后",妙!}^{把盏之便,直私问至后日也。因}我有意诉衷肠,怎奈母亲侧

坐。与你成抛躲,咫尺间天样阔。^{亦欲诉其而烦恼}^{与久后思量也。}

　　写夫人再命把盏,解元坚不肯饮,乃双文忽又欲强解元饮也。其文又如

　　此。只一把盏,看他一反一复,写成如此两节:前节向他人疼解元;后

　　节向解元疼解元。前节分明玉手遮护解元,直将藏之深深帐中,几于风

　　吹亦痛;后节分明身拥解元并坐深深帐中,通夜玉手与之按摩也。文章

　　至于此极,真惟第八童真住人或优为之,余子岂所望哉!

（张生饮酒科,莺莺入席科）（夫人云）红娘,再斟上酒者!先生满饮此

杯。（张生不答科）

【乔牌儿】转关儿虽是你定夺,哑谜儿早已人猜破。还要把甜话儿将人和,

越教人不快活。^{讥其还欲}^{劝酒也。}

　　几于热揭面皮,痛锥顶骨,何止眼瞅口唾而已。快文哉!

【清江引】女人自然多命薄,秀才又从来懦。^{妙!妙!不但自悲,兼怨解元。}^{便宛然夫妻两口,一心一意然。}闷杀没头

鹅,撇下赔钱货;^{忽然放声痛}^{哭其父。}不知他那答儿发付我。^{痛哭其父,所以深致怨于其母也。}^{而其父不闻也,真乃哀哉!}

　　忽然哀叫死父,痛衔生母,而夫妻之同床共命,并心合意,分明如画。

　　妙绝!

（张生冷笑科）

【殿前催】你道他笑呵呵,这是肚肠阁落泪珠多。^{本作"江州司马泪痕多",我意元}^{白同时,恐未可用,故特改之。}若

不是一封书把贼兵破,俺一家怎得存活?他不想姻缘想什么?^{段段夫妻两口,并心}^{合意,妙绝奇绝。}

难捉摸，你说谎天来大；成也是你母亲，败也是你萧何！

　　索性畅然代解元言之也。

【离亭宴带歇拍煞】从今后我也玉容寂寞梨花朵，朱唇浅淡樱桃颗，如何是可？昏邓邓黑海来深，白茫茫陆地来厚，碧悠悠青天来阔。

　　索性畅然并自己言之，真不复能忍。

前日将他太行山般仰望，东洋海般饥渴，如今毒害得怎么。^{高鸟良弓，千古同叹。}把嫩巍巍双头花蕊搓，香馥馥同心缕带割，长挽挽连理琼枝挫。只道白头难负荷，谁料青春有担阁，将锦片前程已蹬脱。一边甜句儿落空他，一边虚名儿误赚我。^{白头青春，锥心出想。}

　　（夫人云）红娘送小姐卧房里去者！（莺莺辞张生下）

　　看他至篇终，越用淋淋漓漓之墨，作拉拉杂杂之笔，盖满肚怨毒撑喉挂颈而起，满口谤讪触齿破唇而出，其法必应如是，非不能破作两三节也。^{有文应用次第者，有文应用拉杂者，所谓欢愉之音啴缓，烦闷之音焦杀也。}

（张生云）小生醉也，告退。夫人跟前，欲一言尽意，未知可否？前者狂贼思逞，变在仓卒，夫人有言，能退贼者，以莺莺妻之。是曾有此语否？（夫人云）有之。（张生云）当此之时，是谁先身而出？（夫人云）先生实有活命之恩，奈先相国在日……（张生云）夫人却请住者！当时小生疾忙作书，请得杜将军来，徒为今日铺啜地乎？今早红娘传命相呼，将谓永践诺金，快成倚玉；不知夫人何见，忽以兄妹二字，兜头一盖。请问小姐何用小生为兄？若小生真不用小姐为妹。常言"算错非迟"，还请夫人三思。（夫人云）这个小女，先相国在日，实已许下老身侄儿郑恒，前日发书曾去唤他，此子若至，将如之何？如今情愿多以金帛奉酬，愿先生别拣豪门贵宅之女，各谐秦晋，似为两便。（张生云）原来夫人如此。只不知杜将军若是不来，孙飞虎公然无礼，此时夫人又有何说？小生何用金帛，今日便索告别。（夫人云）先生住者，你今日有酒了也。红娘，扶哥哥去书房中歇息。到明日，咱别有话说。（夫人下）

（红娘扶张生云）张先生，少吃一盏，却不是好？（张生云）哎呀！红娘姐，你也糊突。我吃什么酒来？小生自从瞥见小姐，忘餐废寝，直到如今，受无限苦楚，不可告诉他人，须不敢瞒你。前日之事，小生这一封书，本何足道！只是夫人堂堂一品太君，金口玉言，许以婚姻之约——红娘姐，这不是你我二人独听见的，西廊下无数僧俗，乃至上有佛天，下有护法，莫不共闻——不料如今忽然变卦，使小生心尽计穷，更无出路。此事几时是了？就小娘子跟前，只索解下腰带，寻个自尽。可怜闭户悬梁客，真作离乡背井魂。（解带科）

（红娘云）先生休慌！先生之于小姐，妾已窥之深矣。其在前日，真为素昧平生，突如其来，难怪妾之得罪；至于今日，夫人实有成言，况是以德报德，妾当尽心谋之。（张生云）如此，小生生死不忘。只是计将安出？

（红娘云）妾见先生有囊琴一张，必善于此。俺小姐酷好琴音，今夕妾与于小姐，少不得花园烧香。妾以咳嗽为号，先生听见，便可一弹，看小姐说甚言语，便好将先生衷曲禀知。<small>盖红娘之于双文，其不敢率尔有言如此，咋奴其鸟知相国人家家法哉！</small>若有说话，明日早来回报。这早晚怕夫人呼唤，我只索回去。（下）

（张生云）依旧夜来萧寺寂，何曾今夕洞房春。（下）

二之四　琴　心

红娘之教张生以琴心，何也？圣叹喟然叹曰：吾今而后知礼之可以坊天下也，夫张生，绝代之才子也；双文，绝代之佳人也。以绝代之才子，惊见有绝代之佳人，其不辞千死万死，而必求一当，此必至之情也；即以绝代之佳人，惊闻有绝代之才子，其不辞千死万死，而必求一当，此亦必至之情也。何也？夫才子，天下之至宝也；佳人，又天下之至宝也。天生一至宝于此，天亦知其难乎为之配也；天又生一至宝于彼，天又知其难乎为之配也。无端一日而两宝相见，两宝相怜，两宝相求，两宝相合，而天乃大快。曷快尔？快一事遂，即两事遂，言以此一宝配彼一宝也者，即以彼一宝配此一宝者也。天岂其曰不然，而顾强一宝以配一朴，又别取一朴以配一宝，而反以为快乎哉？然而吾每念焉：彼才子有必至之情，佳人有必至之情，然而才子必至之情，则但可藏之才子心中；佳人必至之情，则但可藏之佳人心中。即不得已，久之久之，至于万万无幸，而才子为此必至之情，而才子且死，则才子其亦竟死；佳人且死，则佳人其亦竟死，而才子终无由能以其情通之于佳人，而佳人终无由能以其情通之于才子。何则？先王制礼万万世不可毁也。《礼》曰："外言不敢或入于阃，内言不敢或出于阃。"斯两言者，无有照鉴，如临鬼神，童而闻之，至死而不容犯也。夫才子之爱佳人则爱，而才子之爱先王，则又爱者，是乃才子之所以为才子；佳人之爱才子则爱，而佳人之畏礼，则又畏者，是乃佳人之所以为佳人也。是故男必有室，女必有家，此亦古今之大常，如可以无讳者也。然而虽有才子佳人，必听之于父母，必先之以媒妁：枣栗段修，敬以将之；乡党僚友，酒以告之。非是，则父母国人先贱之；非是，则孝子慈孙终羞之。何则？徒恶其无礼也。故才子如张生，佳人如双文，是真所谓有唐贞元天地之间之两至宝也者。才子爱佳人，如张生之于双文；佳人爱才子，如双文之于张生，是真所谓不辞千死万死，而几几乎各愿以其两死并为一死也者。然而其于未有贼警许婚以前，张生之爱双文，即诚有之，然终不知双文其果亦知我之爱之，且至于如是矣乎？抑竟不之知乎？双文之爱张生，即诚有之，然终不知张生其果亦知我之爱之，且至于如果矣乎？抑竟不之知乎？夫张生之无由出于其口，而入双文之耳，犹之双文之无由出于其口，而入张生之耳，其事则同也，然则其互不得知，信也。夫两人之互爱盖至于如是之极也，而竟亦互不得知，则是两人虽死焉可也。然两人死则宁竟死耳，而终亦无由互出于口，互入于耳者，所谓礼在则然，不可得而犯也。殆至于万万无幸，而大幸猝至，而忽然贼警，而忽然许婚，我谓惟当是时，则张生之情，竟可不复通于双文；双文之情，竟可不复通于张生。何则？既已母氏诺之，两廊下三百人证之矣，而今而后，双文真张生之双文也。两人一种之情，方不难竟日夜自言之，乃至竟一月自言之，乃至竟一岁自言之，乃至竟百年自言之，是其中间，奚烦别有一介之使，又为将之于此，而致之于彼焉者？天亦不图老妪之又有变计也。自老妪之计倏然又变，而后乃今，双文仍非张生之双文。夫双文仍非张生之双文，则是张生亦仍非双文之张生，而后乃今，于其中间真不得不别烦一介之使，先将之此，以致之彼；冀得之彼，以复之此矣。虽在双文，我必代之谋曰：是但可含怨赍怒，汝终不得明以告之人也。然其在张生，则有何所忌惮，尚不敢仗义执辞，明以告之人也？谚有之曰："心不负人，面无惭色。"夫夫人而未之尝许，则张生虽死，实应终亦不敢，此自为礼在故也；若夫人而既许之矣，张生虽至无所忌惮，而俨然遂烦一介之使，排闼以明告之双文，我谓此已更非礼之所得随而议之。何则？曲已在彼，不在此也。而独不知此一介之使，则将何以应之也哉？夫夫人之许之，耳实闻之也；夫人之赖之，耳又实闻之也，此不必张生言之也。夫张生即不言，我独非人，不饮恨于吾心乎哉？此又不必张生求之也。夫张生即不求，我独非人，不能为一援手乎哉？且我今以张生之言，言于双文之前，犹之以水入水焉耳。何则？顷者怨念之诚，动于颜色，我既亦察之审矣。然则我以张生之言，言于双文之前，真犹之以双文之言，言于双文之前焉耳。此真所谓天下之不难，更无有不难于此也者。然而阿红则独以为有至难至难者焉。何则？今夫崔家，则潭潭赫赫，当朝一品，调元赞化之相国府中也；崔之夫人，则先既堂堂巍巍一品国太，而今又为斩斩稜稜之冰心铁面、孀居严母也；崔夫人之女双文，则雍雍肃肃、胡天胡帝、春风所未得吹、春日所未得照之千金一品小姐也。若夫红之为红，则不过相国府中有夫人，夫人膝下有小姐，小姐位侧有侍妾，而特于侍妾队中翩翩翾翾有此一鬟也云尔。小姐而苟寻常遇之，此小姐之体也；小姐而独国士目之，是小姐之恩也。如以小姐之体论之，则其不敢轻以一无故之言干冒尊严者，吾意必当独此一红为能然耳。否则，胡为小姐平日珠玉之心，各不肯输一人者，而独于红乎垂注乎哉？由斯言之，然则红之诺张生，虽在所必不得不诺，而红之告双文，乃在所必可得告。盖其至难至难，非独红娘难之，虽当日张生，亦已为之难之。非独圣叹难之，虽今日普天下锦绣才子，亦当无不为之难之。此见先王制礼，有外有内，有尊有卑，不但外言之不敢或闻于内，而又卑言之不敢或闻于尊。盖其严重不苟有如此者，凡以坊天下之非僻奸邪，使之必不得伏于侧，乘于前，乱于后，溃败于无所底止，其用意为至深远也。然后则知红娘之教张生以琴心，其意真非欲张生之以琴挑双文也，亦非欲双文之于琴感张生也，其意则徒以双文之体尊严，身为下婢，必不可以得言；夫必不可以得言，而顷者之诺张生，将终付之沉浮矣乎？又必不可忍，而因出其阴阳狡狯之才，斗然托之于琴，而一则教之弹之，而一则教之听之。教之听之，而诡去之；诡去之，而又伏伺之；伏伺之，而得其情与其语，则突如其出，而使莫得赖之，夫而后缓缓焉从而钓得之。呜呼！向使千金双文深坐不来，乃至来而不听，与听而无言，其又谁得行其狡狯乎哉？盖圣叹于读《西厢》之次，而犹忾然重感于先王焉。后世之守礼尊严千金小姐，其于心所垂注之爱婢，尚慎防之矣哉？

赖婚后，寄书前，真乃何故，又必要此《琴心》一篇文字？岂为崔张相慕之毁，前写犹未尽意，故更须重言之耶？今日读圣叹批，方恍然大悟。遂并篇末"走将来气冲冲"等语，都如新浴而出。圣叹眼真有簸箕大也。

作《西厢记》人，吾偷相其用笔，真是千古奇绝。前《请宴》一篇，止用一红娘，他却是张生莺莺两人文字；此《琴心》一篇，双用莺莺、张生，反走过红娘，他却正是红娘文字。寄语茫茫天涯，何处锦绣才子，吾欲与君挑灯促席，浮白欢笑，唱之、诵之、讲之、辩之、叫之、拜之，世无解者，烧之、哭之。砑山云："我先哭。"

（张生上，云）红娘教我今夜花园中待小姐烧香时，把琴心探听他。寻思此言，深有至理。天色晚也，月儿，你于我分上，不能早些出来呵！是二十日左右月也。呀！恰早发擂也；好。呀！恰早撞钟也。好。

（理琴科，云）琴呵，小生与足下湖海相随，今日这场大功，都只在你身上。天那！你于我分上，怎生借得一阵轻风，将小生这琴声，送到我那小姐的玉琢成、粉捏就、知音俊俏耳朵里去者！

（莺莺引红娘上，红云）小姐，烧香去来，好明月也！好！只增四字一句，怂恿之意如画。（莺莺云）红娘，我有甚心情烧香来！月儿呵，你出来做甚那？此句非恨月，乃是肯烧香之根。从来女儿心性，每每如此，故叹红娘"好明月也"四字一句之妙也。

【越调】【斗鹌鹑】（莺莺唱）云敛晴空，冰轮乍涌，此非写月也，乃是写美人见月也。风扫残红，香阶乱拥；此非写落红，乃是写美人走出月下来也。离恨千端，闲悠万种。上四句之下，如何斗接此二句？故知上二句，是人也，非景也。试反复诵之。

只写云，只写月，只写红，只写阶，并不写双文，而双文已现。有时写人是人，有时写景是景，有时写人却是景，有时写景却是人。如此节四句十六字，字字写景，字字是人。伧父不知，必曰景也。

娘呵，靡不初，鲜有终。他做会影里情郎，我做会画中爱宠。【紫花儿序】止许心儿空想，口儿闲题，梦儿相逢。

不得不叙事，却先作如许空灵澹荡之笔，妙绝！

昨日个大开东阁，我只道怎生般炮凤烹龙；妙！妙！不是写出来，竟是说出来，骤读之，只道笑杀人；再读之，真要哭杀人也。朦胧，妙！妙！却教我"翠袖殷勤捧玉钟"，要算主人情重。妙！妙！不是写出来，竟是说出来。将我雁字排连，着他鱼水难同。

上先空叙，此更实叙，又作如许哀怨刺促之笔也。

（红云）小姐，你看月阑，明日敢有风也？（莺莺云）呀，果然一个月阑呵！

【小桃红】人间玉容，深锁绣帏中，是怕人搬弄。孙子荆每言："情生文，文生情。"如此斗然出奇，为是情生？为是文生？真乃绝妙！想嫦娥、西没东生有谁共？妙绝！怨天公，裴航不作游仙梦。劳你罗帏数重，愁他心动，围住广寒宫。妙绝！无情无理，奇情奇理，有情有理，至情至理。

一肚哀怨，刺刺促促，欲不说则不得尽其致，欲说则又嫌多嚼口臭，因忽然借月阑替换题目，翻洗笔墨，文章之能于是极也。细思作者当时提笔临纸，左想右想，如何忽然想到月阑？便使想到月阑，如何忽然想到如此下笔！使我读之，真乃不知其是怨月阑，不知其是怨夫人。奇奇妙妙，世岂多有？

（红轻咳嗽科）（张生云）是红娘姐咳嗽，小姐来了也。（弹琴科）

（莺莺云）红娘，这是什么响？（红云）小姐，你猜咱。

【天净沙】是步摇得宝髻玲珑？是裙拖得环珮玎玲？看他行文渐次，此二句先从身畔猜起来也。是铁马儿檐前骤风？是金钩双动，吉丁当敲响帘栊？此二句离身仰头猜之也。【调笑令】是花宫夜撞钟？是疏竹潇潇曲槛中？此二句又置此处，向别处猜之。"花宫"二字句，李顾诗云"花宫仙梵远微微"是也。"撞"平声。是牙尺剪刀声相送？是漏声长滴响壶铜？此二句杂猜之也，看他八句八样，伧只谓可以漫然杂写，岂知其中间又必有小小章法如是哉？

此于琴前故作摇曳先媚之。

我潜身再听在墙角东，原来西厢理结丝桐。【秃厮儿】其声壮，似铁骑刀枪冗冗；其声幽，似落花流水溶溶；其声高，似清风月朗鹤唳空；其声低，似儿女语小窗中喁喁。韩昌黎《听琴诗》曰："昵昵儿女语，恩怨相尔汝。划然变轩昂，勇士赴战场。"正与此一样文字也。欧阳文忠强作解事云："此诗虽甚奇丽，然只是听琵琶诗，不是听琴诗。"误也。

此正写琴。

【圣药王】他思已穷，恨不穷，是为娇鸾雏凤失雌雄；他曲未通，我意已通，分明伯劳飞燕各西东："思已穷"，是言日间赖婚；"恨不穷"，是言此时弹琴；"曲未通"，是言琴未入弄；"意已通"，是言听者已先会得也。妙绝！尽在不言中。尽之为言你我同也。

须知此为张生调弦未入弄时。其用娇鸾、雏凤、伯劳、飞燕等字，皆是日间心头已成之语，非于琴中听出来也。犹言日间之事如此，尚何心情弄琴？则解之曰"他思已穷，恨不穷"也；又问他调弦犹未入弄，汝乃何从知之？则解之曰"虽曲未通，意已通"也。其文之妙如此。写成操后，双文乃始嗟怨，此伧父优为之耳。看他偏于未成操前，写得双文早自心如合璧，便将下文张生特地弹成一曲，谓之《凤求凰》操，恰如反被双文先出题目相似，真乃文章妙处，索解人不得也。伧谓张生挑之，岂非大梦？

（红云）小姐，你住这里听者，我瞧夫人便来。（假下）^{一篇止此句为正文。}

【麻郎儿】不是我他人耳聪，知你自己情衷。^{"我他人"，妙！妙！"你自己"，妙！妙！昔赵松雪学士，信手戏作小词，赠其夫人管}曰："我侬两个，忒煞情多。譬如将一块泥捏一个你，塑一个我。忽然间欢喜呵，将他来都突破。重新下水，再团再炼，再捏一个你，再塑一个我。那其间，那其间，我身子里有你也，你身子里也有了我。"知音者芳心自同，感怀者断肠悲痛。^{此知音者，感怀者，乃遍指普天下相思种也。其文妙至于此。}

言普天下才子，必普天下好色，必普天下有情，必普天下相思，不止是张生一人为然也，又何疑于琴未成弄，我便心如合璧哉？文之淋漓满志，已至此极，而伧必云下文以琴挑之。

（张生云）窗外微有声息，定是小姐。我今试弹一曲。（莺莺云）我近这窗儿边者。

（张生叹云）琴呵！昔日司马相如求卓文君，曾有一曲，名曰《凤求凰》。小生岂敢自称相如，只是小姐呵，教文君特甚来比得你？我今便将此曲依谱弹之。

（琴曰）有美一人兮，见之不忘。一日不见兮，思之如狂。凤飞翱翔兮，四海求凰。无奈佳人兮，不在东墙。张琴代语兮，欲诉衷肠。何时见许兮，慰我彷徨？愿言配德兮，携手相将！不得于飞兮，使我沦亡。^{是手弹，不是口歌。}

（莺莺云）是弹得好也呵！其音哀，其节苦，使妾闻之，不觉泪下。

【后】本宫、始终、不同。^{此六字三句，是言闻絃赏音，能识雅曲之故也。"本宫"者，各自有其宫也。"始终"者，曲之自始至终，有变不变。"不同"者，辩其何宫，察其正变，则迥迥不同也。}这不是清夜闻钟，^{此辩其本宫也。"清夜闻钟"，属宫，今属商也。}这不是黄鹤醉翁，^{此辩其始终也。黄鹤变，此不变也。}这不是泣麟悲凤。^{此辩其不同也，悲泣虽异，而麟凤与求凰，又不同也。}【络丝娘】一字字是更长漏永，一声声是衣宽带松。别恨离愁，做这一弄，越教人知重。^{此"越"、"重"字，则为今夜又知其精于琴理至此故也。夫双文精于情}理，故能于无文字中听出文字，而知此曲之为别恨离愁也，而今反云越重张生。从来文人重文人，学人重学人，才人重才人，好人重好人。如子期之于伯牙，匠石之于郢人，其理自然，无足怪也。绝世妙文。

听琴正文。写出真好双文，必如此方谓之知音识曲人也。伧乃必欲张生手既弹之，口又歌之，一何可笑！^{四"这"字，三"不是"字，两"是"字。写知音人如画。斫山云："我读此一章，洋洋然，泠泠然，不知}其是张生琴，不知其是双文人，不知其是《西厢》文，不知其是圣叹心，盖飘飘乎欲与汉武同去矣。

（张生推琴，云）夫人忘恩负义，只是小姐，你却不宜说谎。（红娘掩上科）（莺莺云）你错怨了也。

【东风乐】那是娘机变，如何妄脱空？他由得俺乞求效鸾凤！^{九字便是九点泪，便是九点血。双文之多}

情，双文之秉礼，双文之孝顺，双文之爽直，都一笔写出来。他无夜无明并女工，无有些儿空。他那管人把妾身咒诵。此文用三"他"字，推是夫人足矣。必如俗本云"得空我便欲来"，此更成何语耶？

此双文不觉漏入红娘耳中之文也，如含如吐，如浅如深。在双文出之，已算尽言；在红娘闻之，尚非的据，便令后文一简再简，玄之又玄，几乎玄杀也。"无夜"、"无明"、"无空"之为言不得乞求也。写慈母娇女之如可乞求，与严母庄女之终不乞求，两两如画，俗本误入衬字，直写作如欲私奔然，恶是何言也！当是时若身作双文，自然必为此言；今日只是笔代双文，奈何能为此言？固知世间慧业文人，定是第七住地中人也。

【绵搭絮】外边疏帘风细，里边幽室灯青；中间一层红纸，几眼疏棂，不是云山几万重！写两人相去至近，真乃妙绝。怎得个人来信息通？便道十二巫峰，也有高唐来梦中。红娘闻之，可谓罄倒，而双文殊未犯口。

（红娘突出，云）小姐，甚么"梦中"？那夫人知道怎了？红娘贼也。

此漏入红娘耳中之后半也。在红娘闻之，已算尽言；在双文出之，反无的据，如浅如深，如含如吐，遂成后文玄杀也。妙哉！

【拙鲁速】走将来气冲冲，不管人恨匆匆，唬得人来怕恐。我又不曾转动，女孩儿家怎响喉咙！我待紧磨皆，将他拦纵，怕他去夫人行把人葬送。此亦后文低垂粉颈，改变朱颜之根。可细细寻之。

写双文胆小，写双文心虚，写双文娇贵，写双文机变，色色写到。写双文又口硬，又心虚，全为下文玄杀红娘地也。妙绝！

（红云）适才闻得张先生要去也。小姐，却是怎处？（莺莺云）红娘，你便与他说，再住两三日儿！

【尾】只说道夫人时下有些唧哝，好和歹你不脱空。此亦不为深言犯口，不过偶借前题，略作相留数日计耳；而自红娘闻之，岂非双文已作满口相许哉？世间真有如此错认，写来入妙。我那口不应的狠毒娘，你定要别离了这志诚种！再读此句，益知上句之偶作相留，并无所许也。

直写至红娘有问，双文有答，而双文口中终无犯口深言，而红娘意中竟谓满心相许。玄之又玄，几乎玄杀，真世间未见之极笔也。

（红娘云）小姐不必分付，我知道了也。明日我看他去。红娘贼也。你玄杀也。（莺莺、红娘下）

（张生云）小姐去了也。红娘姐呵，你便迟不得一步儿，今夜便回复小生波？没奈何，且只得睡去。（张生下）

卷　六

第三之四章　题目正名

张君瑞寄情诗，

小红娘递密约；

崔莺莺乔坐衙，

老夫人问医药。

三之一　前　候

上《琴心》一篇，红娘既得莺莺的耗，则此篇不过走复张生，而张生苦央代递一书耳。题之枯淡窘缩，无踰于此，乃吾读其文，又见其缅缅然有如许六七百言之一大篇。吾尝春昼酒酣，闲坐樱桃花下，取而再四读之，忽悟昨者陈子豫叔，则曾教吾以此法也。盖陈子自论双陆也，圣叹问于豫叔曰："双陆亦有道乎？何又有人于其中间称曰高手耶？"豫叔曰："否否，唯唯，吾能知之，吾能言之，然而其辞不雅驯，我难使他人闻之，独吾子性好深思鄙事者也，吾不妨私一述之。今夫天下一切小技。不独双陆为然，凡属高手，无不用此法已，曰'那辗'。吴音奴，上声。辗，上声。'那'之为言搓那，'辗'之为言辗开也。搓那得一刻，辗开得一刻；搓那得一步，辗开得一步。于第一刻，第一步，不敢知第二刻，第二步；况于第三刻，第三步也。于第一刻，第一步，真有其第一刻，第一步，莫贪第二刻，第二步，坐失此第一刻，第一步也。"圣叹闻之，已不觉洒然异之。豫叔又曰："凡小技，必须与一人对作。其初，彼人大欲作，我乃那辗如不欲作。夫大欲作，必将有作有不及作也；而我之如不欲作，则固非不作也。其既彼以大欲作故，将多有所不及作，其势不可不与补作，至于补作，则先之所作，将反弃如不作也；我则以那辗故，寸寸节节而作，前既不须补作，今又无刻不作也。其后彼以补作故，彼所先作，既尽弃如不作，而今又更不及得作也；我则以不烦补作故，今反听我先作，乃至竟局之皆我独作也。"圣叹闻之，不觉大异之。豫叔又曰："所贵于那辗者，那辗则气平，气平则心细，心细则眼到。夫人而气平、心细、眼到，则虽一黍之大，必能分本分末；一咳之响，必能辨声辨音。人之所不见，彼则瞻瞩之；人之所不存，彼则盘旋之；人之所不悉，彼则入而抉剔，出而敷布之。一刻之景，至彼而可以如年；一尘之空，至彼而可以立国。展一声而验凉风之所以西至，玄云之所以北来；落一子而审直道之所以得一，横道之所以失九。如斯人则真所谓'无有师傅，都由心悟'者也。"圣叹闻之。愈大异之。豫叔又曰："那辗之妙，何独小技为然哉！一切世间凡所有事，无不用之。古之人有行之者，如陶朱之所以三累万金也，瀛王之所以身相历朝也，孙武行军所以有处女脱兔之能也，伊尹于桐所以有启心沃心之效也。更进而神明之，则抽添火符，成就大还，安庠徐步，入出三昧，除此一法，更无余法。何则？天下但有极平易低下之法，是为天下奇法、妙法、秘密之法，而天下实更无有奇妙秘密法也。_{上文止引豫叔"那辗"二字，论此篇正用其法耳。以其语皆奇绝，故全载之。}于是圣叹瞿然起立曰："嘻，果有是哉？"是日始识豫叔乃真正绝世非常过量智人。然而豫叔则独不言此法为文章之妙门，圣叹异日则私以其法教诸子弟曰："吾少即为文，横涂直描，吾何知哉！吾中年而始见一智人，曾教我以二字法，曰那辗。至矣哉！彼固不言文，而我心独知其为作文之高手。何以言之？凡作文必有题，题也者，文之所由以出也。乃吾亦尝取题而熟睹之矣，见其中间全无有文；夫题之中间全无有文，而彼天下能文之人，都从何处得文者耶？吾由今以思而后深信那辗之为功，是惟不小。何则？夫题有以一字为之，有以三五六七乃至数十百字为之，今都不论其字少之与字多，而总之题则有其前，则有其后，则有其中间。抑不宁惟是已也，且有其前之前，且有其后之后，且有其前之后，而尚非中间，而犹为中间之前，且有其后之前，而既非中间，而已为中间之后。此真不可以不致察也。诚察题之有前，又察其有前前，而于是焉先写其前前，夫然后写其前，夫然后写其几几欲至中间，而犹为中间之前，夫然后始写其中间。至于其后，亦复如是，而后信题固蹙，而吾文乃甚舒长也；题固急，而吾文乃甚纡迟也；题固直，而吾文乃甚委折也；题固竭，而吾文乃甚悠扬也。如不知题之有前，有后，有诸迤逦，而一发遂取其中间，此譬之以枞击石，确然一声则遽已耳，更不能多有其余响也。盖那辗与不那辗，其不同有如此者。"而今红娘此篇，则正用其法，吾是以不觉有感而漫识之。文章之事，关乎至微，其必有人骤闻之而极大不然，殆于久之，而多察于笔墨之间，而又不觉其冥遇而失笑也。此篇如〔点绛唇〕、〔混江龙〕，详叙前事，此一那辗法也。甚可以不详叙前事也，而今已如更不可不详叙前事也。〔油葫芦〕双写两人一样相思，此又一那辗法也。甚可以不双写相思也，而今已如更不可不双写相思也。〔村里迓鼓〕不便敲门，此又一那辗法也。甚可以即便敲门也。〔上马娇〕不肯传去，此又一那辗法也，甚可以便与传去也。〔胜葫芦〕怒其金帛为酬，此又一那辗法也。〔后庭花〕惊其不用起草，此又一那辗法也。乃至〔寄生草〕，忽作庄语相规，此又一那辗法也。夫此篇除此数番那辗，固别无有一笔之得下也；而今止因那辗之故，果又得缊缊然如许六七百言之一大篇。然则文章真如云之肤寸而生，无处不有，而人自以气不平，心不细，眼不到，便随地失之。夫自无行文之法，而但致嫌于题之枯淡窘缩，此真不能不为豫叔之所大笑也。

（莺莺引红娘上，云）自昨夜听琴，今日身子这般不快呵。^{不提赖婚}措辞最雅。红娘，你左则闲着，你到书院中，看张生一遭。看他说甚么，你来回我话者。（红云）我不去，夫人知道呵，不是耍。（莺莺云）我不说，夫人怎得知道？你便去咱。（红云）我便去了，单说：张生，你害病，俺的小姐也不弱。乖。贼。妙！妙！春昼不曾双劝酒，夜寒无那又听琴。

【仙吕】【赏花时】（红娘唱）针线无心不待拈，脂粉香消懒去添。春恨压眉尖，灵犀一点，医可病恹恹。何人恶札。见之可恨。

（红娘下）（莺莺云）红娘去了，看他回来说甚么。十分心事一分语，尽夜相思尽日眠。（莺莺下）好句！分明接着后篇。（张生上，云）害杀小生也！我央长老说将去，道我病体沉重，却怎生不着人来看我？因思上来，我睡些儿咱。（睡科）（红娘上，云）奉小姐言语，着俺看张生，须索走一遭。俺想来，若非张生，怎还有俺一家儿性命呵！

【仙吕】【点绛唇】（红娘唱）相国行祠，寄居萧寺。遭横事，幼女孤儿，将欲从军死。【混江龙】谢张生伸致，一封书到便兴师。真是文章有用，何干天地无私！若不剪草除根了半万贼，怕不灭门绝户了一家儿？莺莺君瑞，许配雄雌；夫人失信，推托别辞；婚姻打灭，兄妹为之，而今搁起成亲事。

因此题更无下笔处，故将前事闲闲自叙一遍作起也。然便真似有一聪明解事女郎，于纸上行间，纤腰微袅，小脚徐那，一头迤逦行来。一头车轮打算，一时文笔之妙，真无逾于是也。

一个糊涂了胸中锦绣，一个淹渍了脸上胭脂；【油葫芦】一个憔悴潘郎鬓有丝，一个杜韦娘不似旧时，带围宽过了瘦腰肢；一个睡昏昏不待观经史，一个意悬悬懒去拈针黹；一个丝桐上调弄出离恨谱，一个花笺上删抹成断肠诗。笔下幽情，弦上的心事，一样是相思。【天下乐】这叫做才子佳人信有之。 <small>犹言世上动云才子佳人，夫必如此两人，方信真有才子佳人也。明是俊眼识取两人，明是恶口臭落天下。作者真乃举头天外。无有别人也。</small>

连下无数"一个"字，如风吹落花，东西夹堕，最是好看。乃寻其所以好看之故，则全为极整齐，却极差脱，忽短忽长，忽续忽断，板板对写，中间又并不板板对写故也。才子佳人，忽下"信有之"三字成句，妙绝。嗟乎！惟才子佳人，方肯下此三字耳；非才子佳人，虽至今亦终不肯下。何则？彼固以为无有此事耳。

红娘自思，<small>句。</small>乖性儿，何必有情？不遂皆似此。他自恁抹媚，我却没三思，一纳头只去憔悴死。<small>忽然红娘自插入来，忽然插入红娘来，乃是此中加一倍法，文情奇绝妙绝。</small>

言才子佳人，一个如彼，一个如此，两人一般作出许多张致。若我则殊不然，亦不啼，亦不笑，亦不起，亦不眠，一口气更无回互，直去死却便休。盖是深识张生莺莺之张致，而不觉己之张致乃更甚也。此等笔墨，谓之加一倍法，最是奇观。

却早来到也。俺把唾津儿湿破窗纸，看他在书房里做什么那。<small>便画出红娘来。单画出红娘来，</small><small>何足奇，直画出红娘聪明来，故奇耳。</small>

【村里迓鼓】我将这纸窗儿湿破，悄声儿窥视。<small>妙！妙！便分明有一背转女郎，迁延窗上。</small>多管是和衣儿睡起，你看罗衫上前襟褶䙝。<small>从窗外人眼中，写窗中人情事。只用十字，已无不写尽。</small>孤眠况味，<small>试想。</small>凄凉情绪，<small>试想。</small>无人服待；<small>试想。</small>涩滞气色，<small>试想。</small>微弱声息，<small>试想。</small>黄瘦脸儿。<small>试想。</small>张生呵！你不病死，多应闷死。<small>妙！妙！纯是一片空明。</small>

与其张生伸诉，何如红娘觑出？与其入门后觑出，何如隔窗先觑出？盖张生伸诉，便是恶笔；虽入门觑出，犹是庸笔也。今真是一片镜花水月。

【元和令】我将金钗敲门扇儿。

（张生云）是谁？

我是散相思的五瘟使。

（张生开门，红娘入科）

轻妙之至，几于笔尖不复着纸。_{如此迤逦行文，虽欲作 万言大篇，亦何难哉！}

（张生云）夜来多谢红娘姐指教，小生铭心不忘。只是不知小姐可曾有甚言语？（红掩口笑云）俺小姐么？俺可要说与你：

他昨夜风清月朗夜深时，使红娘来探尔。他至今胭粉未曾施，念到有一千番张殿试。_{不云今早相央，而云昨夜受命，益信上文《琴心》一篇，诚如圣叹之言也。不 云今朝，而云昨夜，中有妙理，除红娘更无第二人知道。此最是耐想文字。}

只此四语是一篇正文，其余都是从虚空中荡漾而成。

（张生云）小姐既有见怜之心，红娘姐，小生有一简，可敢寄得去？意便欲烦红娘姐带回。

【上马娇】他若见甚诗，看甚词，他敢颠倒费神思。他拽扎起面皮，道"红娘，这是谁的言语你将来？这妮子怎敢胡行事！"嗤，_{句。裂 纸声。}扯做了纸条儿。_{画 出}红娘来，画出红娘一双纤手，两道轻眉。 颊边二㿀，唇上一声来。画绝也。

此分明是后篇莺莺见帖时情事，而忽于红娘口中先复猜破者，所以深表红娘灵慧过人，而又未尝漏泄后篇，故妙。_{细思此时红娘，真无 便与传去之理也。}

（张生云）小姐决不如此，只是红娘姐不肯与小生将去。小生多以金帛拜酬红娘姐。_{笔墨之事，随手生发，所谓文亦有情，情亦有文。 如不因张生此白，下节岂有红娘如此一段快文哉？}

【胜葫芦】你个挽弓酸俫没意儿，卖弄你有家私，_{石崇王恺，决卖弄者，其最卖弄者，偏 是秀才纸裹中家私也。我图谋你东西来}到此？_{此九字虽出红娘口，然我乃欲为之痛哭。何也？夫人生在世，知己有托，生死以之，乃至不望感，岂惟不 望报也。自世必欲以金帛奉酬劳苦，而于是遂使出死力效知己之人，一齐短气无语。嗟乎！以汉昭烈犹有不才自}取之言矣。自非葛公，_{谁复自明心哉？}把你做先生的钱物与红娘为赏赐，_{先生钱物，犹言束修也，所谓纸裹中家 私也。虽一文钱，亦必自称赏赐，亦秀 才语}也。我果然爱你金资？【后】你看人似桃李春风墙外枝，卖笑倚门儿。_{毒口便骂 尽世间一}辈望酬谢人。使 我心中快乐也。

世间有斤两可计算者，银钱；世间无斤两不可计算者，情义也。如张生莺莺，男贪女爱，此真何与红娘之事？而红娘便慨然将千金一担，两肩独挑；细思此情此义，真非秤之可得称，斗之可得量也。顾张生急不择音，遂欲以金帛轻相唐突。嗟乎！作者虽极写张生情急，然实是别寓许伯哭世。盖近日天地之间，真纯是此一辈酬酢也。

我虽是女孩儿有志气。你只合道可怜见小子只身独自，我还有个寻思。

　　写煞红娘。

（张生云）依着红娘姐，"可怜见小子只身独自"，这如何？（红云）兀的不是也，你写波，俺与你将去。

（张生写科）（红云）写得好呵，念与我听。（张生念云）张珙百拜奉书双文小姐阁下：昨尊慈以怨报德，小生虽生犹死；筵散之后，不复成寐。曾托橹梧，自鸣情抱，亦见自今以后，人琴俱去矣。因红娘来，又奉数字，意者宋玉东邻之墙，尚有庄周西江之水；人命至重，或蒙矜恤。珙可胜悚仄，待命之至，附五言诗一首，伏惟赐览。相思恨转添，漫把瑶琴弄。乐事又逢春，芳心尔亦动。此情不可违，虚誉何须奉？莫负月华明，且怜花影重。张珙再百拜。^{书好。}

【后庭花】我只道拂花笺打稿儿，元来是走霜毫不构思。先写下几句寒温序，后题着五言八句诗。不移时翻来复去，叠做个同心方胜儿。^{此下便应接"又颠倒写鸳鸯二字"句，看他又作间隔。}你忒聪明，忒煞思，忒风流，忒浪子。虽是些假意儿，^{分明赞不容口，忽又谓之假意，写红娘真有二十分灵慧，二十分松快。真正妙笔。}真小可的难到此。【青歌儿】又颠倒写鸳鸯二字，方信道在心为志。^{《诗大序》曰："在心为志，发言为诗。"此言既封后，人止见其"发言为诗"也。我于未封前，实亲见其"在心为志"也。真正妙笔。}

　　写张生拂笺、走笔、叠胜、署封，色色是张生照入红娘眼中，色色是红娘印入莺莺心里。一幅文字，便作三幅看也。^{一幅是张生，一幅是红娘眼中张生，一幅是红娘心中莺莺之张生，真是异样妙文。}

喜怒其间我觑意儿，放心波学士！我愿为之，并不推辞，自有言辞。我只说"昨夜弹琴那人教传示。"^{赖婚之前文，先作满语者，所以反挑后文之不然也；此亦先作满语，却非反挑后文，正是畅明前夜《琴心》一篇，已尽得其底里。}

　　一担千金，两肩独任；看他急口便作如许一连数语，而下正接之云"昨夜弹琴那人"，信乎！《琴心》一篇为红娘之袖里兵将不谬也。

　　这简帖儿我与你将去，只是先生当以功名为念，休堕了志气者！

【寄生草】你偷香手，还准备折桂枝。休教淫词污了龙蛇字，藕丝缚定鹍鹏翅，黄莺寺了鸿鹄志；休为翠帏锦帐一佳人，误你玉堂金马三学士。【赚煞尾】弄得沈约病多般，宋玉愁无二，清减做相思样子。

　　此为余文，任意挥洒，乃是砚北人从来乐事，不必谓红娘忽有书呆气。

（张生云）红娘姐好话，小生终身敬佩；只是方才简帖，我的红娘姐，是必在意者！（红云）先生放心！

若是眉眼传情未了时，我中心日夜图之，怎因而"有美玉于斯"，此句，歇后法也。言决不将简帖浮沉，如《论语》所云："韫匮而藏之"也。我定教发落这张纸。我将舌尖上说辞，传你简帖里心事，管教那人来探你一遭儿。

此则满心满意，满口满语，反挑后文之不然也。此节方是反挑，第十一节果非反挑也。自非虚心平气，谁其分别之？

（红娘下）

（张生云）红娘将简帖去了，不是小生夸口，这是一道会亲的符箓。他明日回话，必有好处。总作满语。若无好赋因风去，岂有仙云入梦来？（张生下）

三之二　闹　　简

此篇写红娘，凡有四段，每段皆作当面斗然变换，另是一样章法。

第一段，写红娘带得书回，一时将张生分明便如座主之于门生，心头平增无限溺爱，无限照顾。意思不难便取莺莺，登时双手亲交与之。看他走入房来，其于莺莺便比平日亦自另样加倍珍惜，所以然者，意谓莺莺真乃一朵鲜花，却是我适间已许过我门生了也。门生是我之宝，此一朵鲜花便是我们生之宝也。只因心头与张生别成一条线索，便自眼中看莺莺别起一番花样。是为第一段。

第二段，写莺莺斗然变容，红娘出自不意，遂忽自念：适间容易过人简帖，诚然是我不是；只是我自信平日精灵，又兼夜来郑重仔细，踌躇此事，何得逢彼之怒耶？岂有满盘已都算过，乃于一子失着耶？明明隔墙酬韵，蚤漏春光；明明昨夜听琴，倾囊又尽。我本非聋非瞎，悉属亲闻亲见，而今忽然高至天边，无梯可扪；深至海底，无缝可入。此岂前日莺莺是鬼？抑亦今日莺莺是鬼？岂红娘今日在梦？抑亦红娘前日在梦？本意扬扬然弄马骑，何意跧踏地却被驴子扑！于是三分羞惭，七分怨愤，遂不自禁其口中之叨叨絮絮。是为第二段。

第三段，写红娘昨日于张生前满心满意、满口满语，轻将一担千金，两肩都任者，实是其胸中默默然牢有一篇把柄儿，初不自意莺莺极大不然也。谚盖有之："行船无有久惯，生产无有久惯。"今日方知传递简帖无有久惯。红娘此时真无面目又见江东父老，只有一万年不复到书院中，永取此事，寄之高高天上，埋之深深地下，更不容一人提起，便如连日我不在世间者然；何意莺莺又必强之投以回简？自莺莺又有回简，而红娘遂不得不重入书院，再见张生，夫而后一面惭，两胁愤，真更非一时三言两句之所得而发脱也者，而张生不察，方且又如臂边饥鸟，乳下娇儿，百样哀鸣，千般央及。此时我为红娘，真除非抽刃自决，以明我不负人。盖从来任天下事，两边俱无以自解，实有如此苦事。是为第三段。

第四段，写红娘初焉以退贼故，方德张生；既焉以赖婚故，方怜张生；既焉以挥毫故，方爱张生；既焉以不效故，方羞张生；至此，乃忽然以苦缠故，不觉恼张生。夫以红娘之于张生，固决无有恼之之事，而直以自己胸前烦闷无理，遂尔更不得顾，便唐突之，此真李白所云"泪亦不能为之堕，声亦不能为之出"时也。何意拆书念出，乃是户风花影之句，若说是鬼，鬼中亦无如此之鬼；若说是贼，贼中亦无如此之贼；若说兵不厌诈，诸葛亦无如此之阵图；若说幻不厌深，偃师亦无如此之机械。此时虚空过往，天地鬼神，聪明正直，尽知尽见。红娘直欲拔发投地，捶胸大叫，自今以后，我更不能与天下女儿同居也。是为第四段。

（莺莺上，云）红娘这早晚敢待来也。起得早了些儿，俺如今再睡些。（睡科）（红娘上，云）奉小姐言语，去看张生，取得一封书来，回他话去。呀！不听得小姐声音，敢又睡哩？俺便入去看他。绿窗一带迟迟日，紫燕双飞寂寂春。

【中吕】【粉蝶儿】（红娘唱）风静帘闲，绕窗纱麝兰香散，<small>二句写红娘自行来。帘内是窗，窗外是帘；有风则下帘，无香别开窗。今因无风，故不下帘；却因有香，又不开窗。只十一字，写女儿深闺，便如图画。我从妙文得认莺莺，我又从妙文得认莺莺闺中也。</small>启朱扉摇响双环。<small>一句写红娘行入门。</small>绛台高，金荷小，银釭犹灿。<small>三句写红娘已入门。细想红娘回时，灯犹未息，则其遣一何早乎！</small>

写红娘从张生边来入闺中，慢条斯里，如在意如不在意，一心便谓自今以后，三人一心，更无嫌疑者。盖特作此驼宕之句，以与下文通篇怨毒照耀也。

我将他暖帐轻弹，揭起海红罗软帘偷看。【醉春风】只见他钗觯玉斜横，髻偏云乱挽。<small>小姐正睡，侍儿弹帐，一不可也。弹帐不应，揭开偷看，二不可也。盖红娘此日，已易视莺莺也。见书而怒，得毋为是与？</small>日高犹自不明眸，你好懒，<small>句。</small>懒。<small>句。不惟弹帐，不惟偷看，乃至竟敢率口讥之，莺莺慧心人又何待见书而始悟红娘之易识我哉！</small>

不知者谓是写莺莺，不知此正写红娘也。夫写莺莺，不过只作一幅美人晓睡图看耳；今正写红娘之满心参透，满眼瞧科，满身松泛，满口轻忽，便使莺莺今早眼中忽觉有异，而下文遂不得不变容也。真是写得妙绝。此为化工之笔。

（莺莺起身，欠伸长叹科）

半晌抬身，^{不问红娘，此其事可知也。妙！妙！}几回搔耳，^{不问红娘也。妙！妙！}一声长叹。^{不问红娘也。妙！妙！}

不知者又谓写莺莺春倦，非也。夫红娘之看张生，乃莺莺特遣也；则今于其归，急问焉可也；乃半晌矣，不问而抬身；抬身矣，又不问而搔耳；几回矣，又不问而长叹，岂非亲见归时红娘已全不是去时红娘，慧眼一时觑破，便慧心彻底猜破故耶？看他纯是雕空镂尘之文，而又全不露一点斧凿痕，真是奇绝一世。^{若作描写莺莺春倦，有何多味耶？且何故不问红娘回来几时耶？}

是便是，只是这简帖儿，俺那好递与小姐？俺不如放在妆盒儿里，等他自见。（放科）

（莺莺整妆，红娘偷觑科）^{终不问也。妙！妙！}

【普天乐】晚妆残，乌云軃，轻匀了粉脸，^{犹不问也。妙！妙！}乱挽起云鬟。^{已见简帖也。}将简帖儿拈，把妆盒儿按，拆开封皮孜孜看，颠来倒去不害心烦。^{"颠来倒去"，是思何以处红娘，非于张书加意也。}只见他厌的挖皱了黛眉，^{是恼此帖如何传来。}忽的低垂了粉颈，^{是算今日还宜寝阁，还宜发作。}氲的改变了朱颜。^{是决计发作，无有再说也。看他三句，写出莺莺心头曲折。}

（红做意科，云）呀，决撤了也！

写莺莺见简帖，^{或问："莺莺见简帖，亦可以不发作耶？"圣叹答曰："不发作，则是一拍即合也。今之世间比比者皆是也。"}

（莺莺怒科，云）红娘过来！（红云）有！（莺莺云）红娘，这东西那里来的？我是相国的小姐，谁敢将这简帖儿来戏弄我？我几曾惯看这样东西来？我告过夫人，打下你个小贱人下截来。（红云）小姐使我去，他着我将来；小姐不使我去，我敢问他讨来？我又不识字，知他写的是些甚么？^{其快如刀，其快如风。}

【快活三】分明是你过犯，没来由把我摧残；教别人颠倒恶心烦，你不惯谁曾惯？

写红娘妙口，真是妙绝。轻轻只将其一个惯字劈面翻来，便成异样扑跌。盖下文莺莺之定不复动，正是遭其扑跌也。^{不但一节只是一句。亦且一节只是一字，真可谓以少少许，胜人多多许矣。}

小姐休闹，比及你对夫人说科，我将这简帖儿先到夫人行出首去。^{红娘眼快，手快，其}

妙如
此。（莺莺怒云）你到夫人行，却出首谁来？^{莺莺}（红云）我出首张生。^{红娘}

（莺莺做意云）红娘，也罢！且饶他这一次。^{莺莺}（红云）小姐怕不打下
他下截来。^{红娘又妙。每此白，如听}
^{小鸟斗鸣，最足下酒也。}

（莺莺云）我正不曾问你，张生病体如何？（红云）我只不说。（莺莺云）
红娘，你便说咱！

【朝天子】近间面颜，瘦得实难看。不思量茶饭，怕动弹。

　　正答张生病体。

（莺莺云）请一位好太医，看他证候咱。（红云）他也无甚证候，他自己
说来：

"我是晓夜将佳期盼，废寝忘餐。黄昏清旦，望东墙淹泪眼。我这病患要安，
只除是出点风流汗。"^{此代张生语，故}
^{有二"我"字。}

　　旁答张生心事。^{虽于盛怒后，不可又说，然此时不说，更待何}
^{时，行文又有得过便过之法，无用多作顾虑。}

（莺莺云）红娘，早是你口稳来，若别人知道呵，成何家法？今后他这般
的言语，你再也休题。我和张生，只是兄妹之情，有何别事。（红云）是
好话也呵！

【四边静】怕人家调犯，早晚怕夫人行破绽，只是你我何安？又问甚他危难！
你只撺掇上竿，拔了梯儿看。

　　索性畅然劝之，以不负张生之托。

（莺莺云）虽是我家亏他，他岂得如此？你将纸墨过来，我写将去回他，
着他下次休得这般。（红云）小姐，你写甚的那，你何苦如此？（莺莺云）
红娘，你不知此，（写科）（莺莺云）红娘，你将去对他说：小姐遣看先
生，乃兄妹之礼，非有他意。再一遭儿是这般呵，必告俺夫人知道。"红
娘，和你小贱人都有话说也。（红云）小姐，你又来！这帖儿我不将去。
你何苦如此？（莺莺掷书地下，云）这妮子好没分晓！（莺莺下）

（红娘拾书叹云）咳！小姐，你将这个性儿那里使也？

【脱布衫】小孩儿口没遮拦，一味的将言语摧残。把似你使性子，休思量秀
才，做多少好人家风范。^{用笔真乃一鞭一条痕，一痕一条血，遂令举世口是心非、言}
^{清行浊之徒，诵之吃惊，固不止是莺莺闻之无以自解也。}

　　自此以下四节，则红娘持书出户，背过莺莺，自将心头适才所受恶气，
曲曲吐而出之也。此一节，重举莺莺适才盛怒之无礼也。

【小梁州】我为你梦里成双觉后单，废寝忘餐。罗衣不奈五更寒，愁无限，

寂寞泪阑干。【换头】似等辰勾空把佳期盼，^{已上通为一句。}我将角门儿更不牢栓，愿你做夫妻无危难。^{细玩此句，乃透过一步法也。言我之止与传递简帖而已。}你向筵席头上整扮，我做过缝了口的撮合山。

> 此一节，申言莺莺自于我无礼。乃我之知之实深，为之实切，我于莺莺诚乃不薄也。

【石榴花】你晚妆楼上杏花残，^{七字写尽三春时和。}犹自怯衣单。^{看他妙笔妙墨，无中造有，造出如此二句，以反剔下文，却令读者于}不意中，又别见一位无愁莺莺，另是身份绝世。那一夜听琴时露重月明间，为甚向晚，不怕春寒？^{历历，莺莺诚}何辩焉？几乎险被先生馔，^{用《论语》入妙。汤晦若先生《牡丹亭》传奇，杜丽娘拜初曰："酒是先生馔，女为君子儒。"用《论语》入妙也。吾友硎山王先生，文格之文孙也。目尽数}十万卷。手尽数千万金。今与圣叹，并复垂老，两人相怜如一日也。偶于舟中，时方九日。忽一女郎掉文曰："何故此时雀入大水化为蛤？"座中卒然未有以应也。先生信口答曰："我亦不解汝家何故雀入大蛤，皆化为水也。"一时满舟喧然，至有翻酒濡首者。此真用《礼记》入妙也。硎山读尽三教书，而不愿以文名；倾家结客，而不望人报；有力如虎，而轻裘缓带，趋走扬扬。绘染、刻镂、吹竹、弹丝，无技不精，而通夜以佛火蒲团作伴。今头毛皤皤，而尚不失童心；瓶中未必有三日粮，而得钱犹以与客。彼视圣叹为弟，圣叹事之为兄。有过吴门者问之，无有两人也。嗟乎！未知余生尚复几年？脱诚得并至百十岁，则吾两人当不知作何等欢笑？如或不幸，而溘然俱化，斯吾两人，便甘作微风淡烟，杳无余迹。盖硎山二十年前曾与圣叹诗，早便及之，曰："风雷半夜吴王墓。天地清秋伍相祠。一例冥冥谁不朽，早来把酒共论之。"今圣叹亦是寒鸟啁啾，不忘故庐，故时时一念及之，岂犹有意互相标誉为荣名哉？那其间岂不胡颜？为他不酸不醋风魔汉，隔窗儿险化做望夫山。^{莺莺诚何辨焉？}

> 此一节特恐写莺莺不承，故举听琴一夜以实之。^{上文莺莺问张生病体，红娘却敢便及他言者，亦为胸中有听琴一夜故也。}

【斗鹌鹑】你既用心儿拨雨撩云，我便好意儿传书递简。^{承上文，便咬定听琴一夜，犹言是以来也。}不肯搜自己狂为，^{听琴一夜也。}只待觅别人破绽。^{简帖也。}受艾焙我权时忍这番，^{妙！妙！怨毒之极，半吞不吐，便有授记后日之意。今便请问红娘："卿权忍这番之后，将欲如何？"真写尽女儿慧心、毒心也。}畅好是奸！对别人巧语花言，背地里愁眉泪眼。^{上"艾焙"句，语气已毕，此又毕而复起；便活写怨毒之极，说之不尽，因而文说。总是摹神之极笔。}

> 此一节咬定听琴一夜，以明简帖之所自来。而莺莺犹谓人在梦，然则莺莺真在梦耶！写红娘理明辞畅，心头恶气无不毕吐，真乃快活死人也。

俺若不去来，道俺违拗他，张生又等俺回话，只得再到书房。（推门科）（张生上，云）红娘姐来了。简帖儿如何？（红云）不济事了，先生休傻。（张生云）小生简帖儿，是一道会亲的符箓，只是红娘姐不肯用心，故致如此。（红云）是我不用心？哦，先生，头上有天哩，你那个简帖儿里面好听也！

【上小楼】这是先生命悭，不是红娘违慢。那的做了你的招伏，他的勾头，

我的公案。若不觑面颜，厮顾盼，担饶轻慢，争些儿把奴拖犯。^{若出他人庸笔，此时红娘安有}

不便出莺莺回简者？今看其墨然
袖起。恰似忘之者然。妙绝！

　　自此以下四节，则红娘见张生且不出回简，先与尽情复绝之。此复其去

　　简已成祸本，不应更问也。

【后】从今后我相会少，你见面难。^{斗然险语，妙绝，妙绝。盖张生方思得见莺莺，}月暗西
^{而此云尚将不复得见红娘也，不怕惊死人。}

厢，便如凤去秦楼，云敛巫山。^{绝妙好辞，又如}你也趄，我也趄，请先生休趄，
^{口中唫而出之。}

早寻个酒阑人散。^{《西厢》后半不知凡有若干锦片姻缘，而于此忽作如是大决}
^{撒语，文章家最喜大起大落之笔，如此真称奇妙绝世也。}

　　复其此后连红娘亦不复更来，使我读之，分明腊月三十夜，听楼子和尚

　　高唱"你既无心我亦休"之句，唬吓死人，快活死人也。细思作《西厢

　　记》人，亦无过一种笔墨，如何便写成如此般文字？使我读之，通身抖

　　擞，骨节尽变。闻古人有痁疾人大发，神换其齿者，有如此般文字得

　　读，便更不须痁疾发也。^{最苦是子弟作文，粘皮带}
^{骨，我以此跳脱之药之。}

只此，^{二字妙绝，便如方士所云："海中仙山，理不可到；船有欲近者，}足下再也不必伸诉肺腑，
^{风辄吹还之。"今下文正如海中仙山；此二字，便如风吹断之也。}

^{加一句，妙！妙！虽成连先生置伯牙}
^{于海岛，其洞洞杳冥，亦不是过矣。}怕夫人寻我，我回去也。^{再加一句，妙！妙！庄云云"送君者}
^{皆自崖而返"，真乃泪迸肠绝之笔。}

　　《西厢》白，其妙至此！数之只得三句，察之只得一句，又察之只得二

　　字。乃我读之，便如立千丈冈，临不测谿，足又逡巡二分垂外，真几乎

　　欲哭出来也。^{看他竟不}
^{回简。}

　　（张生云）红娘姐！（定科）^{妙！妙！慕}
^{神极笔。}

　　（良久，张生哭云）红娘姐，你一去呵，更望谁与小生分剖？^{此哭接}
^{上文。}

　　（张生跪云）红娘姐，红娘姐，你是必做个道理，方可救得 小生一命。^此
^跪
^{起下}
^{文。}

　　看其袖中回简，不惟前不便出，至此犹不便出也，岂真忘之哉？正是尽

　　情尽意作此大决撒之笔，至于险绝斗绝矣，然后趁势一落，别开奇境。

　　文章至此，能事又毕也。^{伧读此等白，便学一副涎脸，东涂西写，无不哭者，无不跪者。我每}
^{见而痛骂焉。嗟乎！亦尝细察张生此哭此跪，悉是已上已下妙文之落}

　　处乎？只因不出回简，故有张生此哭，哭以结上文之奇妙也；乃至今犹不肯出，故有张
　　生此跪，跪以逼下文之奇妙也。夫张生一哭一跪，乃是结上逼下，非如伧所写涎脸也。

　　先生，你是读书才子，岂不知此意？

【满庭芳】你休呆里撒奸；你待恩情美满，苦我骨肉摧残。他只少手搭棍儿

摩娑看，我粗麻线怎过针关？^{绝妙好辞}
^{如唫而出。}定要我挂着拐帮闲钻懒，缝合口送暖偷

寒，前已是踏着犯。^{绝妙好辞，使人失笑。凡能使人失笑文字，悉是剜心沥血而出，莫容易读过古人文字也。}

> 袖中回简，不惟来时不便取出，顷且欲去矣，犹不便取出；直至今欲去不去，又立住矣，犹不便取出也。行文如张劲弩，务尽其势；至于几几欲绝，然后方肯纵而舍之，真恣心恣意之笔也。

（张生跪不起，哭云）小生更无别路，一条性命，都只在红娘姐身上。（红娘云）

我又禁不起你甜话儿热趱，好教我左右做人难。^{反作此语，然后落下，笔势真如春蛇之矫矫然。}

我没来由，只管分说，^{方始落下。我回视前文，真如"群山万壑赴荆门"矣。}小姐回你的书，你自看者！（递书科）

> 欲复绝之，直至终不得复绝之，夫然后方始出其袖中书，使自绝之，而不意峰回岭变，又起奇观。

（张生拆书读毕，起立笑云）呀，红娘姐！（又读毕云）红娘姐，今日有这场喜事。（又读毕云）早知小姐书至，理合应接；接待不及，切勿见罪。红娘姐，和你也欢喜。（红云）却是怎么？（张生笑云）小姐骂我都是假，书中之意，哩也波，哩也啰哩。（红云）怎么？（张生云）书中约我今夜花园里去。（红云）约你花园里去怎么？（张生云）约我后花园里去相会。（红云）相会怎么？（张生笑云）红娘姐，你道相会怎么哩。（红云）我只不信。（张生云）不信由你。（红云）你试读与我听。（张生云）是五言诗四句哩，妙也。"待月西厢下，迎风户半开；拂墙花影动，疑是玉人来。"红娘姐，你不信？（红云）此是什么解？（张生云）有甚么解？（红云）我真个不解。（张生云）我便解波。"待月西厢下"，着我待月上而来；"迎风户半开"，他开门等我；"拂墙花影动"，着我跳过墙来；"疑是玉人来"，这句没有解，是说我至矣。（红云）真个如此解？（张生云）不是这般解，红娘姐，你来解。不敢欺红娘姐，小生乃猜诗谜的社家，风流随何，浪子陆贾。不是这般解，怎解？（红云）真个如此写？（张生云）现在。（红定科良久）

（张生又读科）（红云）真个如此写？（张生笑云）红娘姐好笑也！如今现在。（红怒云）你看我小姐，原来在我行使乖道儿！

> 或云："春枝小鸟，双双斗口。"或云："深院回风，晴雪乱舞。"却不是风回雪舞。或云："花拳绣腿，少年短打。"却不是花绣短打。或云：

"鸣琴将终，随指泛音。"却不是琴终泛音。我细察之，一片纯是光影，一片纯是游戏，一片纯是白净，一片纯是开悟。维摩诘室中，天女变舍利弗，一时不知所云，我于此文不知所云。香严大师至脱然撒手时，遥望沩山，连说颂曰："去年贫，未是贫；今年贫，真是贫。去年贫，无立锥之地；今年贫，锥也无。"我于此文锥也无。文殊尸利菩萨选二十五位圆通，拔取观世音为状元第一，我于此文如观世音幸得第一。赵州和尚被人问二龙戏珠，谁是得者？州云："老僧单管着。"我于此文单管着。南泉王老师指庭前牡丹花，谓陆亘曰："大夫，时人看此花如梦相似。"我于此文如梦相似。^{砑山云："圣叹自论文，非论禅也。"}

【耍孩儿】几曾见寄书的颠倒瞒着鱼雁，^{奇奇妙妙，自从盘古，直至今朝，真并无此事，亦并无此文也。}小则小，^{只三字，写尽怨毒不可言。}心肠儿转关，教你跳东墙，"女"字边"干"。^{避此字不雅训，故拆之，乃续之四篇，遂红娘专工拆字，一何可笑！}原来五言包得三更枣，四句埋将九里山。你赤紧将人慢，你要会云雨闹中取静，却教我寄音书忙里偷闲。^{真乃于情于理。欲杀欲割，不可得解也。气死红娘也。}

前恼尚不可说，今恼真不可说也。前恼红娘几欲哭，今恼红娘反欲笑也。于虚空中，驾构楼阁；旧闻其语，今见其事矣。

【四煞】纸光明玉板，字香渍麝兰，行儿边浥透非娇汗？是他一缄情泪红犹湿，满纸春愁墨未干。^{从来"娇汗"字、"红泪"字、"春愁"字，俱是丽句，堪成妙辞；此独作极鄙极丑字用，所以痛诋莺莺自抒愤懑也。}我也休疑难，放着个玉堂学士，任从你金雀鸦鬟。^{妙！妙！妙绝！}

忽取其简痛诋之。盖一肚子愤懑，搔爬不得也。

【三煞】将他来别样亲，把俺来取次看，^{"将他来"、"把俺来"，掂斤播两，诚然怨毒。}是几时孟光接了梁鸿案？^{妙！妙！妙绝！昨夫人赖婚，本是恨事，至此日反成红娘心头快意，口头快语。}将他来甜言媚你三冬暖，把俺来恶语伤人六月寒。今日为头看：看你个离魂倩女，怎生的掷果潘安。^{妙！妙！妙绝！}

佛言："欲过彼岸，而于中间撤其桥梁，无有是处。"今莺莺方思江皋解佩，而忽欲中废灵修，此真大失算也。观〔四煞〕云："放着玉堂学士，任从金雀鸦鬟。"盖云不复援手，此已不可禁；当今〔三煞〕云："看你个离魂倩女，怎生掷果潘安？"则是乃至欲以恶眼注射之。危哉！莺莺真有何法，得出红娘圈襟哉？史公尝云："怨毒于人实甚。"此最写得出来。

（张生云）只是小生读书人，怎生跳得花园墙过？

【二煞】拂墙花又低，近风户半栓，偷香手段今番按。你怕墙高怎把龙门跳，嫌花密难将仙桂攀。疾忙去，休辞惮。^{恶语痛诋。}他望穿了盈盈秋水，蹙损了淡淡春山。^{秋水春山，从来亦作丽字，填入妙句，此亦是丑辞痛诋之也。}

乃至为劝驾之辞。此岂怂恿张生？正是痛诋莺莺。盖恶骂丑言，遂至不复少惜。史公尝言："怨毒于人实甚。"此最写得出来也。尝闻大怒后不得作简者，多恐余气未降，措语尚激也。然则不怒时欲作激气语，此亦决不可得也。今作《西厢记》人，吾不审其胸前有何大怒耶？又何其毒心衔，毒眼射，毒手挥，毒口喷，百千万毒，一至于是也。

（张生云）小生曾见花园，已经两遭。

【煞尾】虽是去两遭，敢不如这番。你当初隔墙酬和都胡侃，证果是他今朝这一简。

曾记吴歌之半云："故老旧人尽说郎偷姐，如今是新翻世界姐偷郎。"此真清新之句也，然实不知《西厢》先有之。盖红娘怨毒莺莺，诋之无所不至，因谓张生：汝偷不如他偷，夫至谓张生，犹不必如莺莺，而莺莺之为莺莺，竟何如哉？怨毒于人，史公尝言实甚，此真写得出来也。

（红娘下）

（张生云）叹万事自有分定。适才红娘来，千不欢喜，万不欢喜，谁想小姐有此一场好事？小生实是猜诗谜的社家，风流随何，浪子陆贾。此四句诗不是这般解，又怎解？"待月西厢下"，是必须待得月上；"迎风户半开"，门方开了；"拂墙花影动，疑是玉人来"，墙上有花影，小生方好去。今日这颏天，偏百般的难得晚。天那，你有万物于人，何苦争此一日？疾下去波！"快书快文快谈论，不觉开西立又昏。今日碧桃花有约，鳔胶粘了又生根。"呀！才向午也，再等一等。（又看科）今日百般的难得下去呵。"空青万里无云，悠然扇作微薰；何处缩天有术，便教逐日西沉。"呀！初到西也。再等一等咱。"谁将三足乌，来向天上阁？安得后羿弓，射此一轮落？"谢天谢地，日光菩萨，你也有下去之日！呀，却早上灯也！呀，却早发擂也！呀，却早撞钟也！拽上书房门，到得那里，手挽着垂杨，滴溜扑碌跳过墙去，抱住小姐。咦，小姐，我只替你愁哩！二十颗珠藏简帖，三千年果在花园。（张生下）^{余文犹用尔许全力，益信古人思以笔墨流传后世，真非小可之事也。普天下才子其念之哉！末二句，真正绝妙好辞。}

三之三　赖　简

文章之妙，无过曲折；诚得百曲、千曲、万曲，百折、千折、万折之文，我纵心寻其起尽，以自容与其间，斯真天下之至乐也。何言之？我为双文《赖简》之一篇言之。夫双文之于张生，其可谓至矣，独惊艳之一日，张生自见双文，双文或未见张生耳；过此以往，我亲觑其酬韵之夜，绝叹清才；既又观其闹斋之日，极赏神俊；此其胸中一片珠玉之心，真于隔墙，乃不啻如钩锁绵缠，而况无何又重之以破贼，而况无何又重之以赖婚！此诚不得一屏人之地，与之私一握手，低一致问也；诚得一屏人之地，与之私一握手，低一致问，此其时，此其际，我亦以世间儿女之心，平断世间儿女之事：古今人其未相远，即亦何待必至于酬简之夕，而后乃今微闻芗泽哉！何则？感其才，一也；感其容，二也；感其恩，三也；感其怨，四也。以彼极娇小，极聪慧，极淳厚之一寸之心，而一时容此多感，其必万万无已，而不自觉，忽然溢而至于闲之外焉。此亦人之恒情恒理，无足为多怪也。夫然则红娘以听琴走复，而张生以折简为寄，我谓双文此日，真如天边朵云，忽堕纤手，其惊其喜，快不可喻，固其所耳！即如之何而忽大怒？果大怒矣，何不闭关绝客，命红娘胥疏前庭，与之杳不复通？即如之何而复以手书回之？而书中又皆鄙靡之辞，而致张生惑之，而至于感悦惊龙，而后始以端服俨容，大数责之，而后拒之？如是者，我甚惑焉。如曰："相国之女也，春风之所未得吹，春日之所未得晒也，不祥之言，胡为来哉？是安得不惊？惊矣安得不怒？"则夫张生之简之于双文，其非胡为之来也明甚，此红娘于前夜听琴之隔窗而实亲闻之者也。如曰："听琴之隔窗之眷眷于张生也，内戢其恩也，外惭其负也，人实肉骨予，而道旁置之，我何以为心？若其忽以不祥之言来加于我，则是无礼于我；无礼于我，则是以乱易乱也，其相去也真几何矣！是安得而不怒？"则我以为诚怒之而不能复与顾之，则执书以鸣于高堂，先痛惩其不令之婢，而后厚酬以立遣之；彼必亦以丑辞之唐突也，而不能以靦冕颜更留，此其策之上也。若犹未忍其德也者，则毁书而掩闱，薄治其婢，而其事则且容隐而寝阁之。《诗》亦有之："无忘大德，而思小怨。"此亦策之万无奈何者也，如之何而顾乃有复寄手书之事？如曰："必欲数之，则能绝；不数之，其终未必能绝之。必欲面数之，则能绝之；不面数之，彼婢之肯为彼持书以来者，必不肯为我痛切而陈也。"则天下固无中表之兄，又属异派，又新有其婚姻之言，又其间连日正多参差，又彼方以淫泆之语来相勾引，而我则反复招之夤夜深入，以受我之面数者也。且语有之曰："言为心声。"我今观其盛怒之时，而又能为婉丽之章，其声啴以缓，是果为何心之所感哉？抑我徒以人之无礼，故不得不一数之焉耳。而今我则命之踰墙以入以就数，数毕而仍命之踰墙以出以改过，天下之有礼，又新有如是之事乎哉？曰："然则双文之有是举也，奈其何曰：'双文，天下之至尊贵女子也；双文，天下之至有情女子也；双文，天下之至灵慧女子也；双文，天下之至矜尚女子也？'"双文先以尊贵之故，而于大族所有之群从昆弟，以至戚党僚吏之间之所往来，而既见之夥矣；如昔王氏所称阿大中郎、封胡遏末之徒，是即不无一二，然初未有如张生其人焉者。一旦忽睹天壤之间，而又有张生其人，此其照眼动心，方极不可奈何，诚亦何意出于慈母之口，入于娇女之耳，即又宛然同车携手、从心适愿之言也乎！此天为之，非人为之。此时双文有情，真将梳新髻，试新裙，唧唧消息，正谓旦暮佳期，盖自古至今，女儿之快，无有更快于双文者。而忽然开宴，而忽然赖婚，此则何为也？此真不比张生之以简来也。即使张生读书学礼，过为拘谨，终亦不以简来，而双文实且欲以简往。我于何知之？我于听琴之夜知之。不闻其有〔绵搭絮〕之辞曰："一层红纸，几眼疏棂；又不隔云山万重，怎得人来信息通？"此岂非欲奇简之言哉？抑不宁惟是而已，前此犹为初酬韵之后，未许婚之前也，不闻其有〔鹊踏枝〕之辞曰："两首新诗，一段回文，谁做针儿将线引，向东邻通一段勤？"此已非欲寄简之言哉！夫双文而方将自欲寄简，而适犹未及，然则其于张生，今日之简之寄，是最乐也，是日夜之所望而不得见也，是开而读，读而卷，卷而又开，开而又卷，至于纸敝字灭，犹不能以释然于手者也，其如之何而有勃然大怒之事？夫双文之勃然大怒，则又双文之灵慧为之也。其心以为张生真天下之才子；夫使张生非真天下之才子，而我奈之何于彼乎倾倒，则至于如是之甚哉！然而其心默又以为；身为相国千金贵女，其亦可以才子之故，而一时倾倒遂至于是也？即我自以才子之故，而一时倾倒，不免遂至于是，其末可令余一人得闻我则遂至于是也。是故双文之欲简张生，何止一日之心！然而目顾红娘，则遂已焉；又目顾红娘，则又遂已焉；乃至屡屡目顾红娘，则屡屡皆遂已焉。此无他，天下亦惟有我之心，则张生之心也；张生之心，则我之心也。若夫红娘之心，则何故而能为张生之心？红娘之心，既无故而不能为张生之心，然则红娘之心，何故能为我之心？故夫双文之久欲寄简，而终于红娘难之者，彼诚不欲以两人一心之心，旁吐于别自一心之人也。故夫双文之久欲寄简，而独于红娘碍之者，彼诚不欲令窃窥两人之人，忽地得其闻一人之心也。无何一朝而深闺之中，妆盒之侧，而宛然简在，此则非红娘为之，而谁为之？夫红娘而既为之，则是张生而既言之矣；夫张生而既言之，则是张生不惜于红娘之前，遂取我而馨尽言之矣。我固疑之也，其归而如行不行以行也，如笑不笑以笑也，如言不言以言也；昔曾未敢弹帐，而今舒手而弹也；昔曾未敢偷看，而今揭帘而看也；昔曾未敢于我乎轻言，而今俨然谓我懒懒也。凡此悉是张生馨尽言之之后之态，甚明明也。夫以我为千金贵人，下临一小弱青衣，顾独不能遂示之以我之心哉！我亦徒以此态之不可以堪，故且自忍而直至于今日。至于今日，而不谓此小弱青衣乃遂敢以至是！然则我宁于张生焉，便付决绝都无不可；我其谁能以千金贵人，而顾甘心于是也耶？盖双文之天性矜尚，又有如此。然而其与张生，则必不能以真遂付之决绝也。岂惟不能付之决绝而已，乃至必不能以更迟一日二日不见之也。取笔力疾而书之，而题之，而封之，而手自授之，谩之曰："我欲其勿更出此"，则固并非欲其不更出此者也。诗具在，诗曰："待月西厢下，迎风户半开。拂墙花影动，疑是玉人来。"欲人勿更出此，则其谓固当如是者乎？且一诗之不足，而又有其题，题曰：《月明三五夜》。欲人勿更出此，则固当诗之不足，而又题之者乎？盖双文有情，则既谓人之有情，皆如我也，而双文灵慧，则又谓人之灵慧，皆如我也。夫我之大怒，顷者实惟不可向迩，我则计红娘是必诉之者也；又我授书之言，顷者实惟致再致三，嘱云"勿更出此"，我则又计红娘是必又述之者也。夫张生而知我之大怒至于不可向迩且如此，又闻我授书之言，致再致三，嘱云"勿更出此"又如此，然则启书而读，而又见其中云云，我意其骤焉虽惊，少焉虽疑，姑再思焉，其谁有不快然大悟也者，夫张生快然大悟，而疾卷书而袖之，更多诡作咨嗟而漫付之，敬谢红娘而遣还之，然后或坐或卧而徐待之，待至深更而悄焉赴之。彼为天下才子何至独不能作三翻手，三竖指，如崔千牛之于红绡妓之事哉？今也不然，更未深，人未静，我方烧香，红娘方在侧，而突如一人，则已至前；夫更未深，人未静，我方烧香，红娘方在侧，而突如一人，则已至前，则是又取我诗，于红娘前不惜罄尽而言之也；此真双文之所决不料也，此真双文之所决不肯也，此真双文之所决不能以少耐也。盖双文之尊贵矜尚，其天性既有如此，则终不得而或以少贬损也。由斯以言，而闹简岂双文之心，而赖简尤岂双文之心？而读《西厢》者不察，而总漫然置之。夫天下百曲、千曲、万曲，百折、千折、万折之文，即孰有过于《西厢·赖简》之一篇，而奈何不纵心寻其起尽，以自容与其间也哉？

《西厢》如此写双文，便真是不惯此事女儿也。夫天下安有既约张生，而尚瞒红娘者哉？真写尽又娇雅、又矜贵、又多情、又灵慧千金女儿。不是洛阳对门女儿也。

（红娘上，云）今日小姐着俺寄书与张生，当面偌多假意儿，诗内却暗约着他来。小姐既不对俺说，俺也不要说破他，只请他烧香，看他到其间怎生瞒俺？

（红娘请云）小姐，俺烧香去来。（莺莺上，云）花香重叠晚风细，庭院深沉早月明。

【双调】【新水令】（红娘唱）晚风寒峭透窗纱，_{从闺中行出来，未开窗也。}控金钩绣帘不挂。_{方开窗见帘也。}门阑凝暮霭，_{临阶正望也。}楼阁抹残霞。_{下阶回望也。}恰对菱花，楼上晚妆罢。_{已上四句皆写景，然景}中则有人；此一句写人，然人中又有景。吾吴唐伯虎写双文小影贵如拱璧，又岂能有如是之妙丽？

写双文乍从闺中行出来。前篇〔粉蝶儿〕是红娘从外行入闺中来，故先写帘外之风，次写窗内之香；此是双文从内行出闺外来，故先写深闭之窗，次写不卷之帘。夫帘之与窗，只争一层内外，而必不得错写者，此非作者笔墨之精致而已，正即观世音菩萨经所云："应以闺中女儿身得度者，即现闺中女儿身，而为说法。"盖作者当提笔临纸之时，真遂现身于双文闺中也。

【驻马听】不近喧哗，嫩绿池塘藏睡鸭。_{想见双文低头而行。}自然幽雅，淡黄杨柳带栖鸦。_{想见双文抬头而行。}金莲蹴损牡丹芽，_{想见双文一直而行。}玉簪儿抓住荼蘼架。_{想见双文回顾而行。}草苔径滑，露珠儿湿透凌波袜。_{想见双文行而忽停，停而又行也。妙绝！}

写双文渐渐行出花园来。是好园亭，是好夜色，是好女儿，是境中人，是人中境，是境中情，写来色色都有，色色入妙。

俺看我小姐和张生，巴不得到晚哩。^{正说小姐，带说张}（正说小姐，带说张生，其妙可想。）

【乔牌儿】自从那日初时，^{何太早！写成一笑。}想月华，捱一刻，似一夏；见柳梢斜日迟迟下，^{自从日出，以至日斜，可谓遥矣；而必又于柳梢下，"迟迟"字者，庄生固云"适百里者半九十"也。}道好教贤圣打。

> 已行至花园矣，更无可写，遂复追写其未来花园时。问："此未来花园时语，亦得先写在前耶？"答曰："不得先写在前也。夫先写在前，则必累坠笔墨。从所谓日出时，莺莺便千吁万嗟，又安得泠泠然有上〔新水令〕之轻笔妙辞哉？"

【搅筝琶】打扮得身子儿乍，准备来云雨会巫峡。^{《西厢》最淫是此二句。}为那燕侣莺俦，扯杀心猿意马。

> 上忽振笔写至未来花园以前，此乃转笔写入花园来也。

他水米不沾牙，越越的闭月羞花，^{水米不沾，则似有情；闭月羞花，则又似无情。只二句写尽红娘贼。}真假、^{妙！妙！真异耶？则胡为越越丰艳！假耶，则又胡为水米不沾牙哉？}这其间性儿难按捺，^{分明从前篇毒心中生出来毒眼来也。}我一地胡拿。^{言亦更不反复相猜，只待下文做出便见也。}

> 此节之妙，莫可以言。据文，乃是红娘描尽双文；而细察文外之意，却是作《西厢记》人描尽红娘也。盖作《西厢记》人细思红娘从上篇来，此其心头虽说一半全是怨毒，然亦一半毕竟还是狐疑；岂有昨日于我扎起面皮，既已至于此极，而今夜携我并行，忽然又有他事者？我亦独不解张生所诵之诗，则何故而明明又若有其事耳？只此一点委决不下，自不免有无数猜测。然而此时又用直笔反复再写，则彼红娘于上篇，已不啻作数十反复者，今至此篇，犹尚呶呶不休，岂不可厌之极也。今看其轻轻只换作双文身上，左推右敲，似真还假，一样用笔，而别样用墨，文章乃如具茨之山，便使七圣入之皆迷，真异事也。

小姐这湖山下立地，我闭了角门儿，怕有人听咱说话。^{一面是打探；一面是抽身。}（红娘瞧门外科）

（张生上，云）此时正好过去也。（张生瞧门内科）

【沉醉东风】是槐影风摇暮鸦？^{斫山云："从来只谓人有魂，今而后知文亦有魂也。如此句七字，乃是下句七字之魂，被妙笔文人撮出来。"}是玉人幅侧乌纱？

> "槐影"、"乌纱"，写张生来，却作两句；只写两句，却有三事。何谓三事？红娘吃惊，一也；张生胆怯，二也；月色迷离，三也。妙绝、妙绝。

你且潜身曲槛边，他今背立湖山下。

> 妙绝、妙绝。昨与一友初看，谓此句是红娘放好张生，此友人便大赏叹，谓直是妙事、妙人、妙情、妙态也。今日圣叹偶尔又复细看，却悟此句乃是红娘放好自家。盖昨日止因一简，便受无边毒害；今若适来关门，而反放入一人，安保双文变计多端，不又将捉生替死，别起波澜乎？故因特命张生且复少停；得张生少停，而红娘早已抽身远去；便如耸身云端看人厮杀者，成败总不相干矣。谚云："千年被蛇咬，万年怕麻绳。"真是写绝红娘也。^{瞧门而红娘不在双文边，且停而红娘又不在张生边，红娘贼哉！}

那里叙寒暖打话。

> （张生搂红娘，云）我的小姐！（红云）是俺也，早是差到俺，若差到夫人怎了也。^{痴句，妙句，得未曾有。}

便做道搂得慌，也索觑咱，多管是饿得你穷神眼花。

> 我且问你，真个着你来么？^{妙！妙！此方是红娘也。世间俗笔写不到也。}

> （张生云）小生是猜诗谜社家，风流随何，浪子陆贾，准定拢拢帮便倒地。^{妙！妙！偏要又写一遍。}

> 红娘安插张生，而张生不辨，竟直来搂之。此虽写傻角急色，然是夜一片月色迷离，亦复如画。

> 你却休从门里去，只道我接你来，你跳过这墙去。张生，你见么？今夜一弄儿风景，分明助你两个成亲也。

【乔牌儿】你看淡云笼月华，便是红纸护银蜡；^{实是丽句。}柳丝花朵便是垂帘下，^{实是丽句。"下"上声。}绿莎便是宽绣榻。^{实是丽句。}【甜水令】良夜又迢遥，^{实是丽句。}闲庭又寂静，^{实是妙句。}花枝又低亚。^{实是妙句。}

> 才子佳人向花烛底下定情，是一片妙雨；才子佳人向花月底下定情，又是一片妙丽。今却将两片妙丽合作一片妙雨，便是异样妙雨也。"良夜"云云，是三句，是一句，是无数句。若解作迢遥是迢遥，寂静是寂静，低亚是低亚，则是三句；若解作迢遥之夜何其寂静，寂静之庭何其低亚，低亚之影何其迢遥，则是一句，若解作尽人寂静以受用其迢遥，尽人迢遥而暗藏于寂静，尽人迢遥寂静以颠之倒之于低亚之中，则是无数句。普天下锦绣才子必皆能想到其事也。

只是她女孩儿家，你索意儿温存，话儿摩弄，性儿浃洽；^{温存摩弄，人所习闻，固莫妙于"性儿浃洽"四字也。}

休猜做路柳墙花。【折桂令】他娇滴滴美玉无瑕，莫单看粉脸生春，云鬓堆鸦。此之谓深深语，密密意，未经第二人道也。

> 写红娘前篇之饮恨双文实惟不浅；至此而忽然又作千怜万惜之文者，不惟此人实足使人千怜万惜，实则此事亦真不得不作千怜万惜也。双文之去我也，已不知几百千年矣，乃我于今夜读之，而犹尚为之千怜万惜也。曰："双文尔奈何？双文尔奈何？"

我也不去受怕担惊，我也不图浪酒闲茶。妙！妙！言悉与我无干也。总是昨日齐蒂未平。

> 幼读《论语》孟子反入门策马之文，以为无大难事者，直以有功不伐，固学者应然之事也。兹读《西厢》，崔张临欲定情之时，红娘乃忽自诿无功于其间，以为真大难事者。此自是作《西厢记》人笔墨精细，意便专写红娘昨日创巨，至今痛深。盖圣叹则一生无此精细故也。

是你夹被儿时当奋发，指头儿告了消乏。"消乏"之为言得替也。此固极猥亵语也，然而不嫌竟写之者，盖佛经亦曾直说其事，谓之以手出精非法淫也。打叠起嗟呀，毕罢了牵挂，收拾过忧愁，准备着撑达。

> 自〔乔牌儿〕至此，如引弓至满，快作十成语也。

（张生跳墙科）

（莺莺云）是谁？（张生云）是小生。（莺莺唤云）红娘！红娘！（不应科）

（莺莺怒云）哎哟！张生，你是何等之人！我在这里烧香，你无故至此，你有何说？（张生云）哎哟！

> 便如无简招之者然，且又直至后止；另数其今夜之来，不闻数其前日之简。作者用意之妙，真孤行于笔墨之外，全非近俭之所得知也。

【锦上花】为甚媒人心无惊怕？赤紧夫妻，意不争差。

> 上文双文已来花园矣，红娘犹不信其真肯也，不信得最妙；此文双文已自发作矣，红娘犹不信其真不肯也，不信得又最妙。"赤紧"二字，犹言贴肉夫妻，有何闲话。

我蹑足潜踪，去悄地听他一人羞惭，一人怒发；【后】一个无一言，一个变了卦；一个悄悄冥冥；一个絮絮答答。

> 此虽双写二人之文，然妙于第一二句也。笔下纸上，便明明白白，共见红娘抽身另住一边，自称局外闲人，以谨避双文之波及。明是第三篇文字矣，却偏能使第二篇文字泄泄闪闪，重欲出现，真是奇绝。

（红娘远立低叫云）张生，你背地里硬咀那里去了？你向前呵，告到官司，怕羞了你！

为甚进定随何，禁住陆贾，叉手躬身，如聋似哑？【清江引】你无人处且会闲嗑牙，就里空奸诈。怎想湖山边，不似西厢下。

此翻跌前文成趣也。不知是前文特为翻此文，故有前文？不知是此文特为翻前文，故有此文？总之文文相生，莫测其理。

（莺莺云）红娘有贼！（红云）小姐，是谁？妙！妙！贼也，而又问谁哉？

（张生云）红娘，是小生。妙！妙！问小姐也，而张生答哉！三句，三人，三心，三样，分明是三幅画。

西厢中如此白，真是并不费笔费墨，一何如花如镜！看他双文唤红娘，红娘唤小姐，张生唤红娘，三个人各自胸前一片心事，各自口中一样声唤，真是写来好看煞人也。

（红云）张生，这是谁着你来？妙绝！妙绝！须知其不是指扳小姐，只图脱卸自身。你来此有甚么的勾当？

（张生不语科）

（莺莺云）快扯去夫人那里去！（张生不语科）

（红云）扯去夫人那里，便坏了他行止，我与小姐处分罢。张生，你过来跪者！你既读孔圣之书，必达周公之礼，你黉夜来此何干？

香美娘处分花木瓜，【雁儿落】不是一家儿乔坐衙，千载奇事，煞是好看，被人搬熟，遂不觉耳。要说一句儿衷肠话。只道你文学海样深，谁道你色胆天来大。【得胜令】你黉夜入人家，我非奸做盗拿。你折桂客，做了偷花汉。不去跳龙门，来学骗马。

坐堂是小姐，听勘是解元，科罪是红娘。昨往僧舍看陕摩变相，归而竟日不怡，忽睹此文，如花奴鼓声也。

小姐，且看红娘面，饶过这生者。（莺莺云）先生活命之恩，恩则当报；既为兄妹，何生此心？万一夫人知之，先生何以自安？今看红娘面，便饶过这次，若更如此，扯去夫人那里，决不干休！

谢小姐贤达，看我面做情罢。若到官司详察，先生整备精皮肤一顿打。可儿，可儿。

写红娘既不失轻，又不失重，分明一位极滑脱问官，最是松快之笔。红娘此时一边出豁张生，正是一边出豁双文也。极似当时玄宗皇帝花萼楼下与宁王对局，太真手抱白雪猧儿，从旁审看良久，知皇帝已失数道，便斗然放猧儿踩乱其子，于是天颜大悦也。

（莺莺云）红娘，收了香桌儿，你进来波。（莺莺下）

（红娘羞张生，云）羞也呸！羞也呸！却不道"猜诗谜社家，风流随何，浪子陆贾？"今日便早死心塌地也！

【离亭宴带歇拍煞】再休题“春宵一刻千金价”，准备去“寒窗重守十年寡”。

结文。

猜诗谜的社家，弇拍了“迎风户半开”，山障了“隔墙花影动”，云罨了“待月西厢下”。极尽淋漓。一任你将何郎粉去搽，他已自把张敞眉来画。极尽漓淋，强风情措大，晴干了尤云殢雨心，忏悔了窃玉偷香胆，涂抹了倚翠偎红话。极尽淋漓。淫词儿早则休，简帖儿从今罢，犹古自参不透风流调法。极尽淋漓。

于既结后忽然重放笔作极尽淋漓之文，使我想皓布裩“昨夜雨滂沱，打倒葡萄棚”一颂，不觉遍身快乐。

小姐，你息怒嗔波卓文君！重作结。又妙于作双结。

此重作双结也。此结双文“请大人打鼓退堂”，妙！妙！

张生，你游学去波渴司马！

此结张生，犯人免供逐出，妙！妙！于红娘口中，我亦细思必应作双结。作者真乃极尽能事。

三之四　后　　候

伧近日所作传奇，例必用四十折，吾真不知其何故，不可多，不可少，必用四十折也。盖南华老人言之也，曰：“鹏之飞于南溟也，绝云气，负青天，其去地既九万里，则其视地，犹如地上之人之视之苍苍也，不知其为正色耶？抑为远而无所至极之色耶？”以言诸王贵人，生于后宫，气体高妙，则不知白屋之下，寒乞之士，何故终日竟夜嚄嚄唶唶，其声不绝也。诸葛忠武，以一身任天下之重，统百万之军，兵马粮糗，器仗图籍，天文地形，宾客刑狱，无不独经于心，则不知傲然野生，疏巾单衣，步行来前，抵掌言事，其胸中有何等陈乞也。十住菩萨，于佛性义，能了了见，则不知一切众生，于生死海没已得出，出已还没，虽经千佛、世尊，云兴于世，出家成道，说法度生，乃至入于涅槃甚久甚久，而彼方复出没如故，此是取何快乐也。盖诸王贵人之不知，真犹如嚄唶寒士之不知诸王者也；诸葛忠武之不知，真犹如徒步野生之不知忠武者也；十住菩萨之不知，真犹如没海众生之不知菩萨者也。故曰：

"亦若是则已矣。"惟孔子亦曰："道不相为谋。"马牛风于泽，理岂互及哉！而独不谓文章之事，亦复有然。昨读《西厢》，因而谛思伧所作传奇，其不可多，不可少，必用四十折，吾则真不知其尊何术而必如此。若夫《西厢》之为文，一十六篇，则吾实得而言之矣。有生有扫，生如生叶生花，扫如扫花扫叶。何谓生？何谓扫？何谓生如生叶生花？何谓扫如扫花扫叶？今夫一切世间太虚空中，本无有事，而忽然有之，如方春本无有叶与花，而忽然有叶与花，曰生；既而一切世间妄想颠倒，有若干事，而忽然还无，如残春花落即扫花，穷秋叶落即扫叶，曰扫。然则如《西厢》，何谓生？何谓扫？最前《惊艳》一篇谓之生，最后《哭宴》一篇谓之扫。盖《惊艳》已前，无有《西厢》；无有《西厢》，则是太虚空也。若《哭宴》已后，亦复无有《西厢》；无有《西厢》，则仍太虚空也。此其最大之章法也。而后于其中间，则有此来彼来。何谓此来？如《借厢》一篇，是张生来，谓之此来；何谓彼来？如《酬韵》一篇，是莺莺来，谓之彼来。盖昔者莺莺在深闺中，实不图墙外乃有张生借厢来；是夜张生在西厢中，亦实不图墙内遂有莺莺酬韵来。设使张生不借厢，是张生不来；张生不来，此事不生。即使张生借厢，而莺莺不酬韵，是莺莺不来；莺莺不来，此事亦不生。今既张生慕色而来，莺莺又慕才而来，如是谓之两来；两来则南海之人已不在南海，北海之人已不在北海也。虽其事殊未然，然而于其中间已有轻丝暗萦，微息默度，人自不觉，势已无奈也。而后则有三渐。何谓三渐？《闹斋》第一渐，《寺警》第二渐，今此一篇《后候》，第三渐。第一渐者，莺莺始见张生也；第二渐者，莺莺始与张生相关也；第三渐者，莺莺始许张生定情也。此三渐，又谓之三得。何谓三得？自非《闹斋》之一篇，则莺莺不得而见张生也；自非《寺警》之一篇，则莺莺不得而与张生相关也；自非《后候》之一篇，则莺莺不得而许张生定情也。何也？无遮道场，故得微露春妍；讳日营斋，故得亲举玉趾；舍是则尚且不得来，岂直不得见也？变起仓卒，故得受保护备至之恩；母有成言，故得援一醮不改之义；舍是则于何而得有恩，于何而得有义也。听琴之夕，莺莺心头之言，红娘而既闻之；赖简之夕，张生承诗之来，红娘而又见；今则不惟闻之见之，彼已且将死之；细思彼既且将死之，而红娘又闻之见之，而莺莺尚安得不悲之？尚安得复忌之？尚安得再忍之？尚安得不许之？

舍是则不惟红娘所见，不得令红娘见，乃至红娘所闻，乌得令红娘闻也？而后则又有二近、三纵。何谓二近？《请宴》一近，《前候》一近。盖近之为言，几几乎如将得之也；几几乎如将得之之为言，终于不得也；终于不得，而又如此几几乎如将得之之言者，文章起倒变动之法也。三纵者，《赖婚》一纵，《赖简》一纵，《拷艳》一纵。盖有近则有纵也，欲纵之，故近之；亦欲近之，故纵之。纵之为言，几几乎如将失之也；几几乎如将失之之为言，终于不失也，终于不失，而又为此几几乎如将失之之言者，文章起倒变动之法，既已如彼，则必又如此也。而后则有两不得不然。何谓两不得不然？《听琴》不得不然，《闹简》不得不然。《听琴》者，红娘不得不然；《闹简》者，莺莺不得不然。设使《听琴》不然，则是不成其为红娘；不成其为红娘，即不成其为莺莺。何则？嫌其如机中女儿，当户叹息，阿婆得问今年消息也。《闹简》不然，则是不成其为莺莺；不成其为莺莺，即不成其为张生。何则？嫌其如碧玉小家，回身便抱，琅玡不疑登徒大喜也。而后则有实写一篇。实写者，一部大书，无数文字，七曲八折，千头万绪，至此而一齐结穴，如众水之毕赴大海，如群真之咸会天阙，如万方捷书齐到甘泉，如五夜火符亲会流珠。此不知于何年月日发愿动手欲造此书，而今于此年此月此日遂得快然而已阁笔，如后文《酬简》之一篇是也。又有空写一篇。空写者，一部大书，无数文字，七曲八折，千头万绪，至此而一无所用，如楚人之火烧阿房，如庄惠之快辩倏鱼，如临济大师肋下三拳，如成连先生刺船径去。此亦不知于何年月日发愿动手造得一书，而即于此年此月此日立地快然其便裂坏，如最后《惊梦》之一篇是也。凡此皆所谓《西厢》之文，一十六篇，吾实得而言之者也。谓之十六篇可也，谓之一篇可也，谓之百千万亿文字，总持悉归于是可也，谓之空无点墨可也。若伧近日所作传奇，不可多，不可少，必用四十折，吾则诚不能知其遵何术而必如此也。彼视《西厢》苍苍然正色耶？远而无所至极耶？《西厢》视彼，亦苍苍然正色耶？远而无所至极耶？盖南华老人言之也，曰："亦若是则已矣。"

（夫人上，云）早间长老使人来说，张生病重。俺着人去请太医，一壁分付红娘去看，问太医下什么药？是何证候？脉息如何？便来回话者。（夫人下，红娘上，云）夫人使俺去看张生，夫人呵，你只知张生病重，那知

他昨夜受这场气呵，怕不送了性命也。（'红娘下）

（莺莺上，云）张生病重，俺写一简，只说道药方，着红娘将去，与他做个道理。（唤科，红应云）小姐，红娘来也。（莺莺云）张生病重，我有一个好药方儿，与我将去咱！（红云）小姐呵，你又来也！也罢，夫人正使我去，我就与你将去波。（莺莺云）我专等你回话者。（莺莺下，红娘下）

（张生上，云）昨夜花园中我吃这场气，投着旧证候，眼见得休了也。夫人着长老请太医来看我；我这恶证候，非是太医所治；除非小姐有甚好药方儿，这病便可了。

（红娘上，云）俺小姐害得人一病郎当，如今又着俺送甚药方儿。俺去则去，只恐越着他沉重也！异乡最有离愁病，妙药难医肠断人。

【越调】【斗鹌鹑】（红娘唱）先是你彩笔题诗，回文织锦，^{"先是你"}_{妙！妙！}引得人卧枕着床，忘餐废寝；^{"引得人"}_{妙！妙！}到如今鬓似愁潘，腰如病沈，恨已深，病已沉。^{"到如今"}_{妙！妙！}多谢你热劫儿对面抢白，冷句儿将人厮侵。^{"多谢你"。}_{妙！妙！}

> "先是你"、"引得人"，言病之所由起也；"到如今"、"多谢你"，言病之所由剧也。如此望闻问切，真乃神圣巧功矣。"先是你"句，便放过张生者，红娘只知莺莺酬韵，不知张生借厢也；"多谢你"句，又放过夫人者，张生深恨莺莺赖简，过于夫人赖婚也。此皆写红娘细心切脉，洞见脏腑处，非等闲下笔也。_{《西厢》笔笔不等闲，《西厢》篇篇起笔，尤不等闲。}

【紫花儿序】你倚着枕门儿待月，依着韵脚儿联诗，侧着耳朵儿听琴。

> 昨夜忽然撇假偌多，说："张生，我与你兄妹之礼，甚么勾当！"

忽把个书生来跌窨。

> 今日又是："红娘，我有个好药方儿，你将去与了他！"

又将我侍妾来逼凌。难禁，倒教俺似线脚儿般殷勤，不离了针。_{真为可恼，真为可笑。}

> 凡作三折，折到题。写红娘心头全无捉摸，最为清辩之笔。犹言如此，则不应如彼；如彼，则不应又如此也。一二三四句，似与第一节复者；第一节是叙张生病源，此是叙莺莺药方，两节固各不相蒙也。"难禁"者，自言难煞。莺莺自《前候》至此，凡三遣红娘到书房矣；不进一缝，不通一风，真何以堪之哉！

从今后由他一任。_{妙绝！妙绝！}

> 既多番遣到书房，而终于不进一缝，不通一风，则我亦惟有袖手旁立，

任君自为，谁能尚有眷眷不释也耶？观此言，则前两番遣到书房，红娘之喜，红娘之怒，不言可知。

甚么义海恩山，无非远水遥岑。真是精绝之句。

不觉为"好药方儿"四字哑地失笑也。

（见张生问云）先生可怜呵！你今日病体如何？（张生云）害杀小生也！我若是死呵，红娘姐，阎罗王殿前，少不得你是干连人。（红云）普天下害相思，不相你害得恁煞也。小姐，你那里知道呵！

真正妙白！不是写红娘怜张生，乃是写张生病至重也；写张生病至重者，写莺莺之得以回心转意也。盖张生病至重，而犹不回心转意，则是豺虎之不如也。若张生病不至于至重，而早便回心转意，则又为雀鸽之类也。作文实难，知文亦甚不易，于此可见。

【天净沙】你心不存学海文林，梦不离柳影花阴，只去窃玉偷香上用心。又不曾有甚，我见你海棠开想到如今。"又不曾有甚"五字，妙绝。便将夫人许婚，小姐传简，一齐赖过。前夫人赖，小姐赖，此红娘又赖，妙！妙！

你因甚便害到这般了？（张生云）你行我敢说谎？我只因小姐来。昨夜回书房，一气一个死。我救了人，反被人害。古云："痴心女子负心汉"，今日反其事了。（红云）这个与他无干。

真是妙白。写来便真是气尽喘急，逐口断续之声。至于红答之奇妙绝世，又反不论矣。

【调笑令】你自审这邪淫，看尸骨嵓嵓，是鬼病侵。"自审"妙，"邪淫"妙，"是鬼"妙。看他便一毫不提及莺莺。**便道秀才们从来恁。**看他绝是扯过一边语，便不欲提及莺莺。**似这船单相思，好教撒吞。**"单相思"妙。既单矣，犹自称相思耶？"撒吞"之为言，撒而吞之，吴音言吃屁，盖云不成其为相思也。**功名早则不遂心，**扯到功名，一何无谓！**婚姻又反吟复吟。**此亦扯语也。竟如张生命官填注，全与莺莺无涉也。前张生告红娘生辰八字，至此忽推成命书，笑绝。

此二节之妙，都在字句之外，何以言之？只看其各用一"你"字起，便是藏过莺莺，更不道及，为弃绝之至也。若更道及者，即不独莺莺羞，红娘先自羞也。前《闹简》一篇，既作如许尽情极致之文，此如再作一篇，世安得崔颢诗下又有诗耶？看他只用两"你"字，纯责张生，便将莺莺直置之不足又道，而其尽情极致，不觉遂转过于前文。天下真有除却死法，别是活法之理也。前"你"，是说张生病源；后"你"，是说张生病证。

夫人着俺来看先生，吃什么汤药。这另是一个甚么好药方儿，送来与先生。

真正妙白！盖"另是一个甚么"者，甚不满之辞也。不言谁送来与先生者，深恶而痛绝之之至也。前一简出之何其迟，迟得妙绝；此一简出之何其速，速得又妙绝。唐人作画，多称变相，以言番番不同；今如此两篇出简，真可谓之变相矣。

（张生云）在那里？（红授简，云）在这里。（张生开读，立起笑云）我好喜也！是一首诗。（揖云）早知小姐诗来，礼合跪接。红娘姐，小生贱体不觉顿好也。（红云）你又来也！不要又差了一些儿。（张生云）我那有差的事！前日原不得差，得失亦事之偶然耳。^{妙！妙！绝世聪明人语也。}（红云）我不信！你念与我听呵。（张生云）你欲闻好语，必须致诚敛衽而前。（张生整冠带，双手执简科）^{科白俱好。}

（念诗云）"休将闲事苦萦怀，取次摧残天赋才。不意当时完妄行，岂防今日作君灾？仰酬厚德难从礼，谨奉新诗可当媒。寄语高唐休咏赋，今宵端的雨云来。"^{诗丑绝。}红娘姐，此诗又非前日之比。（红低头沉吟云）哦，有之，我知之矣。^{妙！妙！绝世聪明人也。}小姐，你真个好药方儿也。

【小桃红】桂花摇影夜深沉，酸酪"当归"浸。^{真好药方。}紧靠湖山背阴里窨，最难寻。^{真好修合。}一服两服令人恁。^{真好效验。}忌的是"知母"未寝，怕的是红娘撒沁。^{真好避忌。}这其间"使君子"一星儿"参"。^{人参也。人参"参"字，应作"葠"字，俗通作"参"、此又借作"参"字用也。妙绝。}

便撰成一药方，其才子之狡狯如此。

【鬼三台】只是你其实悋，休妆吞。真是风魔翰林，无投处问佳音，向简帖上计稟。^{"稟"从禾不从示。力锦切。}得了个纸条儿恁般绵里针，若见了玉天仙怎生软斯禁？

又非笑之。细思此时，真有得红娘非笑也。

俺小姐正合忘恩，偻人负心。

又唬吓之。细思此时，真有得红娘唬吓也。

【秃厮儿】你身卧一条布衾，头枕三尺瑶琴；他来怎生一处寝，冻得他战兢兢。

又奚落之。细思此时，真有得红娘奚落也。

知音。【圣药王】果若你有心，他有心，昨宵秋千院宇夜深沉；花有阴，月有阴，便该"春宵一刻抵千金"，何须又"诗对会家吟"？^{真乃笔舌互用。}

又辩驳之。细思此时，真有得红娘辩驳也。

【东原乐】我有鸳鸯枕，翡翠衾，便遂杀人心，只是如何赁？^{此等花色，真是凭空蹴起。}

> 又骄奢之。细思此时，真有得红娘骄奢也。

你便不脱和衣更待甚？不强如指头儿怼。^{即佛所云非法出精也。}你成亲已大福荫。^{纯是凭空蹴起。}

> 又欺诳之。细思此时，真有得红娘欺诳也。前几节至此，皆极写红娘满心欢喜之文。

> 先生，不瞒你说，俺的小姐呵，你道怎么来？

【绵搭絮】他眉是远山浮翠，腿是秋水无尘，肤是凝酥，腰是弱柳，俊是庞儿俏是心，体态是温柔性格是沉。他不用法灸神针，他是一尊救苦救难观世音。

> 描画莺莺一通，乃是断不可少。如看李龙眠白描观音也，又不似脱侯病语，妙绝。

> 然虽如此，我终是不敢信来。

> 妙！妙！其事本不易信，何况其人又最难信。殷鉴不远，便在前夜。

【后】我慢沉吟，你再思寻。^{妙绝！妙绝！}

> （张生云）红娘姐，今日不比往日。

> （红云）呀，先生不然。

你往事已沉，我只言目今。^{妙绝！妙绝！}

> 不信小姐今夜却来。

今夜三更他来怼。^{妙绝！妙绝！}

> 上文一路都作满心欢喜之文，至此互又移官换羽，一变而为惊疑不定之文，真乃一唱三叹，千回万转矣。世间有如此一气清转却万变无方，万变无方又一气清转之文哉？普天下后世锦绣才子，读至此处，谁复能不心死哉！

> （张生云）红娘姐，小生吩咐你：来与不来，你不要管。总之，其间望你用心！^{妙白！}

我是不曾不用心，^{俗本失此一句。}怎说白璧黄金？满头花，拖地锦？【煞尾】夫人若是将门禁，早共晚我能教称心。

> 真心实意，代人担忧，而反遭人所疑，于是满口分说，急不得明。世间多有此事，又何独一红娘哉！只是笔墨之下，不知如何却写到。

先生，我也要吩咐你：总之，其间你自用心，来与不来，我都不管。_{妙白。可谓}_{行文如戏。}

来时节肯不肯怎由他，见时节亲不亲尽在您。

一句刚克，一句柔克，天下之能事毕矣。

卷　七

第四之四章　题目正名
小红娘成好事，
老夫人问由情；
短长亭斟别酒，
草桥店梦莺莺。

四之一　酬　简

古之人有言曰："《国风》好色而不淫。"比者圣叹读之而疑焉，曰："嘻，异哉！好色与淫相去则又有几何也耶？若以为'发乎情，止乎礼'；发乎情之谓好色，止乎礼之谓不淫，如是解者，则吾十岁初受毛诗，乡塾之师早既言之，吾亦岂未之闻？亦岂闻之而遽忘之？吾固殊不能解好色必如之何者谓之好色；好色又必如之何者谓之淫；好色又如之何谓之几于淫，而卒赖有礼，而得以不至于淫；好色又如之何谓之赖有礼得以不至于淫，而遂不妨其好色。夫好色而曰吾不淫，是必其未尝好色者也；好色而曰吾大畏乎礼，而不敢淫，是必其并不敢好色者也；好色而大畏乎礼而不敢淫，而犹敢好色，则吾不知礼之为礼将何等也？好色而大畏乎礼而犹敢好色，而独不敢淫，则吾不知淫之为淫必何等也？且《国风》之文具在，固不必其皆好色，而好色者往往有之矣；抑《国风》之文具在，反不必其皆好色，而淫者往往有之矣。信如《国风》之文之淫，而犹谓之不淫，则必如之何而后谓之淫乎？信如《国风》之文之淫而犹望其昭示来许，为大鉴戒，而因谓之不淫，则又何文不可昭示来许，为大鉴戒，而皆谓之不淫乎？凡此吾比者读之而实疑焉。人未有不好色者也；人好色未有不淫者也，人淫未有不以好色自解者也。此其事，内关性情，外关风化，其伏至细，其发至巨，故吾得因论《西厢》

之次，而欲一问之：夫好色与淫，相去则真有几何也耶？《国风》之淫者，不可以悉举，吾今独摘其尤者，曰：'以尔车来，以我贿迁。'嘻，何其甚哉！则更有尤之尤者，曰：'子不我思，岂无他人？'嘻，此岂复人口中之言哉？夫《国风》采于周初，则是三代之盛音也；又经先师仲尼氏之所删改，则是大圣人之文笔也；而其语有如此，真将使后之学者奈之何措心也哉！

自古至今，有韵之文，吾则见大抵十七皆儿女此事。此非以此事真是妙事，故中心爱之，而定欲为文也；亦诚以为文必为妙文，而非此一事，则文不能妙也。夫为文必为妙文，而妙文必借此事，然则此事其真妙事也。何也？事妙故文妙，今文妙必事妙也。若此事真为妙事，而为文竟非妙文，然则此事亦不必其定妙事也。何也？文不妙必事不妙，今事不妙，故文不妙也。甚矣！人之相去，不可常理计也。同此一手，手中同此一笔，而或能为妙文焉，或不能为妙文焉。今而又知岂独是哉？乃至同此一男一女，而或能为妙事焉，或不能为妙事焉。曰："何用知其同此一男一女，而独不能为妙事？"曰："吾读其文而知之矣。"曰："彼其必争，吾亦妙事也。"曰："彼犹必争，吾亦妙文也。"书竟，不觉大笑。有人谓《西厢》此篇最鄙秽者，此三家村中冬烘先生之言也。夫论此事，则自从盘古，至于今日，谁人家中无此事者乎？若论此文，则亦自从盘古，至于今日，谁人手下有此文者乎？谁人家中无此事，而何鄙秽之与有？谁人手下有此文，而敢谓其有一句一字之鄙秽哉？曰："一句一字都不鄙秽。然则自《元和令》起，直至《青歌儿》尽，如是若干，皆何等言语耶？"曰："固也，我正谓如使真成鄙秽，则只须一句一字，而其言已尽，决不用如是若干言语者也。今自《元和令》起，直至《青歌儿》尽，乃用如是若干言语，吾是以绝叹其真不是鄙秽也。盖事则家家家中之事也，文乃一人手下之文也；借家家家中之事，写吾一人手下之文者，意在于文，意不在于事也；意不在事，故不避鄙秽；意在于文，故吾真曾不见其鄙秽。而彼三家村中冬烘先生，犹呶呶不休，詈之曰'鄙秽'，此岂非先生不惟不解其文，又独甚解其事故耶？然则天下之鄙秽，殆莫过先生，而又何敢呶呶为？"

（莺莺上云）红娘传简帖儿去，约张生今夕与他相会。等红娘来，做个商量。

（红娘上云）小姐着俺送简帖儿与张生，约他今夕相会。俺怕又变卦，送了他性命，不是耍。俺见小姐去，看她说甚的。

（莺莺云）红娘，收拾卧房，我去睡。（红云）不争你睡呵，那里发付那人？（莺莺云）甚么那人？（红云）小姐，你又来也！送了人性命不是耍。你若又翻悔，我出首与夫人：小姐着我将简帖儿约下张生来。（莺莺云）这小妮子倒会放刁！（红云）不是红娘放刁，其实小姐切不可又如此。

（莺莺云）只是羞人答答的。（红云）谁见来？除却红娘，并无第三个人。

斫山云："天下事之最易最易者，莫如偷期。"圣叹问何故，斫山云："一事止用二人做，而一人却是我；我之肯，已是千肯万肯，则是先抵过一半功程也。"

（红娘催云）去来去来！（莺莺不语科）^{好！}

（红娘催云）小姐，没奈何，去来去来！（莺莺不语做意科）^{好！}

（红娘催云）小姐，我们去来去来！（莺莺不语，行又住科）^{好！}

（红娘催云）小姐，又立住怎么？去来去来！（莺莺不语，行科）^{好！}

（红娘云）我小姐语言虽是强，脚步儿早已行也。

【正宫】【端正好】（红娘唱）因小姐玉精神，花模样，无倒断晓夜思量。今夜出个至诚心，改抹咱瞒天谎。出画阁，向书房，离楚岫，赴高唐，学窃玉，试偷香，巫娥女，楚襄王，楚襄王敢先在阳台上。

（莺莺随红娘下）

（张生上云）小姐着红娘将简帖儿约小生，今夕相会。这早晚初更尽呵，怎不见来？^{更不可早，然实不迟。}人间良夜静复静，天上美人来不来。

【仙吕】【点绛唇】（张生唱）伫立闲阶。^{只用四字，便避过三之三〔乔牌儿〕"日初时想月华，捱一刻似一夏"等文。}

　　下文皆极写双文不来，张生久待。而此于第一句先写"伫立"字，便是待已甚久，而下文乃久而久也。盖下文极写久待固久，而此又先写甚久，使下文久而又久，则久遂至于不可说也。谓之只用一层笔墨，而有两层笔墨，此固文章秘法也。

夜深香霭横金界，潇洒书斋，闷杀读书客。

　　夜深矣，而书斋犹潇洒，盖潇洒之为言，寂无人来也。此其闷可想也。书斋寂无人来，此真读书之客之所甚乐也；书斋寂无人来，而客不乐而反闷，然则客之不读书可知也；客既不读书，而犹自名其屋曰"书斋"，甚矣，天下之无人无书斋也！连用两"书"字，最有讽刺。"潇洒书斋"四字，作闷用真奇事也。杜诗亦有之，曰："卷帘惟白水，隐几亦青山。"自为"白水""青山"字，亦未遭如是用也。

【混江龙】彩云何在？^{每叹《李夫人歌》，真是绝世妙笔。只看其第一句之四字，曰"是耶非耶"，便写得刘彻通身出神。今此"彩云何在"四字，亦真写得张生通身出神也。}

忽然欲其天上下来。已下皆作翻床倒席，爬起跌落之文，应接连处忽然
不接连，不应重沓处忽然又重沓，皆极写双文不来，张生久待神理。

月明如水浸楼台，僧居禅室，鸦噪庭槐。

月明如水，天上不见下来也；僧居禅室，静又不是也，鸦噪庭槐，动又
不是也。皆写张生搔爬不着之情也，非写景也。^{细思写此时张生，真何暇写到景！}

风弄竹声，只道金珮响；月移花影，疑是玉人来。^{一片搔爬不着神哩。}

忽然又欲其四面八方来。"溪声便是广长舌，山色岂非清净身？"悟时便
有如此境界；"风弄竹声金珮响，月移花影玉人来"，迷时便又有如此境
界。斫山则不然："风弄竹声风弄竹，月移花影月移花。"又何处气嘘嘘
地学得"广长舌"、"清净身"两句哉！^{斫山语。}

意悬悬业眼，急攘攘情怀，身心一片，无处安排；呆打孩倚定门儿待。^{昔人谓：}
^{"科头箕踞松下，白眼看他世上人。"不是冷极语，正是热极语，此真知言也。"呆打孩倚定门儿待"，此不是倚得定语，正是倚不定语也。一片搔爬不着神理。}

倚在门。妙绝！妙绝！

越越的青鸾信杳，黄犬音乖。【油葫芦】我情思昏昏倦开，单枕侧，梦魂几
入楚阳台。^{"几入"者，欲入而惊觉不入之辞也。《小弁》之诗曰："假寐永叹。"}
^{盖心忧无聊，只得且寐；既寐不寐，叹声彻夜。此用其句也。}

倚在枕，妙绝，妙绝。上文方倚在门，此文忽倚在枕，所谓应接连处，
忽然不接连也。^{一片搔爬不着神理。}

早知恁无明无夜因他害，想当初"不如不遇倾城色"。人有过，必自责，勿
惮改。^{一片搔爬不着，直搔爬向这里去。奇奇妙妙，一至于此。}

倚枕静思，不如改过，真胡思乱想之极也。道学先生闻张生欲改过，则
必加手于额曰："赖有是也，一部《西厢》只此一句是非乃不谬于圣人
也。"而殊不知正不然也。不惟张生欲改过是胡思乱想，凡天下欲改过
者，一切悉是胡思乱想。必也如《圆觉经》之于诸妄心亦不息灭，是则
真我先师"五十学易，可无大过"之道也矣。搔爬不着，横躺在床胡思
乱想，急写不尽，看其轻轻只写一句，云我欲改过，却不觉无数胡思乱
想，早已不写都尽也。盖改过正是胡思乱想之无尽底头语也。^{吾幼读《会真记》，至后半}
^{改过之文，几欲拔刀而起，不图此}
^{却翻成异样奇妙，真乃咄咄怪事。}

我却待贤贤易色将心戒，怎当他兜的上心来。

【天下乐】我倚定门儿手托腮。^{一片搔爬不着神理。}

忽然又倚在门，妙绝！妙绝！前倚在门，顷忽倚在枕，此忽又倚在门，所谓不应重沓处忽然又重沓也。

好着我难猜，来也那不来？

恨之。

夫人行料应难离侧。

谅之。忽然恨之，忽然又谅之，应接连处不接连也。^{一片搔爬不着神理。}

望得人眼欲穿，想得人心越窄。

忽然又恨之。

多管是冤家不自在。

忽然又谅之。忽然又恨之，忽然又谅之，不应重沓处又重沓也。

偌早晚不来，莫不又是谎？

【哪吒令】他若是肯来，早身离贵宅。

肯来。

他若是到来，便春生敝斋。

到来。贵宅"贵"字，敝斋"敝"字，都有神理，不止作寻常称呼用也。

他若是不来，似石沉大海。

不来。须知来句，是不来句；不来句，是来句也。口中说此句，心中反是彼句，一片全是搔爬不着神理也。

数着他脚步儿行，靠着这窗檻儿待。

倚在门，倚在枕，又倚在门，又倚在窗，妙绝，妙绝。

寄语多才，【鹊踏枝】恁的般恶抢白，并不曾记心怀。博得个意转心回，许我夜去明来。

真乃滴泪滴血之文也。昊天上帝，亦当降庭；诸佛世尊，亦当出定；何物双文，犹未出来耶？

调眼色已经半载，这其间委实难捱。

一路搔爬不着，至此真心尽气绝时也。

【寄生草】安排着害，准备着抬。

心尽气绝，更无活理，只有死也。

想着这异乡身，强把茶汤捱；只为你可憎才，熬定心肠耐；办一片至诚心，留得形骸在。试教司天台，打算半年愁；端的太平车，敢有十余载。

> 又放透笔尖再写一句，言今日之死，永无活理。盖死原不到今日，到今日而仍死，则其死真更不活也。世间何意有如此二十成笔法。

（红娘上云）小姐，我过去，你只在这里。

（敲门科）（张生云）小姐来也？（红云）小姐来也，你接了衾枕者！（张生揖云）红娘姐，小生此时一言难尽，惟天可表。（红云）你放轻着，休唬了他。你只在这里，我迎他去。（红娘推莺莺上，云）小姐，你进去，我在窗儿外等你。（张生见莺莺，跪抱云）张珙有多少福，敢劳小姐下降？

【村里迓鼓】猛见了可憎模样，早医可九分不快。

> 紧承前患病一篇，妙！

先前见责，谁承望今宵相待？

> 紧承前前《赖简》一篇，妙！细思张生初接双文时，真乃一部十七史，从何句说起好？今看其第一句紧承前篇，第二句紧承前前篇，譬如眉目鼻口，天生位置，果非人工之得与也。

教小姐这般用心，不才珙合跪拜。小生无宋玉般情，潘安般貌，子建般才，小姐，你只可怜我为人在客。

> 感激谦谢，正文不可少。

（莺莺不语，张生起，捱莺莺坐科）

【元和令】绣鞋儿刚半折。

> 此时双文，安可不看哉？然必从下渐看而后至上者，不准双文羞颜，不许便看；惟张生亦羞颜，不敢便看也。此是小儿女新房中真正神理也。

柳腰儿恰一搦。

> 自下渐看而至上也。如现如来三十二相，有顺有逆，此为逆观也。

羞答答不肯把头抬，只将鸳枕捱。

> 夫看双文，止为欲看其面也；今为不敢便看，故且看其脚，故且看其腰；乃既看其脚，既看其腰，渐渐来看其面；而其面则急切不可得看，此真如观如来者，不见顶相，正是如来顶相也。不然，而使写出欲看便看，此岂复成双文娇面哉？ 文真妙文，批亦真妙批。

云鬟仿佛坠金钗。给之也。偏宜鬏髻儿歪。又给之也。【上马娇】我将你纽儿松，又给之也。上给轻，

^{此绉猛。}我将你罗带儿解。^{又猛绉之也。}兰麝散幽斋，不良会把人禁害。哈，怎不回过脸儿来？^{上数句，全为此句，总必欲见其面也。}

看其钗，看其髻，则知独不得看其面也。看其钗，钗不坠；看其髻，髻不歪，而绉之曰钗坠髻歪者，其心必欲得一看其面也。绉之曰钗坠，绉之曰髻歪，而终不得一看其面；于是不免换作重语，猛再绉之，而何意终不可得而看哉！真写尽双文神理也。双文之面虽终不得而看，而双文之扣，双文之带，则趁势已解矣。夫双文之扣，双文之带，此真非轻易可得而解也，今用明修栈道，暗度陈仓之法，轻轻遂已解得，世间真乃无第二手也。^{"但应报道金钗坠，仿佛还应露指尖。"}正是此一法也。

（张生抱莺莺，莺莺不语科）

【胜葫芦】软玉温香抱满怀。

　　抱之。已下看其逐一句，逐一句，节节次次不可明言也。

呀！刘阮到天台，

　　初动之。

春至人间花弄色。

　　玩其忍之。

柳腰款摆，花心轻折，露滴牡丹开。【后】蘸着些儿麻上来。

　　更复连动之。

鱼水得和谐。

　　知其稍已安之。

嫩蕊娇香蝶恣采。你半推半就；我又惊又爱。

　　遂大动之。

檀口揾香腮。

　　毕之。写毕作此五字，真尽毕也。

【柳叶儿】我把你做心肝般看待，点污了小姐清白。

　　伏而惭谢之。圣叹欲问普天下锦绣才子，此"伏而惭谢之"五字，可是圣叹出力批得出来？"点污了小姐清白"，此其语可知也，圣叹更不说也。

我忘餐废寝舒心害，若不真心耐，至心捱，怎能勾这相思苦尽甜来？【青歌儿】成就了今宵欢爱，魂飞在九霄云外。

此真如堂头大和尚说行脚时事，状元及第归来思量做秀才日，其一片眼泪，正是一片快活也。_{定不可少。}

投至得见你个多情小奶奶，你看憔悴形骸，瘦似麻秸。

将一片眼泪，一片快活，又复说一遍也。_{上是先说苦，快说快；此是先说快，次说苦。}便于言外想见其脱衣并卧，其事既毕，犹不起来。

今夜和谐，犹是疑猜。_{疑猜者，快活之至也。}**露滴香埃，**_{明明是露，一。}**风静闲阶，**_{明明是风，二。}**月射书斋，**_{明明是月，三。则不必疑猜也。}**云锁阳台。**_{上三句是景，此一句是景中人。夫景是景，人是人，然则不必疑猜也。}**我审视明白，难道是昨夜梦中来？**_{妙绝。}

偏是决无疑猜之事，偏有决定疑猜之理。盖不快活即不疑猜，而不疑猜亦不快活；越快活越要疑猜，而越疑猜亦越快活也。真是写杀！

（张生起跪，谢云）张珙今夕得侍小姐，终身犬马之报。（莺莺不语科）

（红娘请云）小姐回去波！怕夫人觉来。（莺莺起行，不语科，张生携莺莺手再看科）

愁无奈！【寄生草】多丰韵，忒稔色；乍时相见教人害，霎时不见教人怪，此时得见教人爱。_{如此写出，真是妙手空空。}**今宵同会碧纱橱，何时重解香罗带？**

订后期，文自明。

（红娘催云）小姐，快回去波！怕夫人觉来。（莺莺不语，行下阶科，张生双携莺莺手，再看科）

【赚煞尾】春意透酥胸，_{看其胸。}**春色横眉黛，**_{看其眉。此两看毒极，是看新破瓜女郎法也。}**正贱却那人间玉帛。**_{奇句，妙句，清绝句，入化句。}**杏脸桃腮乘月色，娇滴滴越显红白。**_{从来丽句不清，清句不丽，如此清丽之句，真无第二手也。}

写张生越看越爱，越爱越看，临行抱持，不忍释手，固也。然此正是巧递后篇夫人疑问之根，故为入化出神之笔。

下闲阶懒步苍苔，非关弓鞋凤头窄。叹鳅生不才，谢多娇错爱。

欲写张生订其再来，反写双文今已不去，文章入化出神，一至于此哉！_{从来异样妙文，只是看熟了便不觉，《西厢》中如此等，真是异样妙文也，切思不得看熟了。}

你破工夫今夜早些来！

伧读之，谓是要其来；锦绣才子读之，知是要其去也。若说要其来，则是止写张生，其文浅；必说要其去，则直写出双文，其文甚深也。诗云："最是五更留不住，向人枕畔着衣裳。"此最是不可奈何时节也。圣叹自幼学佛，而往往如汤惠休绮语未除；记曾有一诗云："星河将半夜，云雨定微寒。屧响私行怯，窗明欲度难。一双金屈戍，十二玉栏干。纤手亲扪遍，明朝无迹看。"亦最是不可奈何时节也。

四之二 拷　艳

昔与斫山同客共住，霖雨十日，对床无聊，因约赌说快事，以破积闷，至今相距既二十年，亦都不自记忆。偶因读《西厢》至《拷艳》一篇，见红娘口中作如许快文，恨当时何不检取共读，何积闷之不破？于是反自追索，犹忆得数则，附之左方，并不能辩何句是斫山语，何句是圣叹语矣。

其一，夏七月，赤日停天，亦无风，亦无云，前后庭赫然如烘炉，无一鸟敢来飞。汗出遍身，纵横成渠，置饭于前，不可得吃，呼簟欲卧地上，则地湿如膏，苍蝇又来，绿颈附鼻，驱之不去。正莫可如何，忽然大黑车轴疾澍澎湃之声，如数百万金鼓，檐溜浩于瀑布；身汗顿收，地燥如扫，苍蝇尽去，饭便得吃，不亦快哉！

其一，十年别友，抵暮忽至，开门一揖毕，不及问其船来陆来，并不及命其坐床坐榻，便自疾趋入内，卑辞叩内子："君岂有斗酒如东坡妇乎？"内子欣然拔金簪相付，计之可作三日供也，不亦快哉！

其一，空斋独坐，正思夜来床头鼠耗可恼，不知其戛戛者，是损我何器；嗤嗤者，是裂我何书；心中回惑，其理莫措。忽见一狻猫注目摇尾，似有所睹，敛声屏息，少复待之，则疾趋如风，撆然一声，而此物竟去矣，不亦快哉！

其一，于书斋前拔去垂丝、海棠、紫荆等树，多种芭蕉一二十本，不亦快哉！

其一，春夜与诸豪士快饭至半醉，住本难住，进则难进，旁一解意童子，忽送大纸炮可十余枚，便自起身，出席取火放之，硫黄之香，自鼻入脑，通身怡然，不亦快哉！

其一，街行见两措大，执争一理，既皆目裂颈赤，如不戴天，而又高拱手，低曲腰，满口仍用者也之乎等字，其语刺刺，势将连年不休，忽有壮夫，掉臂行来振威，从中一喝而解，不亦快哉！

其一，子弟背诵书烂熟，如瓶中泻水，不亦快哉！

其一，饭后无事，入市闲行，见有小物，戏复买之。买亦已成矣，所差者至黜，而市儿苦争，必不相饶，便掏袖中一件其轻重与前直相上下者，掷而与之，小儿忽改笑容，拱手连称"不敢"，不亦快哉！

其一，饭后无事，翻倒敝箧，则见新旧逋欠文契，不下数十百通，其人或存或亡，总之无有还理，背人取火拉杂烧净，仰看高天，萧然无云，不亦快哉！

其一，夏月科头赤脚，自持凉繖遮日，看壮夫唱吴歌，踏枯槔，水一时塍涌而上，譬如翻银滚雪，不亦快哉！

其一，朝眠初觉，似闻家人叹息之声，言某人夜来已死。急呼而讯之，正是一城中第一绝有心计人，不亦快哉！

其一，夏月早起，看人于松棚下，锯大竹作筒用，不亦快哉！

其一，重阴匝月，如醉如病，朝眠不起，忽闻众鸟毕作弄晴之声，急引手搴帷推窗视之，日光晶莹，林木如洗，不亦快哉！

其一，夜来似闻某人素心，明日试往看之，入其门，窥其闺，见所谓某人，方据案面南，看一文书，顾客入来，默然一揖，便拉袖命坐，曰："君既来，可亦试看此书。"相与欢笑，日影尽去。既已自饥，徐问客曰："君亦饥耶?"不亦快哉！

其一，本不欲造屋，偶得闲钱，试造一屋。自此日为始，需木需石，需瓦需砖，需灰需钉，无晨无夕，不来聒于两耳，乃至罗雀掘鼠，无非为屋较计，而又都不得屋住。既已安之如命矣，忽然一日屋竟落成，刷墙扫地糊窗挂画，一切匠作出门毕去，同人乃来分榻列坐，不亦快哉！

其一，冬夜饮酒，转复寒甚，推窗试看，雪大如手，已积三四寸矣，不亦快哉！

其一，夏日于朱盘中，自拔快刀切绿沉西瓜，不亦快哉！

其一，久欲为比丘，苦不得公然吃肉，若许为比丘，又得公然吃肉，则夏月以热汤快刀，净刮头发，不亦快哉！

其一，存得二四癞疮于私处，时呼热汤，关门澡之，不亦快哉！

其一，箧中无意忽拣得故人手迹，不亦快哉！

其一，寒士来借银，谓不可启齿，于是唯唯亦说他事。我窥见其苦意，拉向无人处，问所需多少，急趋入内如数给与，然后问其必当速归料理是事耶？为尚得少留其饮酒耶？不亦快哉！

其一，坐小船，遇利风，苦不得张帆，一快其心。忽逢艑舸，疾行如风，试伸手挽钩，聊复挽之；不意挽之便着，因取缆缆向其尾，口中高吟老杜"青惜峰峦，黄知橘柚"之句，极大笑乐，不亦快哉！

其一，久欲觅别居与友人共住，而苦无善地，忽一人传来云："有屋不多，可十余间，而门临大河，嘉树葱然。"便与此人共吃饭毕，试走看之，都未知屋如何，入门先见空地一片，大可六七亩许，异日瓜菜不足复虑，不亦快哉！

其一，久客得归，望见郭门两岸，童妇皆作故乡之声，不亦快哉！

其一，佳磁既损，必无完理，反复多看，徒乱人意，因宣付厨人作杂器充用，永不更令到眼，不亦快哉！

其一，身非圣人，安能无过？夜来不觉私作一事，早起怦怦实不自安。忽然想得佛家有布萨之法，不自覆藏，便成忏悔，因明对生熟众客，快然自陈其失，不亦快哉！

其一，看人作擘窠大书，不亦快哉！

其一，推纸窗放蜂出去，不亦快哉！

其一，作县官每日打鼓退堂时，不亦快哉！

其一，看人风筝断，不亦快哉！

其一，看野烧，不亦快哉！

其一，还债毕，不亦快哉！

其一，读《虬髯客传》，不亦快哉！

而实不图《西厢记》之《拷艳》一篇红娘口中则有如是之快文也，不图其〔金蕉叶〕之便认"知情犯由"也，不图其〔鬼三台〕之竟说"权时落后"也，不图其〔秃厮儿〕之反供"月余一处"也，不图其〔圣药王〕之快讲"女大难留"也，不图其〔麻郎儿〕之切陈"大恩未报"也，不图其〔络丝娘〕之痛惜"相国家声"也。夫枚乘之七治病，陈琳之檄愈风，文章真有移换性情之力。我今深恨二十年前赌说快事，如女儿之斗百草，而竟不曾举此向斫山也。

（夫人引欢郎上，云）这几日见莺莺语言恍惚，神思加倍，腰肢体态，别又不同，心中甚是委决不下。（欢云）前日晚夕，夫人睡了，我见小姐和红娘去花园里烧香，半夜等不得回来。（夫人云）你去唤红娘来。（欢唤红娘科）（红云）哥儿唤我怎么？（欢云）夫人知道你和小姐花园里去，如今要问你哩。（红惊云）呀，小姐，你连累我也！哥儿，你先去，我便来也。

金塘水满鸳鸯睡，绣户风开鹦鹉知。^{丽句。}

【越调】【斗鹌鹑】（红娘唱）止若是夜去明来，倒有个天长地久；^{真有是理。}不争你握雨携云，常使我提心在口；^{真有是理。}你止合带月披星，谁许你停眠整宿？^{真有是理。}

> 虽为追怨莺莺之辞，然《西厢记》每写一事，必中其中窾会。何则？如世间男女之事，固所谓夜去明来之事也；夜去明来之事，则必须分外加意，带月披星；如果分外加意，带月披星，则虽至于天长地久，亦岂复劳提心在口也哉？独无奈世之痴男痴女，其心亦明知此为夜去明来之事，必当另外加意，带月披星，而往往至于其间，则不觉不知自然都必至于停眠整宿焉。岂惟至于其间之停眠整宿而已，乃至不觉不知自然偏向人面前握雨携云焉。呜呼！只此平平六句，而一切痴男痴女，狂淫颠倒，无不写尽。作《西厢记》人，定是第八童真住菩萨，又岂顾问哉？

夫人他心数多，情性怯，还要巧语花言，将没作有。

【紫花儿序】猜他穷酸做了新婿，猜你小姐做了娇妻，猜我红娘做的牵头。^{猜他，猜你
猜我，妙！}

> 忽故作翻跌，言我三人，即使并无其事，渠一人还要猜说或有其事，一节只作一句读也。

况你这春山低翠，秋水凝眸，都休！^{妙！妙！行文乃如洛水神妃，乘月凌波，
欲行又住，欲住又行，何其如意自在！}只把你裙带儿拴，纽门儿扣，比旧时肥瘦，出落的精神别样的风流。^{芙蕖出水，未有如是清绝，
如是艳艳，如是亭亭，如
是袅袅矣。}

> "况你"妙，"都休"妙，"只把"妙，与上节成翻跌，真乃异样姿致也。

> 细思若不作此翻跌，便总无落笔处；才落笔，便是唐突莺莺。

我算将来，我到夫人那里，夫人必问道："兀那小贱人！"

【金蕉叶】"我着你但去处行监坐守，谁教你迤逗他胡行乱走？"这般问，如何诉休？

> 先拟一遍，真是可儿。

我便只道"夫人在上，红娘自幼不敢欺心。"便与他个知情的犯由。

此即下去一篇大文认定之题目也，稍复推诿，便成钝置，《西厢记》从前至后，誓不肯作一笔钝置也。

只是我图着什么来！<small>妙！妙！真有此事，真有此情，真有此理，大则立朝，小则做家，至临命时，回首自思，真成一哭耳。</small>

【调笑令】他并头效绸缪，倒凤颠鸾百事有。我独在窗儿外，几曾敢轻咳嗽，<small>妙！妙！轻咳嗽便不免也。</small>**立苍苔只把鞋儿冰透。**<small>〔调笑令〕第一句二字押韵。</small>

上既算定答对，此便忽然转笔，作深深埋怨语，而凡前篇所有不及用之笔，不及画之画，不觉都补出来。<small>前于《酬简》篇中，真是何暇写到红娘。然而《酬简》篇中之红娘，则岂可以不写哉？此特补之。</small>

如今嫩皮肤去受粗棍儿抽，我这通殷勤的着甚来由！

岂独红娘，便唤醒天下万世一辈热血任事人，真乃痛哉痛哉！

咳，小姐，我过去呵，说得过，你休欢喜；说不过，你休烦恼。你只在这里打听波！

（红娘见夫人科）（夫人云）小贼人，怎么不跪下？你知罪么？（红云）红娘不知罪。（夫人云）你还自口强哩！若实说呵，饶你；若不实说呵，我只打死你个小贼人。说科！你和小姐半夜花园里去……（红云）不曾去。

谁见来？（夫人云）欢郎见来，尚兀自推哩。打科！<small>只略推耳，不力推也；力推便成钝置，岂复是红娘人物？岂复是《西厢》笔法哉？可想。</small>（红云）夫人不要闪了贵手，且请息怒，听红娘说。

不惟夫人且请息怒，听红娘说，惟读者至此，亦且掩卷算红娘如何说。盖天下最可惜是迢迢长夜，轰饮先醉；一。见绝世佳人，疾促其解衣上床；二。夹取江瑶柱，满口大嚼；三。轻将古人妙文，成片诵过；四。此皆上犯天条，下遭鬼僇之事，必宜有则改之，无则加勉者也。

【鬼三台】夜坐时停了针绣，<small>先停绣，犹未说话，妙！妙！看其逐句渐渐而出，恰如春山吐云相似。分明一幅双仕女图。</small>**和小姐闲穷究，**<small>说闲话，犹未说张生，妙！妙！看其逐句渐渐而出。因此句忽然想得男儿十五六岁，与其同砚席人，南天北地无事不说，彼女儿在深闺中，亦必无事不说也，特吾等不与闻耳。</small>**说哥哥病久。**<small>张生，犹未候张生，妙！妙！看其渐渐而出。不称张生，却称哥哥，憨便憨杀人，乖又乖杀人。</small>**咱两个背着夫人，向书房问候。**<small>偏能下"背着人"四字，使夫人失惊。妙！妙！</small>

更不力推，他便自招，已为妙绝，而犹妙于作当厅招承语。而闲闲然只如叙情也，只如写画也，只如述一好事也，只如谈一他人也。嘻，异哉！技盖至此乎？细思若一作力推语，笔下便自忙，此正为更不复推，因转得闲耳。

（夫人云）问候呵，他说什么？<small>妙！妙！看他下文问出三个"他说"来。</small>

他说夫人近来恩做仇，教小生半途喜变忧。

此一"他说"可也，犹夫人意中之说也。

他说红娘你且先行，他说小姐权时落后。

此两"他说"不可也，乃夫人意外之说也。

红娘之招承可也，但红娘招承至于此际，则将如何措辞？忽然只就夫人口中"他说甚么"之一句，轻轻接出三个"他说"，而其事遂已宛然。此虽天仙化人，乘云御风，不足为喻矣。

（夫人云）哎哟！小贱人，他是个女孩儿家，着他落后怎么？^{读至此句时，不得笑夫人呆。盖从来}

事至于此，定不得
不作如此问耳。

【秃厮儿】定然是神针法灸，难道是燕侣莺俦？^{俗本之钝置，真乃不足道也。}

普天下锦绣才子齐来看其反又如此用笔，真乃天仙化人，通身云雾，通身冰雪，圣叹惟有倒地百拜而已。既有夫人"哎哟"之句，则其事已自了然，便定应向万难万难中轻轻描出笔来也，再说便不是说话也。^{妙批。}

他两个经今月余只是一处宿。

夫人疑有这一夕，便偏不说这一夕；夫人疑只有这一夕，便偏要说不止这一夕。纯作天仙化人，明灭不定之文。王龙标有"云英化水，光采与同"之诗，我欲取以赠之。

何须你一一搜缘由。【圣药王】他们不识忧，不识愁，一双心意两相投。夫人你得好休，便好休，其间何必苦追求？

已上是招承，已下是排解，忽然过接疾如鹰隼，人生有如此笔墨，真是百年快事。

（夫人云）这事都是你个小贱人。（红云）非干张生、小姐、红娘之事，乃夫人之过也。

快文，妙文，奇文，至文。夫人云"都是小贱人"，乃红娘忽然添出"张生、小姐"四字者，明是为张生、小姐推夫人，而暗是为自家推张生、小姐也。可想。

（夫人云）这小贱人倒拖下我来，怎么是我之过？（红云）信者人之根本，人而无信，大不可也。当日军围普救，夫人许退得军者，以女妻之。张生非慕小姐颜色，何故无干建策？夫人兵退身安，悔却前言，岂不为失信乎？既不允其亲事，便当酬以金帛，令其舍此远去，却不合留于书院，相近咫尺，使怨女旷夫，各相窥伺，因而有此一端。夫人若不遮盖此事，一来辱没相国家谱；二来张生施恩于人，反受其辱；三来告到官司，夫人先有治家不严之罪。依红娘愚见，莫若恕其小过，完其大事，实为长便。

常言"女大不中留"。【麻郎儿】又是一个文章魁首，一个仕女班头；一个通彻三教九流，一个晓尽描鸾刺绣。【后】世有，便休，罢手。

> 快然泻出，更无留难。人若胸膈有疾，只须朗吟《拷艳》十过，便当开豁清利，永无宿物。

大恩人怎做敌头？启白马将军故友，斩飞虎么么草寇。

> 再申说彼。

【络丝娘】不争和张解元参辰卯酉，便是与崔相国出乖弄丑，到底干连着自己皮肉。

> 再申说此。

夫人你休究。

> 总结之文。读竟清浮一大白。

这小贱人到也说得是。我不合养了这个不肖之女。经官呵，其实辱没家门。罢！罢！俺家无犯法之男，再婚之女，便与了这禽兽罢。红娘，先与我唤那贱人过来！

（红娘请云）小姐，那棍子儿只是滴溜溜在我身上转，吃我直说过了。如今夫人请你过去。（莺莺云）羞人答答的，怎么见我母亲？（红云）哎哟，小姐，你又来！娘跟前有什么羞？羞时休做！

> 都是清绝丽极之文。

【小桃红】你个月明才上柳稍头，却早人约黄昏后，羞得我脑背后将牙儿衬着衫儿袖。怎凝眸？只见你鞋底尖儿瘦。一个姿情的不休，一个哑声儿厮耨，^{其淫至于使年老人尚不可卒读，真是异事。哑，音轭。}那时不曾害半星儿羞！

> 忽又接双文口中"羞"字，另作一篇沉郁顿挫之文。伧读之谓是点染戏笔，不知正是纷披老笔也。我又忽想《酬简》一篇，只是写定情初夕，然则此处真不可不补写此节也。此方是一月以来张生、双文也，然而遂成虐谑矣。

（莺莺见夫人科）（夫人云）我的孩儿！^{只得四字。}（夫人哭科，莺莺哭科，红娘哭科）^{写红娘亦哭，便写尽女儿心性也。妙绝！妙绝！记幼时曾读一《打枣竿歌》云："送情人直到丹阳路，你也哭，我也哭，'赶脚的也来哭。赶脚的你哭是因何故？' '去的不肯去。哭得只管哭，你两}

下里调情也。我的驴儿受了
苦。"此天地间至文也。

《西厢》科白之妙，至于如此。俗本皆失，一何可恨！

（夫人云）我的孩儿，你今日被人欺负，^{四字奇奇}做下这等之事，都是我的^{妙妙。}业障，待怨谁来？

真好夫人！真好《西厢》！我读之，一点酸直从脚底透至顶心，盖十数日不可自解也。

我待经官呵，辱没了你父亲；这等事不是俺相国人家做出来的。（莺莺大哭科）（夫人云）红娘，你扶住小姐。罢！罢！都是俺女儿不长进。你去书房里唤那禽兽来！

《西厢》科白之妙，至于如此！

（红娘唤张生科）（张生云）谁唤小生？^{真乃睡里梦里。试绐之云："小}（红云）你的^{姐你哩！"看他又如何？}事发了也！夫人唤你哩。（张生云）红娘姐，没奈何，你与我遮盖些。不知谁在夫人行说来？小生惶恐，怎好过去？（红云）你休佯小心，老着脸儿，快些过去。

【后】既然泄漏怎干休。^{破其"与我遮盖"及}^{"怎好过去"之语也。}

写红娘只是一味快，真乃可见。

是我先投首。^{破其"不知谁说"}^{语也。妙！}

昔曹公既杀德祖，内不自安，因命夫人通候其母，兼送奇货若干。内开一物云："知心青衣二人。"异哉！世间岂真有此至宝耶？为之忽忽者累月。今读《西厢》，知红娘正是其人，殆又将为之忽忽也。

他如今赔酒赔茶倒捆就，你反担忧。^{破其"惶恐"}^{之语也。}

嚼哀梨，便如嚼雪矣。

何须定约通媒媾？我担着个部署不周。

言今日之事，皆在于我，欲其放心速过去也。可儿可儿。

你元来"苗而不秀"。呸！一个银样镴枪头。

由他奚落，可儿可儿。

（张生见夫人科）（夫人云）好秀才！岂不闻"非先王之德行不敢行"。我便待送你到官府去，只辱没了我家门。我没奈何，把莺莺便配与你为妻。只是俺家三辈不招白衣女婿，你明日便上朝取应去，俺与你养着媳妇儿。得官呵，来见我；剥落呵，休来见我。（张生无语，跪拜科）

（红云）谢天、谢地，谢我夫人。

【东原乐】相思事，一笔勾；早则展放从前眉儿皴，密爱幽欢恰动头。

回溯前文，遥遥自从《借厢》《酬韵》直至于今，真所谓而后乃今，心满意足，神欢人喜也，却不谓只是反挑下篇。

谁能够？只三个字，便抵一大篇《感士不遇赋》。

只用三个字作一篇，却动人无限感慨。只如圣叹便是不能够也。何独圣叹不能够，即张生、双文，少前一刻，亦便不能够也。痛定思痛，险过思险，只三个字，洒落有心人无限眼泪。

兀的般可喜娘庞儿，也要人消受。入化出神之句，非双文固不敢当，非张生亦不敢当也。圣叹余生，当日日唱之，处处题之。

妙绝妙绝。弄笔至此，真是龙跳天门，虎卧凤阙，岂复寻常手腕之所得学哉？

（夫人云）红娘，你分付收拾行装，安排酒肴果盒，明日送张生到十里长亭，饯行去者。寄语西河堤畔柳，安排青眼送行人。（夫人引莺莺下）

（红云）张生，你还是喜也？还是闷也？

【收尾】直要到归来时画堂箫鼓鸣春昼，方是一对儿鸾交凤友。如今还不受你说媒红，吃你谢亲酒。字字是快字，句句是闷句。妙！妙！

不必读至后篇，而遍身麻木，不得动弹矣。

四之三　哭　宴

佛言："一切众生，于空海中，妄想为因，起颠倒缘。"唯然世尊云："何名为妄想为因，起颠倒缘？"佛言："善哉！汝善思惟，我今当说。妄想因者，是大空海，常自和合，非见面法；常自寂静，非别离法；无有彼我，非不数法；一切具足，非可数法。众生无明，不守自性，自然业力，如风鼓荡，于是妄想微细流注。先于无我清净地中，妄起计着，谓此是我；既已有我，于彼其余，无量非我，纯清净法，自然不得不名为人。由是转展，彼诸非我，名为人者，亦复妄起。各各计着，皆悉自谓：此决是我。既已各各自谓为我，则彼于我自然各各以为非彼；既已非彼，自然不得不又名我，反谓之人。如是众生，并住一国，或一聚落，乃至一家，于其间生诸慕悦；以慕悦故，则生爱玩；爱玩久故，则笃恩义；恩义极故，伸诸语言。或复倚肩，或复促膝，或复携手，或复抱持，密字低声，指星誓水：我于世间独爱一人，所谓一人，则汝身是。我真不爱其余一人。复有语言：我今与汝便为一人，无有异也。复有语言：汝非是汝，汝则是我；我亦非我，我则是汝。伸如是等语言时，两情奔悦，犹如渴鹿而赴阳焰，不受从旁一人教练，亦复不令从旁之人得知其事。于其家中起一高楼，庄校严饰，极令华好，中敷婉筵，两头安枕，箫笛、箜篌、琵琶、鼓乐，一切乐具毕陈无缺。如是二人，坐着楼中，以昼为夜，以夜为昼，一切世间人所曾作，如是二人无不皆作；复次世闻人不曾作，如是二人亦无不作。其楼四面起大危垣，楼下阶梯尽撤不施，并不令人得窥暂见，乃至不令人得相呼。如是众生，沉在妄想颠倒海中，妄想为因，作诸颠倒；颠倒为缘，复生妄想。妄想妄想，颠倒颠倒，如是众生，坠堕其中，从于一劫，乃至二劫，三劫，四劫，遂经千劫，如人醉酒，中边皆眩，非是少药之所得愈。"于是尊者即从坐起，涕泪悲泣，重白佛言："大慈世尊，如是众生，云何度脱？"佛言："善哉！汝善思惟。我今当说。如是众生，不可度脱。虽以如来大慈大悲方便说法，极大巧妙，犹不能令得度脱也，何况以下须陀洹人、斯陀含人、阿那含人、辟支佛人，而能为彼作大度脱？"尊者重又白其佛言："大慈世尊，如是众生，如是尊言，然则终不得度脱耶？"佛言："善哉！汝善思惟，我今当说。如是众生，终不度脱。设以先世有福德故，不度脱中忽应度脱，则彼众生自作度脱，非是余人来相度脱。"云："何名为不度脱中忽应度脱，是彼众生自作度脱，非是余人来相度脱？""汝善思惟，我今当说。如是众生正颠倒时，先世福德忽然至前，则彼众生便当离别。或缘官事，而作离别；或被王命，而作离别；或受父母之所发遣，而作离别；或罹兵火之所波进，而作离别；或遇仇家之所迫持，而作离别；或遭势力之所胁夺，而作离别；或自生嫌，而作离别；或信人谗，而作离别；乃至或因一期报尽，死亡相促，长作离别。汝善思惟，夫离别者，一切妄想颠倒众生善知识也。离别名为疗痴良药，离别名为割爱慧刀，离别名为抉网坦涂，离别名为释缚恩赦。汝善思惟，一切众生最苦离别，最难离别，最重离别，最恨离别，而以先世福德力故，终亦不得不离别时。自此一别，一切都别；萧然闲居，如梦还觉，身心轻安，不亦快乎？汝善思维，设使众生于先世中无有福德，则于今世终无离别；既无离别，即久颠倒；颠倒既久，便成怨嫉。"云云。已上出《大藏》拟字函《佛化孙陀罗难陀入道经》。由是言之，然则《西厢》之终于《哭宴》一篇，岂非作者无尽婆心，滴泪滴血而抒是文乎？如徒以昌黎"欢愉难工，忧愁易好"之言目之，岂不大负前人津梁一世之盛心哉！

（夫人上云）今日送张生赴京。红娘，快催小姐同去十里长亭。我已分付人安排下筵席，一面去请张生，想亦必定收拾了也。

（莺莺、红娘上云）今日送行，早则离人多感，况值暮秋时候，好烦恼人也呵！

（张生上云）夫人夜来，逼我上朝取应，得官回来，方把小姐配我。没奈何，只得去走一遭。我今先往十里长亭，等候小姐，与他作别呵！（张生先行科）

（莺莺云）悲欢离合一杯酒，南北东西四马蹄。（悲科）

【正宫】【端正好】（莺莺唱）碧云天，黄花地，西风紧，北雁南飞。晓来谁染霜林醉？总是离人泪。^{绝妙好辞。}

　　恰借范文正公穷塞主语作起，纯写景，未写情。

【滚绣球】恨成就得迟，怨分去得疾，柳丝长玉骢难系。

　　此"迟"、"疾"二句，方写情。通篇反反复复，曲曲折折，都只写此"迟"、"疾"二句也。又添"柳丝"一句者，只是甚写其疾也。倩疏林，你与我挂住斜晖。^{你与我，"你"字妙！杜诗云："春宅弃汝去。"又云："天风吹汝寒。"又云："浊醪谁造汝？"皆是此等句法也。}

　　前日即此日也，曾要教"贤圣打"；今日亦即此日也，却要教"疏林挂"。嗟呼！为汝日者，不亦难乎？吴歌云："做天切莫要做个四月天，^{天则大矣，乃云做天；做天则做矣，乃云切勿做四月天，世间有奇奇妙妙之文。}蚕要温和麦要寒。种小菜个哥哥要落雨，采桑娘子要晴干。"嗟乎！天地之大，人犹有憾，类如斯矣。"若事于仁，尧舜犹病"，不其然乎？何独怪于双文哉！

马儿慢慢行，车儿快快随。

　　二句十字，真正妙文，直从双文当时又稚小、又憨痴、又苦恼、又聪明一片微细心地中，的的描画出来。盖昨日拷问之后，一夜隔绝不通，今日反借饯别，图得相守一刻。若又马儿快快行，车儿慢慢随，则是中间仍自隔绝，不得多作相守也。即马儿慢慢行，车儿慢慢随；或马儿快快行，车儿快快随，亦不成其为相守也。必也，马儿则慢慢行，车儿则快快随。车儿既快快随，马儿仍慢慢行，于是车在马右，马在车左；男左女右，比肩并坐；疏林挂日，更不复夜；千秋万岁，永在长亭。此真小儿女又稚小、又苦恼、又聪明、又憨痴，一片的的微细心地，不知作者如何写出来也。^{文真是妙文，批真是妙批，圣叹亦不敢复护。}

恰告了相思回避，破题儿又早别离，^{"回避"、"破题"，字法妙极。"回避"者，任之终；"破题"者，文之始。}

此即上文"迟"、"疾"二句也，通篇忽忽只写此二句。

猛听得一声去也，松了金钏；遥望见十里长亭，减了玉肌。

上写行来，此写已到也。惊心动魄之句，使读者亦自失色。

（红云）小姐，你今日竟不曾梳裹呵！（莺莺云）红娘，你那知我的心来？

此恨谁知！【叨叨令】见安排车儿马儿，不由不熬熬煎煎的气；^{妙！妙！}**甚心情花儿靥儿，打扮得娇娇滴滴的媚；**^{妙！妙！}**眼看着衾儿枕儿，只索要昏昏沉沉的睡；**^{妙！妙！}**谁管他衫儿袖儿，湿透了重重迭迭的泪。**^{妙！妙！}**兀的不闷杀人也么哥，闷杀人也么哥，谁思量书儿信儿，还望他恓恓惶惶的寄。**^{妙！}

自第一节至第五节，写行来；第六节写已到；此第七节，则重写未来时也。此非倒转写也，只为匆匆出门，其事须疾，则不应多写家中情事，诚恐一写，便见迟留；今既至此时，正是不妨补写也。《史记》最用此法，异日尽欲呈教。又写得沉郁之至，最为耐读文字。

（夫人、莺莺、红娘作到科，张生拜见夫人科，莺莺背转科）

（夫人云）张生，你近前来！自家骨肉，不须回避。孩儿你过来见了呵。

（张生、莺莺相见科）^{科白妙。}

（夫人云）张生这壁坐，老身这壁坐，孩儿这壁坐；红娘斟酒来。张生，你满饮此杯！我今既把莺莺许配于你，你到京师，休辱没了我孩儿，你挣扎个状元回来者。（张生云）张珙才疏学浅，凭仗先相国及老夫人恩荫，好歹要夺个状元回来，封拜小姐。（各坐科，莺莺吁科）^{科白妙。}

【脱布衫】下西风黄叶纷飞，染寒烟衰草凄迷，酒席上斜签着坐的。

写坐文甚明。须知其风叶烟草四句，非复写〔端正好〕中语，乃是特写双文眼中曾未见坐于如是之地也。〔端正好〕是写别景，此是写坐景也，可想。

我见他蹙愁眉死临侵地，【小凉州】阁泪汪汪不敢垂，恐怕人知；张生怕人知，乃双文偏又知之，昨读庄惠濠上互不能知之文，今又读张崔长亭脉脉共知之文。真乃各极其妙也。猛然见了把头低，长吁气，推整素罗衣。是何神理直写至此！

真写杀张生也；然是写双文看张生也；然则真看杀张生也。写双文如此看张生，真写杀双文也。《打枣竿歌》云："捎书人，出得门儿骤。赶梅香，唤转来，我少分付了话头。见他时，切莫说我因他瘦，现今他不好，说与他又担忧；他若问起我的身中也，只说灾悔从没有。"已是妙绝之文，然亦只是自说；今却转从双文口中体贴张生之体贴双文，便又多得一层文心漩濩，真有何恨！

【后】虽然久后成佳配，这时节怎不悲啼？

此句于最前《借厢》篇中即有之，而今于此篇复更作之者，有文，作已不妨又作，不作反成空缺也。

意似痴，心如醉，只是昨宵今日，清减了小腰围。【上小楼】我只为合欢未已，离愁相继。前暮私情，昨夜分明，今夜别离。我恰知那几日相思滋味，谁想那别离情更增十倍。正恐一个半斤，一个八两，过后自忘，当情则觉耳。小姐误矣。

此又忽忽写前之二句也。

（夫人云）红娘，服侍小姐把盏者！（莺莺把盏科，张生吁科）（莺莺低云）你向我手里吃一盏酒者！

【后】你轻远别，便相掷，全不想腿儿相压，脸儿相偎，手儿相持。

一月余夫妻，不复为唐突语。

你与崔相国做女婿，妻荣夫贵，这般并头莲，不强如状元及第？从来只知妻以夫贵，今日方知夫以妻贵。妙绝妙绝。

奇文、妙文、快文、至文。知此言者，独一秦嘉；不知此言者，亦独一郭暧。

（重入席科，吁科）

【满庭芳】供食太急，你眼见须臾对面，倾刻别离。

斗然怨到供食人，真是出奇无穷。"眼见"，妙！老杜绝句云："眼见客愁愁不醒，无赖春色到江亭。即遣花开深造次，便教莺语太丁宁。"夫客自愁春，何尝见春？若见春，那有眼？今止因自己烦闷，怕见春来，却无端冤其眼见，骂其无赖，是为真正无赖之至也。此正用其"眼见"字。

若不是席间子母当回避，有心待举案齐眉。滴滴是泪，滴滴是血。虽是厮守得一时半刻，又跌一句。总之直到底不肯作一停住之句。也合教俺夫妻每共桌而食。滴滴是泪，滴滴是血，偏写得出，岂非天分。眼底空留意，寻思就里，险化做望夫石。

> 前文闲闲写得"张生这壁坐，孩儿这壁坐"，不意中间又有如是一节至文妙文，真乃应以离别身得度，即现离别身，而为说法矣。

（夫人云）红娘把盏者！（红把张生盏毕，把莺莺盏云）小姐，你今早不曾用早饭，随意饮一口儿汤波。

【快活三】将来的酒共食，尝着似土和泥，假若便是土和泥，也有些土气息，泥滋味。奇文妙文，天地之间数一数二之句。

> 岂惟奇文妙文，便可竖作丛林，勘遍天下学者。庵主半夜被婆子遣丫角女儿抱住，凝然说颂云："枯木倚寒岩，三冬无暖气。"此即"酒共食"一似"土和泥"也。婆子明日便烧却庵，赶去此庵主，恶其有土气息、泥滋味也。今双文不但似土和泥，乃至无有土气息、泥滋味，此正香严"去年无立锥之地，今年锥也无"时候也。文章一道，乃至于此，令人失惊。

【朝天子】暖溶溶玉醅，白泠泠似水，多半是相思泪。

> 此节是说酒，是说泪，不可得辨也。李后主云："此中日夕，只以眼泪洗面。"便是如出一口说话也。

面前茶饭不待吃，恨塞满愁肠胃。

> 此节是说饭，是说恨，不可得辨也。佛言："小儿以啼为食，妇人以恨为食。"亦便是如出一口说话也。

只为蜗角虚名，蝇头微利，拆鸳鸯坐两下里。坐字妙。俗误作"在"字，便不知与下节生起。一个这壁，一个那壁，此即上句"坐"字也。一递一声长吁气。笔力雄大，遂能兼写张生。

> 此与下节皆极力描写"拆"字也。此犹是拆开而坐也，而已不可禁当也。

【四边静】霎时间杯盘狼藉，还要车儿投东，马儿向西。两处徘徊，大家是落日山横翠。笔力雄大，遂能兼写张生。

> 此乃拆开，至于不可复知其何在。心非木石，其又何以禁当也？

知他今宵宿在那里？有梦也难寻觅。

看他忽然逗漏后篇，即知此篇之文已毕；乃下去更作〔耍孩儿〕六煞者，换过〔正宫〕，借转〔般涉〕，盖从来送别之曲，多作三叠唱之，最是变色动容之声；又不比李謩吹笛，每一〔哨遍〕必迟其声以媚之之例也。

（夫人云）红娘，分付辆起车儿，请张生上马，我和小姐回去。（各起身科，张生拜夫人科）（夫人云）别无他嘱，愿以功名为念，疾早回来者。（张生谢云）谨遵夫人严命。（张生莺莺拜科）（莺莺云）此一行，得官不得官，疾便回来者。此嘱语妙，妙。岂为官哉？岂虑张生哉？全是昨日夫人怒辞犹在于耳，遂不觉不吐于口必不得快也。娇憨女儿，其性格真有如此。（张生云）小姐放心，状元不是小姐家的，是谁家的？小生就此告别。又妙，又妙。谦未必得状元，固不佳；夸必定得状元，又不佳。状元原是小姐家的，精绝！（莺莺云）住者。君行别无所赠，口占一绝，为君送行："弃掷今何道，当时且自亲。还将旧来意，怜取眼前人。"（张生云）小姐差矣！张珙更敢怜谁？此诗，一来小生此时方寸已乱，二来小姐心中到底不信，且等即日状元及第回来，那时敬和小姐。妙白！妙至于此，便都作变徵之声，亲朋尽一哭矣。

【般涉】【耍孩儿】淋漓红袖淹情泪，知你的青衫更湿。改去"司马"字。伯劳东去燕西飞，未登程先问归期。分明眼底人千里，已过尊前酒一杯。我未饮，心先醉，眼中流血，心内成灰。

　　妙文自明。

【五煞】到京师，服水土，趁程途，节饮食，顺时自保千金体。荒村雨露眠宜早，野店风霜起要迟。鞍马秋风里，无人调护，自去扶持。

　　妙文自明。

【四煞】忧愁诉与谁？相思只自知，老天不管人憔悴。泪添九曲黄河溢，恨压三峰华岳低。到晚西楼倚，看那夕阳古道，衰柳长堤。

　　妙文自明。

【三煞】方才还是一处来，如今竟是独自归。写到这里。归家怕看罗帏里，昨宵是绣衾奇暖留春住，今日是翠被生寒有梦知。留恋应无计，一个据鞍上马，两个泪眼愁眉。

　　妙文自明。

【二煞】不忧"文齐福不齐"，只忧"停妻再娶妻"，河鱼天雁多消息。杜诗："天上多鸿雁，河中足鲜鱼。"我这里青鸾有信频频寄，你切莫金榜无名誓不归。君须记：若见些异乡花草，再休似此处栖迟！

　　妙文自明。

（张生云）小姐金玉之言，小生一一铭之肺腑。相见不远，不须过悲，小生去也。忍泪佯低面，含情假放眉。（莺莺云）不知魂已断，那有梦相随？

（张生下，莺莺吓科）

【一煞】青山隔送行，疏林不做美，淡烟暮霭相遮蔽。夕阳古道无人语，禾黍秋风尚马嘶。懒上车儿内，来时甚急，去后何迟？

　　妙文自明。

（夫人云）红娘，扶小姐上车，天色已晚，快回去波！终然宛转从娇女，算是端严做老娘。（夫人下）

（红娘云）前车夫人已远，小姐只索快回去波！（莺莺云）红娘，你看他在哪里？

【收尾】四围山色中，一鞭残照里。^{妙句，神句。}

　　入梦之因。

将遍人间烦恼填胸臆，量这般大小车儿如何载得起？^{奇句，妙句。}

四之四　惊　梦

　　旧时人读《西厢记》，至前十五章既尽，忽见其第十六章乃作《惊梦》之文，便拍案叫绝，以为一篇大文，如此收束，正使烟波渺然无尽。于是以耳语耳，一时莫不毕作是说。独圣叹今日窃知其不然。语云："太上立德，其次立功，其次立言。"何谓立德？如黄帝、尧、舜、禹、汤、文、武、周公、孔子，以其至德，参天赞化，俾万万世食福无厌，此立德也。何谓立功？如禹平水土，后稷布谷，燧人火化，神农尝药，乃至身护一城，力庇一乡，智造一器，工信一艺，传之后世，利用不绝，此立功也。何谓立言？如周公制《风》、《雅》，孔子作《春秋》。《风》、《雅》为昌明和怿之言，《春秋》为刚强苦切之言。降而至于数千年来，巨公大家搋胸奋笔，国信其书，家受其说，又降至于荒村老翁，曲巷童妾，单词据要，一字利人，口口相授，称道不歇，此立言也。夫言与功德，事虽递下，乃信其寿世，同名曰"立"。由此论之，然则言非小道，实有可观，文王既没，身在于兹，必恐不免，不可以不察也。《西厢记》一书，其中不过皆作男女相慕悦之辞。如诚以之为无当者而已，则便可以拉杂摧烧，不复留迹。赵威后有言："此相率而出于无用者，胡为至今不杀也？如犹食之弃之，恋同鸡跖，则计必当反复案验，寻其用心。盖乌知彼人之一日成书，而百年犹在，且能家至户到，无处无之者，此非其大力以及其深心，既自作流传，又自作呵护者也？昨者因亦细察其书，既已第一章无端而来，第十五章亦无端而去矣。无端而来也，因之而有书；无端而去也，因之而书毕。然则过此以往，真成雪淡。譬如风至而窍号，风济即窍虚，胡为不惮烦，又多写一章？蛇本自无足，卿又为之足哉？及我又细细察之，而后知其填词虽为末技，立言不择伶伦，此有大悲生于其心，即有至理出乎其笔也。今夫天地，梦境也；众生，梦魂也；无始以来，我不知其何年齐入梦也；无终以后，我不知其何年同出梦也。夜梦哭泣，旦得饮食；夜梦饮食，旦得哭泣；我则安知其非夜得哭泣，故旦梦饮食；夜得饮食，故旦梦哭泣耶？何必夜之是梦，而旦之独非梦耶？郑之人梦得鹿，置之于隍中，采蕉而覆之，彼以为非梦，故采蕉而覆之也；不采蕉而覆之，则畏人之取之。彼以为非梦，故畏人之取之也。使郑之人正于梦时而知梦之为梦，则彼岂惟不采蕉而覆之，乃至不复畏人取之；岂惟不复畏人取之，乃至不复置之隍中；岂惟不复置之隍中，乃至不复以之为鹿。传曰："至人无梦。"至人无梦者，非无梦也，同在梦中，而随梦自然，我于其事萧然焉耳。经曰："一切有为法，应作如是观。"是以谓之无梦也。无何，而郑之人梦觉，顺涂而归，口歌其事。其邻之人闻之，不问而遂信之，往观于隍中，发蕉而鹿在，此则非御寇氏之寓言也，天下之事，实有之也。传曰："愚人无梦。"愚人无梦者，非无梦也，实在梦中而不以为梦，所有幻化，皆据为实。经曰："世间虚空，本自不有；业力机关，和合即有。"是以谓之无梦也。既而，邻人烹鹿而郑人争鹿，则极可哀也已。彼固不以为梦，故真得鹿也；子则已知是梦，而无鹿者也。若诚梦中之鹿，则是子乃欲争其无鹿也；如将争其有鹿，则是争其非子之鹿也。甚矣！此人之愚也。梦鹿一梦也，今争鹿是又一梦也，然则顷者之梦觉无鹿，是犹一梦也。幸也，御寇氏则犹未欲言之而尽也。脱正争之，而梦又觉，则不将又大悔此一争乎哉！而郑之君方且与之分之，夫今日之鹿，其何事分之与有？如使此鹿而无鹿也者，则全归之郑人，邻人本无与焉；若使此鹿而真鹿也者，则全归之邻人，郑人又无与焉，如之何其与之分之者也？为分无鹿与邻人与？为分真鹿与郑人与？如分无鹿，则是邻人今日又梦得半鹿也；如分有鹿，则是郑人前日只梦失半鹿也。盖甚矣！梦之难觉也。梦之中又有梦，则于梦中自占之，及觉而后悟其犹梦焉，因又欲占梦中占梦之为何祥乎？夫彼又乌知今日之占犹未离于梦也耶？善乎南华氏之言曰："庄周梦为蝴蝶，栩栩然蝴蝶也。自喻适志与！不知周也。及其觉，则蘧蘧然周也。不知庄周梦为蝴蝶与？不知蝴蝶梦为庄周与？庄周与蝴蝶，其必有分也。"何谓分？庄周则庄周也，蝴蝶则蝴蝶也。既已为庄周，何得为蝴蝶？既已为蝴蝶，何得为庄周？且蝴蝶既觉而为庄周，而犹忆其梦为蝴蝶之时，则真不知庄周正梦蝴蝶，蝴蝶之曾不自忆为庄周也。何也？夫梦为蝴蝶，诚梦也；今忆其梦为蝴蝶，是又梦也。若庄周不忆蝴蝶，则庄周觉矣。若庄周并不自忆庄周，则庄周大觉矣。彼蝴蝶不然，初不自忆为庄周，遂并不自忆为蝴蝶。不自忆为庄周，则是蝴蝶觉也；因不自忆为庄周，遂并不自忆为蝴蝶。蝴蝶并不自忆为蝴蝶，则是蝴蝶大觉也，此之为物化也者。我乌知今身非我之前身正梦为蝴蝶耶？我乌知今身非我之前身已觉为庄周耶？我幸不忆我之前身，则是今身虽为蝴蝶，虽未发于阿耨多罗三藐三菩提心，而已称大觉也；我不幸犹忆我之今身，则是今身虽为庄周，虽至发于阿耨多罗三藐三菩提心，而终然大梦也。经云："诸佛身金色，百福相庄严。闻法为人说，常有是好梦。"我则谓梦之胡为乎哉？又云："又梦作国王，舍宫殿眷属及上妙五欲，行诣于道场。"我则又谓梦之何为乎哉？至矣哉！我先师仲尼氏之忽然而叹也，曰："甚矣！吾衰也。久矣！我不复梦见周公。"夫先师则岂独不梦见周公焉而已，惟先师此时实亦不复梦见先师。先师不复梦见先师也者，先师则先师焉而已。可以仕则仕，可以止则止，可以久则久，可以速则速，可以虫则虫，可以鼠则鼠，可以卵则卵，可以弹则弹，无可无不可，此天地之所以为大者也。借曰不然，而必谓人生世上，天地必是天地，夫妇必是夫妇，富贵必是富贵，生死必是生死，则是未尝读于《斯干》之诗者也。诗曰："下筦上簟，乃安斯寝。乃寝乃兴，乃占我梦。吉梦维何？维熊维罴，维虺维蛇。泰人占之，维熊维罴，男子之祥。维虺维蛇，女子之祥。"嗟呼嗟呼！夫男为君王，女为后妃，而其最初不过梦中飘然忽然一熊一蛇！然则人生世上，真乃不用邯郸授枕，大槐叶落，而后乃令歇担、吃饭、洗脚、上床也已。吾闻《周礼》，岁终掌梦之官献梦于王。夫梦可以掌，又可以献，此岂非《西厢》第十六章立言之志也哉？而岂乐广、卫玠扶病清谈之所得通其故也乎？知圣叹此解者，比丘圣默大师、总持大师，居士贯华先生韩住，道树先生王伊，既为同学，法得备书也。

（张生引琴童上，云）离了蒲东早二十里也。兀的前面是草桥店，宿一宵，明日早行。

入梦是状元坊，出梦是草桥店，世间生盲之人，乃谓进草桥店后方是梦事，一何可叹！

这马百般的不肯走呵！

妙白。又焉知马之不害相思，不伤离别耶？看他初摇笔，便全作醍醐灌顶真言，真乃大慈大悲。

【双调】【新水令】（张生唱）望蒲东萧寺暮云遮，惨离情半林黄叶！

只用二句文字，便将上来一部《西厢》一十五篇若干泪点、血点、香痕、粉痕，如风迅扫，隔成异域，最是慈悲文字也。

马迟人意懒，风急雁行斜。愁恨重迭，破题儿第一夜。^{妙绝之句。}

此入梦之因也。

【步步娇】昨宵个翠被香浓熏兰麝，欹枕把身躯儿趄。^{妙人、妙事、妙景、妙画，成此妙句。}脸儿厮揾者，^{妙人、妙事、妙景、妙画，成此妙句。}仔细端详，可憎得别。^{妙人、妙事、妙景、妙画，成此妙句。}云鬟玉梳斜，恰似半吐的初生月。^{妙人、妙事、妙景、妙画，成此妙句、}

此入梦之缘也。佛言："亲者为因，疏者为缘。"亲者为第一夜之张生，疏者为前一夜之莺莺；第一夜之张生为结业，前一夜之莺莺为谢尘。因而因缘遂以入梦也。^{谢尘者，落谢之前尘也，即花谢之谢字也。谢字之又奇者，庄子云："孔子谢之矣。"附识。}

早至也，店小二哥那里？（店小二云）官人，俺这里有名的草桥店。官人头房里下者！（张生云）琴童，撒和了马者！点上灯来，我诸般不要吃，只要睡些儿。（琴童云）小人也辛苦，待歇息也，就在床前打铺。（琴童先睡着科）（张生云）今夜甚睡魔到得我眼里来！

【落梅风】旅馆欹单枕，乱蛩鸣四野，助人愁纸窗风裂。乍孤眠，^{三字妙。}被儿薄又怯，冷清清几时温热！

此入梦之所借也。佛言："三法和合，则一切法生矣。"

（张生睡科，反复睡不着科，又睡科，睡熟科，入梦科，自问科，云）这是小姐的声音。呀！我如今却在那里？待我立起身来听咱。

（内唱，张生听科）

北曲从无两人互唱之例，故此只用张生听，不用莺莺唱也须知。

【乔木查】走荒郊旷野，把不住心娇怯；喘吁吁难将两气接，疾忙赶上者。

（张生云）呀，这明明是我小姐的声音。他待赶上谁来？待小生再听咱。

此先写其赶已到也。必先写赶已到，而后重写未赶时者，此固张生之梦，初非莺莺之事也。必如此写，方在张生梦中；若倒转写，便在莺莺家中也。

他打草惊蛇，【搅筝琶】把俺心肠搋。因此不避路途赊，瞒过夫人，稳住侍妾。

此倒写其未赶前也。瞒过夫人，稳住侍妾，最为巧妙，最为轻利。不然，几于通本《西厢》若干等人，一齐入梦矣。

（张生云）分明是小姐也。再听咱。

见他临上马，痛伤嗟，哭得我似痴呆。不是心邪，自别离已后，到西日初斜，愁得陡峻，瘦得咥嚓。半个日头早掩过翠裙三四褶，我曾经这般磨灭！

沉郁顿挫
之作。

（张生云）然也，我的小姐。只是你如今在那里呵？（又听科）

只写别后梦前一刻中间，有如许苦事。

【锦上花】有限姻缘，方才宁贴；无奈功名，使人离缺。害不倒愁怀，恰才较些；掉不下思量，如今又也。沉郁顿挫
之作。

上节写一刻中间如许苦事，此又写一刻之前，一刻之后，纯是无边苦事也。

（张生云）小姐的心，分明便是我的心，好不伤感呵！（吁科，再听科）

【后】清霜净碧波，白露下黄叶。下下高高，道路坳折；四野风来，左右乱莛；俺这里奔驰，你何处困歇？

（张生云）小姐，我在这里也。你进来波！

又补写起"荒郊旷野"之四字也。必不可少。

（忽醒，云）哎呀，这里却是那里？（看科）呸！原来却是草桥店。（唤琴

童，童睡熟不应科，仍复睡科，睡不着反复科，再看科，想科）

【清江引】（张生唱）呆打孩店房里没话说，闷对如年夜。^{妙！妙！真有此理。}

　　竟不知此时是甚时候了。

是暮雨催寒蛩，^{为复下半夜。}是晓风吹残月，^{为复下半夜。杜诗"北城击柝复欲罢"，则是已宴；"东方明星亦不迟"，则是尚早。容中真有此理也。}真个今宵酒醒何处也？（睡着科，重入梦科）

　　忽然轻作一隔，将梦前后隔断，便如老杜《不离西阁》诗所云："江云飘素练，石壁断空清。"真为绝世奇景也。若不隔断，则一篇只是一梦，何梦之整齐匝致，一至于斯也？今略隔断，便不知七颠八倒，重重沓沓，如有无数梦然。此为写梦之极笔也，俗本不知。

（莺莺上，敲门云）开门！开门！（张生云）谁敲门哩？是一个女子声音。作怪也！我不要开门呵！

【庆宣和】是人呵，疾忙快分说；是鬼呵，速灭！

　　妙！妙！前梦云"分明小姐"，后梦云"是鬼速灭"，真是一片迷离梦事也。

（莺莺云）是我，快开门咱！（张生开门科，携莺莺入科）

听说将香罗袖儿拽，原来是小姐，小姐！

　　真是一片迷离梦事也。

（莺莺云）我想你去了呵，我怎得过日子？特来和你同去波。（张生云）难得小姐的心肠也。

【乔牌儿】你为人真为彻，将衣袂不藉。绣鞋儿被露水泥沾惹，脚心儿管踏破也。

　　此是梦中初接着语也。轻怜痛惜，至于如此，欲其梦觉，正未易得也。

【甜水令】你当初废寝忘餐，香消玉减，比花开花谢，犹自较争些。又便枕冷衾寒，凤只鸾孤，月圆云遮，寻思怎不伤嗟！

　　此是梦中细述语也。牵前瘗后，至于如此，欲其梦觉，正未易得也。

【折桂令】想人生最苦是离别，你怜我千里关山，独自跋涉。似这般挂肚牵肠，倒不如义断恩绝。

　　此是梦中假自作悟语也。作如此悟语，欲其梦觉，正未易得也。

这一番花残月缺，怕便是瓶坠簪折。你不恋豪杰，不羡骄奢，只要生则同衾，死则同穴。^{沉郁顿挫，至于如此。}

此是梦中加倍作梦语也。作如是梦语，欲其梦觉，正未易得也。

（卒子上，张生惊科）（卒子云）方才见一女子渡河，不知那里去了？打起火把者。走入这店里去了。将出来！将出来！（张生云）却怎么了也？小姐，你靠后些，我自与他说话。（莺莺下）

【水仙子】你硬围着普救下锹撅，强挡住我咽喉仗剑铗，贼心贼脑天生劣。

（卒云）他是谁家女子，你敢藏着？

休言语，靠后些！杜将军你知道是英杰。觑觑着你化为醢酱，指指教你变做肖血。骑着匹白马来也。

是张生此时极不得意梦，是张生多时极得意事。谚云："要知前世因，今生受者是；要知后世因，今生作者是。"若使张生多时心中无因，即是此时枕上无梦也。危哉！危哉！

（卒子怕科，卒子下）

（张生抱琴童，云）小姐，你受惊也。（童云）官人怎么？

（张生醒科，做意科）

呀，元来是一场大梦。且将门儿推开看。只见一天露气，满地霜华，晓星初上，残月犹明。

何处得有《西厢》一十五章？所谓《惊艳》、《借厢》、《酬韵》、《闹斋》、《寺警》、《请宴》、《赖婚》、《听琴》、《前候》、《闹简》、《赖简》、《后候》、《酬简》、《拷艳》、《哭宴》等事哉！自归于佛，当愿众生体解大道，发无上心；自归于法，当愿众生深入经藏，智慧如海；自归于僧，当愿众生统理大众，一切无碍。

无端燕雀高枝上，一枕鸳鸯梦不成。

【雁儿落】绿依依墙高柳半遮，静悄悄门掩清秋夜，疏刺刺林稍落叶风，惨离离云际穿窗月。

【得胜令】颤巍巍竹影走龙蛇，虚飘飘庄生梦蝴蝶，絮叨叨促织儿无休歇，韵悠悠砧声儿不断绝。痛煞煞伤别，急煎煎好梦儿应难舍；冷清清咨嗟，娇滴滴玉人儿何处也！是境是人，不可复辨。

《周易》六十四卦之不终于既济，而终于未济；《春秋》二百四十二年之不终于十有二年冬，而终于十有三年春；《中庸》三十三章之不终于"固聪明圣智达天德者"，而终于无数"诗曰""诗云"；大悲阿罗尼之不终于"娑啰娑啰、悉唎悉唎、苏嚧苏嚧"，而终于十四娑婆诃也。

（童云）天明也。早行一程儿，前面打火去。

还着甚死急！天下真有如此人，天下真有如此理。

【鸳鸯煞】柳丝长咫尺情牵惹，^{今而后是"柳丝"也，非复"情牵惹"也。}水声幽仿佛人鸣咽。^{今而后是"水声"也，非复"人鸣咽"也。}斜月残灯，半明不灭；^{杜诗："楼下长江百尺清，山头落日半轮明。"又云："邻鸡野哭如昨日，物色生态能几时？"与此八字，一样警策矣。}旧恨新愁，连绵郁结。^{亦复何害？}

只要梦觉，政不必作悟语。维摩结固云："何等为如来种？以无明有爱为种矣。"^{妙批。}

别恨离愁，满肺腑难陶写。除纸笔代喉舌，千种相思对谁说！

此自言作《西厢记》之故也。为一部一十六章之结，不止结《惊梦》一章也。于是，《西厢记》已毕。^{何用续？何可续？何能续？今偏要续，我便看你续！}

卷　　八

圣叹外书

续之四章　题目正名

小琴童传捷报，

崔莺莺寄汗衫；

郑伯常干舍命，

张君瑞庆团圆。

续之一　报　　捷

　　此续《西厢记》四篇，不知出何人之手？圣叹本不欲更录，特恐海边逐臭之夫，不忘膻芥，犹混弦管，因与明白指出之，且使天下后世学者睹之，而益悟前十六篇之为大仙化人，永非螺蛳蚌蛤之所得而暂近也者。因而翻卷更读十百千万遍，遂愈得开所未开，入所未入，此亦不可谓非续者之与有其功也。

　　人即爱好，何至向西施颦眉？人即多财，何至向海龙王比宝？人即"予圣"，何至向孔子徐步？人即慢上，何至向释迦牟尼呵呵大笑？乃今世间又偏多此一辈人，可怪也。

　　我不知其未落笔前，如何忽然发想，欲续此四篇；我又不知其既脱稿后，如何放胆，便敢举以示人；我又不知当时为有人丧心病狂，大赞誉之，因而遂误之；我又不知当时为有人亦曾微讽，使藏过之，彼决不听，因而遂终出之。此四不知，我今日将向何人问耶？

　　昔有人自造一文且竟，适有人传来云："近日颇闻某甲亦造。"因便迟其稿不敢出，直候某甲造毕，往请读之，不觉吐舌称叹，归竟自烧其稿，不复更传。呜呼！此岂非过量大人哉？圣叹尝语斫山："惜乎其文不传，此必与某甲一样妙绝。"斫山问："何以知之？"圣叹言："此是甘苦疾徐中人，渠所争只在一字半字之间也。”寄语普天下同学锦绣才子，切须学如此人。此方是大丈夫！

尝有狂生题《半身美人图》，其末句云：“妙处不传。”此不直无赖恶薄语，彼殆亦不解此语为云何也。夫所谓“妙处不传”云者，正是独传妙处之言也。停目良久睇之，睇此妙处；振笔迅疾取之，取此妙处；累百千万言曲曲写之，曲曲写而至于妙处；只用一二言斗然直逼之，便逼此妙处。然而又必云“不传”者，盖言费却无数笔墨，止为妙处；乃既至妙处，即笔墨都停；夫笔墨都停处，此正是我得意处；然则后人欲寻我得意处，则必须于我笔墨都停处也。今相续之四篇，便似意欲独传妙处；夫意欲独传妙处，则是只画下半截美人也，亦大可嗤已。

此皆神而明之之言，彼其乌知？只如章则无章法，句则无句法，字则无字法。卑卑如此等事，犹尚不知，奈何乎言及其他哉？

只如此篇写莺莺，竟忘其为相国小姐，于是于张生半年之别，不胜啧啧怨怒，亦不解三年大比是何事，亦不解礼部放榜在何时，亦不解探花及第为何等大喜，亦不解未经除授应如何候旨，一味纯是空床难守，淫啼浪哭。盖佳人才子，至此一齐扫地矣。最解功名事，最重功名事，乃至最心热功名事者，固莫如相国小姐之甚也。

（张生上，云）自去秋与小姐相别，倏经半载。托赖祖宗福荫，一举及第。目今听候御笔亲除，惟恐小姐望念，特地修书一封，着琴童赍去，报知夫人和小姐，使知小生得中，以安其心。书写就了，琴童何在？（童云）有何分付？（张生云）你将这封书星夜送到河中府去。见小姐时，说官人怕小姐担忧，特地先着小人送书来。

【仙吕】【赏花时】（张生唱）相见时红雨纷纷点绿苔，别离后黄叶萧萧凝暮霭。今日见梅开，忽惊半载，特地寄书来。

琴童，你报知了，索得回书，疾忙来者！（张生下）（童云）得了这书，星夜往河中府走一遭。（琴童下）

（莺莺引红娘上，云）自张生上京，恰早半年，到今杳无音信。方得半年，何便云“杳无音信”？这些时神思不安，妆镜慵临，腰肢瘦损，茜裙宽褪，如许丑语，使人焉耐！好生烦恼人也呵！

【商调】【集贤宾】虽离了眼前，未成语也。或云“连下‘闷’字”，若连下“闷”字，则更不通也。闷却在我心上有；不甫能离了心上，又早眉头。岂不知其欲窃李清照“才下眉头，又上心头”语，演作曲折之句耶？而无奈缭戾手，曲蠢笔写来，便至如此，哀哉！忘了时依然还忘了时依然还又，恶思量无了无休。大都来一寸眉心，怎容得许多颦蹙。^{此是好句，我不忍没。此亦寻常好句耳，然我便}^{不忍没。但有一点好处，我即不忍没古人也。}新愁近来接着旧愁，厮混了难分新

旧。^{"旧愁"岂非谓未成婚已前耶？前亭别、桥梦二篇，固}^{亦尝牵连言之，然皆是脱卸之文，不似此语之坌绝也。}旧愁是太行山隐隐，新愁是天堑水

悠悠。

　　似是一节矣。因下文又不连，又不断，遂不复能定之。

　　（红娘云）小姐往常也曾不快，将息便好，^{此指}^{何日？}不似这番清减得十分利

害也。

【逍遥乐】曾经消瘦，每遍犹闲，这番最陡。何处忘忧？独上妆楼。^{"这番最}^{陡"，可}
^{谓出力翻起；及至读}^{下，只得如此接落。}手卷珠帘上玉钩，空目断山明水秀；^{"珠"、"玉""明""秀"}^{等字，皆随手杂用。}苍烟迷

树，衰草连天，野渡横舟。^{填此三语，}^{算何文理？}

　　又似一节矣，我绝不解其是何文情。盖承上又不得，转下又不得也。

　　红娘，我这衣裳，这些时都不是我穿的。（红云）小姐正是"腰细不胜

衣"。^{衣宽带松，语熟口臭久矣，此犹}^{摇转曳作态出之，真乃丑极。}

【挂金索】裙染榴花，睡损胭脂皱；纽结丁香，掩过芙蓉扣；线脱珍珠，泪
湿香罗袖；杨柳眉颦，人比黄花瘦。

　　　此亦欲算一节也。真可以有，可以无有也。渠意岂谓叠用榴花、丁香、
　　　芙蓉、杨柳、黄花等字，便算绝妙好辞耶？一何可笑！

　　（琴童上，云）俺奉官人言语，特赍书来与小姐。恰才前厅上见了夫人，

夫人好生欢喜，着入来见小姐，早至后堂。（童咳嗽科）（红云）是谁？^{亦无}
^{此礼也。堂堂相府，乃不传云板请小姐上堂，而使琴童}
^{自入去；童则隔板咳嗽，而红又早接应之，皆丑极也。}

　　（红见童笑云）你几时来？小姐正烦恼哩。^{丑语。}你自来？和官人同来？^{丑语。}

　　（童云）官人得了官也，先着我送书来报喜。（红云）你只在这里等，我对
小姐说了，你入来。

　　（红见莺莺笑云）小姐，喜也！喜也！张生得了官了。（莺莺云）这妮子见
我闷呵，特来哄我。^{丑语。}（红云）琴童在门首，见了夫人，使他入来见小
姐。（莺莺云）惭愧！我也有盼着他的日头。^{丑语，丑极}^{不耐也。}（童见莺莺科）（莺莺
云）琴童，你几时离京师？（童云）一月来也。我来时，官人游街耍子去
了。（莺莺云）这禽兽不省得，中了状元，唤做夸官游街三日。^{丑语。亦何}^{暇作此语？}
（童云）小姐说得是，有书在此。

【金菊香】早是我因他去后，减了风流。不争你寄得书来，又与我添些证候。说来的话儿不应口，^{是何话儿？是谁说来？捷书在手，略不喜，单有怨，此何肺肝也！}无语低头，书在手，泪盈眸。

此又一节也。为别不及半年，如此啧啧怨怨，乃至捷书在手，犹不解忧，此真是另从一副肺肝写出来者也。

【醋葫芦】我这里开时和泪开，他那里修时和泪修，多管是阁着笔儿，未写泪先流。寄将来泪点儿兀自有，我这新痕把旧痕湮透。^{此是好句，我不相没。既此欲用"新痕"、"旧痕"，则前更不得用"新愁""旧愁"也。}这的是一重愁，翻做两重愁。^{此句杂凑不通。}

此又一节，笔态翩翩如舞，浏浍如泻，便可云与《西厢》无二。

（念书云）"张珙再拜奉书芳卿可人妆次：^{丑极，使人不可暂注目。}伏自去秋拜违，倏尔半载。上赖祖宗之荫，下托贤妻之德，^{丑语。}叨中鼎甲。目今寄迹招贤馆听候除授，惟恐夫人与贤妻忧念，特令琴童赍书驰报。小生身遥心迩，恨不得鹣鹣此翼，蛮蛮并驱，幸勿以重功名而薄恩情，深加谴责，^{丑语。}感荷良深；如许阔私，统容面悉。后缀一绝，以奉清照：玉京仙府探花郎，寄语蒲东窈窕娘；指日拜恩衣昼锦，是须休作倚门妆。"^{丑极，不可暂注目。}（莺莺云）惭愧！探花郎是第三名也呵。

【后】当日向西厢月底潜，今日在琼林宴上抟。跳东墙脚儿占了鳌头，惜花心养成折桂手。脂粉丛里包藏着锦绣，从今后晚妆楼改做至公楼。^{相国小姐何得口中自作尔语，自奚落耶？}

此又一节，渠意岂谓夹语映耀，又是绝妙好辞？

（问童云）你吃饭不曾？（童云）不曾吃。（莺莺云）红娘，你快去取饭与他吃。^{丑极。怪道红娘满身烟熏火辣气也。}（童云）小人一壁吃饭，小姐上紧写书。官人分付小人索了回书，快回去哩。（莺莺云）红娘将纸笔来！（写书毕科）

（莺莺云）书写了，无可表意，有汗衫一领，裹肚一条，袜儿一双，瑶琴一张，玉簪一枝，斑管一枚，琴童，收拾得好者！红娘取十两银来，与他做盘缠。（红云）张生做了官，岂无这几件东西？^{丑语。}寄与他有甚缘故？（莺莺云）你怎么得知我心中事？听我说与你者！

【梧叶儿】这汗衫，若是和衣卧，便是和我一处宿；贴着他皮肉，不信不想我温柔。这裹肚儿，常不要离了前后；守着左右，系在心头。这袜儿拘管他胡行乱走。^{此三语好。}【后庭花】这琴，当初五言诗紧趁逐，后来七弦琴成配偶；

丑极。他怎肯冷落了诗中意，我只怕生疏了弦上手。这玉簪儿，我须有缘由；他如今功名成就，只怕撇人在脑背后。丑极。这斑管儿，湘江两岸秋，当日娥皇因虞舜愁，今日莺莺为君瑞忧。这九嶷山下竹，共香罗衫袖口，【青歌儿】都一般啼痕浥透，并泪斑宛然依旧。万种情缘一样愁，涕泪交流，怨慕难收，此稍可。对学士叮咛说缘由，是必休忘旧！丑。

（琴童云）理会得。

　　此节虽不佳，然自是一节。但不审其何故不一读〔雪里梅〕、〔揭钵子〕、〔叠字玉台〕三曲耶？

　　琴童，这东西收拾得好者！

【醋葫芦】你逐宵野店上宿，休将包袱做枕头，怕油脂沾污急难酬。倘或水浸雨湿休便扭，只怕干时节熨不开褶皱。一桩桩，一件件，细收留。

　　此节却好，犹仿佛〔绪煞〕一曲故也。

【金菊香】书封雁足此时修，情系人心早晚休。竟是一字不通语。长安望来天际头，倚遍西楼，人不见，水空流。随手杂凑为文。

　　此又一节，可以无有。

（童云）小人拜辞了小姐，即便去也。（莺莺云）琴童，你去见官人，对他说，丑极。（童云）又说甚么？

【浪里来煞】他那里为我愁，我这里因他瘦。临行掇赚人的巧舌头，承上二句，忽作骂语，不通极矣。他归期约定九月九，已过了小春时候。别时碧云黄叶，西风北雁，则正九月后耳；今适得半年，又无经年累岁之久，忽言有重九归期，此是梦语？是鬼语耶？奈何至于此！到如今"悔教夫婿觅封侯"。

　　此又一节，特地再嘱琴童，乃是如许话，不足发一笑也。常叹街谈巷说，童歌妇唱，一经妙手点定，便成绝代至文；任是《尧典》、《舜典》，《周南》、《召南》，忽遭俗笔横涂，竟如涸中不净。只知王龙标"悔教夫婿觅封侯"诗，其妙则在第一句"不知"字，第三句"忽见"字，非妙于第四落句也。盖其通首所有闺中"中"字，少妇"少"字，凝妆"凝"字，全副皆是写不知神理；而又别用"春日"、"上楼"、"柳色"等字，全副又写忽见神理，此分明欲于一顷刻中写得此妇实是幽闲贞静，忽地触绪动情，所谓《国风》好色不淫，其体有如此也。今遭此人独用其落句，遂令妙诗一败涂地，至于此极，真使我恨恨无已也。

（童云）得了回书，星夜回话去。

（琴童下，莺莺、红娘下）

续之二　猜　寄

前篇云："多管阁着笔儿，未写泪先流；寄将来，泪点儿兀自有。"此篇又云："写时管情泪如丝，既不沙，怎生泪点儿封皮上渍？"前篇云："这汗衫若是和衣卧"、"这裹肚"、"这袜"、"这琴"、"这玉簪"、"这斑管"，逐件云云，此篇又云："（这汗衫）怎不教张郎爱尔"、"这琴"、"这玉簪"、"这斑管"、"这裹肚"、"这袜"，亦逐件云云。前篇云："你逐宵野店上宿，休将包袱做枕头……"此篇又云："书房中颠倒个藤箱子"，"休教藤刺儿抓住绵丝"。文虽二篇，语只一副；真如犬之牢牢，鸡之角角，欲求少换，决不可得也。嗟乎！本无捉缚枷栲，何烦头刺胶盆？固知无边苦海中，具有无量苦事，尽是无知苦人自作出来，极不足相惜耳。

看他才地窘缩，都无抽展处，于是无如何忽然将莺莺字画之妙，喝采一通。夫前此张崔月余相处，不成纯是淫嬲，曾未尝一请睹笔墨耶？真大无聊已。

（张生上，云）小生满望除授后，便可出京，不思奉圣旨着在翰林院编修国史。谁知我的心事，什么文章做得成？琴童去了，又不见回来。这几日睡卧不安，饮食无味，给假在邮亭中将息。早间太医院差医士来看视下药，我这病，便是卢扁也医不得，自离了小姐，无一日心宽也呵！

【中吕】【粉蝶儿】从到京师，思量心旦夕如是，向心头横躺着我那莺儿。^{却是妙句。}请医师看诊罢，星星说是；本意待推辞，早被他察虚实不须看视。【醉春风】他道是医杂证有方术，治相思无药饵。小姐呵，你若知我害相思，我甘心儿为你死、死。^{曲曲折折，淋淋滴滴，便与《西厢》无二。}四海无家，一身客寄，半年将至。^{"死"字下"四海"句不接，须用衬字。}

此一节真是妙文，便与《西厢》更不可辨。^{若尽如是，我敢不拜哉！}

（琴童上，云）俺回来问，说官人在驿中抱病，须索送回书去咱。

（见张生科）（张生云）琴童，你回来也。

【迎仙客】噪花枝灵鹊儿，垂帘幕喜珠儿，短檠夜来灯爆时。若不是断肠词，定是断肠诗。写时管情泪如丝，既不沙，怎生泪点儿封皮上渍？

　　此一节初咬是沙糖，再咬是矢橛矣。

（念书云）"薄命妾崔氏，丑。拜复君瑞才郎文几：丑。别逾半载，奚啻三秋！思慕之心，未尝少怠。昔云'日近长安远'，妾今信斯言矣。杀。琴童至，接来书，知君置身青云，且悉佳况。得君如此，妾复何言？杀。琴童促回，无以达意，聊具瑶琴一张，玉簪一枝，斑管一枚，裹肚一条，汗衫一领，绢袜一双。物虽微鄙，愿君详纳。春风多厉，千万珍重！复依来韵，敬和一绝：和韵是一部大节目，何得又犯之？阑干倚遍盼才郎，莫恋宸京黄四娘；黄四娘为我哉？何幸而遇杜工部？何不幸而遇此人？病里得书知及第，窗前览镜试新妆。"丑至于鬼止矣，世间更有丑于鬼者；臭至于屙止矣，世间更有臭于屙者；不通至于《续西厢》止矣，偏又有此两首诗。怪哉！怪哉！我那风流的小姐，似这等女子，张珙死也死得着了。

【上小楼】堪为字史，当为款识。有柳骨颜筋，张旭张颠，羲之献之。此一时，彼一时，杂凑如此。佳人才思，俺莺莺世间无二。【幺】俺做经咒般持，符箓般使。高似金章，重似金帛，贵似金赀。杂凑岂复成语？这上面若佥个押字，使个令史，差个勾使，是一张不及印赴期的咨押示。

　　此一节忽赏其字体，真乃无谓。后阕亦是元人套语。

（看汗衫科，云）休说文字，只看他这汗衫。

【满庭芳】怎不教张郎爱尔，堪与针工出色，女教为师。几千般用意，般般是可索寻思。长共短又无个样子，窄和宽想像着腰肢，二语好。无人试，想当初做时，用煞小心儿。

　　此犹可。

　　小姐寄来几件东西，都有缘故，一件件我都猜着：

【白鹤子】这琴，教我闭门学禁指，留意谱声诗，调养圣贤心，洗荡巢由耳。

　　不通。

【一煞】这玉簪，纤长如竹笋，细白似葱枝，温润有清香，莹洁无瑕玼。

　　不通。

【三煞】这斑管，霜枝栖凤凰，泪点渍胭脂，当时舜帝恸娥皇，今日淑女思君子。

不通。

【四煞】这裹肚，手中一叶绵，灯下几回丝，表出腹中愁，果称心间事。

不通。

【五煞】这袜儿，针脚如虮子，绢片似鹅脂，既知礼不胡行，愿足下常如此。

不通。上特写张生云"我都猜着"，乃其所猜也只如此，可丑也。

琴童，你临行，小姐对你说什么？（童云）着官人是必不可别继良缘。（张
生云）小姐，你尚然不知我的心哩。

【快活三】冷清清客店儿，风淅淅雨丝丝，雨零风细梦回时，多少伤心事。

【朝天子】四肢不能动止，急切盼不到蒲东寺。小夫人须是你见时，别有甚
闲传示？我是个浪子官人，风流学士，怎肯带残花折旧枝。自从到此，甚的
是闲街市！^{此句好绝}【贺圣朝】少甚宰相人家，招婿娇姿。其间或有个人儿似尔，
那里取那样温柔，这般才思？^{此句好绝}想莺莺意儿，怎不教人梦想眠思？

此节乃可。

【耍孩儿】只在书房中颠倒个藤箱子，向里面铺几张儿纸。放时须索用心思，
休教藤刺儿抓住绵丝。高摊在衣架上，怕风吹了颜色；乱穰在包袱中，怕挫
了褶儿。当如是，切须爱护，勿得因而。^{惜与前文"休做枕"、"休便扭"同耳。固是佳文。可赏也。}

此节于诸寄之物中，独加意汗衫，余俱不挂口，何故？

【二煞】恰新婚，才燕尔，为功名来到此，长安忆念蒲东寺。昨宵个"春风
桃李花开夜"，今日个"秋雨梧桐叶落时"。愁如是，身遥心迩，坐想行思。

此节专为欲填"春风桃李"、"秋雨梧桐"二语耳，真乃可以无有。^{且"春风"二语，我竟不知其如何填也。}

【三煞】这天高地厚情，到海枯石烂时，此时作念何时止？直到烛灰眼下才
无泪，蚕老心中罢却思。不比轻薄子，抛夫妻琴瑟，拆鸾凤雄雌。

此节专为欲填"烛灰无泪"，"蚕老休思"二语耳，真乃可以无有。

【四煞】不闻黄犬音，难传红叶诗，路长不遇梅花使。^{适差琴童送书回，乃又作此言，鬼语耶？抑梦语耶？}^孤
身作客三千里，一日思归十二时。凭阑视，听江声浩荡，看山色参差。^{看，则}
^{上押凭阑之"视"字何解？}

此节专为欲填"作客三千"、"思归十二"二语耳，真乃可以无有。凡用
古，必须我自浩荡独行，而古语忽来奔赴腕下，斯方谓之如从舌上吮而

吐之耳。若先有成句，隐隐然梗起于胸中，而我从而补接攒簇之，此真第一苦海也。

【煞尾】忧则忧我病中，喜则喜你来到此。投至得引人魂卓氏音书至，险将这害鬼病的相如盼望死。

此亦无聊之结也。细思无此二回，亦有何害！一通报书去，一通答书来，干讨琴童气嘘嘘地，而于彼张崔两人，乃更不曾增得一毫颜色。世间做笔墨匠做成笔墨，却只与人如此用，真老大冤苦也。

续之三　争　艳

谚云："投鼠者忌器。"盖言世之极可厌恶，无甚于鼠，而无奈旁有宝器，则虽一时刺眼刺心之极，而亦只得忍而不投。何则？诚惧其或伤吾器也。今如莺莺，真古今以来人人心头之无价宝器也；若郑恒，则固人人厌之恶之之一恶物也；今也务必投之，投之务必令之立死，此亦诚为快事；然笔则累笔，墨则累墨，独不足惜乎哉？况于累笔墨，其奚足道！细思当其时，则又安得不累及于莺莺哉？嗟乎！恶郑恒而至于不免累及莺莺，而竟不与之惜，此人之无胸无心，其疾入地狱不可忏悔，又岂不信乎？

吾亡友邵僧弥先生尝论画云："夫天生恶树，我特不得尽斩伐之耳；若饭后无事，而携我门人晚凉闲步，则必选彼嘉树，坐立其下焉。无他，亦人之好美嫉丑，诚天性则有然也。今我乃见作画之家，纯画臃肿恶树，此则不知其何理也。"圣叹闻之，击节曰："人诚生而厉风，则诚天为之也；甚可徐步雅言，持身如玉，而又必胁肩丑笑，囚首鬼面，此真不知其何理也。惟文亦然。不幸身为盗贼，被捉勒供，与夫忽丁大故，讣告亲族，则是不可奈何也；幸而窗明几净，砚精笔良，而又不择取妙题，抒写佳制，而顾恶骂言丑，如土垡集，此真不知其何理也。"

只如郑恒，此亦不过夫人赖婚，偶借为辞耳。今必欲真有其人，出头寻闹，此为是点染莺莺？为是发挥张生耶？既不为彼二人，则是单写郑恒。夫今日所贵于坐精舍，关板扉，爇名香，烹早茗，舒新纸，磨旧墨，运妙心，烦俊腕，提健笔，搌快文者，只为彼是第一无双才子佳人故耳；若郑恒，则今盈天下之学唱公鸡，吃虱猴孙，万万千千，知有何限，而烦先生特地写之？写之以娱人，而人不受娱，然则先生殆于写之以自娱也。夫在他人方欲写第一无双之才子佳人，以自娱娱人，而犹自嫌，惟恐未臻极妙也；今先生乃必欲写学唱公鸡，吃虱猴孙，然则人之贤不肖之所喻，其相去悬远，真未可以道里为计也。

（郑恒上，云）自家姓郑，名恒，字伯常。先人拜礼部尚书，在时曾定下俺姑娘的女儿莺莺为妻，不想姑夫去世，莺莺孝服未满，不曾成亲。俺姑娘引着莺莺扶灵柩回博陵安葬，为因路阻，寄居河中府。数月前，写书来唤俺，因家中无人，来迟了一步。不想到这里听说孙飞虎要掳莺莺，得一秀才张君瑞退了贼兵，俺姑娘把莺莺又许了他。俺如便撞将去呵，恐没意思；这一件事，都在红娘身上。^{何也？}俺且着人去唤他，只说"哥哥从京师来，不敢造次来见姑娘，着红娘到下处来，有话对姑娘行说。"人去了好一回了，怎么还不见来？

（红娘上，云）郑恒哥哥在下处，不来见夫人，却唤俺说话。夫人着俺来，看他说什么。（红见郑科）（红云）哥哥万福！夫人道哥哥来到呵，怎不到家里来？（郑云）我怎么好就见姑娘？我唤你来说，当时姑夫在时，曾许下亲事；我今到这里，姑夫孝已满了，特地央你去夫人行说知，拣一个吉日，成合了这件事，好和小姐一搭里下葬去。不争不成合，一路上难厮见。若说得肯呵，我重重谢你。（红云）这一节话再也休题，莺莺已与了张生也。（郑云）道不得个"一马不鞴双鞍"，可怎生父在时曾许下我，父丧之后，母却悔亲？这个道理那里有？（红云）却非如此说。当日孙飞虎将半万贼兵来时，哥哥你在那里？若不是张生呵，那里得俺一家儿性命来？今日太平无事，却来争亲；倘被贼人掳去呵，哥哥你和谁说？^{何忍作此言。}

（郑云）与了一个富家也还不枉，与这个穷酸饿醋，偏我不如他？我仁者能仁，身里出身的根脚，他比我甚的！（红云）他倒不如你？禁声！^{凡费如许笔墨。}

【越调】【斗鹌鹑】（红娘唱）卖弄你仁者能仁，倚仗你身里出身；纵教你官上加官，谁许你亲上做亲？又不曾羔雁邀媒，币帛问肯，恰洗了尘，便待要过门；^{俱非吃紧语，不足服郑心。}枉淹了他金尾银屏，枉污了他锦衾绣裀。【紫花儿序】枉蠢了他梳云掠月，枉羞了他惜玉怜香，枉村了他殢雨尤云。^{凡下"金尾"、"银屏"、"锦衾"、"绣裀"、"梳云"、"掠月"、"惜玉"、"怜香"、"殢雨尤云"若干等字，而初无所谓。亦可以翻后置前，亦可以翻前置后，亦可以尚少，亦可以更多。真乃金贴蛤蟆也。}

先用二"仁"、二"身"、二"官"、二"亲"，次用"枉淹"、"枉蠢"、

"枉羞"、"枉村"，以为好辞也。

当日三才始判，两仪初分；乾坤清者为乾，浊者为坤，人在其中相混。君瑞是君子清贤，郑恒是小人浊民。

人言厕臭极矣，此并非厕；人言鬼丑极矣，此并非鬼。

（郑云）贼来，他怎生退得？却是胡说！（红云）我说与你听。

【天净沙】把河桥飞虎将军，叛蒲东，掳掠人民；半万贼屯合寺门，手横着霜刀，高叫道要莺莺做压寨夫人。

我亦只谓别有妙文，忍俊不住，故定欲描写一通，原来其苦乃至如此。

（郑云）半万贼，他一个人济甚事？（红云）贼围甚迫，夫人慌了，和长老商议，高叫："两廊不论僧俗，如退得贼兵者，便将莺莺小姐与之为妻。"那时张生应声而言："我有退兵之计，何不问我？"夫人大喜，就问："其计安在？"张生道："我有故人白马将军，见统十万大兵，镇守蒲关。我修书一封，着人传去，必来救我。"不想书到兵来，其困即解。若言为郑说之，则安取为郑说之？若言为我说之，则我知之熟矣，又安取说之。愚矣哉！

【小桃红】洛阳才子善属文，火急修书信。白马将军到时分，灭了烟尘。夫人小姐都心顺，则为他"威而不猛"，"言而有信"，丑。因此上不敢慢于人。《论语》已丑，《孝经》尤丑。

想其意中，反以直书成语为能，真乃另是一具肺肝。

（郑云）我自来未闻其名，知他会也不会！你这个小妮子，卖弄他偌多！

此是佳语，调侃不少。诸葛隆中不求闻。达时，几欲遭人白眼。嗟乎！今日茫茫天涯，亦何处无眼泪哉？

【金蕉叶】凭着他讲性理《齐论》、《鲁论》，作词赋韩文柳文，识道理为人做人，俺家里有信行，知恩报恩。

又以二"论"、二"文"、二"人"、二"恩"为好辞。《齐论》、《鲁论》、"韩文"、"柳文"等字，尤为丑不可耐。

（郑云）我便怎么不如他？

【调笑令】你值一分，他值百十分，萤火焉能比月轮？高低远近都休论，我拆白道字辨个清浑。君瑞是肖字这壁着个立人，丑极，使人不可暂注目。你是木寸马户尸巾。丑至此哉！

《西厢》写红娘云："我并不识字。"却愈见红娘之佳，此写红娘识字，乃极增红娘之丑。

（郑云）寸木马户尸巾，你道我是个村驴屌。我祖代官宦，我倒不如那白
衣穷士！

【秃厮儿】他学师友君子务本，^丑你倚父兄仗势欺人。他靠盐日月不嫌贫，
治百姓新民、传闻。

【圣药王】这厮乔议论，有向顺。你道是官人只合做官人，信口喷，不本分。
你道是穷民到老是穷民，却不道将相出寒门。

上文琴童捷报已到，此处或是郑恒未知犹可，何至红娘口中亦全不记
"探花及第"四字耶？看其支吾抵塞之苦，抑何至于此极也。

（郑云）这节事都是那法本秃驴弟子孩儿，我明日慢慢和他说话。^{又何也？总之拈笔无聊，又欲借和尚填凑几句，便故为此白。}

【麻郎儿】他出家人，慈悲为本，方便为门。你横死眼，不识好人；招祸口，
不知分寸。

真写至红娘与和尚出力，真另是一具肺肝。

（郑云）这是姑夫的遗留，我拣日牵羊担酒上门去，看姑娘怎生发落我？

【后】你看讪筋、发村、使狠，甚的是软款温存。硬打夺求为眷姻，不睹事
强谐秦晋。

（郑云）姑娘若不肯，着二三十个伴当抬上轿子，到下处脱了衣裳，急赶
将来，还你个婆娘。

【络丝娘】你须是郑相国嫡亲的舍人，倒像个孙飞虎家生的莽军。乔嘴脸、
腌躯老、死身分，少不得有家难奔。^{已上谓之悍妇骂街则可，奈何自命曰《续西厢》也哉？}

前读《西厢》，见我莺莺有"春雨闭门，下帘不卷"之句，我犹恐连阴
损其高情；又见莺莺有"隔窗听琴，月明露重"之句，我犹恐湿庭冰其
双袜；又见莺莺有"压衾朝卧，红娘弹帐"之句，我犹恐朝光射其倦
眸；又见莺莺有"杏花楼头，晚寒添衣"之句，我犹恐线痕兜其皓腕。
盖我之护惜莺莺，方且开卷惟恐风吹，掩卷又愁纸压，吟之固虑口气之
相触，写之深恨笔法之未精。真不图读至此处，乃遭奴才如此诋突也。
王蓝田拔剑驱苍蝇，着屐踏鸡子，千载笑其大怒，未可卒解，我今日真
有如此大怒也。恨恨！^{普天下锦绣才子，谁以我为不然？}

（郑云）兀的那小妮子，眼见得受了招安了也。我也不对你说，明日我要

娶，我要娶。_{收科之文如此。}（红云）不嫁你，不嫁你。_{丑！丑极！丑极！}

【收尾】佳人有意郎君俊，教我不喝采，其实怎忍？你只好偷韩寿下风头香，傅何郎左壁厢粉。_{此二句语却是佳句。}

第三篇完矣。细思之，何必哉！_{为张生添神采耶？为莺莺添神采耶？费笔，费墨，费手，费纸，费饭，费寿，写得恶札一通。}

（红娘下）

（郑云）这妮子一定都和酸丁演撒。_{何忍！不惟忍红娘，尚不忍张生也。我于红娘尚不忍，我其肯忍于莺莺哉？}俺明日自上门去，见俺姑娘，佯做不知。只道张生在卫尚书家做了女婿。_{渠意又考得元稹夫人为韦氏，故将卫字为隐，自以为闻。}俺姑娘最听是非，_{何忍！我于夫人犹不忍也。}他必有话说。休说别的，只这一套衣服，也冲动他。自小京师同住，惯会寻章摘句，姑夫已许成亲，谁敢将言相拒？俺若放起刁来，且看莺莺那去？且将压善欺良意，权作尤云殢雨心。_{一派狗吠声。}（郑恒下）

（夫人上，云）夜来郑恒至，不来见俺，唤红娘去问亲事。据俺的心，只是与侄儿的是；_{前赖婚，乃是妙文；此则岂复成一品夫人耶？}况兼相公在时，已许下了。俺便是违了先夫的言语，做一个主家不正。办下酒者，今日他敢来见俺也。

（郑恒上，云）来到也，不索报复，我自入去。（哭拜夫人科）（夫人云）孩儿既到这里，怎么不来见我？（郑恒云）孩儿有甚面颜来见姑娘？（夫人云）莺莺为孙飞虎一节，无可解危，许了张生也。（郑云）那个张生？敢便是今科探花郎。_{如此郑又知之。}我在京师看榜来，年纪有二十三四岁，洛阳张珙。夸官游街三日。第二日头踏正来到卫尚书家门首，尚书的小姐结着彩楼，在那御街上，只一球，正打着他。我也骑着马看，险些打着我，怕你不休了莺莺？他家粗使梅香十来个，把张生横拖倒拽入去，他口里叫道："我自有妻，我是崔相国家女婿。"那尚书那里肯听，说道："我女奉圣旨结彩楼招你。莺莺是先奸后娶的，只好做个次妻罢。"因此闹动京师，侄儿认得他。（夫人怒云）我说这秀才不中抬举，今日果然负了俺家。俺相国之女，岂有做次妻的理？既然张生娶了妻，不要了孩儿，你拣个吉日良辰，依旧入来做女婿者。_{何忍！}（夫人下）（郑喜云）中了俺的计了，准备茶礼花红过门者。（郑恒下）

一片犬吠之声。

续之四　荣　归

《西厢》为才子佳人之书，故其费笔费墨处，俱是写张生莺莺二人，余俱未尝少用其笔之一毛，墨之一沈也。其有时亦写红娘者，以红娘正是二人之针线关锁；（分时红为针线，合时红为关锁。）写红娘正是妙于写二人。其他即尊如夫人，亦不与写，何况欢郎！慈如法本，亦不与写，何况法聪！恩如白马，亦不与写，何况卒子！此譬如写花决不写到泥，非不知花定不可无泥；写酒决不写到壶，非不知酒定不可无壶。盖其理甚明，决不容写，人所共晓，不待多说也。故有时亦写红娘者，此如写花却写蝴蝶而逾妙；监史实非酒，而酒必得监史而逾妙；红娘本非张生莺莺，而张生莺莺必得红娘而逾妙。盖自张生自说生辰八字起，直至夫人不必苦苦追求止，曾无一句一字中间可以暂废红娘者也。若夫人、法本、白马等人，则皆偶然借作家火，如风吹浪，浪息风休；如桴击鼓，鼓歇桴罢，真乃不必更转一盼，重废一唾也。今续之四篇，乃忽因"郑恒"二字，（《西厢》中郑恒，真只二字耳；笨伯不达，视之遂如眼钉喉刺，一何可笑！）既与独作一篇，后又复请多人再递花名手本；凡《西厢》所有偶借之家火，至此重复一一画卯过堂。盖必使普天下锦绣才子读《西厢》正至飘飘凌云之时，则务尽吹之到于鬼门关前，使之睹诸变相，遍身极大不乐，而后快于其心焉。嗟乎！杜工部《画鹘》诗有云："写此神俊姿，充君眼中物。"彼一何其极善与之相反如是也！

（法本上，云）老生昨日买登科录，看张先生果然及第，（偏是道人心热，偏是高士品低，偏是大儒不通，偏是名妓奇丑。如法本买登科录，偏是法本登科录也。近日朝廷迁除的报，最是诸山方丈和尚口中口极真。）除授河中府尹。谁想夫人没主张，又许了郑恒亲事，不肯去接。老僧将着肴馔，直至十里长亭接官走一遭。（安得不人天推拥，为一代大和尚哉！）（法本下）

（杜将军上，云）奉圣旨，着小官主兵蒲关，提调河中府事；谁想君瑞兄弟一举及第，正授河中尹，一定乘此机会成亲。小官牵羊担酒，直至老夫人宅上，一来贺喜，二来主亲。左右那里？将马来，到河中府走一遭！

（杜将军下）（夫人上，云）谁想张生负了俺，去卫尚书家做女婿去了。只索不负老相公遗言，还招郑恒为婿。今日是个好日子过门，准备下筵席，郑恒敢待来也。（夫人下）

（张生上，云）小官奉圣旨，正授河中府尹。今日衣锦还乡，小姐凤冠霞帔都将着，见呵，双手索送过去。谁想有今日也呵！文章旧冠乾坤内，姓字新闻日月边。

【双调】【新水令】（张生唱）一鞭骄马出皇都，畅风流玉堂人物。今朝三品职，昨日一寒儒。御笔新除，将姓名翰林注。

此可。

【驻马听】张珙如愚，用《论语》字，最苦。酬志了三尺龙泉万卷书。莺莺有福，稳受了五花官诰七香车。身荣难忘借僧居，愁来犹记题诗处。从应举，梦魂不离蒲东路。

此可。

（到寺科，云）接了马者！（见夫人拜，云）新探花河中府尹张珙参见。

（夫人云）休拜，休拜，你是奉圣旨的女婿，我怎消受得你拜？

【乔牌儿】我躬身问起居，夫人你慈色为谁怒？我只见丫鬟使数都厮觑，莫不是我身边有甚事故？

此可。虽非佳文，犹是官话，故曰可也。

（张生云）小生去时，承夫人亲自饯行，喜不自胜；今朝得官回来，夫人反行不悦，何也？（夫人云）你如今那里想俺家？道不得个"靡不有初，鲜克有终"。我一个女孩儿，虽然妆残貌陋，他父为前朝相国。此成何语？且何苦作此语？若非贼来，足下甚气力到得俺家？今日一旦置之度外，却与卫尚书家作赘，是何道理？（张生云）夫人，你听谁说来？若有此事，天不盖，地不载，害老大疔疮！《西游记》猪八戒语也。

【雁儿落】若说丝鞭士女图，端的是塞满章台路。小生向此间怀旧恩，怎肯别处寻亲去？【得胜令】岂不闻"君子断其初"，我怎肯忘了有恩处？

略嫌"恩"句重沓，然语意自佳，不忍相没。又嫌即前〔贺圣朝〕语，然此乃是小病。

那一个贼畜生行嫉妒，走将来厮间阻？不能够娇姝，早晚施心数。说来的无徒，迟和疾上木驴。

亦且可。

（夫人云）是郑恒说来，绣球儿打着马，做了女婿也。你不信，唤红娘来问。成何文理。

（红娘上，云）我巴不得见他。丑极。《西厢》十六篇，亦都写女儿情事，偏觉官样；此亦一种笔墨，偏见小家样。元来得官回来，惭愧！这是非对着他。（张生问云）红娘，小姐好么？（红云）为你做了卫尚书女婿，俺小姐依旧嫁郑恒去了也。^{何苦哉?}（张生云）有这跷蹊事！^{何止跷蹊而已耶!}

【庆东原】那里有粪堆上长出连枝树，淤泥中双游比目鱼？不明白展污了姻缘簿。莺莺呵，你嫁得个油煠猢狲的丈夫；红娘呵，你伏侍个烟熏猫儿的姐夫；张生呵，你撞着个水浸老鼠的姨夫。^{此称谓奇绝人。}坏了风俗，伤了时务。^{此等句，绝以为大奇。因而欲拟元词，便都硬撰，一连数十句，殊不知其最是丑笔，便一连十万句也易。}

此虽从〔青山口〕一曲偷来，然最是元人丑词，圣叹所最不喜。元人每用或相犯，或加倍字，硬撰作其语；一连用入四五六七八句，以为能手，圣叹每读每呕之。

【乔木查】（红娘唱）妾前来拜复，省可心头怒。自别来安乐否？你那新夫人何处居？比小姐定何如？^{如闻香口，如见纤腰。古人果有妙文，圣叹绝不没也。}

北曲通常用一人唱，无旁人杂唱之例；此忽作红娘唱，大非也；^{独惠明一篇为北曲变例，然亦换过一宫矣。}然其文一何妙哉！古语"细骨轻肌，百琲珍珠"，真便欲属之矣。^{虽在《西厢》中，犹称上上，不意于续中有之。}

（张生云）和你也葫芦提了。小生为小姐受过的苦，别人不知，瞒不得你。甫能够今日，焉有是理？

【搅筝笆】小生若别有媳妇，只目下便身殂。我怎忘了待目回廊，撇了吹箫伴侣？我是受了活地狱，下了死功夫，甫能够为夫妇。我现将着夫人诰敕，县君名称，怎生待欢天喜地，两只手儿亲付与，他划地把我葬诬！

此一段更精妙绝！人又沉着，又悲凉，又顿挫，又爽宕，便使《西厢》为之，亦不复毫厘得过也。古人真有奇绝处，不可埋没。

（红对夫人云）我道张生不是这般人，只请小姐出来自问他。^{奇奇,真是戏也。}（请云）小姐，张生来了，你出来，正好问他。（莺莺上，云）我来了。^{奇奇,真是戏也。何苦如此?冤哉! 冤哉!}（相见科）（张生云）小姐间别无恙？^{亦殊冷淡。}（莺莺云）先生万福！（红云）小姐有的言语，和他说么。^{便如《水浒传》阎婆之于婆惜然。}（莺莺吁云）待说甚的是！

【沉醉东风】（莺莺唱）不见时准备着千言万语，到相逢都变做短叹长吁。他急攘攘却才来，我羞答答怎生觑。腹中愁却待伸诉，及至相逢一句也无。

刚道个"先生万福"。

　　此亦且可。总是庸笔弱笔也。

　　（莺莺云）张生，俺家有甚负你？你见弃妾身，去卫尚书家为婿，此理安在？^{当复成莺莺哉？}（张生云）谁说来？^{前已知是某人，此又问，何也？}（莺莺云）郑恒在夫人行说来。

　　（张生云）小姐，你如何听这厮？小生之心，惟天可表。^{何不云："小生之心，惟有小姐可表"？}

【落梅风】从离了蒲东郡，来到京兆府，见佳人世不曾回顾。硬揣个卫尚书女儿为了眷属，曾见他影儿的，也教灭门绝户！

　　此又好，沉着顿挫兼有之。

　　此一桩事，都在红娘身上。我只将言语激着他，看他说什么？^{我写张生，则决不出此。则}红娘，我问人来，说道：你与小姐，将简帖儿唤郑恒来。^{何忍！何忍！猪狗不出此声矣。}（红云）痴人！^{丑。}我不合与你作成，^{丑。}你便看得一般了。^{丑。一部《西厢》皆镜花水月。鸿爪雪痕之文也！若被此等咬嚼，便成阁罗镜台。千年业在。恨恨！}

【甜水令】（红娘唱）君瑞先生不索蹰躇，何须忧虑。那厮本意糊涂，俺家也清白，祖宗贤良，相国名誉。我怎肯去他跟前，寄简传书？

　　此又丑笔也。

【折桂令】（红娘唱）那吃敲才，口里嚼蛆；数黑论黄，恶紫夺朱。^{又用《论语》，不通，无理。}俺小姐便做道软弱囊揣，怎嫁那不值钱人样狠驹。^{"便做道"，此何语也？丧心病狂，于斯为报。恨恨！}爱你个俏东君与莺花做主，怎肯将嫩枝柯折与樵夫。那厮本意嚣虚，将足下亏图；我有口难言，气夯破胸脯。

　　丑笔也。

　　（红云）张生，你若端的不曾做女婿呵，我去夫人跟前，一力保你。等那厮来，你和他两个对证。^{何苦费如此笔墨哉！}（禀夫人云）张生并不曾人家做女婿，都是郑恒慌说，等他两个对证。（夫人云）既然他不曾呵，等郑恒来对证了，再说话。^{笑杀七千人。}（法本上，云）谁想张生一举成名，正授河中府尹；^{观其"谁想"二字，当初房儿借得着也。便画尽善知识。}老僧接官到了，再去夫人那里庆贺，^{作《西厢》初写法本时，更不料其后来至此。}这门亲事，当初也有老僧来，^{如和尚！可谓尘尘溷入，刹刹圆融。}如何夫人没主张，便待要与郑恒？若与了他，府尹今日来，却怎生了也？（相见毕，禀夫人云）夫人今日始知老僧说得是，张先生决不是这等没行止的秀才。他如何敢忘了夫人，况兼杜将军是证见，如何悔得他这亲事？^{大和尚口中，早是两位官府。今日尤甚，盖大和尚口中纯是官府，非官府便不道也。}

【雁儿落】（法本唱）杜将军笑孙庞真下愚，^{亦复言重。}论贾马非英物；正授着征西元帅府，兼领得陕右河中路。

【得胜令】是君前者护身符，今日有权术。来时节定把先生助，决将贼子诛。他不识亲疏，掇赚良人妇；君若不辨贤愚，便是无毒不丈夫。

　　且不说其庸丑，乃至法本皆唱，岂有是哉？

（夫人云）着小姐卧房里去者。

（莺莺，红娘下）

（杜将军上，云）小官离了蒲关，早到普救寺也。（张生见杜拜毕）（张生云）小弟托兄长虎威，^{丑。}得中一举。今日回来，本待做亲。有夫人侄儿郑恒，来夫人行说小弟在卫尚书家入赘，夫人欲怒悔亲，依旧要将小姐与郑恒，道不得个"烈女不更二夫"！（杜云）夫人差矣！俺君瑞也是礼部尚书之子，况兼又得一举。夫人誓不招白衣秀士，今日反欲罢亲，莫于理上不顺？（夫人云）当初夫主在时，曾许下那厮，不想遇难，多亏张生请将军杀退贼兵。老身不负前言，招他为婿；叵耐那厮说他在卫尚书家招赘，因此上我怒他，依旧要与郑恒。（杜云）他是贼心，可知妄生诽谤，老夫人如何便轻信他？（郑恒上，云）打扮得齐齐整整的，只等做女婿。今日好日头，牵羊担酒过门走一遭去。（相见科）

（张生云）郑恒，你来怎么？^{丑极。笔墨之事，至于此极，真上活地狱也。}（郑云）苦也！闻知状元回来，特来贺喜。（杜云）你这厮，怎么要诓骗良人家的妻子，行不仁之事？我奏闻朝廷，诛此贼子。

【落梅风】^{此篇有两〔雁儿落〕，两〔得胜令〕，两〔落梅风〕。}（杜将军唱）你硬撞入桃源路。不言个谁是主，^{妙！妙！}被东风把你个蜜蜂儿拦住，^{妙！妙！}不信呵，你去绿杨阴里听杜宇，一声声道"不如归去"。^{妙！妙！}

　　此惜又是杜将军唱，真乃文秀之笔，未可多得也。

（杜云）那厮若不去呵，祇候人拿下者！（郑云）不必拿，小人自退亲事与张生罢。^{我亦不忍。}（夫人云）将军息怒，赶出去便罢。^{难难。总之何苦写此？}（郑云）今日莺莺与君瑞为夫妇，有何面目见江东父老！我要这性命何用？不如触树身死。妻子空争不到手，风流自古恋风流；何须苦用千般计，一旦无常万事休。（倒科）（夫人云）俺虽不曾逼死他，可怜他无父母，我做主葬了者。^{我亦不忍也。何苦写至此？真为恶札。可恨恨也。想彼方复以为快，真另有一具肺肝也。}（杜云）请小姐出来，今日做个庆贺的筵席，看他两口儿成合者。（张生、莺莺拜夫人科，又交拜科，又拜杜将军科，红娘拜张生、莺莺科）此时法本站何处？

【沽美酒】门迎驷马车，户列八椒图，娶了个四德三从宰相女，第三从似草。平生愿足，托赖着众亲故。【太平令】若不是大恩人拔刀相助，怎能个好夫妻似水如鱼。好意也当时题目，正酬了今生夫妇。自古相女配夫，新探花、新探花路。此语清新。

上来特续四篇，想只为此数语故耶？乃费尽无数气力！而此数语又只草草，真不解何意也。

（使臣上，众拜科）

【清江引】谢当今垂帘双圣主，妙句。敕赐为夫妇。五字奇妙。永老无别离，万古常圆聚，愿天下有情人都成了眷属。妙句。

结句实乃妙妙！

图书代号：ZH10N0964

图书在版编目（CIP）数据

霍松林选集. 第九卷，西厢述评、西厢汇编／霍松林著. —西安：陕西师范大学出版总社有限公司，2010.10
ISBN 978 - 7 - 5613 - 5259 - 5

Ⅰ. ①霍… Ⅱ. ①霍… Ⅲ. ①霍松林—选集②西厢记—文学研究 Ⅳ. ①I217.2

中国版本图书馆 CIP 数据核字（2010）第 173657 号

霍松林选集 第九卷 西厢述评 西厢汇编

霍松林 著

————————————————————————————

出版统筹 刘东风 冯晓立
责任编辑 袁敏芝
封面设计 安宁书装
版式设计 朱 雨
出版发行 陕西师范大学出版总社有限公司
（西安市长安南路 199 号 邮编 710062）
网 址 www.snupg.com
印 刷 万裕文化产业有限公司
开 本 710mm×1020mm 1/16
印 张 326
插 页 4
字 数 6135 千
版 次 2010 年 10 月第 1 版
印 次 2010 年 10 月第 1 次印刷
书 号 ISBN 978 - 7 - 5613 - 5259 - 5
定 价 2980.00 元（全十册）

————————————————————————————

读者购书、书店添货或发现印刷装订问题，请与营销部联系、调换。
电话：(029)85307864 传真：(029)85251046